Contemporánea

Héctor Aguilar Camín (Chetumal, 1946) es una figura clave del mundo intelectual y literario de México. Su obra incluye las novelas *Morir en el Golfo* (1985), *La guerra de Galio* (1991), *El error de la luna* (1994), *Un soplo en el río* (1998), *El resplandor de la madera* (2000), *Las mujeres de Adriano* (2002), *La tragedia de Colosio* (2004), *La conspiración de la fortuna* (2005) y *La provincia perdida* (2007). Es autor de un libro de historia clásico sobre la Revolución: *La frontera nómada. Sonora y la Revolución Mexicana* (1977) y de una reflexión continua y lúcida sobre el país, cuyo último título es *Nocturno de la democracia mexicana* (Debate, 2019). Toda su obra reciente de ficción ha sido publicada en Literatura Random House: el volumen de relatos *Historias conversadas* (2019) y las novelas *Adiós a los padres* (2015), *Toda la vida* (2017), *Plagio* (2020) y *Fantasmas en el balcón* (2021).

Héctor Aguilar Camín

El resplandor de la madera

DEBOLS!LLO

Penguin
Random House
Grupo Editorial

El resplandor de la madera

Primera edición en Debolsillo: enero, 2023

D. R. © 1999, Héctor Aguilar Camín
c/o Schavelzon Graham Agencia Literaria
www.schavelzongraham.com

D. R. © 2023, derechos de edición mundiales en lengua castellana:
Penguin Random House Grupo Editorial, S. A. de C. V.
Blvd. Miguel de Cervantes Saavedra núm. 301, 1er piso,
colonia Granada, alcaldía Miguel Hidalgo, C. P. 11520,
Ciudad de México

penguinlibros.com

Diseño de portada: Penguin Random House / Scarlet Perea

ISBN: 978-607-382-423-1

Impreso en México – *Printed in Mexico*

Este libro es para Mateo,
que lo inspiró hacia delante
y lo iluminó hacia atrás

El alba cenicienta de las cosas,
la estrechez de mi lugar, la noche,
aquella irreparable jerarquía de la madera
ELISEO DIEGO

Los hombres quieren tener larga vida, saber, fama,
amor, justicia y salvación final.
Los seres vivos distintos del hombre quieren sólo sobrevivir
KAMA SUTRA

Con la madera torcida de la que está hecho el hombre,
nada enteramente recto puede construirse
IMMANUEL KANT

Índice

Primera parte: Casares

Capítulo 1 15
Capítulo 2 29
Capítulo 3 47
Capítulo 4 61
Capítulo 5 82
Capítulo 6 96
Capítulo 7 115
Capítulo 8 132
Capítulo 9 147
Capítulo 10 163
Capítulo 11 179
Capítulo 12 193
Capítulo 13 208

Segunda parte: Carrizales

Capítulo I 227
Capítulo II 244
Capítulo III 261
Capítulo IV 285
Capítulo V 308

Capítulo VI 322
Capítulo VII 342
Capítulo VIII 359
Capítulo IX 376
Capítulo X 398
Capítulo XI 415
Capítulo XII 435
Capítulo XIII 458

Epílogos

Carrizales: Capítulo XIV 477
Casares: Capítulo 14 485

PRIMERA PARTE

Casares

Capítulo 1

Cuando su madre murió, Casares tenía veintitrés años, un divorcio y un hijo, una primera fortuna y la mirada de un hombre al que había matado yendo y viniendo por el fondo de su alma. Apenas recordaba su pasado. El pueblo de Carrizales que dejó con su familia era un reino lejano, conservado en girones legendarios por las palabras de su madre y por la memoria radiante del cuerpo de su hermana una noche improbable de palmeras y dragones. La ciudad donde Casares creció fue desde el principio un torbellino en el que aprendió a zambullirse con los ojos cerrados, como quien se cura de su miedo corriendo hacia el peligro. La vida parecía una franja sin forma, cruzada de nostalgias rápidas y prisas permanentes, un aluvión de furias en busca de la cueva perdida capaz de protegerlo de la nada nerviosa que era su presente y del incendio difuso que avanzaba hacia él desde el pasado.

Su madre, Rosa, murió en la misma casa tapiada donde había vivido barajando recuerdos, iluminándose de historias perdidas como si el hecho de rumiarlas pudiera devolverle la juventud, curarla de la soledad en que se recluyó, madura pero fresca aún, cuando el único hombre de su vida caminó fuera de su casa, lejos de sus hijos, buscando a tientas, adelante, lo que había dejado atrás. Casares la vio desvanecerse día a día, perder el color y la forma, las carnes y el resuello, como si la muerte que venía de adentro la limara por fuera.

—No te pierdas tú —le dijo su madre el día penúltimo, con el hilo de voz que le quedaba—. No te pierdas.

Casares entendió que le hablaba de su padre ausente, con cuya sombra a cuestas ella había vivido y él habría de vivir. La enterraron en la cripta del panteón español donde ella hizo descansar a sus propios padres. Los había rescatado del cementerio municipal de Carrizales para juntarlos ahí, a salvo del desamor de sus últimos años, y unirse con ellos después, en esa residencia fija de la que ni el azar ni la discordia, ni la necesidad ni la distancia, podrían apartarlos de nuevo. Casares sabría con el tiempo hasta qué punto el afán de reunirse y volver a la unidad primera había sido el motor de su madre: regresar, unirse, encajar otra vez. Al pie del sauce donde abrieron la cripta para enterrarla, Casares vio dos espacios vacíos. Su hermana Julia le dijo:

—Son los nuestros.

Casares tuvo entonces el temblor que lo bañó al mismo tiempo de llanto y del recuerdo de Julia desnuda, los pechos apenas brotándole, en la noche cómplice de la infancia. Ahora Julia estaba vestida junto a él, con los pechos redondos cantando bajo la blusa tirante del luto, la cabellera metida en una trenza castaña que estiraba su rostro y despejaba su nuca, haciéndola ver más joven, más limpia, más libre, como la estricta muchacha que empezaba a no ser. Era seis años mayor que Casares y había hecho también su incursión en el mundo. Meses atrás, al despuntar la fase terminal de la leucemia materna, Julia había encontrado a su segundo protector. El primero difirió por años el desastre familiar. De la pérdida patrimonial de Carrizales, la familia Casares pudo rescatar algún dinero, el pago de marcha de las últimas trozas de caoba que pudieron recuperarse de un fallido emporio forestal. Con ese dinero, los padres de Casares compraron la casa en la ciudad y abrieron un fondo para que sus hijos estudiaran, Julia con las monjas francesas que la harían una dama, Casares con los sabios jesuitas que lo harían un triunfador. El padre de Casares tomó el resto de los dineros para un negocio imposible, cuyo remanente invirtió en otro, y el remanente en otro, hasta que se vio una noche frente a su mujer con las manos vacías, pidiéndole que firmara un crédito sobre la casa para el negocio final que habría de redimirlo. Perdió también la hipoteca, perdió luego a su mujer. Finalmente se perdió a sí mismo, y a sus hijos, de cuyas vidas salió sin decir que se iba.

El primer protector de Julia, un licenciado Muñoz, le doblaba la edad y el tamaño. Pagó la hipoteca empeñada, sacó a Julia de la casa y la puso a vivir en la suite de un hotel que se había apropiado en pago por un pleito jurídico oscuro. Julia tenía entonces veintiún años y brillaba al natural, como en el recuerdo de Casares. De las generosidades de Muñoz, Julia trajo para la casa y para ellos, para las cuentas mínimas de su madre, para los gastos de ropa, colegio y transporte de Casares.

—Te mantiene el amante de tu hermana —le dijeron un día en el colegio. Casares se fue sobre la pandilla de donde había salido la voz cuando pasaba y fue golpeado hasta sangrar y desvanecerse en el piso, pero no sin haber roto la nariz de uno y casi arrancado la oreja de otro. No volvieron a decirle de su hermana, ni de cualquier otra cosa, pero no volvió a tomar un centavo de Julia.

—Dile que si me quiere ayudar, me consiga un trabajo —le pidió a su hermana, aludiendo a Muñoz sin mencionarlo.

Muñoz le consiguió un trabajo de inspector de lecherías en los barrios pobres que rodeaban la capital, un trabajo de gobierno que Casares no tenía edad para desempeñar y al que no era necesario asistir, salvo los días de cobro. Pero lo que Casares no quería eran regalos de Muñoz y a los dieciséis años era ya un hombrón de músculos largos y barba que descañonar, así que en vez de sólo recoger su sueldo, empezó a levantarse de madrugada para ir a las afueras y visitar las lecherías que le tocaban, antes de volver al barrio aristocrático del colegio jesuita para empezar, a las ocho de la mañana, su segunda jornada del día como estudiante mediocre, basquetbolista estrella y autoridad en puñetazos.

Una noche Julia volvió a la casa.

—Terminé con Muñoz —dijo, y añadió, por toda explicación—: Se acabó el aroma.

Poco después suspendieron a Casares del trabajo que le había conseguido Muñoz. Estiró sus ahorros para terminar el año escolar, pero no pudo recoger su certificado de preparatoria porque adeudaba un trimestre de la colegiatura. Tampoco asistió al baile de graduación: no tuvo dinero para pagar las cuotas de entrada, ni para rentar el esmoquin requerido. Volvió a las afueras en busca de trabajo. El dueño de una lechería, que lo era también de un establo y una tienda de quesos, le dijo:

—Trabajo tengo para ti, pero tú no estás para ser peón de nadie. Sólo te digo esto. Ahí donde están las moscas y la mugre, ahí está el dinero. Ahí donde no hay nada, donde nadie va, ahí está todo. Sólo llévale a la gente lo que quiere. Te dan pesos arrugados, monedas sucias, pero luego tú lo pones junto, y todo se alisa y se limpia en el banco.

La mugre y las moscas estaban al otro lado, después del bordo y el fango donde terminaba la ciudad pobre y empezaba la ciudad miserable, la ciudad de los últimos migrantes, un hormiguero de casuchas de cartón y techos de calamina, abundante de niños barrigones y perros famélicos, al que Casares llevó un sábado su primera camioneta de zapatos y vestidos, cubetas y conservas. Puso un toldo de plástico y el radio al mayor volumen en una estación de música tropical. Antes de caer la tarde, había vendido todo. Por la noche, luego de cobrarle la renta exorbitante de la camioneta y los intereses usurarios del dinero que le había prestado, el dueño de la lechería le dio su segunda lección.

—La camioneta la hubieras podido rentar en otra parte por la mitad de lo que yo te cobré —le dijo—. Y en cualquier mercado del centro de la ciudad te hubieran prestado más barato que como yo te presté. Pero el primer valor de las cosas es que haya. Por eso valen el doble donde no hay. Lo más caro es lo que no se puede comprar, porque no hay. Así de caro y así de barato tienes que cobrarle a quien te compra donde no hay.

Un año después, Casares era dueño de una camioneta que compró barata donde había y se iba todas las mañanas a vender caro sus cosas donde no había. Alquilaba una bodega en las proximidades de su tráfico para reponer lo que se terminaba en la jornada y hacía dos turnos de venta, a veces tres. En lugar de radio, tenía ya un aparato de sonido para cumplir peticiones de la gente del lugar, que venía a sentarse junto a su camioneta a tomar cerveza y a pedir la música de su preferencia. Casares tuvo pronto una segunda camioneta, que mandó al nuevo lindero de casuchas en expansión. A la hora de la muerte de su madre, tenía cuatro camionetas y tres bodegas, diez empleados y un salón de bailes que no perdía fin de semana sin iluminarse, porque, en medio de la miseria, Casares había descubierto que la fiesta era tan importante como el vestido o la comida, con la diferencia de que la gente estaba dispuesta a pagar más por divertirse que por sobrevivir.

Había encontrado también a su primera pareja, una agente de grupos musicales con quien trató varias veces la animación de su local de baile. Se llamaba Raquel. Tenía la edad, los pechos redondos y los ojos abiertos de Julia. Raquel vino al salón una noche de tocada para medir por sí misma los alcances de su contratante. No pudo sino sorprenderse de la inmensa barraca de tablones mal empalmados y piso de tierra donde Casares había instalado la complicada red eléctrica que alimentaba los instrumentos del grupo.

—Debías mejorar el local, en vez de pagar tan buenos grupos —le dijo a Casares, con aire profesional.

—No vienen por el local, vienen por los grupos —respondió Casares, señalando la multitud que llenaba la barraca: gritaban, bailaban, cantaban y gastaban sin parar en bocadillos y cervezas.

Raquel esperó aquella noche hasta la cuenta del último peso que Casares hizo personalmente, recibió en propia mano el pago del grupo musical que había llevado, apartó su comisión, le pagó a la banda y le dijo a Casares:

—Si estás libre, te llevo a un lugar de verdad.

Lo llevó a un centro nocturno de moda donde hizo pagar a Casares una cuenta de verdad. Durmieron juntos la siguiente semana y casi todos los días a partir de entonces. Casares acababa de cumplir veintiún años cuando se mudó al departamento de Raquel. Antes de cumplir los veintidós, supo que iba a tener un hijo.

—No quiero un hijo —dijo Casares.

Siguió la primera discusión de sus amores, al término de la cual Raquel preguntó:

—¿Quieres que lo aborte?

—No —dijo Casares—. Simplemente no había pensado en tener un hijo.

Lo tuvo sin pensarlo, y sin quererlo, pero cuando se lo pusieron en los brazos pidió que se llamara Santiago, como su abuelo materno, y que llevara su apellido. Se casaron sin ceremonia en un juzgado, con el hijo en brazos y Julia y una hermana de Raquel como testigos. Días después de la firma, Raquel halló en el pantalón de Casares el mensaje de una mujer concediéndole los amores que pedía. Luego vio en la cartera de Casares el recibo de unos aretes que no habían llegado nunca a su tocador. Durante el año que siguió, los celos de Raquel multiplicaron hasta el delirio las infidencias posibles de su marido. Salir solo a la calle llegó a ser para Raquel prueba inminente del engaño de Casares.

—No tengo tiempo para tus celos —decía Casares—. Tengo que trabajar.

Cuando la enfermedad de su madre llegó a la fase terminal, Casares fue menos asible y más sospechoso que nunca. Una tarde, luego del enésimo pleito, Raquel estrelló la vajilla contra las paredes del departamento, rasgó el colchón de la cama con el cuchillo eléctrico de cortar carnes, empacó sus cosas y alistó a su hijo y se refugió en la ciudad norteña donde vivía su familia. Esperaba que Casares fuera a buscarla, mostrándole con ruegos la fuerza de su amor. Para aumentar el tamaño de los ruegos, Raquel hizo crecer la amenaza de separación y le envió a Casares un abogado con los papeles del divorcio, pero para Casares sólo existía entonces el rostro de su madre borrándose con la leucemia. Firmó los papeles sin leerlos y se divorció sin haber decidido separarse, montado en la ola de su prisa como el equilibrista del monociclo que se mantiene arriba porque no cesa de moverse. Había engendrado un hijo y amado a Raquel a imagen y semejanza del monociclo que había sido su vida, tratando de ocupar un lugar en el mundo. El mundo pasaba frente a él como un carnaval siempre a punto de decirle adiós, ofreciendo cada vez la última aventura disponible, la última cosa que probar, el último amor que recoger, la última fecha que chupar del tiempo, fuese digna o no de ser vivida.

Poco después de muerta, su madre vino a verlo en sueños, le acarició la frente con las manos lisas y secas de vieja y, en medio de un aroma de nardos y unos inciensos de tardes marianas, volvió a decirle al oído, frágilmente, como el fantasma delgado que era: "No te pierdas tú". Casares pudo abrazarla y despertó bañado en lágrimas felices, adivinatorias. Entendió que se había extraviado, que debía volver al camino, es decir, a la escuela, el lugar que su madre previó para salvarlo de su origen, para lavarlo de la selva y el miasma de Carrizales. El eco de Carrizales brillaba en las palabras de su madre, pero sangraba en su voluntad como la encarnación de todo lo que no quería repetir en sus hijos. Obediente al mandato, Casares echó al olvido el mundo de Carrizales, del que sólo sabía por el diario que había muerto otro Induendo, aquel clan de parientes remotos que llevaba medio siglo guerreando entre sí, sumando afrentas a su venganza y emboscadas a su honra.

Aceptó el sueño. Decidió volver a la escuela, aun si tenía que pasar por la escena aborrecida de cubrir las colegiaturas que no le habían perdonado para obtener el certificado de estudios que era suyo. Supo, al presentarse, que había sido doble víctima de la ignorancia y el orgullo, que ningún adeudo hubiera podido impedir que le dieran su constancia escolar si la hubiera reclamado en lugar de, como hizo, dar la espalda y no voltear al sitio de la negación, al lugar del agravio. Todos sus amigos de generación habían terminado la universidad cuando él se presentó a hacer sus trámites de ingreso. El primer día de clases, mientras veía recargado en los ventanales del pasillo el desfile de mujeres y muchachos bien vestidos que habrían de ser sus compañeros, se le acercó el gigantón cuya mirada Casares había registrado en un cruce del estacionamiento. El gigante le dijo, con resonante voz nasal:

—Tú eres Casares. ¿Te acuerdas de mí?

La sonoridad de las erres ahogadas por el frenillo fue dulce y sorpresivamente familiar para Casares. En las facciones gruesas del cíclope, en los ojillos claros pegados a la nariz, en la cordial mandíbula de prognata, hubo el amago de un recuerdo.

—No —respondió Casares, mientras el otro sonreía, la boca floja, las palmas de las manos abiertas en espera de un abrazo fraterno, largamente aplazado.

—Soy tu perro —le dijo el gigante—. Soy Alejo Serrano, tu perro.

Al conjuro del nombre, Casares pudo ver bajo la mole inabarcable que le hablaba la figura del pequeño Alejo Serrano que lo acompañó a todas partes durante su último año de bachillerato. Casares lo había reclutado como su sombra una mañana en el patio de la escuela, cuando oyó los gritos de pánico de un menor de nuevo ingreso al que atormentaban los mayores de la secundaria. Aullaban encima de él y le hacían andar sobre el rostro la tarántula de alambre que era marca de fábrica en las novatadas del colegio. Alejo Serrano, la víctima, se revolcaba en el piso, aterrorizado, llenando de lodo el presuntuoso traje azul marino en que lo habían enfundado, para su desdicha, haciéndolo víctima deseable de la truhanería. Mientras Alejo chillaba en el piso, algunos se pasaban retorciéndole la también ridícula corbata de mariposa y pateándole las nalgas, que eran redondas y femeninas bajo el ceñido pantalón corto que completaba su desgracia indumentaria. Casares dispersó a los torturadores como a una parvada de zopilotes, recogió a Alejo Serrano del piso y lo llevó hacia las mesas de cemento colindantes donde se jugaba ping pong. Alejo Serrano lloraba y seguía espantándose la tarántula del rostro. Casares le sacudió el polvo y le limpió el lodo del traje. Le enjugó las lágrimas y le desprendió la corbata de pajarita.

—Mejor no te pongas esto —susurró en su oído, como dándole un consejo que quedaría entre ellos—. Dile a tu mamá que te mande vestido como todos. Es decir, dile que te mande mal vestido.

Cuando Alejo se calmó, Casares lo bajó de la mesa, le pasó el brazo sobre el hombro y lo hizo caminar junto a él. Al cruzar por la parvada de truhanes que seguía reunida maquinando perfidias, Casares dijo, acercándose a Alejo:

—El que lo vuelva a molestar, se atiene.

Desde entonces Casares tuvo a Alejo Serrano caminando tras él todo el recreo, atento a cada uno de sus movimientos, a cada una de sus palabras, siempre con un chicle o un dulce ofrecido en la mano, que Casares compartía con él. Alejo se sentaba al pie de la canasta de la cancha de basquetbol a ver jugar a Casares, con riesgo de que le cayeran encima los jugadores. Esperaba a Casares en la puerta de salida para despedirse y estaba casi siempre antes que Casares a la entrada de la escuela para saludarlo, como primer acto favorable del día. Cuando aquella adicción empezaba a manifestarse, Casares le dijo:

—¿Qué haces atrás de mí, cabrón? Pareces mi perro.

—Soy tu peggo —había contestado Alejo Serrano, a quien un frenillo congénito le impedía pronunciar las erres españolas. Los amigos de Casares se habían reído y lo habían llamado desde entonces El Perro Serrano. Alejo fue, en efecto, como la mascota de Casares, el acompañante vicario de la palomilla del basquetbol que jugaba ese último año de preparatoria el campeonato de escuelas privadas. Alejo llegaba antes que nadie a los gimnasios donde se jugaba, traído y custodiado por su chofer, se metía al vestidor con los miembros del equipo y salía con ellos a la cancha, se sentaba en la banca de los jugadores y gritaba más que nadie convocando porras que en momentos de máximo entusiasmo se propagaban desde las gradas imitando las erres francesas del frenillo de El Perro Serrano.

El gigante que tuvo Casares frente a él su primer día de universidad tenía poco que ver con El Perro Serrano bajo y gordo que recordaba, pero apenas se fijó un poco vio en los cómicos flancos de la nariz del cíclope los mismos ojillos lentos, anhelantes de afecto, y en su masa de hombros y brazos, la mezcla de prestancia y bondad que era la exacta frontera de su cabeza con su corazón.

Casares se refugió en el abrazo de El Perro Serrano y en su compañía bienvenida, no sólo porque El Perro le traía recuerdos de tiempos felices, sino también porque la escuela de ricos en que Casares había reincidido lo hacía acordarse de la miseria esencial de sus antiguos tiempos escolares, el peso de su inferioridad económica en un medio de vástagos llamados a heredar la tierra. Nadie había aludido nunca, claramente, a esa inferioridad. Era un asunto menos claro y más serio que no tener dinero y ver a los demás gastarlo a manos llenas. Era una condición de extranjería, el hecho de no pertenecer, de vivir separado de los otros por una película invisible y desconocida en todo, salvo en el veredicto de segregación que era a la vez inapelable y terso.

Casares padeció esa segregación desde que entró al colegio. Una de las bendiciones de su vida en las afueras había sido no llevar encima la condena tácita de no pertenecer. Las afueras eran un orbe abierto donde cualquiera podía sentar sus reales sin pedir ni dar explicaciones de origen, lo mismo que en la cancha de basquetbol, con igualdad de reglas, sin marcadores ocultos ni ventajas previas. Al ingresar a la universidad Casares respiró otra vez la sustancia tóxica del privilegio, el destello involuntario y grosero de la riqueza en cuya atmósfera había pasado su adolescencia como El Paria tolerado de una iglesia, con acceso al ritual, pero no al sacramento. Desde los años de preparatoria, El Perro Serrano había sido para Casares, sin Casares saberlo ni entenderlo del todo, un escudo contra aquella sensación, porque El Perro era un hijo neto de aquel mundo, pero tenía litigios con él a causa de la leyenda negra que corría sobre el origen turbio de la riqueza de su padre, Artemio Serrano.

La leyenda de Artemio Serrano era moneda corriente en el desdén aristocrático del colegio. Recordaba su ascenso en las filas de un cacicazgo que fue pródigo en políticos y banqueros, más que en matones y caciques. La cabeza política del grupo había sido un abogado de pueblo que ignoraba ya la magnitud de su caudal cuando alcanzó la gubernatura de su estado y empezó a hacer negocios de verdad. La cabeza financiera era un contador que se hizo de un banco en la capital del país y lo extendió a ciudades de provincia, asociando al negocio a los ricos locales. La red bancaria provincial trajo nuevos negocios y nuevos intereses que dieron lugar a nuevas clientelas y nuevas lealtades en el interior del cacicazgo. La avidez del exitoso banquero por las mujeres dio frutos menos algebraicos que su genio bancario. Lo llevó de escándalo en escándalo y de ruptura en ruptura, hasta sumar seis divorcios. El cuarto de ellos, con una heredera industrial a la que su familia desconoció, siendo todavía una muchacha, por haberse marchado tras el banquero, ya maduro, que tocó en su fantasía las cuerdas convergentes del amor, la riqueza y la aventura. Ocho años de matrimonio con la desheredada terminaron en un divorcio que le costó al banquero la división de espectáculos de su emporio. Como parte del trato de ruptura, cedió a su mujer una cadena de radioemisoras, otra de cines, varios centros nocturnos y algo más. Terminado el divorcio, la mujer anunció que se casaría con quien había sido hasta entonces su acompañante público: un antiguo capataz y administrador de los ingenios del grupo, un hombre que había probado la cárcel y cambiado los recalcitrantes aires rurales de su inicio por las luces prometedoras de la ciudad. La mujer se llamaba Dolores Elizondo.

Su nuevo marido, Artemio Serrano. Serrano había obtenido en la cama el amor y los bienes de su mujer, pero había construido una fortuna propia a partir de esa adquisición corsaria. Multiplicó los cines hasta dominar y absorber a sus competidores. Multiplicó las emisoras de radio, hasta tener las de mayor influencia en diversas regiones. Hizo crecer los negocios de espectáculos y vida nocturna, hasta montar su propio criadero de cantantes con una firma disquera que promovía en sus radioemisoras. Se hizo del único canal de televisión que escapaba al control monopólico del grupo al que el gobierno había entregado todas las concesiones. Creó también una cadena de diarios de escándalo a cuya sombra prosperó como señor de famas y prestigios. Casares lo había visto dos veces. La primera, en una fiesta de cumpleaños a la que Alejo invitó al equipo de basquetbol. Artemio Serrano pasó junto a ellos, que cenaban en la orilla de la piscina, rodeado de gente a la que daba instrucciones. De pronto, como cayendo en cuenta de que su casa tenía invitados, vino hasta el festejo a dar un beso a su mujer y un capirotazo a su hijo. Había mirado fijamente a Casares, que al ponerse de pie lo igualó en estatura, como midiendo cada centímetro de su talla, antes de saludarlo con una mano grande, callosa como la piel de un elefante. La segunda vez Casares había visto a Artemio Serrano cruzando las puertas principales del colegio, seguido por el rector y por el prefecto de la secundaria. Lo acompañaban hasta la calle en un acto inusitado de deferencia y él les hablaba sin esperar o consentir sus respuestas, seguro y ligero en un traje de alpaca que caía sobre sus espaldas rectas como si se lo hubieran dibujado. Era un hombre alto, de piernas fuertes y cintura estrecha, el cuello corto y la cabeza metida sobre el trapecio de los hombros como si estuviera a la vez enconchado y seguro de su fuerza. Su cabeza cra grande, de mandíbulas anchas y frente baja. La nariz recta le daba un aire sombrío a la mirada que salía, bajo un ceño prominente, de las cuencas profundas de los ojos. Casares tenía una vaga simpatía por él, por sus maneras tajantes, por el modo en que pasaba invulnerable, acallando la murmuración, situado en un lugar de su propia hechura donde era imposible alcanzarlo.

Luego de su divorcio de Raquel y de la muerte de su madre, Casares había vivido unos meses con Julia en la casona familiar, pero Julia solía perderse días enteros en sus amores y la casa sola, resonante de duelo y silencio, se le venía encima a Casares cuando llegaba por las noches o amanecía con un sobresalto, sudando en su cama, tocado por los ecos de los muros y por los gritos acallados de su corazón. Julia había decidido conservar la recámara de su madre tal como la ausente la había dejado, pero aquel tributo, lejos de apaciguar su memoria, la echaba a cubetadas sobre Casares, quien volvía a verla tendida en la cama, los huesos afilados de la cara dibujando una muerte de perfiles pajizos, con arrugas y pellejos que no hablaban de su reposo eterno sino de su interminable agonía.

Para evitar aquellos regresos solitarios a la casona, Casares puso en las afueras una vivienda de nómada donde se quedaba los fines de semana, acompañado a veces por las cantantes y bailarinas de los grupos que contrataba, a veces por alguna de las muchachas que llegaban a su salón de baile dispuestas a borrar por una noche sus casas pobres, sus cuartos hacinados, sus armarios vacíos, muchachas que Casares trataba como socias, que venían a sus bailes disfrazadas de ciudad y de los sueños que podían colectar en la radio doméstica, en la televisión del vecindario, en los ejemplares viejos de revistas de celebridades que rentaban en los tendejones del mercado. Cada fin de semana, las luces del salón de baile de Casares las llamaban a perderse en su círculo mágico de ilusiones posibles y aventuras al alcance de la mano. Irse a dormir una noche con el dueño del circo de neón era irse a dormir con parte de sus ensueños.

Antes de entrar a la universidad, Casares cedió a Julia la casa familiar y rentó un departamento en el barrio vecino, frente a un parque donde había pasado años de infancia jugando y peleando, aprendiendo la calle. Tenía dinero ahora para pagarse un sitio en el lugar que ambicionó de chico, el edificio de fin de siglo con puertas de bronce y elevador de reja al que había visto entrar tantas veces, rumbo al estudio del fotógrafo que ocupaba el fondo, a aquellas mujeres jóvenes y sueltas, elegantes y ajenas, que eran la materia inalcanzable de sus propios ensueños, el estilo de una belleza que despertaba menos su deseo que su imaginación, menos su hambre erótica que su apetito de triunfo y prestigio. Casares no había sido parte de ese mundo, pero ahora podía pagarlo y ese hecho lo dispensaba de pertenecer. Mejor aún, le daba una forma de pertenencia despótica, la pertenencia de quien ha escalado el balcón para plantarse en la recámara vedada ejerciendo no un derecho adquirido, sino una voluntad soberana. Portaba esa resina protectora de sus poderes adultos en la universidad, midiendo con desdén la facha joven, borrosa aún, de gente cuyas ventajas habían dejado de impresionarlo. Tenía sobre ellos la experiencia de haber ido más allá, hasta una realidad ignorada por las pasiones sin eje que eran la materia misma de la universidad, el lugar que Casares veía como una incubadora para mantener un tiempo a los cachorros, unidos y seguros en el cascarón de sus privilegios, mientras llegaba la hora de saltar al terreno escarpado de fuera, cuyo dominio habían heredado y debían, sin embargo, refrendar. Casares sabía de los terrenos llanos del origen, porque labraba en ellos su propio origen. No había un origen previo al que pudiera voltear en busca de piso y principio. Él era su propio piso y su único principio, el resumen de sí, la totalidad de su historia.

Capítulo 2

El Perro Serrano volvió a ser el remedo de la sombra de Casares. En su proximidad sin condiciones, Casares encontró descanso y calor. Se dejó atraer por el fuego fraterno de Alejo a la frecuentación de su casa, una mansión de tres pisos con dos torreones, cuyas rutinas desconocían la escasez y el sobresalto. Para Casares fue un sustituto del hogar deshecho en cuyos restos flotaba el fantasma de su madre. Nada era tan agradecible en la casa de Alejo Serrano como el orden manirroto de la abundancia sobre el que imperaba con mano discreta Dolores Elizondo, la madre de El Perro, la mujer de Artemio Serrano. El tiempo que Casares pasaba en la casa de El Perro, lo vivían prácticamente solos, metidos en uno de los torreones que era su comandancia general. Ahí estudiaban y bebían cerveza, veían televisión y jugaban billar. La presencia de Artemio Serrano se dejaba sentir sólo en el movimiento frenético de autos y ayudantes, cuando llegaba por las noches; la de Dolores se restringía a una que otra aparición furtiva para ver si todo andaba bien.

Dolores Elizondo era una mujer de cincuenta años que conservaba la cintura y usaba píldoras para dormir. Bebía dedales de oporto todo el día. Tenía los ojos azules que había heredado El Perro y una mirada melancólica que echaba sobre su hijo cuando no la veían, como si lo compadeciera a él por existir y se reprendiera a sí misma por no haberlo protegido de las asechanzas del mundo. Había llegado a contener ese sentimiento en su trato con Alejo, pero estaba siempre ahí, asomando a la comisura de sus ojos, cuando creía que nadie la miraba mirarlo.

Muy temprano en la mañana, Casares iba a las afueras a verificar sus convoyes, regresaba al mediodía a comer y cambiarse para ir a la universidad forrado por su secreta superioridad y su secreta minusvalía ante el mundo de los ricos. Los fines de semana iba a las afueras mañana y tarde, desde el viernes, a vigilar sus camiones y sus bailes, y a contar él mismo las ganancias al final de la jornada. No podía ir a las fiestas de la universidad esos días, ni parrandearse con sus compañeros, pero tampoco podía quitarse de encima a El Perro Serrano, que lo interrogaba una vez y otra sobre las razones de su ausencia, instándolo a salir con compañeras del salón, a llevarlas al cine o visitarlas en sus casas precisamente los días y las horas que Casares necesitaba dedicar a sus negocios. Durante el primer año de universidad Casares mantuvo a El Perro lejos de su vida en las afueras, compartiéndole sólo su departamento de soltero, que para El Perro era una ocasión de beber cerveza y ver la televisión a sus anchas, gritándole a la pantalla sus entusiasmos y decepciones como si la pantalla pudiera escucharlo, situación aparatosa que lo acercaba como ninguna otra a los territorios de la idiocia que eran su frontera latente.

Un día, sin embargo, Casares llevó a El Perro a las afueras. Lo hizo pasar una tarde inspeccionando las camionetas que abrían sus entrañas de mercaderías en distintas esquinas mochas, lo dejó arengar a los parroquianos recordándoles que podían pedir al sistema de sonido las canciones de su preferencia, lo puso a contar el dinero de las ventas y a verificar las cantidades sobrantes, lo dejó que estibara e instruyera cómo estibar en la bodega donde se cerraban las cuentas finales y se guardaban las nueve camionetas que formaban el mercado portátil de Casares. El Perro pasó esa primera tarde hasta la noche en los dominios de Casares. Fue como visitar otro planeta, un asombro activo y jocundo que alcanzó su clímax en el salón de baile, donde Casares lo puso a vigilar el cobro de la entrada y después el arroyo de refrescos y cervezas que corría desde el bar.

Sudó y sonó el local en todo su lumpenesplendor hasta la madrugada, erotizado por un grupo de cumbia que tenía dos bailarinas semidesnudas. Sudó y trabajó El Perro Serrano, metido en el tráfago insólito como si hubiera estado en él toda la vida, cumpliendo instrucciones de Casares, inspeccionando, ayudando, hasta que el círculo mágico acabó de cerrarse sobre él cuando una de las muchachas del rumbo lo sacó a bailar. No sabía bailar El Perro y hacía el papel de oso frente a las pisadas raudas y rítmicas de su invitadora, pero su cara brillaba de alegría, llena de mundo, fundida en los otros, como cuando presidía las porras en el bachillerato y el equipo ganaba y él era una sola emoción de pertenencia con los demás, a salvo de su frenillo y de su cuerpo rechoncho y risible. La mole en que se había convertido ese cuerpo, la mole pantagruélica, cómica, noble aún en sus protuberancias y desmesuras, tuvo también su hora de comunión mientras bailaba, volviendo divertida su torpeza y adorable su ineptitud. Cuando caminaron al coche en la madrugada con el maletín del dinero de la jornada bajo el brazo de Casares, El Perro levitaba todavía. Tenía la mirada limpia y sana, como si lo hubieran lavado por dentro.

—¡Me sacaron a bailar, Casares! —gritó, incrédulo, en la calle desierta y miserable—. ¡Me sacaron a bailar! ¡Y me agarraron la pinga!

De nada habló Alejo Serrano la semana siguiente sino de su viaje a las afueras y a ningún sitio quiso volver sino a los mercados esquineros de Casares y al salón ya mitológico para él donde una muchacha morena que cabía tres veces en sus brazos de cíclope lo había sacado a bailar y le había mostrado que lo amaba agarrándole la pinga. Casares volvió a llevarlo y El Perro volvió a levitar y a exigir pronto regreso. Casares lo llevó otra vez, y otra, hasta que El Perro se volvió en esto también como su sombra. Encontró un entusiasta lugar como miluso de Casares en las afueras, pero fue también desde el principio un curioso atractivo para hombres y mujeres, acaso por su tamaño insólito en ese mundo de gente baja y ligera, anterior a la proteína, acaso por su candor irresistible y su disposición infantil ante la vida, acaso por extensión del cuidado que le prodigaba Casares. Seguramente por todo eso junto, y porque El Perro, como sabía Casares, tenía un encanto adictivo, una capacidad indefinible de pegarse y hacerse parte del medio, de resbalar, pese a su tamaño monumental, por las rendijas de los otros y ponerse ahí en disponibilidad de afecto sin despertar sentimientos de intromisión o peligro. No habían transcurrido dos meses de aquel trato informal cuando Casares llamó un día a El Perro para hablarle a solas en la bodega y le dio un sobre con dinero.

—Es la paga que te toca —le dijo—. Te estoy pagando el doble que a los demás, porque según yo has rendido el doble. Quiero saber si estás de acuerdo.

El Perro contó el dinero y se le echó llorando en los brazos a Casares. Luego, al regresar en la madrugada, le dijo:

—Es el primer dinero mío que me gano en la vida. Y me lo gané trabajando contigo. No voy a gastarlo, lo voy a guardar como recuerdo.

Lo puso en una pitillera de plata que andaba suelta por su casa con las iniciales de su padre, a quien convocó a la ceremonia. El tiempo que Alejo llevaba saliendo a las afueras con Casares lo llevaba también de desbocada narración de su experiencia en el espacio familiar, donde Casares tuvo que ofrecer una explicación de sus negocios a guisa de informe tranquilizador sobre las excursiones de Alejo a las afueras. Artemio Serrano escuchó aquel informe mirando con fijeza complaciente a Casares, mientras Dolores externaba inquietudes sobre los riesgos de riña y violencia que pudiera haber en esos bailes.

—No ha habido nunca un pleito —mintió Casares, y Artemio Serrano se lo hizo saber con una sonrisa—. Un pleito serio, no ha habido —corrigió Casares—. Los mismos muchachos de ahí controlan. Les damos una propina y ellos se encargan.

La mirada de Artemio Serrano volvió a cazarlo con su ironía al pasar de las últimas frases. Cuando Casares terminó de contar su novela, Artemio Serrano quiso saber cuándo y cómo había empezado con los negocios en las afueras. Casares le contó sin entrar en detalles.

—¿Cuándo compraste tu primera camioneta? —preguntó Artemio.

—Hace cinco años —respondió Casares.

—¿Cuántas tienes ahora?

—Nueve —dijo Casares.

—Sin contar el salón de baile, has crecido nueve veces en cinco años —sumó Artemio Serrano—. Eso es lo que crecieron mis negocios en la última década. Quiere decir que creciste al doble que yo.

—No es comparable —alegó Casares.

—Es perfectamente comparable —dijo Artemio Serrano.

No volvieron a cruzar palabra sino tiempo después, cuando Casares recibió una llamada de la secretaria de Artemio Serrano informándole que tenía una cita con El Señor la siguiente semana en sus oficinas del sur de la ciudad. Casares acudió nerviosa y puntualmente. Estaba acostumbrándose apenas a la serena amplitud del despacho, una sala de muebles de cuero aromada por un rastro de tabaco, cuando Artemio Serrano abrió el fuego:

—Investigué tus negocios en las afueras —dijo, en su peculiar forma directa, lejana por igual de la cordialidad y la bravata—. Estoy muy impresionado.

—No valen un piso de este edificio —quiso halagarlo Casares.

—Valen más en potencia —dijo Artemio Serrano.

—No veo cómo —sonrió Casares.

—Tú mataste a un hombre —lo asaltó Artemio Serrano sin cambiar el tono de la voz, dejando sólo de hojear el expediente que tenía en las manos para mirar a Casares.

Casares sintió que el piso se hundía bajo sus pies. Tuvo el impulso ciego de correr o agredir, pero dijo:

—Fue un accidente.

—No fue un accidente —contestó Artemio Serrano.

—Quisieron extorsionarme —explicó Casares—. Fue un accidente y me absolvieron.

—Te absolvieron, pero no fue un accidente —repitió Artemio Serrano—. Fue una necesidad. Quiero que me cuentes exactamente qué pasó.

—Quisieron extorsionarme —volvió a decir Casares.

—Eso ya lo sé. Ya lo dijiste —recordó Artemio Serrano.

—Si ya lo sabe, no hace falta contarlo de nuevo —dijo Casares.

—No lo sé completo —puntualizó Artemio Serrano—. Me gustaría saberlo completo. Si no tienes inconveniente.

—No tengo nada que ocultar —se defendió Casares.

—Ya lo sé —dijo Serrano—. Y nada de lo que hayas hecho va a asustarme. De eso puedes estar seguro.

—Era una banda de muchachos del barrio —explicó Casares—. Querían la mitad de los ingresos del salón de bailes.

—Eran pandilleros —precisó Artemio Serrano.

—Pandilleros del barrio —admitió Casares.

—¿Y qué pasó? —preguntó Serrano.

—Una noche, vino el jefe de la banda a quererse llevar el dinero de las entradas —contó por fin Casares—. Me negué a darle nada, pero empecé a hablarle, a explicarle la situación. Me escuchó, pero sacó una navaja mientras le hablaba. Pensé que estaba inseguro y le seguí hablando y me lo fui llevando hacia el salón de baile, donde estaba la gente, para mostrarle la verdad de lo que le estaba diciendo. Ahí se descuidó un momento, porque estaba tomado. Me le fui encima y cayó para atrás, de espaldas. Estaba demasiado borracho y cayó como un fardo, pero pegó en un borde con la nuca. Murió de ese golpe. Fue un accidente. El juez me dio defensa propia.

—Sí —caviló Artemio Serrano—. Eso es lo que dijo el juez. Y es lo que dice la ley. Pero a mí no me interesa lo que dicen los jueces ni lo que dice la ley. A mí lo que me interesa es la realidad.

—La realidad es que yo no quería matarlo —dijo Casares—. Quería desarmarlo nada más.

—Que lo hayas matado está bien —absolvió Serrano.

—No quería matarlo —repitió Casares.

—No, pero está bien que lo hayas matado —insistió Artemio Serrano—. Lo que quiero decir es que, aunque no querías matarlo, fue mejor que se muriera. Después de ese incidente, nadie volvió a molestarte, ¿o sí?

—No.

—Ahí tienes. No es eso lo que me preocupa. Lo que me intriga de lo que me has contado es por qué llevaste al tipo hacia el salón de baile, hacia donde estaba la gente, para tener el pleito ahí. ¿Por qué no lo llevaste afuera, donde nadie pudiera verte?

—Es un consejo que me dio un padre jesuita —dijo Casares.

—¿Cuál es ese consejo? —sonrió Artemio Serrano.

—Nunca te pelees, pero cuando tengas que pelearte, pega primero sin avisar, y pelea siempre donde haya gente.

—¿Para qué hace falta la gente?

—La gente por lo general detiene a los que se están peleando. Detiene a uno o a otro, o detiene al que va ganando, y ninguno pasa a mayores.

—Quisiera conocer a ese jesuita —dijo, sonriendo otra vez, Artemio Serrano—. Pero no te invité para hablar de jesuitas sino para proponerte un negocio ¿Lo quieres oír?

Casares asintió.

—Es una oportunidad para ti y para Alejo. ¿Van en tercer año de la universidad?

Casares asintió.

—Igual podrían ir en cuarto o no estar estudiando. Las cosas fundamentales no se aprenden en la universidad. El caso es que aquí hay una oportunidad para ti y para Alejo. Tengo este elenco de cantantes y bandas en la disquera. No hallan qué hacer. Está caído el mercado y quieren ganar dinero. Les digo "Salgan de aquí, vayan donde la gente quiere oírlos". "¿Y dónde es eso?", me preguntan. "Donde no los han oído", les contesto yo. "Fuera de la capital. Échense a la carretera, recorran el país". La oportunidad de la que les quiero hablar a ti y a Alejo es ésta: organicen tú y Alejo un circuito de tandas viajeras con esos grupos y cantantes, para que vayan presentándose por toda la república. ¿Te gusta la idea?

Casares asintió.

—Ellos cantan, ustedes organizan. Yo les regalo la publicidad en las emisoras de radio. Ellos se dan a conocer, tú y Alejo cobran, yo promuevo mi elenco disquero en toda la república. Si el negocio sale bien, hacemos una compañía y me dan un porcentaje. ¿Por qué no lo piensan?

Casares asintió.

—Aquí están los contratos para formar la compañía —siguió Artemio Serrano, extendiendo los papeles que llevaba en la mano—. La compañía es de ustedes, pero me dan una opción de compra de la tercera parte. Estúdienlos y defínanme cuando estén listos. No es un negocio muy distinto del que ya tienes en los basurales. Si has encontrado dinero ahí, no veo por qué no vas a encontrarlo en esto. En el fondo no se trata sino de darle a la gente lo que quiere, ¿no te parece?

Casares asintió.

—A veces, hay que descubrirle a la gente lo que quiere —dijo Artemio Serrano—. Lo que la gente quiere no es siempre lo que más le conviene, ni es siempre lo que ordena la ley, como te consta. ¿Quieres saber lo que pienso de la ley?

Casares asintió.

—Pienso que lo que la ley dice no es lo que sucede en la realidad. La ley dice una cosa y la realidad dice otra. Yo le doy a la gente lo que quiere realmente, aunque no sea legal. Nadie puede culparme de eso. Si la ley se contrapone a la realidad, peor para la ley. Ahora bien, una sola condición voy a ponerles. ¿Quieres saber cuál?

Casares asintió.

—No quiero nada de gobierno en esto —dijo Artemio Serrano—. En cuanto vean artistas y gente a montones van a querer meterse los gobiernos locales para que les toque algo del juego. Mi posición es que al gobierno no deben tocarle más que mordidas y sobornos. No quiero al gobierno en mi vida para ninguna cosa que no sea sobornarlo. Esto es lo que pienso del gobierno: no hace falta más que para sobornarlo. Eso es lo que yo necesito del gobierno y eso es lo que el gobierno necesita de mí. Si está claro eso, falta nada más que se aclaren ustedes. ¿Estás de acuerdo?

Casares asintió.

—¿Cuándo podemos vernos para esto? —preguntó Artemio Serrano—. Cuando ustedes quieran, cuando estén listos. ¿Te parece bien la semana entrante?

Casares asintió.

—La próxima semana, entonces —definió Artemio Serrano—. Mi secretaria les llama para darles una cita. Me dio gusto verte. Sé qué vamos a hacer grandes cosas, ustedes en particular, que tienen el mundo por delante. El mundo es ancho y ajeno. Hay que hacerlo ancho y propio, ¿no te parece? Éste es el principio de todas las cosas, la forma como las cosas deben ser vistas desde el principio.

Y Casares asintió.

Asintiendo a todo empezó la relación de negocios de Casares con la familia Serrano. Fue una relación larga y rentable, que no tuvo titubeo ni desperdicio. Primero fueron las tandas en provincia, luego vino lo demás. Con los artistas de Artemio llenaron circos y teatros, estadios y palenques. A poco de empezar, tenían catorce ciudades donde hacían tres temporadas al año. Un grupo reclutado por Casares en sus dominios de las afueras iba de avanzada a los lugares, controlaba la puerta, sacaba borrachos, ponía cordones aislantes en estrados, transportes y camerinos. Lo mandaba Ramón Canales, apodado El Ñato, un pandillero rival del muerto de la vieja riña, que había guardado a Casares en su casa hasta que pasó el escándalo de la policía y Casares pudo presentarse en los juzgados con un amparo que impidió su arresto.

—Te la debo por siempre —le había dicho Casares a su inopinado protector.

—Págamela ahora con trabajo —le había respondido El Ñato—. Déjame cuidar tu bailadero, que no tiene igual.

Desde aquel muerto sin sosiego de las afueras, El Ñato era la gente de confianza de Casares, y el rey sustituto de su reino de los milagros.

Casares fue dueño a tercios, con Alejo y Artemio, de la empresa de promociones que recorrería la república. A mitades con Alejo organizó también una casa productora para dar a la corporación de Serrano servicios de publicidad y mercadeo. Todo fueron ganancias. Un año antes de salir de la universidad, Casares pudo comprar la cadena de hoteles que se había vuelto su obsesión, por el único motivo perdido, guardado sin violencia en el arcón de su memoria, de que en una de las suites del mejor de ellos había vivido su hermana Julia bajo la sombra turbia del licenciado Muñoz.

Una madrugada, en medio de una fiesta que duró todo el día, Casares recordó que iba a cumplir treinta años. Supo que el vértigo era la divisa del tiempo y de su propia vida, rápida hasta ahora como un sueño sin huellas. Cada año organizaba esa fiesta con El Perro para los compañeros de generación de la universidad. Artemio Serrano les enviaba compañía en oleadas de muchachas con los pelos al aire, escarchas en los párpados y cadenillas de oro en los tobillos esclavos. Después de cierta hora, circulaban semidesnudas ofreciendo sus cuerpos y su risa. Casares había tenido una. Estaba en la segunda cuando vino hasta él como un vahído el recuerdo de su hijo Santiago, un rayo de nostalgia que alumbraba un canto triste y fuerte. Le pidió a la mujer que saliera y se quedó en la cama desnudo, lleno de sí, riendo y consolando el recuerdo de Santiago. Pensó en Santiago, extrañó a Santiago, necesitó a Santiago.

Había ido a verlo varias veces a la ciudad norteña donde vivía con Raquel. Le había dado a Raquel la organización de las tandas de artistas itinerantes en esa ciudad y no había dejado nunca de enviarle dinero. Raquel se había casado nuevamente, luego de esperarlo algunos años, y nada tenía ya que decir en su vida. Casares recordaba a Santiago bebé, trepando por los muslos desnudos de su madre. Lo recordaba niño después, inseguro de piernas y palabras. Lo recordaba de seis años, esperándolo de pie en la puerta de su casa, peinado y trajeado, con el ceño fruncido y cara de circunstancias para salir a comer una comida en la que se oyeron masticar y se desviaron la mirada todo el tiempo, separados por un mar de incomodidades y cohibiciones. Casares había visto pasar los años, sus años, en la edad cambiante de ese niño que no reconocía al volver a verlo ni era reconocido por él. El último recuerdo de Santiago que Casares guardaba era que se le había echado a llorar en el coche clamando por su madre en el trayecto al circo a donde iban, rechazo por el cual Casares dio la vuelta y lo regresó a los brazos de su mamá como quien advierte una afrenta y devuelve una falsificación. No volvió a ver a Santiago sino años después, cuando el niño se había disuelto en un adulto precoz al que tampoco reconoció, como para prolongar el hecho de que la historia entre ellos sólo fuese distancia y desconocimiento.

Al margen de la alianza con Serrano, los negocios de las afueras habían cambiado. Eran ahora una red de tiendas que incluían aparatos eléctricos y productos de belleza. El salón de baile se llamaba El Palacio de Noche ("porque de día sigue siendo una pocilga", acotaba Casares cada vez que tenía que explicar el nombre). Tenía un sistema de luces y una planta eléctrica propia. El Ñato administraba todo eso. Era el capataz y la bisagra, se extendía sobre ese terreno con derecho y peso propios, como socio menor y representante único de Casares. Casares no dejaba de venir a supervisarlo todo, a cerciorarse de que las camionetas siguieran colonizando las afueras, extendiendo su mesa de bienes esenciales a los linderos de miseria que se añadían a la ciudad cada semana. Al final de las cuentas, peso por peso y esfuerzo por esfuerzo, los rendimientos mayores de todos sus negocios seguían viniendo de ahí, de los puestos efímeros y los bailes de la pobreza que pedían poco y daban todo.

Venía a mirar y a medir todo eso. Venía también a respirar, como siempre, la libertad de aquel orbe sin reglas ni ventajas y, desde hacía algún tiempo, a perder el nombre y la memoria entre los brazos de Belén Gaviño, su pasión confidencial de las afueras. Se había topado con ella el día que cumplió treinta y cinco años. Le montaron una mesa celebratoria en El Palacio de Noche y vio a Belén pasar a un lado, bailando sola, las caderas buscando una pareja y las piernas tostadas, duras, tersas y tensas, refulgentes de su lisura como si estuvieran bañadas en sudor o cultivadas en aceite. Al final de la noche la vio otra vez, sentada en un grupo de muchachas que reían por tandas, contándose historias desveladas.

—No ficha —le informó El Ñato, atento siempre a las miradas de Casares. Quería decir con eso que Belén no se vendía.

—¿Crees que quiera cenar? —preguntó Casares.

Quiso. La vio comer con las manos unas fritangas que sorprendieron en la última esquina del barrio. Al despedirse, Casares encontró en Belén la mirada que necesitaba. El Ñato le dijo dónde vivía y Casares fue a buscarla una mañana. La calle de Belén no era una calle, sino un sendero de casuchas con piso de tierra por donde Casares entró agazapado, sorprendiendo a una mujer que daba pecho y a un hombre que dormía la borrachera sobre un catre que picoteaban dos gallinas. Al fondo, distraída, en escuadra sobre una paila de latón, Belén fregaba ropa contra un costillar de plástico. Tenía los pelos negros y alborotados, una mancha de sudor sobre el vestido deslavado, con hilachos en los bordes. El vestido no tenía mangas, le quedaba corto y no alcanzaba a cerrarle por la cremallera de la espalda. Al sentir al intruso, Belén se puso de pie y lo miró de frente. Tenía los brazos caídos y el cuello mojado, los muslos al aire, una sonrisa alerta, incrédula y suficiente, sin una sombra de pena.

—Si te ven mis primos, te van a fregar —le dijo a Casares—. Y a mí me van a dejar pelona.

—No he hecho nada todavía —se disculpó, riendo, Casares.

—Todavía no —aceptó Belén—. Pero claro se ve que eso no va a durar.

—Es posible que no dure —dijo Casares—. Y también es posible que te veas mejor pelona.

La primera noche que pasaron juntos, Casares se quedó dormido en cruz, boca arriba y despatarrado, en su departamento de las afueras. Belén se fue de madrugada, sola y sin hacerse sentir, por los andadores miserables del rumbo.

—Es su barrio, nada le va a pasar —explicó El Ñato al día siguiente, calmando las alarmas de Casares—. En adelante habrá quien la cuide.

Cuando volvieron a verse, Belén Gaviño le dijo:

—Quiero que me cuides si quieres, pero no que te cuides de mí. Eso es todo lo que quiero. Que estés conmigo sin cuidarte de mí. Como esa primera noche que te quedaste dormido después.

—¿Para qué me quieres dormido? —preguntó Casares.

—Dormido, nada te separa de mí —dijo Belén—. Despierto, nos separa todo.

Al principio Casares vino a Belén Gaviño como a una fiesta clandestina, a escondidas incluso de El Perro. Una fiesta imantada, también, que apenas lo dejaba ir antes de atraerlo de nuevo. Iba a verla varios días de la semana, a cualquier hora, y al principio, dos veces el mismo día. La recogía al final del caserío o Belén, avisada por un propio de El Ñato, lo esperaba en el departamento de las afueras que se había organizado Casares, una especie de galpón de techos altos con un baño y una cocina, un solo espacio abierto, separado por biombos para la recámara y la sala. En la parte de atrás había un predio, donde encerraban a veces las camionetas, que Casares había ido volviendo un patio con césped como una cancha de futbol.

Antes de decidirlo o planearlo, cuando vinieron a darse cuenta, había pasado un año, Belén se había mudado a la vivienda de Casares y Casares venía al menos dos noches de cada semana a dormir con ella, buscando su cuerpo encendido y sus brazos a salvo de la prisa, como un escondite donde quitarse de encima la cabeza y descansar de sí. De modo que Belén se había vuelto ya la casa de Casares cuando Casares decidió construirle una casa. No pensó ni midió las consecuencias. Un día simplemente hizo venir un ingeniero al traspatio de su vivienda y le pidió a Belén que aprobara los planos. Durmieron en la vivienda de siempre mientras construían atrás. Cuando la obra acabó, Casares hizo una fiesta a la que invitó a los primos de Belén que quedaban.

—Esta casa es de Belén —les dijo—. Ustedes pueden vivir en la casa de adelante, que hasta ahora fue la mía. Yo voy a vivir con Belén en la de atrás.

—¿Te vas a casar con Belén? —preguntó el primo más viejo, Gabriel, que tenía veinticinco años.

—Yo ya fui casado y no sirvió —dijo Casares—. Esto, quiero que sirva.

Los primos de Belén vivieron ahí hasta que acabó de alcanzarlos el corrido de sangre que fue su vida en las afueras. Belén le había contado parte de esa historia una noche y Casares la había completado con lo que sabía El Ñato. Habían hecho una película para Artemio Serrano con la historia de los Gaviño y se había vendido como pan caliente en los cines de la frontera. El cuerpo de Belén Gaviño y las vidas de sus primos quemados por la ciudad fueron las señas de identidad de su tribu familiar de las afueras, el sitio al que Casares volvía cada semana como el animal a la cueva, a descansar y saberse a salvo, el lugar que sin embargo no podía nombrar ni exhibir ante los otros, el sitio de su plenitud y su misterio, de su felicidad y su engaño, de su pertenencia y su mentira.

Los detalles de aquella doble vida sólo había podido contárselos a su hermana Julia, desde siempre testigo de sus escondrijos. Julia vivía casada en Los Ángeles, pero venía con frecuencia a la ciudad a remojarse en el varón que había sido el amor itinerante de su vida, una pasión veinteañera de cuya fuerza no había podido zafarse, y al que iba y venía, como las mareas a la playa, siempre parecida y distinta, intermitente y fatal. No podían vivir juntos ni separados, vivían entonces a trechos de amores y ausencias, maestros de la añoranza y los reencuentros. Julia venía también a ver a Casares, porque Casares era su brújula nómada, la aguja que apuntaba al lugar esencial de lo que habían perdido.

El año que Casares cumplió cuarenta años, Julia vino cargada de regalos y presagios. Había visto un cometa. Había ganado un sorteo con un número que le vino en sueños. Había encontrado en un viejo libro sobre la madera una foto del campamento que su padre, Julián Casares, tuvo en los linderos de La Reserva de Miranda, mil años y una vida antes de la suya. Casares tenía prisa, como siempre, y no entendió los presagios. Julia le contó entonces de su último hallazgo: la mujer libanesa, sobreviviente de Carrizales, a la que había encontrado en un café del centro mientras esperaba que le leyeran la fortuna escrita en los asientos de la taza.

—Esa mujer es testigo —le dijo a Casares.

—¿Testigo de qué? —gruñó Casares.

—Testigo de la vida en Carrizales. Testigo de Julián y Rosa jóvenes, antes de nosotros y de sus apellidos —dijo Julia, que hablaba siempre de su padre ido como Julián, y de su madre muerta como Rosa, nunca como "papá" y "mamá", porque los llevaba en su memoria como una leyenda autónoma, no como un recuerdo familiar.

—No me interesa el pasado —resumió Casares.

—No es el pasado. Es el presente —aclaró Julia—. La señora está viva, tenemos que verla.

—No tenemos —rehusó Casares.

—Tenemos —se empeñó Julia.

—Yo no —dijo Casares.

—Tú también, mono saraguato —lo atacó Julia con dureza encantada de hermana mayor—. Tú, más que nadie. Tú, que no sabes quién eres ni a quién quieres, monito saraguato, ni cuál es el lugar que te toca en el mundo.

La mujer que había encontrado Julia se llamaba Nahíma Barudi, en extraña obediencia primogénita al nombre de su padre, Nahím. La madre de Nahíma, Soraya, había sido entregada a los quince años en matrimonio al hombre de cuarenta que vio por primera vez desde la ventana de su casa, caminando por las calles de Beirut. Soraya pensó al verlo: "Qué viejo más viejo y más feo". La segunda vez que lo vio fue sentado en la sala de su casa, mostrándole al padre de Soraya postales de Nueva York y pidiéndole la mano de su hija para llevarla a América. No la llevó a Nueva York, como es obvio, sino a Carrizales, donde Soraya lloró todos los días de su vida el haber sido arrancada de su casa y de sus sueños de Beirut. Tuvo ocho hijos. Repitió en todos los rasgos de su esposo, que pasaron por el molde de Soraya como por un espejo que los mejoró sin mudarlos, quitando lo que sobraba y poniendo lo que faltaba para obtener de la grotesca máscara paterna, una sucesión de filigranas. Hija de aquellas mezclas, Nahíma Barudi había volteado la esquina de sus años sesenta, pero conservaba intacto el fuego de los ojos y las raíces negras del cabello metidas en el óvalo de nácar de su rostro. Tenía la nariz larga y suave como un glifo maya, las cejas arqueadas como una interrogación, los labios carnosos y bien dibujados, con arrugas que no les habían quitado la humedad y años que no les habían robado la memoria.

—Eres igual a tu padre —le dijo Nahíma a Casares, con los ojos vidriados de lágrimas, cuando lo vio de cuerpo entero en la pequeña sala del departamento donde pasaba sus días consintiendo augures y quiromancias.

Antes de que Casares pudiera reponerse, Nahíma Barudi siguió:

—Advierto que quise a tu padre como sólo puede querer quien cree en la fatalidad de los amores. Es decir, sabiendo que es inútil resistir. Fue inútil resistir con tu padre, tanto como persistir. Pero el amor tenido, ¿quién te lo quita? Nadie, ni siquiera el que se niega a dártelo. El amor vive solo, es su propia invención. El querido es sólo un pretexto, una coartada. ¿Tú sabes lo que es eso: no resistir a la fatalidad de los amores? No creo. Tú, como buen Casares, no entenderás nunca eso.

—No creo en la fatalidad de los amores —dijo Casares un poco harto.

—Claro que no. Porque eres un Casares —dijo Nahíma—. Te advierto que no lo hurtas, lo heredas. ¿Puedo ofrecerles algo? ¿Qué les ofrezco?

Les ofreció café y unos dulces árabes rezumantes de miel que se llamaban dedos de novia. Sin esperar que preguntaran volvió a hablar. Mejor dicho, empezó a contar, porque no había dejado de hablar desde que llegaron. Les contó la fundación de Carrizales y de la esquina donde el viejo Casares había puesto su nombre y su dinero. Les contó del Casares primogénito perdido en un ciclón, y de los hombres del chicle que bajaban al pueblo ansiosos de alcohol y mujeres, con sus orejas mondas por la mosca del monte. Les contó la muerte mítica del primer Induendo embrujado por la Xtabay y de la guerra antiquísima, que libraban todavía. De pronto, Casares pensó que escuchaba a su madre. Por un momento confuso Rosa Arangio, su madre, reencarnó para Casares en la boca de Nahíma Barudi, que lo contaba todo otra vez, igual y distinto, como la marea del amor itinerante de Julia, como la propia memoria de Casares, que iba y venía sin detenerse, ni notarse, ni dejarlo en paz.

—Prométeme que vas a volver —le exigió Nahíma Barudi a Casares cuando llegó el fin de la visita.

—Va a volver —aseguró Julia.

—Seré una vieja romántica y antojadiza —le dijo Nahíma a Julia, riendo—. Pero ver a este hombrón igual a su padre y a su abuelo me ha hecho sentir joven. Me has traído mi juventud a bocanadas —le dijo a Casares—. Aunque me indigeste después. Prométeme que vas a volver. Tengo todas las cosas que contarte.

—Lo sé —dijo Casares.

—Prométeme, no me hagas insistir —insistió la mujer. Le dijo a Julia—: Va a resultar mi especialidad rogarle sin éxito a los Casares.

Casares prometió que volvería. Al salir, vio el aire de pena lavada y emoción cumplida en la frente de su hermana Julia y la oyó decir:

—Esta mujer sabe dónde está Julián.

—No me interesa dónde está Julián —cortó Casares.

—¿No quieres verlo? —preguntó Julia.

—Yo no —dijo Casares

—Yo sí —sentenció Julia y persistió en el tema durante el camino. Casares no dio su brazo a torcer. Negó todo interés en el asunto. Un aire de encuentro y alivio lo visitó sin embargo por la noche, mientras Belén le peinaba el sueño, acariciándole la frente, trayendo al paso de las manos una brisa benévola y antigua, una brisa reparadora de mar olvidado y pueblo joven.

Capítulo 3

Belén Gaviño era la gloria plebeya de Casares, su amor moreno de las afueras impresentable en el teatro de la ciudad donde los negocios de las afueras no existían para nadie, salvo para Artemio Serrano, que seguía con detalle sus avances y rendimientos.

—Es tiempo de que hablemos de compartir —le dijo una noche Artemio Serrano a Casares, mientras jugaban billar en el antiguo torreón de la casa que había sido el cuartel de El Perro cuando iban a la universidad. Artemio le hablaba siempre a Casares en plural, incluyendo en el número a El Perro—. Quiero tenerlos adentro de mis negocios. Y quiero tener también un pie dentro de los suyos.

Les propuso esa noche que reunieran todos los negocios en una misma empresa corporativa familiar, conservando él y Dolores la mayoría y reservando para El Perro y Casares dos partes iguales que, sumadas, dieran un tercio de todo. No le gustó a Casares de partida, porque su instinto iba siempre buscando la autonomía y porque sus negocios de las afueras tenían una carga de secreto que no quería violar ni traer a la luz. Pero la oferta de Artemio Serrano no incluía los negocios de las afueras, suponía multiplicar varias veces, de un golpe, el valor de las cosas de Casares y abría para él un horizonte de negocios a escala de los negocios de la familia Serrano. Volvió con una respuesta afirmativa días después:

—No quiero restar de lo que le toca a Alejo —precisó—. Quisiera la décima parte de todo en vez de la mitad del tercio de Alejo, y que conserven ustedes treinta por ciento cada uno. La décima parte es un trato más que generoso para mí.

—Mirando al futuro, será barato para nosotros —dijo Artemio Serrano.

—El futuro no existe —descontó Casares—. Con trabajos existe el pasado.

—El futuro eres tú —le sonrió Artemio Serrano.

—Dejemos abiertas opciones de compra para el futuro, entonces —sugirió Casares—. En todo caso, quisiera dejar una cosa fuera de este trato.

—¿Los hoteles? —se adelantó Artemio Serrano.

—Los hoteles tienen un valor sentimental para mí —asintió Casares.

—Están incluidos casi simbólicamente —concedió Artemio Serrano—. Conservarás una mayoría más que absoluta y el control absoluto de su manejo. Tampoco están incluidas, ni en porcentajes simbólicos, las casas y los bienes personales. Se trata de una alianza de negocios, no de un pacto tribal.

Tardaron varios meses en firmar y consolidar. Celebraron juntos en un restaurante de la capital que daba al lago.

—Mañana hará doce años que entraste por primera vez en nuestra casa —le dijo Dolores a Casares—. Nunca te he dicho que bendigo ese día todos los días.

A la mañana siguiente, Artemio Serrano guio a Casares por sus nuevas oficinas en el edificio corporativo, tan amplias y espaciosas como las del propio Artemio, aunque en el piso de abajo, con una sala de juntas que unía su despacho con el despacho gemelo de Alejo. Casares entendió que estaba preso y que nunca había estado mejor, que había obtenido y cedido cosas fundamentales cuyo valor, en ambos casos, desconocía. Sintió que su vida había dejado de pertenecerle del todo. Pertenecía ahora, en una tajada esencial, a la familia Serrano, la cual representaba muchas cosas para él, entre ellas un sustituto de su propia familia, el relleno de un vacío que había sido su carencia, pero también su libertad: un vacío sin asideros en el que había ejercido una libertad sin restricciones. A partir de la muerte de su madre, Casares había ido de impulso en impulso y de mujer en mujer, rehusándose a tener otro hijo, obsesionado por los negocios, ensanchando sin tregua su lugar en el mundo. Ahora ese lugar tenía rieles, cimiento y caudal, pero el fuego del miedo y de la prisa empezó a quemarlo con la sospecha de haberse echado barato en brazos de otro.

Como siempre, se fugó hacia adelante. La insoportable posibilidad de haberse entregado a buen precio, cortándose las alas propias para montarse en un avión ajeno, lo llevó a acelerar con El Perro su proyecto común aplazado, desconocido para Artemio, de la hacienda electrónica. Había visto con El Perro el casco de esa hacienda, perdido y majestuoso en el confín, allá en un altozano rodeado de siembras, con los binoculares que El Perro había traído a una fiesta de las afueras. Estaban en la azotea de la casa de El Ñato, que le había echado un segundo piso a su propiedad y organizado una barbacoa para celebrarlo. Desde la azotea del segundo piso, El Perro se había ocupado en hurgar las intimidades de los patios vecinos, tratando de cazar a alguna mujer en cueros. Girando la vista en busca de sorpresas, había entrado en su visión el casco abandonado de la hacienda sobre las primeras estribaciones de la montaña. Un sábado habían tomado la carretera para ir a explorar, y habían encontrado efectivamente aquella ruina de fin de siglo, testimonio de un tiempo señorial desvanecido.

Había perdido los techos, pero estaban intactos, aunque ahumados por un incendio antiguo los altos muros de la casa mayor, un cuadrángulo con arcadas y seis cuartos por lado. A través de las ventanas y las puertas silbaba el viento y se asomaba la yerba. El terreno tenía una leve pendiente y estaba terraceado por las distintas edificaciones. Atrás, como en un mirador, habían construido una capilla, con bautisterio y un altar cuyos retablos habían saqueado. El domo tenía los vitrales rotos y unos frescos piadosos luidos por la intemperie. A un lado del casco se extendían los cuartos que habrían sido de la servidumbre y al final del sendero las tres alhóndigas que alguna vez se llenaron con los granos y beneficios de la hacienda. El pozo estaba cancelado por tablones, pero podía escucharse un gorgorito de agua metros abajo con sólo tirar un terrón de prueba.

—Éste es el lugar —definió Casares, con aires de descubrimiento y fundación.

A partir de ese día empezó a cumplir el sueño compartido con El Perro de instalar una casa productora de cine y televisión. Compró la hacienda destruida y empezó a remodelarla. La presentó a Artemio Serrano como una caprichosa extensión señorial de su cadena de hoteles, pero trazando ya en su cabeza la forma en que las alhóndigas serían convertidas en foros, y la casa mayor en salas de edición, grabación y posproducción. Casares y El Perro poseerían a partes iguales la hacienda electrónica, como un negocio secundario, pero irreductiblemente suyo, por fuera de los tentáculos y las decisiones del imperio Serrano a cuyos mandatos, sin embargo, se habían sometido. Era un secreto imposible de guardar ante los ojos astutos e inquisitivos de Artemio, pero Casares confiaba en que podría negociar la independencia de la hacienda electrónica en un momento propicio, como un contrato filial, ofreciéndole a Artemio una participación menor en la que no fuera dominante. En todo caso, se dejó llevar por el impulso, sin pensar demasiado en los detalles de aquella transacción futura, ávido de tener entre las manos un proyecto propio.

—Cuando Artemio se entere se va a cagar —predijo El Perro, feliz de formar parte del engaño.

Una tarde, con los planos de la remodelación de la hacienda bajo el brazo, Casares entró al despacho de Artemio Serrano para ofrecerle la primera falsa explicación del nuevo hotel de las afueras. Artemio Serrano había pasado a la oficina que tenía detrás de su despacho para tomar llamadas confidenciales. En ausencia de Serrano, Casares se topó con su pasado. Esperando, reclinada y casual sobre un sillón de cuero, envuelta en el humo del cigarrillo que aspiraba y en las ondas castañas de su pelo, estaba Maura Quinzaños. Miraba hacia las serranías crepusculares que escoltaban la ciudad, perdida, como el humo de su cigarrillo, en la quietud melancólica de la hora. Cuando volteó hacia Casares, su largo pelo volteó con ella bailoteando alegremente en sus hombros. Casares la vio, incrédulo de su brillo conservado, y ella a él, pero él supo quién era ella y ella no.

—¿Nos conocemos? —preguntó la mujer, halagada por los ojos risueños y postrados de Casares.

—No —dijo Casares—. Yo te conozco a ti. Tú eres Maura, la hermana menor de Adolfo Quinzaños.

—Sí —dijo la mujer con una sonrisa—. ¿Tú quién eres?

—Yo soy el que te miraba de lejos en las fiestas de tu hermano —dijo Casares.

—¿Por qué de lejos? —se rio Maura Quinzaños.

—Porque estabas lejísimos entonces —dijo Casares.

—¿Tú eras amigo de Adolfo, mi hermano?

—Toda la prepa —dijo Casares.

—Adolfo vive en Chihuahua. Se casó tres veces y tiene siete hijos.

—Muy prolífico —dijo Casares—. ¿Tiene cuñado?

—No —contestó Maura, sonrojándose—. ¿Por qué?

—Puedo conseguirle uno —propuso Casares.

El regreso de Artemio Serrano interrumpió la risa de Maura.

—Cuídate de éste —le dijo Artemio Serrano—. Tiene triple fondo.

—Mira quién habla —jugó Maura.

—Maura va a trabajar con nosotros —le explicó Artemio Serrano a Casares—. Va a ser nuestra ejecutiva de Aire y Sabor Nacional. ¿Te conté ya ese asunto?

—Algo recuerdo —mintió Casares.

—Aire y sabor nacional es lo que le hace falta a este país. O por lo menos a nuestras empresas —dijo Artemio Serrano—. Y nadie mejor para ello que esta niña que ha sido de familia tequilera de abolengo. Quién mejor.

—Nadie mejor —convino Casares.

Cuando Maura Quinzaños se fue y ellos se quedaron solos, Artemio lo puso al tanto. Había comprado la segunda firma tequilera del país porque le interesaba el tequila, pero sobre todo porque quería dar un giro nacional a su *show bussines*, bañar de tradición una franja de productos, cantantes, películas, series televisivas, campañas publicitarias, y darle a todo eso un sello común de la mano de aquella belleza criolla, heredera del tequila y de la única aristocracia posible del país.

—No es placer, es negocio —le advirtió Artemio—. No quiero que me entiendas mal. Si te gusta la muchacha, en mí no tienes un competidor.

Casares entendió bien: Artemio Serrano había adquirido a Maura Quinzaños junto con la casa tequilera de su familia. Pero justamente como una borrachera de tequila, la aparición de Maura trajo como un rayo hasta Casares la ilusión de otros años, el precipicio de su adolescencia alumbrada por esa niña rica a la que había tocado miles de veces en sueños y ninguna en la realidad. Al día siguiente, luego de una junta de trabajo, Maura le llamó a Casares por teléfono.

—Te veías muy bien sugiriendo todas esas cosas en la junta —le dijo, burlándose—. ¿De verdad crees en todo eso que dices o lo inventas sólo para estar en papel?

—Lo segundo —respondió Casares.

—Pues estás muy en papel —concedió Maura.

—Tú también —dijo Casares.

—¿Estuviste pendiente de mí? —se sorprendió Maura—. Pensé que sólo tenías ojos para tus planes. Me pregunto si eres igual de convincente en todo.

—No —dijo Casares—. ¿Quieres cenar?

—Puede ser —sonrió Maura.

—¿Dónde quieres cenar?

—Nunca le preguntes a una mujer a dónde quiere ir. ¿A dónde quieres llevarme?

—A cenar —dijo Casares.

—Pues llévame a cenar a donde quieras —aceptó, exigiendo, Maura Quinzaños.

Lo hizo hablar toda la noche. Lo escuchó desde el borde ebrio de su copa, sin perderlo de vista, sin negarle su sonrisa accesible y confidencial. Antes de que llegaran los platos fuertes, Casares le había contado casi todo lo que habitualmente callaba, se había derramado frente a ella con revelaciones inesperadas incluso para sí mismo, sabiendo que era un error abandonarse al placer de ser escuchado, mientras Maura sólo flotaba enfrente, metida tras su pelo como tras un resplandor. Reía, aceptaba, miraba con un brillo caliente en los ojos y se iba al tocador moviendo las caderas para mostrárselas, segura de que no podría dejar de verlas hasta que ella no se perdiera tras las mesas. Desde que la vio en el despacho de Artemio, Casares había tenido otra vez la necesidad de tocar aquel cuerpo fragante y antiguo, nuevamente prohibido, que una vez más no podía ser para él. Su compulsión era un error evitable, el fósforo de una pasión que podía quemarse en otra, saciarse en otro cuerpo. Supo desde el principio, sin embargo, que incurriría en ese error. Maura había sido su reino inaccesible, ahora quería volverla su paraíso recobrado. Tenía treinta y tres años, pero Casares seguía viéndola de dieciséis, como si el tiempo se hubiera detenido en sus ojos y diluyera las huellas en su piel. Era la adquisición reciente de Artemio Serrano, pero Casares la sentía próxima y suya como si fuese él quien la hubiese adquirido o Artemio Serrano la hubiese adquirido para él. Y nada había en su corazón ni en su cabeza sino la urgencia de tirarse en ese estanque que devolvía su rostro narciso y adolescente, dispuesto a hablar y a abrir todas la compuertas, a inventarse y ofrecerse de nuevo.

Durmió con ella. Maura no fue la fiesta amorosa prometida. Pero la magia siguió ahí, obsesionándolo, como si algo de sí mismo se hubiera desprendido para incrustarse en Maura y el resto de él fuera a buscar su parte perdida en ese cuerpo ajeno que prometía sin embargo lo que ninguno. Mejor Belén pensó, Belén sin los modos suntuosos y al fin artificiales de Maura, Belén sin esos gestos finos, sin esos orgasmos malabares. Mejor él con Belén, sin esas eyaculaciones inesperadas que no venían de su lujuria sino de la prisa por aquel contacto ilusorio, febril, que no le daba placer, pero al que no podía resistirse. La cama no fue su lugar con Maura Quinzaños, pero se mantuvo en el deseo urgente de ella, como si nada más pudiera saciarlo. Un error. Supo desde el primer contacto con las manos de Maura que había algo mañoso y frígido en ella, y a la vez algo tentadoramente intocado, puesto a buen recaudo de todos, algo que había que ganar y que ella daría como un premio sólo a quien pudiera vencer los obstáculos y despertarla. Una noche Casares casi llegó hasta ahí, en medio de los cristales petrificados y las luces frías de la noche interior de Maura Quinzaños, casi tocó ese centro de vegetación sin hollar, la gruta encantada del cuerpo y el alma de Maura, el lugar sin condiciones que no era un lugar sino un temblor, una suavidad desde donde podía gobernarse cada uno de sus poros. Casi la tocó esa noche y la vio abrirse, casi, en un despeñadero de iluminaciones. Se quedó pegado a esa visión, prendido a ella, persiguiéndola como el sitio conocido, como el paraíso efectivamente recobrado. Un error.

Acabó de rendirse ante Maura contándole su proyecto cismático de la hacienda electrónica. La llevó a ver el sitio. Tras los portones de la capilla había una maqueta de la falsa remodelación hotelera, pero Casares puso ante los ojos de Maura la maqueta escondida del proyecto: los estudios, las consolas, las salas de grabación, los tableros de mando del circuito cerrado. La sintió excitarse con la confidencia.

—Aquí quiero estar yo —le dijo Maura, untándose a una pared para recibirlo—. En el centro de ti y de tus cosas quiero estar. En el centro de tus sueños.

Le hizo el amor por primera vez ella a él, con una furia que sin embargo tenía poco o nada que ver con él, que venía como de fuera de ambos, del futuro triunfal que Casares le había dibujado en la imaginación. Cuando regresaban a la ciudad, tersa y victoriosa, acurrucada junto a Casares, que manejaba, Maura le dijo:

—Te van a cortar las alas. Artemio te las va a cortar cuando se entere.

—Se va enterar cuando yo quiera —fanfarroneó Casares.

—Cuando él quiera se va a enterar. Ya está enterado, de hecho.

—Me lo hubiera dicho.

—Te lo dirá cuando le convenga. Mejor dicho, cuando se convenza.

—¿Cuando se convenza de qué?

—De que me perdió contigo.

—¿Te había ganado?

—Casi.

—¿Casi? ¿Cuánto?

—Casi casi.

La secretaria de Artemio Serrano le llamó para darle cita con día y hora y Casares supo por ninguna razón que no era como siempre. No lo fue. Por primera vez tuvo enfrente al Artemio Serrano de la leyenda, directo y distante, sin amortiguadores.

—No me importa la muchacha —le dijo—. Pero te metiste en medio.

—Dijiste que estaba libre.

—Eso dije yo. Pero tú escuchaste lo que quisiste oír.

—Escuché lo que dijiste —alegó Casares.

—Puedes hacerte el muchacho conmigo. Y yo el viejo —dijo Serrano—. Pero no es el caso. Me quitaste una mujer. Eso es un hecho. Ahora vamos a hablar de negocios.

Tenía el viejo proyecto de una asociación con empresarios norteamericanos que querían entrar al país. Llevaban diez años tocando a la puerta y había llegado la hora de abrírselas. Lo acosaban las gentes del gobierno, dijo Artemio. Algunos competidores querían aprovechar el momento para vengar viejas rencillas políticas del grupo. Artemio quería quedar a salvo del gallinero nacional, dijo, teniendo una conexión externa que fortaleciera la corporación con un pie fuera del país. En suma: quería fusionar las empresas familiares en una alianza internacional de amplio espectro. Necesitaba para ello la firma de Casares.

—No me necesitas a mí —le dijo Casares—. Con la parte de Dolores tienes el sesenta, y con Alejo, el noventa por ciento de la corporación.

—Pero quiero tu compromiso —dijo Serrano.

—Lo tienes sin consultar —mintió Casares—. Si Dolores y Alejo firman, conmigo no tienes problema.

—¿Y si no firman? —preguntó Serrano.

—Tampoco —mintió Casares.

—Entendido que quiero poner todo ahí, ¿no? —dijo Serrano.

—¿Todo menos los hoteles y los bienes patrimoniales? —preguntó Casares.

—Eso no —aceptó Serrano. Y avanzó al lugar que buscaba—: Pero la hacienda electrónica sí.

—La hacienda electrónica es sólo un proyecto —dijo Casares, luego de un silencio elocuente que no pudo evitar.

—Incluido ese proyecto —dijo Serrano—. Se trata de que todo crezca y de que todo quede protegido. Se trata también de estar en mejor posición para fusionarnos. Cada punto de propiedad es decisivo. No podemos aspirar al control, pero la posición de entrada es clave.

—De acuerdo —dijo Casares.

—Te quiero adentro sin reservas —avanzó Serrano.

—Estoy adentro —mintió Casares por tercera vez.

Maura le dijo:

—El Perro no quiere firmar eso.

—¿Cómo lo sabes?

—Lo sé.

En efecto, El Perro no quería.

—Dolores tampoco quiere firmar eso —le dijo El Perro a Casares—. Dice que prefiere vender y repartir dinero de un pastel chico en vez de porcentajes de un pastel grande.

—¿Te das cuenta del pleito? —preguntó Casares.

—Artemio se va a cagar —dijo El Perro—. Y nos va a castrar. Digo, es un decir.

Dolores los convocó a una reunión. Los citó en un falso domicilio donde les dijeron el verdadero.

—Me sigue —se disculpó Dolores, refiriéndose a Artemio—. Siempre me ha seguido. Celarme ha sido su forma loca de decirme que me quiere. Tú lo conoces. Ahora quiere esto de la fusión. No sé qué hacer. Yo no quiero poner todos los huevos en la misma canasta. No veo la necesidad. Él sí. Dice haber recibido mensajes de mala voluntad del gobierno y de gente del grupo que quiere aprovechar la animosidad del gobierno.

—Eso me dijo también —informó Casares.

—No sé si es cierto o si los mensajes son verdaderos —siguió Dolores—. Pero el asunto de la fusión se le volvió una manía. Está de mal humor, explota al menor silencio, a la menor duda. Si me quedo callada mientras habla de lo que serán nuestras empresas asociadas con el exterior, siente que hay en ese silencio una reserva, o una crítica, y se pone como pantera. Lo percibe bien, porque en ese silencio hay una crítica y una reserva. En eso es como un animal. Lo ha sido siempre. Huele la animadversión y el peligro.

Casares pensó que Dolores Elizondo tenía unas orejas hermosas, y una nariz romana, que bajaba de su frente amplia en ángulo recto, con una fuerza esbelta y tajante. En sus ojos inquietos enrojecían el oporto y el miedo.

—¿Qué quieres que hagamos? —sondeó Casares—. A mí tampoco me gusta lo que pasa, pero haré lo que tú digas.

—Pensaba que tú sabrías mejor qué hacer —se encogió Dolores.

—No sé qué hacer —admitió Casares—. Sólo sé lo que no quiero hacer.

—¿No quieres firmar tampoco? —preguntó Dolores.

—No —dijo Casares—. Pero haré lo que ustedes digan.

—Alejo tampoco quiere firmar —dijo Dolores.

—¿Y tú? —emplazó Casares.

—Yo no quiero enojar a mi marido —huyó Dolores—. Quiero que tengas esto claro: al final, yo haré lo que Artemio diga.

—Entonces no hay nada que hablar. Firmemos y ya —concluyó Casares.

—Si tú y Alejo se reservan la firma —reabrió Dolores—, puede retrasarse un poco la operación y darnos tiempo a todos de pensarlo.

—¿Eso quieres? —preguntó Casares, ocupando la rendija abierta por Dolores—. ¿Quieres ganar tiempo?

—Eso quiero —reconoció Dolores. Y con una mejilla temblando, como si fuera a caérsele, agregó—: Creo que sí. Eso es lo que quiero.

Eso hicieron. La reunión definitoria fue convocada por Artemio Serrano en su casa, la casa sustituta donde Casares había entrado como hijo sustituto de la familia Serrano. Artemio empezó repartiendo los legajos que había que firmar. Eran una carta de intención de los accionistas del grupo Serrano y una cesión de poderes únicos a Artemio para negociar las condiciones de la fusión. Artemio leyó la primera negativa en la mano que Alejo se pasaba por la barba, delatando su duda con miradas impacientes a Casares.

—Sólo tienen que firmar donde están las cruces a lápiz, al final del documento, y las iniciales en cada página —instruyó Artemio Serrano.

Nadie, salvo Dolores, se movió en seguimiento de sus instrucciones.

—¿Ustedes no tienen pluma? —preguntó Artemio a Casares y El Perro.

—Yo no tengo —se excusó El Perro.

—Queremos revisarlo más despacio —rompió por fin Casares.

—¿Quiénes están incluidos en ese "queremos"? —preguntó Artemio sin inmutarse.

—Alejo y yo —respondió Casares sin titubear.

—¿Tú quieres revisarlo más cuidadosamente? —dijo Artemio Serrano, poniendo una mirada fulminante sobre El Perro.

—Yo sí —se sostuvo Alejo.

—¿Y qué es lo que quieres revisar? —saltó Artemio Serrano—. ¿Qué carajos es lo que quieres revisar tú?

—Todo —dijo El Perro.

—¿Tú tienes que ver algo en esto? —preguntó Artemio Serrano, volteando hacia Dolores Elizondo.

—No —se ahogó Dolores.

—¿Entonces tú? —volteó Artemio hacia Casares.

—Alejo y yo hemos hablado —dijo Casares—. Nuestra conclusión es que queremos revisar el asunto más despacio.

Artemio Serrano caminó hasta donde estaba sentado El Perro, lo tomó con su manaza de la nuca y ordenó, marcando las sílabas de sus palabras:

—Firma ahí.

El Perro trató de zafarse, pero la mano de su padre era mayor y más fuerte que su cuello de cíclope.

—Firma ahí —repitió Artemio Serrano.

—Así, no —dijo Casares poniéndose de pie.

—También tú vas a firmar hoy —advirtió Artemio Serrano, pero al decirlo descuidó a El Perro, que pudo ponerse de pie, engarrotado por el dolor de la nuca. Artemio Serrano volvió a sujetarlo de la cabeza, ahora con el brazo, para obligarlo a sentarse y firmar. El Perro se zafó, colorado y llorando. Artemio le dio entonces una cachetada con el revés y de regreso con la palma de la mano. Cuando volteó hacia Casares para completar su escarmiento, Artemio Serrano vio apenas la sombra del puño y sintió apenas el golpe que lo hizo caer de espaldas, sobre el cristal de la mesa de centro.

—Vámonos —dijo Casares, jalando del brazo a El Perro.

El Perro dudó en huir, como Casares le pedía, pero una mirada vidriosa de Dolores autorizó su fuga.

Capítulo 4

—Para mí eres un prófugo siempre. Nada me inquieta que andes huyendo —le dijo Belén Gaviño.

Casares no andaba huyendo, aunque tenía todos los síntomas del perseguido. A su mujer de las afueras no le inquietaban los síntomas. Tampoco las causas. No le inquietaban los prófugos en general. Ella misma era una fuga, un cometa cruzando por el cielo clandestino de la vida de Casares. Así había vivido, corriendo y huyendo, como su gente. En la casa delantera del predio que le había construido Casares, tenía guardado desde hacía un mes al más joven de sus primos, Sealtiel Gaviño, prófugo no de la ley sino de la policía. Era apenas un muchacho y ya tenía sobre sí la huella inhóspita y sangrienta de la ciudad. Sealtiel era el resto de una batalla, una última tea encendida del incendio que había devorado a los Gaviño.

—Dice que quiere verte y explicarte —le dijo Belén a Casares.

—No tiene nada que explicarme —respondió Casares.

—Quiere —insistió Belén.

Casares conocía bien la historia brusca y simple de los Gaviño, la historia que lo había movido siempre a la amistad y el respeto. Diez años habían peleado las bandas disputándose los territorios miserables que eran su tesoro en las afueras. Uno de los jefes había quedado muerto en el campo, cortado en cruz por una chaira a lo largo del cuello y a lo ancho del vientre. Lo había cortado El Pichel, un chamaco norteño de la banda de los Gaviño, apodado así porque llamaba picheles a las jarras y bebía sin parar picheles de tequila. La banda del jefe muerto, rival de los Gaviño, robaba por encargo y bajo la protección de un comandante de la policía apodado Guirlandayo. Cuando el comandante y sus hombres vinieron a vengar su muerto, todos callaron en las afueras, pero El Pichel, lleno de miedo y alcohol, habló en defensa propia culpando de la muerte a los Gaviño, que no habían querido delatarlo. La policía vino buscando a los Gaviño y los Gaviño se desbandaron.

Eran ocho Gaviños, bautizados todos con nombres de arcángeles y profetas. A resultas de la desbandada por la persecución de Guirlandayo, el mayor de los primos de Belén, Gamaliel, fue prófugo y cayó primero preso y después muerto. El segundo, Miguel, volvió al rancho de la sierra de donde habían venido y se hizo domador de caballos. El tercero, Erubiel, cayó por riña y trampa en un palenque clandestino. El cuarto, Daniel, buscó la frontera y se perdió en Los Ángeles. El quinto, Gabriel, se hizo correo de narcos y murió años después en un tiroteo con judiciales. El sexto, Isaías, volvió al rancho y se hizo gatillero de la sierra. El séptimo, Baraquiel, fue gallero, como el tercero, y recorría las ferias del noroeste engatusando apostadores. El último, Sealtiel, todavía niño fue enviado a un reclusorio para menores, acusado de la muerte del cabecilla que robaba para el comandante Guirlandayo.

Cuando los Gaviño se desbandaron, El Pichel regresó a las afueras jefaturando la banda rival como nuevo protegido de Guirlandayo. Casares alcanzó a conocerlo. El Pichel llegó una madrugada a su salón de fiestas, El Palacio de Noche, con dos muchachas del brazo, exigiendo beber y fumar:

—Es el que denunció a los Gaviño —le informó El Ñato.

—Sácalo de aquí —ordenó Casares.

El Ñato lo sacó sin aspavientos, poniéndole una botella en cada mano.

Cuando Sealtiel salió del reclusorio, vino a cobrar sus cuentas a las afueras. Detuvo a El Pichel en la calle y le vació una pistola frente a frente, mirándolo a la cara. Por eso andaba prófugo de nuevo, escondido en la casa de su prima Belén, con quien Casares venía también a refugiarse. Casares estaba absorto, sitiado por la cavilación de su propia madeja, pero antes del amanecer, cuando se resignó al insomnio, hizo una jarra de café y fue a tocar al refugio, anunciándose con voces preventivas. Le abrió Sealtiel, armado.

—Me pueden quebrar, pero no me doblo —le dijo a Casares. Un furor de fiera antigua cruzaba en ráfagas por su cara de niño—. Me pueden doblar, pero no me quiebro. Me doblan o me quiebran, pero no las dos cosas.

Era, en efecto, como una vara altiva, pensó Casares, y le ofreció mandarlo a la frontera, cambiarlo de ciudad. Sealtiel no quiso. Casares entendió que le faltaba ajustar cuentas con el comandante Guirlandayo y que no se iría sin cobrarle. Le explicó, sin embargo, que El Ñato vendría a buscarlo para ofrecerle otro refugio: no quería poner en riesgo a Belén. Le dio la mano y le sacudió el pelo. Salió extrañamente confortado por la visión de ese destino asumido, lleno de sí, idéntico al tamaño de su voluntad.

Casares no andaba huyendo, pero la vida se le había amontonado, era todo un tropel de amagos y riesgos. Luego de unos días con Belén, volvió a su casa de la ciudad, su departamento frente al parque. Ya no era su casa, era una colmena de refugiados. El Perro se había mudado ahí la noche del puñetazo de Casares a Artemio, y vivía desde entonces con él. Había venido temblando como una hoja todo el camino y se había puesto a temblar de nuevo al reparar en el hecho apenas sucedido.

—Le pegaste, Casares. Le pegaste a mi padre. Nos va a castrar.

Maura Quinzaños durmió con ellos la noche de la ruptura, es decir, durmió en la cama vacía de Casares, quien pasó la madrugada consolando los miedos infantiles de El Perro. Al día siguiente, Maura se fue a su casa. Estuvo de regreso antes de una hora. Casares iba de salida y la encontró en la calle con una colección de maletas y una lámpara encima.

—Artemio mandó cerrar la casa y sacar mis cosas —explicó Maura—. Estaban en la puerta con un centinela, esperando que llegara.

Así recordó Casares que la casa en que Maura vivía, la casa donde había dormido él, donde había sentado sus reales amorosos, era de Artemio Serrano, lo mismo que la mujer que la habitaba.

El piso de las oficinas de Casares en el edificio corporativo amaneció también cerrado, con vigilancia para impedirle la entrada. Lo habían sellado, le informó su secretaria, y estaba a disposición de la oficina de Artemio. No le inquietó al principio. Salvo unas cartas de amor que Belén Gaviño le enviaba para hacerse presente en su otro mundo, no había nada en su oficina que pudiera afectarlo. Había expurgado los archivos día con día, limpiándolos de todo lo que pudiera ser comprometedor o indiscreto, protegiéndose antes del riesgo, con esos hábitos de animal receloso que no había aprendido, que estaban en él desde siempre. Sólo las cartas de Belén. Casares las acumulaba con una sonrisa en el cajón de su escritorio, gozando su intrusión, aceptando esa otra veta del clandestinaje que de por sí eran sus amores con Belén. Pensó sin embargo que dejar las cartas ahí era como haberse dejado expuesto él mismo no al dolor o a la lesión, sino a la burla y al escarnio. No le dio importancia a ese pensamiento, como no se la daba nunca, en primera consideración, a sus dolores. Las penas se abrían paso en él poco a poco, como gambusinos que lo escarbaban trabajosamente hasta encontrarlo para decirle quién era, qué había olvidado, qué no podía olvidar. El animal vulnerable volvía entonces a revolverse como una ballena herida en el océano de su impasibilidad, en el mar del inútil y desesperado control de sí mismo.

Fue a la oficina, empujó a los guardias que lo conocían, violó los sellos de su despacho y rescató las cartas de Belén. No estaban en el cajón de su escritorio, donde las había dejado, sino regadas sobre su carpeta de cuero para ostentar que habían sido vistas, leídas, acaso copiadas. A la salida del edificio, un abogado de la corporación ordenó tomarle fotos y llamó por su nombre a un notario presente, para que diera fe de los actos violatorios de Casares. Casares se tomó los genitales con una mano y les repartió con la otra una seña equivalente, mientras cruzaba entre los custodios de la corporación que lo habían protegido antes como un tesoro y lo vigilaban ahora como un enemigo. Pensó que varios pisos arriba Artemio Serrano miraría la escena, sonriendo quizás, y dirigió hacia ese observador imaginario las mismas señas tajantes.

La tarde de ese día, Dolores Elizondo le hizo llegar el mensaje que Casares esperaba. Quería verlos. Les daba otra vez instrucciones barrocas sobre cómo encontrarla. Después de varias paradas sinuosas, la encontraron en la suite de un hotel del centro de la ciudad. Llevaba unos lentes oscuros que escondían un hematoma inocultable sobre el ojo izquierdo, el ojo que Alejo besó y lastimó sin darse cuenta en su abrazo de huérfano reciente. Casares sabía, pero Dolores le confirmó que la ruptura no era un pleito más, sino una guerra, de la que ella llevaba las primeras huellas encima.

—¿Qué vas a hacer? —le preguntó Casares.

—Te dije ya que en última instancia yo haría lo que dijera mi marido —le recordó Dolores, sin mirarlo, mirando sólo hacia Alejo—. Y eso es lo que haré.

—No pude soportar que le pegara a Alejo —se disculpó, inconvincente, Casares.

—No pudiste soportarlo a él —dijo Dolores—. Alejo fue tu pretexto. Ahora es tu responsabilidad. Quiero que me respondas por mi hijo como si fuera tu hermano y se hubieran quedado sin padre.

—Sí —dijo Casares.

—Pero no sólo se han quedado sin padre —dijo Dolores, mirando siempre a Alejo—. Sino que el padre amigo que tenían hasta ayer es desde ayer su peor enemigo.

—¿Y tú? —la increpó El Perro, con un suave reproche.

—Yo odio a los hombres —dijo Dolores—. A tu padre y a ustedes. Los odio por ser tan hombres. Por ser tan estúpidamente, tan irremediablemente hombres.

—¿Pero qué vas a hacer? —insistió El Perro.

—Engañarlos —dijo Dolores—. Qué más voy a hacer: engañarlos. Engañarlos a los dos. Para conservarlos a los dos.

Casares estaba abrumado, pero a la vez ligero y sin lastre, con el peso alegre de su libertad. Repartió los espacios del departamento entre El Perro y Maura. Ya no era el pequeño departamento que compró para cumplir su sueño adolescente años atrás. Se había hecho del piso completo del edificio con sus otros dos departamentos, y los había comunicado entre sí. Dada la nueva circunstancia, los dividió otra vez con biombos y puertas. Apartó uno de ellos para su oficina, otro le dio a El Perro y se quedó el tercero para iniciar su primera vida común con Maura. Apenas se instaló Maura con sus ropas y baúles, dejó de caber en el espacio que le tocaba. Necesitó expandirse y lo hizo hacia los dominios de Alejo.

—Esta changa se siente María Antonieta —se quejó El Perro con Casares, en ausencia de Maura.

Casares mismo se sintió asfixiado al poco tiempo. Habituado a moverse sin ataduras, la sola condición de no salir de su casa para ir a la oficina, la rutina de sólo pasar de una puerta a otra, de los pliegues de Maura Quinzaños a los de su trabajo, le resultó intolerable al poco tiempo.

—No puedo trabajar donde vivo —le dijo a Maura.

—Te recuerdo que yo no tengo siquiera dónde ir a trabajar —contestó Maura.

Le recordaba con eso que había perdido su trabajo en la corporación Serrano, junto con la casa donde vivía, y no le había quedado otra cosa que ese pequeño nido ajeno y regateado, tan pequeño y asfixiante para ella como la oficina de la puerta anexa para Casares. Le recordaba también con eso la guerra que Casares había desatado, y que Casares andaba huyendo, y ella con él, amorosa, pero no incondicionalmente.

El Perro cedió a las demandas territoriales de Maura. Casares, a sus fastos amatorios. Imantada por el riesgo, Maura Quinzaños empezó a ser una fiesta, como si el pleito rejuveneciera sus humores con la escarcha del temor y la aventura. Casares la tuvo entonces como no la había tenido: llana y transgresora, indiferente a su futuro, cómplice en el desafío y rebosante de una intimidad que tenía urgencia de exhibirse en público para verse cumplida del todo. Vanidosa y tiernamente, Casares mostró a Maura Quinzaños colgada de su brazo por los restaurantes y centros nocturnos que frecuentaban sus iguales, aquel pequeño directorio de privilegios y consumo que era el gran mundo donde Maura había vivido y quería vivir, el mundo al que quería volver siempre triunfante, del que Artemio Serrano quería verlos expulsados, prófugos bíblicos del edén, por culpa de su amor sin árbitro y su ambición sin soberano.

Volviendo de aquellos sitios una noche, oyeron al entrar a su departamento la fiesta con música bronca que Alejo sostenía en su vecino reino acorralado. Lo encontraron montado sobre dos mujeres que Maura odió por el lustre arrabalero de sus pelos y la juventud morena de sus carnes. Casares resintió esa vecindad plebeya directamente importada de El Palacio de Noche y su vida en las afueras. Las muchachas rieron como idiotas y El Perro dio las buenas noches cubriéndose la cara como si se tapara las nalgas desnudas.

—Cualquier día las invitadas de Alejo nos van a acuchillar —dijo Maura, mientras se quitaba sus arreos. Luego, cuando se derramaba sobre Casares excitada aún por el recuerdo de los conocidos del restaurante que los habían saludado en triunfo, remató:

—No puedo vivir junto a eso.

Siguió derramándose:

—No puedo.

El abogado le llamó a Casares para decirle, perentoriamente:

—No salgas ni abras la puerta. Hay una orden de aprehensión contra ti.

—¿Orden de aprehensión? ¿Por qué? —despertó Casares.

—Por robo y fraude —dijo el abogado.

—¿Contra quién?

—Contra la corporación Serrano.

—No robé nada —protestó Casares.

—Violaste los sellos de tu oficina.

—Entré a mi oficina para sacar unas cartas personales.

—¿Fue todo lo que sacaste?

—Sí.

—Te acusan de haber vaciado también una caja fuerte.

—Es mentira.

—La acusación es efectiva. No salgas ni abras, hasta que sepas de mí.

No había colgado cuando escuchó el timbre de la puerta abajo y la respuesta habitual de Alejo, abriendo sin preguntar. Se echó la bata encima y corrió al departamento vecino de Alejo. Una de las mujeres estaba dormida a su lado y la otra en el baño, perlada en el humo de la regadera.

—¿Quién era? —preguntó.

—No sé —gruñó Alejo.

—Ve a la puerta y pregunta antes de abrir —le ordenó Casares.

—¿Qué pasa? —se incorporó Alejo, perdido aún en las brumas de su borrachera fornicaria.

—Haz lo que te digo —gritó Casares, espantándole la cruda—. Pregunta quién es y ve por la mirilla antes de abrir.

Alejo se echó una sábana sobre los hombros y fue a la puerta.

—¿Quién? —lo oyó gritar Casares. Casi sin intervalo oyó también que Alejo corría los picaportes.

—Te dije que preguntaras —corrió Casares a la puerta—. ¿Quién es?

—Sorpresa, cabrón —dijo El Perro, burlándose de él—. Grandísima sorpresa, gran cabrón.

Había dejado pasar a un muchacho largo y ancho, cuya espalda, de perfil, era como una lámina y cuyos hombros, de frente, eran como un trapecio de huesos rectos y músculos redondos.

—Te presento a tu hijo Santiago, cabrón —gritó El Perro, trayendo al muchacho hasta Casares—. Tu hijo que llamó anoche, buscándote. Aquí está.

Casares se acercó como abriéndose paso entre la niebla.

—Soy Santiago —le sonrió Santiago—. Llevo tres días buscándote en la oficina, pero ya supe que te echaron.

—¿Qué haces aquí? —le preguntó Casares.

—Vengo a vivir contigo —respondió Santiago.

Ante la mirada incrédula de Casares, confirmó:

—Me peleé con mamá y vengo a vivir contigo. Para eso son los papás, para que los fastidien los hijos.

Tenía los ojos claros, risueños, y las pestañas rizadas, insoportablemente femeninas, de Raquel. La nariz era grande y los labios gruesos, rodeados de bozo. Aquella mirada dulce en medio de su cara brusca, todavía en formación, era como un milagro. Vino hasta Casares y le dio un abrazo. Casares tocó sus brazos fuertes, tan largos y fuertes como los suyos. Midió, al tenerlo cerca, que Santiago le sacaba unos centímetros largos de estatura. Pensó que podía no ser su hijo, que era demasiado alto para ser suyo y para los diecinueve años que acababa de cumplir. No lo había visto desde que tenía doce. Pensó que tenía la mirada demasiado dulce para que él se la hubiese heredado. Al mismo tiempo, mientras dudaba, supo desde el fondo de su estómago que ese muchacho desafiante, llano y erguido como un árbol en mitad de la sabana, era infinita, agresiva, contundentemente igual a él, su hijo Santiago, mejorado por la vida y por el poder de sus años.

Había odiado en Santiago las debilidades que le parecían herencia de su mujer. Conservaba la memoria de un niño enfermizo, asustado, lleno de miedos y alergias. No había dejado de enviarle dinero, porque sabía muy bien el hueco que la falta de dinero podía cavar en el corazón huérfano de su hijo, como lo había cavado en el suyo. Pero no se había hecho ilusiones sobre el vigor o la resistencia de Santiago. El muchacho que llegó exigiendo asilo y protección no conservaba un rastro de aquel pequeño asmático, víctima del vuelo de su imaginación, reo de su fantasía. Era un muchacho sólido, sereno, incluso desafiante. Casares le dijo:

—No te puedes quedar aquí.

—No tengo otro lugar donde quedarme.

—Y qué putas voy a hacer yo contigo —gritó Casares.

—Mi madre se hizo cargo de mí los últimos diecinueve años —respondió Santiago—. Supongo que te puedes hacer cargo los siguientes cinco.

Casares lo abrazó, disculpándose.

—No hablo de ti —le dijo—. Hablo de lo que se me ha venido encima. De todo lo que dije, lo único cierto es que no sé qué putas.

—Yo tampoco sé qué putas —sonrió Santiago—. Pero puedo aprender.

Maura apareció tras uno de los biombos, recién levantada, echándose un batín de seda sobre los hombros desnudos.

—Éste es mi hijo Santiago —le dijo Casares.

Maura acudió a mirarlo. Le dio vueltas como si valorara una escultura en venta.

—Guapísimo está tu hijo —dijo, cruzándose el batín sobre el pecho.

—Va a vivir con nosotros —informó Casares.

—En nuestro cuarto si quieres —dijo Maura, con risueña disponibilidad.

—En el mío —dijo El Perro—. Ahora que me sobran amigas.

—Saca a tus amigas de aquí —lo zarandeó Maura—. Llevan dos noches becadas. Ya te he dicho que no las estaciones.

—Yo te invito, Casaritos reaparecido —le dijo El Perro a Santiago, saltando el comentario de Maura—. Quédate conmigo. ¿Dónde está tu equipaje?

—No tengo equipaje —dijo Santiago—. Lo tengo todo encima.

—Es más que suficiente —dijo Maura.

Luego, en su cuarto, le dijo a un Casares absorto por la aglomeración de su vida:

—Instala a tu hijo y vámonos al mar. Necesitas mar y amores.

—Hay una guerra allá afuera —recordó Casares.

—Siempre hay una guerra afuera —se aburrió Maura—. Instala a tu hijo y vámonos al mar. La casa de mis padres está libre. Yo también.

—Hay una orden de aprehensión en mi contra —dijo Casares.

—Eso lo arregla el abogado —descontó Maura—. El mar nos arregla a nosotros.

—No sé quiénes somos nosotros —dijo Casares—. Mejor dicho: no sé quién soy yo. ¿Qué te pareció Santiago?

—Es una aparición —celebró Maura, amorosa—. Su madre debió ser muy guapa.

—No me acuerdo —confesó Casares.

—No te estoy reprochando tus mujeres pasadas.

—No me estoy disculpando. No me acuerdo.

Y no se acordaba.

Comieron sin hablar, llenos de sus recíprocas sorpresas, los platillos japoneses que mandó traer El Perro, ducho en menús extravagantes. Santiago comió sin pausa ni modales, devorando.

—Que te cuente del desmadre que trae con su madre —le dijo El Perro a Casares, señalando a Santiago.

Santiago se rio.

—¿Qué pasó con tu madre? —preguntó Casares.

—Nada —dijo Santiago.

—Cuéntale, cuéntale —provocó El Perro—. Para que aprenda este padre desobligado.

—No hay nada que contar —dijo Santiago.

—¿No le quieres contar? —siguió provocando El Perro—. ¿Le cuento yo, entonces?

Santiago asintió.

—Tu exmujer se consiguió otro marido, Casares —resumió El Perro—. O sea que contigo incluido, ya van tres. Pero éste es tremendo galán. Es más joven que tú y es el nuevo jefe de la familia. Santiago mandó al carajo todo y se fugó.

Santiago se rio de nuevo.

—¿Es cierto eso? —preguntó Casares.

Santiago asintió.

—¿Sabe tu mamá que estás conmigo? —preguntó Casares.

—No —dijo Santiago—. Pensaba llamarla en la noche.

—Llámala ahora —ordenó Casares.

Cuando Santiago terminó, Casares mismo quiso hablar con Raquel.

—No te robes a mi hijo —le dijo Raquel—. No me lo quites.

—No te lo estoy quitando. En todo caso, tú lo estás perdiendo.

—Cuídalo —dijo Raquel—. Que no se vaya.

—La forma de que se quede es no cuidarlo de más —dijo Casares.

Oyó las amenazas y el llanto de Raquel por su hijo perdido.

—Va a regresar a ti —dijo Casares—. No te lo estoy disputando. Al final, nada competirá contigo.

Mientras Raquel hablaba, Casares la recordó. La recordó joven y exuberante entre las sábanas, con Santiago bebé escalando sus nalgas redondas, despeñándose por la línea de su talle color avellana, en el largo amanecer voluptuoso donde la memoria de Casares había fijado la historia de sus días con Raquel.

—Me acordé —le dijo a Maura al volver a la mesa. Se lo dijo en el oído para que sólo ella escuchara:

—Era muy guapa.

Maura le dio un fuetazo con la servilleta sobre el hombro.

—¿Se te antojó, verdad? —lo reprendió después, cuando estuvieron a solas—. ¿Se te antojó la mamá de Santiago mientras le hablabas?

—No —le dijo Casares—. Sólo recordé.

—Recordar es vivir, cabrón —recordó Maura.

—No en este caso —informó Casares—. Si el abogado está de acuerdo, nos vamos al mar. Voy a mudar a Alejo y a Santiago al hotel, para que estén menos expuestos.

El abogado trajo esa misma tarde el amparo judicial que impedía la detención de Casares.

—Estoy pensando en perderme unos días —le consultó Casares.

—Si puedes hacerlo, sería lo mejor —respondió el abogado—. Estás amparado y no pueden arrestarte. Pero será mejor que no estés visible.

Casares mudó a Alejo y a Santiago a una suite del hotel para que pudieran beneficiarse de la vigilancia del sitio, y les encargó su propia mudanza discreta al mismo lugar. Era el único hotel de la cadena que podía quedar a salvo del litigio en curso con Artemio Serrano. El único en que Casares conservaba la mayoría absoluta y que no estaba manejado por personal de la corporación Serrano, sino por su propia selección de gente a lo largo de los años.

En el avión que los llevaba a perderse unos días en la playa del Pacífico, Maura Quinzaños le dijo:

—Primera noticia.

—Primera —aceptó Casares.

—Tengo un retraso menstrual de dos semanas.

Había tenido otros. Tenía retrasos. El tercer día de playa salieron a pescar y sacaron un par de dorados. Los cenaron en la noche, íntimos y silenciosos, sobre la terraza. Estaba el cielo estrellado y la brisa que venía del mar era húmeda y cálida.

—Segunda noticia —dijo Maura Quinzaños.

—Segunda —aceptó Casares.

—Antes de salir de la ciudad me mandé a hacer unos análisis.

Hablaron de Artemio Serrano. Había que dar tiempo a que se le pasara el coraje, sugirió Maura.

—No tiene coraje —corrigió Casares—. Eso es lo menos que tiene.

—¿Qué tiene entonces? —preguntó Maura.

—Le toqué la cara y le robé a su mujer —resumió Casares—. Rompí su círculo mágico. Tiene que cazarme para repararlo. Está pintado de guerra.

Maura le hizo el amor con la pasión adicional de saberse codiciada, trofeo y causa de guerra. La noche anterior al regreso, Maura se puso junto a Casares en la tumbona de la terraza, prolongando con su discreción la melancolía anaranjada del atardecer.

—Tercera y última noticia.

—Tercera —aceptó Casares.

—Antes de venir me dieron los resultados del análisis. Estoy embarazada. Vamos a tener un hijo.

Casares había tenido muy joven la fantasía, que siguió visitándolo el resto de sus años, de engendrar su propia tribu, de repetirse orientalmente, sin freno ni sumisión al escándalo o la estadística. Había soñado tener hijos a granel como si cayeran en cascada del cielo, propagar su especie variopinta y loca, nacida de madres multíparas y diversas, opuestas, incluso contradictorias, semejantes sólo en él, en el hecho de haber sido pintadas por él, por su huella ligera o densa, ocasional o rutinaria. Había soñado tener docenas de hijos, y docenas de docenas, conocidos y asumidos todos, sembrados a lo largo de los años en cuerpos deseados, amados, sentidos, amigables a la reproducción de su juventud y al rejuvenecimiento de su vejez. Hijos que pudieran ser sus hermanos, y otros que pudieran ser sus nietos, hijos que tuvieran hijos y formaran en la bruma del futuro su propia muchedumbre genésica en marcha, pródiga en sueños y locuras, hija cabal de la voluntad de asalto y vida eterna de sus glándulas. Había sido, en cambio, un padre invisible y cicatero. Padre de abortos, estéril en su semen, incapaz de engendrar otra cosa que ausencia y dolor, incapaz en verdad de otro placer que el de verterse sin fruto y amar sin consecuencias para la especie.

Tenía cuarenta y tres años y la clara impresión de que todo empezaba de nuevo. Al salir del aeropuerto en la ciudad de México, lo detuvo un enjambre de agentes policiacos. Les mostró el amparo que impedía su detención. Lo rompieron en su cara y lo metieron a empellones a un automóvil, con una pistola en la nuca y otra en el costado. Le pusieron una capucha. Oyó los gritos de Maura diciendo su nombre y pidiendo auxilio a la policía. Pero era la policía la que se lo llevaba.

En la celda donde pasó unos días amenazado y húmedo soñó a su madre. Recordó que le decían La Gallega, que le habían dicho así en Carrizales, y que el apodo traía para él un aire de palmeras y barcos y cinturas felices. Entre las sombras mojadas de la cárcel y el sueño, su madre vino a peinarle la frente, como se la peinaba de niño para calmar los temblores de su paludismo. Y le dijo, como solía decirle en sus delirios: "No te pierdas. No te pierdas tú".

Sus captores le devolvieron la ropa y lo metieron a un baño para que se duchara.

—Te rasuras y te vistes como si vinieras de la playa —le ordenó uno—. Vas a pasar con el juez. Si te excedes en tus declaraciones y nos culpas, te atienes. Lo que digas de más frente al juez, lo pagas luego. En la cárcel, cuando llegues, o en la calle cuando salgas. O lo pagan tus mujeres. O lo paga tu hijo.

¿Sabían de Santiago? ¿Hablaban de Santiago o de Maura?

El abogado le explicó que habían denunciado su secuestro y la violación de su amparo. Habían pagado una fianza y esperaban la orden liberatoria del juez. Pero tendría que esperar por lo menos treinta y seis horas.

—Todo esto es ilegal, ¿verdad? —quiso saber Casares.

—Totalmente.

—¿Quiere decir que estoy en sus manos? —concluyó Casares.

—Las siguientes treinta y seis horas —aceptó el abogado.

—¿Cómo sabían de Santiago? —preguntó Casares.

—No lo sé.

—¿Qué es esto? ¿Cómo llegamos a esto? —se impacientó Casares, mesándose los cabellos, sacudido por el primer tufo a muerte y poder de la guerra en que se había metido.

En medio de las sombras, hubo la iluminación de la visita de Julia, su hermana. Llegó entre los separos y lo miró a través de las rejas como lo miraba a través de los barrotes de la cama de latón donde había quedado, mítica y presa, su niñez. Julia tenía cuarenta y nueve años, pero su cara entre los barrotes era la misma, intemporal y niña, de los recuerdos de Casares.

Muñoz, el antiguo protector de Julia, venía con ella.

—Necesitas ayuda y quieren ayudarte —advirtió Julia, justificando su compañía.

Muñoz había perdido completamente el pelo. Sus facciones, antes duras y limpias, eran ahora duras y viejas.

—Los asuntos de enemigos los arreglan los amigos —dijo Muñoz.

Casares supo que seguía existiendo en él, destilado y podrido, el peso de un pasado que quería sacudirse.

—Un amigo quiere verte —le dijo Muñoz—. Está intercediendo por ti desde que llegaste a esta celda.

—Intercede sin éxito —ironizó Casares.

—La medida del éxito no es lo que te ha sucedido —dijo Muñoz—. Sino lo que te hubiera sucedido sin su intervención.

—Ellos me llamaron —dijo Julia, validando a Muñoz.

—De acuerdo —aceptó Casares—. Qué quieren que haga.

—Que recibas a mi amigo —pidió Muñoz—. Quiere hacerte una visita.

Muñoz le informó quién era su amigo. Casares lo había conocido en una fiesta de Artemio Serrano, años atrás. Le había sido presentado como el dueño de los sótanos y de la seguridad de México. Lo había sorprendido la pulcritud de su atuendo. "La política ensucia las manos", le había dicho el personaje a ese propósito. "Hay que lavarse bien después". Lo suyo era más que un lavado, una pulcritud a la vez esencial y propagandística, íntima y exterior.

La tarde siguiente Muñoz introdujo a su amigo en la celda de Casares y se retiró después, haciendo caravanas orientales.

—Usted saldrá en unas horas —le dijo a Casares el amigo de Muñoz—. Lo suyo es una vulgar intriga judicial. Nosotros vamos a ayudarle. Le estamos ayudando ya.

—Eso me han dicho —concedió Casares.

—Su enemigo ha cometido un error mayúsculo violando la ley —dijo el contacto de Muñoz—. Se ha puesto en nuestras manos. Aparentemente domina el tablero, pero su derrota es inevitable.

—No veo por qué —confesó Casares—. Me tiene en la cárcel a mí y amenazada a mi gente fuera.

—Su error es que pelea también con nosotros —le dijo el amigo de Muñoz—. La pelea con usted es parte de la pelea con nosotros. Él no lo sabe, pero así es. Ésa es su debilidad. Y ésa es la fuerza de usted.

El pleito de Casares con Artemio Serrano, dijo el amigo de Muñoz, era de interés oficial. El gobierno, dijo, tenía razones para contener a Serrano. El gobierno no quería en el país a los grupos que Artemio pensaba asociar a su corporación. No estaban seguros de si en el dinero del exterior venía dinero de la droga. Tampoco estaban seguros de si en el dinero de Serrano había dinero de la droga.

—No hay —informó Casares.

—No lo sabemos —matizó el amigo de Muñoz.

—Yo lo sé —dijo Casares—. No hay.

—Para efectos prácticos, pudiera haberlo —sugirió el amigo de Muñoz—. Del mismo modo que, para efectos prácticos, usted es un delincuente y está preso.

—Para efectos prácticos, qué quiere que haga —preguntó Casares.

—Por lo pronto nada —dijo el amigo de Muñoz—. Sólo quería hacerle saber que, en el pleito con Artemio Serrano, usted tiene en nosotros un aliado.

Al terminar la visita, Julia le dijo:

—Te manda decir Nahíma Barudi que no has sido el primer Casares en caer preso. Cuando salgas, quiere contarte.

Salió a los dos días, como dijo su abogado. Como dijo también el amigo de Muñoz. Salió a su vida aglomerada y exigente. Tenía urgencia de Belén, de saber de su primo prófugo y de sumirse en su vida secreta. Había recobrado un hijo. Le habían anunciado otro. Estaba en guerra, camino de perder o ganar sin atenuantes, como si lo hubiera jugado todo a una ruleta. ¿Por qué lo había jugado? ¿Quién dentro de él, a sus espaldas, lo echaba de cabeza en la ruleta?

Maura y Santiago lo esperaban a la salida del reclusorio, con El Perro y el abogado. Casares habló con el abogado en el camino. Le contó del amigo de Muñoz.

—Hay que usarlo —dijo el abogado—. Éste es un asunto de leyes, pero también es un asunto de fuerza.

Le contó después lo que Casares imaginaba. Artemio Serrano había cancelado todas sus relaciones de negocios y congelado las cuentas de Casares y Alejo. El juicio seguía en marcha y podía tardar dos años. Había que ganar una sentencia absolutoria, pero había también que contrademandar por despojo y violencia, para garantizar un arreglo sensato en el mediano plazo.

—¿De qué puedo disponer? —preguntó Casares.

—De nada que esté asociado a la corporación Serrano —le dijo el abogado.

Se había quedado entonces sólo con unas cuentas bancarias que siempre tenía bajas, el hotel al que se habían mudado, el piso del edificio donde lo había encontrado Santiago, y todos sus negocios de las afueras. En las afueras estaba también la hacienda que habían reconstruido a espaldas de Artemio durante el año anterior. Era su proyecto juguete de un centro de producción de radio y televisión. Era ahora su opción mayor, el centro posible de su independencia obligatoria.

Maura lo llevó por fin a la suite del hotel donde se habían mudado, como si fuera su bebé. Le curó con árnica los verdugones que le habían dejado los golpes de la captura y otros, recibidos durante el cautiverio, que Casares no describió porque eran parte de su humillación más que de su dolor.

—Mejor expresidiario que prófugo —le dijo Belén Gaviño al verlo y saber lo que había pasado.

Le lamió las heridas y la memoria. Le dijo:

—Todo lo que vale allá, no vale aquí. Cuando todo lo pierdas allá, todo lo tienes aquí. Ya sabes eso, señor de dos mundos. Hasta que me harte nomás, y salgamos todos hartos, echando sapos y culebras de tanto simulacro.

—Eres la mujer de un nuevo pobre —le advirtió Casares.

—Mujer de nuevo rico nunca fui —respondió Belén—. Tus muchos o pocos dineros salen sobrando. Lo único que quiero yo es que vengas, mentecato. Que vengas aquí, conmigo, y aquí te estés sosiego algún día, carajo. Algún día que te pueda hablar y toquetear hasta que me harte, hasta que me aburra de ti y tú de mí, y agarremos cada quien su camino de veras, el camino que como quiera nos toca desde el principio y nos tocará al final.

Luego le pidió que le contara todo. Casares le contó, o algo más que eso. Le dio vueltas al cilindro de sus asuntos, apartó su prisa para mirarse al hablar, para decidir mientras rascaba el muro callado y atento de Belén en busca de caminos. Estaba en guerra, le dijo a Belén, y le faltaban balas.

Le preguntó después por su primo prófugo, Sealtiel Gaviño. Belén le informó que se había ido a un rancho de la costa a una semana de capa y herraje de ganado.

—Creo que puedo conseguirle una tregua —dijo Casares—. Convéncelo de que se vaya para la sierra unos días. O que se regrese a la costa. Que se olvide del comandante. Que lo deje para después.

Al salir de la cárcel había tenido urgencia de Belén y las afueras. También de su hermana Julia, que vino a verlo en su desgracia y traía siempre hasta él un bálsamo de memorias invulnerables a la prisa y el olvido. Julia lo había visitado en el hotel y de un vistazo había tomado nota de su situación.

—Funda tu casa —le dijo—. Pareces mono saraguato. Andas con hijo y mujer a salto de mata.

Nahíma Barudi le hizo una cena de liberación, con bandejas de kipe y hojas de parra, ensaladas de trigo y jocoque, y una variedad de panecillos rezumantes de miel. Todo le supo a Casares a su infancia, llena de platillos árabes aprendidos por su madre en Carrizales y trasplantados intactos a la ciudad.

—Ningún Casares que se respete ha dejado de echarse un rato en la cárcel o prófugo —lo consoló, jugando, Nahíma Barudi—. Es casi un asunto de orgullo familiar. Lo mismo que hacerse del rogar y enloquecer con la comida libanesa.

Lo había visto en sueños, le dijo a Casares. Los había visto a él y a su padre Julián construyendo una muralla en el aire y poniendo al final unas banderas. Lo había visto también en medio de un bosque con altos árboles y pantanos salteados. Luego de soñarlo, por haberlo soñado, lo había pedido en las barajas y había caído con el rey de oros en contra y el rey de bastos encima: discordias de dinero y poder. Las sotas lo cuidaban, pero había una sota colindante al rey de bastos que no le era propicia. Lo había buscado también en los asientos del café, y lo había visto solo, rodeado de malas presencias con una vereda clara, aunque sinuosa frente a sí. Casares recordó a su madre. Había vivido también llena de iluminaciones y augurios, leyendo signos en los vientos y en las flores, en los animales y en el calendario. ¿De dónde habían sacado las locas mujeres de Carrizales esas vocaciones quirománticas? ¿Cuánto habían hecho pasar al mundo, a sus hijos y a sus hombres, de todas aquellas profecías sin cuerpo, aquellos temores sin sustancia, aquellas amenazas intangibles que lo penetraban todo, que todo lo zurcían, con hilos de acero invisible, a sus hermosas fantasías de cartón piedra y los destinos escritos en horóscopos imaginarios? Río y escuchó, se rindió sin impaciencia ni desdén a esa magia, como si viniera otra vez de su madre, como si nunca se hubiera ido en realidad de sus pliegues y estuviera sólo esperando el momento de saltar.

Nahíma Barudi le contó la prisión de Julián.

—Tu padre aprendió muchas cosas durante su prisión —dijo la Barudi—. ¿Qué aprendiste tú?

—Muchas cosas también —dijo Casares—. Más o menos lo mismo.

—Le está pasando en realidad lo que a mi abuelo —terció Julia—. Tiene un influyente en contra, como mi abuelo.

Casares había oído y olvidado mil veces la forma en que su abuelo fue expulsado del río y sus maderas por un gobernador que le cobraba deudas políticas de juventud. Volvió a escucharla ahora, de labios de Julia. Al regreso de la casa de Nahíma Barudi, echado bocarriba en la cama de Belén, sintiendo su cuerpo lacio en el costado, su libre respiración de mujer en paz con su suerte, soñó que oía su propia historia de labios de La Gallega, y olvidaba el final. Despertó sudando, con una frase de Artemio Serrano grabada en el centro de la noche: "Lo que importa no es por qué luchas, sino contra quién estás". No estaba contra nadie. Había olvidado el final y la razón de su historia.

CAPÍTULO 5

Cuando El Ñato le informó con detalle de la situación de los negocios de las afueras, Casares entendió que seguían siendo una mina, pero no alcanzaban para apostar en la ruleta donde tenía metida la cabeza. El Ñato le informó también:

—Conocimos a tu hijo Santiago. Lo trajo El Perro a buscar amigas.

—¿Cuándo vinieron? —preguntó Casares.

—¿Cuándo no? —sonrió El Ñato—. Vienen un día sí y otro también. Les han llovido parejitas. Nunca ha tenido tanta suerte Alejo.

Casares sintió el llamado de las afueras, el imán de ese lugar de la privación y la sobrevivencia donde había triunfado, a buen recaudo del mundo de la abundancia y el hartazgo en el que quería triunfar. Decidió replegarse en las afueras como un animal herido, consciente de su riesgo y de su miedo, indiferente a ellos. Impuso a El Ñato del pleito con Artemio Serrano y le anticipó que pensaba mudarse un tiempo a la hacienda electrónica. Iba a necesitar vigilancia.

—Eso está resuelto ya —garantizó El Ñato—. Vamos a verlo si quieres.

Fueron una mañana. Las dos hectáreas de la propiedad estaban bardeadas y a resguardo, como una fortaleza. Funcionaban las casetas de seguridad, tal como le dijo El Ñato. Varias cuadrillas trabajaban en la remodelación, pero el sitio estaba andando.

Entre albañiles y yeseros, pasaban clientes y secretarias, productores y modelos. Habían vuelto oficinas y cuartos de grabado las habitaciones de la casa mayor, estudios de televisión eran ahora las alhóndigas. Los establos habían sido convertidos en comedores para la gente que trabajaba ahí. Quedaban libres tres cuartos grandes de la casona antigua y la vieja sala con su estufa de leña.

Para El Perro y Santiago mudarse a la hacienda fue una fiesta. Como los gatos, ya la habían orinado y hecho suya en alguna fiesta pirata. Tenían recuerdos de cuerpos y risas, y del brillo de la luna sobre los corredores. Maura Quinzaños decoró los cuartos que iban a usar, pero advirtió que por lo pronto no se mudaría. Quería visitar a sus padres en la provincia. Sus dos hijos adolescentes, internados en Berna, estaban de vacaciones. Quería atenderlos, le dijo a Casares. Y quería pensar. Estaba llena de amor y de miedo, le dijo, como si fuera otra vez una muchacha. La inundaba una alegría que era incapaz de manejar. Estaba cruzada por dudas y temores, le dijo. Estaba loca, ansiosa y feliz, cobarde y temeraria, extrovertida y ensimismada. Se sentía otra vez como una muchacha, pero no era una muchacha, y tenía que pensar.

—Mucha tonada para tan poca pianola —comentó El Perro—. Te va a dejar, Casares.

Casares asumió la decisión de Maura. La vio a escondidas en la ciudad, durante los tiempos libres que le dejaban sus hijos. Eso aparte, veló sus armas. Revisó clientes, contratos, opciones, dineros. Aceleró las obras, presidió su tribu de técnicos y productores, y salió a vender los servicios de su hacienda electrónica. Al principio suavemente, luego como bajo la agitada orquestación de una mano invisible, empezaron las cancelaciones. Descubrió que el mapa de su prosperidad estaba dominado por la sombra de Artemio Serrano, ceñido por sus tentáculos laxos y sus intereses de acero. El ancho circuito de negocios en el que Casares se había movido hasta entonces era un ramal subsidiario de la red de Artemio. Quien no formaba parte del engranaje, no existía para el engranaje. Había otras ruedas y otros engranajes. Pero no eran muchos, y con todos Casares había entrado antes en tratos arduos o pleitos agrios por su filiación en la causa de Serrano. Casares sabía dónde y cómo buscar nuevos engranajes. Pero de momento lo daban de baja quienes seguían dependiendo de Serrano. Quienes podían darle albergue diferían los contratos para verificar su ruptura o para hacerlo pagar cuentas pasadas. Fuera del ámbito comercial de Serrano, estaba en medio de ninguna parte. Le gustaba la novedad de su aislamiento, el desierto de su libertad. Iba a rehacer su propia red, a construirla sobre el terreno de su propia sombra, pero llevaría tiempo, y el funcionamiento de la hacienda electrónica costaba. A la larga, el tiempo corría a su favor; a la corta lo ahogaba. Su vida no era más que el litigio de esos tiempos sobre el nudo que llevaba en la garganta.

Volvió a ausentarse de su hijo Santiago. Había estado ausente casi todos los años, a partir de su nacimiento, y casi todos los días a partir de su rencuentro. Alejo suplió esa ausencia adoptando a Santiago. Lo inscribió en el colegio sin oír sus protestas y lo volvió su escudero de trabajos, lujurias y correrías. Santiago se sacó de la chistera una variedad de dones, el más sorpresivo de los cuales fue el de cocinero. Con viandas mínimas, practicaba complicadas recetas que hacían las delicias de El Perro. Guisaban juntos, El Perro oficiando como pinche y Santiago como jefe de la cocina en persecución de toda clase de pastas y pucheros, moles y arroces, fritangas y pescados. Los días en que Casares iba a ver a Belén o en busca de Maura Quinzaños a la ciudad, El Perro salía de safari con Santiago. Solía suceder que sus amigas, becarias y adheridas de andanzas nocturnas, salieran a media mañana de la hacienda, con el rímel corrido y los pelos zarandeados por los avatares de la noche, en medio del tráfago ordenado y diurno de las oficinas.

Casares los veía hermanar y retozar en la hacienda, vacía de todo menos del negocio y de ellos. Atrapado en el laberinto de sus cuentas, los envidiaba sin compartir, sintiendo que había perdido la juventud y que se prolongaba espuriamente en ellos. Una noche de juerga, mientras tomaba las últimas cervezas y le cantaba a la luna deambulando por los jardines, El Perro vio al fantasma de la hacienda, el señor que durante un siglo se le había aparecido a peones y arrieros, a cuidadores, animales y espejos del lugar. El Perro lo había visto, con sus calzones chinacos y sus botonaduras de plata sobre el chaleco charro, quejándose y llamándolo desde un flanco de la capilla. Se había acercado pensando que era uno de los guardianes que estaría jugueteando, y había visto sus barbas blancas y estriadas, su frente calamitosa mal ceñida por una pañoleta de patriota insurgente. Se había acercado más y entonces lo había oído gritar: "¡Venganza! ¡Es lo que quiero de ti: venganza!". El Perro había visto entonces sus ojos vaciados de las cuencas, su pecho vaciado del corazón, y se había desmayado y no supo de sí hasta que el amanecer lo levantó, con una bronquitis andando y una fiebre aparecida.

—Te juro que lo vi, Casares —sostuvo El Perro toda la mañana siguiente, y lo siguió diciendo el resto de sus días—. Me invitaba a acercarme, y cuando me acerqué lo oí gritar: "Venganza". Cuando me desmayé me dijo: "Aquí me enterraron mis hijos luego de matarme por codicia de mis riquezas y de mi mujer. A ella la engañaron diciéndole que me mataron en el campo mis peones, y la despojaron después. Y todo esto está maldito porque sus hijos alzaron la mano de sangre contra su padre".

—¿Oíste eso desmayado? —preguntó Casares, sonriendo.

—¡Lo oí, Casares! ¡Lo oí!

—¿Mientras estabas desmayado?

Los presentes, incluyendo al médico y a Santiago, se rieron también. Durante semanas, no volvió El Perro a caminar solo por la noche en las proximidades de la capilla.

Ésa fue la primera aparición. La segunda vino también sin aviso, pero no se esfumó con las sombras de la noche ni con los humos del alcohol, como el patriarca insomne de El Perro.

Casares la vio por primera vez justo al amanecer, en la cocina, sorbiendo unos mocos y quitándose los cabellos enredados de la cara. Estaba de pie frente a una hornilla, esperando que hirviera el agua en una taza de peltre azul. Tenía los ojos desvelados, la piel pálida, los labios secos de una noche sin tregua. Se había enfundado una camisa de hombre donde cabía dos veces. Los faldones de la camisa apenas cubrían el final de sus nalgas. Mantenía cruzada la prenda sobre su pecho, los brazos metidos bajo las axilas como si se muriera de frío. Estaba descalza, un pie montado sobre el otro como a mitad de una posición de garza. Levantó hacia Casares una mano de dedos juguetones que invitaba lo mismo a ser besada en respeto que a ser atraída en urgencia amorosa.

—Marisa —le dijo, presentándose a sí misma.

Su nombre completo era Marisa Capistrano. Había llegado en uno de los aluviones que traían a la hacienda El Perro y Santiago. A diferencia de las otras mujeres que aparecían por las noches en la hacienda, Marisa no desapareció con su primera visita. Sus pares noctámbulas se escurrían por los corredores riendo de pena, escondiendo sus cuerpos y sus gracias. Marisa se impuso desde el primer momento sobre el terreno con una suavidad natural, involuntaria. Volvió a la hacienda colgada del brazo de Santiago, esta vez de día, y le fue presentada formalmente a Casares como la novia de su hijo. Bajo la mirada de Marisa Capistrano, una mirada a la vez infantil y perversa, Casares agradeció ambiguamente su regreso, feliz por Santiago y también por él, admirando esa posesión de Santiago, pero sintiéndola al mismo tiempo cercana, disponible a sus ojos por lo menos ya que no para él.

—Es la amiga de Santiago —le explicó a Maura, cuando vino a la hacienda y cortó con un solo vistazo de celo la presencia de Marisa Capistrano.

—Qué bueno que sea de Santiago —dijo Maura cuando estuvieron solos—. Porque lo que es tú, no puedes quitarle los ojos de encima.

La tercera aparición que hubo en la hacienda fue la de Muñoz y su amigo. Se aparecieron sin aviso ni cita previa, aunque Casares los esperaba, como se espera a un cobrador.

—Vengo a ofrecerle trabajo —le dijo a Casares el amigo de Muñoz.

—Trabajo es lo único que no puedo rehusar —se allanó Casares.

El amigo de Muñoz traía una oferta de contratos para aceitar la hacienda estragada, pero Casares sabía que no tocaba a su puerta por eso. Paseó a Muñoz y a su amigo por la hacienda y los instaló después en la sala de juntas.

—No veo en todo esto sino los fierros de su independencia respecto de Artemio Serrano —dijo el amigo de Muñoz—. Reacciona usted con rapidez al pleito.

—Esto existía antes del pleito —informó Casares.

—¿En previsión del pleito? —preguntó el amigo de Muñoz.

—En previsión de independencia —declaró Casares.

—No tiene usted un adversario a modo —advirtió el amigo de Muñoz—. Quiero contarle una historia que acaso usted conoce. Se la cuento para ilustrar. Para muestra, que le baste un botón.

El amigo de Muñoz contó entonces una historia de Artemio Serrano que Casares no conocía. Había sido absuelto en los tribunales, pero acusado en los periódicos por la muerte de un líder cañero, un agitador que recorría los ingenios del grupo en el que Serrano creció, promoviendo la sindicalización en un medio donde eran prácticas corrientes el enganche forzoso y el peonaje por deudas. Conseguir mano de obra para la zafra era una guerra estacional que se repetía cada año en las zonas cañeras, a donde llegaban las flotillas de enganchadores ofreciendo al mejor postor los brazos indispensables, traídos de regiones a veces distantes, a veces de cárceles que abrían sus puertas por dinero. Era esa la parte esencial del trabajo como administrador de los ingenios que se le había encargado a Artemio Serrano. Forzados, codiciados, indispensables durante la zafra, los cortadores dejaban de serlo al término de ella y eran regresados a la nada de donde habían venido. Cumplida su tarea estacional, nadie quería volver a verlos rondando en los pueblos cañeros, pidiendo limosna o vagando en las cercanías de los ingenios, robando, peleando, matando para vivir y sobrevivir. La violencia con que eran atraídos volvía entonces contra ellos para repelerlos. Aquella población de forzados sin ley era la convocada por el líder, a quien movía su fe sindicalista tanto como sus vínculos de dinero y lealtad con un viejo general revolucionario, también dueño de ingenios, que buscaba complicar la vida de sus competidores volviendo contra ellos a la población que cada año necesitaban como el aire y cada año dispersaban como una plaga.

El evangelio sindicalista levantó en los ingenios del cacicazgo un clamor de justicia. De las veredas y los pueblos, del monte y los cañaverales gotearon inconformes. De arenga en arenga, de mitin en mitin, los cortadores fueron asomando y reconociéndose hasta que, en el clímax de su movilización, el líder fue muerto a tiros en el recodo de un camino. No habían recogido todavía su cadáver en la guardarraya del ingenio, cuando ya un diario de la ciudad de México culpaba a Artemio Serrano del asesinato. El periódico, especializado en nota roja y escándalos personales, era propiedad del general azucarero que había enviado al líder a los campos de su competencia y no paró en su campaña hasta que Artemio Serrano fue acusado del homicidio del líder y metido a la cárcel. Serrano fue absuelto en la primera apelación de un juicio equilibrado desde el principio por influencias políticas equivalentes. Una vez libre, el grupo de Serrano pagó una campaña de prensa exculpatoria y lo premió con su traslado de los ingenios a la ciudad. Todos olvidaron después el *affaire*, menos Artemio Serrano, de quien se harían correr más tarde unas palabras de entonces:

—Si un periódico puede meterte a la cárcel, no serás libre mientras no tengas un periódico.

Fundó su propio periódico, contratando en parte a los mismos periodistas del que lo había metido a la cárcel, y dedicó su primer año a la denuncia del plutócrata revolucionario cuya rivalidad azucarera había pagado con seis meses de encierro. Antes de cumplir un año de campaña, pudo pactar una tregua de su estilo: el nombre de Artemio Serrano no volvería a ser mencionado, salvo para elogiar su garra y su talento, por el periódico que lo linchó; el nombre del general azucarero no volvería a figurar en el periódico de Serrano, salvo para recordar su condición de benefactor de la república. El periódico inicial de Serrano se reprodujo con su misma vena roja y amarilla en quince ciudades de provincia, llenando sus páginas de escándalos locales y una falta de escrúpulos en el ataque personal que hizo a la cadena más temible entre más creíble, porque en la extraña premisa de credibilidad que la prensa mantenía bajo cuerda con el público, había más admiración para el insulto que para la verdad, y más oídos atentos a las denuncias que a las pruebas.

—Cuide todos los flancos. Cuídese las partes descubiertas —sentenció el amigo de Muñoz, a guisa de moraleja, cuando terminó de contarle la historia.

Le ofreció luego un contrato abierto por servicios de producción televisiva y publicitaria para el Gobierno de la República.

—Yo he visto la calidad de sus fierros —le dijo a Casares—. Y es reconocida en el medio su solvencia profesional. Aquí le dejo una lista de nuestras necesidades. Póngale precio y envíeme un contrato global, con un descuento adecuado por el monto y la certidumbre que le da el contrato. No queremos que lo ahoguen la fuerza y la arbitrariedad. Queremos tener un buen proveedor de servicios al mejor precio del mercado. Y queremos tener un nuevo amigo.

—Un amigo ya lo tiene —aduló Casares—. Un informante, no.

—Me gusta su claridad —dijo el amigo de Muñoz—. Establezcamos de una vez una cláusula rectora de nuestra colaboración, aquí frente al licenciado Muñoz que es nuestro testigo. Yo quiero que usted me ayude y se ayude contra Artemio Serrano. Voy a insistir en eso. Admita usted como parte de la cláusula que puedo insistir en solicitar su ayuda. Yo acepto por mi parte que usted puede negarse cuantas veces quiera a esa colaboración y que este contrato no está sujeto a condición ninguna en ese sentido.

Casares asintió, oscuramente ganado por la forma suave y transparente de plantear tratos duros y turbios que era una de las especialidades del amigo de Muñoz. Asintió, también, porque esa negociación quitaba del primer plano el asunto que le urgía de verdad. Caminó con ellos hasta el estacionamiento y antes de que el amigo de Muñoz subiera al coche, sin que Muñoz escuchara, le dijo:

—Hay algo más que quiero pedirle.

—Lo que usted me pida —redundó, subrayando, el amigo de Muñoz.

Casares le contó la historia de Sealtiel Gaviño.

—¿Qué es lo que quiere usted para ese muchacho? —preguntó, ofreciéndose, el amigo de Muñoz.

—Olvido —resumió Casares.

—¿Mató en defensa propia?

—Es alegable que sí —rodeó Casares.

—Si es alegable, así será —prometió el amigo de Muñoz—. Yo le hago saber de eso cuanto antes.

Casares envió un proyecto de contrato jugoso, de precios castigados, pero volumen alto, con descuentos por pagos adelantados. Lo trazó como un puente de tiempo, un salvavidas que había que usar una vez para no volver a necesitarlo. A los pocos días recibió los contratos firmados según su propuesta, con un primer cheque que pagaría por sí solo los costos operativos de la hacienda por un año. Recibió también un mensaje escrito a máquina:

Se habló con el comandante Guirlandayo. El asunto del muchacho está olvidado. Pídale cautela. De preferencia, pídale que salga de la ciudad un tiempo. Pero no es indispensable. Lo indispensable es que olvide también. El olvido, para que funcione, tiene que ser mutuo. Si quiere trabajar conmigo, tengo trabajo para él.

Al calce venían las iniciales del amigo de Muñoz.

Maura los fue a visitar un fin de semana. Había hablado con Artemio Serrano porque Artemio la había obligado a hablar, dijo, asediándola en casa de sus padres. Quería transmitirles el mensaje para que no quedara duda. Artemio pensaba ahogarlos. Casares tenía razón: estaba pintado de guerra.

—¿Vas a regresar con él? —preguntó Alejo sin darle pausa ni crédito, hablando, como solía, más rápido de lo que pensaba.

—No te portes más idiota de lo que ya eres —respondió Maura.

Cuando estuvieron solos, le dijo a Casares:

—Ahora que estoy con ellos, he pensado mucho en los hijos que tengo. El menor tiene catorce, el mayor dieciséis. No les falta mundo y están lejos de ser unos niños pacatos. Pero no he podido decirles que iban a tener un hermano.

Al día siguiente, caminando por el perímetro de la hacienda, en una mañana ligera de brisa radiante, Maura le dijo a Casares:

—No puedo tener a tu hijo. Ha sido muy claro para mí viendo a mis otros hijos.

—¿Me informas o me preguntas? —se encendió Casares.

—Dime que quieres un hijo conmigo —pidió Maura.

—Quiero un hijo contigo —dijo Casares.

—No lo quieres, Casares —explotó Maura—. Ese hijo nos cayó, no lo pedimos, no lo deseamos. Nos cayó del cielo. Yo no puedo recogerlo sola.

—Si lo vas a botar no me consultes —dijo, tajante, Casares.

—Quiero tenerlo si lo quieres tú —suplicó Maura.

—Ya te dije que lo quiero —repitió Casares.

—Yo también —dijo Maura—. Lo quiero como a nada en el mundo.

Había lágrimas en sus ojos. Desde el fondo de las equivocaciones de su vida, Casares supo que no eran verdad. Tenía razón El Perro, Maura simplemente iba a dejarlo. Estaba para ser dejado. Todo en él era una vocación de abandono y pérdida, una seguridad sobre sus merecimientos para ser dejado, para que lo dejaran infinitamente, adelante y atrás, en su futuro y en su pasado. No lo sublevaba esa idea, lo envolvía con una complacencia expiatoria, como si pagara el precio de una deuda que no había contraído y al mismo tiempo deseara pagar. Iban a dejarlo a él. De acuerdo, pero su hijo inexistente, su hijo en ciernes, su hijo ya nacido en el cuerpo de Maura, ya parte de ese cuerpo, ¿qué culpa tenía de sus culpas? Ninguna, salvo la de ser su hijo. Suficiente: también lo iban a dejar.

—Quiero que definas —le pidió a Maura antes de que volviera a la ciudad.

—No puedo definir si no me ayudas —se escudó Maura.

—Ya definiste —dijo Casares—. Estás sólo poniéndole coartada. No quiero ser tu coartada. Yo quiero ese hijo, y eso es todo.

—Quieres ese hijo en tu cabeza —le dijo Maura—. A lo mejor en tus emociones. Pero no lo quieres en tu vida. Mira a Santiago. Es como un extraño para ti. Más parece su padre El Perro, que apenas está para ser su hermano. Y a mí, que estoy con tu hijo adentro, ¿me has buscado? ¿Me has acercado? ¿Me has hecho sentir segura, querida, indispensable? No. Me has dejado suelta por ahí con mi hijo y mi problema a cuestas mientras tú resuelves tu guerra con Artemio. ¿Qué le ofreces a tu hijo como futuro? ¿Los despojos de esa guerra?

—Ofrezco lo que soy —cortó Casares.

—Mucho menos que eso —murmuró Maura.

No hablaron más. Maura se fue después del almuerzo. Por la noche, Casares sacó un cajón de cervezas y se puso a beberlas sobre una arpillera en una esquina de la hacienda. Había media luna y brisa. Veía los focos de las casas en las faldas de los cerros frente a la ciudad y en las estribaciones del valle, bajo los volcanes. Pensó que en cada luz había una historia recién empezada o a punto de terminar, un tumulto apacible de historias paralelas o mezcladas, perdidas e invisibles todas en la muchedumbre de su anonimato, irrenunciables y vivas cada una. Todo él y su vigilia eran sólo un foco más, un pliego de carne viva en la piel multitudinaria de la noche. Pensó que le hubiera gustado tener un hermano, dos hermanos, diez hermanos. Pensó que le hubiera gustado hablar con su padre, Julián, sobre las cosas ignorantes e invariables de la prole. Pensó en sus hijos perdidos, los hijos que se le habían quedado en el camino como restos injustos de su prisa, los hijos que había visto perderse o ayudado a perder. Recordó a Camila, la enfermera de su adolescencia, cuyo aborto veló en un cuarto de hotel junto con una amiga colega que indujo la expulsión. Camila le dijo siempre que el bebé no era suyo, infligiéndole el dolor de saber que dormía también con otro, pero acaso, pensó ahora, para que andando el tiempo no penara la erradicación de ese hijo como suyo. Había escoltado a Julia a una clínica sórdida de la ciudad vieja, bajo la creencia enconada de que iba a dejar ahí un hijo de Muñoz. Por ese solo hecho supuesto, que Julia no negó ni confirmó, aquel engendro mereció no existir a sus ojos. Sin embargo, con el tiempo, Casares penó su inexistencia como una pérdida, como una disminución de Julia, que tardó el resto de sus años jóvenes en embarazarse de nuevo. Raquel había perdido un hermano de Santiago. ¿Lo había perdido o lo había ido a botar, como iba a hacerlo Maura, en castigo por el desamor y el descuido que él prodigaba sin pretenderlo, como los peces desplazan agua al moverse y las aves viento y los hombres culpa? Antes de conocerlo, muchacha, casi niña, Belén Gaviño había perdido un embarazo extrauterino, y con él una trompa que hubieron de extirpar y con la trompa extirpada, la utilidad de la restante, y así, antes de conocerlo, Belén había perdido todos los hijos que Casares hubiera querido sembrar en ella para repetirla.

Había perdido esos hijos, recordaba ahora, y había hecho perder muchos más, ayudando sin titubear, a lo largo de los años, a un ejército de coristas y actrices, cantantes próximas o amigas ocasionales que se descubrían embarazadas un día y le pedían ayuda para salir del problema. Las ayudaba sin preguntar por el padre, dando por descontada una paternidad tan populosa como la lista de los hombres que habían entrado en ellas, y no volvían a ver. Aquellos hijos de padres tumultuarios se formaban de cualquier modo en el ejército de su paternidad simbólica, prolífica y avara, fértil como el agua y seca como la tierra. Se durmió un rato ahí, mirando el cielo estrellado, tan lleno de luces melancólicas como las faldas de los volcanes y las afueras de la ciudad. Soñó o quiso imaginar en la duermevela que le preguntaba a Nahíma Barudi si había abortado un hijo de Julián, su padre. Y la Barudi le había respondido: "Ninguno. Simplemente no tuve sus hijos".

Despertó en la madrugada con el frío, trabado por la rabiosa seguridad de haber dejado ir con demasiada facilidad a Maura, sin pelear suficiente por su hijo y por su vida común con ella. Tenía razón El Perro, Maura iba a regresar con Artemio, en caso de que se hubiera ido alguna vez, en caso de que todo su rodeo amoroso no fuera un vericueto previsto y aun diseñado por el mismo Artemio para llevar a Casares al borde y meterlo a la guerra. La vería regresar a la corporación Serrano bella y segura de la misión cumplida, con el mal paso imprevisto de haberse embarcado en la línea de fuego y volver a casa con esa pequeña cicatriz de más. Había sabido desde el principio que Maura Quinzaños era su compulsión y su error. Y en medio de la rabia inventora de agravios mayores y traiciones hipotéticas, reconoció que la compulsión seguía ahí, que estaba atado a Maura por un tormento del que sólo ella era el alivio.

En el camino de regreso a la casona vio prendida la luz del cuarto de Santiago y la silueta de Marisa Capistrano anudándose los cabellos en la nuca, los pequeños pechos respingados y combativos. Unos pasos después empezaron a oírse las voces y las risas. Marisa Capistrano jugueteaba con Santiago antes o después de su encuentro amoroso. Sintió el tirón del deseo en la tijera de las piernas.

Un mal humor histórico acompañó a Casares esos días. Riñó a El Perro por levantarse tarde y a Santiago por la excesiva presencia en la hacienda de Marisa Capistrano. Despidió a dos productores y rescindió contratos a técnicos y modelos. Suspendió vigilantes, auditó al administrador, impuso recortes de gastos y austeridades diversas a todo el personal. Se hacía el silencio cuando pasaba, metido en sí mismo, mirando al suelo, o mirando a los otros sin verlos, como si fueran sombras en el bastidor de su bilis. Una mañana se sorprendió rechinando los dientes y hablando solo.

—¿Qué te pasa, Casares? Pasas echando humo —se atrevió a decirle El Perro.

—Te voy a decir qué pasa —se volvió Casares, tomando aire para contener la cólera que le produjo el desacato de El Perro—. Estamos en manos de otros. Eso es lo que pasa. Estamos en manos de otros y todos aquí se la pasan chupándose el dedo, mientras allá afuera otros deciden lo que nos va a pasar. Eso es lo que pasa. ¿Ya entendiste o quieres que te lo explique de nuevo?

—Ya entendí, Casares. Pero no hacen falta los gritos —dijo El Perro, compungido.

Una madrugada los despertó el ruido inusitado de automóviles entrando a la hacienda. Eran El Ñato y su gente. El Ñato venía agitado, pálido aún. Le informó a Casares: Sealtiel Gaviño y el comandante Guirlandayo se habían encontrado inadvertidamente en El Palacio de Noche. Habían cambiado primero pullas y luego tiros. Sealtiel había herido al comandante y andaba prófugo. La policía había tomado y clausurado El Palacio de Noche.

Capítulo 6

—Hay que recurrir a los amigos —dijo El Ñato.

—Si es cosa de amigos, no hay a quien recurrir —respondió Casares.

Había sólo el amigo de Muñoz, pero no era un amigo. El Perro y Santiago tenían una fiesta en el jardín de la hacienda. Mientras El Ñato le informaba del tiroteo en El Palacio de Noche, Casares veía la figura dorada de Marisa Capistrano bailar y mecerse al resplandor de una fogata. Se curvaba como un arco y vibraba como una flecha. El Perro aullaba en torno suyo una danza comanche.

El amigo de Muñoz llamó esa misma noche, antes de ser requerido. Se presentó en la hacienda muy de mañana, casi al amanecer.

—Guirlandayo vivirá —dijo, al bajar del coche—. Vamos a donde podamos hablar.

Cuando se instalaron en la sala de la hacienda, el amigo de Muñoz pasó sus cartas:

—Quedamos en que el muchacho olvidaría —reprochó—. Ahora tenemos un doble problema. El problema de la venganza del comandante Guirlandayo, y el problema del orgullo herido de la corporación. Guirlandayo no podrá volver a circular en tres o cuatro meses. Pero la corporación cobra esas bajas como una cuestión de honor. Irán tras el muchacho hasta que le traigan su cabeza a Guirlandayo. ¿Dónde está su muchacho?

—Remontado —dijo Casares—. No sabemos bien dónde.

—Es su pariente, entiendo.

—Es primo de una amiga mía —generalizó Casares.

—Con esa amiga vive usted una vida marital desde hace algunos años —avanzó el amigo de Muñoz, dejando ver que se había metido a fondo en la averiguación de la vida de Casares.

—Marital no es una palabra adecuada —se incomodó Casares.

—Pero los años sí son algunos —dijo el amigo de Muñoz.

—Algunos —mascó Casares.

—No me entienda mal: si lo quiero ayudar tengo que conocerlo —dijo el amigo de Muñoz—. ¿Cuál es su versión de lo que pasó en El Palacio de Noche? —preguntó.

—Sealtiel y el comandante se encontraron por casualidad —empezó Casares.

—¿Por casualidad? —subrayó, incrédulo, el amigo de Muñoz.

—Era la primera vez que Sealtiel Gaviño se aparecía por el lugar en meses —informó Casares—. Nadie sabía que iba a llegar esa noche. Lo mismo puede decirse del comandante Guirlanda-yo. Llevaba semanas sin pararse por ahí. Para colmo, coincidieron en la entrada.

—¿Coincidieron, dice usted?

—Coincidieron. Al principio no hubo problema. Se dieron la mano incluso. Hasta se sentaron a la mesa juntos. Fue mientras departían en la mesa que se suscitó el pleito.

—¿Se suscitó? —preguntó el amigo de Muñoz.

—Cambiaron algunas pullas, bromas —dijo Casares, repitiendo la versión de El Ñato—. De pronto ya estaban sobre las armas.

—¿De pronto, dice usted? ¿Tiene usted la versión del muchacho o la versión de terceros?

—Al muchacho no lo he visto. Es la versión de terceros.

—Consiga la versión del muchacho —pidió el amigo de Muñoz—. Mi impresión es que todo el asunto fue montado. Quizá no venían buscando al muchacho, ¿cómo se llama?

—Sealtiel.

—Quizá no venían buscando a Sealtiel, pero el asunto estaba montado.

—¿A quién venían buscando entonces? —preguntó Casares.

—A usted —dijo el amigo de Muñoz—. Venían buscando una riña para cerrarle El Palacio de Noche. Como usted ve, el objetivo fue alcanzado.

—¿Qué quiere usted decir?

—Es una elemental operación de cerco.

—¿El objetivo de quién? —preguntó Casares—. ¿La operación de quién?

—¿Con quién está usted en guerra? —respondió el amigo de Muñoz, señalando lo obvio—. El Palacio de Noche es una mina de efectivo que tiene usted, por fuera de los negocios de su exsocio. Serrano le tiene intervenidos todos sus negocios, salvo éste. Entonces busca la manera de cerrar la minita. Hace un escándalo, clausuran el sitio y el dinero deja de fluir. Luego se irá sobre los hoteles, que también están libres de su control. Por último, vendrá sobre usted, sobre la hacienda electrónica que está siendo un buen negocio, hasta donde entiendo. Para mí, ésa es la lógica de lo sucedido en El Palacio de Noche. Ahora quiero que me diga con toda claridad y honradez: ¿quiere mi ayuda?

—¿Usted sabe o deduce todo esto? —preguntó Casares.

—Lo sé —dijo el amigo de Muñoz—. No es a usted a quien vigilo, es a Artemio Serrano. Llegué a usted por él, no a la inversa. No se le olvide. Lo quiero neutralizar a él, no a usted. Quiero controlarlo porque es mi trabajo y tengo órdenes precisas, como le he explicado. Ahora, ¿por qué me interesa usted? ¿Por qué me interesa su caso, su pleito con Artemio Serrano? Déjeme decírselo con toda claridad. Porque usted y el pleito con usted son una debilidad de Artemio Serrano. Serrano no necesita ganarles a ustedes, despojarlos o quebrarlos como si fueran sus competidores. Ustedes no son un eslabón débil de sus negocios, son una parte endeble de su carácter. Pelea con ustedes como si en ello le fuera la vida. En este caso pelea con el hígado, no con la cabeza. Ese eslabón débil de su voluntad o de su cabeza es el que quiero seguir, porque es una de las cosas, una de las pocas cosas, que lo hacen vulnerable. Éstas son mis razones. Ahora quiero que me diga si quiere mi ayuda.

—Necesito su ayuda para abrir El Palacio de Noche —admitió Casares.

—Eso, considérelo un hecho. Lo que yo pregunto es si quiere usted que iniciemos aquí una amistad y una colaboración en torno a Artemio Serrano. No quiero que haga usted nada, sólo que hable conmigo de Artemio Serrano. Quiero que me hable de él, quiero saber de él lo que usted sabe, quiero llegar a conocerlo tan bien como lo puede conocer usted. Eso es todo lo que pido, lo que quiero. Nada más.

Casares asintió, cuidándose de no refrendar su gesto con palabras. Adivinó más que vio la mueca de animal saciado, la presa en la boca, en los labios del amigo de Muñoz. Tenía razón en sonreír así. Lo había tomado primero del bolsillo y ahora lo tomaba de la cabeza. Casares vio otras posibilidades en el cuadro de su propia cacería. Podía haber ido a la cárcel por una maniobra del amigo de Muñoz. Podían haber clausurado El Palacio de Noche por una riña orquestada por el amigo de Muñoz. Podía él, Casares, estar pagando servicios de liberación a quien había construido sus celdas.

Salieron hablando de las finanzas de la hacienda. Al doblar un pasillo, vieron a la muchacha bajo la arcada poniendo la cara al sol que saltaba las montañas como si se rindiera a él, como si oficiara una antigua ceremonia de entrega y corrieran por su cuerpo las arcaicas comuniones del calor y la vida, el amanecer y la cosecha. Era Marisa Capistrano. En la fragancia limpia de la mañana, usaba una camiseta de tirantes que dejaban al aire sus brazos largos y redondos. Tenía los ojos cerrados y no los sintió pasar a su lado, o fingió no sentirlos. El amigo de Muñoz tomó nota de su presencia no con el deslumbramiento ritual que su efigie solar pedía, sino con la frialdad de quien coteja un rostro en el archivo de su memoria y no acierta a ponerla en la ranura exacta.

—La novia de mi hijo —explicó, innecesaria y falsamente, Casares.

Cuando el amigo de Muñoz se fue, Casares invitó a El Ñato a caminar por los jardines de la hacienda.

—Van a reabrir El Palacio de Noche —le informó—. Pero quiere lodos a cambio.

—¿Qué quiere a cambio?

—Quiere que sea su testigo de cargo y empine a Artemio Serrano.

—¿Por qué tú? —dijo El Ñato.

—Porque no tiene nada más. No tiene nada contra Artemio, salvo lo que yo le diga o le ayude a inventar. Según él, Artemio planeó la riña en El Palacio para cerrarlo.

—¿Y según tú?

—Según yo, pudo haberla planeado también el amigo de Muñoz. Estamos presos en la maquinación de estos cabrones.

—¿De Artemio o del amigo de Muñoz?

—De cualquiera, o de los dos. Pero, sobre todo, estamos presos de nosotros mismos. De nuestras sandeces. ¿Cómo se te ocurre dejar que se sienten en la misma mesa Sealtiel y Guirlandayo? ¿Cómo se te ocurre, carajo? Pareces niño de teta.

—Pensé que iban a arreglarse —se disculpó El Ñato.

—No pienses, Ñato, reacciona. Nuestros reflejos son lo que está mal. Se nos cae el mundo encima y todos andamos pensando en otra cosa. El Perro y Santiago no piensan más que en sus fiestas. ¿Han preguntado qué pasó, por qué estás aquí, por qué llevamos la noche en vela? No. Sus reflejos están perdidos. Tú descuidas a Sealtiel y lo dejas sentarse con Guirlandayo. Tus reflejos están perdidos. Nos van a hacer pedazos y todos pensamos en otra cosa. Pensamos en lugar de hacer. Pensamos, soñamos, pensamos. Y el mundo mientras tanto nos pasa encima.

Tampoco él dejaba de pensar. Pensaba en Maura, le dedicaba a Maura esa cascada informe de obsesiones que llamamos pensar. La recordaba junto a él, la imaginaba junto a Artemio Serrano, lánguida y narcótica, anestesiada por el alcohol para mejor abandonarse a su nuevo dueño, que era su dueño anterior, su verdadero dueño. Artemio la habría recobrado como quien recobra una mascota, la habría penetrado como si lo penetrara a él, como si Maura le franqueara con su cuerpo el de Casares. Del fondo de aquellas imaginerías rabiosas subían a su pecho tropeles de odio y asfixia, la evidencia gratuita de su orfandad, el vacío que había sido el motor de su prisa, el vacío del huérfano, el vacío del abandonado en mitad del camino por la mano de su padre, del que tuvo que construir a su propio padre y sólo pudo hacer un remedo del dios buscado, el dios oscuro y caído que era su padre, en la tierra yerma y huérfana, sin padre ni dios, que era la vida.

Conservaba ese papel que Julia le había dado años atrás, extraído del álbum monográfico de Carrizales que su madre guardaba como si escondiera cartas de amor. Era un papel mecanografiado en una vieja máquina de escribir que hacía renglones saltarines. Estaba dedicado a la mamá de Casares por su autor epónimo, Presciliano Caín, medio pariente y cronista de su pueblo. Se llamaba *Lamento del huérfano de padre* y se conservaba sólo la página dos, en cuyo calce decía *sigue…* sin consecuencia alguna. Casares sabía los primeros renglones de memoria:

Oh, tú, que duermes en el fondo estrepitoso del río,
¿por qué no me despiertas?
¿Por qué me dejas perdido en el centro de mí,
a solas sin tu sombra
y sin los ejércitos invisibles de tu nombre?

Había esa antorcha prendida dentro de Casares, enorme como un volcán, y a la vez escondida, rescoldada. Era una rabia melancólica, la rabia por la ruina de un alto destino familiar. ¿Quién había sembrado en Casares la idea confusa pero obligatoria de un alto destino familiar que reparar, la idea de una grandeza perdida que era su misión traer de nuevo al mundo? En caso de que hubiera existido, quedaban sólo escombros de aquella grandeza, vidas normales, dioses caídos, hombres a pelo de sus pobres biografías. Y era, sin embargo, su misión devolverles el brillo, restaurar sus altares, reencarnar sus sombras errantes en la nueva ciudad del aire y de la dicha que era su mandato, su espejismo, su obligación de tierra prometida.

Belén Gaviño le dijo:

—No cargues con mis primos porque son mis primos. Ellos eligieron su vida y su muerte.

—No es esa carga la que me pesa —dijo Casares—. Sealtiel es un enredo, pero es parte de la solución. Mi enredo mío es el que no tiene solución.

—¿Cuál es tu enredo tuyo? —preguntó Belén.

—Estoy peleando una guerra que perdí hace años. La perdió mi padre, la perdió mi abuelo. Y me encamino a perderla yo, luego de haberla provocado.

—Tú no provocaste nada.

—Todo, Belén. Lo he provocado todo. En eso consiste mi enredo.

Reabrieron El Palacio de Noche una semana después del tiroteo. Casares decidió enviar un maletín con dinero para Guirlandayo.

—No curará sus heridas —le dijo a El Ñato—. Pero sobornará su rabia. Si todo es sobornable en él, también su rabia.

Sealtiel se fue a la sierra, con sus hermanos sobrevivientes, sobreviviente él mismo de la máquina que los había triturado en la ciudad. Casares empezó las sesiones sobre Artemio Serrano que le había pedido el amigo de Muñoz, al principio diálogos de generalidades, al final verdaderos interrogatorios sobre la vida, la fortuna, las empresas de Artemio Serrano. En una de los primeros encuentros, el amigo de Muñoz le soltó a bocajarro:

—La diosa aquella de su casa, la que se ofrecía al sol por la mañana, ¿me dijo usted que era novia de su hijo?

—Sí —dijo Casares.

—Parece una muchacha, pero no lo es tanto —soltó el amigo de Muñoz—. Es unos diez años mayor que su hijo.

Casares lo miró, esperando una consecuencia de ese dato.

—Tiene un pequeño historial en la golfería —siguió el amigo de Muñoz—. Trabaja en un lugar de *table dance*, ya sabe usted, muchachas que se desnudan bailando en una pasarela.

Casares volvió a esperar sus conclusiones sin decir palabra.

—El lugar es de Artemio Serrano —remató el amigo de Muñoz—. Puede no haber vinculación, pero quisiera estar seguro de que nuestra diosa solar no es emisaria de Serrano.

—No puedo saberlo —huyó Casares.

—Debemos saberlo —exigió el amigo de Muñoz.

—Se pasa usted de informado —le dijo Casares—. No me informe de más.

—Vaya a verificarlo usted mismo —sugirió el amigo de Muñoz, poniendo sobre la mesa una tarjeta con la dirección del antro. Tenía el dibujo de una mujer desnuda empinada graciosamente sobre un tubo—. Acaso se entere ahí de otras cosas.

Casares no hizo caso, pero al llegar a la hacienda se fue sobre El Perro:

—¿De dónde salió Marisa? —preguntó, gritó—. ¿Trabaja en un antro de Artemio?

El Perro se hizo chiquito en el sofá y negó con la cabeza espantada.

—¿De dónde salió? ¿Dónde la encontraron? —vociferó Casares.

—Se le pegó a Santiago en un bar del centro —dijo El Perro, improvisando a ojos vistas.

—¿Saben quién es?

—No le pedimos referencias —dijo El Perro.

—¿Saben o no saben, carajo?

Había en su rabia indagatoria el placer de tenerla al alcance de la mano, como si la sospecha de su espionaje la abriera a su escrutinio, suspendiera los derechos de exclusividad de Santiago y extendiera los suyos, haciendo una mujer del común a la que había sido hasta entonces la menos común de las mujeres.

Casares y Marisa Capistrano se habían medido ya varias veces, se habían tocado con los ojos y prometido con los esquives obligados de su compañía. Se encontraron una noche en la inmensidad vacía y desolada de la hacienda.

Casares estaba lleno de sí, cargado hasta la indolencia del peso abrumador de su litigio, un paso más allá de la opresión, en los linderos de la libertad por exceso de cadenas. Había pasado la tarde hablando de Artemio Serrano cumpliendo su parte del trato con el amigo de Muñoz, mirándolo tomar notas sólo donde sus palabras aludían a algo turbio. ¿Aquella trifulca en el concierto de rock que llenó las páginas de los periódicos había incluido venta de droga al personal? ¿Aquella disputa empresarial con los diarios del noreste tenía alguna relación con el asesinato de aquel director, cuya muerte, atribuida siempre al narco, allanó el acceso de Artemio Serrano a la propiedad de la cadena en la región? ¿El fallecimiento de aquel chofer de Serrano, reportado como accidente, había sido fruto de un atentado? ¿La segunda cirugía plástica de Dolores Elizondo, la mujer de Serrano, había sido en verdad, como se dijo, cortina de humo para disfrazar una golpiza de Artemio? La estrategia fiscal de la corporación Serrano ¿tenía zonas escondidas, preveía la evasión legal o ilegal de impuestos? ¿Y la liquidez proverbial de las empresas no incluía facturaciones para lavar ingresos de otra procedencia? ¿En los bares y centros nocturnos del grupo, circulaba rutinariamente droga y era esa parte la clave de la rentabilidad de tantas marquesinas? ¿O era más bien la red de lenocinio y prostitución lo que surtía las arcas del grupo con paletadas de dinero fresco que había luego que lavar de su origen? Se había visto a Serrano alguna vez, bailando, bebiendo, cantando con el mariachi al fin de la fiesta, en la mansión del que fuera más tarde jefe del narcotráfico en el Pacífico, antiguo conocido y aun antiguo colaborador del propio Serrano: ¿habían crecido juntos dividiéndose las tareas, uno orientado hacia los negocios legales y el otro hacia los ilegales? Lo acusaban sus exsocios, en particular el exmarido de Dolores Elizondo, que no había escrúpulos en la conducta empresarial de la corporación y que sus refinadas estrategias de mercadeo y finanzas eran completadas con maniobras gansteriles de amenazas, violencia física y extorsión: ¿dónde, cuándo, a quién había amenazado, violentado, extorsionado Artemio Serrano?

A todo había respondido Casares sin inmutarse, y había vuelto a la hacienda podrido de su propio sabor, sintiéndose sucio, indigno de la compañía de Belén, en quien habitualmente cobijaba sus desplomes. Agradeció la soledad nocturna de la hacienda, la discreta presencia de los custodios en la entrada, la oscuridad de los pasillos, el vacío de los cuartos y la sala. Tomó dos cervezas frías y salió a los jardines que estaban también oscuros y solitarios, salvo por la media luna triste que los alumbraba, la media luna gacha que competía con el hormiguero de luminarias sobre las faldas pobladas de las montañas. Había llovido en la tarde sobre esta parte de la ciudad. Casares sintió el pasto húmedo, olió su novedad fragante, y quiso pisarlo. Se quitó primero los zapatos y luego la camisa para absorberse en esa fragancia y olvidarse en ella. El frescor de la hierba le despertó las ganas de orinar y orinó al aire libre una orina cruda y biliar que descargó sus espaldas y su cintura del peso maldiciente del día. Bebió a tragos grandes y escupió la cerveza como si se lavara con ella. Luego se quitó los pantalones y se tiró desnudo en el pasto, boca arriba, con los ojos cerrados, infantil y grotesco, como si estuviera de vuelta en su cogollo esencial, el origen sin nombre de la vida.

Durmió. Al despertar vio la sombra blanca, el pelo recortado contra la luna, los ojos enormes de Marisa Capistrano mirándolo con brillo de drogada. Se dijo que soñaba cuando la sintió sentarse sobre él y tomarlo de los pechos. Marisa besó sus tetillas, sus costados y su entrepierna sin decir una palabra, como en un sueño, sin permitirle que se moviera, haciendo ella todo el trabajo, lenta y al mismo tiempo rápida sobre él, contenida y desbordada, como en un sueño, siendo y no siendo ella, siendo a veces Maura y a veces Belén, a veces Raquel, la mamá de Santiago, aunque nada o muy poco tuviera que ver con ellas aquella mujer flexible y dura que se deslizaba sobre él, besándolo sin tocar su boca, lamiéndolo sin probar su lengua, sirviéndose de él como si no lo viera ni lo sintiera, a resguardo de lo que él pudiera pensar o querer, apropiándoselo, usándolo con una frialdad sin pausas que era la seña de su entrega, rápida bajo la luna como un arroyo, cierta y seca como un palo, montada y acostada sobre él, como en un sueño.

Después, echado boca arriba frente al cielo, Casares entendió que estaba junto a él la mujer de Santiago, y el día volvió sobre su fatiga con toda su carga de podredumbre y miseria. Se dijo que las cosas habían venido a él como un accidente. Había tomado a esa mujer como quien se agarra de un arbusto en su caída, como quien toma el agua de otro antes de morir de sed. Se dijo que no había sido él quien lo había provocado. Nadie hubiera podido rehusarse. En cierta manera todo había sucedido como en un sueño, fuera de su intención y de su voluntad, en el mundo de las ilusiones y las quimeras que aroman con su materia delgada nuestra vida, pero no la marcan. A continuación de esos pensamientos, se volvió sobre el cuerpo quimérico de Marisa Capistrano y la atrajo de nuevo, a sabiendas de que había despertado del sueño y era su vigilia la que buscaba ese trofeo como resto victorioso del día. Se metió en Marisa Capistrano como si no hubiera después, como si estuvieran en el fin del mundo, solos y sin mañana en la última cuadrícula de un valle a punto de desaparecer, como en un edén inverso, terminal, purificado de tan podrido, a salvo de culpas y sufrimientos luego de todos los pecados.

Se levantaron del lecho de la media luna húmedos de pasto y de ellos mismos. Marisa Capistrano se montó en la espalda de Casares y Casares la cargó junto con las ropas de ambos hasta la casa.

Luego de tomar un baño, Casares le dijo:

—No puede ser.

—Ya fue —dijo Marisa Capistrano.

—No puede seguir.

—Si tú no quieres, no.

—Eres la mujer de Santiago.

—Desearás a la mujer de tu hijo —jugó Marisa.

—Eres la mujer de Santiago y eso es todo.

—No lo soy. Santiago es un niño para mí. Es un encanto y lo quiero mucho, pero no tiene nada que ver con lo que siento contigo, por ti.

—No sientes nada por mí —ordenó Casares—. Ni yo tampoco. Fue un encuentro. Pero no puede seguir. Además, ¿quién eres tú? ¿De dónde vienes?

—Vengo de la calle —redundó Marisa Capistrano—. Soy de la calle.

—Trabajas para Artemio Serrano.

—¿Quién es Artemio Serrano?

—El dueño del lugar donde trabajas.

—No conozco al dueño ni a Artemio Serrano.

—¿Me has estado cazando todo este tiempo?

—Te he estado cazando —admitió Marisa—. Y tú a mí. Pero no trabajo para nadie.

—Me han dicho que sí.

—¿Tienes dudas? ¿Qué quieres que haga para disipar tus dudas?

—Que olvides lo que pasó.

—No quiero olvidar lo que pasó.

—Sabes a qué me refiero. Olvídalo. Eso es todo.

—Olvidado está. ¿Qué más quieres que haga?

—Que te vistas y desaparezcas unos días.

—Quedé de dormir aquí con Santiago. Pero llegué y no había nadie sino tú con todo al aire. ¿Estás seguro de que es mi responsabilidad?

—Es la mía —aceptó Casares—. Pero igual no puede ser.

—¿Estás seguro de que no quieres que me quede?

—No estoy seguro —dijo Casares—. Pero no quiero que te quedes.

Marisa se fue. Casares se quedó con ella.

Había informado poco sobre los lados oscuros de Artemio Serrano. De las cosas que el amigo de Muñoz quería saber, Casares no sabía nada o había que inventarlas todas. No obstante, en las conversaciones con el amigo de Muñoz se hizo una idea de la ofensiva que preparaban contra Artemio. Incluía varios frentes que podían confluir en distintas mezclas posibles. Si la ofensiva se ganaba en todos los frentes, al final Artemio Serrano estaría a las puertas de la ruina y de la cárcel. Si triunfaba sólo a medias, tendría que negociar por razones financieras o por razones judiciales. Si la ofensiva fracasaba en todo, al menos tendría ocupado a Serrano en su defensa y el riesgo de una alianza de negocios conflictiva ahuyentaría a sus socios.

Querían atacar a Serrano en el flanco judicial, abriendo un pleito por los depósitos que los suscriptores de su televisión por cable pagaban en prenda del decodificador. Querían atacarlo también en el frente financiero, obligándolo a congelar los fondos recibidos por los depósitos de los decodificadores. Querían atacarlo en el frente legal, sujetando a minuciosa revisión todos y cada uno de los permisos y reglamentos que debía cumplir para tener funcionando su red de emisoras, hoteles y centros nocturnos. Querían atacarlo en el frente corporativo, alentando una vieja pugna entre sindicatos rivales que se disputaban la titularidad del contrato para los servicios hoteleros y que habría de dar lugar a un gran zafarrancho de bandas rivales en el más céntrico de los hoteles de Serrano. Finalmente, querían atacarlo en el frente público acumulando sobre su prestigio la resurrección de sus andanzas históricas y una nueva colección de imputaciones, sospechas, filtraciones sobre supuestos vínculos con el narcotráfico, lavado de dinero, evasión fiscal, caudales turbios, amigos sospechosos, enriquecimientos inexplicables.

Qué querían evitar y quién patrocinaba en verdad el pleito no era claro para Casares. Las razones del amigo de Muñoz coincidían con la ortodoxia del control político tradicional, pero no alcanzaban a explicar una ingeniería tan amplia y refinada. Si el gobierno quería evitar una alianza financiera de Serrano con grupos foráneos, no tenía más que llamar a las partes y decir con claridad que la alianza era mal vista, ofreciendo a cambio, a los inversionistas y a Serrano, otras opciones de negocio. Por las preguntas que le hacía el amigo de Muñoz, por la constante aparición en esas preguntas de Dolores Elizondo, sus modos de vida, sus líos maritales y aun su historia sentimental, Casares dedujo que uno de los informantes del amigo de Muñoz era el exmarido de Dolores, aquel barón de las finanzas que nunca se resignó a que Artemio Serrano, a quien él juzgaba un pistolero del grupo, se alzara con su mujer y ésta, mediante el divorcio, con parte de su fortuna. Seguía peleando en la sombra por la demolición de Artemio Serrano, su rival obsesivo, íntima y públicamente victorioso frente al banquero. Serrano había emergido del grupo para rebasarlos en muchas cosas. Era un antiguo pleito del grupo político de Artemio, bien conocido por Casares. El amigo de Muñoz había entrado en él aprovechando las fisuras del grupo o era utilizado para que hiciera el trabajo sucio que el grupo no podía o no quería hacer. Más probablemente, las dos cosas: el amigo de Muñoz usaba las fisuras del grupo y el grupo lo usaba a él.

Casares seguía viendo clandestinamente a Dolores Elizondo, lo mismo que El Perro, con quien Dolores se reunía más a menudo. Dolores había empezado a tomar antidepresivos; bajo su apariencia serena había un precario equilibrio de píldoras, alcohol, debilidad culpable por el hijo y amor, desprecio, veneración, terror por Artemio Serrano. En cuanto tuvo claro que la ofensiva contra Serrano tenía uno de sus orígenes en el exmarido de Dolores, Casares corrió a decírselo.

—¿En qué enjuagues andas? —reaccionó Dolores—. ¿Con quién andas hablando?

—Gente —se escurrió Casares.

—No levantes la palabra contra quienes han sido como tus padres —lo increpó Dolores.

—Artemio ha levantado su mano contra Alejo y contra mí —dijo Casares.

—Artemio está loco, pero quiere escarmentarte, no acabar contigo —aclaró Dolores.

—No escarmentaré —retó Casares—. Tendrá que acabar conmigo.

—Hay quienes quieren acabar con él —dijo Dolores.

—Yo no estoy entre ellos —dijo Casares—. Sólo me estoy defendiendo.

—Odio a los hombres —se quejó Dolores—. ¿De dónde les vienen esas cegueras, esas rabias, esas ganas de guerra?

—Si me rindo ante Artemio no volverá a respetarme nunca —justificó Casares.

—Para lo que te importa su respeto.

—Me importa el mío —dijo Casares.

—Todavía me acuerdo cuando llegaste la primera vez a la casa —rememoró Dolores—. Eras como un venado macho, con toda la cornamenta y los músculos terminados, mirando altivamente. Pero abajo de esas corazas, estabas muerto de miedo, como un niño. ¿Sigues muerto de miedo?

—Todos los días —aceptó Casares—. Cada hora de cada día.

—No entiendo —insistió Dolores—. No los entiendo.

—Nosotros tampoco —le dijo Casares—. He hecho cosas contra mi hijo, Dolores. Y contra mí.

—No me conmuevas. Respóndeme por tus actos, respóndeme por Alejo. Tú eres el venado grande y tienes que responder por la manada.

—Ya ves —sonrió Casares—. Al final te gustan los venados grandes. Los violentos y peleoneros que no entiendes, ésos son los que te gustan. Los que has querido, los que has criado.

—No crie ninguno —corrigió Dolores—. Te adopté a ti.

—Y yo a ustedes —dijo Casares.

—No te dobles —exigió Dolores—. Tienes que responderme por Alejo y por ti. Al final de esta guerra debe de estar completa la manada, ¿me entiendes?

—Quiero hablar con Artemio —pidió Casares.

—Envíale un emisario.

—¿Maura Quinzaños? —aventuró Casares.

—No pronuncies ese nombre delante de mí —tembló Dolores.

—Entonces es verdad que volvieron —rumió Casares.

—No voy a hablar de eso una palabra —se sostuvo Dolores.

—Pase lo que pase —le dijo Casares—. El Perro y tú son algo de lo mejor que ha pasado en mi vida.

—Cuida a tu hermano —le dijo Dolores—. Respóndeme por él.

El Perro se le apareció borracho una noche. Sólo así pudo decirle que sabía ya de su encuentro con Marisa Capistrano:

—No tienes madre, Casares.

—No tengo —quiso bromear Casares—. Soy huérfano.

—El mundo está lleno de viejas, Casares —se desbordó El Perro—. ¿Por qué con ésta?

—Los hombres no elegimos. Eligen ellas —se disculpó, alardeando, Casares—. ¿Lo sabe Santiago?

—¿Tú qué crees, cabrón?

—¿Lo sabe o no lo sabe?

—Claro que lo sabe, cabrón. Lo sabe toda la hacienda.

—Toda la hacienda me da igual. ¿Cómo lo tomó Santiago?

—¿Cómo quieres que lo haya tomado, cabrón?

—¿Por eso no ha venido?

—Por eso no va a venir más —dijo El Perro.

—¿Dónde está?

—Se está quedando en el hotel.

—No estoy orgulloso de lo que hice —dijo Casares—. No lo pude evitar.

—Claro que pudiste, cabrón.

—No pude —repitió Casares—. Marisa no es la mejor opción para nadie.

—¿Para nadie, salvo para ti, cabrón? —renegó El Perro. Luego empezó su confidencia—. Es verdad lo que te dijo el amigo de Muñoz. Marisa trabaja en un antro de Artemio. Es verdad que la encontramos ahí, que hemos ido a tus espaldas a los antros de Artemio a buscar viejas. Y es verdad también que eres un cabrón que no respeta nada y que crees que todo debe girar alrededor de tus güevos.

Casares recordó que el amigo de Muñoz le había dado la dirección del antro donde bailaba Marisa Capistrano. Subió a uno de los coches y se fue a la ciudad. El lugar había sido un salón para familias y lo habían acondicionado ahora para que fuera un *table dance*, la modalidad de prostitución más reciente y exitosa de la ciudad. Había luces amarillas sobre las pasarelas y un continuo soplo de ozono para refrescar y nublar la atmósfera. El lugar estaba lleno de clientes y mujeres que desfilaban sin sostén. Una muchacha se duchaba como término de su *striptease* llenándose el cuerpo de jabón, y el *disc jockey* anunciaba la sucesión de bellezas traídas por la crisis y la buena vida de todos los rincones de la república.

Casares conocía la cadena de la prostitución de jovencitas. Le repugnaban el engaño y la extorsión, pero no el circuito mismo en el que había visto prosperar y hacerse de una vida independiente y aun de una vida amorosa, a muchísimas mujeres. ¿A qué había venido, qué buscaba en ese lugar? Tomó un trago en la barra. Vio desfilar a dos mujeres desnudas bailando por la pasarela antes de que un murmullo aprobatorio, con palmas y chiflidos, diera paso a una favorita de los parroquianos. Apenas la vio irrumpir en la cintura de la pasarela con su túnica azul y su diadema egipcia sobre la frente, los ojos escarchados en tonos oscuros, reconoció los modos de Marisa Capistrano. Por primera vez la vio de cuerpo entero, vestida primero y desnuda después, de los tobillos a la frente, hueso por hueso, línea por línea, y la encontró tan bella como la recordaba, sólida y armoniosa en su delgadez: diáfana y al mismo tiempo turbia, como hecha a mano por un libertino para saciar sus dobles ansias de muchacho y cortesana, de andrógino y matrona.

La fue siguiendo cuando dejó la pasarela. Al cruzar el bar que daba a los camerinos y a los cuartos del sitio, la vio romper una cadena de vagos. En un extremo de la cadena, enfundado en la camiseta negra y los pantalones vaqueros que identificaban a los que trabajaban en el lugar, vio a Santiago, y Santiago a él.

—¿Aquí trabajas? —le preguntó Casares a su hijo.

—Hago fines de semana —respondió, distante, Santiago.

—¿No sabes de quién es esto?

—No trato con él —dijo Santiago.

—Recoges su dinero —acusó Casares.

—Recojo el dinero de mi trabajo.

—¿A esto le llamas trabajar?

—Me entreno para seguir tu senda.

—Marisa no vale la pena, es una golfa —se desbordó Casares.

—No dije que fuera una virgen —dijo Santiago.

—También es una espía —denunció, ridículo, Casares.

—Eso hubieras pensado antes de acostarte con ella —reviró Santiago—. Tienes debilidad por las golfas y las espías.

Casares se le fue encima, pero en el remolino de su furia un parpadeo lo detuvo, suficiente para que Santiago evitara su embestida. Casares cayó al suelo y Santiago le cayó encima, doblándole el brazo alta y dolorosamente contra la espalda.

—No es mi mujer —le dijo Santiago acezando en su nuca—. Pero si lo hubiera sido, te la habrías cogido igual. Eso es lo que cuenta para mí. Te la habrías cogido igual.

Sintió a Santiago palanquear sobre su cuerpo para dejarlo libre, saltando sobre él. Casares se puso de pie y buscó a su hijo en el salón de las pasarelas, seguido por los custodios. Había desaparecido. Lo buscó después en los baños. Los custodios fueron orillándolo poco a poco hacia la puerta, cerrándole pasos, tomándolo gentil pero admonitoriamente de los brazos, ladeando la cabeza en ruego de no inducirlos a medidas más drásticas.

Se refugió unos días en Belén, y en la rumia de sus pérdidas. Podía mirarse sin velos y no atribuir a la suerte el costo de sus riesgos asumidos, la consecuencia de sus actos. Desconocía al que actuaba dentro de él, llevándolo a la guerra y al despeñadero, pero lo asumía como si lo hubiera llevado siempre dentro, esperando el momento para saltar y destruir lo que había construido. Como si llevara dentro de sí su propia bomba de tiempo, y la demolición anunciada no fuese del todo una derrota o una verdadera pérdida, sino en cierto modo un desenlace natural, una justicia inmanente que devolvía las cosas a su lugar merecido, la privación y el caos, la destrucción del reino, como si construirlo no hubiera tenido otro propósito que hacerlo desmoronarse, lo mismo que los castillos de arena levantados en la playa, laboriosamente construidos con el único propósito de barrerlos a puntapiés al final de la tarde. ¿Estaba en el final? ¿Había en él la amargura y el alivio de un desenlace próximo, la demolición última de un sueño o una pretensión? No, había el orgullo herido, impermeable a la derrota, y había la culpa de lastimar a otros en los coletazos del estertor, pero había también una especie de alegría, una especie de acuerdo profundo con la peor posibilidad de su destino, una aceptación tácita del mayor de los riesgos como consecuencia justa de la peor de sus pasiones, un equilibrio radical entre sus errores y sus condenas, entre sus deudas y sus expiaciones. Aquel extraño equilibrio llenaba el fondo de su alma. Estaba dispuesto a ser lo que era y a correr los riesgos de ser lo que era con una serenidad sin ilusiones que Belén llamaba valor.

Capítulo 7

Casares admiró la precisión del amigo de Muñoz para golpear, su sentido de la secuencia y la repetición. Llevaba meses armando una ofensiva contra Artemio Serrano, pero concentró los disparos en una semana. Invisible para todos, salvo los involucrados, la pirotecnia diseñada por el amigo de Muñoz podía confundirse en la masa de fuegos de todos los días. Vista aisladamente, era una metralla concentrada y devastadora. Salió primero la orden judicial contra Artemio Serrano estableciendo la congelación precautoria de los depósitos que su empresa de televisión por cable había recibido de los suscriptores. Al día siguiente, el azar fiscal echó sobre la corporación de Serrano una auditoría general. Cuatro tribunales dieron entrada esos mismos días a viejos alegatos de competidores de Serrano impugnando la legalidad de sus concesiones radiofónicas. La prensa empezó también a funcionar. Distintos columnistas se hicieron eco de esos hechos y el diario del antiguo rival de Serrano, aquel general revolucionario que lo había metido a la cárcel, publicó el reportaje que ponía juntos los hilos sueltos: en la inminencia de su alianza con los grupos hispánicos más conservadores de los Estados Unidos, la historia negra de Serrano volvía a señalarlo, sus cuentas pendientes timbraban la caja y él empezaba a pagar su hipoteca. De pronto, en sólo una semana, Artemio Serrano tenía concesiones dudosas, una situación fiscal bajo sospecha y una situación financiera comprometida. Los columnistas políticos recordaron el homicidio del líder cañero y la prisión de Serrano. Los columnistas de espectáculos pintaron con ingenuidad profesional las carreras de cantantes y actores amenazados por la presión de los futuros socios de Serrano. Una cronista de sociales lamentó la noticia, recibida de amigos comunes, de que Dolores Elizondo había sufrido una crisis nerviosa debido al riesgoso pacto de ampliación de negocios que se proponía su marido, un proyecto que había costado ya desavenencias familiares y había afectado la proverbial alegría y el gusto por la vida de Dolores.

Cierta nota perdida en la sección de finanzas le dio a Casares la clave de la maquinaria que había echado a andar el amigo de Muñoz. Era el rumor de que estaba en marcha la fusión estratégica de un grupo financiero y la empresa televisiva hegemónica del mercado, adversaria de Serrano. Pretendían comprar la segunda estación televisora de habla hispana de Norteamérica y una posición equivalente en cuatro capitales latinoamericanas. Para facilitar que el país tuviera influencia televisiva en todo el continente, el gobierno invertiría millones en una red satelital. Los financieros de la operación eran los banqueros del grupo en el que había prosperado Artemio Serrano. La cabeza del grupo era el exmarido de Dolores Elizondo. El ministro de gobierno promotor de la fusión era el jefe del amigo de Muñoz. Su adversario, el ministro de Finanzas, se había opuesto a las inversiones en la red satelital. Favorecía en cambio la fusión de grupos foráneos con grupos locales, para traer inversiones al país en vez de hacerlas, y para diversificar los medios de comunicación, en lugar de concentrarlos. El amigo de Muñoz atacaba a Serrano para favorecer el plan de su ministro, que aspiraba a la Presidencia y preparaba sus alianzas.

Los diarios de Serrano contestaron la andanada. Ahí se enteró Casares de la historia del amigo de Muñoz, quien también venía de lejos, unido siempre, desde muy temprano en su carrera, a los servicios de inteligencia y seguridad del Estado. Según la denuncia en los diarios de Serrano, el amigo de Muñoz conocía todos los territorios de la subversión y la disidencia. Había participado lo mismo en la contención de grupos de extrema derecha que en la infiltración de sindicatos independientes, en el seguimiento de extranjeros indeseables tanto como en el espionaje de periódicos y periodistas desafectos al gobierno. Su posesión legendaria era un archivo con las conversaciones telefónicas que durante los últimos treinta años el gobierno había intervenido para vigilar a otros y a sí mismo. El archivo incluía el registro de la vida pública y privada de los dos mil hombres y mujeres que habían tenido en sus manos al país las últimas décadas. El amigo de Muñoz había sido también el alma de los grupos clandestinos que batieron a la guerrilla urbana de los años setenta y el centro de los servicios de inteligencia desde entonces. Como para darle credibilidad al resto de su retrato, los diarios de Serrano contaron una historia sobre la complicidad del amigo de Muñoz en el asesinato de un líder petrolero, muerto en condiciones que nunca fueron aclaradas. Según los petroleros entrevistados, el gobierno había aprovechado la pugna del líder con un ambicioso político local, linchado por la gente del municipio que gobernaba, para inducir en la viuda planes de venganza y la contratación de un pistolero que hirió de muerte al líder. Un famoso periodista había acompañado la maniobra, atacando al líder y defendiendo a la viuda en las mismas páginas del periódico que hoy atacaba a Serrano. El propio periodista había muerto también poco después, sin que su muerte se aclarara nunca, ejecutado quizá para borrar la huella de aquellas andanzas.

La maquinaria del amigo de Muñoz mantuvo su curso. Un pleito por invasión de tierras que Serrano había adquirido para un desarrollo turístico llevaba tres años congelado en los tribunales. Se descongeló de pronto. El juez falló en favor de Serrano y ordenó el desalojo de los ocupantes, unas cien familias de comuneros pobres que reclamaban como suyas aquellas tierras. Con inusual diligencia, la autoridad ordenó cumplir la orden de desalojo y la fuerza pública avanzó sin más trámite sobre los terrenos. Encontró resistencia. El desalojo acabó volviéndose una operación militar con saldo de catorce muertos y decenas de heridos. Los diarios desplegaron fotos con testimonios de la carnicería y echaron sobre Serrano la extraña, pero efectiva culpa de haber forzado con su influencia el cumplimiento de la ley.

No empezaba Serrano a responder esa andanada en sus terrenos de la costa, cuando otro pleito congelado explotó en el más céntrico de sus hoteles de la ciudad. Los miembros de un sindicato de meseros y garroteros reclamaban desde hacía años la titularidad del contrato colectivo de trabajo en los hoteles de Serrano. Eran miembros de un sindicato con el que Serrano nunca había querido contratar porque rechazaba los usos del sindicalismo tradicional. Había mantenido sus hoteles y restaurantes bajo un régimen de contratación libre, amparándose en un sindicato blanco que obtenía salarios y condiciones superiores al promedio en el ramo. Luego de años de querella legal, la autoridad falló finalmente en favor del sindicato desplazado y en contra del favorecido por Serrano. Los triunfadores se presentaron a exigir sus derechos contra los trabajadores de siempre a los que ahora podían llamar, legalmente, esquiroles. Montaron piquetes fuera de los hoteles y restaurantes de Serrano y una marcha tumultuosa en el hotel estelar de la ciudad. En un momento de la negociación, pretendieron forzar las cosas y entrar a las instalaciones para hacerse cargo de ellas. Hubo un disparo. Cayó herido uno de los manifestantes. Los demás tomaron el hotel por asalto, armados con palos, varillas y pistolas. Los trabajadores de adentro resistieron. La policía, presente, se abstuvo de intervenir. Cuando el zafarrancho terminó, doce horas después, había dos muertos y docenas de heridos, el restaurante central del hotel se había incendiado, los comercios de los alrededores habían sufrido saqueos, una turista histérica se había lanzado desde el segundo piso al ver el fuego.

Los diarios cargaron las tintas, atribuyendo el conflicto a los abusos del contrato de trabajo de las empresas de Serrano, conocido antisindicalista, cuyas prácticas irregulares en la materia sólo habían traído penas, conflictos y violencia a sus trabajadores. Los diarios de Serrano respondieron denunciando la maniobra de las inversiones públicas para la expansión de un grupo financiero y el grupo de televisión dominante, añadiendo detalles turbios. La respuesta del amigo de Muñoz fue un reportaje sobre la crisis interna del grupo Serrano por su decisión de fusionarse. Era la historia del pleito de Casares con Serrano, incluida la escena en que Artemio quiso forzar la firma de Alejo y su socio Casares le dio un puñetazo quedando por ello expuesto al cerco en sus negocios restantes. Dando como fuente a Casares, el reportaje ofrecía una descripción de conductas irregulares o sospechosas de Serrano en materia de narcotráfico, lavado de dinero, evasión fiscal, extorsión de clientes, amenaza de competidores, monopolio de artistas, trata de blancas y violencia familiar. Casares entendió entonces las palabras que había oído en uno de sus interrogatorios del amigo de Muñoz:

—En la prensa está todo, menos la verdad.

Dolores Elizondo telefoneó esa misma mañana:

—¿Con quién has hablado? ¿A quién le has hablado de nuestras cosas?

—A alguien —admitió Casares—. Pero no he dicho nada de lo que se publicó. Lo que se publicó son sus preguntas, no mis respuestas.

—Ya había un terreno bombardeado entre ustedes dos —dijo Dolores Elizondo—. Ahora está también minado.

—Voy a desmentir los reportes de prensa —prometió Casares.

—¿Cómo desmentirás la escena de nuestro pleito? —preguntó Dolores.

—Yo no la conté.

—Tu palabra no valdrá para Artemio. De hecho, apenas vale para mí —dijo Dolores antes de colgar.

Casares le exigió una explicación al amigo de Muñoz.

—No tengo ninguna —dijo el amigo de Muñoz—. Hasta donde yo entiendo, lo sucedido es parte de nuestra alianza.

—No es parte de nuestra alianza —rehusó Casares—. Es parte de su manipulación.

—Usted le llama manipulación a lo que yo le llamo alianza —deslindó sin afectarse el amigo de Muñoz—. Le prometo que no serán usadas nuevamente sus palabras.

—Le suplico que dé por terminada nuestra alianza, como usted le llama —interrumpió Casares—. No quiero ser parte del pleito que ustedes tienen con Artemio Serrano.

—Usted es parte de ese pleito, aunque no quiera —definió el amigo de Muñoz.

—Voy a enviar un desmentido a los periódicos —advirtió Casares.

—Está en su pleno derecho —aceptó el amigo de Muñoz.

Casares envió a los periódicos un desmentido. La respuesta del diario fue que tenían las grabaciones de lo declarado por Casares. Las transcribieron completas, repitiendo y ampliando el efecto del reportaje.

Las cintas eran una edición alterada de cosas que Casares había dicho a lo largo de diez o doce sesiones con el amigo de Muñoz, hecha de tal manera que sus "Puede ser, no me consta ni creo que haya sido así", se convertían, por obra de la edición, en simplemente "Puede ser". De modo que si la pregunta había sido: "La liquidez del grupo Serrano ¿puede tener que ver con ingresos no declarados?" su respuesta era "Puede ser", en lugar de "Puede ser, no me consta ni creo que haya sido así".

Le mostró a El Perro el reportaje y le explicó cada cosa:

—Pero la escena de nuestro pleito yo no la conté —dijo Casares—. ¿Tú la contaste?

—Sólo a Santiago —recordó El Perro.

—¿Había alguien más con ustedes?

—Victorino, aquel chofer que nos puso El Ñato y luego corrió.

—De veras hay que ser pendejo para hacer eso —se incendió Casares, manoteando. El Perro se cubrió la cabeza como si Casares fuera a coscorronearlo.

Casares escribió una carta explicándole las cosas a Artemio Serrano, pidiéndole que no se dejaran manejar, asumiendo que ya él, Casares, se había dejado manejar. Buscó a Maura Quinzaños para que entregara la carta. No había visto a Maura en meses, aunque despertaba todos los días con ella encima lamiendo a Artemio, sirviendo a Artemio, del brazo de Artemio, en la cama de Artemio. La esperó a la salida de la oficina al mediodía y la siguió hasta el restaurante donde iba a comer. La abordó en el estacionamiento para explicarle el sentido de la carta, pensando todo el tiempo en lo hermosa que era, en lo irresistible que la había hecho siempre para él su lejanía, la pertenencia de Maura a un mundo del que podía escaparse a ratos, pero al que acababa siempre regresando.

—No puedo decirle a Artemio que te vi —le dijo Maura—. Puede cortarme en tiras antes de que le explique.

—Cuéntale exactamente cómo fue —instruyó Casares.

—Eso voy a hacer. Pero no te garantizo los resultados.

—¿Volviste con él? —preguntó Casares.

—No.

—Me han dicho que sí.

—Te han dicho mal.

—Entonces, ¿estás disponible?

—No.

—¿Ni ocupada ni disponible?

—Me estoy curando de un hombre con el que no puedo seguir y al que no puedo olvidar. Se llama Casares. ¿Lo conoces?

—Lo conocí hace tiempo —dijo Casares—. No he sabido de él últimamente.

—Cuando lo veas, dile lo que hemos hablado —pidió Maura—. Yo te llamo para lo de la carta en cuanto tenga una respuesta.

—Gracias —dijo Casares.

—De nada. A ver qué respuesta me tienes tú de Casares.

La respuesta de Maura llegó pronto. Artemio ni siquiera había abierto la carta. Había cerrado el asunto con una frase lapidaria:

—Él ha escogido la guerra, y guerra tendrá.

Horas después de que Maura le dijera eso por teléfono, llamó el administrador del hotel donde se estaba quedando Santiago. Un grupo de pistoleros había detenido a Santiago a las puertas del sitio y se lo había llevado secuestrado esa mañana.

El amigo de Muñoz le explicó:

Había una ola de secuestros que azotaba la ciudad. Conocían el origen de esas bandas. Los que hoy robaban coches y personas en las calles de la ciudad habían antes combatido guerrilleros. Al jubilarse de su guerra sucia habían tenido como pago de marcha facilidades para hacer negocios en el narco o en el hampa organizada. Habían protegido redes de otros delincuentes y habían sido el gozne de introducción del crimen en los cuerpos policiales, que conocían bien y en los que incluso seguían sirviendo. Un caudal de aquel río revuelto, el mayor, era el narcotráfico, pero habían ido creciendo el robo industrial de coches y luego el robo semindustrial de personas. Eran la plaga de la ciudad, sus ejércitos de la noche. Por la mañana debían aclarar los secuestros que ellos mismos cometían por la tarde. Por la mañana debían confiscar los cargamentos de cocaína cuyo paso organizaban por la noche. Su mano izquierda no sabía lo que hacía su mano derecha, pero cobraban con ambas. El comandante Guirlandayo, al que Sealtiel Gaviño había herido en El Palacio de Noche, era miembro prominente de aquella hermandad de la sombra que asaltaba y robaba a la luz del día.

—Para mí el secuestro de su hijo es parte del mismo juego de ajedrez —concluyó el amigo de Muñoz—. El cerco es sobre usted y está hecho por las mismas personas.

—¿Serrano y Guirlandayo? —asoció Casares.

—Es mi impresión —dijo el amigo de Muñoz.

—Si usted sabe que fue Guirlandayo, ¿por qué no lo detiene y me devuelve a mi hijo? —preguntó Casares.

—No tengo pruebas de que haya sido él.

—¿Por qué no lo persuade entonces, en lugar de detenerlo? —siguió Casares—. Estoy dispuesto a pagar lo que sea por la vida de mi hijo.

—Guirlandayo no está en el bando en el que me encuentro yo —descartó el amigo de Muñoz—. No es mi colega, ni mi subordinado. Es mi enemigo, mi competidor.

—Pudo usted contenerlo cuando lo hirió Sealtiel Gaviño —recordó Casares.

—Le ofrecí una compensación y la aceptó —dijo el amigo de Muñoz—. Luego, usted cometió un error, y le mandó dinero. Guirlandayo puede haber olido que había más y ahora viene por el rescate de usted y por la gratificación que pueda darle Serrano. Puede estar actuando por la libre, sin autorización incluso de Serrano.

—¿Qué hay que hacer en estos casos? —preguntó Casares.

—Hay que esperar la llamada de los secuestradores. Si son profesionales, es sólo cuestión de tiempo. Ellos tasan el rescate, se regatea el precio para evitar que lo suban indefinidamente, por último, se paga el rescate y regresa el secuestrado.

—¿Y si no son profesionales? —preguntó Casares.

—Es imprevisible —dijo el amigo de Muñoz—. Lo mismo que si hay otra intención en el secuestro, aparte de obtener el rescate.

—¿Usted cree que ése es el caso aquí?

—Sí. Creo que lo están cercando a usted. Creo que esto es parte de su guerra con Artemio Serrano. No de la nuestra, sino de la suya. Yo le sugeriría una entrevista con Artemio, una negociación, aunque será una negociación en condiciones de franca desventaja. Nosotros tenemos una brigada especial de secuestros.

Si usted me autoriza la traslado a su casa y al hotel para iniciar la cobertura.

—No —dijo Casares—. Déjeme pensar.

—Entiendo su desconfianza —olió el amigo de Muñoz—. Pero créame que no encontrará mejor opción, ni mejor aliado en esto que nosotros.

—Lo sé —mintió Casares—. Pero no he venido a verlo como aliado, sino como experto. Nuestra alianza, como hablamos, está suspendida.

—No por mi parte —ofreció el amigo de Muñoz—. Yo sigo estando de su lado y a sus órdenes amistosas para lo que pueda ayudar.

Belén Gaviño sacudió esa noche a Casares con su penetrante sospecha:

—Que no te envuelva con sus palabras el amigo de Muñoz —le dijo—. Él es quien ha traído todo este enredo. Apenas apareció él empezaron los enredos. Y los favores que sólo él puede resolver. Te meten preso y él te saca. Andan mal los negocios y él te da contratos. Pero no haces exactamente lo que quiere y entonces hay una riña en El Palacio de Noche. Una riña que sólo él puede calmar. Finalmente haces algo de lo que él quiere, o sea, embarrar a Serrano, y lo publica en los diarios. Le jalas la rienda con lo de los periódicos y secuestran a Santiago. Desde que él apareció empezaron los enredos serios por todos lados. Eso es lo que yo veo.

Lo que vio El Perro Serrano fue al primer Casares afantasmado de su vida. Andaba por los corredores de la hacienda, de noche y de día, como un resucitado que no acertara a recordar su nombre, extranjero en este lado, expulsado reciente del otro. Pero no había en él la cavilación siniestra de la muerte, sino un estupor por el tamaño del bien perdido, como si la angustia por el secuestro de Santiago hubiese perforado un umbral para revelarle el tamaño de Santiago en su vida, el valor de su orgullo y su partida altiva, su independencia que lindaba con la traición, su fortaleza que lindaba con el insulto. Así, precisamente así, se había soñado Casares, peleando con la sombra de su padre. Pero no lo había vencido nunca, no lo había puesto boca abajo en el piso para reclamarle el hurto de una mujer, ni le había dado la espalda después, triunfante y agraviado, acreedor de las debilidades de su padre, más que deudor de su fuerza, libre sin culpa de su sombra.

—Si pierdo a Santiago, sólo me quedas tú —le dijo a El Perro—. Pero no voy a perderlo, porque Santiago resistirá. Y porque lo he ganado en su ausencia, ¿entiendes lo que quiero decir?

—Sí —dijo El Perro poniendo a girar sus ojillos cejijuntos.

Cuando llegó el mensaje de la recompensa que debía pagar por Santiago, Casares supo que lo habían tasado bien, tomándole justo lo que podía disponer de su enredado patrimonio. Era una cifra próxima a lo recibido por los contratos de Muñoz y al valor de los ingresos mensuales de El Palacio de Noche. Sólo podían conocer esas cifras el amigo de Muñoz, que las había pagado en sus contratos, y Artemio Serrano, que podía deducirlas de su conocimiento previo. El pago del rescate iba a dejarlo en ceros y un poco menos, justo la cantidad para ponerlo al garete, listo para ser pescado y salvado de nuevo.

Se presentó en la casa de Artemio Serrano como si nada hubiera pasado y fuera bienvenido. Lo dejaron entrar como si vieran al que había entrado siempre, fragante y magnánimo, y no al que entraba ahora, pálido y rencoroso. Tomó posesión de la sala y esperó el cortejo de Artemio Serrano. Había sido tan invisible para los guardaespaldas como fue inesperado para Artemio, quien se lo topó de frente, lo mismo que un fantasma. Casares admiró el pulso bajo de Artemio para la sorpresa, la indiferencia de su adrenalina. Había engordado. Un redondel de grasa sobre su abdomen adelantaba su vejez. No era un síntoma de su cuerpo decrépito, sino de su voluntad floja, vulnerada, lo mismo que los anteojos que había empezado a usar. Los había necesitado desde adolescente, pero se había rehusado siempre a ellos, con inmodestia juvenil.

—Te juegas la vida entrando como un ladrón a mi casa —le dijo Artemio, con una voz neutra en cuyo fondo opaco Casares percibió el chisporroteo de un homenaje—. No hay nada tuyo aquí, salvo tus pérdidas.

—Vengo a pedirte que me devuelvas a mi hijo —suplicó Casares.

—Velo a buscar a mis antros, donde trabaja —le dijo Serrano, todavía sin verlo, retóricamente ocupado en hurgar su portafolio para pizcar los papeles del día que esperaban su atención.

—Hablo de su secuestro, no de su trabajo —precisó Casares.

—A nadie se obliga a trabajar en mis negocios —dijo Serrano—. ¿De qué secuestro hablas?

—Tus hombres secuestraron a Santiago hace cinco días.

—No sé de qué me hablas.

—Hablo de la guerra que me has declarado.

—Tú vas a perder todo lo que hiciste conmigo, y un poco más —advirtió—. Pero la guerra no incluye a nadie más que a ti.

—También te incluye a ti —dijo Casares—. He hablado con tus enemigos en el gobierno.

—Lo noté por el periódico —confirmó Serrano.

—Notaste lo que inventaron. Yo no les dije nada. Pero si Santiago no aparece pronto, y vivo, voy a hablar de verdad con ellos, y tendrán todo sobre ti.

—No hay nada que puedan imputarme —descartó Serrano.

—Hay suficiente si el testigo soy yo —amenazó Casares.

—No sé qué pretendes —se contuvo Serrano, volteándose a mirarlo al fin. Tenía la barba maligna y crecida de sus medios días, y había un ojo fijo y narcótico bajo los lentes ahumados de gruesa armazón—. Vienes a mi casa a amenazarme con tonterías. No estás en situación de amenazar a nadie. ¿Qué pretendes?

— Devuélveme a Santiago.

—No lo tengo —dijo Serrano—. Yo no peleo así. No he secuestrado a tu hijo. Eres tú el que tiene como rehén al mío.

—Alejo no es mi rehén, es mi hermano —dijo Casares.

—Alejo es mi hijo, no tu hermano. Tu hermano es ese al que llamas El Perro, tu perro, el que fue tu tarjeta de entrada a esta casa.

—El hijo que has despreciado —le dijo Casares.

—No digas sandeces.

—Has dudado de él toda tu vida. Y de Dolores —avanzó Casares—. ¿Cómo pudo nacer un hijo débil y lento de los genes de Artemio Serrano? Sólo por la traición de su mujer. ¿Ése es el hijo que me reclamas? ¿El que ni siquiera crees que es tuyo?

—Puedo llamar a alguien que te mate ahí mismo, por intrusión y robo —acortó Serrano—. ¿Por qué mejor no recoges tus complejos y te largas de aquí? Si lo que querías conseguir es un acuerdo, has conseguido todo lo contrario. Si fuese yo quien tuviera a tu hijo, no lo volverías a ver. No he querido aniquilarte, sólo darte un escarmiento. Entiendo ahora que eres mi enemigo, que quieres serlo, que lo has sido dentro de ti todos estos años. Lo sabía, pero lo confirmo. Gracias por tu visita.

—Devuélveme a Santiago —gritó Casares.

—Búscalo donde lo perdiste —le dijo Artemio Serrano, antes de perderse él mismo en la escalera que daba a las recámaras.

Casares había estudiado por años el estilo de Artemio Serrano, podía imitar sus palabras, los mandatos y los énfasis, las preguntas retóricas y las suavidades concluyentes de su discurso, presentir la ebullición helada de su cabeza, llena de normas y planes, de geometrías y anticipaciones, y la absoluta e intangible evidencia de que, aunque parecía hablar y proponer cosas precisas, en realidad hablaba de otra cosa, como un general habituado a maniobras diversionistas, a mostrar siempre las armas falsas, los regimientos que no combatirían, los lugares estratégicos que en verdad no le interesaba conquistar. "Papá siempre tira de lado", le había dicho El Perro alguna vez.

De lado obtuvo Casares la certidumbre de que Artemio Serrano no había secuestrado a Santiago.

—Búscalo en mis antros —había dicho.

Era la frase que daba acceso a la intimidad de su propósito, al placer recóndito de su ofensa. No quería a Santiago como rehén, sino como empleado. No quería privarlo de su libertad sino inclinarlo a la servidumbre voluntaria. En alguno de los bodrios fílmicos de ambiente revolucionario que tanto había ordeñado la corporación, Artemio Serrano exigió meter una anécdota de la vida real: un general de la Revolución tenía como caballerango al hijo del dueño de la hacienda en la que el revolucionario triunfante había sido peón. Era un caballerango mediocre y perezoso, pero era el favorito del general, el único autorizado para ayudarlo a montar, sosteniéndole el estribo. Cuando sus hombres le preguntaron por qué aguantaba al señorito con tantos privilegios, el general respondió:

—Me gusta verlo deteniendo el estribo, porque pienso que, si el tal por cual de su difunto padre lo viera, se volvería a morir del coraje.

Ésa era la parte de Santiago que Artemio Serrano buscaba, pensó Casares, y la había conseguido. Quería a Santiago en sus antros, metido en sus redes de la media noche, a semejanza del hijo del hacendado que detenía el estribo del general. Artemio había enviado a Marisa Capistrano, concluyó Casares, pero no había secuestrado a Santiago.

Mandó a El Ñato que cerrara El Palacio de Noche aduciendo una ficticia remodelación, y le pidió que doblara la vigilancia de la hacienda. También, que mandara venir al Gaviño gatillero de la sierra y mantuviera en alerta a la fauna de muchachos y bandas que servían como personal de seguridad en conciertos y en los tendejones ambulantes. Llamó a El Perro y le dijo:

—Voy a pedirte que, durante una semana, sólo una semana, no traigas a nadie aquí. Amiga, amigo o conocido. Más aún, voy a pedirte que no salgas o salgas lo menos posible, y siempre con gente que te ponga El Ñato. Yo mismo no voy a salir, ni para ir a ver a Belén. Voy a hacer una diligencia, una sola, y regreso. Quiero que estemos juntos y alertas en esto. ¿Está claro?

—¿Puedo beber cerveza y salir al jardín? —jugó El Perro.

—Tienes razón: quizás estoy exagerando. Pero quizá no.

Santiago llevaba un mes secuestrado. Habían ido y venido ofertas para los secuestradores que aceptaban una cifra y la subían al siguiente telefonazo. Trabajaba en la hacienda el equipo de especialistas que le había ofrecido el amigo de Muñoz y que Casares finalmente había aceptado. Tenían los teléfonos intervenidos, tanto como la vida de la hacienda que empezaban a gobernar con sus requerimientos diarios de comida, bebida, cuartos para equipos adicionales, medidas de seguridad, gente de apoyo, largas conversaciones con los custodios de El Ñato y con El Ñato, diálogos interminables sobre la calidad del armamento de los custodios, sobre los crímenes frescos que reportaban por su radio de frecuencia reservada, sobre los crímenes viejos que habían resuelto, los tiroteos en que habían estado, el tedio, las mujeres, sus comandantes. Una mañana Casares les ordenó desconectar sus equipos, recoger sus cosas y dejar la hacienda. Atrás de sus vehículos se fue él, con El Ñato, a darle al amigo de Muñoz la explicación de por qué cortaba las amarras.

—Yo me he metido en esto por mis propios pies, y asumo el riesgo —le dijo al amigo de Muñoz—. Pero no he metido a mi hijo. Quiero que me lo devuelva.

—Si en mi mano estuviera, ya lo tendría usted de vuelta —dijo el amigo de Muñoz.

—He mandado salir a sus hombres de mi casa porque yo sé que fue usted quien mandó secuestrar a Santiago —acusó abruptamente Casares.

—Se equivoca —saltó el amigo de Muñoz.

—Y si usted no fue, usted puede arreglarlo —lo detuvo Casares—. Yo voy a poner el dinero que piden los secuestradores, para aceitar sus negociaciones. Usted haga las negociaciones y dé las órdenes necesarias para que suelten a Santiago.

—Le he dicho que no tengo nada que ver —insistió el amigo de Muñoz.

—Quiero tener señales claras de que las negociaciones avanzan —dijo Casares, como si no lo oyera—. Por ejemplo: que no vuelvan a cambiar la cifra del rescate. Que acepten una cifra y pasemos a los trámites de la liberación. Usted sabe lo que puedo pagar. No especule con eso.

—No puedo garantizarle nada —dijo el amigo de Muñoz.

—Creo que puede usted hacer mucho más de lo que ha hecho hasta ahora. Le diré qué es lo que yo voy a hacer. He puesto en este sobre que le entrego una denuncia de todo lo que usted y yo hemos hecho en relación con Artemio Serrano. Es mi versión de todo lo que usted, por encargo de su jefe, ha orquestado contra Serrano. Y muchas otras cosas que invento o infiero de su relación conmigo. Si algo no fluye, si no empieza a haber pasos claros en la liberación de Santiago, voy a entregar esto a la prensa. Lo tengo ya de hecho en una caja fuerte para ser entregado al propio Artemio Serrano, si algo me pasa a mí o a los míos.

—¿Me está amenazando usted? —se asombró el amigo de Muñoz.

—Le estoy informando, para su archivo.

—Estará mejor en el archivo —sonrió, condescendiente, el amigo de Muñoz.

—Hay otro sobre —siguió Casares—. Contiene todo lo que sé de Artemio Serrano. No las estupideces que inventa usted ni los crímenes imaginarios que quiere imputarle. Es un relato de lo que sé en verdad de su imperio. No es mucho. No hay grandes crímenes, ni siquiera grandes infracciones. Es un relato de irregularidades normales en cualquier corporación del tamaño de la de Artemio Serrano, nada que no hayan hecho sus competidores ni hagan todos los días los empresarios del mundo. Son las irregularidades normales, los excesos de la tribu de los negocios. Pero es el relato de quince años, con pelos y señales. Hay suficiente ahí para escandalizar neófitos y manipular inocentes. Para movilizar a la opinión pública, en todo caso, que es lo que a usted le interesa. Cuando Santiago esté a salvo, de regreso, usted tendrá ese sobre.

—Ofrece usted el garrote y la zanahoria —reconoció, sonriendo de nuevo, como ante un alumno aventajado, el amigo de Muñoz.

—En los buenos negocios deben ganar todos los participantes —teorizó Casares—. Con el regreso de Santiago gano yo, gana usted y ganan sus secuestradores. Con el no regreso de Santiago nadie gana, y algunos pierden.

—Le insisto en que no son mis secuestradores —dijo el amigo de Muñoz.

—Lo son para efectos de este pacto —sentenció Casares.

—No hay ningún pacto todavía —dijo el amigo de Muñoz.

—Lo hay —dijo Casares—. Y es un pacto de sangre.

Dio la media vuelta y salió temblando del despacho, con la boca seca de su bravata, dispuesto a echar por las escaleras, dos pisos abajo de la oficina de Muñoz, a quien tratara de aprehenderlo. Subió al coche donde El Ñato esperaba, relajado, en el estacionamiento de la casona del Ministerio del Interior.

—Vámonos —le gritó a El Ñato, trepando al coche como si lo persiguieran. El Ñato tardó un parpadeo en reaccionar a su mandato—. ¡Vámonos ya, te digo!

El Ñato arrancó el coche sin prisa, lo enfiló a la puerta, saludó a los vigilantes de la entrada que lo conocían de visitas previas y manejó calmosamente, bostezando como si acabara de despertar, fuera de la casona.

—Vámonos. Vámonos. Vámonos —iba diciendo Casares—. Vámonos de aquí, antes de que nos agarren a balazos.

Pasó a buscar a Belén Gaviño y le explicó sus prisas.

—Me gustas más de prófugo que de normal —le dijo Belén al verlo.

—Junta tus cosas —respondió Casares—. No puedes quedarte aquí. Quiero que vengas a mi casa.

Y se la llevó con él a encerrarse en la hacienda.

Capítulo 8

Había decidido recluirse, no ofrecer un blanco a modo para el posible ciclón de Guirlandayo y el amigo de Muñoz, sentarse a esperar con las puertas tapiadas y las almenas vigilantes el desenlace que otros quisieran darle a su vida. Redujo al mínimo las actividades de la hacienda electrónica, cuya vigilancia El Ñato había doblado como si fuera una pequeña ciudad florentina amurallada contra los condotieros.

Habían llegado refuerzos. La casa y las casetas estaban llenas de muchachos silenciosos, delgados, apacibles, velando sus armas. El Ñato había hecho venir a un Gaviño de la sierra, el gallero, pero Casares lo hizo regresar. El rumor de que había un Gaviño en la ciudad, al alcance de la mano, podría reincendiar la ira vengadora de Guirlandayo. Gaviño el gallero era medio mago. Reunía a los custodios para jugarles monedas en la cara y esconderles una perla bajo tres medias nueces que movía sobre una mesa. Los muchachos acudían a la magia como a un risueño misterio. Desde el fondo de sus caras impasibles se desbordaban frente a los trucos del gallero las risas de los niños recientes que eran, crecidos a empujones en la calle, endurecidos a golpes y castigos antes de que acabaran de diluirse en sus almas las comarcas inocentes del sueño y la fantasía infantil. Casares los observaba sin cansarse. ¿De dónde venían esos contingentes, esas legiones de ángeles caídos? ¿De qué ruina de la familia universal? ¿De dónde venía él, criado en qué molde que repetía sin saberlo, para qué destino previamente trazado que desconocía, mientras iba cumpliéndolo inexorablemente? La hacienda, las afueras, la ciudad, todo el país, eran como el refugio de una familia rota, un saldo provisional del éxodo de parias y huérfanos, viudos y abandonados, expósitos y bastardos a la busca de sus vínculos perdidos, las señas fundadoras de la tribu, el lugar del que habían sido arrojados por los vientos del desarraigo. Fantasmas en busca de su linaje y de su lugar, aluvión de genealogías rotas, sueltas en su viaje del nacimiento a la inexistencia, buscando denodadamente aterrizar, aferrarse, definir su heredad y nombradía.

Conocía una por una las historias de los muchachos que mandaba El Ñato. Habían perdido padres y madres, hermanas y hermanos, pueblos nativos y lugares de residencia, eran partículas vivas de un vasto pueblo expulsado, un pueblo de familias itinerantes, desgarradas, altivas e invencibles en la naturalidad de sus caravanas anónimas, multitudinarias. Iban del pueblo a la ciudad, del hambre a la sobrevivencia, de la sobrevivencia al robo, del robo a la sangre, siempre al borde de la desintegración y de la huida, siempre en busca del lugar mítico donde fincar, donde encontrar la unidad perdida que no había estado nunca sino en el regazo de sus madres, en la llamada materna del futuro. Ésa era la llamada antigua que los lanzaba hacia adelante como si adelante estuviera lo que en realidad nunca había estado atrás, ni en parte alguna.

Una noche, mirando desde los jardines de la hacienda los cerros llenos de luces de casas perdidas, luces del éxodo que vaciaba y llenaba las ciudades del país, Casares habló con El Ñato.

—No sé cómo llegamos a esto —le dijo—. Dónde empezó el enredo.

—Yo digo que empezó en Maura Quinzaños —se confió El Ñato—. Yo tuve también aquella mujer de la ciudad —siguió—. Te acordarás: una rotita, intelectual, muy fina. Que me hizo garras.

Casares recordó la historia que El Ñato le había contado años atrás, en una mesa fraterna de El Palacio de Noche, la historia de su pérdida de una Maura Quinzaños y de una hermana querida, Carmela, a la que El Ñato, borracho, había sometido a sus violentos amores.

—Yo digo que aquella mujer fue mi Maura Quinzaños —siguió El Ñato—. Me hizo como a ti te ha hecho Maura. Digo que en parte este pleito en que estamos es al final por Maura Quinzaños. No de tu parte, a lo mejor. Pero de parte de Artemio, sí. No debiste tocarle la mujer. Tampoco debiste tocarle la cara. Y le tocaste las dos cosas. Fue demasiado tocar para un tipo como Artemio. Demasiado tocar para cualquiera. Yo entiendo —siguió El Ñato—. Una mujer de veras vale cualquier pleito.

—No es por una mujer —dijo Casares.

—Te digo lo que veo yo —reculó El Ñato—. Admitiendo que pueda ver sesgado. ¿Quién no?

No era el único. Traída de su casa en la emergencia del pleito, Belén Gaviño había tomado posesión de la hacienda como gato que orina los rincones. En el fondo de un armario encontró un guardarropa de Maura Quinzaños. Olió su perfume y adivinó sus formas por las tallas, las supo después metiéndose ella misma en cada uno de aquellos suntuosos despojos. Supo que era más alta y de caderas más amplias que Maura Quinzaños, de pecho más breve y piernas más largas. Odió su olor a rica, las iniciales en las prendas, las prendas mismas, compradas en tiendas de ciudades que Belén no conocía. Tomó los vestidos de sus mínimos tirantes y los llevó por el pasillo de la hacienda, colgando en su mano alzada como si apestaran, hasta la presencia de Casares.

—¿Cuál te gusta para que me ponga esta noche? —le dijo.

—Ninguno —respondió Casares.

—Menos mal —dijo Belén Gaviño.

Por la noche, luego de hacer el amor, mientras trenzaba los vellos en el pecho meditativo de Casares, le preguntó:

—¿Te gustan las ricas?

—No —respondió Casares.

—¿Pero esa rica, sí te gustó?

—¿Cuál rica?

—La de los vestidos.

—Los vestidos son de una novia de Alejo —improvisó Casares.

—Huelen mejor las ricas, ¿verdad? —siguió Belén—. Deben querer mejor. ¿Quieren mejor?

—No sé —dijo Casares.

—Deben querer mejor —porfió Belén—. Nosotras estamos taradas, callosas, patichuecas. Nos ponemos encima cualquier cosa. En cambio, me puse uno de esos vestidos de tu rica, luego el otro. No son nada, una telita, unos tirantitos. Y no son míos. Tu rica es más chaparra que yo. Más bustona y con menos caderas. Apenas quepo en sus vestidos. Pero nunca me sentí mejor dentro de un vestido que metida en esos vestidos de tu rica. Nada me ha quedado tan bien. ¿Por qué?

—No sé —dijo Casares.

—¿Será que es el primer vestido bueno que me pongo? —aventuró Belén.

—No necesitas esos vestidos para gustarme —discurseó Casares.

—Será lo mismo con todo —siguió Belén, cavilosa—. Será lo mismo con el pelo y el peinado, con el maquillaje, las medias, los zapatos, las joyas. Si me pusiera todo lo de tu rica, ¿sería como tu rica? ¿Tan bonita como ella? ¿Más bonita?

—Más —halagó Casares—. Serías la más hermosa de las ricas.

—¿Lo dices como conocedor o como mi marido? —preguntó Belén.

—Como conocedor.

—¿Has tenido muchas mujeres ricas? —preguntó Belén Gaviño.

—No —respondió Casares.

—Entonces no puedes ser un conocedor —dedujo Belén.

—No —aceptó Casares.

—Me voy a buscar un rico para ver la diferencia —amenazó Belén.

—La diferencia está en otra parte —se defendió Casares.

—No —dijo Belén—. La única diferencia está ahí.

Los secuestradores llamaron de nuevo, varias veces. Todas las veces Casares repitió que daría la cifra original a cambio de la liberación de Santiago. Todas las veces lo amenazaron con la muerte de su hijo si no accedía a una cifra más alta. Del secuestro reciente de un empresario de la televisión, que escribió para sus amigos un recuento, Casares había aprendido que mientras no quedara fija la cifra del rescate litigio, no empezaba el verdadero acuerdo de liberación. Se mantuvo en la cifra que había aceptado primero.

—Te puede costar menos si quieres que lo entreguemos sin una oreja —le dijeron.

Aguantó.

—Te puede costar todavía menos si te lo entregamos sin un dedo —le dijeron.

Aguantó.

—Te puede costar la mitad si te lo entregamos con un solo ojo —le dijeron.

Aguantó.

Dejaron de hablarle varios días. No volvieron a hablarle, de hecho. Casares despertaba en la noche, sudando, luego de soñar que mataba a Santiago, que le cortaba una mano, que le quitaba una oreja, que le pinchaba un ojo. En medio de aquel silencio que ahogaba sus aullidos, llegó un sobre con instrucciones de dónde y cómo había que entregar el dinero. Hizo lo que el sobre decía y esperó.

En el hueco de la ausencia de Santiago había ido empollando la memoria de su propio padre, el hecho, invisible hasta entonces para Casares, de que su padre era una sombra fija en las terrazas, por otra parte, abiertas y simples, de sus recuerdos. No una sombra nocturna como el padre de Hamlet, sino a la luz del día; no agraviado y pidiendo venganza, sino distraído y tierno, esperando atención, sin más misterio que serlo a plenitud, imponiendo el enigma de su falta de enigmas, la obviedad elemental de su misterio. La sombra del padre de Casares venía a su encuentro todos los días, varias veces al día, sin que él tomara nota de su mirada ni le diera la suya, convertido en el hábito de una ausencia, ni siquiera en una ausencia verdadera sino en su forma vaga, familiar hasta la insignificancia. ¿Qué recordaba de él? Recordaba sobre todo las palabras de su madre, rumiando los esplendores de la madera de Miranda, rehaciendo en su propia memoria los momentos esenciales, las equivocaciones que volvían una y otra vez al relato, como la caída del boxeador en la pelea que iba ganando y era noqueado por un descuido, el descuido fatal que se volvía infinito, que lo hacía caer noqueado otra vez, todas las veces, en el film que había eternizado las escenas.

Un día, al caer la tarde, violando sus propias órdenes de aislamiento, Casares le pidió a El Ñato que lo llevara a la ciudad, a la casa de Nahíma Barudi.

—Quiero que me eches las cartas hacia atrás —le pidió a Nahíma—. Quiero que me adivines el pasado.

—El pasado de los Casares siempre está adelante —jugueteó Nahíma—. No han tenido nunca sino futuro. Buscando el futuro se les ha ido la vida. Al menos a todos los que yo he conocido. ¿Qué andas buscando tú?

—Ya te dije —sonrió Casares—. Ando buscando mi pasado.

—Si lo que quieres decir es que andas extrañando a tu padre, puedo decirte que ya somos dos. Voy a hacerte un café y a contarte algunas cosas.

Empezó a contarlas desde la cocina, mientras desahogaba la alta alquimia de su café arenoso, que dejaba asientos recónditos y huellas del arcano personal en sus figuras. Viéndola de pie frente a la estufa, Casares apreció el trazo esbelto de su cuerpo anciano, el ángel de la belleza irradiando a través de los años, pasando a través de ellos con su fina partitura de equilibrio y elegancia, una línea intocada por los estragos del tiempo, siempre joven, impenetrable a la muerte y al olvido.

—Me he metido en un lío como el que destruyó a mi padre —le dijo a Nahíma, desconociéndose al hacerlo, como si un extraño lo usurpara por dentro y ese extraño dijera sus secretos.

—El buen corazón destruyó a tu padre. ¿Tienes buen corazón? —preguntó Nahíma.

—No creo —dijo el extraño metido en Casares—. Más bien oscuro.

—La culpa sin pecado destruyó a tu padre —dijo Nahíma—. ¿Tienes culpa sin pecado?

—No —dijo el intruso de Casares—. Con pecado.

—El amor infantil por su padre destruyó a tu padre —dijo Nahíma—. ¿Tienes amor infantil por tu padre?

—No tengo padre —dijo el ventrílocuo de los secretos de Casares—. He sido huérfano de padre.

—El padre está en todas partes —sonrió, negando, Nahíma—. El padre es una necesidad del alma, no una parte de la familia. Yo apenas conocí a mi padre. Murió antes de que yo cumpliera el año. Pero he ido encontrando padres en todas partes a lo largo de mi vida. He tenido más padres siendo huérfana que si mi padre hubiera vivido. Piensa en tus padres, en los padres que has tenido. En tus maestros que quisiste de más, en los adultos con los que peleaste de más. Piensa en el padre que ha construido tu corazón. No en Julián, sino en el padre que tú te has dado. Te vuelvo a preguntar: ¿Tienes amor infantil de tu padre?

—No —dijo el usurpador que decía la verdad de Casares—. Tengo odio infantil contra mi padre, rivalidad adolescente, determinación adulta de ganarle la batalla.

—Entonces —dijo Nahíma Barudi, mirándolo con sus vidriosas retinas de miope donde brillaba, como en el trazo de su cuerpo, una luciérnaga de amores jóvenes e ilusiones sin marchitar—, puedo adivinar tu pasado y decirte que, cualquiera que sea tu lío, no es un lío como el que destruyó a tu padre, porque no tienes dentro de ti ninguno de los enemigos que destruyeron a tu padre.

—Estoy a punto de perder a mi hijo —se rindió Casares—. ¿Puedes leer en las cartas si voy a perderlo?

—No adivinamos el futuro —dijo Nahíma—. Adivinamos sólo lo que ya está en cada uno. Lo que va a venir es lo que ya está dentro de cada quien, no afuera, en las barajas o en el tiempo, sino en cada quien, en la línea de su mano, en el mapa de su vida que nadie traza sino él. El trazo único que nadie sino él ha de vivir. Que las cosas sucedan antes o después es el origen del malentendido. El tiempo es el malentendido. Pero el tiempo no existe en la eternidad de Dios, que ha hecho los mapas de todos. El tiempo sólo existe para nosotros. Parece que yo tuve a tu padre hace años y que lo perdí hace años. Que él se apartó de mí hace años y de ustedes hace años. Pero no es así: todo está sucediendo al mismo tiempo y ahora acabo de tenerlo y acaba de dejarme y acabo de recobrarlo. Y tú acabas de perderlo y acabas de recobrarlo, si está escrito que lo recobres en el mapa de tu vida. Yo me dedico a eso, a ver las cosas que suceden o han de suceder, pero que ya han sucedido o suceden al mismo tiempo. Es como un libro. Las cartas o los asientos del café te dicen algo, echan una luz sobre un pasaje del libro. Pero el libro está escrito ya, completo. Todo lo que ha de suceder en ese libro ya está en el libro. En apariencia vuelve a suceder cuando tú lo lees y no sabes en qué termina. Pero el fin del libro ya está escrito y es sólo tu ilusión, la ilusión del tiempo mientras lo lees, lo que te hace sentir que las cosas suceden sólo mientras las lees. La misma ilusión es la que te hace sentir que las cosas suceden sólo mientras las vives.

—¿Voy a perder a mi hijo? —preguntó Casares, alérgico al ajedrez de las teorías.

—No —dijo Nahíma—. No lo perderás en ningún caso, si lo has ganado ya dentro de ti.

—Eres una exquisita charlatana —dijo Casares, hablándole por primera vez de cerca en su corazón, como si se hablara a sí mismo—. ¿Le echabas las cartas a mi padre?

—Las cartas me echaban encima de tu padre —sonrió Nahíma.

—Algo ayudarías tú —jugó Casares, haciendo con sus manos la espiral de un infinito amoroso.

—Le detenía las escaleras por donde subía y le abría los balcones por donde bajaba para subírseme encima —dijo Nahíma.

—Échame las cartas que le echabas a mi padre —pidió Casares, entregado a su anfitriona.

—Ya te eché las de tu padre —dijo Nahíma—. Puedo echarte las tuyas, si quieres.

—Quiero —accedió Julián.

Nahíma echó las cartas sobre la mesa del comedor y empezó a descifrarlas, con voz grave de oráculo antiguo. Casares no prestó atención a sus palabras sino a sus manos, sacudido de pronto por la idea simple de que esas manos habrían tocado a Julián y lo seguían tocando a voluntad en la cabeza de Nahíma, esas manos de vieja que echaban las cartas estaban empapadas de su padre, eran partes vivas de su tiempo y su memoria.

Pasó parte de la noche caminando por los jardines de la hacienda. El Ñato vino a despertarlo al día siguiente, con cara de circunstancias notariales, para decirle que Marisa Capistrano estaba detenida en la garita principal. Le habían negado el paso, pero había emprendido una batalla campal con los custodios, prensándoles las pingas, rasguñándoles las mejillas y regresando con tenacidad de Orlando el furioso de los quinientos metros de espacio neutro a donde la iban a poner cada vez que la contenían en la puerta de la hacienda, hasta que vinieron a decirle a El Ñato y El Ñato la hizo pasar a la garita donde esperaba, dispuesta a reiniciar sus asaltos si no podía ver a Casares. Casares la encontró jadeante y colorada todavía, con un rubor montuno que le iba bien a sus rasgos afilados. Quería saber de Santiago, dijo, y de Casares, y Casares le informó de ambos, mirando la rodaja de sudor que se le había marcado, como una media luna en la prenda morada, bajo el nicho de su axila.

—¿Me puedo quedar contigo hasta que regrese Santiago? —tentó Marisa.

—No —dijo Casares, conteniendo el impulso de tomarla de las axilas con sus manos.

—¿Hay otra esperando ya? —sondeó Marisa, leyendo el titubeo de Casares.

—Todos estamos esperando —se escurrió Casares—. Y eso es todo lo que podemos hacer: esperar.

La encaminó después, con modos irrefutables de orden y caricia, hasta uno de los coches que había en el estacionamiento y ordenó que la regresaran a la ciudad.

—¿Cuándo voy a verte? —preguntó Marisa antes de subir al coche, pegando la portañuela de sus jeans al costado de Casares.

—Cuando aparezca Santiago —dijo Casares con los pelos eléctricos y la culpa batiente, anegado y vedado de Marisa Capistrano.

—¿Cuándo va a ser eso? —preguntó Marisa.

—Pronto —se ahogó Casares—. Quiero creer que pronto.

—¿Me vas a avisar cuando eso sea?

—Sí —dijo Casares.

—*Cross your heart and fuck to die?* —pidió Marisa.

—*Cross my heart* —prometió Casares.

La vio irse riendo, despidiéndose desde la ventanilla del coche como una ráfaga castaña de fragancia y libertad.

A Santiago lo soltaron una madrugada en las calles fantasmales del centro de la ciudad. Enflaquecido, barbudo y espiritual, dispuesto a lo que fuera por una cerveza, tomó un taxi y se presentó en el hotel, como si nada hubiera sucedido. Entró directo al bar y pidió la cerveza. Le marcó después a El Perro en la hacienda electrónica. El gerente del hotel ya había llamado y El Perro sabía la noticia.

—¿Te tomaste una cerveza antes de llamar, Casaritos? —lo riñó El Perro por su tardanza—. No tienes madre.

—Era inaplazable la cerveza —jugó Santiago.

—Te voy a pasar a Casares —le dijo El Perro.

—¿Es inevitable? —desaprobó Santiago.

—Claro que es inevitable, cabrón. Es tu papá—dijo El Perro.

—¿Qué hay? —dijo Santiago, con actuada sequedad adolescente, cuando Casares tomó la bocina.

—Nada —dijo Casares—. ¿Cómo estás?

—Bien —dijo Santiago—. ¿Cómo quieres que esté?

—Quiero saber cómo estás —repitió Casares.

—Estoy bien —repitió Santiago—. Flaco, pero bien. ¿Qué más quieres saber?

—Nada más eso —retrocedió Casares.

—¿Nada más eso? —lo remedó Santiago.

—Sólo oírte —dijo Casares.

—Sólo oírme. De acuerdo —se rio Santiago.

—Oírte —repitió Casares—. ¿Estás bien?

—Ya te dije: con barbas de más y kilos de menos —dijo Santiago.

—Perfecto —dijo Casares.

—¿Perfecto? —remedó Santiago.

—Perfecto que estés bien —repitió Casares, sin saber qué más decir, envuelto como estaba en la onda del alivio y cortado por la aspereza de Santiago.

—Pásame a Alejo —le pidió Santiago.

Casares oyó y envidió a El Perro gritando por el teléfono:

—¿Me extrañaste, cabrón? ¿Me extrañaste?

—Ven para que te cuente —dijo Santiago al otro lado—. Pero no vayas a traer a tu vecino.

Antes de colgar, para consumo doble de Santiago y Casares, El Perro dijo:

—Pinches Casares. De veras que tienen el cable al revés.

Desde la ruptura con su padre por Marisa Capistrano, Santiago no vivía en la hacienda electrónica. Se había mudado al hotel principal de la cadena que Casares dejó a salvo de la fusión de negocios con Artemio Serrano. Era un edificio de sesenta habitaciones y siete pisos en un barrio céntrico de la ciudad, donde confluían como en un puchero académicos extranjeros y equipos profesionales de futbol, buscando la calma familiar de las instalaciones, los amplios interiores, aislados de la ciudad por la forma de claustro del hotel, con muros altos a la calle y espacios abiertos en los cuadrángulos interiores. En los jardines arbolados de adentro convivían la madreselva y el colibrí. Unas parvadas de pájaros locos venían a comer de los piracantos y al amanecer esparcían con sus frenéticos trinos una ilusión de campo abierto en medio de las pesadillas de aluminio y vidrio de la ciudad.

El piso séptimo del hotel estaba fuera de comercio, era una suite de toda la planta que Casares usaba para fiestas y citas privadas. Tenía un diseño contagioso de transgresión y soltería. Santiago se había instalado en esa suite, con independencia comodina, a cuenta de la guerra civil desatada por su padre a propósito de Marisa Capistrano. Había olido en esa suite el perfume compensatorio de los amores rápidos. Puesto a escoger entre la fidelidad trovadoresca por la dama única y el llanto trágico por el amor perdido, encontró más llamativo el carnaval, la corriente analgésica de lo diverso. Su secuestro había interrumpido una cadena de dispendios amorosos que de por sí lo tenían pálido y flaco, como santo de estampa. Mientras se ejercitaba en ella, había sido el escucha paciente de la teoría de El Perro según la cual nada en la vida era otra cosa que una antesala o una posteridad de la lujuria. El Perro ponía una enjundia escolástica en el desdoblamiento de su teoría y la traía siempre a mano para empezar a pulsarla frente a Santiago, como ante un sinodal.

Cuando Santiago reapareció de su secuestro, una urgencia de El Perro fue medir con él los desarrollos recientes de su teoría. Apenas pudo, luego de las preguntas de trámite sobre el encierro de Santiago, volvió sobre él con las interrogaciones mayéuticas que daban paso al desarrollo de su intuición ordenadora.

—Visto que nada mueve tanto a los hombres como las mujeres —le dijo en la primera conversación seria que tuvieron después del secuestro—, ¿cuál puede ser, y no otro, el propósito de que haya puentes donde en un tiempo no existieron sino ríos?

—Sabrá dios —reconoció Santiago.

—El motivo, desde luego, es que crucen el río los que quieren coger —explicó El Perro—. Los puentes se han hecho para que las parejas que quieren coger puedan ir a coger al otro lado del río.

—No había pensado en eso —admitió Santiago.

—¿Para que existen las casas? —preguntó El Perro, valorando apenas el acuerdo de Santiago—. ¿Para qué se han construido casas y levantado paredes donde antes sólo había praderas, cuevas y otras bendiciones del aire libre?

—No sé —dijo Santiago—. Para evitar mojarse.

—Para eso están los árboles y las sombrillas —negó El Perro—. Las casas se han hecho para que se protejan de la mirada de los vecinos los que están cogiendo.

—No había pensado en eso —dijo Santiago.

—Piensa, pues: ¿para qué se han hecho las carreteras y se han inventado los autos?

—No lo sé —dijo Santiago.

—Las carreteras se han hecho y los autos se han inventado para que puedan llegar más rápido de un sitio a otro los que quieren coger. ¿Para qué se inventaron los vidrios polarizados?

—No sé —dijo Santiago—. ¿Para qué?

—Para que los que pasan no vean a los que están cogiendo —dijo El Perro.

—De acuerdo con los puentes, con las casas, con los caminos y, sobre todo, con los vidrios polarizados —dijo Santiago—. Pero ¿para qué se inventaron, por ejemplo, las servilletas?

—Para que se limpien luego de comer los que han cogido —respondió El Perro sin titubear.

—De acuerdo —aceptó Santiago—. ¿Para qué se inventaron las plantas?

—Para que se revuelquen junto a ellas o sobre ellas los que están cogiendo —definió El Perro.

—No lo había visto así —dijo Santiago caviloso—. ¿Para qué se hicieron las iglesias? —profundizó.

—Las iglesias se hicieron con un doble propósito—resolvió El Perro—. Primero, para que se casen los que van a coger. Segundo, para que se arrepientan los que ya han cogido.

—¿Y las hostias? —asoció Santiago—. ¿Para qué se inventaron las hostias según tu teoría?

—Para que comulguen los que se han confesado después de coger —dijo con serenidad luterana El Perro.

—¿Para qué se inventaron los pájaros del bosque? —divagó, franciscano, Santiago.

—Para arrullar a los que están cogiendo.

—¿Y los hospitales?

—Fundamentalmente para que se alivien los que quieren coger otra vez.

—¿Y los panteones?

—Para recordarles a los que están cogiendo que tienen poco tiempo —advirtió El Perro.

Cuando Santiago se rindió a sus respuestas, El Perro siguió solo su teoría:

—El mundo está dividido entre los que cogen y los que no cogen. Los que no cogen están divididos entre los que no pueden y los que no quieren coger. Los que no pueden coger están divididos entre los que no tienen edad para coger y los que no tienen pareja. Los que no tienen edad se dividen entre los que tienen poca edad y los que tienen mucha edad. Los que tienen poca edad tienen que esperar a tener la suficiente y cogerán como los dioses. Los que tienen mucha edad, se dividen entre los que pueden pagar y los que no pueden pagar. Los que pueden pagar no tienen problema, cogerán como los dioses paganderos. Los que no pueden pagar están en un serio problema: más les vale conseguirse un dinero como sea, aunque es indudable que tarde o temprano lo conseguirán porque como dice bien el dicho campesino: "Dos tetas jalan más que dos carretas y no hay santones sin cojones".

—Me está gustando tu teoría —dijo Santiago.

—No es una teoría —dijo El Perro—. Es la estricta realidad. ¿Dónde iba?

—En los que no tienen pareja —dijo Santiago.

—Los que no tienen pareja se dividen entre los que no quieren tenerla y los que no pueden tenerla. Los que no quieren tener pareja se dividen entre los que se hacen pendejos y los que de verdad no quieren. Estos últimos no tienen remedio. Los que no tienen pareja porque se hacen pendejos inevitablemente encontrarán una y pasarán a los que tienen pareja.

Siguió así media tarde. Al final de la jornada, Santiago le confesó a El Perro:

—No he podido dejar de pensar en Marisa desde que se cogió a Casares. No me importaba mucho antes, perruco. Era una amiga, nada más. Ahora es una tortura, una revancha, una necesidad. No tienes idea lo que ha mejorado en mi cabeza, lo presente que está. Era una preciosidad. Ahora es una condena. Y todo se lo debo a mi padre, el Capistrano.

—Hay piquetes que dejan aguijón —filosofó, clásico, El Perro—: ¿Para qué se inventaron los aguijones?

—Para que no se olviden de los piquetes los que están cogiendo —respondió, contundente, Santiago.

Capítulo 9

Luego de hablar con El Perro, Casares fue a buscar a Santiago, lo puso contra una mesa de la esquina del hotel y le pidió perdón.

—No me arrepiento de lo que pasó —le dijo—. Ni estoy prometiendo que no volverá a suceder.

—¿Por qué me pides perdón entonces?

—Porque me duele haberte lastimado. Lo que hice, lo hice para darme gusto yo, no para herirte a ti. Lo hice para consolarme y tener algo, no para quitártelo a ti. Y porque Marisa Capistrano es superior a mis intenciones. Pasa pocas veces en la vida, pero pasa. A mí me pasó esta vez. Y me pasó contigo.

—Te la puedes quedar si quieres —fanfarroneó Santiago—. A mí no me provoca tantas cosas. En realidad, casi habíamos terminado cuando te buscó el flanco.

—¿Cómo sabes que me buscó el flanco? —se interesó Casares.

—Ella me lo dijo.

—¿Ella te dijo que me buscó el flanco? —repreguntó Casares.

—Me dijo que te lo iba a buscar —le informó Santiago—. Luego me dijo que te lo había encontrado. Las dos cosas. Así es ella. Yo aposté a que te negabas. Y me hiciste quedar en ridículo. Seguía pensando en mi papá bombero.

—Los papás bomberos duran poco —reconoció, compungido, Casares.

—Los papás bomberos no existen —dijo Santiago—. Lo que hay son hijos quemados.

—Déjame contarte una cosa —le pidió Casares.

—La que quieras —se resignó Santiago, disponiéndose al tedio.

—Cuando mi padre se fue de casa, no supe que se había ido. Yo tenía ocho o nueve años y él estaba siempre viajando, llevando mercancía de un lugar a otro. Iba y venía, no era anormal que estuviera ausente. Pero esta vez su ausencia iba a ser de verdad. Mi madre me dijo finalmente que se había ido. En realidad, me lo dijo Julia, mi hermana. Mi madre lo confirmó con su silencio cuando le pregunté. La avergonzaba la sola idea de haber sido abandonada por su marido, y nunca habló de eso, salvo una vez con Julia, una vez que Julia sabe de memoria y a la que le inventa cosas cada vez que la cuenta. No he vuelto a ver a mi padre desde entonces, hace más de treinta años. Pero como su ausencia empezó siendo natural, lo siguió siendo, y nunca sentí realmente que se había ido. Pero nunca tragué ni tuve que digerir el hecho de que se hubiera ido. Nunca, hasta ahora. Ahora sí. Ahora me siento con mi padre, ese padre que se fue y que no me ha importado nunca, ahora me siento con él como cuando llegas a un lugar y dices: "Yo ya estuve aquí. En la escalera hay un cuadro de sombreros". Como cuando ves a alguien hacer un gesto y dices: "Ahora va a decir algo sobre hormigas". Así me siento yo en estos días, como a punto de ver o de hacer algo que ya sé, que ya ha sucedido, que le sucedió a mi padre y a mi abuelo, y ahora va a sucederme a mí.

—¿Por eso te acostaste con Marisa Capistrano? —preguntó Santiago, metiendo la daga por el flanco.

—Ya te pedí perdón por eso —suplicó Casares.

—Sí —admitió Santiago.

—Fue fatal. Pero no sucederá otra vez.

—¿Hasta que se te cruce de nuevo y vuelva a ser fatal?

—Ya se cruzó de nuevo y no pasó nada —informó Casares—. Vino a la hacienda a preguntar por ti. Quería saber si había alguna novedad, si sabíamos algo de ti.

—Y si te podía llevar de nuevo a la cama —brincó Santiago.

—También —concedió Casares.

—¿Y te llevó? —volvió a saltar Santiago.

—Casi —admitió Casares—. Tenía una mancha de sudor dibujada en las axilas.

—Tú estás mal de la glándula pituitaria —se rindió Santiago, comido por una risa que salió sin permiso de su ánimo—. Te digo una cosa: eso se cura con la edad. Pero la edad de tu cura ya pasó hace tiempo, carajo. Y sigues tan campante.

—¿No has tenido nunca una debilidad en la vida? —se hincó Casares, riendo también, en busca de la complicidad de Santiago.

—Tú —le dijo Santiago—. Tú has sido mi gran debilidad en la vida. Pasaba noches imaginando que llegabas de pronto y me llevabas a vivir contigo. Luego pasaba noches temiendo eso mismo: que llegaras de pronto y me llevaras a vivir contigo. Me dormía pensando en ti y me despertaba pensando en ti, como si recordara una enfermedad incurable que tenía, como si recordara una desgracia. Me afligía que no estuvieras. Me afligía que pudieras estar. Me hice un especialista en desear y en temer tu presencia.

—¿Y?

—Tenía razón en ambas cosas —sonrió Santiago.

—En cuáles cosas —dijo Casares.

—En desear y temer tu presencia. No se puede estar mejor ni peor que contigo. Con nadie me ha ido mejor y con nadie me ha ido peor. Hasta un secuestro me saqué en la rifa. Te andas casi dando de balazos con tu antiguo socio. La mitad de tu lana viene del jolgorio nocturno y la golfería. Te tiras a mi vieja. Pero te pone loco que yo trabaje en un antro y me gusten las damas de la medianoche. Eres un papá de campeonato. Te voy a rifar, me cae.

Casares empezó a reírse, con risa de sorprendido in fraganti. Santiago rio de la risa de su padre.

—Eres un desastre, me cae —dijo Santiago.

Casares le pasó un brazo sobre los hombros a su hijo. Santiago bajó la cabeza, aceptando la caricia.

—Vamos a llamarle por teléfono a tu madre —ordenó Casares—. Le dije que estabas de vacaciones en Europa y me hizo una escena porque no le llamaste antes de irte. A ver qué le cuentas.

—Le voy a contar mi lección de higiene —dijo Santiago.

—¿Cuál lección de higiene? —preguntó Casares.

—Durante el secuestro no extrañé nada tanto como mi cepillo de dientes —contó Santiago—. Luego de un mes sin lavarme los dientes supe lo que es tener hocico en vez de boca. Nada les agradecí tanto a esos cabrones como el día que me extendieron un cepillo de dientes con un gusanito de pasta blanca encima. Me lavé y fue como recuperar la humanidad, el habla, como tener boca otra vez, como volver a tener boca en lugar de hocico. Eso le va a encantar oírlo a mi mamá.

—¿Por qué? —preguntó Casares.

—Se pasó mi infancia hablando mal de ti y explicándome la importancia de lavarse los dientes —resumió Santiago.

—Tenía razón en las dos cosas —concedió Casares.

Mandó un sobre lacrado al amigo de Muñoz, en cumplimiento de su oferta por la liberación de Santiago. Se lo devolvieron sin abrir, con un mensaje manuscrito del amigo de Muñoz:

Usted prometió enviarme un sobre si reaparecía Santiago. Supongo que éste es el sobre. Pero yo no tuve que ver con la desaparición de Santiago. Tampoco con su aparición. No me debe usted nada, ni viceversa.

Las cosas en ese frente empeoraron y mejoraron con rapidez. El ministro de Finanzas prevaleció sobre su antagonista, el jefe del amigo de Muñoz. El proyecto de inversiones satelitales entró en un impasse y caminó a la inexistencia cuando el secretario de Gobernación, jefe del amigo de Muñoz, presentó su renuncia. Adujo razones de índole personal que la prensa oficiosa atribuyó a un problema crónico de alcoholismo y a un soplo cardiaco.

Nadie dejó de ver que el ajuste de cuentas era en favor del secretario de Finanzas, uno de cuyos aliados ocupó la posición de su adversario. El Ministerio de Gobernación sufrió un reacomodo general por la renuncia de los colaboradores cercanos al ministro, entre ellos el amigo de Muñoz, encargado de las áreas de seguridad. Cuando el amigo de Muñoz dejó su puesto, le envió a Casares otro mensaje:

Nunca tuve un pleito con usted, ni lo tengo ahora. Lo que pasó tuvo que ver con la política, no con nosotros. Por mí está olvidado. No tuve ocasión de decirle nunca mi respeto por su temple. Se lo digo ahora. La vida nos volverá a juntar. Para mí será un placer.

Casares sintió alivio y al mismo tiempo cierta melancolía. En medio de un pleito que lo había llevado al límite de sus riesgos, no había dejado de admirar las hechuras feroces e impersonales del amigo de Muñoz. De pronto, un saurio frío le bajó por la frente. Entendió que la caída del amigo de Muñoz abría un hueco en su ejército maltrecho, dejaba de amenazarlo, pero dejaba de protegerlo también contra la ofensiva de Artemio Serrano. La batalla del amigo de Muñoz contra Serrano había sido, en parte, la fortaleza de Casares, lo había hecho menos vulnerable, no sólo porque era su aliado, sino porque había mantenido a Serrano ocupado del pleito mayor, sin tiempo para enderezar sus golpes contra Casares. Pasada la batalla grande, Artemio Serrano podía volver sobre sus pasos, y ajustarle las cuentas.

Casares comprendió que Artemio había iniciado ese camino cuando el abogado se presentó con la copia de una convocatoria extraordinaria de asamblea, para remover al consejo de administración de la cadena de hoteles y nombrar una nueva gerencia. Convocaba la asamblea el representante de la minoría de los accionistas, en nombre de Artemio Serrano. Habían tenido el cuidado de publicarla en diarios de pobre circulación, haciendo que la notificación por correo llegase al domicilio legal de

Casares, todavía el de sus oficinas en la corporación Serrano, a las que no tenía acceso. La convocatoria preveía que, en caso de no reunirse el quórum legal en la hora fijada, la asamblea se celebrase con los accionistas presentes una hora después. La asamblea, de hecho, se había celebrado ya, en segunda convocatoria y con la presencia única de Artemio Serrano. No había sino que esperar sus efectos legales.

Aparte del asunto de la convocatoria, el abogado traía también una demanda de Artemio, más elaborada y laberíntica. Era un reclamo de participación accionaria en la hacienda electrónica y en todos los negocios que Casares hubiera emprendido después de su fusión con el grupo Serrano. La demanda se fundaba en que las cláusulas originarias de la fusión de Casares con el grupo obligaban a que todas las empresas del mismo giro creadas por las partes se regirían por las proporcionalidades definidas en la fusión primera. Según ese principio, ya que Casares no había notificado como excepción la hacienda electrónica, la corporación alegaba tener sobre ese negocio las proporciones accionarias correspondientes, lo cual situaba a Casares en minoría.

—No tiene sentido —dijo Casares—. Con las acciones de Alejo hacemos mayoría en la hacienda. Y Artemio en ningún caso puede volverse mayoría en los hoteles.

—Tiene el sentido de constituirse en minoría fiscalizadora —dijo el abogado—. Tiene el sentido de estar dentro de la empresa, esperando el momento de asaltar la administración.

—¿Cómo puede asaltarla?

—Demostrando un fraude o interviniendo *de facto* la administración —dijo el abogado.

—Fraudes no hay —pensó en voz alta Casares—. Una mayoría no puede constituir. ¿Cómo puede intervenir la administración *de facto*?

—*De facto es de facto* —dijo el abogado—. Puede intervenir la administración simplemente apoderándose de ella, tomando control de sus cuentas, destituyendo y nombrando administrador.

—Pero eso sería completamente ilegal —dijo Casares.

—Desde luego, y los accionistas mayoritarios ganarían sin problema el juicio de desahucio de la administración *de facto* de la minoría. Pero ese juicio podría durar entre cuatro meses y cuatro años.

—¿Cuatro años? —reparó Casares—. ¿Y mientras tanto, qué?

—Mientras tanto —sonrió el abogado, señalándole el rumbo de sus sospechas—, mientras tanto sucede lo que dice el más cínico de los dichos jurídicos sobre bienes en litigio.

—¿Cuál es ese dicho? —preguntó Casares.

—El dicho dice: "Beato el que posee" —dijo el abogado.

—¿"Beato el que posee"? —sonrió Casares.

—Sí, beato, santo, feliz el que posee —se disculpó el abogado.

—¿Serrano puede venir y apoderarse del hotel con unas bandas de meseros, emplumar y despedir al gerente e intervenir *de facto* la administración? —preguntó Casares.

—No sé si pudiera llegar a tanto —dudó el abogado—. Me parece demasiado. ¿Por qué crees que haría eso?

—Porque es lo que le hicieron a él —recordó Casares.

—Se lo hicieron sus adversarios políticos —dijo el abogado—. No se lo hiciste tú.

—En la cabeza de Serrano yo fui parte de sus adversarios políticos. Y soy algo más, algo peor que un adversario.

—Confieso que no pensé nunca en una posibilidad tan extrema de intervenir la administración —reconoció el abogado.

—Extrema o no, ¿es posible? —preguntó Casares—. Bajo el dicho consagratorio de tu profesión, "Beato el que posee", ¿pudiera ser jurídicamente defendible una intervención del hotel?

—Sólo hasta que termine el juicio —recordó el abogado—. El juicio lo perderán irremisiblemente.

—Cuatro años después —dijo Casares.

—Entre cuatro meses y cuatro años después —precisó el abogado.

—Me has dado el consejo jurídico más memorable de mi vida, abogado —dijo Casares—. ¿Sabes cuál es?

—No —dijo el abogado.

—Que defienda lo que tengo como pueda. Al final del derecho, cada quien ha de defender y ganar sus cosas por la fuerza.

No había ínfulas guerreras en su ánimo. Había la paz vanidosa de haber triunfado sobre la ausencia de Santiago y sobre el amigo de Muñoz. Había también la cuerda floja con nocturnos intermitentes por la pérdida de Maura, un tirón de culpa en el rastro volandero de Marisa Capistrano, una comodidad de equipaje ligero por la forma como Nahíma Barudi se había alojado en él, trayéndole alivios que hasta entonces sólo venían en sueños de manos de su madre. "Oh, tú, que duermes en el fondo estrepitoso del río", había escrito Presciliano el Cronista, "¿por qué no me despiertas?" ¿Para quién había escrito eso Presciliano? ¿Por qué venía hasta él ahora, desde aquel papel luido, doblado en el libro de tesoros de su madre, cantando sus debilidades y sus pérdidas, tentando su ánimo flojo con rendiciones adelantadas?

Estaba rendido, quizá, antes de la batalla. No había tenido claras, de hecho, las señas de la guerra. Había cruzado la guerra, su guerra, sin saber que era un soldado, ciego a su condición, creyendo simplemente que las cosas eran así, apresuradas y violentas, como en todas las guerras. Estaba en las peores condiciones para enfrentar esa guerra, convaleciente de amor y de culpa, queriendo recluirse más que salir a campo abierto. No quería destinos heroicos. Quería refugiarse en Belén, sentir su cuerpo duro, diez años más joven y serio que el suyo. Quería salir en busca de Maura Quinzaños, llevarla a los sitios donde habían arrancado sus amores para saber si algo quedaba de aquellas ánforas. Quería volver a la cueva de Nahíma Barudi y ver otra vez en su talle cansino la traza del esplendor original. Quería sentarse con Artemio Serrano y decirle que había entendido, que hincaba la rodilla frente a él para pedirle perdón por sus errores. Quería tomar de su propio silencio a Santiago y devolverle entera a Marisa Capistrano, obtener de su hijo al menos una mirada no irónica ni adulta, una mirada anterior al momento en que había dejado de ser su padre para volverse el gesticulador, el pobre adulto con sus miserias a cuestas, el traqueteado capitán de reinos que nunca fueron ni pudieron ser.

Algo armónico en el fondo de cada quien rehúsa las jorobas de la realidad, hace parecer tan torvo el animal, tan ajeno a las nobles geometrías de nuestro conocimiento, que cuando los hechos embisten, nuestro inmediato reflejo no es el lamento sino la negación, no es "¡Me mata!", sino "¡Esto no puede ser!". En el tiempo perdido en desconocer la realidad que nos ha estado mirando segura de que no la miraremos a ella, ni cuando arranca para embestirnos ni cuando nos ha embestido ya, en esa discordancia mínima y fatal, radica la diferencia entre los que doman la realidad y los que la padecen, entre el sentido práctico y el sentido trágico de la vida. Y fue así que mientras Casares extrañaba a Maura y ensoñaba a Marisa, mientras se dejaba acariciar por las palabras de Nahíma y perdonar por la juventud suelta y elocuente de Santiago, mientras devolvía a Belén a su casa sintiéndola el pilar de la suya, recibió un tarde la llamada del administrador del hotel diciéndole que el inmueble estaba rodeado de piquetes de agitadores y antiguos meseros del sitio que tiraban piedras contra las ventanas atrayendo a la policía y creando dentro del hotel un pánico de ovejas atacadas en el corral.

Casares salió con El Ñato y diez custodios hacia el hotel. Cuando llegaron había vuelto la calma. Un cordón policiaco rodeaba el inmueble y la parvada de trabajadores, meseros, garroteros, gente de vigilancia y la administración completa esperaban en la calle con rostros despeinados. Casares supo que había descuidado lo que anticipó, que había levantado el puño para cubrirse la mandíbula la fracción de segundo después que haría la diferencia al escribir la historia, la fracción de segundo que lo haría perder infinitamente con el mismo golpe en la película irreversible de los hechos.

—El edificio está lleno de notarios que toman nota de supuestas irregularidades y validan los nuevos nombramientos —informó el administrador.

—No podrán sostener esta usurpación en los tribunales —garantizó el abogado.

—Pero se quedarán con el hotel todo el tiempo que dure el juicio —le recordó Casares—. Como tú dices: "Beato el que posee".

También Santiago estaba en la calle.

—Me ofrecieron que me quedara —le dijo a Casares—. Pero obviamente me voy a mudar.

—Ven a la hacienda —sugirió Casares—. Convendría agruparnos ahí.

—No, a la hacienda no —rehusó Santiago—. Préstame tu departamento del parque.

Casares admitió el centro áspero y altivo de su hijo, porque esa misma lejía llevaba en él desde que recordaba, luyendo sus sueños blandos, hostigando sus treguas, recordándole el tenor erizado de su vida.

—Para efectos prácticos hemos perdido este hotel a golpes —dijo Casares frente a El Ñato y el abogado—. Pregunta: ¿debemos recobrarlo a golpes?

—La violencia de la ocupación es un agravante legal en contra de los ocupantes —instruyó el abogado—. La violencia en una reocupación por nuestra parte fortalecería sus pretensiones como minoría que denuncia la administración.

—¿La ley en este caso protege a los violentos? —preguntó Casares.

—La ley en este caso nos protege a nosotros, no hay ninguna duda de eso —reiteró el abogado—. Pero nos protege en los términos y plazos de la ley.

—Dentro de cuatro años —completó Casares.

—En el peor de los casos, dentro de cuatro años —confirmó el abogado—. En el mejor, dentro de cuatro meses.

—No es justo —dijo Casares.

—La ley es la ley, aunque sea injusta —sentenció el abogado.

—Eso es lo que voy averiguando —se allanó Casares.

El juicio de expulsión de los ocupantes fue más rápido de lo que la confianza de Casares en la ley esperaba. Antes de cumplirse los cuatro meses mínimos de enredo procesal estaban ya en el umbral de ganarle el pleito a Serrano. Pero quien anda en tribunales anda en diagonales y tan rápida como la causa de Casares en defensa de sus hoteles, avanzó también el reclamo de Serrano sobre su derecho a un porcentaje de la hacienda electrónica. Cuando Casares supo que el juez había dado entrada a la demanda de Serrano reclamando ese porcentaje, supo también que Artemio repetiría el guion: se lanzaría sobre la posesión *de facto* de la hacienda como se había lanzado sobre la de los hoteles.

Recibió una llamada de Dolores Elizondo que confirmó sus augurios. Dolores le dijo que Artemio había firmado al fin sus alianzas con los grupos extranjeros de comunicaciones. Era una buena ocasión para saldar las cuentas pendientes, incluso para que Alejo y Casares reconsideraran su posición en la materia. Quizá el pleito pudiera arreglarse con un acuerdo de participación semejante al que Alejo y Casares se habían rehusado a firmar originalmente. Casares le preguntó a Dolores si eran sus esperanzas o su propuesta. Dolores se echó a llorar en el teléfono hasta hacerle entender a Casares que estaba borracha de cien oportos y hablaba de sus quimeras en la tarde de una mañana donde supo que Artemio se lanzaría sobre sus hijos con una furia que el aplazamiento de su venganza sólo había hecho crecer, fría y oscuramente, en los malos humores de su primera vejez inaceptable.

Hubo otros signos ominosos.

Al comandante Guirlandayo lo encontraron una mañana muerto a tubazos, junto con sus custodios, en una mansión que habitaba como cuartel y lupanar en un barrio residencial de la ciudad. Desde la riña de Sealtiel Gaviño con el comandante

Guirlandayo, aún durante los tiempos de mayor cercanía cómplice con el amigo de Muñoz, El Palacio de Noche había visto multiplicarse los pleitos y los asaltos a parroquianos que salían enfiestados del local. Se habían vuelto habituales los disparos callejeros que cortaban el barullo del salón recordándoles a los de adentro la existencia de la noche amenazante afuera. En forma rutinaria habían empezado a presentarse grupos de policías a revisar los baños en busca de drogas, a exigir permisos, a pedir putas que no había en el lugar. Se quedaban luego a beber, generalmente por cuenta de la casa, para propagar desde sus mesas un incordio de violencia.

Los puestos de mercaderías callejeros habían tenido también incidentes en ringlera, robos y riñas, persecución de inspectores y confiscaciones súbitas de la autoridad, que cargaba contra los puestos de Casares haciéndose de la vista gorda para los que no eran suyos. Habían atribuido aquellos incidentes a las furias del comandante Guirlandayo, a los hilos sueltos de su venganza. Aceptando la naturaleza, por definición innegociable de Guirlandayo, habían aceptado también la repetición de esos incidentes como un riesgo de negocio. Cuando Santiago fue secuestrado y Casares jugó las cartas de su desesperación con un ultimátum al amigo de Muñoz, mandó cerrar el salón de baile, para no ofrecer un blanco adicional a la escalada. Cuando pagó el rescate y Santiago apareció sano y salvo, educado por sus secuestradores en la importancia civilizatoria de los cepillos de dientes, reabrió el salón de baile y constató una disminución de los incidentes. La baja confirmó su idea de que venían de Guirlandayo, que éste se daba por satisfecho con el cobro del rescate, y suspendía la presión. Pero aquella tregua no duró gran cosa, a las pocas semanas volvió la frecuencia de las peores épocas. El Ñato lo comentó a un subordinado del comandante y el subordinado le dijo que no era cosa de ellos. No obstante, cuando llegó la noticia de la muerte de Guirlandayo, El Ñato le confesó su alivio a Casares. Se equivocaba. La muerte de Guirlandayo no fue el fin de los incidentes, sino un principio de su alza. Una mujer cortó el hombro de su amante en la pista de baile de El Palacio de Noche y la policía intervino el lugar con diligencia nunca vista, como si esperara el hecho. Cerraron el salón de baile dos días, la misma semana en que fueron confiscados los bienes y arrestados los responsables de seis puestos ambulantes de Casares.

—Está cobrando vuelo —dijo El Ñato, como si hablara de un huracán—. Y no puede venir del difunto Guirlandayo. Creo que ese cálculo nuestro siempre estuvo mal.

En esos mismos días el juez le dio entrada a la demanda de Artemio Serrano sobre la hacienda electrónica y Dolores Elizondo se le echó a llorar por el teléfono a Casares ante el auge de la cólera aplazada de Serrano. En la misma ola de malas nuevas vino la llamada de Maura Quinzaños para contarle a Casares que había dejado la corporación Serrano y salía a Suiza dos meses para estar con sus hijos y limpiarse.

—¿Limpiarte de qué? —preguntó Casares.

—Limpiarme de Artemio Serrano —confesó Maura—. Y limpiarme de mí. ¿Estarás para mí cuando regrese?

—Siempre estoy para ti —dijo Casares—. Ése viene siendo mi problema.

—Te sobran mujeres, Casares, ni me digas —atacó Maura con gambito de reina.

—Sólo extraño a una —devolvió Casares con elegancia de maestro cubano—. Quiero verte.

—Yo también. Para eso te llamé. Hay algo importante que debo decirte, aparte de nuestros desamores.

—No hay nada más importante —coqueteó Casares.

—Más urgente, entonces.

—Más urgente, tampoco.

—Hay gente de Artemio vigilando mi casa. No podemos vernos aquí —dijo Maura.

—Podemos —bravuconeó Casares e insistió en ir a verla. No se dio por vencido hasta que Maura le dio la dirección de un *penthouse* que miraba sobre el único parque boscoso de la ciudad. Casares rompió su encierro para correr hacia ella. Luego de cerciorarse de que nadie acechaba, le pidió a El Ñato y a un custodio que lo esperaran a la puerta del edificio. Maura lo tomó a besos en el quicio de la puerta y empezó a desvestirlo antes de cerrar. Casares iba casi en cueros cuando llegaron al primer sofá. Acabó echándose sobre Maura con los zapatos puestos y los pantalones en las rodillas. Vieron el anochecer sobre el cielo plomizo de la ciudad desde los ventanales del cuarto de Maura.

—No entiendo por qué no te manda matar, si es tanto el odio —tronó Maura, en la segunda vuelta de rumia sobre los enconos de Artemio Serrano.

—Serías una enemiga más de temer que Artemio —le guiñó Casares.

—Es que no entiendo. ¿Por qué no termina de una vez?

—No quiere verme muerto, sino derrotado —le explicó Casares—. Quiere derrotarme él y que me vean derrotado por él sus amigos y competidores. Que me vean derrotado su mujer y El Perro, que se han puesto de mi lado. Su mujer no está de mi lado, pero no está incondicionalmente del suyo. Sobre todo, Artemio quiere que me vea derrotado yo mismo, que conceda su superioridad y mis errores.

—Quiso reiniciar conmigo —confesó Maura—. Fuimos a cenar. Me preguntó de frente en qué andaba lo nuestro. Le respondí de frente que no había querido tu hijo, pero que no quería a nadie más que a ti. Cambió de color tres veces. Tuvo que pararse al baño a echarse agua. Cuando regresó, había ya pagado la cuenta y dio por terminado nuestro encuentro. No volvió a buscarme en plan de reiniciar, pero me llamaba por teléfono cada vez que había una mala noticia sobre ti que darme. Nunca me habló del secuestro de Santiago. Eso lo supe hasta ahora, por ti. Él me hablaba de cosas chicas. Una riña en El Palacio de Noche. Un zipizape de tus ambulantes con la policía. Sus demandas judiciales. Y la toma del hotel. Cuando le envié mi renuncia a la corporación, hace dos días, me llamó y me dijo: "Sé que lo vas a ver. Dile que nuestro pleito no ha terminado. Que se prepare. No quiero ganarle por descuido o porque lo tomé distraído. Quiero quitarle lo que tiene de frente, al revés de como lo consiguió, engañándome a mí y a mi familia. Lo voy a devolver a las afueras, a donde pertenece".

—¿Eso te dijo ayer? —preguntó Casares.

—Anteayer —dijo Maura—. Está a punto de algo, no sé qué.

—Va a hacer la toma, como dices tú, de la hacienda electrónica. Va a asaltar la hacienda y a apoderarse de sus instalaciones para luego hacer un pleito legal que puede durar entre cuatro meses y cuatro años. Cree que la hacienda la hice con su dinero. Eso es lo que me quiere quitar. Lo que cree que hice porque estuve asociado con él, con sus relaciones y su dinero. Me quiere quitar eso, y expulsarme del círculo de los negocios de prestigio a los que según él me dio el acceso. Me quiere devolver a las afueras, al dinero sin glamour ni Maura Quinzaños. No quiere que haga con su ayuda lo que hizo él: pasar de ser un caporal de rancho a ser dueño de la hacienda y esposo de la hija del hacendado. Eso es lo que no quiere. Lo acabo de entender con lo que me has dicho. Lo que le molesta de la hacienda electrónica es que trate a sus clientes, que compita en su circuito de negocios, del mismo modo que lo que lo pudre de mi encuentro contigo es que te haya encontrado en su oficina y de algún modo te haya robado de su propiedad.

—Soy como un trofeo para él. Eso sí lo sé desde un principio —aceptó Maura.

—Así es —coincidió Casares.

—¿También soy un trofeo para ti? —preguntó Maura.

—No —mintió Casares tajante, seguro de su sinceridad, pero apenas dio la respuesta volvió dentro de sí a la pregunta.

Pasaron en ráfagas sus simetrías con Serrano, la identidad de parias en busca de linaje, el orgullo callejero de no dar paso atrás, de ganar o perder sin moverse de la raya, tal como estaba haciendo él desde hacía un tiempo frente a Artemio Serrano y tal como iba a pararse en el reto final sobre los linderos de la hacienda electrónica.

—Estamos locos —le dijo a Maura—. Y dispuestos a morir de esa locura.

Bajó fresco de Maura y taciturno de sí, pensando si valía la pena, si había algo que buscar aparte de Maura en los territorios que peleaba Artemio Serrano, si había en efecto una grandeza que reponer o encontrar, y si esa grandeza tenía que ver con el mundo de los negocios al que había ingresado con Serrano, el mundo de las guerras empresariales, sustitutos apenas disfrazados de las otras. ¿Qué era el dinero? ¿De qué antigua parte predadora venía la pasión de acumular y prevalecer? Habían hecho varias películas en la corporación Serrano con pobres argumentos y bajos presupuestos sobre esta idea central, aportada por Artemio: la guerra en todas partes, la guerra en el dinero, la guerra en el amor, la guerra en la familia, la guerra en el vecindario. Siempre la guerra, el animal predador por otros medios. Las guerras comerciales como sustitutos del instinto primario de la caza y la sangre. Pensó que Artemio estaba actuando su propia idea con un argumento que Casares debía completar jugando la parte contraria. Eso pensaba cuando el elevador llegó a la planta baja, eso, y si jugar el papel que Artemio le asignaba no era una manera de empezar a perder la guerra a la que era convocado. Pensaba en eso y no vio la sombra en su costado. Sintió nada más el primer golpe. El Ñato y Maura lo recogieron de la puerta del elevador, inconsciente, con una golpiza que incluía dos costillas rotas y un ojo ahogado bajo un hematoma verde que crecía del pómulo. Una cortina sanguinolenta bajaba de la ceja partida.

Capítulo 10

Casares se negó a estar en el hospital las cuarenta y ocho horas que pidió el traumatólogo. El Ñato había recibido una llamada confirmatoria del amigo de Muñoz:

—Van a asaltar la hacienda —le filtró—. El propio Artemio participará en la aventura. Irá gente armada. Preparen respuestas disuasivas. Muestren los dientes para no tener que morder. Pero me temo que tendrán que dar algunas mordidas.

—Llama a la policía —aconsejó el abogado—. Están en obligación de defendernos.

—Si Artemio trae un acta legal de asamblea destituyéndome, la policía vendrá con él —dijo Casares.

—Si tiene esa acta, será la policía quien deba destituirnos —precisó el abogado—. Pero no la tiene. Yo he levantado una con nuestra propia asamblea ratificando todo.

—Te agradezco la previsión —bromeó Casares—. Ahora yo voy a tomar las mías para cumplir tu dicho de que feliz el que posee.

—Yo te seguiré en eso hasta los golpes —se adhirió el abogado, con pundonor que movió a Casares.

—¿Qué sabes de Santiago? —le preguntó a El Ñato.

—No estaba en su casa anoche, ni había llegado esta mañana —le informó El Ñato.

—Déjale a alguien con el aviso de que se enclaustre también —pidió Casares—. ¿Cuánta gente tienes en la hacienda?

—Unos quince. Más Sealtiel Gaviño, que volvió ayer de la sierra.

—Me va a dar gusto verlo —dijo Casares—. Pero es como ave de mal agüero.

—Todos somos —disculpó El Ñato—. No hay ave de buen agüero en las afueras.

—¿Te estás quejando? —se asombró Casares.

—Describiendo —sonrió El Ñato—. A Belén la mudé de su casa con mi cuñada. ¿Está bien?

—Sí —dijo Casares.

—¿Quieres que pasemos a verla? —sugirió El Ñato.

—No quiero que me vea golpeado.

—No se va a asustar de eso —prometió El Ñato.

—No es por su susto, es por mi vergüenza —dijo Casares—. ¿Cuándo te dijo el amigo de Muñoz que sería el asalto?

—No me dijo —contestó El Ñato.

—¿Pero hablaba de una cosa inminente o de algo que iba a suceder tarde o temprano? —quiso saber Casares.

—Según yo, hablaba de algo inminente —dijo El Ñato—. Para hoy o mañana.

La hacienda tenía dos entradas. Una en el frente que daba a los foros y a la mitad de la casona mayor que servía como oficinas. Otra en el flanco que daba a los jardines y a la mitad de la casona donde vivían Casares y alguna vez Maura, El Perro y alguna vez Santiago. En la puerta del frente esperaban inquietos cuatro custodios y Sealtiel Gaviño:

—Hay una señorita que llegó sola y no se quiere ir —dijo Sealtiel Gaviño, con una sonrisa sabedora.

En la garita de los custodios se aburría, enmohinada, Marisa Capistrano. Se llevó las manos a la cara en lamento de amor al ver la ceja rota de Casares.

—¿Ya empezaron? —gritó—. ¿Qué te hicieron? ¿Ya empezaron?

—¿Ya empezaron qué, ya empezaron quiénes? —la paró Casares.

—La gente de Artemio —chilló Marisa Capistrano—. Van a asaltar la hacienda.

Marisa había escuchado en el antro la conversación de dos *sacaborrachos* hablando del asalto.

—¿Cuándo los oíste? —preguntó Casares.

—Esta madrugada —dijo Marisa.

—¿Para cuándo planeaban el asalto?

—"Mañana" decían ellos —recordó Marisa—, pero no sé si se referían al día de hoy o al día de mañana.

—Gracias —le dijo Casares—. Casi nos has resuelto todo.

—¿Quién te pegó? ¿Por qué te hicieron eso? —volvió a lamentarse Marisa.

—No te puedes quedar aquí —cortó suavemente Casares—. Te van a llevar a tu casa.

—No tengo casa —se engalló Marisa.

—Entonces te van a llevar a la mía, en la ciudad. Pero no puedes quedarte aquí.

—Sí puedo —retó Marisa—. Me iré sólo si me prometes que me llamarán si algo pasa.

—Y si no pasa, también te llamarán —aseguró Casares.

La encaminó a uno de los coches, el mismo donde él había llegado.

—Llévenla a un buen hotel o a donde ella les diga —murmuró en el costado de Sealtiel Gaviño—. La dejas y regresas de inmediato.

Era el mediodía llano, del sol crudo y triunfal del alto valle de la ciudad.

—Será hoy o mañana —repitió Casares a El Ñato, que había escuchado todo—. Hay tiempo de esperar y planear. Dispón lo que creas conveniente. Quiero ver a Alejo, y explicarle.

Por la madrugada, en el hospital, Alejo había visto a Casares sangrante con un gesto de horror y lo había tomado de la mano, apretando, como si las heridas le dolieran a él. Ahora estaba en la sala viendo la grabación de una pelea de box favorita en que un peleador mexicano, Vicente Saldívar, quitaba el campeonato mundial pluma a un monstruo del boxeo cubano, Ultiminio Ramos, ganador del cetro en otra pelea memorable con el norteamericano Davey Moore, quien perdió la vida en la contienda. Volvían a pasar esas peleas por televisión en las madrugadas y los insomnios telepáticos de Casares y El Perro solían reunirlos a ver aquellas pobres hazañas grabadas en el tiempo con la fuerza indeleble de la historia.

—Vamos a tener nuestra pelea estelar esta noche o mañana —dijo Casares, interrumpiendo la atención más bien ligera y fluctuante de Alejo.

—¡Ya lo sé! Todo el mundo lo sabe aquí —respondió Alejo—. Eres el último en enterarte de lo que pasa en este campamento.

—Sí —dijo Casares—. Van a venir a tomar la hacienda por la fuerza. Gentes de tu padre.

—Ya lo sé —repitió Alejo—. Pero se la van a pelar.

—Me han dicho que vendrá el propio Artemio —agregó Casares—. Que él mismo dirigirá la operación.

—¿Qué me quieres decir? —saltó Alejo.

—Vamos a pelear con Artemio esta noche o mañana —dijo Casares—. Artemio es tu padre. De todos los que estamos aquí el único que no puede pelear contra Artemio eres tú.

—¿Por qué? ¿Por qué no puedo? —protestó Alejo, como si lo dejaran fuera del partido esperado, el partido al que no podía faltar.

—Porque es tu padre —dijo Casares.

—Pero tú eres mi hermano —gimió Alejo.

—Pero Artemio es tu padre —cortó Casares—. Lo que quiero decir es que puedes irte ahora. Debes irte.

—¿Pero a dónde Casares, por qué? —gimió de nueva cuenta Alejo—: Ésta es mi casa, tú eres mi hermano.

—No puedo hacerte pelear contra Artemio —dijo Casares.

—Me voy a quedar —manoteó Alejo—. No me vas a echar ahora.

—No puedo echarte —aceptó Casares—. Quiero decirte simplemente que no te pido que te quedes.

—Me quedo, aunque no me lo pidas, cabrón. Yo no me rajo —gritó Alejo.

—Quería explicarte lo que va a pasar. Nada más —dijo Casares, vencido por su falta de elocuencia y por la elocuencia tartamuda de Alejo. Le echó los brazos al cuello y lo apretó contra él hasta que rebotó en el dolor de sus costillas vendadas—. No tienes que pelear con tu padre —insistió—. Ni siquiera tengo que pelear yo. Pero yo no puedo evitarlo. Tú debieras irte al departamento con Santiago a la ciudad y esperar a que todo pase.

—Aquí estoy bien, Casares —dijo Alejo con su furia torpe en ristre—. De aquí no voy a moverme.

—No te moverías, aunque te fueras —dijo Casares, y lo volvió a apretar contra él hasta que le dolió.

Recorrió las garitas de la hacienda oyendo las explicaciones de El Ñato sobre el dispositivo de seguridad, la intercomunicación de los custodios, los puntos de reunión en caso de trifulca. Estaban armados con garrotes y revólveres y con la llana disposición a tomar el riesgo, a jugarse sin aspavientos ni dudas, legítimos e indivisibles en su lealtad a El Ñato, capitán de todas las batallas. Eran muchachos que El Ñato recogía de los pleitos y escondrijos callejeros, espulgaba en las bandas para formar sus cinturones de seguridad en El Palacio de Noche, en los puestos ambulantes, en los conciertos de grupos que paseaban por pueblos de rompe y rasga, muchachos que se iban logrando o perdiendo, derivaban unos al crimen, otros a la policía, otros a la red clientelar de Casares. Entraban como socios menores a los puestos ambulantes, al manejo de las bodegas, a los préstamos para comprar taxis o abrir sus propios puestos y sus propias bodegas en el gran mercado palpitante de las afueras, el mercado de las moscas y la mugre cuyo tesoro escondido alguien había enseñado a ver a Casares veinte años atrás y él seguía mostrándoles a otros para que lo tomaran si podían, como había podido él.

El abogado explicó a los muchachos que, si el asalto llegaba bajo la forma de una intervención policiaca, él la rechazaría con el amparo y los documentos legales que contradecían los que pudiera traer Serrano. Sólo en caso de negativa a los argumentos legales o de que la ocupación se intentara sin la policía, había que oponer resistencia. Les dio seguridades de que actuaban conforme a derecho, bajo la protección de la ley y que no pagarían consecuencias penales por ello. Casares iba a empezar la segunda ronda por las garitas para hablar también con los muchachos y calmarlos, acercarlos, soldarlos a la dureza de la hora, pero un vuelco de náuseas lo hizo trastabillar, sintió el sabor seco y agrio de los analgésicos en la lengua, la punzada en el tórax como una sacudida eléctrica corriendo por su abdomen, licuando su estómago.

—Tienes que acostarte —dijo El Ñato.

Lo llevó a la casa. Cayó sobre la cama como si se desplomara y de ahí al sueño en una espiral de mareos apacibles y músculos molidos. Era la tarde y el sol metía su claridad aún por las rendijas oscurecidas de las persianas. Soñó con su madre acariciándole la frente, como solía soñarla, cansada pero joven, diciéndole: "No te pierdas. No te pierdas tú, que no te gane el monte", sólo que esta vez su madre tenía las manos de Nahíma Barudi y su voz risueña, protectora.

La noche vino sin pausa para él. Estaba todo a oscuras cuando se levantó flotando, perdido en su cuarto como un barco a la deriva. Se había ido el dolor y había en su ánimo una prestancia de recién bañado. Salió al jardín por la ventana. Caminó hacia la capilla dejando atrás la casona oscura de la hacienda. Las luces en los cerros parecían apagadas bajo un manto de muselina. Oía la música chocarrera de una fiesta de pueblo en la distancia. Vio al fondo una garita con su custodio firme, inmóvil, soldadito de plomo. En el flanco de la capilla vio la sombra plateada moviéndose como una luciérnaga de un lado a otro. No tuvo que acercarse para saber que era el fantasma de Alejo, el viejo chinaco gritando maldiciones contra sus hijos que habían alzado la mano de muerte contra él. "Son las medicinas", se dijo Casares. Creyó mirar el rostro doliente del chinaco gritándole de lejos, como si se lo dijera al oído, como si Casares se lo dijera a sí mismo: "Todo esto está maldito y nadie escapa a su hora. Ganarás, pero perderás, perderás pero ganarás, y todas esas luces que te miran allá arriba en los cerros serán tus veladoras". Le dio risa su cabeza. Volvió a la casona en busca de Alejo. Veía la televisión con un garrote sobre las piernas. "Creo que vi a tu fantasma", le dijo. "¿Lo viste, Casares? ¿No lo inventé yo?". "Lo inventé yo", dijo Casares, "con ayuda de los antibióticos y los analgésicos". Oyeron entonces los primeros disparos y se miraron, descoloridos, con unas extrañas sonrisas de hora cumplida. Corrieron a la entrada, donde ya se libraba el primer zafarrancho. Casares vio a Sealtiel Gaviño saltar sobre un cuerpo como sobre un vado corriendo hacia el forcejeo que había en la puerta. El Ñato pasó junto a ellos sin reconocerlos rumbo a la garita poniente donde también empezaba una puja. Alejo corrió tras El Ñato con el garrote de artes marciales en la mano. Casares vio llamas en uno de los foros. Un sonido de sirenas antiaéreas vino de fuera de la hacienda. No había dolor ni debilidad en su cuerpo, pero estaba tieso, como si lo hubieran sembrado. Cruzaban por sus flancos, sin reparar en él, Sealtiel Gaviño y los custodios. Corrían de un sitio a otro, disparando al aire, agrupándose en pequeñas parvadas, separándose luego según las voces que sólo ellos podían entender, ciegas y sordas para Casares. "Me eché uno", oyó decir a alguien. Tronaron en el aire los cohetes de la fiesta del pueblo que traían con sus explosiones ahogadas un fondo de jolgorio y bombardeo. Fue hacia las llamas del foro y encontró un cuerpo tirado ahí, que no reconoció. El Ñato cruzó frente a él sin reconocerlo de nuevo. Oyó un alarido, vio en el resplandor de la barda a un custodio joven que cambiaba garrotazos a pie firme con un invasor. Respondía golpe por golpe, pero se iba doblando a cada mazazo hasta recibir los últimos inerme y derrumbarse como aquel boxeador en la pelea que le costó la vida. Vio cruzar a Belén Gaviño. "¿Tú qué haces aquí?", le gritó. "Yo estoy aquí", respondió Belén y siguió corriendo a donde iba. Entonces le trajeron el cuerpo de Alejo, tenía el pecho reventado por dos rosas de sangre y el rostro sereno, hasta risueño. Un viento le movía el fleco que había vuelto a ser como lo tenía de niño. Gritó al cielo y lo despertó su propio grito, despertó con el rostro bañado en lágrimas y el cuerpo reventado de Alejo emitiendo un dolor físico y un aura de fatalidad cumplida que no lo dejaba respirar.

Casares salió gritando "No" al pasillo, con el sueño todavía envolviéndolo en su velo mojado y la evidencia intratable, casi física, de sus horrores. El mismo Alejo vino a su encuentro. Casares le abrió la camisa, le vio el pecho, tocó su cuello de toro, cálido y vivo, con la sangre corriendo a trompicones, y vio sus ojillos cómicos y nobles, abiertos, asustados, como si estuviera viendo a su segundo fantasma de la hacienda, pálido frente a esa segunda aparición, pero también risueño, confiado, empezando a entender que por primera vez en su vida era él quien arropaba y protegía a Casares, él quien consolaba sus miedos, quien sostenía sus debilidades, porque Casares temblaba en su abrazo igual que en los ataques palúdicos del ocaso febril de su infancia.

Se alargaba la tarde, no había dormido sino unos minutos desde que El Ñato lo puso en la cama. Regresó a ella más herido y exhausto que antes, y a la vez lavado por dentro, destrabado y suelto, cómodo con los dolores de su pecho y de su cara.

—Soñé el asalto —le dijo a El Ñato—. No podrá ser peor de lo que soñé.

—¿Ganamos o perdimos en tu sueño? —preguntó El Ñato.

—Ganábamos y perdíamos —mezcló Casares—. Vi a tu fantasma en mi sueño —le dijo a El Perro.

—¿Ya ves que no lo inventé, Casares? —brincó El Perro.

—No —secundó Casares—. Ese fantasma sí existe.

—Te lo dije, Casares, pero nadie me quería creer —festejó El Perro.

—Yo creo que es cosa de hablarle claro e incorporarlo a nuestros inventarios —dijo Casares—. También es cosa de echarse un trago —agregó, enderezándose sobre el respaldo de la cama con gran crujir silencioso de sus huesos.

—A la orden —se avivó El Perro y salió por el carrito de los licores que mantenía en condiciones permanentes de uso y era su especialidad pasear por la hacienda.

—Si hay algún indicio del asalto, que no hagan nada hasta que yo dé la orden —instruyó Casares a El Ñato.

—Así está previsto —aseguró El Ñato.

—Al final —se hartó Casares, encanijado y libre—, no sé qué madres pelean ustedes aquí. No sé qué madres peleo yo.

—Al que se agacha, lo patean doble —sentenció El Ñato, repitiendo una vieja frase de Casares.

Alejo llegó con su bastimento. Sirvió para Casares y para él, pero no para El Ñato, que llevaba quince años seco.

—Vamos al jardín —invitó Casares—. Quiero ver las faldas de las montañas, las luces.

—¿Dónde fue que viste al fantasma, Casares? —preguntó Alejo.

—Sobre la barda blanca de la capilla —señaló Casares.

—Ahí es donde está —confirmó El Perro—. Ahí mismo lo vi yo.

—Sírveme otra —pidió Casares.

—Vale más si te conservas fresco —advirtió El Ñato.

—Estoy más fresco que nunca —dijo Casares.

Siguió tomando y hablando sin ton ni son hasta que cayó el frío limpio y tiritante de la noche.

—¿No es la fiesta del patrono del pueblo vecino? —preguntó cuando una música de feria vino sutil por los aires.

—No —dijo El Ñato.

—Soñé que había una fiesta en el pueblo vecino. Había música y tiraban cuetes —explicó Casares.

—Cuetes son lo que vamos a tirar aquí —celebró El Perro.

—No creo —le dijo Casares y luego a El Ñato—: Reúne a los muchachos en la entrada. Voy a darles unas instrucciones finales.

Le echó el brazo sobre los hombros a El Perro y volvió caminando con él a la casona.

—¿Para qué se inventaron las costillas rotas? —le dijo.

—No sé —dijo El Perro—. ¿Para qué?

—Para que no se las toquen los que están cogiendo —se quejó Casares.

—Muy buena —concedió El Perro, riendo, y devolvió—: ¿Para qué se inventaron los colibríes?

—No sé —dijo Casares—, ¿para qué?

—Para que aprendan cómo mover las alitas a la hora de venirse los que están cogiendo.

Cuando llegaron a la entrada, un tanto ebrio y acentuando su ebriedad para darle al momento un serpentín festivo, siempre con el brazo puesto sobre los hombros de El Perro, Casares les dijo a los custodios:

—Las instrucciones finales que tengo para ustedes son las siguientes: no hay instrucciones. Váyanse a sus casas, repórtense mañana con El Ñato a los trabajos que tengan en El Palacio de Noche y los puestos. No tienen nada que pelear aquí, ni yo tampoco. Les agradezco que hayan estado aquí como si ya hubiera sido el pleito. Pero este asunto quedará arreglado de otra manera.

Hubo en el grupo un murmullo desconcertado, miradas de duda. El Ñato contravino suavemente:

—La gente está dispuesta para lo que tú digas.

—Ya les dije lo que digo —respondió Casares—. No vamos a dar este pleito. No es nuestro pleito. En todo caso es el mío, y lo voy a dar a mi manera.

—Aquí nos quedamos por si algo se ofrece —se amarró Sealtiel Gaviño.

—No se ofrece, primo —lo soltó Casares—. Esto se va a arreglar o a descomponer de otra manera.

—Yo me quedo —eligió Alejo.

—Tú te vas en este momento con El Ñato —ordenó Casares.

El Perro supo por su tono de voz que no había espacio a la componenda. Los demás también.

Casares saludó a todos de mano y le dio un abrazo final a El Perro.

—Cuídame a Santiago —le dijo.

—Como cuidador, me va a soñar —prometió El Perro.

—¿Para qué se inventaron los cuidadores? —dijo Casares.

El Perro le dio un segundo abrazo y le dijo en el oído:

—¿Qué vas a hacer, cabrón? —sin esperar una respuesta—: ¿Qué quieres hacer?

Los muchachos empezaron a dispersarse con una mezcla de frustración y alivio. Casares alzó la mano en señal de agradecimiento y despedida. El Ñato se metió a su lado:

—¿Estás seguro de esto? —preguntó.

—Absolutamente —respiró Casares.

—Aparte de lo que pueda pasar con Serrano —advirtió El Ñato—, hay un riesgo en desproteger la hacienda.

—El verdadero riesgo es protegerla —dijo Casares.

—Nosotros estamos dispuestos —se aprestó de nuevo El Ñato.

—Nunca te he sentido más dispuesto que ahora —le agradeció Casares—. Pero esto no tiene que ver con ustedes. Tiene que ver conmigo, y cada vez menos.

—No te puedes quedar solo aquí —dijo El Ñato.

—No —dijo Casares—. Ve a llevar a Alejo y a repartir a tu gente y regresas. Voy a agradecer tu compañía.

Casares volvió solo a la casona de la hacienda sintiéndola grande y vacía como nunca, como una vasta sombra hospitalaria, como si zarpara más que regresar y el viento inicial del viaje lo llenara de frescuras y promesas. Fue a su viejo armario, el armario que por cesión de Julia había heredado de su madre. Por primera vez en años, buscó el álbum monográfico de Carrizales en cuyas páginas su madre había atesorado recuerdos, el papel de sus cuentas para salir de Carrizales, el sobre con cabellos de sus padres muertos, las fotos de sus hermanas deteniéndose los sombreros con una mano y saludando con la otra desde la proa de un barco de la Casa Casares. Dio por fin con el papel en cuatro pliegues, adelgazado por el tiempo, que retenía en diluida cinta roja mecanográfica la única cuartilla conservada de los versos del cronista Presciliano Caín, entregados a La Gallega una noche de confidencias y transportes en Carrizales. Llevó el álbum a la sala y lo hojeó largamente, como si lo acariciara, aplazando el momento de poner otra vez sus ojos sobre los versos que sabía completos, pero no podía decir de corrido. Finalmente leyó:

(LAMENTO DEL HUÉRFANO DE PADRE

Oh, tú, que duermes en el fondo estrepitoso del río, ¿por qué no me despiertas?

¿Por qué no traes a mi sueño el galope frenético de tu vida, la caravana de lanzas y pendones que desmienten tu ausencia?

¿Por qué me dejas perdido en el centro de mí, a solas sin tu sombra y sin los ejércitos invisibles de tu nombre?

¿Por qué sustraes el talismán de tus poderes a mis alcances y la fuerza de tus secretos a mis batallas?

¿Por qué me has negado el contagio de los imanes que gustan a la mujer,

el enigma de los gestos que doman a las fieras,

la flor de la mirada que calma los vientos y los mares,

el temple de las corazas que ahuyentan a los enemigos
la mezcla de los muros que protegen la casa
y el rayo de tu espada predadora que quita y pone, reparte y
ordena, aniquila y siembra?
(SIGUE...

No seguía. El azar, el descuido y el tiempo lo habían detenido
ahí, protegiendo al autor de sus excesos en la conservación de
sus fragmentos. Se echó un sarape encima y salió a los jardines
y a la noche fría, inaugural. Caminó hasta el flanco de la capilla donde se aparecía el chinaco y estuvo un rato invocándolo
ahí, jugueteando con la idea de que se apareciera para decirle de
qué historia vieja y mal parida venía también él, de qué intemperie llena de fantasmas y heridas sin cicatrizar, de qué esplendores caídos, de qué alucinaciones paralelas. Caminó luego por los
foros, las antiguas alhóndigas de la hacienda, y por la parte de
la casona dedicada a oficinas. Se sintió ajeno, intruso, falsamente atado a la elegancia profesional de los pasillos y los ventanales,
las cámaras y las consolas, los cuartos de edición y las cabinas de
control de video. Pensó que Artemio tenía razón: se había metido de contrabando en ese mundo, usurpando terrenos y aprovechando las redes de otro, pero el primer contrabando de todos
era él, siempre incómodo y por certificar en el país de Maura
Quinzaños y sus compañeros de escuela jesuita, siempre huyendo del monte y las afueras hacia la ciudad, en busca de la fortuna
que reparara su pérdida, que restituyera la grandeza improbable
de un altivo destino familiar. Nada reprochaba tanto en la ausencia de su padre, Julián Casares, como haberle heredado a ciegas
y a solas ese mandato, en nada había empeñado tantas energías
invisibles como en servir ese legado: sobrevivir, ganar, prevalecer, no saciarse nunca. Y luego de haber ganado, repetir el ciclo,
montarse otra vez en la rueda siempre incompleta, nunca suficiente, del triunfo.

Entre las sombras vio venir a El Ñato.

—Te traigo una visita —le oyó decir, y vio avanzar tras El Ñato una silueta. La adivinó, pero no quiso creerla hasta que vio de cerca el rostro de Santiago.

—Andaba de safari —se disculpó Santiago—. Me acabo de enterar.

Casares le abrió los brazos y Santiago los aceptó. Se quedaron trabados unos segundos, suficientes para que se mojaran sus ojos. Luego Casares le acarició la nuca a Santiago. Echaron a caminar hacia la casona.

—¿Cómo estuvo el safari? —preguntó Casares.

—Mejor que el tuyo —respondió Santiago, señalando el ojo de Casares.

—Y no has visto las costillas —bromeó Casares.

—Tú estás mal de la hipófisis —le dijo Santiago—. ¿Me quieres decir qué carajos haces solo y madreado en esta hacienda sin seguridad?

—Arreglo mis cosas —murmuró Casares.

—¿La siguiente arreglada va a ser también de hospital? —preguntó Santiago.

—No creo —sonrió Casares—. Pero puede ser.

—¿Qué pretendes? ¿En qué lío te estás metiendo? —protestó Santiago.

—Estoy saliendo —dijo Casares—. Saliendo.

Se echaron en la sala y tomaron un trago.

—¿Qué quieres que haga? —se ofreció Santiago.

—Quiero que regreses al departamento con Alejo.

—¿Te piensas quedar solo y a oscuras en esta hacienda? —descreyó Santiago.

—Se va a quedar El Ñato.

—Puedo quedarme yo también —ofreció, pidió, Santiago.

—Tú estarás aquí de todos modos —lo eximió Casares—. De todos modos —repitió y le ordenó volver al departamento.

Lo despidieron en la puerta principal. De vuelta a la casona, dijo El Ñato:

—Tú dirás qué es lo que hacemos.

—Esperar —dijo Casares—. Por una vez en la vida, simplemente vamos a esperar.

Durmió bien, suavemente acotado por el dolor de las costillas, soberanamente libre de toda carga, como si hubiera dejado de vigilarse y de llamarse a cuentas por las vidas de otros y por el tamaño siempre insuficiente de la suya. Desayunaron un almuerzo sin límites que guisó el hambre mañanera de El Ñato. Casares volvió a dormirse por la mañana, olvidado de sí mismo, hasta que vino a despertarlo El Ñato:

—Ya llegaron —le dijo—. Es Artemio con más de veinte. Saltaron la reja, y vienen hacia acá.

—No hagas nada —ordenó Casares—. Pase lo que pase, no hagas nada. Deja el arma aquí, que no te vean armado. Y no hagas nada, ¿entendiste?

—No entiendo —repeló El Ñato—. Pero aquí está el arma y no haré nada.

Empezaban a golpear la puerta para derribarla, cuando Casares abrió. Artemio Serrano hizo un gesto y le pusieron un papel en la mano.

—Este papel me da posesión legal de la administración de esta propiedad y dominio pleno sobre ella.

—Es sólo un papel —retó Casares—. Yo también puedo conseguirme uno. ¿Qué quieres de mí?

—Quiero lo que es mío —dijo Artemio Serrano—. Nada más.

—Toma lo que creas que es tuyo —concedió Casares—. No voy a pelearte nada.

—¿Perdiste los güevos? ¿Ya no quieres pelear?

—Perdí los güevos —admitió Casares—. No quiero pelear.

—¿Con unos golpes tuviste? Pensé que había más cosa en ti. Por lo visto me equivoqué en todo.

—De principio a fin —filosofó Casares.

—¿Te estás burlando, imbécil? —gritó Artemio Serrano.

—Puede ser —dudó Casares.

La manaza de Artemio le sacudió el lado herido de la cara. Casares sintió el golpe como un rejón de fuego y cargó sobre Artemio, echándolo hacia atrás. Cayeron juntos, Casares sobre Artemio, pero Artemio giró y pudo hacerlo a un lado de otro manotazo. Inmovilizado por el dolor del pecho, Casares quedó sobre sus palmas y sus rodillas, en cuatro patas. Se levantó sin mirar a Artemio, con lentitud desafiante, invitando con su desdén el nuevo golpe que lo echó otra vez de bruces. Empezó a levantarse con idéntico desprecio. El siguiente golpe lo recibió arrodillado y el siguiente sobre el piso. Tirado recibió una patada y otra más, hasta que una voz dijo:

—Ya, don Artemio. No vale la pena.

Casares oyó los pasos de Serrano y de su comitiva perdiéndose como un eco sobre las baldosas del patio.

El Ñato lo recogió como quien recoge un sarape y lo puso donde van los sarapes, en la cama.

—¿De qué te ríes? —le dijo.

—De lo que me duele —se rio Casares—. Aunque nada más me duele cuando me río.

—Hubiéramos podido con ellos —aseguró El Ñato.

—Hubiéramos podido con ellos —dijo Casares—. Pero entonces yo no hubiera podido conmigo.

CAPÍTULO 11

Convaleció de los huesos, pero no del ánimo, que estaba ligero, como sus impulsos. Por primera vez en mucho tiempo tenía el horizonte claro y las ganas pacientes, en calma el circo de sus ansias, aquella agitación sin reposo siempre dispuesta a hacer un hueco para tapar otro sin saber dónde cavaba y hacia dónde, fundando incansablemente según sus deseos con la sospecha fija de estar corto, lejos del confín que no llegaba.

—Dejaste que Artemio te golpeara —le reprochó El Perro, con cariño manso.

—Le debía muchas —admitió Casares—. Tenía que dejar que se cobrara alguna.

—¿Por qué, Casares? No le debías nada —se alzó El Perro, con un rictus de tristeza aficionada ante el ídolo caído.

—Era lo más barato de todo —sumó Casares.

—¿Tuviste miedo? —provocó El Perro.

—Cuando preparaba la defensa, soñé que te mataban en la trifulca —devolvió Casares.

—¿A mí por qué? —se opuso El Perro.

Casares sonrió.

—No eras tú. Era yo —dijo—. Era un mensaje mío para mí.

—Pinche mensajito —se quejó El Perro.

—Viéndote en sueños supe que estábamos mal parados —explicó Casares—. Aun si le ganábamos a Artemio, íbamos a perder. Mejor dicho: ya habíamos perdido. Éramos como él,

179

estábamos en sus terrenos. A la larga, no había manera de ganarle. Siempre iba a tener más gente, más recursos, más abogados. Entendí también otra cosa: pelear con él era una manera de no darle la cara, de seguir corriendo de él, de seguir debiéndole. Decidí darle la cara.

—Así te la puso —gruñó El Perro.

—Me la limpió —dijo Casares.

—Yo no veo que esté limpia —rebatió El Perro—. No veo más que verdugones y derrames.

—Sólo por fuera —insistió Casares—. Quiero que entiendas bien esta cosa. Pelear con Artemio ese día era una forma de seguir huyendo de él, de no darle la cara.

—¿Qué vamos a hacer? —cambió de tema El Perro, en completo desacuerdo.

—Tenemos que replantearlo todo —anunció Casares—. Voy a reorganizar los negocios.

—¿Qué voy a hacer yo? —preguntó El Perro.

—Tú tienes un lugar aquí —dijo Casares—. Pero tienes que arreglarte con Artemio.

—¿Arreglarme con Artemio? —gritó El Perro—. ¿Cómo me voy a arreglar con Artemio, Casares? Artemio está loco.

—Él está loco, pero tú no —dijo Casares—. Tienes que mirarlo a la cara.

—Me la va a romper, como a ti —se quejó El Perro.

—Te va a reconocer cuando te le pares enfrente.

—¿Y si me agarra a golpes?

—Tendrás que decidir si te dejas.

—Tú te dejaste —reprochó otra vez El Perro.

—No me dejé.

—Te dejaste, Casares.

—Puede ser —cedió Casares—. Pero nunca he sido más libre de Artemio y de mí mismo. No quiero que hagas lo que yo. Lo que decidas estará bien para mí. Pero tienes que mirarlo a la cara.

—Estás loco, Casares. ¿Qué te pasa?

—Tienes que darle la cara a Artemio —pontificó Casares—. Y tienes también que poner tu propia casa. No vas a vivir más en mi casa.

—¿De qué hablas, Casares? —gimió El Perro—. Tu casa es la mía.

—Yo no tengo casa —dijo Casares—. Tengo que poner una, lo mismo que tú. Puedes venir a trabajar conmigo, pero tienes que poner tu propia casa. No puedes seguir viviendo en la mía.

—Pinche Casares. Estás loco, cabrón.

—Las cosas son como son —dijo Casares.

—Las cosas son como las haces, Casares —rebatió El Perro con lágrimas asomándole a los ojos.

—Un rato, sí —admitió Casares—. Pero al final son como son.

—¿Y cómo son, Casares? Dímelo tú que sabes tanto.

—Las cosas son así: tú eres hijo de Artemio. Yo soy el rival de Artemio. Tú tienes miedo de tu padre. Por eso vives conmigo. Tú eres mi escudo y yo soy tu escudo. No quiero seguir el pleito con Artemio escudados uno en el otro. Tú no puedes seguir peleando con tu padre un pleito que, en el fondo, es el que yo tengo con el mío.

—No entiendo, Casares. ¿De qué me hablas?

Casares miró a Alejo Serrano, inerme en su desconcierto niño de adulto treintañero, tuvo por él una ternura de padre joven y una simbiosis de hermano mayor y una compasión de huérfano gemelo recién soltado en el patio de la orfandad. Tuvo también por Alejo una alegría de puertas abiertas y un orgullo de su vida juntos.

—Se acabó —le dijo.

—¿Se acabó, Casares? ¿Y qué vamos a hacer?

—Vamos a empezar de nuevo.

—¿Es decir?

—Se acabó —dijo Casares.

Días después, con El Perro del brazo, Casares fue a ver a Dolores Elizondo, para mostrarle que devolvía completa a la manada. Llevó también a Santiago, de quien Dolores tenía noticia, pero a quien no conocía. Dolores lo admitió mal, con una sorpresa de ojos húmedos, como si recibiera un golpe genealógico.

—Te creía solo en el mundo —le dijo, ambiguamente, a Casares.

—Así estaba y así creía estar —respondió Casares—. Pero no estaba.

Dolores preguntó los detalles de aquel engendramiento en el tono de una abuela tierna, pero había en su voz un timbre metálico y brujil, como si rehusara los amores que habían dado aquel fruto.

—¿Lo ha aprendido todo de su padre? —preguntó Dolores tratando de adular a Casares, pero clavando el dardo en sus huesos tiernos.

—Su padre no le ha enseñado nada, que yo sepa —respondió Casares—. No sé lo que haya aprendido él —agregó, mirando a Santiago, como para darle la palabra.

—Malas artes —resumió Santiago, harto de la ceremonia.

—Envidio y compadezco a tus mujeres —musitó Dolores, mirando a Santiago, en otro intento de halago que llevaba un estilete dentro.

Volteó después a Alejo, que se mantenía, como siempre, en un segundo plano, moviéndose, pasando de un pie a otro, rascándose el cuello, tirando golpes de sombra, guardando las manos inquietas en los bolsillos de los pantalones.

—¿Tú estás bien, mi muchachito? —le dijo Dolores, pasándole por la mandíbula a medio afeitar una mano de uñas largas y piel seca, con pecas y poros de vieja—. ¿No la has pasado mal con estos vándalos y con las vandalerías de tu padre?

—Muy bien todo —se comportó El Perro—. Hasta nos vamos a cambiar de casa, ¿verdad, Casares?

—¿A dónde piensan mudarse? —preguntó Dolores Elizondo.

Casares esperó a que El Perro hablara. El Perro esperaba que hablara Casares y se distrajo haciendo unos *bendings* junto a su madre.

—¿A dónde piensan mudarse? —preguntó de nuevo Dolores Elizondo, con un retintín de molestia por la falta de respuesta.

—¿A dónde, Casares? —preguntó El Perro.

—No sé tú —raspó Casares, volviendo a su silencio. El Perro entendió al fin. Asintió con la cabeza como si ritmara boxísticamente sus palabras y resumió la situación:

—Casares dice que no puedo ya vivir con él, que debo poner mi propia casa. Yo la única otra casa que tengo es la de ustedes, mis padres. De modo que, si ustedes me dan el departamento de atrás, junto a los cuartos de servicio, yo estaría bien ahí por un tiempo. Ya no puedo vivir donde Casares. Ya no quiero tampoco. Se ha puesto muy mamón, dicho sea con todo cariño.

—¿Que lenguaje es ése? —reprendió Dolores Elizondo.

—Es la verdad, Dolores —dijo El Perro—. Casares dice que tengo que hablar con Artemio y darle la cara. "¿Para que me la ponga como la tuya?", le dije yo. "No", me dijo él, "para que te reconozca". ¿Tú qué opinas, Dolores?

El Perro le decía a su madre Dolores desde muy pequeño, en imitación de su padre, y con la misma acentuación de consulta mecánica sobre una decisión ya tomada o un hecho ya cumplido.

—Casares tiene razón —concilió Dolores—. Has vivido mucho tiempo fuera de casa, lejos de tu padre.

—Porque me quería joder —acusó El Perro—. Mi padre, tu marido, me quería joder.

—No soporto ese lenguaje, Alejo. ¿Puedes hablar sin decir barbajanadas?

—Dilo como quieras —concedió El Perro—. El caso es que Artemio me quería tirar los dientes. Y eso que entonces era su hijo.

—¿Ya no eres su hijo?

—Ya no vivo en su casa —describió El Perro—. No estoy a su merced.

—Hablas de tu padre como si fuera un energúmeno —se negó Dolores.

—Un ángel de la guarda no es —se aceleró El Perro—. Ahora, te digo esto, Dolores: yo estoy dispuesto a ir y saludar a Artemio, y hasta le doy un beso en la frente, pero si me agarra del brazo y me empieza a torcer, me le voy a ir arriba, no me importa si pasa algo, Dolores, no me importa si te quedas viuda tú y yo más huérfano todavía.

—Tú nunca has estado huérfano —se quebró Dolores—. ¿De qué estás hablando?

—Digo, es un decir. Pero me cae que lo atoro, Dolores.

—Qué lenguaje, Dios mío. Qué lenguaje.

—Vine a traerte a tu hijo sano y salvo, como me pediste —le dijo Casares a Dolores señalando a El Perro—. Vine a traer también mi cariño y mi gratitud por todo lo que me has dado desde que entré a tu casa. Y por todo lo que me has dado, desde que salí.

Dolores Elizondo dejó correr las lágrimas que se agolpaban en sus emociones contradictorias desde el inicio de la entrevista y se refugió en el pecho de Casares mientras trataba con una mano temblorosa de acariciarle la mejilla.

—Mocosos —moqueó Dolores, entre suspiros—. Todos son unos mocosos. Todos son unos niños perdidos.

Y no pudo decir más.

El pleito de Casares y Artemio lo pasó Maura Quinzaños con sus hijos visitando pueblos de la frontera francosuiza, pueblos cuyo nombre Maura deletreaba por el teléfono para que Casares los localizara en la guía turística que le había dejado y pudiera seguirla por las rutas del vino y los castillos de la Provenza. Cuando Maura volvió, al cabo de dos meses, todo había cambiado. Casares la encontró en el departamento del parque, que había vuelto a usar como oficina, y pasaron en la cama toda la tarde y la noche, hasta el amanecer en que Casares despertó saciado, harto por primera vez de Maura Quinzaños. Se citaron para el mediodía en un restaurante hindú. Casares la escuchó durante toda la comida referir su itinerario provenzal de castillos, bodegas y desvelos maternos. Era la misma mujer que se había ido, embellecida incluso por el amor, con unas ojeras de libertina bajo los ojos, lujosa de nuevas prendas y un corte de pelo que le dejaba caer un ala castaña sobre la frente, pero había perdido la magia, algo la había desconectado en la cabeza de Casares, apagando justo el grado de fulgor que la hacía irresistible, añadiendo el matiz de sombra que le robaba su rango de fiesta solar. Había perdido la luz que la mirada de Casares prendía con el apagador de sus antiguos anhelos. Maura había cambiado para bien, estaba fresca de muchas semanas de dormir como niña, llena de trapos, de distancia y novedad. Pero la mirada de Casares sobre ella había dejado de tener la disposición al sortilegio, la obsesión de propietario, el orgullo de coleccionista.

—No me escuchas. Estás en otra parte —dijo Maura al final de la comida, luego de hablar como loro todo el trayecto.

Casares hubiera podido repetir como otro loro la crónica franco-alpina de Maura, los percances de sus hijos, las veces que Maura decía haberlo recordado mirando los viñedos o el paso lento de un río entre las riberas ardientes del verano. Pero admitió que se había aburrido oyendo aquellos registros vulgares del buen gusto y la originalidad consumista que solían llamar elegancia.

—Escuché todo —le dijo—. Hasta la última palabra.

Mientras lo decía, pensó que no quería verla más.

Casares había mudado todas sus cosas personales de la hacienda electrónica a la casa de Belén Gaviño y vivía de hecho con Belén, a la espera de las señas judiciales de Artemio Serrano. Concentraba su atención en los negocios de las afueras que dejaban dinero líquido y podían crecer. No se había dado tiempo de mirarlos de cerca, envuelto como estaba en otras urgencias. Ahora, mientras esperaba la decisión final de Artemio sobre la hacienda y el pleito, Casares regresó con los ojos abiertos a sus negocios de las afueras y los halló sorprendentes, como una cueva de viejos botines mejorados por el tiempo.

Lo mismo que los negocios, su mujer de las afueras había ganado desenfado y encanto. Al mudarse de la hacienda electrónica a su casa, Belén había expropiado con festivo rencor el guardarropa de Maura. Luego, con llana ambición de imitar lo que odiaba y envidiaba, bajo la guía glotona de El Perro y la mirada de Santiago, había empezado a copiar y multiplicar ese repertorio de lujos comprando en las boutiques caras de una zona comercial exclusiva de la ciudad. Santiago la convenció de hacerse un nuevo corte de pelo que convirtió sus frondas erizadas en un casquete limpio de muchacho, dejando al aire el cuello de gladiola y las orejas de gnomo, acentuando sus pómulos afilados y los ojos de leona en reposo.

—¿Te voy gustando? —le preguntaba Belén a Casares, insegura y desafiante.

Casares respondía con silencios escépticos:

—Me has gustado siempre.

—Pues por lo menos te estoy costando —decía Belén—. A ver si empiezas a valorar.

Casares registraba el cambio de Belén como una alteración transitoria, un chisporroteo de luciérnaga, pero el cambio era real. Se estilizaban sus manos con pulseras y anillos, sus clavículas mejoraban con dijes de ámbar, perlas y lapislázulis. Sus piernas adquirían esbeltez de bailarina bajo medias de grecas oscuras y el arco de su pie una liviandad aérea dentro de zapatos con tacones de diva. Su cintura parecía más breve, sus caderas más altas, más empinadas sus nalgas, más llenos y largos sus brazos bajo la sucesión de faldas y pantalones y blusas que bajaban como un río de trapos por la asesoría celestina de El Perro y el gusto suntuario de Santiago. Viendo a Belén Gaviño entrar y salir, cambiarse y transfigurarse de un atuendo a otro, Santiago escandalizó un día el oído cómplice de El Perro:

—Se la cambio, perruco. Que Casares se quede con Marisa y yo me quedo con Belén. ¿Qué te parece?

Siguiendo la broma, Santiago se acercó a chacotear con Belén por sobre el vestidor donde se cambiaba:

—Le digo a El Perro que si Casares fuera buen padre me dejaría andar contigo.

—¿Y andarías conmigo? —se rio Belén.

—Iría lamiendo por la calle el suelo que pisaras —salivó Santiago.

—Así te iba a quedar la boca de floreada por andar de hablador —lo colgó Belén.

—La verdad es que pintas para mi mamá que vuelas, Belencita —aceptó Santiago.

—Yo no quiero ser tu mamá, Casaritos. Quiero ser la mujer de tu padre —le dijo Belén.

—Ya eres su mujer —respondió Santiago.

—Pero él no es mío —dijo Belén—. Y tiene que ser mío.

—Si quieres que sea tuyo, déjalo ser de otras —se sinceró Santiago.

—¿De otras? ¿De quiénes? ¿De quién?

—De todas, de nadie.

—¿De todas y de nadie?

—Entre más sean, menos serán.

—Puede tener todas las que quiera —se encendió Belén ajustándose unos tirantes sobre los hombros desnudos—. Pero no *ésta* que yo sé y *aquélla* que me pasa enfrente, como su rica de los vestidos. ¿Cómo era su rica, dime? ¿Estaba mejor que yo?

—Difícilmente —valoró Santiago.

—Pero *estaba*, ¿ves? Tú la viste. El Perro la conoce. ¿Estuvo en la hacienda, verdad? Eso es lo que me pudre. Saber de *ésta*, saber de *aquélla*. ¿La rica, está todavía?

—Está rica todavía —jugueteó Santiago.

—No. Pregunto si está con Casares todavía.

—Que yo sepa, no —dijo Santiago.

—Dime sí o no, no seas maricón.

—Que yo sepa, no —repitió Santiago.

—Todos son iguales —se incordió Belén—. Se andan cubriendo unos a otros. Los mismos delincuentes, las mismas fechorías. No son hombres, ni padres, ni hijos, ni esposos ni amantes. Lo que ustedes son es una banda, una pandilla de cómplices dedicada profesionalmente a vernos la cara de idiotas a las mujeres.

Una noche, Belén le pidió a Casares que la llevara a la ciudad. Quería ver los sitios donde Casares había vivido, el restaurante donde Casares tenía una mesa siempre disponible para él, la casa donde había muerto su madre. Casares la llevó al departamento frente al parque donde ahora tenía la oficina y luego a comer al restaurante. En el departamento quedaban unas mascadas y una foto olvidada de Maura.

—¿Es la rica? —preguntó Belén.

—Fue —dijo Casares.

También en tiempo pasado, ardiendo como una brasa en la distancia, había quedado Marisa Capistrano. Casares no había podido sellar el lugar de donde corría su recuerdo, el sitio de donde venían hasta él las ganas de quemar las naves, demoler la casa y dejar todo atrás para fincarlo todo de nuevo en la intemperie, sobre el terreno joven de Marisa y el leopardo prohibido de su cuerpo.

La había visto dos veces, sin ceder en ninguna al mandato de sus amores. Durante el segundo encuentro se enteró con un alivio desolado que Marisa había decidido marchar al norte, salir del país en busca de una improbable carrera como modelo y actriz (*call-girl*, tradujo Casares). Gente de la corporación Serrano había abierto muchas rendijas profesionales para latinos en los estudios de Hollywood, le dijo Marisa Capistrano (*escort services*, tradujo Casares). Había audiciones para papeles de todos los tamaños, edades y aptitudes, dijo Marisa (*Hispanic pleasures*, tradujo Casares). Se marchaba entonces a buscar su vida, la vida que le quedaba libre, la vida que Casares no quería para él.

—Voy a dejarte los teléfonos de la amiga con la que voy a llegar —dijo Marisa.

Casares rehusó tomar el papel que Marisa le extendía.

—¿No quieres saber de mí ni mi teléfono? —preguntó con una triste carcajada Marisa Capistrano.

—No —dijo Casares.

—¿Me vas a dejar ir así, verdad? Muriéndote de ganas de pedirme que me quede.

"Muriéndome de ganas de ti", tradujo Casares, pero no dijo nada. Regresó cavilante de su adiós a Marisa, diciéndose con el cabo melancólico del ánimo que volvería a tenerla alguna vez, no importaba al final de cuántos otros, incluso después de que hubiera entrado en ella toda la manada y trajera esas huellas promiscuas en las cortinas frígidas del alma.

Pasó un tiempo. Se fueron los dolores y los hematomas, Casares descubrió que la pausa de sus movimientos, la lentitud de su cuerpo, de sus gestos, no era sólo por el dolor que en momentos no lo dejaba respirar. Estaba también en paz consigo mismo. Era un estado absolutamente nuevo para él. Había hecho de su vida una sucesión de asaltos al mundo exterior, una guerra sin tregua con las cosas de afuera, negocios y personas, mujeres y oportunidades, siempre en la cresta de una puja, de un litigio, de un hallazgo o una inconformidad. Nada había querido saber de su guerra interna, de las emboscadas del afecto y las batallas del desamor, las estrategias largas de los años y los duelos del recuerdo. Su vida puertas adentro había transcurrido como en sordina, acallada por el griterío que venía de fuera, fundida en su intensidad volcánica con erupciones que le eran ajenas, como si hubiera librado dos campañas permanentes, una visible afuera, otra larvada adentro. Luego del combate con Artemio Serrano, sus prisas habían cedido espacio a la memoria, a los agujeros de su vida pospuesta, olvidada. Todo lo que no solía ver en su prisa, lo que le llamaba por dentro cuando él pasaba en su caravana sin tiempo para detenerse, se le aparecía ahora en cámara lenta, podía ver sus contornos, las imágenes encerradas, las palabras suspendidas. En el terreno mal enfocado donde antes sólo veía girones y siluetas, saltaban ahora rostros y voces, recuerdos que abrían su sentido o encontraban su secuencia. Y todo en su corazón era como un rencuentro.

No había tenido nunca, por ejemplo, una versión completa de la partida de su padre. Su recuerdo de Julián estaba comprimido en la figura de un hombre llorando frente a la puerta de su casa, cansado o borracho. Mientras adentro había una agitación de cataclismo, su madre bajaba las persianas de la ventana que daba a la calle; su hermana Julia alegaba pidiéndole que la dejara asomarse; Casares, que tenía ocho años, abrió la puerta y vio al hombrón desolado, con la frente sobre el brazo y el brazo sobre la pared llorando como si penara la caída de un mundo. El hombre sintió su presencia por el sonido de la puerta de hierro forjado, al que un cristal maltrecho hacía retumbar cada vez que la casa abría a la calle y la calle entraba a la casa, como si anunciara hechos mayúsculos. El hombre no hizo sino mirarlo y derretirse en lágrimas.

—No llores —le dijo Casares, con la vocecita magisterial de sus primeros años—. Dice mi hermana Julia que los hombres no lloran.

Era lo último que recordaba de su padre. Antes, o además de eso, porque no había antes ni después en sus recuerdos, sino una simultaneidad de historias vueltas esbozos, huellas, esfuminos, podía recordar la noche en que su padre vino a recogerlo del jardín donde jugaba a la intemperie, prófugo de su cama y de su fiebre, todo su cuerpo un castañear de dientes y todo su furor febril una tenacidad de no dejar abandonados en el campo a sus ejércitos imaginarios. Su padre lo había reprendido dulcemente, hasta donde recordaba, pasándolo por sus mejillas rasposas de la barba del día, a pesar de lo cual Casares había sentido una frescura sedante y bienvenida. Pero al ponerlo en la cama su padre le había dado una nalgada de reproche y la magia de la atención protectora se había roto como un planeta que estallara y ya estaba su padre en el delirio cerniéndose sobre él como un endriago, amenazante y traicionero.

Su madre había dicho siempre:

—No le reprocho mi abandono, sino el de ustedes. Yo sé el hombre que fue y sé el padre que no ha sido.

Pero en lo íntimo de su deslinde había la orden de hacerle pagar su ausencia, devolverle olvido por olvido, darlo por esfumado, debida y cumplidamente transformado en aire, humo, nada, como el fantasma que había elegido ser, penando su inexistencia por los únicos corredores del olvido que podía recorrer en sus hijos, los corredores que él mismo había sembrado en la casa que había decidido dejar. Al pasar, como se dicen esas cosas, Rosa Arangio le había dicho a su hijo una y otra vez:

—Siempre le advertí a tu padre: "Que no te coma el monte". Y él me contestaba: "Del monte vamos a comer". Comimos un tiempo de la quimera del monte, pero no tenemos nada hoy, y a él se lo acabó comiendo el monte. Todavía anda persiguiendo las promesas del monte por ahí, buscando las grandezas, sin resignarse a lo que es. Perdido en el monte.

Con ese veredicto del extravío de su padre había vivido Casares, dispuesto, por un lado, obligado del otro, a reponer lo que su padre había perdido, obediente al mandato de restitución que flotaba en la queja de su madre. Estaban lejos de haberlo perdido todo, pensaba Casares ahora. Habían tenido al menos la casa que compraron, se habían mudado a la ciudad y vivido en ella, como su madre quiso. En la misma versión de la caída había el retrato de un mundo fantástico, el mundo del que habían salido que revivía sin cesar en las palabras de su madre, lleno de brillos legendarios, inverosímiles y deseables, como un cuento de hadas. Aquel mundo perdido era una herida abierta pero también una coraza, una derrota, pero también un linaje, y su memoria recurrente, un tesoro, un lamento, pero también una promesa, la promesa del tesoro que los había encumbrado atrás y podía, por qué no, esperarlos adelante.

A su padre tampoco se lo había comido el monte, como quería la metáfora de Rosa Arangio, su mujer. Julián no se había perdido en la selva persiguiendo a la Xtabay, cegado por el resplandor de la caoba. Había desaparecido entre las luces de la ciudad, urgido de vivir su propia vida, pensaba Casares ahora, una vida alterna, distinta, al margen de ellos. Habría necesitado esa otra vida igual que Casares necesitó las suyas, paralelas y corsarias, desde que empezó a trabajar en las afueras, igual que Julia había cambiado de varón y de ciudad al menos tres veces desde que Muñoz la hizo mujer y la sacó de casa. Le maravilló descubrir que hasta ese momento no había tenido la curiosidad de levantar el toldo de la condena materna y mirar abajo para preguntarse sencillamente qué había sido de su padre, Julián Casares, en los hilos de qué otras vidas habría ido a olvidar la suya, en los posibles brazos de qué otra mujer, en la probable crianza de qué otros hijos. Los años de falta y olvido para ellos acaso hubieran sido de atención y cuidado para otros.

Una tarde, Santiago vino a dejar a Belén luego de una de sus incursiones consumistas. Casares lo alcanzó en la puerta del coche y le dijo:

—Quiero que vivas conmigo.

Seguía viviendo en el departamento del parque.

—Tenemos que pedirle permiso a mi mamá —jugó Santiago.

—Así es —dijo Casares, con inesperada seriedad de piedra—. Tenemos que pedirle permiso a tu madre. Porque quiero que vivas conmigo.

Capítulo 12

Un domingo Casares fue a casa de Nahíma Barudi y le dijo que quería ver a su padre. Nahíma contuvo un asomo de llanto en sus pestañas embreadas de rímel, y se ofreció a acompañarlo.

—Quiero ir solo esta vez —pidió Casares.

Nahíma le escribió la dirección sobre un papel que tenía impresa en el ángulo una media luna quiromántica.

—Vive en la planta baja de un edificio que fue suyo y ha ido vendiendo —le explicó—. Vive solo. Lo atienden la portera y su marido, a veces ni ellos. Yo voy y limpio, pero no me deja. No sé qué recuerdes de él, te advierto que no es el hombre que recuerdas. Han pasado treinta años. Los mejores para ti, los peores para él. En esos años tú te hiciste hombre, él se hizo viejo. ¿Qué edad tenía tu padre cuando se fue de tu casa?

—Cuarenta —calculó Casares.

—Era un hombre entero —recordó, advirtiendo, Nahíma Barudi—. Hoy es un hombre de setenta años, y no muy bien vividos.

—¿Todo eso me espera? —se alarmó, sonriendo, Casares.

—Todo eso —sonrió también Nahíma.

—Pregúntale si quiere verme —pidió Casares.

—No ha querido otra cosa desde que le llevé a Julia —informó Nahíma.

—¿Tú se la llevaste? —se sonrió Casares tomando nota de la complicidad obvia, pero hasta entonces subterránea, de las mujeres.

—Ella me lo pidió, como tú ahora —dijo Nahíma.

—Dile que voy a verlo el sábado entrante —le pidió Julián.

—Si es el sábado, tendrá que ser por la tarde —señaló Nahíma, secretarial y precisa—. Por la mañana tiene que ir al médico.

—Por la tarde —aceptó Casares, y la besó en la mejilla para despedirse.

Fue el sábado por la mañana, a la hora en que Julián no estaba. La dirección de Nahíma lo condujo a las espaldas del viejo frontón citadino, en una zona de antiguo prestigio urbano que los años habían diluido. El número correspondía a un edificio de granito rosa y balcones de hierro forjado. Tenía cuatro pisos y debió conocer días de gloria, pero era ahora una ruina, con grafitis pintados en los muros y una puerta cancel de vidrios polvosos. Casares se identificó con los porteros, una pareja de edad que acudió en secuela, primero la mujer con dientes de oro, luego el hombre en camiseta bajo los tirantes flojos. Don Julián Casares no estaba, le dijeron, y les tenía prohibido dar el paso a nadie. Casares puso un billete en manos del portero, que tenía barba de un día, y cruzó el cancel hacia el zaguán pidiéndole al hombre que lo siguiera, como si lo hubiera hecho su empleado. El zaguán daba a un patio interno que alineaba dos departamentos por lado y otros tantos en cada uno de los pisos de arriba, unidos por un pasillo con barandal de hierro. Había en ese pasillo la mayor colección que Casares hubiera visto de flores marchitas y macetas rotas, tendederos improvisados, cordones eléctricos, jaulas de pájaros y exvotos fantásticos.

—Don Julián vive al fondo —dijo el portero, ante la mirada perdida de Casares. Casares fue hasta el departamento del fondo y puso la cara sobre la ventana de la cueva de su padre. Vio una sala de muebles raídos, con un sillón rojo en una esquina, una repisa con una veladora a medio consumir, una estantería sostenida en ladrillos atestada de papeles quemados por la edad, una mesa con un mantel floreado y un vaso de plástico frente al plato del único comensal previsto.

—¿Usted tiene llave? —le preguntó Casares al portero, extendiendo otro billete como argumento.

—Ahora vuelvo, señor —dijo el hombre, mientras Casares seguía mirando hacia adentro de la casa de su padre, mirándose en parte él mismo, reflejado entre sus propias manos, sintiendo que alguien lo filmaba, que actuaba para alguien, que había una distancia entre lo que le sucedía y la realidad, que de algún modo aquella escena no estaba sucediéndole a él sino a otro cuyo nombre y motivos no hubiera sabido decir.

El portero volvió con la llave y abrió. Casares entró al departamento como a una iglesia llena no de cosas sino de símbolos, no de muebles y paredes sino de indicios y metáforas, el recinto de algo que estaba más allá del recinto, algo de lo que los objetos no eran sino un mapa cifrado, el mapa cifrado de su padre. Lo sacudió el olor a cosa vieja, a papeles guardados, a humedad y vejez. El lugar tenía una sala y una recámara. Olía a polvo y encierro de mil años. En los muros de la sala se alineaban retratos antiguos de Carrizales presididos por la efigie de Mariano Casares, con un cuello de puntas redondas y una corbata delgada de nudo ceñido y perfecto.

Mariano Casares miraba de tres cuartos, por encima de unos quevedos traviesos, con un brillo de malicia y entendimiento en los ojos oscuros, saltones, echados sobre el mundo. A sus lados, como rindiéndole tributo, colgaban otras imágenes: la esquina de la Casa Casares, con un peón fumando en el portal y mirando al desgaire al fotógrafo pionero de aquellas andanzas; el muelle de Carrizales con la bandera izada a todo trapo por el viento militar de la bahía; tres cargadores riendo desde un barco cuyo nombre en la quilla honraba el de Virginia Maturana. Estaba después la foto de la casa de gobierno de Carrizales, construida en el principio de los tiempos. Y una de todos los hermanos Casares, niños, risueños, despeinados, en traje de gala, rodeando como una parvada a Mariano, que se erguía en el centro de la foto, con el pecho salido, una cabeza encima de su mujer lánguida, atenuada, pero no pequeña, realzada en cierto modo por el aura de su languidez, entregada a la cámara con una mirada diáfana desde el óvalo suave de su cara. Casares se acercó a mirarla. Su frente era amplia, limpia de dobles pensamientos, con el pelo ariscado en las sienes y dos caireles despeñándose hasta el cuello blanco, delicado y fiel.

Las paredes de la recámara se ocupaban también del homenaje fotográfico de Carrizales. Colgaban ahí personajes que Casares no pudo identificar, y la foto de una boda. Era el atrio de un templo de madera donde dos novios estaban a punto de ser sepultados por una lluvia de arroz. Ella reía con los dientes parejos al aire y esgrimía su ramo de novia como un arma triunfadora, él la tenía tomada del talle y le cuidaba el rostro de las cascadas de arroz que llovían sobre ellos. Eran Julián Casares y su mujer Rosa Arangio, ligeros y pletóricos el día de su boda, en el inicio de sus sueños recíprocos. Casares se asomó al rostro de aquella mujer que no conocía, cuyas formas adultas, ancianas y agonizantes llamaba mamá. Le dio un vuelco pirata el corazón al encontrar en ese rostro de pómulos altos y ojos profundos, de mentón leve y nariz helénica, los pómulos, los ojos, el mentón y la nariz de Marisa Capistrano, a quien él también había perdido, y no tenía detenida en una foto.

Además de los cuadros fotográficos, las paredes del cuarto estaban cubiertas por cajas llenas de papeles. En el centro de la cama había una muñeca pelona, sonriendo con una fijeza inquietante, a un lado una cómoda y encima de la cómoda dos televisores. Casares los prendió para descubrir que el más nuevo no servía y el otro, pequeño, con infinidad de alambres y empates de cinta adhesiva haciendo las veces de antena, seguía emitiendo una señal prehistórica, ondulante, en blanco y negro, como si también él se hubiera quedado detenido en el tiempo. En el concierto de aquellos desechos imperaba un orden maniático, casi militar. Eran como los restos de un ejército vencido pero desplegado para mantener a raya el caos, para imponer al mundo loco y desorbitado una ínsula previsible, un universo dueño de sus propias reglas.

Casares pensó que aquel departamento sin inquilino era como el inquilino de su memoria, un cuarto donde estaba todo lo necesario para probar la existencia de su padre, menos su padre mismo, que no estaba una vez más y era sólo un agujero en el centro del sitio que habitaba, el agujero que habitaba en su memoria y que le había llenado la vida. Puso otro billete en las manos del portero, por ninguna razón, para ayudarse con ese gesto mecánico a salir del laberinto donde se había metido, y salió del laberinto.

Volvió al departamento de Julián al caer la tarde, como había anunciado, volvió a buscar al minotauro, en medio de las mismas calles degradadas que se punteaban por las noches de bares y conseguidores, pandillas y borrachines.

—Ya viene —le advirtió el portero, franqueándole la puerta cancel hacia el zaguán oscuro donde no funcionaba la bombilla. Por el patio del vecindario, Casares vio saltar entre las sombras una linterna oscilante y una silueta que renqueaba. Cuando pudo distinguirlo con claridad, reconoció a un hombre enjuto, doblado, que sonreía al acercarse, mirándolo hacia arriba, como quien mira el monte que debe subir. Casares pensó que se trataba del sirviente o el cuidador de Julián, porque era muy distinto del hombre corpulento que recordaba acodado en la puerta de su casa, el hombre que se había quedado fijo y monumental en la mirada de sus ocho años. Tardó en comprender que la figura encogida y titubeante que acudía a su presencia no era el sirviente decrépito, ni el cuidador anciano de los ancianos días de su padre, sino su padre mismo, físico y cierto por primera vez en treinta y cinco años, aunque lindara la irrealidad de no llenar sus recuerdos y al hacerse presente se desvaneciera de nuevo, incapaz de calzar las formas que lo esperaban en los ojos infantiles de su hijo.

—Muchachote —le dijo su padre desconocido y rencontrado—. Mira nada más qué muchachote.

Lo veía hacia arriba desde su talla reducida por los años, obsequioso y titubeante, con los ojillos locos bailándole como remolinos en la cuenca estragada de los pómulos y las cejas. Tenía los pelos alborotados y la mirada vidriosa. Bajo las carnes magras podían advertirse todavía los huesos grandes, la caja gruesa del pecho, las caderas anchas y rectas.

—Ven, ven, vamos adentro —le dijo su padre, enganchándolo del brazo. Casares se dejó llevar hacia el fondo del patio que había conocido por la mañana, dudando todavía de con quién estaba, admitiendo la posibilidad de un gigantesco malentendido—. Qué gusto tenerte aquí.

Su padre abría con una lámpara de mano las penumbras del zaguán, midiendo sus pisadas sobre el patio roto del vecindario. Deshilaba un orate circunloquio sobre los riesgos de la oscuridad y las instrucciones que había dado a los porteros y los inquilinos del edificio de no prender la luz para no gastar energía, dijo, porque tenían ahora que pagarla todos, que eran codueños, y no él, que había sido el único propietario, pero a fuerza de ahorrar y no usar lo que debía usarse las bombillas todas se habían roto o fundido, y nadie las había repuesto y ahora no podían prender la luz aunque quisieran, en las grandes ocasiones ni en las pequeñas, para conjurar, por ejemplo, peligros como el de noches atrás en que dos muchachos de la calle se habían metido al zaguán huyendo de la policía y habían tomado de rehén a la mujer del portero y la policía había seguido de largo y nada había sucedido donde pudo suceder una desgracia.

Mientras caminaba esos pocos pasos ciegos del brazo de su padre por los mosaicos agrietados del vecindario, Casares pensó en la decrepitud de su abuelo Arangio, que había venido de Carrizales a morir a la ciudad. Había muerto medio ciego sin aceptar que lo era, usando en todo tiempo y lugar una linterna para vencer la oscuridad de sus ojos. Todo tuvo de pronto, el vecindario y su padre, la penumbra y la linterna, un aire irrecusable de familia, un aire de vejez y pueblo pobre. Su padre iba diciendo:

—Vi la película que hiciste sobre las vecindades de la ciudad, y pensé: "Si este mi hijo hubiera sabido dónde encontrarme, hubiera puesto en su película este edificio".

Su padre hablaba de una película que Casares había producido para Artemio Serrano años atrás, en fallida reposición de las sagas de vecindades que habían llenado de lágrimas y espectadores la llamada Época de Oro del cine nacional. Casares había olvidado esa película, igual que quienes lloraron frente a ella, pero Julián la mantenía fresca en su memoria como si la hubiera visto el día anterior. Casares empezó a entender que el tiempo, lo mismo que las penas y las lágrimas en que ambos pudieran prodigarse, eran asuntos muy relativos para su padre, quien le hablaba como si acabara de verlo, como si los años no hubieran pasado ni se interpusieran entre ellos.

Volvió a golpearlo al entrar a la cueva de Julián el olor de humedad y siglos, el olor de piedra de las pirámides y las tumbas podridas del jaguar. Se dejó llevar al recorrido que le impuso su padre por el reino de fotos de sus paredes salitrosas, hablando sin parar como si detenerse pudiera romper el hechizo. Pasaron de las fotos de la sala que Casares había reconocido por la mañana, a la galería de la recámara que le había sido impenetrable. Julián explicó foto por foto en una sola letanía afinada por el tiempo y el desmedro.

—Éste que ahí ves es tu tío Rodrigo, que murió en el ciclón de Wallaceburgh, y nos dejó huérfanos de hermano y huérfanos de padre, porque era nuestro hermano sol y porque desde su muerte nuestro padre no quiso saber más del resto de sus hijos.

Casares vio al muchacho largo y cartilaginoso, en sus tirantes de basquetbolista, el pelo alzado y el cuerpo tenso, duro de huesos y músculos en confiada relajación de tigre cachorro y risueña ignorancia de su suerte.

—Este otro que ves aquí es tu tío Justo, en la cubierta del barco que lo llevó a su viaje final por los hielos australes, el viaje de donde no volvió ni supimos más cosa de su vida o de su muerte.

Casares vio la foto del muchacho barrido por el viento del mar, diciendo adiós desde el barandal de un barco que era todo él una promesa de fuga sin retorno y viaje sin puerto de arribo.

—El que sigue es Presciliano, el Cronista, único medio hermano que tu abuelo reconoció de los mil medios hermanos. Tuvo torcido el gusto por los hombres, pero muy claro el corazón para las cosas de la familia. Y es el único que vive, rodeado de los papeles que guardan la memoria de su familia y de Carrizales.

Casares vio la nervadura ósea de aquel cíclope saltándole por las tuberías de la mandíbula y las protuberancias de la frente. En aquella armadura adivinó al esguince los rasgos clandestinos y risueños de Mariano Casares. Los había dejado en ese hijo bajo la forma de una fiereza contenida, inocente, primordial. Estaban también pegadas a aquella pared las fotos del tío Romero Pascual, con una gorra de beisbolista, parado de espaldas a una troza de caoba que le doblaba la estatura, y el almirante Poncio Tulio Nevares, erguido como un palo con sus barbas blancas recortadas y los ojos claros mirando soñadoramente hacia el lugar de la civilización. Seguía el prócer Juliano Pacheco, con su salacot de expedicionario y su ojo estrábico, subrayado por un monóculo delirante. Había otras imágenes sepias, nubladas, con muescas y quiebres, de grupos sobre los que Julián pasó rápidamente, señalando a su hermana Natalia y con un mohín desdeñoso a su hermano Perfecto, de quien sólo dijo:

—El exterminador.

Casares se dejó llevar después a la mesa de estampados de flores donde esperaba el único plato compañero. Su padre zafó un par de legajos de la estantería vecina y se dispuso a contarle.

—Todo está a punto de salir —le dijo, aferrando con manos ansiosas los papeles—. Aquí está todo.

Empezó entonces la letanía de sus negocios en marcha. Papel tras papel, sin bajar una pausa la continuidad de su soliloquio, Julián Casares mostró escrituras, planos, constancias de pagos y cobros, explicaciones jurídicas, registros notariales. Casares sacó en claro que su padre tenía la cabeza puesta en el litigio de dos predios legendarios. Uno, el de la mismísima esquina de la Casa Casares en Carrizales, el cual pretendía recobrar de sus compradores mediante un intrincado juicio sucesorio de derecho de sangre; otro, el de un enorme predio en las afueras de la ciudad del que fue dueño en tercería, perdido a resultas de una subasta celebrada sin notificarle. Aparte de aquellos bienes, Julián Casares había sido dueño del edificio en que estaban, cuyos departamentos fue vendiendo uno a uno como quien saca monedas de una alcancía y las va dejando por el camino al paso inclemente de los gastos. Le quedaba en propiedad sólo el departamento donde estaban y el cuarto de la conserjería donde vivían los porteros. La alcancía se había vaciado y una pequeña hilera de deudas esperaba turno en casi todas las tiendas, abarroterías, farmacias y fondas del rumbo.

—No lo comento a nadie, ni a tu hermana Julia ni a Nahíma, porque no son cosas de comentar con ellas. Te las cuento a ti que entiendes de estas cosas para que les pongamos remedio. Y el remedio es que mientras yo me arreglo y los asuntos que te he mostrado fluyen, necesito liquidez. Aquí es donde entras tú, en sociedad conmigo. No quiero que me des dinero, quiero nada más que me lo prestes. Al final, cuando todo se resuelva, hacemos cuentas, tú recibes lo tuyo y yo lo mío, que de cualquier modo será en su totalidad para ti y para tu hermana, las únicas razones que me mantienen vivo y por las que he trabajado.

Julián Casares se acomodó en su silla. Un suspiro le robó la presencia de ánimo unos segundos. Luego, siguió:

—Yo he pecado contra ustedes, mis hijos, de palabra y obra, pero no de pensamiento y corazón. Ustedes han estado siempre en mi pensamiento y en mi corazón.

—¿Cuánto necesitas? —preguntó Casares, tratando de ponerse a salvo de aquellos efluvios.

—Para pagar algunas deudas, un tanto —hizo cuentas Julián—. Para ir tirando y sufragando los gastos de esos asuntos, otro poco.

Dijo entonces una cifra de entrada y otra mensual tan pequeñas que fueron como un latigazo en el ánimo desprotegido de Casares. Sacó de su cartera el doble de lo que había dicho su padre y le puso los billetes en la mano.

—No se preocupe por el dinero —le dijo, venciendo el nudo que le iba cerrando la garganta—. No se preocupe por eso.

—Yo también le hablaba de usted a mi padre —dijo Julián poniendo los billetes a un lado de la mesa, como si nada contaran—. Nunca pude hablarle de tú. Pero yo te recuerdo hablándome de tú.

—Yo también —murmuró Casares.

Supo que había dejado de ser el niño abandonado por su padre y ocupaba ahora el lugar del padre frente al niño abandonado.

Volvió a su casa abrumado por la revelación profunda de los años, que es la decrepitud de todas las cosas. Belén esperaba los detalles de su encuentro. Antes de contarle nada, Casares la tiró en la cama y la poseyó hasta desbordarse, como en prueba de que el tiempo ni la muerte lo rondaban todavía, en prueba de su larga juventud, de la duración comprobable de sus días antes de que la vida los licuara en cualquiera de sus especialidades del polvo.

—No lo reconocí —confesó luego, sobre el cuello de Belén—. Es todo lo contrario de su fantasma vivo.

—No es su fantasma vivo —lo arropó Belén—. Es tu padre viejo.

—Más que eso —dijo Casares—. Peor que eso.

Amaneció antes del alba sabiendo al fin lo que quería decir aquella historia de Eneas cargando a su padre ciego sobre los hombros, huyendo del incendio de su ciudad. Todos los hombres cargaban a su padre sobre los hombros para salvarse o hundirse bajo su peso. Tuvo el alivio de entender, la liviandad amorosa y reconciliatoria de entender, pero en su conocimiento no había amor, ni reconciliación, sino inconformidad con su suerte, rabia por la disolución del fantasma de su padre en una simple telaraña. Julián era ahora esa materia quebradiza en la que era imposible apoyarse ni siquiera para reprocharle su ausencia, el abandono de su mujer, la orfandad de sus hijos. Casares tenía una furia pendiente, una cuenta que hacer con su padre, pero no había dónde cobrar esa cuenta, donde desahogar esa furia.

Aceptó que no quería hacerse cargo de él y que no iba a poder evitarlo. Hubiera preferido encontrarse a un viejo cínico, grande y potente como su fantasma. La debilidad de Julián era el peor espejo en el que hubiera querido verse, resumía todo lo que Casares había puesto en su escena temida de vejez. Lo regresaba al edén podrido, a la mezcla de fracaso y provincianismo que había estado siempre gritándole sus límites, los límites contra los que Casares había luchado como un nuevo rico contra el mal gusto, los límites de Carrizales que había mamado en las palabras de su madre. El anciano que recibió a Casares en el zaguán oscuro de su edificio sin bombillas pertenecía a ese mundo de la caída anunciada, la vida lo había derrotado y su derrota era la prueba de que no había nunca podido saltar los muros de Carrizales, los muros de los que Rosa Arangio y sus hijos venían huyendo también, de modo que su paso por la ciudad no había sido sino una fuga en busca de nuevas murallas protectoras, de un nuevo gran refugio al cual volver, luego de la caída sin redención de Carrizales.

Cuando supo que Casares había tenido la primera entrevista con su padre, Julia vino de Los Ángeles y Casares terminó de saber que su hermana había visto a Julián mucho antes que él, que su propio encuentro con Julián era el fruto de la cuidadosa ingeniería de Nahíma Barudi para reunirlos, para ponerlo a él en la situación de resolver la vejez difícil y desamparada de su padre.

—Yo le he mandado el poco dinero que puedo —le explicó Julia—. Y Nahíma ha puesto cuando ha tenido para mantenerlo ahí, para que la vaya pasando mientras intervenías tú y llegaba una solución más definitiva.

—¿Por qué no me lo dijiste antes, con todas sus letras? —reprochó Casares.

—Tenía miedo de tu reacción —se disculpó Julia—. Tenía miedo de que una reacción tuya demasiado fuerte pudiera cancelar la posibilidad del rencuentro. Pensaba decírtelo en mi próximo viaje. Ya ves que no ha sido necesario. Tú mismo llegaste a la conclusión correcta.

—No sé si es la conclusión correcta —repeló Casares—. He cargado toda mi vida con su vacío y ahora voy a cargar con sus despojos. No me parece demasiado justo.

—Peor hubiera sido que te murieras con el vacío —dijo Julia.

—¿De veras quieres que me haga cargo de sus últimos años? —preguntó Casares, con un nuevo dejo de amargura.

—Meses —acotó Julia—. Julián sólo tiene unos meses de vida.

Casares estaba sentado en un sillón de cuero del departamento que usaba como oficina frente al parque. Metió la cabeza entre los brazos y la apretó. Julia vino hasta él y le puso una mano consoladora en la nuca. Casares se inclinó hacia su hermana metiendo la cabeza en su vientre. Esa misma tarde le pidió a El Ñato que se hiciera cargo de las reparaciones de la casa de su padre. Mandó que arreglaran hasta la última bombilla, y limpiaran el edificio y lo pintaran. Él mismo asumió la remodelación de la cueva de Julián, le cambió la cama y los sillones que echaban borla de medio siglo por las ranuras del tiempo, mandó instalar un teléfono, compró un refrigerador, una estufa de gas y un calentador eléctrico para combatir las humedades otoñales del inmueble. Se ocupó luego de los médicos. Le confirmaron una endeble condición cardiaca y un cáncer de huesos que avanzaba de sus caderas hacia el resto del cuerpo, comiendo sin desgarrar. Había poco o nada que hacer, salvo esperar el desenlace.

Casares dedicó sus mejores esfuerzos a combatir no el mal profundo de su padre, sino la molestia superficial que fluía de los muros salitrosos de su casa, el olor a humedad de caños picados que era como el olor mismo del naufragio, el olor de la pérdida y el abandono. Nada combatió tanto Casares las primeras semanas de su rencuentro con Julián como el olor a humedad y pueblo viejo, nada perturbó tanto su atención y sus cuidados como aquel moho de tiempo detenido y sucio. Hizo pulir las paredes, estragar los rincones, archivar los papeles en cajas nuevas, lavar la ropa, barnizar los muebles, desazolvar las cañerías, desoxidar los retretes y los fregaderos, aromatizar los cuartos, asolear sábanas y colchones, pero al final de la semana, cuando volvía a visitar a su padre, la humedad estaba nuevamente ahí recordándole la inutilidad de sus esfuerzos para echar atrás el tiempo y ganarle una partida.

Se habituó a visitar a Julián. Adquirió la rutina de ir a verlo y conversar con él, como con un extraño, sobre cosas extrañamente familiares. Se sentaban a ver la televisión, de preferencia algún deporte. Las peripecias del juego los distraían del otro juego, alto y fuerte de su encuentro. Julián se desdoblaba en interminables soliloquios. Casares lo escuchaba como la primera vez, intercalando preguntas en la cinta sin sosiego. En un tercer monólogo que transcurría junto al de los locutores deportivos y las palabras de su padre, Casares se preguntaba quiénes eran esos dos que hablaban, en qué burbuja estaban detenidos contando y oyendo cosas esenciales, aquellas historias condenadas a un final que conocían y del que era difícil vanagloriarse, historias que sin embargo vibraban en el aire con una luz de verdad y misterio. Era ese brillo íntimo de cosas fuera del tiempo lo que añadía a Casares la sospecha de estar siendo soñados o filmados por alguien, vistos o inventados por alguien que movía la cabeza, compasivo e incrédulo, frente a su repertorio de ineptitudes vitales, afectos mal sentidos, sueños desperdiciados.

Casares venía siempre con un pendiente práctico que resolver, y se sentaba a escuchar a su padre. Nunca más de una hora, porque no podía más. Pero volvía al día siguiente, y a veces, los fines de semana, dos veces al día. Casares entendió que la de Julián era una máquina de contar seis o siete historias con variaciones. La rumia de la soledad había ordenado su vida en esas pocas secuencias de las que se desprendían infinitos, pero no muy largos ramales, digresiones que daban pronto la vuelta para volver a la matriz, como si temieran extraviarse en el amenazante territorio de la oscuridad y el desvarío que las rondaba. Una de esas historias era la paliza que Perfecto, su hermano mayor, le había dado a Julián siendo niño y el palo que Julián le rompió en la cabeza esa misma noche, mientras Perfecto dormía, sin que Perfecto supiera nunca, al despertar con el chichón y la sangre cubriéndole el cuerpo, quién de los hermanos lo había ajusticiado. Perfecto nunca volvió a golpear a Julián. Al final de su vida, ese recuerdo era para Julián un imán compensatorio de todo lo demás que su hermano le había quitado.

Otra historia era la de su viaje armado, en burro, a desafiar a Silvestre Tiburcio, un líder indígena de los bosques de La Reserva de Miranda, quien rehusó el duelo propuesto y fue, a partir de entonces, su aliado por temor y su protector por conveniencia. Aquella jornada se repetía en sus recuerdos como el talismán de una victoria arrancada al corazón de La Reserva de Miranda, en reparación de las grandes derrotas que La Reserva le había infligido.

Casares aprendió a dejar correr esas fábulas reparatorias, sin asediarlas con preguntas ni desacuerdos retrospectivos. Una mañana, luego de escuchar una variante de las aventuras triunfales de Julián en La Reserva de Miranda, decidió:

—No aguanto más sus paredes.

—¿Qué tienen mis paredes? —preguntó Julián, sorprendido.

—Sus paredes tienen toda la humedad del mundo —renegó Casares. Y amenazó—: Voy a mudarlo.

—¿A dónde? —se inquietó Julián.

—A donde le toca estar —dijo Casares—. Usted no se pre-ocupe. Yo hago mis arreglos y cuando esté listo, lo llevo a ver el sitio. Si le gusta se muda, si no, se queda aquí.

Julia se escandalizó con la idea de su hermano. Quería mudar a Julián a la casa que conservaban cerrada como un museo, la casa donde ellos habían vivido y había muerto su madre.

—No puedes mudarlo a la casona —le dijo a Casares—. Es como una profanación.

—En la casona es donde debe estar —sonrió, herético, Casares—. Es el lugar de donde nunca debió haber salido. No sé por qué te asustas de que cumpla tu idea. En el fondo es tu idea: reunir a Julián y a Rosa, reconciliarlos. Viviste con eso en la cabeza toda tu vida. Fue tu fantasía reunirlos, ahora puede cumplirse. Reunirlos otra vez, aunque sea a sus fantasmas.

—No puedes estarte quieto, ¿verdad? —le dijo Julia, sonriendo—. No puedes. Eres como un mono saraguato que no puede estarse quieto.

—El mundo existe porque gira —se libró Casares—. Y nosotros con él.

Capítulo 13

Artemio Serrano levantó la ocupación del hotel, pero mantuvo el pleito sobre la propiedad de la hacienda electrónica.

—Dígale que le vendo mi parte —instruyó Casares al abogado—. Haga una valuación con ganas de vender y ofrézcale un trato.

El abogado volvió con la respuesta de Artemio Serrano: quería vender también.

—No tengo dinero para comprar —dijo Casares—. Que le venda a su hijo Alejo y que le preste dinero para comprar.

El abogado se fue con cara de piedra por la ocurrencia descabalada de Casares, pero volvió con cara de premio.

—Artemio dice que le venderá a Alejo su parte, si usted le vende también lo suficiente para que Alejo haga mayoría y tenga el control.

—Le vendo lo que quiera. Y si es para Alejo, al precio que me diga —aceptó Casares. Se volteó después con Santiago, que atestiguaba, aburrido, el diálogo—. Mira lo que vino a ganar el mustio de El Perro en todo este tiroteo. Te advierto de una vez que no esperes regalos míos de ese tamaño.

—Sé muy bien lo que puedo esperar de ti —dijo Santiago, jugando y recordando.

Casares lo había llevado dos veces a ver a Julián. Santiago había dado rienda suelta a su espíritu fársico, contándole a su abuelo, una vez, la terrible historia de su madre, la cual, para sostenerlo había tenido que trabajar levantando varones en una esquina los sábados por la noche, razón por la que Santiago había odiado a los hombres, en particular a su padre, que nunca estaba en casa. Casares había necesitado largas pláticas ulteriores para persuadir a Julián de que su nieto jugaba.

—El cuarto de tu padre huele literalmente a tu conciencia —le había dicho Santiago a Casares, al salir de aquella visita.

La segunda vez que fue, le dijo:

—Entiendo cada vez mejor lo que pasa en mi cabeza. Quiero decir, los agujeros y todo eso. Es pura herencia. Está en los genes, no en mí.

Un día Casares decidió llevar a Belén para que conociera a Julián. A Julián se le llenaron los ojos de gozo celebrando la belleza de la mujer de su hijo, como si Belén lo bañara de claridad luego de años de sombra. En pago de sus elogios, Belén lo invitó a un almuerzo. Un sábado al mediodía llegaron a la casa de las afueras Julián y Nahíma, guiados por Julia. Los esperaban ahí la propia Belén, Casares, Santiago y El Perro, reaparecido propietario de la hacienda electrónica. Comieron y bebieron, Santiago bailó y recitó. Belén puso canciones de los tiempos de Julián.

—Es como volver a la familia —dijo Julián—. Yo que la perdí hace años y la volví a perder con la muerte de mi padre Mariano. Ahora la he recobrado.

—No puedes llamarle familia a lo que tienes aquí, abuelo —le dijo Santiago—. Esto no es una familia. Apenas una muestra. Faltan los medios hermanos. Por ejemplo, ¿tú sabes que yo tengo diecinueve medios hermanos reconocidos y otros tantos que han venido a reclamar su apellido, pero mi padre, tu hijo, no se los quiere dar?

Julián volvió la cara rendida hacia Casares, quien reía sin percatarse de que debía desmentir.

—¿Has tenido más hijos que tu abuelo Mariano? —le preguntó Julián a su hijo, en un éxtasis risueño.

—Claro que no —dijo Casares.

—También faltan de contar las viudas —siguió Santiago—. Mi padre ha usado la técnica de hacerse el muerto cada vez que aparece una de sus mujeres embarazadas. Todas ellas son tus nueras legales, abuelo. Porque también ha usado la técnica de ofrecerles matrimonio a todas y cumplírselos si eso es necesario para que le satisfagan sus bajas pasiones. Por ejemplo: la única mujer seria que tiene es Belén, y es la única a la que no le ha ofrecido nada. A mí, en cambio, me robó una novia ofreciéndole no sólo matrimonio, sino también regalarle mi herencia. No se la pudo llevar del todo, pero le hizo tres hijos. Yo los voy a adoptar, como debe ser, ahora que me case con ella por el rito menonita. O sea, que mi bisabuelo Mariano tiene mucho que aprender aquí, abuelo.

Se rieron todos menos Julián, que no sabía a qué atenerse, y Casares, que escuchó en las palabras de Santiago una herida abierta.

Fueron esa misma tarde, todos juntos, a ver la casa de Rosa Arangio, a donde Casares tenía la idea de mudar a su padre. Nahíma y Julia la habían rehabilitado para extirparle la facha de lo único que había sido los últimos veinte años, el museo materno de Julia y Casares. Había algo frío, embalsamado, en la quietud de sus muebles, en la impersonalidad de los objetos puestos ahí para ser vistos, intocados por la vida de todos los días.

—Sigue siendo un museo —había dicho Casares al término de los trabajos de Julia y Nahíma—. No va a funcionar.

—Deja que la vea Julián y él decida si quiere mudarse —pidió Julia, que había pasado de ser la opositora a ser la porrista de la idea.

Cruzaron el jardincillo frontero tropezándose con sus emociones. La puerta hizo su viejo escándalo de vidrios y herrumbres.

—Es la moda en la conservación de ruinas —explicó Santiago a su abuelo—. Conservarles todos los defectos a las cosas. Si me permiten, voy a explicarles cada uno de los defectos conservados en esta casa.

—¿Conociste a tu abuela? —preguntó Julián a Santiago, empezando a reír con las cosas de su nieto.

—No —dijo Santiago.

—De muchacha era una mujer muy hermosa. Y de madura también.

—Eso sí —dijo Santiago—. Me inclino ante el recuerdo de su belleza. Ahora bien, abuelo, como yo le he explicado, los Casares de fin de siglo estamos hartos de las mujeres hermosas que han pasado por la familia. Ahora queremos puras mujeres feas, y de ser posible, sólo hombres.

—Está bromeando, señor —se disculpó El Perro con Julián—. No le haga caso.

—Así era tu abuelo Mariano —le dijo Julián a Casares—. Cuando andaba de vena, echaba historias y jugadas todo el tiempo. Se iba a la cantina y sin beber un trago contaba historias hasta el amanecer. Con la peculiaridad de que contaba las historias de los que estaban presentes y los que estaban presentes no se daban cuenta de que hablaba de ellos sino hasta que los demás empezaban a reírse a sus costillas.

Terminaron la visita cuando caía la noche. Antes de salir, Julián le preguntó a Casares:

—Muéstrame otra vez donde murió tu madre.

Casares lo llevó de nuevo a la recámara donde había visto diluirse y afilarse a Rosa Arangio, durante los meses finales de su agonía.

—Ahí —le dijo—, recargada en esos almohadones de la cabecera.

—¿Cómo murió? —quiso saber Julián.

—Murió de leucemia —abrevió Casares—. Se fue consumiendo. Al final, nada más cerró los ojos.

Julián fue a sentarse al lugar que Casares le mostraba y puso la mano entre los almohadones como si pudiera recibir su vibración.

—Hubiera querido verla antes —dijo.

—Sí —murmuró Casares.

Casares lo fue a dejar a su edificio. Cuando entraron a la cueva, Julián le dijo:

—Necesito un poco de tiempo para hacerme a la idea de vivir donde murió tu madre. Ya tengo mis hábitos aquí. Puedo andar a ciegas por estos espacios. Qué tal si me mudo y tu madre viene a jalarme los pies en la noche. No voy a saber qué hacer.

—La subes a la cama de inmediato —sugirió Casares.

—¿A su cama? Pero si va a venir a bajarme a escobazos de su cama.

—A lo mejor viene a subirse —dijo Casares, y su padre se rio.

No hubo mudanza, pero la visita descorrió algunos velos. Un día Casares le preguntó a su padre:

—¿Por qué nunca volviste a vernos? Siquiera una palabra, una llamada.

—En el fondo, por vergüenza —le dijo Julián—. Porque no podía con la cara de vergüenza. Tu madre fue mujer de un solo hombre. Yo pequé contra tu madre por amor a otra. Tu madre lo supo cuando mis amores habían terminado. Y entonces pecó de orgullo contra mí, me echó de su vida y de su casa. Era su casa, y su agravio. Y era mi culpa. Tenía razón, aunque sólo razón. No la busqué más durante un tiempo.

—No nos buscaste a nosotros tampoco —reprochó Casares.

—A ustedes, como ya te dije, por vergüenza. Me dije que no volvería a tenerlos mientras no pudiera reponer lo que les había quitado. Y me fui a buscar eso. Lo conseguí un tiempo, me fue bien y les envié dinero. ¿Supieron de eso?

—Tu dinero pagó mi primer año de secundaria —dijo Casares—. Pero no llegó para el segundo. ¿Qué pasó entonces? ¿Se cruzó de nuevo la adivina?

—¿Cuál adivina? —titubeó Julián.

—Según nosotros, según mi madre, te fuiste de la casa en seguimiento de una adivina —informó Casares—. Eso hemos creído hasta ahora.

—¿La señora Bernardi? —preguntó Julián—. ¿A ella es a la que llaman la adivina?

—¿No era adivina?

—Hacía trabajos —admitió Julián—. Pero ella no tuvo nada que ver en mi salida de la casa. La señora Bernardi fue como mi sanatorio. Una mujer mayor que yo, un refugio. Vivía con ella cuando me topé con tu hermana Julia en un café. Al día siguiente bajé por la casa de ustedes y toqué para verlos. Tú te asomaste a la puerta. ¿Te acuerdas?

—Me acuerdo —se acordó Casares.

—Fue un día crucial para mí. Ese día acepté que no estaba trabajando para ustedes, que había pecado contra ustedes. De palabra y obra. Porque no había hecho lo que dije que haría y lo que debí de hacer, lo que prometí hacer, que fue devolverles lo que les había quitado.

—Nadie estaba exigiéndote eso —dijo Casares.

—Me lo exigía tu madre. Y me lo exigía yo —dijo Julián—. Me puse a trabajar, puse un negocio y fue bien. Pude comprar este edificio. Volví a ver a tu madre. Una o dos veces. Íbamos a arreglarnos. ¿Supieron eso?

—No —dijo Casares.

—Íbamos a arreglarnos. Entonces llegaron las noticias de la quiebra de tu abuelo Mariano. Tu abuelo vino a la ciudad en malas condiciones, luego de ser el hombre más potente de Carrizales. Vino a pedir refugio para sus últimos años. Se había enterado de que lo mío iba bien. No tenía a quién más recurrir, así que vino a tocar a mi puerta. No vino solo. Vino con su última mujer, Agripina, la cubana. Los instalé aquí, en este mismo departamento de la planta baja para que mi padre no tuviera que subir escaleras. Yo estaba viendo otra vez a tu madre, tratando de convencerla de que rehiciéramos lo nuestro. Le dije que nos acomodáramos con papá y su mujer en la casa de ustedes donde podíamos caber perfectamente, y vivir de lo que dejaba mi negocio. Ella pecó entonces de orgullo. Me dijo: "Escoge entre tu padre y yo". No pude dejar a mi padre morir en la calle, como hubiera muerto si no lo recojo. Igual que tú no has podido dejarme tirado en el trance que estoy.

—Podías haber dejado a mi abuelo en el edificio y vivir tú con nosotros en la casa —eligió Casares, arreglando las cosas hacia atrás.

—Se lo propuse a tu madre —aseguró Julián—. Y ella me dijo: "Tu padre sólo ha traído desgracias para ti". Tu madre estaba convencida de que todo lo que se perdió, lo que yo perdí, en La Reserva de Miranda, se perdió por perfidias de tu abuelo. Cuando yo lo recogí aquí en la ciudad para atenderlo en sus últimos años, ya todo eso había quedado atrás. Tu abuelo Mariano ya no pensaba entonces en otra cosa que en pasarla lo mejor posible. Yo no era quién para negarle sus últimos gustos. Un día que estaba Perfecto de visita, tu abuelo le pidió que mandara venir a Agripina, la cubana, que andaba pajareando por el cuarto. Fue Perfecto, la trajo y cuando aparecieron nos dijo tu abuelo Mariano: "¿Cómo les parece a ustedes, mis hijos, que me quiero casar con esta muchachona?". Fue un escándalo, Perfecto salió de la casa dando un portazo. Yo le dije a mi padre: "De acuerdo, viejo. No hay impedimento para que se case usted". No había impedimento. Tu abuela Virginia había muerto veinte años antes, así que tu abuelo era viudo legal. "¿Cómo quiere su boda?", le dije. "¿Por lo civil, o también por la Iglesia?" "Por lo que sea", contestó tu abuelo Mariano. "Pero de urgencia. Porque un hombre de mi edad no puede andar solo por la vida. Tiene que andar anclado". Entonces fui, busqué a un amigo juez de paz y le expliqué de qué se trataba. Había que burlar un tanto la muralla eclesiástica, pero para el juez de paz, que era mujeriego y jacobino, la muralla eclesiástica no existía. Era un gusto profanarla. "Va", me dijo el juez, hasta frotándose las manos. "No sólo te ayudo, sino que no te cobro un centavo por la faena". Luego fui al banco donde tenía mis cuentas del negocio y le dije a la cajera, al gerente y a otros dos funcionarios que si querían atestiguar la boda de mi padre viejo. No teníamos familia, no había a quién recurrir. Me traje del banco cuatro testigos, dos para Agripina, la cubana, y uno para mi padre, Mariano Casares. Preparé la fiesta, contraté un trío y el sábado siguiente se estaba casando tu abuelo por tercera vez. Eso era principios de febrero. Pasó febrero, pasó marzo, pasó abril. Fue feliz. Pero la noche del catorce de junio se murió mi padre, tu abuelo, Mariano Casares, un viejo grande como una leyenda frente al cual los demás fuimos como sombras nada más.

—¿Qué edad tenía mi abuelo entonces? —preguntó Casares.

—Ya era muy grande. Muy grande —repitió Julián, como dolido por el hecho. Se alegró luego—: No le importaba. Agripina, la cubana, vino a decirme un día: 'Tu papá, mi rey, a la edad que murió, todas las noches quería de aquello. Qué sofocó. A nuestra edad, mi corazón. No se le quedaba quieto el instrumento, tú me entiendes".

Casares entendió de pronto que estaba frente a un niño que celebra las hazañas de su padre, vio en Julián al niño que no había podido ser él, al padre cuyas hazañas él no había podido celebrar, al padre que no había podido serlo porque no había dejado de ser el niño ahogado por las hazañas de su propio padre. Lo enterneció su descubrimiento. Algo denso y amargo fluyó de lo profundo de él como un lamento que llevaba rabia y perdón.

—La noche que murió tu abuelo me llamó Agripina, la cubana —siguió Julián, ignorante de la iluminación de su hijo—. Me apresuró: "Ven, rey, te habla tu papacito". Bajé a la recámara de tu abuelo. Estaba de lado en la cama, respirando mal. Me acerqué para oír su respiración. Cuando tenía la mejilla junto a su cara, me acercó con la mano a sus labios: "Perdóname", me dijo, y me dio un beso. Me quise apartar, pero me jaló y me dio otro beso.

Julián detuvo su narración. Tragó un sollozo.

—Después de eso —siguió, apresurándose, como si necesitara decirlo de corrido—, después de darme ese beso, entró en coma.

Otro sollozo le cortó el habla:

—Ya no volvió —dijo, en un último susurro.

Rompió a llorar como un niño, de forma desconsolada y huérfana. Casares puso un pañuelo en sus manos, un vaso de agua en su boca. Luego, Julián terminó:

—Todo lo que es del destino ha de cumplirse. Cómo no he de creer que existe el destino, si mi padre me dio sólo tres besos en la vida y dos me los dio el día de su muerte, pidiéndome perdón. El único otro beso que tuve de mi padre fue como a los doce años, por una amigdalitis. "Te tienen que sacar esas anginas", me informó mi padre. "No aquí, en Carrizales, sino en Wallaceburgh. Y en Wallaceburgh hay dos médicos que te las pueden sacar. Uno es Archundia, el español, que está loco de tantas negras como ha comido en la colonia y hay que esperar que esté sobrio dos días, pero es el que mejor opera las amígdalas. El otro es míster Gladstone, el hombre más recto y sobrio del Caribe, pero no es especialista en amígdalas sino en apéndice, estómago y almorranas. ¿Quién quieres que te opere de esos dos?" "Archundia", respondí. Mejor el loco sabio que el tonto cuerdo, pensé. Mi padre coincidió conmigo. Me operaron, todo salió bien. Después de la operación, yo estaba acostado y tu abuelo Mariano vino a verme creyendo que dormía. Me dio un beso en la frente. Si me hubiera visto despierto, no me besa. Me moví haciendo como que despertaba. Me preguntó cómo me sentía. "Bien", le dije, con los labios, porque estaba afónico. Ésa fue la única otra vez que mi padre me besó en la vida. Y dos veces más, unas horas antes de morir, luego de pedirme perdón. Es la pregunta que me anda rondando desde aquel día, ¿por qué? ¿Por qué unas horas antes de morir me habrá dicho mi padre, Mariano Casares, que lo perdonara?

—¿Qué es lo que tenías que perdonarle? —preguntó Casares.

—Es un enigma para mí —dijo Julián.

—Pues es el enigma que tú y yo tenemos que resolver —dijo Casares.

—No hay nada que resolver —dijo Julián—. Lo que tenemos que hacer es fundar otra vez la Casa Casares, como quería tu abuelo.

—¿Eso quería? —preguntó Casares.

—No hablaba de otra cosa. Fundar otra vez la Casa Casares.

—Pues vamos a fundarla otra vez —dijo Casares—. Vamos a hacer nuestra casa.

—¿Dónde piensas hacerla? —preguntó Julián.

—Donde ha estado siempre —respondió Casares.

—¿Dónde? —jadeó Julián.

—Afuera, viejo. En la intemperie —dijo Casares.

La cara de Julián se iluminó como bajo el efecto de una promesa largamente esperada. Luego se quedaron callados, mirándose apaciblemente las rodillas. Casares pensaba en su hijo Santiago, Julián pensaba en su padre Mariano y el mundo seguía girando en torno a ellos, propicio y desafiante, como al principio de los tiempos.

Enterraron a Julián en uno de los dos lugares libres de la cripta familiar, junto a Rosa y su padre Santiago Arangio, que había venido a morir a la ciudad, y junto a Ana Enterrías, la mujer de Santiago, que había muerto en Carrizales. Nahíma Barudi echó el primer puñado de greda y el más verdadero tallo de rosa roja que cayó por las espaldas de los sepultureros sobre los restos de Julián Casares. Nahíma había sido la última en ver a Julián. Le había llevado unos bocadillos árabes y unos dulces de dátil con nuez, y lo había acompañado durante la mitad de una película vieja que Julián miraba en la televisión, riente y absorto como un niño encandilado por el arcoíris. Nahíma le dio de cenar lo que llevaba, le hizo tomar sus medicinas y le preparó las ropas de dormir. Mientras Julián se cambiaba en el baño, con un raro pudor de sus decrepitudes ante la mujer que había sido el fuego de sus años jóvenes, Nahíma abrió la cama, prendió la velatoria y apagó las otras luces del cuarto.

—Debí haberme casado contigo —oyó decir a Julián desde el baño, como le decía siempre que Nahíma asumía los papeles de esposa y enfermera.

—Yo también debí casarme contigo —le respondió Nahíma, como respondía casi siempre a esa frase de Julián—. Pero preferiste a la adivina.

—Me traen loco con la adivina —se quejó mansamente Julián.

—¿Quieres oír el radio o que te lea un poco? —preguntó Nahíma cuando Julián volvió del baño.

—Nada —dijo Julián—. Quiero dormir.

Nahíma lo acostó de perfil, del lado derecho, y le dio un beso de buenas noches en la mejilla, antes de marcharse. La portera que entró la mañana siguiente a limpiar y hacer el desayuno lo encontró en esa misma posición, sin un cambio en el cuerpo ni un rictus en la cara, plácido, inerte, de perfil sobre la almohada. Cuando Casares llegó, con Julia y Santiago, estaba exactamente igual. Julia se echó a llorar sobre él, sin aullidos ni aspavientos. Santiago le pasó un brazo sobre la espalda a Casares. El médico dictaminó un paro cardiaco. Le dijo a Casares:

—Fue la muerte más benigna que pudo tener.

Julia quiso velarlo. Montaron la capilla ardiente en la casa de Rosa. Luego del entierro, publicaron las esquelas en los periódicos.

—Publiquemos también la esquela en los diarios de Carrizales —pidió Nahíma. Ella misma se encargó de hacerlo. Julia y Casares, con la ayuda de Santiago y la guía de Nahíma, inventariaron la cueva de Julián. En los fondos de los cajones encontraron cajas vacías de todas las cosas: tornillos y jabones, alimentos y perfumes. Entre los papeles, hallaron nóminas del último negocio de Julián, talonarios de cheques y notas de remisión sin usar. Santiago destrabó de un estante un paquete de papel estraza con una colección de calendarios de la Casa Casares. Julia reunió las fotos. Separó las de personajes y escenas que no pudieron identificar. Nahíma descubrió el testamento de Mariano Casares, escrito y fechado unas semanas antes de su muerte. Nombraba heredero universal a Julián y enumeraba una precisa lista de propiedades ilusorias. Al calce de aquella herencia de viento, Julián había escrito: "Ésta fue la última voluntad de Mariano Casares en favor de su hijo Julián, que lo cuidó hasta su muerte". En otro paquete de documentos, junto a unas notificaciones judiciales, Casares encontró el testamento de Julián, escrito meses antes. Los nombraba a Julia y a él herederos universales y detallaba, como su padre, la lista de sus legados. Incluía algunas de las propiedades fantasmas que estaban en la herencia de Mariano Casares. Las suyas eran otro tanto. Lo único que no suponía un litigio que emprender y ganar contra veredictos previos de los hechos, era el departamento de la planta baja donde Julián había muerto y sus deudos escarbaban papeles.

—Es sólo una lista de sueños, ¿verdad? —preguntó Nahíma, con la vaga esperanza de que no fuera así, como ella sabía que era.

—Cada quien tiene su lista de sueños —dijo Casares—. Aquí supongo que basta la intención.

Nahíma le pasó una mano conmovida por la nuca.

—Tenía miedo de que te avergonzaras de él cuando lo vieras —le dijo a Casares.

—Me avergoncé —admitió Casares.

Nahíma rio:

—Sabía muy bien el espectáculo que daba con su situación.

—No hay final elegante —dijo Casares—. Todos nos morimos de la peor manera. Yo tengo que agradecerte a ti y a Julia que me hayan traído hasta aquí.

—Dudé mucho tiempo —confesó Nahíma.

—Hiciste bien —agradeció Casares—. Me devolviste a mi padre.

—Los restos de tu padre —precisó Nahíma Barudi—. El hombre que te puso en el mundo, el hombre que yo amé, no es el que viste aquí, el que conociste en sus últimos días. El señor de mi vida fue otro señor. Y el de la vida de tu madre, también.

—No hace falta entrar en eso —pidió Casares.

—Me hace falta a mí —explicó Nahíma—. Me hace falta decirles que su padre fue también el príncipe, no sólo el mendigo. Cuando la vida le sonrió, cuando la vida estaba de su lado, todo fue brillo a su alrededor, como alrededor de muy pocos. Y ese brillo que se apagó hace tiempo sigue vivo en quienes lo vieron y en quienes lo amamos cuando resplandecía. Donde hay espinas hubo rosas. Quiero que sepan esto, que no se les olvide. Aunque hayan visto sólo el lado de las sombras, sepan que hubo un lado de luz, y que de ese lado salieron ustedes. Es el lado que yo veo en ustedes, el lado que me ha tenido junto a ustedes y junto a Julián, en estos tiempos de simple decrepitud y deterioro. Ustedes no recuerdan al Julián Casares bendecido por la vida. Yo sí. Quiero que sepan que existió, aunque ustedes no lo hayan visto. Quiero que sepan que su recuerdo es suficiente para compensar todas las pérdidas. Y que yo no lo conservo en mi memoria en sus años malos, sino en los buenos.

Se mantuvieron juntos esos días, cosidos por la pérdida.

—Apúrate a tener tu resplandor, porque hasta ahora llevas puras sombras —bromeó Santiago con Casares en la primera sobremesa de aquella semana a la que no acudió Nahíma.

Belén se rio.

—No sabes nada de eso, corazón —le advirtió a Santiago, poniendo en blanco los ojos picarescos como si buscaran su nuca—. Nada de nada.

—A ti te tiene embaucada mi padre —dijo Santiago—. No eres fuente confiable de sus brillos.

Nahíma reapareció con un sobre procedente de Carrizales.

—Me llegó ayer —explicó—. Con el encargo de dárselos a ustedes.

Era una carta de dos pliegos escrita por el cronista de Carrizales, Presciliano Caín, lamentando la muerte de su medio hermano, Julián Casares. Venía escrita en una letra antigua de plumilla, con rasgos y acabados de otro siglo.

—Mensajes de ultratumba —dijo Santiago al ver el documento.

Casares tomó los pliegos y leyó en voz alta:

A los hijos de Julián Casares, sobrinos míos de la última rama del árbol de los Casares, y a toda su descendencia,

A todos los carrizaleños bien nacidos, gallardos de la memoria, que es oficio de hombres y mujeres libres,

Yo, Presciliano Caín, nativo y vecino de la antigua villa de Carrizales de Nevares, extiendo este lamento y esta vindicación por nuestra pérdida, a saber:

Lamentamos la pérdida de Julián Casares, el último y el mejor de los nacidos en Carrizales del vientre de Virginia Maturana y la semilla de Mariano Casares, hermano de Rodrigo, malogrado, y de Natalia, desaparecida; de Justo, perdido en los hielos australes; de Benigno, muerto jesuita en el seno de la Santa Madre Iglesia; y de Perfecto Casares, hermano duro y predador que los años también se llevaron.

Casó con Rosa Arangio, que murió joven, le dio dos hijos y la vocación de salir de su pueblo, del cual salió, en efecto, para no volver.

Supo del esplendor y las caídas que rigen la vida de los hombres y de los pueblos, fue pródigo en la abundancia y discreto en la escasez, amigo en la adversidad, enemigo en el abuso, audaz a las propias costas y timorato en la exacción de los demás.

Quiso domar la sombra de su padre domando la madera de La Reserva de Miranda. Le sonrieron los bosques y las almas antiguas de la caoba, fue vencido por la adversidad y la codicia de sus próximos, olvidado de sus beneficiarios.

Recogió a su padre de la miseria que él mismo se fraguó y lo llevó de la mano a las puertas del Ignoto.

—¿Qué es esto? —preguntó Casares.

—Es Presciliano Caín —testificó Nahíma—. El hijo de Benita y de tu abuelo. El cronista de Carrizales.

—Pensé que había muerto —dijo Casares—. Siempre lo di por muerto.

—Es el único Casares que queda vivo en Carrizales, aunque no lleve el apellido —le dijo Nahíma—. El único tío Casares que te queda.

—Está más patinado que mi abuelo —diagnosticó Santiago.

—Es una antigualla viviente —instruyó Nahíma—. Una reliquia en medio de la otra reliquia que es el viejo Carrizales. Presciliano se está muriendo con el pueblo.

Casares despertó antes del amanecer asaltado por la voz de Presciliano Caín, la voz solemne y loca que se hacía escuchar sola, dueña de un poder ridículo y arcaico. Salió a caminar cuando se insinuaba el alba, con los pliegos de Presciliano en el bolsillo. Enfiló el coche hacia las serranías boscosas que rodeaban la ciudad. Habían sido rapadas poco a poco, en el curso de los años, por las familias de invasores que llegaban a buscar su sitio en las afueras, con una mano adelante y otra atrás. Era tiempo de secas en un año de abundantes incendios forestales. El sol de la mañana neblinosa crecía como una moneda roja en la bruma de la ciudad, castigada por el fuego de sus bosques moribundos. A lo lejos, sobre la estribación de la sierra, Casares pudo ver las teas dispersas, propagándose sobre la mancha verde de la montaña, cobrando su parte de catástrofe, capricho y dispendio.

El olor a madera quemada creció en el aire cuando cambió el viento. Casares tuvo el sentimiento claro de pertenecer a aquel dispendio, aquella pérdida suntuosa que venía de ningún sitio rumbo a ninguno. Detuvo el coche. Caminó hacia una meseta pelona desde donde podía mirar de frente las tiras de fuego matando y renovando el bosque de la montaña. Sentado en esa meseta leyó otra vez los pliegos de su último pariente. Al terminar, tuvo un espasmo de absolución y calma, cosas del todo extrañas para él, maestro de la culpa y de la prisa. En la claridad de aquella paz, de aquel silencio esférico sin órdenes de marcha, Casares quiso pensar que su vida era también el resto de un incendio y que estaban todavía los rescoldos gobernándolo, quemándole el fondo del alma. El incendio había sido de grandes bosques y caobas prodigiosas, pero las llamas de aquella conflagración, lo mismo que todo el pasado, eran ya sólo un recuerdo crepuscular, aunque imborrable, del resplandor de la madera. Pensó que la madera y sus reinos perdidos eran, como la vida, una rueda de esplendores y caídas, un ángel siempre a punto de despeñarse, triunfante y a continuación caído, un balancín eterno de fuego y ceniza. Respiró el humo del bosque, supo que estaba en paz con sus quemaduras, podía mirarse de frente, y no quejarse más, y dar las gracias.

SEGUNDA PARTE

Carrizales

Capítulo I

En el principio fue el pontón militar junto a la boca del río, y
la bulla de los monos saraguatos, chillando tras el mangle y la
madera, como si le gritaran a la luna. No hay testigo que pueda recordarlo, pero consta en las actas de Presciliano el Cronista, quien esto escribe, que pusieron el pontón ahí para impedir
que llegaran rifles y alcohol hasta los indios de tierra adentro,
alzados desde medio siglo atrás. Lo anclaron doscientos hombres de la marina, al mando del almirante Poncio Nevares, quien
declaró fundado el pueblo por primera vez cuando clavaron la
primera estaca de la primera tienda de campaña. Era, como se
sabe, el lugar más fangoso y estancado de la bahía, donde menos pegaba la brisa y donde recalaban más desperdicios del mar,
pero era el punto cercano a la bocana que debían vigilar y así
nació el pueblo de Carrizales, a rajatabla, no donde quiso el
amor, sino la guerra.

Cien marinos dormían en tierra, cien velaban en el pontón, y
el almirante Nevares con su escolta pasaba la noche en la fragata
que habían fondeado entre el pontón y la orilla. Dormía con las
botas puestas y el revólver cruzado sobre el pecho, esperando el
ataque de los indios que bajaban por el río o de las flotillas mer-
cenarias que trataban cada tanto de romper su cerco. Sólo descan-
saba cuando los demás estaban despiertos. Era un hombrón que
había peleado contra los franceses en el 67, y luego había recolo-
nizado la California, y luego había construido el faro de Punta

Sirena en el corazón del arrecife, y luego había guerreado con los mayas de tierra adentro y ahora había venido a fundar el pontón, con sus doscientos marinos de selva. Los marinos perdieron la compostura a las pocas horas de fundar su nuevo mundo. Nevares, no. En la foto del primer aniversario de la independencia nacional pasado en Carrizales, en medio de sus hombres semidesnudos, con sombreros de guano y lanzas de carrizo, aparece impecable Poncio Tulio Nevares con su casaca blanca de gala, junto al mar: los botones bruñidos, los galones dorados, el casco de flecha prusiana, el espadín de mando bajo el puño. Su uniforme es lo único realmente humano que hay en esa fotografía, lo único venido de la voluntad del hombre, el emblema de la civilización en medio de tantos varones sueltos, sin regla ni compás.

De los doscientos marinos que fundaron Carrizales, ninguno volvió sano al lugar de donde vino. Todos cayeron, enfermaron o enloquecieron, y fueron remplazados, removidos o enterrados, pero todos dejaron huella y raíz en Carrizales. Porque atrás de los marinos y el pontón, vinieron las mujeres *fundadoras*, como les dijeron piadosamente entonces y les dicen todavía, todos menos el que esto escribe, Presciliano el Cronista, que en su historia oficial las llama soldaderas y en su historia privada, simplemente putas. Vinieron pues las mujeres siguiendo el sendero de los hombres y la guerra, ofreciendo sus servicios de cama y cocina, y luego sus vientres para que algo durara de aquel estrago, el estrago de los tiempos primeros. Así creció el pueblo, entre el calor y los mosquitos, vivificado por la prole bastarda de aquellos marinos visitados por la muerte. Creció a ras de mar y selva, hecho a mano y lomo y luto, como todos los pueblos de la tierra.

De modo que fue fundada la villa de Carrizales, más tarde Carrizales de Nevares, el día que arribada fue a la bocana del río, en el interior más bajo y fangoso de la Bahía del Alumbramiento, la fragata guerrera al mando del almirante Poncio Tulio Nevares, un día cinco de mayo del año de la república triunfante en que, hincando la rodilla en tierra, Nevares clavó el primer puntal de la primera tienda de campaña y exclamó a todos los vientos:

—Fundada quede esta villa cerca del río, en la ribera de estos carrizos, con el nombre de Carrizales del Río, que larga vida tenga y otro tanto nos dé.

A continuación de lo cual comieron lo que había. Luego, durante varias jornadas, desmontaron la selva de la orilla, erigieron las tiendas, cavaron las letrinas, abrieron un sendero hasta el río de agua dulce y asentaron sus reales en medio de ninguna parte.

Los indios estaban en guerra a todo lo largo del río. En guerra estaban también los animales de la selva, los jaguares y las nauyacas, y las variedades todas de moscos ubicuos, portadores del paludismo y el delirio. Más mataron las selvas que los indios, más animales que hombres hubo que domar y mantener a raya en aquel campamento del origen, al cual, por previsión de su alto comandante, fueron apareciéndole carpas perimetrales de escasa o ninguna facha militar, si alguna facha militar o civil podía existir en el conglomerado del origen. No eran tales carpas sino los recintos custodios de la carga más preciada, quitando las municiones y el tasajo, que llegó en aquellos tiempos a nuestra mitológica ribera: la carga de mujeres que traían los pailebotes de las islas a hacer temporada entre los hombres solos del pontón, mujeres de armas tomar que fueron quedándose y multiplicando el género, como se ha dicho, hasta el punto de resultar las fundadoras de nuestra estirpe.

Antes de cumplirse ceñidamente un año de la primera fundación de Carrizales, puestas juntas las bajas por guerra o mosquito y las alzas por preñez o comercio, la exigua villa originaria tenía 432 habitantes, de los cuales 204 marinos y 89 mujeres "del común", entre las que habían nacido 26 esquilmos del mandato genésico, los primeros nativos genuinos y contumaces de la tierra. Los otros carrizaleños de la primera hora fueron familias jóvenes de las islas y buhoneros itinerantes venidos al carrizal en busca de un camino hacia el río abierto por el pontón del almirante. Con lo que quiere decirse que venían en busca del chicle y las maderas preciosas de tierra adentro, y del comercio con los pueblos de indios pacíficos, que muchos había, y con los pueblos blancos de los también muchos colonos reincidentes que empezaron a volver a sus rancherías asoladas por la guerra, a resembrar sementeras y a encalar viviendas, y a tratar de vivir como hasta antes de la guerra, libres y naturales, sin artificio ni beneficio, víctimas de la felicidad de fincar, a sabiendas y a ignorandas, en medio de ninguna parte.

Entre los que vinieron, éste y aquél se han perdido en el tiempo, y alguno más duró lo que la temporada de huracanes en el final del verano, pero otros dejaron huella larga y fueron troncos fundadores, estirpes que serían de chicleros y madereros, civilizadores agrícolas y comerciantes que extendieron un tiempo sus redes de mercaderías hasta casas de La Habana y Maracaibo, Galveston y Nueva Orleans. Grandes fortunas, agréguese al margen, hijas de grandes saqueos, grandes nombres anclados en grandes pillerías, que no es hora de incluir en la historia pública de Carrizales, la Historia que ha de ser inspiración y orgullo, y mirar hacia arriba, nuestra Historia de Arriba, aun si han de maquillarse un poco o un mucho los hechos que la jalan hacia abajo, los hechos rastreros de la Historia de Abajo, hechos que no conviene todavía grabar en la memoria de nadie, aunque estén en la boca de todos, empezando por la de este cronista, hechos que este cronista no callará, que pondrá simplemente entre paréntesis en espera de la posteridad imparcial y serena de Carrizales.

Recuérdense aquí, en honor de su memoria y para alimento de la nuestra, los nombres y las estirpes de don Dimas Sansores, agricultor, y don Anastasio Vigía, chiclero; doña Vespasia Doheny, partera y don Atilano Barudi, comerciante, así como don Rosario Casares, cantinero, y su hijo Mariano, quien con don Romero Pascual habría de ser pionero de la caoba en Carrizales, el árbol rojo que fue fiebre dorada en el Caribe y el Golfo y puso a Carrizales en el mapa de la prosperidad. Agréguense en el margen los nombres del oxímoron, que nada añaden a la historia sustancial de Carrizales pero que Presciliano el Cronista, que esto escribe, quiere pronunciar: Romero Sedeño, Lucero de la Piedra, Salvador Cruz, Primitivo Segundo, Atenor Sordo, Candelaria Sombra y la madre mía de todos los odios y todos los amores, Benita Caín.

Dicen quienes pueden recordarlo que poco entenderá de aquellos años quien no se detenga algunos minutos en la historia olvidada de don Romero Pascual, comerciante y lanchero de edad, y de Mariano Casares, apenas un muchacho al llegar a Carrizales, porque la asociación y diligencia de estos pioneros conducen de la mano a la segunda fundación de nuestra villa, aquello que la puso en camino de ser lo que es, el rumbo cabal de su historia realizada que entonces era sólo un confuso porvenir en medio de los fangosos carrizales de una anónima bahía.

Los primeros Casares vinieron a Carrizales siguiendo a las mujeres. Vinieron el viejo Rosario Casares, cantinero de las islas, y su único hijo, Mariano, quien con el tiempo sería todas las cosas de esta historia. Vinieron a hacer fortuna, en busca de las oportunidades abiertas al comercio y al alcohol en los pueblos del río, hasta entonces vedados por la guerra. Así lo registró quien esto escribe, Presciliano el Cronista, en su Historia de Arriba, la historia pública y publicable de Carrizales, y es, desde luego, cierto. Pero en su Historia de Abajo, la historia privada e impublicable de Carrizales, consignó también la otra cosa, a saber: que el viejo Rosario Casares vino con su único hijo a Carrizales siguiendo a la mulata Adelaida, que le había sorbido el seso y otras cosas en el congal isleño donde se alquilaba.

Esa historia es así:

Los Casares tenían una cantina en las islas, una cantina de pobres en las pobres afueras del pobre pueblo isleño en el que habían recalado, como tantos otros, del naufragio de la guerra en tierra firme. Ahí, junto a la playa, sobre un tablón, en una barraca de trabes disparejas con piso de arena, mal cubiertos de la intemperie por un techo de guano, alumbrados sólo por un quinqué de kerosén, escanciaron por años cervezas alemanas que enfriaban en el mar, aguardientes de caña sustraídos de los trapiches cubanos y wiskis de malta que traían los barcos del ancho mundo por la Corriente del Golfo hasta las aguas limpias y haraganas del Caribe.

Desde que despertaba, siempre tarde y zorimbo de la noche anterior, don Rosario se ponía en un banco fuera de su choza a abanicarse el sudor y a curarse la cruda con dedales de aguardiente, mientras su hijo Mariano de ocho años, parado sobre un cajón, porque no alcanzaba el mostrador, servía y cobraba los tragos en la cantina, veinte metros adelante de la covacha en que vivían. No bien entraba la noche, al viejo Rosario lo llamaban las luces del congal que se veían desde su cantina por la punta rocosa de la isla, y allá se iba a regar el dinero que su hijo hubiera podido cobrar en las mujeres que él pudiera comprar.

—Dámelo todo —le decía a Mariano cada noche. Y se llevaba todo lo que entraba cada día.

Una de esas noches en que don Rosario estaba ausente, durante un pleito de borrachos el quinqué de kerosén se volteó sobre las tablas secas de la cantina. Antes de que pudieran llevar agua de la playa, el sitio era una antorcha. Cuando Rosario Casares amaneció al día siguiente hinchado de alcohol y congal, su hijo Mariano le dijo:

—Se quemó la cantina. ¿Qué vamos a hacer?

—Nos vamos a tomar una cerveza —contestó don Rosario.

Se tomó la cerveza y fue luego a ver el estropicio. Apenas lo vio, cayó sentado, atónito, en la playa.

—Se quemó todo —redundó—. ¿Y ahora qué vamos a hacer?

—Vamos a construir todo de nuevo —respondió su hijo Mariano.

—Estás soñando, muchacho —se desoló don Rosario—. ¿Con qué dinero?

—Con éste —dijo el muchacho, mostrando el paliacate lleno de monedas y billetes que había apartado día tras día de la calentura de su padre.

Tenía sólo unos años Mariano Casares, y ya era el que iba a ser.

A la cantina isleña de los Casares venía un negro cambujo que tocaba el violín. Lo había aprendido de su padre liberto y éste de su padre, el liberto primero, que lo había aprendido de un concertino francés que vino al Caribe por mandato napoleónico a fundar El Oído del Nuevo Mundo. El concertino enseñó a blancos y negros, y los negros, que tenían su propio oído, fundaron la música de violín que querían escuchar y la enseñaron a sus hijos, uno de los cuales venía a tocar por la comida y algún trago en la cantina de los Casares. Con el negro llegaba la alegría, su violín convocaba a los borrachos dispersos, como el cencerro a los bueyes. El lugar se atestaba y la caja timbraba al ritmo del violín posnapoleónico del negro.

—Tienes que enseñarme a tocar eso —le dijo Mariano un día.

—¿Para qué quieres tocar? —se asombró el negro.

—Para divertir a mis borrachos —respondió Mariano, señalando a su clientela.

—¿Y para qué quieres divertir a estos borrachos? —preguntó el negro—. Si lo que les interesa es beber.

—Para que beban más —respondió Mariano.

El negro se echó a reír y prometió enseñarle los secretos pueriles del instrumento.

—Los secretos verdaderos no pueden enseñarse —le dijo—. No se pueden aprender si no eres negro.

—Algo negro puedo ser —respondió Mariano.

Y algo negro fue, porque algo negro era. Se dijo siempre que don Rosario Casares tenía una pizca de negro por la buena razón de haber tenido una escondida bisabuela haitiana y por la mala razón del enfermizo gusto de negras que tuvo, y nunca desmintió. Durante su vida tierra adentro, esa pasión lo llevaba a husmear en campamentos y congales itinerantes de la guerra las pieles oscuras que necesitaba, llevado quizá por la memoria vaga pero imperiosa de su lejano engendramiento. La mulata Adelaida fue su fervor isleño mientras se quedó en las islas y su infierno cuando supo que había decidido probar fortuna en el campamento recién abierto de Carrizales, allá abajo, en la bahía prometedora, llena de marinos jóvenes con haberes militares que no tenían dónde gastar. Don Rosario decidió seguir a la mulata Adelaida, dejando todo atrás, en particular la cantina que prosperaba bajo la mano de su hijo Mariano, ahora adolescente y abstemio, prolífico multiplicador de los rendimientos de su violín, porque no pasó mucho tiempo antes de que Mariano Casares supliera al negro en los descansos de su violín.

La primera cosa de lujo que Mariano Casares se compró en su vida, como diría después a quien quisiera oírlo, fue "un violín para comer": el violín holandés que su negro maestro le encontró de oferta en uno de los barcos que canoteaban las islas, una joya en la que Mariano invirtió los siguientes dos meses de congal de su padre, don Rosario, para tocar con el negro en la cantina. La cantina rio y creció viendo a Mariano Casares imitar como mono los sonidos y los brincos de su maestro negro. Rio y bebió más porque el nuevo ejecutante dio en traducir unas supuestas historias haitianas que el negro fingía decir en creole, el francés de las islas. Eran jugosas peripecias de blancas urgidas y negros complacientes, esposas lúbricas y maridos corniciegos, que los parroquianos celebraban estallando en risas al reconocer en las historias sus propios nombres, porque aquellas narraciones perdularias no eran sino la escenificación haitiana o martiniquesa de las penas amorosas que Mariano Casares escuchaba de los propios borrachos sobre el tablón de su mostrador, y las que traía don Rosario del congal deslenguado que lo absorbía por las noches.

Así contaron Mariano y el negro al violín en la cantina la historia de la mulata haitiana Adéle Haydée, nativa y cautiva de un congal de Puerto Príncipe, que pagaba con los dineros nocturnos de un viejo cantinero los favores vespertinos de un joven borracho, hasta que el viejo Rosario los detuvo para preguntarles si por casualidad hablaban de Adelaida, y si se burlaban de él, y toda la cantina lo bañó con una perdonante carcajada.

Dicen los testigos presenciales que antes de cumplir los veinte años Mariano Casares era tan alto y tan recto como el descomunal almirante Nevares, el cual tenía la costumbre de atisbar en el muelle, con minucia y ojo de padre fundador, todos los desembarcos que tenían lugar en su villa, para la visual catalogación de cada objeto y cada ser de nuevo arribo. En aquella colección de aguas y varones bajos, el almirante reconoció sin dudar su propia talla en la alzada del joven Mariano Casares.

—¿De dónde vienes tú, muchacho? —preguntó el almirante, cuando lo vio poner pie en tierra cargando sobre sus hombros dobles una doble redoma de aguardiente.

—De donde usted me diga, almirante. Yo estoy para servir su voluntad.

—De ese lugar me gusta —contestó el almirante.

Y rieron los dos, reconociéndose.

Justamente lo contrario hizo Mariano Casares con su padre apenas hizo pie en la mítica ribera. Luego de instalarle el tablón de la cantina en un paso del monte, Mariano dejó a su padre y fue en busca de su tío segundo Romero Pascual para ofrecérsele como agente en la ruta comercial del río, que muchos emprendían por primera vez. Se hizo de su propia lancha por una caja de aguardiente con los indios de la boca, subió como remero de su canoa a Jacinto Chuc, indio ladino pacificado que odió a su raza más que los blancos, y con un cabo jalando la pequeña gabarra atestada de mercaderías empezó su historia de buhonero en el río.

Con Jacinto Chuc remando al frente de la canoa, armado con un machete de monte, y él mismo remando atrás, con un revólver Colt y una carabina Mauser que rentaba a los marinos francos del pontón, Mariano Casares tomó la ruta de los pueblos del río para vender y cambiar sus bienes elementales. Llevaba la sal y el azúcar, el tasajo y el alcohol, la mariguana y la quinina. Traía de regreso monedas y animales, plumajes y pagarés, pacas de chicle y títulos de tierras desmontadas, cedidas en garabatos preescolares sobre papeles de estraza. Dicen testigos de aquel tiempo primero que el cayuco de don Mariano Casares, con su indio agreste como mascarón de proa, era bienvenido en todos los pueblos del río, porque llevaba las cosas esenciales antedichas y porque traía su violín de las islas para animar las fiestas en que se comían sus víveres, se bebía su alcohol y se escuchaban las historias recogidas por Mariano en las orillas del río durante su última travesía.

Para todo le alcanzaba a Mariano Casares. Se dice que traía también información precisa sobre el ánimo de los indios de río adentro, sobre el número de sus armas y la extravagancia de sus ceremonias anunciadoras de correrías y hechos de sangre. Fue por estos informes reservados, dice el rumor de la historia, que el almirante Nevares logró algunas de las más sonadas victorias en aquella su misión pacificadora de los años primeros, victorias que el rencor crónico de esta remota frontera no ha sabido todavía reconocer. Hablo de las victorias de Chac-Zulub y Chan Arenilla, que abortaron en sus preparativos lo que hubieran sido largas jornadas de sangre entre los pueblos del río, y que el visionario Nevares redujo a unos cuantos tiroteos y a la captura de un cabecilla al cual, lejos de atormentar y fusilar, como era costumbre y hasta exigencia de la costumbre en aquella cruenta guerra, tuvo simplemente atado al muelle de Carrizales, dándole lo que quisiera de comer y beber, hasta persuadirlo de pacificarse con razones y buen trato —en particular el buen trato del aguardiente, dicen quienes quieren recordarlo, y las no menos embriagadoras humedades de una de las mujeres del común, que por encargo del almirante venía a visitar al prisionero de noche, fingiéndole amores étnicos, pues algo de india tenía, y quitándole la rabia cada noche, hasta pacificarlo por completo—.

Lo cierto es que prosperó el comercio en el río y los tratos de Casares con el supremo almirante prosperaron también. La modesta canoa inicial tuvo pronto un motor de borda, desmontado por órdenes del almirante de uno de los lanchones guerreros del pontón y puesto en la pequeña gabarra de Casares a fin de que Mariano pudiera adentrarse hasta el confín del río y extender la dimensión de su comercio tanto como su registro confidencial de los humores de la indianería. Es difícil imaginar ahora lo riesgoso de ir y venir y hacerse un lugar en el río, zona periférica pero activa de la guerra de castas. Los poblados eran relativamente seguros, pero las riberas y los caminos no, asechados como estaban por indios bravos, prófugos de la colonia inglesa y pandillas de contrabandistas que cobraban en los viajantes su afrenta por la existencia del pontón. Aquellos poblados vivían en estado virtual de sitio, cerrados sobre sí mismos, esperando del cielo la lluvia y del azar los visitantes que sacudieran con una pizca de novedad la rutina heroica e insabora de haber fincado en medio de ninguna parte.

Nadie iba a esos pueblos, sitiados por la soledad, los indios y los asaltantes. Mariano Casares sí, iba a recoger oportunidades y dinero donde nadie más se atrevía, donde el miedo o el desprecio no sabían ofrecer ni recoger. En esos pueblos perdidos encontró Mariano Casares su primera celebridad y su primera fortuna. Su primera lista de amores también, se agrega al margen, amores de marino sin rienda, como eran y habrían de ser los de su estirpe. Si el padre Rosario vino a Carrizales siguiendo a la mulata Adelaida —cuyas nalgas homéricas ningún prócer fundador de Carrizales resistió en privado ni reconoció en público—, el hijo Mariano fue al río siguiendo el sendero de ancas prontas que lo esperaban, dispuestas a ofrecer sus jugos y sus nudos, antes, mucho antes de que existieran damas y familias en Carrizales, cuando no había sino putas y mujeres de agarre y un paridero sin techo ni patronímico, cuya fruición pagana es todavía sacrílego nombrar.

Lo cierto es que la guerra menguó mientras crecía la vida errática e imparable de aquellos pueblos, aquella normalidad de estar siempre en la cuerda floja, a punto de que les cortaran el cuello, pero normalidad al fin, que se extendió por años y alcanzó por último el rostro siempre incierto, provisional e indefinible de la paz. Cuando la paz empezó a ser sólo una rutina y un olvido de los tiempos sangrientos que acababan de irse, cuando la calamidad del fuego y el odio cedió su turno al tedio y el comercio, al empezar el siglo que corre, y como si se apresurara a ponerle condiciones, el supremo almirante Nevares tuvo la ocurrencia visionaria de fundar otra vez la villa. Como el Dios anónimo del génesis, miró sobre aquel caos de carpas de lona regadas entre los lodazales de la ribera y dispuso que se hicieran el orden y el futuro sobre Carrizales. Convocó para ello a una reunión de marinos y colonos en el muelle y trazó una cuadrícula sobre la arena de diez calles y un kilómetro por lado. Les dijo:

—Éste es el fundo que será de Carrizales. A partir de donde empieza hoy la selva, cada quien será dueño del terreno que pueda desmontar y mantener desmontado con sus manos.

Los colonos chapearon con prestancia, pero sin ambición. Años después, la viuda De la Piedra se sentaba en el portal de su casita de madera, construida en el centro de uno de los predios grandes de Carrizales, y se quejaba en los oídos juveniles de Presciliano el Cronista, que esto escribe:

—Si mi esposo no hubiera flojeado al chapear, tuviéramos el doble. Pero sólo servía para chupar y gozar, y gozó y chupó mucho, y chapeó y dejó poco, él a quien Dios tenga tan bien guardado en su gloria como yo lo tengo en mi memoria.

Un día desembarcó en el muelle la comisión topográfica que hizo venir el almirante para trazar la primera cuadrícula del pueblo con calles amplias y plazas generosas. Exactamente un año después de la fecha de arranque del desmonte, cuando el ánimo colonizador había cesado y era cada quien dueño de mucho más terreno del que podía cuidar o habitar, se declaró terminado el reparto por desmonte y se extendieron los títulos de propiedad, quedando la selva inmensa circundante como reserva del pueblo, indomeñable y amenazante patrimonio de todos.

Cada quien tuvo lo que quiso y pudo chapear, pero hubo quienes quisieron y chapearon más. Al terminarse la reunión que convocó en el muelle, el almirante Nevares, que no dio paso en falso entonces ni en el resto de sus días, llamó aparte a Mariano Casares y le dijo:

—Si te las arreglas para traer indios a chapear lo que alcancen, yo les doy la comida a ellos, y a ti la mitad del terreno que los indios desmonten.

Fue así como Mariano Casares, entonces un joven de veintidós años, llevó a Carrizales la primera partida de indios desmontadores. Bajo la capitanía de su encrespado y siniestro remero de proa, Jacinto Chuc, los indios limpiaron primero una manzana de cien metros por lado, donde el almirante les dijo que habría de ser el centro del pueblo. Cuando el terreno quedó limpio de plantas rastreras, con sus árboles grandes respetados, el almirante vino a ver y le dijo a Casares:

—Me gusta la manzana que desmontaste. Ahora desmonta una para ti.

Los indios desmontaron una segunda manzana, contigua de la primera, pero cuando la hubieron desmontado, el almirante vino ver y le dijo a Casares:

—Me gusta esta manzana también, porque colinda con la primera. Desmonta otra para ti.

Desmontaron la tercera manzana y el almirante decidió al verla:

—Esta manzana me gusta, porque colinda con la segunda.

Volteó luego y le dijo a Mariano Casares:

—Ya llevas tres manzanas desmontadas para mí, ¿dónde van a quedar las tuyas?

—No sé, almirante —respondió Mariano Casares—. Voy a pensarlo.

Casares fue entonces a ver a su tío segundo, don Romero Pascual, y le contó la historia. El tío Romero le explicó:

—Mientras desmontes terrenos contiguos, al almirante se le van a antojar, porque su propiedad va creciendo contigua, en lugar de salteada. Y al espíritu de propiedad le gusta lo contiguo.

—¿Qué se puede hacer? —preguntó Casares.

—Hay que chapear lejos del muelle —dictaminó el tío Romero Pascual—. Donde a nadie le importe, pero donde están mejor los terrenos, en la zona de las palmeras y los vientos, en la parte menos baja y menos sucia de la bahía.

Ésa fue la idea que determinó la ubicación final de Carrizales. Todos habían chapeado hasta entonces del muelle hacia el río, que eran los terrenos más bajos y más húmedos, más pantanosos, con minas de arena y grutas cavadas por el fluir subterráneo de las aguas. Romero Pascual y Mariano Casares fueron hacia el otro lado, hacia las tierras firmes no fangosas, donde crecían sobre piso fuerte cocales y almendros y el monte era menos cerrado y más bajo, con sólo algunos árboles grandes, que no impedían el paso de la luz, como en el rumbo del río, y eran por lo mismo más fáciles de desmontar y de cuidar después contra el monte. Esas tierras quedaban entonces a medio kilómetro de selva cerrada del muelle originario. Los indios de Romero y Mariano abrieron un camino de saca en la selva y pusieron al final el campamento para desmontar ahí. Cuando vinieron a ver, habían desmontado el equivalente de veinte manzanas, dejando en medio sólo las palmeras y los almendros que encontraron. Tenían también, cortadas y apiladas, cuatro caobas grandes y seis trozas de ciricote, la madera más fina y la madera más dura de la zona. Fue el verdadero inicio, sin premeditación ni ventaja, de su pasión como madereros que tanto habría de darles y tanto costarles, a ellos y a todos, años después.

Uno de los terrenos desmontados estaba frente al mar y tenía en el centro una ceiba que alzaba sus copas gigantes como una deidad prehistórica. Los indios se negaron a cortarla porque la ceiba era una mata sagrada en la que se aparecía la Xtabay, ectoplasma de una recalcitrante princesa indígena que cobraba el despecho de un príncipe atrayendo a los hombres para perderlos en la selva. Carrizales se figuraba a la Xtabay como una hermosa mujer que se peinaba de noche en la ceiba, de espaldas a quien iba a perder. Atraído por el imán del pelo y de la espalda, el elegido se acercaba. Cuando estaba a un paso de su prenda lúbrica, la Xtabay volteaba a mirarlo. En lugar del bello rostro que anunciaban las espaldas y el cabello, aparecía el rostro de un burro, el vaho frío de una serpiente, las hojas de metal de un armadillo, y no había la mujer soñada que prometían la espalda y el pelo, sino el nagual carcajeante que venía a llevarte.

—El árbol donde se aparecen mujeres es el que quiero para mí —dijo entre burlas y veras Mariano Casares, y lo apartó para él.

Cuando acabaron de limpiar aquellos montes, trajeron al almirante. Antes de que el almirante hablara, Casares le dijo:

—Quisiera pedirle que no considerara desmontado el terreno donde queda la ceiba.

—¿Lo quieres para ti? —preguntó el almirante.

Casares asintió. El almirante dijo:

—Entonces ese terreno sin desmontar es tuyo. Pero quiero dos a cambio.

—Escoja usted los dos que quiera y a partir de eso, que escoja don Romero —dijo Mariano Casares—. Repartiremos después lo que reste.

El almirante barrió el lugar con la vista y escogió cuatro predios contiguos, en lugar de los dos que le tocaban. Romero Pascual y Mariano Casares partieron por mitades las manzanas que quedaban, pero todavía don Romero hizo una reserva.

—Señor almirante —le dijo—, mi sobrino Mariano y yo queremos donar una manzana para el palacio de gobierno, otra para los cuarteles generales del pontón, y otra para un parque público que pudiéramos acabar de sembrar de almendros y palmeras, según lo decida usted.

—De acuerdo —dijo el almirante.

—Si no tiene usted inconveniente, señor almirante —siguió don Romero—, queremos donar también de nuestros terrenos, y con el trabajo de nuestra cuadrilla, una avenida que cruce en medio de los terrenos suyos y los nuestros, una avenida de un kilómetro que empiece en la ribera y avance en línea recta tierra adentro, en señal e instrucción del posible crecimiento de estos predios.

—De acuerdo —dijo el almirante.

—Si usted está de acuerdo, señor almirante —siguió don Romero—, mi sobrino Mariano y yo quisiéramos bautizar esa avenida con su nombre.

El almirante no dijo nada. Don Romero siguió:

—Quisiéramos donar también la madera que ve usted ahí cortada para construir, al principio de la avenida que llevará su nombre, un nuevo muelle, el cual queremos desde ahora poner bajo su inspección y control.

—De acuerdo —dijo el almirante—. Pero a cambio de tantas donaciones filantrópicas, ¿qué es lo que quieren ustedes para ustedes?

—Que nos traslade usted de las islas el trascabo que hace falta para abrir y apisonar la avenida —dijo don Romero Pascual—. Y que nos deje traer de Nueva Orleans la banda de aserrar que hace falta para beneficiar las caobas y los ciricotes cortados cuando se desmontaron estas tierras, antes de que se pudran con las lluvias.

—De acuerdo —dijo el almirante—. Tienen ustedes permisos temporales para eso, permisos que yo he de renovar, según vaya el avance de las obras. Pero la avenida no ha de llevar mi nombre sino el nombre que aquí le impongo de Boulevard de los Fundadores. Y no me busquen la vanidad: si se trata de comprar y pagar favores, tendrán precios y pagos en otra especie.

Fue así como se fundó en verdad Carrizales, con los indios de Mariano Casares, la astucia de don Romero Pascual y el gusto de tierras nuevas del almirante de la Bahía del Alumbramiento, como la llamó Presciliano el Cronista, que esto escribe, en el panegírico del aniversario de su nacimiento, cuando aquella escena secreta y el almirante mismo eran ya parte del polvo de la memoria que todos hemos de ser y vamos siendo.

Capítulo II

Como todo en Carrizales, la fiebre de la madera empezó de la nada. Fue el engendro de la escasez, la ambición cívica de remar contra el vacío construyendo recintos que forraran y fundaran la autoridad en medio de la nada. Dicen quienes pueden recordarlo que el supremo almirante hizo cortar las primeras maderas suntuosas río arriba y deslizarlas hasta Carrizales, para construir el palacio de gobierno y los cuarteles de la tropa, de modo que los primeros madereros de la villa lo fueron por civismo y disciplina. Las maderas que entonces bajaron del río están todavía ahí, sólidas y visibles, en la armazón de los edificios del corazón de Carrizales, inmutables a las ruinas del tiempo y los desengaños del salitre.

Repítase aquí lo que Presciliano el Cronista ha dicho sin eco en otro sitio, a saber, que, con la ayuda de un maestro de obras inglés, Mariano Casares y Romero Pascual copiaron de una revista la casa de madera que fue del fundador almirante Poncio Tulio Nevares. La casa miraba al mar de un lado y a la selva del otro, y el viento pasaba por las aletas de sus ventanas como si peinara lo de adentro. Apenas vio el visionario almirante aquella irrefutable maravilla, harto de dormir en su goleta a medio mar o en su pestilente barraca del muelle originario, cambió de residencia, pidió a sus marinos que lo llevaran a ese sitio cuando tuviera que dormir tierra adentro. En previsión de tal mudanza, Mariano Casares y Romero Pascual habían construido frente a la nueva casa un nuevo muelle, del cual tomó el almirante inmediato control. Empezaron a desembarcar ahí cosas y personas y paso a paso fue haciéndose realidad desde ese muelle la propagación del pueblo nuevo en los terrenos del pueblo imaginario desmontado por los indios de Mariano Casares y Romero Pascual.

Mariano Casares estuvo llamado a ser parte de todas las cosas en aquella Bahía del Alumbramiento. Según Presciliano el Cronista, que esto escribe, fue desde el principio un encantador de serpientes. A juzgar por sus tratos con Poncio Nevares, puede decirse también que fue un encantador de almirantes. Casares trabajó duro como nadie, quién puede negarlo, yendo y viniendo por el río, pagando cara la protección de Nevares, que le prestaba sus marinos para expediciones en tiempos y sitios riesgosos de la ribera. El almirante le alquilaba a Casares armas y motores de borda y retenía a discreción los trueques y beneficios con que Casares volvía cada tantas semanas de sus viajes. Mariano Casares llevaba un listín cuidadoso de los bienes caídos en su mano y lo ponía al volver sobre la mesa del almirante. El almirante repartía entonces a su gusto los tantos correspondientes a cada uno.

—Estamos a mano —decía, satisfecho, al terminar, habiéndose quedado con la parte del león.

—Medido con su mano, estamos a mano —aceptaba Mariano Casares, sonriendo, sin agraviarse. El almirante sonreía también, gustando de su metro y de su medro, y admirando el humor de su socio.

Años después, recordando esa escena invariable, Mariano Casares diría a quien lo quisiera oír: "El almirante Nevares pudo haber sido un cabrón, pero no fue un cabrón cualquiera. No un cabroncete como los que vinieron después a mangonear Carrizales. Nevares fue un cabrón con barbas de prócer, un cabrón de los que necesitan los pueblos nuevos, un ingeniero de pueblos. Con él se sabía desde el primer momento quién mandaba y quién habría de mandar mientras otro como él no le saliera al paso. Pero sabías también, desde el principio, que había más cosas en su cabeza que en la tuya, y que tenías que aprender mucho antes de pensar siquiera en salirle al paso".

El primer negocio de Mariano Casares en tierra firme fue el que tuvo que ser: una cantina. La puso lejos de su predio de la ceiba, casi al fin del sendero calizo que con el tiempo fue el Boulevard de los Fundadores. Había que andar un buen trecho para llegar, pero Casares sabía que la distancia no sólo no es un obstáculo sino a menudo un estímulo para quien desea beber, porque tras el dios de la bebida está el dios de la fuga, las ganas de perderse y huir del propio nombre y de la vida torpe. Ir a beber a otro lugar, lejos de la mirada y la rutina de los otros, era parte del sueño, de la ilusión y la necesidad del trago.

—Nada miente y roba más que el trago —decía Mariano Casares.

Y contaba después:

—Todo lo que hay que saber de los hombres lo aprendí viéndolos beber, atendiendo borrachos en el mostrador de la cantina de mi padre. Un animal que es capaz de perderse por el trago como yo vi perderse a tantos hombres de mi pueblo es un animal que no puede servir para mucho. ¿Quién querría tener un caballo que se desbarranca porque se emborrachó o un perro que lo desconoce a uno porque está chumado? El hombre es el único animal que hace eso. Yo lo aprendí parado en el cajón de la cantina de mi padre, viendo a tanta gente adulta ponerse a mi merced, a merced de que los robara y los engatusara en mi provecho. Nada les daba más gusto para seguir embruteciéndose que oírme decirles: "¿Le sirvo la siguiente, don Lencho? Al cabo de la siguiente no se ha de morir". Se deshacía en risas don Lencho, agradecido de que yo lo indujera a dejarme más dinero en el mostrador a cambio de nublarle la conciencia. Lo único que valió desde entonces para mí de todos los Lenchos de este mundo, fueron los actos, los actos de cada quien. Y eso, a sabiendas de que, medidos estrictamente por sus actos, no hay cabrón en este mundo que no se haya ganado el infierno por lo menos una vez.

Hablaba de su herida abierta, su propio padre, Rosario Casares, que no hubo de servir en la vida sino para beber y desbraguetarse. Había acabado en el monte de las afueras de Carrizales, perdido de tragos, llevando a su catre lo que podía, lo que alcanzaba a mercadear con los dineros que su hijo Mariano le enviaba. Se los enviaba con un propio, no iba a verlo en persona salvo cuando le avisaban que el viejo Rosario estaba enfermo, que llevaba días de fiebre o necesitaba un médico. Sólo entonces iba a verlo Mariano y lo atendía hasta que se repusiera para dejarlo solo otra vez en su choza montuna, mandándole si acaso unos chapeadores que le limpiaran el predio. En Carrizales había que chapear cada semana las hierbas que amenazaban los patios, pero el viejo Casares no tenía ánimo siquiera para evitar que la selva se lo comiera. Aquel anciano ebrio, colgado de sus pasiones elementales, destruido por ellas, fue el espejo en el que su hijo Mariano Casares no quiso verse, el espejo del que huyó toda su vida tratando de imponer su voluntad sobre su herencia y su libertad sobre su destino.

Cuando prosperó la cantina en las afueras de aquel pueblo que era todavía puras afueras, Mariano Casares puso su segundo negocio en tierra firme. En el predio de la ceiba donde habría de levantar su casa, en el lugar que ya era una de las mejores esquinas del pueblo inexistente, construyó un tendejón para vender sus trueques del río y le puso en el frente un letrero que decía: "Casares y Asociados".

—¿Cuáles son esos "asociados" tuyos que no tienen nombre? —le preguntó risueña y recelosamente el atento almirante.

—Son los asociados que están, almirante, los que usted ya conoce —respondió Casares—. Y también los que vendrán cuando me atarugue y me case, y tenga hijos.

—Me gustan los que están —dijo el almirante, aludiendo a sí mismo—. Los que vengan, ya veremos si dan el ancho.

El almirante no tomó parte del tendejón ni de la cantina. Puso la gabarra militar que traía provisiones de las islas al servicio de Casares y Casares se sirvió de ella para llenar el tendejón de mercaderías y la cantina de licores. A cambio, el almirante enviaba a su ordenanza a recoger lo que necesitaba de ambos sitios cada semana. Cuando el tendejón y la cantina tuvieron su primera ampliación, el tendejón para almacenar granos y la cantina para una mesa de billar, el almirante llamó a Casares y a su tío segundo Romero Pascual, que vendía combustible y había puesto una fábrica de hielo. Les dijo entonces, proféticamente:

—Es hora de levantar la mira. Es hora de ver hacia la madera.

Dicen quienes pueden recordarlo que el previsor almirante había ido al astillero de Nueva Orleans a verificar la hechura de un pontón sustituto para dar mantenimiento al que llevaba años surto, pudriéndose, en la desembocadura del río. Al regresar, puso sobre la mesa un abanico de revistas con fotos de mansiones de madera en las riberas del Misisipi y les dijo:

—Todo eso que está ahí se llama caoba. De caoba están llenos estos montes. Y caoba es lo que vamos a hacer bajar del río. Para empezar, vamos a construir el palacio de gobierno de Carrizales —y echó sobre la mesa una fotografía de la casa de dos aguas y porche enrejado que albergaba los ocios del gobernador inglés en una posesión isleña del Caribe—. Yo pongo el terreno y los marinos. Ustedes la madera y sus indios.

—¿Y de dónde sacamos la madera? —preguntó Mariano Casares.

—Del mismo lugar donde la sacaste para tu tendejón y tu cantina —contestó el almirante.

Fue así como Mariano Casares y Romero Pascual dieron con su primera esclavitud de la madera. "Fuimos a buscarla donde estaba", recordaría años después Mariano Casares. "En la selva. En el monte. Entre los pueblos del río. Ahí la encontramos por primera vez. Y ella a nosotros".

Nada hizo falta para emprender la aventura sino lo que ya estaba, la cuadrilla de indios de Mariano Casares y su tío segundo, Romero Pascual, custodiados por los doce marinos que comisionó el almirante. No tuvieron que ir lejos para hollar la primera selva cuajada de madera virgen. Bogaron apenas una milla río arriba y otro tanto selva adentro hasta el primer repositorio de caobas milenarias, nutridas sin prisa por la entraña cálida y paciente de la tierra. No tuvieron siquiera que montar un campamento. Pusieron tiendas para los monteadores en la orilla y abrieron un camino de saca hasta el paraje que se reputa como el primer campo maderero de la región. Fue sencillo llegar hasta ahí y aun cortar los árboles a lomo y hacha, mondando sus troncos en parejas de hacheros enfrentados. Menos fácil fue arrastrar las trozas a pulso hasta la ribera y volcarlas en el río para que se deslizaran hacia la embocadura, ballenas de entrañas rojas con las panzas oscuras al aire.

Había que lograr que corrieran una milla abajo, impedir que se trabaran en el mangle o se enredaran en las corrientes cruzadas de la bocana. Las caobas se hacinaban en rebaños antes de fluir, como si se llamaran unas a otras, imantadas por la pena de sus mutuos despojos, hasta formar sobre el río una alfombra renuente y gregaria, impredecible en su curso hacia el mar bahía. Finalmente, la alfombra fluía con calma majestuosa. Había que defenderla entonces de las bandas que avanzaban desde la orilla inglesa para robarla, como robaban el chicle y las milpas de los pueblos ribereños. Los piratas de la caoba venían por la noche a deshilar la alfombra de la madera separando sus trozas una por una, para llevarlas al lado inglés del río, donde a la mañana siguiente eran registradas como de su propiedad por firmas madereras inexistentes. El esquilmo lo hacían negros cimarrones, maestros del monte y el río. El beneficio lo obtenían blancos coloniales, maestros de la ley y del timo.

Los negros piratas venían deslizándose como caimanes por el agua, y surgían donde menos se les esperaba, montados de pronto en el lomo de una troza que hacían rodar con las plantas de los pies como un barril de circo a la ribera propicia. Desde la orilla contraria, Jacinto Chuc y los marinos del almirante jugaban tiro al blanco contra aquella danza nocturna, probando disparos precisos en la noche siempre húmeda y turbia de la selva, a veces oscura como el coño del mundo, a veces reluciente y plateada como la luna llena sobre el río. Se alternaban los hombres a tirarle a los ladrones, cruzando apuestas de puntería, turnándose el rifle Mauser reglamentario para igualar condiciones de tiro y ensartando en la cuenta de distintos alambres las corcholatas que acreditaban los blancos de cada tirador.

Mariano Casares tuvo también sus horas de vigilia y vigilancia en las primeras noches de la caoba, esperando que surgiera del agua el negro que iba a robarse la troza. Una noche de luna estaba apostado con el rifle al brazo, solo, porque el resto de los hombres estaban exhaustos del día de corte, cuando vio surgir al negro del río manso, chorreando agua plateada como un delfín nocturno. Disparó sin pensar, y lo vio dar una pirueta en el aire y caer entre las trozas para no surgir de nuevo. El disparo hizo venir a su lugarteniente Jacinto Chuc:

—¿Le dio, don Casares?

—No —respondió Mariano.

—Para mí que sí le dio —sonrió Jacinto Chuc, midiendo la quietud de muerte en las ondas concéntricas bajo las trozas brillantes del río.

—Digo que no —repitió Mariano Casares, y puso el rifle todavía caliente en manos de Jacinto Chuc, para que siguiera velando.

Había cada semana una merma de acróbatas nocturnos, pero era siempre mayor la merma de las trozas de caoba. Hubo semanas en que toda la madera que fluía por el río era deslizada a la orilla enemiga. Varias veces llamó el almirante a las autoridades del otro lado para exigirles el control de sus bandas corsarias. Las mismas veces le respondieron que eran piratas ribereños sustraídos al control de la ley y que, si podía atraparlos de este lado, su aprehensión sería celebrada en el otro. Para definitiva y memorable historia del río, el visionario almirante decidió imponer la ley en ambas orillas. Con los marinos del pontón preparó una celada sobre los piratas de la caoba, y luego una persecución de varios días cuya cuenta final fue una cuerda de prisioneros que el almirante entregó, escarmentados y confesos, a las autoridades de la otra orilla. Ésa fue la redada limpiadora que trajo la segunda paz duradera a las riberas del río, el cual pudo desde entonces navegarse en todas las variedades de la madera.

Así ha quedado consignado en la historia y nada cabe agregar, salvo en el margen, para una posteridad menos quisquillosa, el hecho de que apenas pasaron unos días de la entrega de la cuerda, los mismos presos escarmentados, y algunos reclutas por escarmentar, volvieron a sus buscas en el río. El burlado almirante profundizó entonces su campaña erradicadora y ordenó ahogar y colgar a todos los sorprendidos en su oficio nocturno, decisión que llenó las riberas de ahogados y colgados, pero no las limpió de robos y bandidos. Harto de ahogar y colgar, el almirante emprendió entonces la última fase de su campaña, que no fue sino la toma, quema y degüello del campamento de Lemon Walk, aldea escondida en un recodo del estuario, donde se refugiaban las gavillas de la caoba. El almirante y sus hombres cayeron por sorpresa sobre Lemon Walk, y no dejaron en el lugar palo sobre palo ni cabeza sobre cuello. Nada quedó del sitio, salvo un letrero que decía: "La caoba es vida de quien la trabaja y ataúd de quien la roba". Fue la silenciada matanza de Lemon Walk la que despejó finalmente el horizonte de la caoba en el río, asunto del que se deja aquí constancia para tiempos que vendrán, aunque deba callarse para los tiempos que corren.

Fue así como acabaron las disputas en el río y empezaron los negocios, que serían legión. Después de la redada vinieron los ingleses a parlamentar con el adusto almirante y firmaron un entendimiento de límites y facultades. Hizo dejar claro el almirante que las maderas y reservas que la selva pudiera atesorar eran de la nación, y que nadie podía reclamar dominio sobre ellas. Abrió luego una ventanilla de registro maderero para inversionistas propios y foráneos de aquella olvidada frontera. Vinieron a registrarse las firmas que hasta entonces no habían hecho otra cosa que saquear. A ellas el estricto almirante les dio un banquete seco en el pontón militar, ostensiblemente rodeado de armas y marinos alertas. Vinieron también quienes no habían venido nunca, los madereros de Nueva Orleans que habían fabricado el pontón, y a ellos el risueño almirante les dio un banquete en tierra firme, sin armas ni marinos, rodeándolos de música y familias, como invitándolos a ser parte de ellas. Lo fueron cabalmente, pues hubo para ellos aguardientes de la tierra y mujeres del común, alguna de las cuales aún recuerda haber tenido entonces, por primera vez, un cuerpo pelirrojo entre las piernas.

Se acercaron también en busca de registro Mariano Casares y Romero Pascual, a quienes el fraterno almirante les dio concesiones tan vastas como accesibles, y la patriótica tarea de ser ellos custodios e intermediarios, vigilantes y socios nativos del arribazón de fuereños que venían persiguiendo la madera. La tierra originaria se llenó de voces y fierros extranjeros, como si se mecanizara el paraíso. Antes de que hubiera en Carrizales agua potable y leche de vaca, hubo aserraderos y *bulldozers*. Antes de que fueran perseguidas las lombrices en la panza de los niños, fueron monteadas las maderas y descubiertas las que llevaban la plaga del cocayo en el corazón. Antes de que fueran terminados los aljibes, construidos los hospitales y levantadas las escuelas, fue alzado el primer aserradero simple, que la Revolución quemaría más tarde, medio kilómetro adentro de la boca del río.

El visionario almirante otorgó permisos abiertos de importación de bandas y sierras para montar el sitio de corte y vender maderas aserradas, en lugar de las trozas completas que hacían bajar por el río. En aquel primer aserradero, destinado a las llamas y al olvido, Mariano Casares y su tío Romero cortaron por primera vez sobre pedido de Nueva Orleans y La Habana y embarcaron las tablas en lanchones que las llevaban a las islas, donde eran recogidas por cargueros que las llevaban a todas partes. Fue aquel aserradero el inicio formal de la fiebre de la caoba que habría de ser la palanca de la prosperidad de Carrizales, prosperidad que significó la ruina y la tala de los grandes bosques de la península toda, y a la larga, de los mismos impenitentes cortadores, todos y cada uno de los cuales pagaron con el tiempo su saqueo.

Dicen quienes quieren y pueden recordarlo que el alma inspiradora y el socio bajo cuerda de todas aquellas empresas era el mismísimo almirante Nevares, pero nada es posible afirmar al respecto pues apenas levantaban aquellas velas henchidas cuando vino La Revolución y la mayor parte de lo hecho volvió a la quietud primera. la Revolución no llegó a Carrizales como un estallido sino como un rumor. Se anunció poco a poco, al principio bajo la forma de unos volantes incendiarios que alguien soltó en el muelle y circularon entre los marinos, luego entre las mujeres del común, más tarde de mano en mano y de oído en oído, para terminar oyéndose voceados en todas las esquinas por gritones alfabetos. Se anunció después como una inquietud entre los pueblos indios de la ribera, que empezaron a hablar de días apocalípticos y fechas terminales, acopiaron maíz y recogieron sus imágenes en santuarios de selva adentro, para protegerlos de las jornadas por venir. La Revolución se anunció también bajo la forma de una epidemia de escarlatina que se llevó a catorce infantes en unos días, y bajo la forma de un amago sin precedente de ciclones que duraron la mitad del verano.

La Revolución estalló finalmente lejos de Carrizales, en el ombligo del país. Incendió el norte, fragmentó el centro, aisló los puertos del Atlántico y el Pacífico, hambreó el altiplano y convirtió en campos de batalla los bajíos del occidente, pero no se hizo sentir en Carrizales sino por medio del telégrafo que desmintió uno tras otro los triunfos de los rebeldes, hasta que anunció la rendición del gobierno. El mismo telégrafo trajo al pueblo la noticia del cambio de mando militar en aquella olvidada frontera, noticia que el almirante Nevares leyó desde el balcón de palacio ante los carrizaleños reunidos en el parque, los cuales, ingrata y perentoriamente, estallaron en vítores. La nueva autoridad de la plaza, anunció el almirante, habría de ser y era ya el general revolucionario Juliano Pacheco, quien venía camino a Carrizales en el barco cañonero que había soltado amarras días atrás en un puerto del Golfo. Al general Pacheco, ordenó el almirante, deberían brindar los de Carrizales el mismo respeto y disciplina que hasta entonces le habían brindado a él. Y con estas últimas frases todavía cayendo de sus labios dio la espalda a la multitud y entró al palacio para vigilar su mudanza y dejar el recinto libre al nuevo ocupante.

El almirante Nevares aguantó a pie firme la adversidad de los siguientes días en que tuvo por primera vez enconos y desafectos, octavillas insultantes venidas de mano anónima, y reclamos que fueron creciendo hasta obligarlo, en obvio de mayores fricciones, a pasar los últimos días de su espera en el pontón que lo albergara los tiempos primeros. Ahí esperó a su relevo sin soltar ni ejercer el mando, contando las horas de su salida de la historia de la bahía, trece años después de haberle dado inicio en los libros, lugar en el mapa y nombre en la extensión de la república.

Sin una muerte que lamentar ni una discordia que resolver, en los días finales de mayo del año primero de la Revolución, Juliano Pacheco tomó los mandos de Carrizales. Poncio Nevares salió ese mismo día del pueblo que había fundado rumbo a las islas y el retiro. Nadie acudió a despedirlo cuando embarcó, en el modesto pailebote que lo esperaba, con un único arcón de ropas y pertenencias. Menos que nadie acudieron Romero Pascual y Mariano Casares, quienes desde el triunfo de la Revolución andaban como prófugos, perdido uno en la selva y otro en las islas, invisibles del todo y hasta para protestar por la quema de su aserradero. Dicen quienes pueden y quieren recordarlo que no huían de la Revolución sino del almirante, a quien luego de servir como esclavos habían decidido olvidar como señores. El almirante los había independizado y sometido, los había engrandecido haciéndolos sus socios pequeños, les había enseñado el camino de la madera para que lo caminaran en su servicio, y los había puesto en el primer lugar de la fila para que fueran sus eternos segundos. Les había dicho:

—En la caoba, como en todo, vamos a tercios. Un tercio para ustedes y dos tercios para mí.

Y así habían ido. Casares y su tío Romero habían intentado una vez romper la tercería, y poner su propio campo maderero. El almirante les dijo entonces:

—Si pueden crecer solos, crezcan solos. Pero no cuenten conmigo.

No pudieron no contar con el almirante, como nadie había podido en aquella olvidada frontera, antes de que el telégrafo trajera la Revolución y apartara al almirante de la historia.

En su paso al retiro por una de las islas, el almirante supo que Mariano Casares estaba ahí. Lo mandó llamar, seguro de que no vendría. Pero Mariano Casares vino. El derrotado almirante le dijo:

—¿Te has escondido de mí porque tienes cosas mías?

—Nada tengo que no haya trabajado, almirante —le respondió Mariano Casares.

—¿Tienes más cosas que las que yo te di? —preguntó el almirante, mirándolo con la fijeza que le bastaba para mandar.

—Tengo lo que tengo —respondió Mariano Casares, sosteniéndole la vista—. Incluyendo en eso lo que usted me dio.

—¿Nada me corresponde de lo que tienes?

—Según yo, almirante, estamos a mano.

—¿Medido con tu mano? —preguntó el almirante.

—Con la mía —admitió Mariano Casares.

Le extendió entonces una bolsa de billetes que traía en la palma.

El almirante recogió la bolsa y contó los billetes.

—Es menos de lo que tienes mío —dijo—. Pero es más de lo que puedo reclamarte.

—Es lo que puedo darle, almirante —garantizó Casares.

—¿Medido con tu mano? —volvió a preguntar el almirante.

—Con la mía —repitió Casares.

El almirante rio:

—Así medido —dijo—, estamos a mano.

Y no dijo más.

Según Mariano Casares, el almirante recibió de sus propias manos dinero suficiente para compensar sus pérdidas. Según Presciliano el Cronista, que esto escribe, cuando vieron triunfar la Revolución, Mariano y su tío Romero se escondieron del almirante para no reconocerle su parte en aquellos primeros negocios. Lo cierto es que el trato con el almirante fue el origen de la riqueza del tío y del sobrino y por eso decían en Carrizales que la primera fortuna de Mariano Casares fue la que la Revolución le quitó al almirante. Pero la fortuna del almirante no era sino la que habían hecho Casares y su tío Romero, yendo y viniendo por el río y por el monte, por el mangle y la caoba. Ellos arriesgaron la vida en los caminos y los esteros sin ley. Ellos levantaron los campos madereros y manejaron las cuadrillas de indios. Ellos trabajaron y talaron, y mancharon su vida y su memoria con cosas menos dignas de recuerdo.

Cuando la Revolución sacó al almirante de la bahía, Mariano Casares y su tío Romero se quedaron sin socio ni dueño. Pero la Revolución fue xenófoba, odió a los extranjeros, y antes de que pasara mucho tiempo, frente a la avidez de contratistas y fuereños por congraciarse con el nuevo gobierno, Casares y Romero, únicos nacionales conocedores de la madera, aparecieron como un seguro patrio. La Revolución les refrendó, corregida y aumentada, la patente de corso para decir quiénes entre los socios de fuera merecían seguirlo siendo y quiénes no. La poda de la

Revolución los hizo brotar como renuevos en las ramas secas del árbol de Carrizales.

La casa que Mariano Casares construyó en la esquina de la ceiba fue también hija de la Revolución. No fue la primera casa que tuvo, pero sí la primera que hizo para vivir y asentarse, para mirarse y ser mirado. Había decidido levantarla ahí años atrás, cuando desmontó el terreno y eligió el lugar de la Xtabay que otros temían.

—Se lo va a comer la Xtabay, don Casares —le dijo entonces Jacinto Chuc.

—O yo a ella, Jacinto —le respondió Casares.

La aparición de la ceiba en el desmonte fue sólo como un anuncio de que las mujeres le serían concedidas. Las tuvo por montones en el pueblo y el río, mujeres que abrían a su paso "senderos de ancas prontas" según expresión de Presciliano el Cronista, que esto escribe, pero sólo pensaba con detenimiento o sólo se había detenido en él la figura de aquella chamaca con aire de mujer que había visto tras la cerca de su patio en el pueblo de calles blancas de las islas, una mujer que entonces ni siquiera lo era y animaba sin embargo sus remadas y acompañaba sus desvelos en las travesías por el río. Había visto su carita de niña una sola vez, cuando ella volvía del baño por el patio de su casa, las manos todavía bajo las enaguas subiéndose los calzones. Era una chiquilla de once años, ocho menor que Casares, pero lo miró con un aire sereno y desafiante de mujer.

Casares fue hacia ella y le dijo sobre la cerca de su casa:

—Cuando crezcas, voy a venir por ti.

La muchacha le contestó, como si se lo dictaran:

—Yo no pienso moverme de aquí. Mucho tendrán que cambiar las cosas en este pueblo para que yo me mueva de esta casa.

Desde aquel encuentro y aquellas palabras, Mariano Casares supo que aquella muchacha habría de ser su mujer y que volvería a buscarla a esa cerca de las islas.

Cuando el almirante dijo que podía quedarse el terreno de la ceiba, Mariano Casares clavó en el vértice noreste del predio un pilote de caoba y en el duramen del tronco grabó el nombre de la muchacha de las islas que habría de ser su mujer. Grabó también la fecha, para que no pudiera decir ni ella ni nadie que lo suyo había sido cosa de un pronto o un capricho, aunque en el fondo no haya sido sino eso, como son todos los amores, verdaderos o falsos, que se pueden tener.

Mariano Casares empezó a levantar su casa el día que Carrizales celebró el primer aniversario de la Revolución. Lo hizo como un indicio de que la nueva época era de construcción y futuro. Al menos eso fue lo que le dijo al comandante de la plaza, Juliano Pacheco, quien vino a romper una botella de sidra sobre el primer cimiento cuando la obra empezó, y vino también a la fiesta el día en que la casa fue terminada, nueve meses más tarde, mirando de un lado a la ceiba y del otro al mar. Cuando tuvo la casa visible, Mariano Casares buscó a la mujer que la hiciera habitable. No una de las mujeres, agrego al margen, que hacía suyas en los recodos del río o en las noches calientes de la bahía, mujeres de las que recordaba un tiempo el olor y acaso el nombre, los brazos, pero no los sueños, las ganas, pero no la voz.

Necesitaba por primera vez una mujer con nombre y domicilio, una mujer buscada y deseada que llenara su casa y multiplicara su apellido, y la única mujer a la que quiso darle su apellido fue la muchacha a la que años atrás le había hecho la promesa de volver. Se llamaba Virginia y era la hija única de don Justo Maturana, el más rico bodeguero de la copra que daban los cocales de las islas y la bahía. Cuando sus cuadrillas terminaron la casa de Carrizales, Mariano se embarcó en el muelle y fue por ella. Para entonces ya era dueño de un barco que caboteaba el Golfo, llevando chicle y madera, trayendo todo lo demás. De modo que llegó en su propio barco al embarcadero de las islas, curado de su edad y su pobreza.

Dicen quienes pueden recordarlo que, en la sala de mimbre de la casa de Virginia, Mariano Casares le dijo a don Justo Maturana:

—Salí de aquí pero no soy de aquí. Nací península arriba y estoy avecindado península abajo, en la Bahía del Alumbramiento. Mande usted averiguar, y sabrá de mí.

—Ya he oído de ti. Por eso te recibo —contestó, sonriendo, Justo Maturana—. ¿Qué se te ofrece?

—Le va a sonar absurdo —advirtió Mariano Casares—. Pero lo que yo quiero es casarme con su hija.

—Me suena absurdo, en efecto —sonrió don Justo Maturana—. Mi hija apenas tiene dieciséis años.

—Yo tengo veinticuatro —dijo Mariano—. Pero su hija y yo nos comprometimos hace cinco.

—Hace cinco años mi hija Virginia sólo tenía once años —sonrió, irritado, don Justo—. Estás diciendo mentiras.

—Pregúntele a Virginia si miento —dijo Casares—. Si ella dice que miento, me disculpo y me voy.

Don Justo mandó llamar a su hija Virginia y le dijo, con la misma sonrisa en la boca:

—Dice este joven que te comprometiste con él en matrimonio hace cinco años.

—No es verdad —negó Virginia.

—¿Ya lo ves? —sonrió don Justo a Casares.

—El que se comprometió fue él —siguió Virginia—. Dijo que iba a volver por mí.

—Hace cinco años tú eras una niña —dijo don Justo—. ¿Cómo te acuerdas de eso?

—Me acuerdo —dijo Virginia.

—¿De qué te acuerdas? —preguntó don Justo—. ¿Qué le dijiste?

—Le dije que no iba a moverme de esta casa.

—¿Para que yo pasara a buscarte? —preguntó Mariano Casares.

—Para que viniera por mí —aceptó Virginia, mirando siempre a su padre.

—Vengo por ti —confirmó Mariano.

—Es ridículo —dijo don Justo—. ¿Qué puede valer la palabra de una niña?

—Lo que valga hoy, señor —dijo Mariano Casares—. Le pregunto a su hija, enfrente de usted, si quiere casarse conmigo.

—Quiero —respondió Virginia.

—Ahora sólo falta que quiera usted también —dijo Mariano Casares.

Y don Justo Maturana se echó a llorar de un golpe porque entendió en un relámpago que su hija iba a salir de casa para siempre.

Capítulo III

Para que el mundo lo viera, Mariano Casares se hizo de una fortuna. Para que su fortuna luciera, se construyó una casa en la esquina más visible de Carrizales. Para que su casa tuviera vida, necesitó una mujer que la habitara. Todo le vino envuelto al principio en los tropezones de la suerte. Le llegaban las cosas oportunas, como puestas en el camino para que él las levantara. Todo fue así en su vida, menos su elección de mujer, Virginia Maturana, a quien amó sin premeditación, buscó sin alevosía y poseyó con ventaja. No cejó hasta que la tuvo, y apenas la tuvo, cejó.

Se casaron en el inicio de su prosperidad. Compraron el ajuar de boda en Nueva Orleans y trajeron un flete especial de La Habana con viandas y licores. Hubo dos bodas y dos fiestas. La boda religiosa fue en las islas, para darle satisfacción a don Justo Maturana, que no quería casar a su hija en el pueblo a medio hacer donde se propagaba el fuego sin riendas llamado Mariano Casares. Presciliano el Cronista, que esto escribe, agrega al margen que la terquedad exclusivista y parroquiana de don Justo le vino bien a la vanidad de su yerno, porque la gente de pro que había visto a Mariano Casares salir de las islas con una cantina adelante y otra atrás lo vio entrar a la iglesia del brazo de la heredera más joven del pueblo, blanca como su nombre, codiciada como su apellido, suave como la pulpa de copra con que estaba amasada su fortuna.

La ceremonia civil se hizo en Carrizales catorce días después de la religiosa y fue la primera boda cabal de la villa en un tiempo en que, puede decirse, todo sucedía por primera vez. El casamentero de turno fue el comandante de la plaza, porque no había juez de paz que cumpliera los ritos. Un padre peniche vino del norte de la península a oficiar una misa en el altar que improvisaron los novios, junto a la ceiba de su patio, porque tampoco había iglesias entonces en Carrizales, ni párroco fijo, y cuando venía algún cura de las islas le prestaban el cuartel para que oficiara misa, celebrara bautismos y confesara hileras no muy largas de pecadores arrepentidos.

Cuando terminó la ceremonia civil y empezaba la fiesta, llegó del pueblo la noticia de que habían encontrado muerto al chino Mario Chang, dueño de la lavandería y del cuarto de juegos clandestino más popular de Carrizales. Llevaba cuatro días desaparecido. Guiados por la hedentina, lo fueron a encontrar hecho picadillo en un tambo soleado de su patio. Testigos dijeron que lo habían visto la última vez jugando cartas y fumando opio con un negro caribe venido de la otra orilla. En la sala de juego había quedado un arete que Mario Chang arrebató de la oreja de su matador mientras peleaba por su vida. Nadie varón usaba argollas entonces sino los vividores y cuchilleros de la bahía. El detalle le bastó a Mariano Casares para saber quién era el prófugo. Días antes, mientras atisbaba en el muelle el alijo de objetos y personas, Mariano Casares vio pisar tierra al caribe con su argolla en la oreja. Le dijo a su siniestro testaferro, Jacinto Chuc:

—Conozco a ese negro. Va llevado por mal.

Lo había visto meses atrás en una riña, cortando a diestra y siniestra a sus rivales con un cuchillo de monte antes de huir a nado, lanzándose desde un muelle a las aguas de la bahía. Casares explicó su certeza al comandante de la plaza, Juliano Pacheco, quien le dijo:

—Si ese negro fue, estará ya del otro lado, en Wallaceburgh, donde no podemos perseguirlo.

—Si usted me autoriza, don Juliano —se ofreció Casares—, yo voy y lo traigo.

—Usted se está casando, mi amigo —le recordó Juliano Pacheco—. ¿Qué va a decir la novia?

—La novia entenderá —garantizó Casares.

—¿Entenderá qué, mi amigo? —preguntó el comandante—. Hoy es su noche de bodas.

—Entenderá que si cualquiera puede hacer picadillo a alguien en Carrizales sin recibir castigo —dijo Casares, mirando a la novia—, cualquiera podrá mañana hacer picadillo a sus hijos.

Diciendo y haciendo, Mariano Casares se puso sus arreos de monteador y subió con Jacinto Chuc a una lancha para irse por el río al otro lado. Volvió a los tres días con el negro amarrado boca abajo en la lancha.

—Lo trajo usted —le dijo, reconocido, Juliano Pacheco, el comandante de la plaza.

—Lo trajo el dinero —replicó, exhausto, Mariano Casares.

—¿Cuál dinero, mi amigo? Lo trajo usted y punto —dijo el comandante Pacheco.

—Lo trajo el dinero —repitió Casares—. El dinero de Mario Chang que este infeliz gastó por todas partes dejando rastro. Y el dinero que yo gasté para que lo rastrearan y me lo pusieran amarrado en esta orilla.

El comandante Pacheco y el pueblo de Carrizales celebraron el hecho y el dicho. Virginia Maturana pasó su noche de bodas en un lecho solitario, con un marido ausente que buscaba en los esteros a un negro asesino para imponerle su ley. En esa noche primera de novia, Virginia Maturana supo de todo saber lo que habrían de ser sus noches de esposa. Fue un aviso y una profecía, que ella aceptó y eligió, como su vida toda junto a Mariano Casares porque si algo no quiso Virginia Maturana, ni entonces ni después, fue llamarse a rebelión o engaño.

Según Mariano Casares las mujeres debían tener las cualidades de la caoba. Debían ser maleables y resistentes, capaces de flotar y de curvarse, y de mantenerse estables una vez que las curara la mano del hombre. Virginia Maturana fue su primera mujer legal y la única que transmitió el apellido Casares. Tuvo todas las cualidades de la caoba menos la resistencia. Fue dejando su vida en sus hijos y su amor en el lecho de Mariano Casares como si se quemara por ambas puntas en una sola consunción de llamas y floraciones. Mientras el país se desangraba en la guerra civil, ella trajo vidas de repuesto al ancho mundo, las vidas que Mariano Casares engendraba en medio de la destrucción, como si las guerras fueran su dominio, el terreno propicio para que Virginia Maturana transmitiera a sus costas la semilla incansable que Casares le ponía en el vientre.

En el año de la primera discordia armada dentro de la Revolución, Mariano Casares tuvo su primer hijo con Virginia Maturana y lo llamó Mariano, pensando heredarlo y hacerlo en todo su primogénito, pero murió a los tres meses de fiebres y diarreas que nadie pudo contener. En el año de la nueva insurrección de los indios de la península, tuvo su segundo hijo, y lo llamó Rodrigo, porque lo soñó una noche invulnerable como el Cid, y fue su preferido, la luz de sus ojos y el fantasma de sus hermanos, que nunca pudieron saltar sobre su sombra luego de que un ciclón lo arrebató en la flor de su edad. En el año que el golpe de Estado derribó al segundo gobierno de la Revolución, tuvo a su tercer hijo y le puso Rosario, como su padre, pero murió antes de saber cómo se llamaba y poder decir su nombre. En el año en que empezó la guerra civil, Mariano Casares tuvo a su cuarto hijo, y lo llamó Perfecto, porque salió formado y despierto como un hombrecito hecho y derecho del mismísimo vientre de su madre, y fue sin embargo a lo largo de su vida todo lo contrario de su nombre. En el año segundo de la guerra civil, tuvo a su quinto hijo, y lo llamó Benigno, porque salió noble y llanamente, sin oponer resistencia, del cuerpo de su madre. En el año que los rebeldes triunfantes de la guerra civil ocuparon el gobierno y empezaron a pelearse entre ellos, tuvo su primera hija y la llamó Natalia, porque Natalia le habían dicho en la noche de los tiempos que se había llamado su madre, de la que su padre Rosario no recordaba otra cosa que el nombre. En el año de la firma de la Constitución y el primer espasmo de paz, tuvo su sexto hijo, y lo llamó Justo porque nació en la paz y había muerto su suegro Justo Maturana, cuya memoria Casares quiso honrar con el nombre de su hijo. Durante los dos siguientes años de la paz, tuvo una tregua de amores improlíficos. Pero cuando vino la siguiente rebelión contra el nuevo gobierno tuvo a su último hijo y lo llamó Julián, porque así se llamaba el comandante gobernador de la península, y le pareció que algún saludo podía hacer con ese hijo a la autoridad que le había dado la concesión maderera en lo profundo del río. Dicen los que pueden y quieren recordarlo, entre ellos Presciliano el Cronista, que esto escribe, que de todos los Casares nacidos entonces, únicos que llevaron el apellido, sólo Julián trajo a la casa más de lo que se llevó, trajo siempre, nunca quitó, y a cambio de sus lazos generosos fue despojado de todo.

Así se extendió, sobre la guerra, el linaje de la Casa Casares, y todo lo que en ella fue origen, fue destino.

Desde el principio de sus noches, Virginia Maturana olió el amor de otras mujeres en su marido, el olor a talco inglés y el olor a tierra apisonada, el olor a negra y el olor a india, el olor a las entrañas amorosas renuentes al olvido. Las olió en el primer viaje de Mariano Casares, luego de su boda, antes de saber que llevaba su primer hijo en el vientre. Volvió a olerlas en el segundo, cuando estaba por parir y la acuciaban los celos de saberse inútil. No discutió más con su nariz ni con la piel de su marido. Instauró el rito de bañarlo en la terraza de su cuarto que daba a la ceiba como si celebrara el regreso triunfante del guerrero. Para ello mandó cavar y pulir en una troza de caoba una tina de baño. La troza tenía dos metros de diámetro y había que subir unos peldaños en su costado para meterse en ella. Virginia Maturana echaba desde la proa cubetas de agua tibia y agua fría sobre Mariano Casares, jabonaba su espalda, escarbaba con un trapo la tierra de sus pies y con un estropajo sus codos y rodillas, con sus propios dedos largos y diligentes quitaba la grasa de sus orejas, la fatiga de su ceño y los restos foráneos de sus genitales. En el candor fluvial de la ceremonia, Mariano Casares se dejaba flotar como en la arquilla de Moisés, recobrando la frescura infantil de su cuerpo.

Adquirió el hábito de esa batea, el hábito del agua doméstica, luego del agua aventurera del río. Se bañaba, se mojaba sin cesar, al despertar y para acostarse, antes de comer, luego de dormir la siesta, lo mismo que un caimán joven. Se metía en su batea en el calor de la noche, a oscuras, y desde ahí veía con los ojos cerrados lo que le esperaba adelante. Nunca como en las horas de cavilación en la batea se pareció más al animal calmado y en asecho que era, nunca gravitaron las cosas tan impremeditadamente en torno al eje de su voluntad. Metido en la batea daba la bienvenida por igual a las victorias y a las derrotas, a los aciertos y a las fallas de la caza, y hacía que pareciera prístino, natural o ineluctable, lo que en otros hubiera resultado turbio, vergonzoso o casual. Ésa era la transparencia natural de Mariano Casares, su brillo y su fuerza, su impulso de jugar con las cartas cabales sobre la mesa y el poder natural de obtener de los demás anuencias que no daban a otros y libertades que no se permitían a sí mismos.

Agréguese al margen, para las páginas ocultas del álbum familiar, que de todas sus tenidas amorosas Virginia Maturana recordaba sobre todo una, que la hizo reír sola de joven y sonreír sola de vieja. Y fue esa situación que, al segundo año de amarla sin tregua cuando estaba en casa, de entrar y salir de ella como en un tiro activo de mina, luego del nacimiento de su hijo Mariano, que habría de morir antes de saber su propio nombre, una noche, Mariano Casares despertó con Virginia Maturana sobre él y su pezón rosado en la boca, con Virginia incitándolo a besarlo y a morderlo, tomando de la nuca a su marido como si fuera su bebé. Mariano Casares besó el pezón que le ofrecían y lo mordió y supo que había un vínculo de fuego entre los pezones rosados de nariz de coneja de Virginia Maturana y el ardor de su cuerpo, la humedad de sus glándulas, el grito caliente de su corazón. Al otro día, en la intimidad posterior a los amores, Mariano Casares le dijo, sonriendo:

—¿Por qué estabas encima de mí?

—Porque me gustas como un vicio —contestó Virginia Maturana—. Y porque estabas dormido y lo tenías de pie como el mástil de tus barcos.

—Los mástiles en español se llaman vergas —bromeó Mariano Casares.

—Tampoco era un mástil —advirtió Virginia Maturana.

—Pero te hiciste a la mar —dijo Casares.

Años después, resumiendo la historia de su lecho en el calor invitante y relajado de las tardes de Carrizales, Virginia Maturana le contaba a Presciliano el Cronista, que esto escribe: "El perro no recuerda. Deja pasar lo que le duele. No tiene heridas porque no tiene memoria. Es sano. Mi marido es así. Como los perros, sin conciencia duradera de sus penas ni de sus alegrías".

Solía contar la noche en que Mariano Casares la poseyó por primera vez y la acarició después, sin parar, hasta sentir que dormía. Cuando la creyó dormida se escurrió de la cama y salió desnudo al huerto a cortar guanábanas. Virginia Maturana no se había dormido y lo miró hacer por la ventana. Mariano Casares comió guanábanas hasta enmielarse la cara y el pecho. Se lavó en el pozo y esperó en el corredor que la brisa lo secara. Luego llevó el violín al pie de la ceiba y lo quemó, jurando que no volvería a tocar ni a hacer ninguna cosa por necesidad del hambre. Al menos eso fue lo que le dijo a Virginia y al pueblo entero al día siguiente. Después vino a dormir junto a Virginia Maturana echando gemidos de hartazgo. Roncó de punta a punta a través de la noche. A la mañana siguiente le dio a Virginia la escritura de la esquina donde se alzaba la Casa Casares, endosada con una letra pulcra y transparente, como ala de mariposa:

—Esto es tuyo —le dijo—. Mientras lo tengas, podrás defenderte de todos. Empezando por mí.

Y se fue al río tres semanas.

No era su río aún, como habría de serlo, pero era ya su apuesta y su estrella, el lugar de su renta y su costumbre. Del primer gobierno revolucionario había obtenido el refrendo de las concesiones mercantiles y madereras, la exclusividad de acceso a los pueblos de las riberas con sus mercaderías y la autorización para negociar con los indios la tala de la selva virgen que el gobierno había reconocido como patrimonio de las tribus en los protocolos de su pacificación. Las guerras que sangraron al país durante los años en que Mariano Casares hizo su fortuna y trajo al mundo a la prole de su apellido sólo inquietaron a Carrizales por el telégrafo, que anunciaba las rupturas de los revolucionarios, y por el ritmo febril del comandante de la plaza, Juliano Pacheco, que se embarcaba cada tanto con sus hombres para hacer campaña en las islas o para expedicionar tierra adentro a lo largo del río conteniendo explosiones y motines, a veces sólo rumores, de alzamientos indígenas. Todos los bandos venían con alcohol, carabinas y promesas a poner de su lado a las tribus ariscas del río. Todos encontraban en ellas algún agravio reciente o alguna memoria vieja que vengar y había de siempre en el río indios dispuestos a matar por la causa de la Revolución o contra ella.

En medio de los estragos de la guerra, no había enigmas ni penas para Mariano Casares, había sólo aciertos y alegrías, como si supiera exactamente las avenidas que el fuego y la discordia cerraban para otros y abrían para él, llevado en andas por el oleaje sangriento. Con el almirante Nevares en el antiguo régimen, con Juliano Pacheco en el nuevo, Mariano Casares fue concesionario, socio y atalaya. Sacaba madera de la selva, vendía víveres y alcohol en los pueblos del río, tenía una red de informantes entre los monteadores y los ribereños para saber dónde podía montear para cortar madera y dónde no, dónde podía atracar con sus gabarras de mercaderías y dónde debía eludir las riberas de ánimos encendidos y degüellos en ciernes. Era un hombre de paz, porque nada interrumpía tanto sus negocios ni ocupaba más su atención y su tiempo como las degollinas. De todas sus astucias, noticias y ganancias daba una parte a Juliano Pacheco, para quien no había mejor negocio ni mejor milicia que aceitar la bisagra de información y dinero que Mariano Casares sabía abrir y cerrar sobre el río.

Diezmadas las facciones, segadas las bandolerías, cuando finalmente los vencedores de la Revolución pudieron sentarse sin enemigos en la silla de mando, pacificadas las tribus después de una batida ejemplar, días después de nacido el último vástago legal de Mariano Casares, en el acto de la firma de la paz y con la anuencia de los jefes indios pacificados, Juliano Pacheco le entregó a Mariano Casares la concesión de acceso y tala de la selva profunda, donde nadie vivía ni quería vivir. En celebración de aquel pacto, como se ha dicho, Mariano Casares bautizó a su último hijo con el nombre de Julián y desmontó en un remanso de la bocana el terreno donde habría de levantarse el segundo aserradero de la región, que llamó La Juliana, en memoria de la madre fallecida del comandante.

Brindaron largamente por la paz, pero antes de que el brindis acabara hubo la siguiente última revuelta que levantó a los pueblos del río, escindió la península y selló el destino de Casares y el comandante Pacheco. Todo lo que no se había movido antes se movió entonces porque las guerras que empiezan de veras sólo terminan cuando se extenúan, cuando no pueden más.

—Esta vez viene grande, no en chorritos —le advirtió a Casares el comandante Juliano Pacheco, quien había empezado a portar un monóculo y a sudar un salacot—. Saca a tu familia y nuestras cosas que puedas a la orilla inglesa, que ahí no te amenazarán. Yo veré cómo apaciguo a estos monos de cilindro levantiscos.

Así lo hizo Mariano Casares, empacó a Virginia Maturana y a sus seis hijos sobrevivientes y los pasó en su propia gabarra al lado inglés, de donde estaba por volverse a Carrizales cuando lo alcanzó el comandante Pacheco al timón de un pailebote, cargando su gobierno en seis arcones rústicos, sobrados de dineros y papeles. La guarnición de Carrizales le había defeccionado sin saña, explicó, dejándolo ir y llevarse lo que quisiera, menos los fondos líquidos de la hacienda estatal. El comandante les había hecho entrega mañosa de una parte menor de los fondos como si fueran el todo, y había puesto a salvo el resto. En su furia vengadora, le dijo a Casares:

—Tenme los arcones aquí, que son todo el gobierno, mientras yo voy por barco a buscar refuerzos y regreso a darles su merecido a estos usurpines.

Se fue Juliano Pacheco al frente del puñado de marinos que le habían permanecido fieles, pero al doblar el cabo de la bahía su pailebote encalló en los arrecifes y tuvo que bajar a tierra firme en una lancha. En tierra firme alguien lo reconoció por el monóculo y fue preso y fusilado en caliente sin que el monóculo alcanzara a caérsele del ojo. A los hombres que guardaban la embarcación encallada los dejaron hambrear hasta la rendición, los bajaron amarrados y los ejecutaron de espaldas a la misma enramada donde cayó el comandante.

Luego de cruzar por tierra media península, los rebeldes ocuparon Carrizales. Llegaron palúdicos y coléricos, ávidos de dinero y mujer. No encontrando suficiente de una cosa ni de la otra, dispusieron de las hijas y las cónyuges de los hombres ricos del pueblo, a quienes por su parte llevaron a rastras al cementerio. De pie frente a fosas que los mismos rehenes cavaron, les dieron a elegir entre rendir sus dineros a la rebelión o su alma al creador. El pueblo vio pasar a sus notables por la Avenida de los Fundadores entre piquetes ebrios de rebeldes. Arrastrado de los pelos pasó el administrador de la Casa Casares, culateado por la espalda el dueño de la fábrica de gaseosas, llorando y orinándose el tenedor de los libros de la cooperativa, resignado y pálido el bodeguero del chicle, don Atilano Barudi. Ninguno regresó vivo porque ninguno pudo dar más de lo que tenía. Tenían por debajo de su fama.

La rebelión, como tantas otras, se perdió en sus furias. Victimó simpatizantes, traicionó leales, enconó indiferentes, fortaleció adversarios. El gobierno constituido ganó la revancha. Entre vítores febriles y lutos escarmentados volvieron los pardos, como llamaban los pueblos a las huestes oficialistas, por el color de sus uniformes. Tomaron posesión de la península y luego de Carrizales, fusilaron verdugos, pensionaron huérfanos y viudas, levantaron monumentos a los caídos en ceremonias de solemne y virtuosa reconciliación. Mariano Casares regresó los arcones del gobierno del comandante Pacheco, y dio cuenta de sus últimas órdenes. Encontraron la tumba anónima de Juliano Pacheco en la ribera del cabo y trajeron sus restos a Carrizales para brindarle exequias de mártir.

Algo del honor simple que rige la memoria de los héroes pasó del póstumo comandante al prestigio viviente de Mariano Casares, el cual, dijeron los oradores, había dejado su pueblo y sus bienes, arriesgado a su familia y cumplido lealmente las órdenes finales de Juliano Pacheco. A cuenta de aquel riesgo que no había corrido y de aquella lealtad que no tuvo ocasión de ejercer, le fueron refrendadas a Mariano Casares las concesiones de tala en la selva profunda y de comercio exclusivo en los pueblos del río. Mariano anunció entonces que había decidido construir el segundo aserradero de la región, sobre los terrenos desmontados del estuario que tenían ya por nombre La Juliana, en celebración de la estirpe del comandante, para traer a Carrizales la riqueza que sus bosques, la providencia y el valor de sus próceres le habían deparado. Ahí empezó la leyenda dorada de Mariano Casares como mago de la prosperidad de Carrizales. Ahí empezó también su leyenda negra como saqueador de los arcones y usurero de la memoria de Juliano Pacheco.

Presciliano el Cronista, que esto escribe, en su momento también escribió: "El dinero y las revoluciones devoran a sus hijos, pero primero los consagran". No bien se inauguró el aserradero de Casares sobre el río, se hizo boca del pueblo que los pilotes de aquella grandeza eran los arcones del desdichado comandante Juliano Pacheco. Se dijo que Mariano Casares los había devuelto sin los dineros que hubo en ellos y no faltó quien añadiera que en las noches de niebla la figura errante de Juliano Pacheco vagaba sobre el río gritándole a Casares que devolviera lo que se había llevado. Nunca respondió Mariano Casares las imputaciones:

—La envidia sólo produce envidiosos —decía, cuando oteaba en la murmuración de los corrillos del pueblo el fantasma de Pacheco reclamando sus arcones. Y cuando le preguntaban cómo había hecho su dinero, genuina y socarronamente respondía:

—El dinero se hace teniendo dinero.

—¿Y qué hay que hacer para tener dinero, don Casares?

—Para hacer dinero, hay que tener dinero.

—¿Pero cómo se hace para tener dinero, don Casares?

—El que lo tiene, sabe cómo.

—¿Pero cómo lo sabe, don Casares?

—Habiéndolo tenido.

Montado en la ola benéfica del tiempo y sus tiempos, con el viento a favor, se abrieron para él las selvas y los puertos, lo saludaron las riberas, su futuro fue una potencia sin límites del tamaño de su pecho y del ancho de su respiración, como si llevara las velas desplegadas y las corrientes y las mareas le fueran propicias. Algo fluvial y acuático había en él, según se ha dicho. Sus barcos fueron pronto por el Caribe llevando y trayendo mercancías, sus gabarras cruzaban la bahía hasta el lado inglés llevando madera aserrada que terminaba en Nueva Orleans. El agua, como él decía, le dio tanto como el agua le quitó.

Cuando llegaba al pueblo de sus viajes iba al cementerio a limpiar la tumba de sus hijos muertos. Jacinto Chuc lo esperaba en la entrada porque temía la conspiración de los espíritus.

—Todos somos distintos en todo, menos en una cosa, don Casares —le dijo Jacinto Chuc—. A todos nos manda el miedo.

Era un cementerio pintado de colores, con urnas y cruces de madera estallando en colores morados, azules y amarillos. Celebraban el reposo de una población tan reciente que era posible aún conocerla por su nombre. Mariano Casares pasaba entre sus hijos muertos con reverencia y entre sus hijos vivos como entre gallinas de corral, apartándolos de su camino con gestos y voces impacientes. No vivía en su casa, tenía mil casas, sus casas eran sus gabarras y su barco, los puertos de las islas o las aldeas de la ribera del río que pisaba con prisa y recordaba con fruición. Volvía siempre a su casa de Carrizales, su casa sin ley que se expandía bajo la sombra de Virginia Maturana.

Los hijos legales de Mariano Casares crecieron largos y sobrados, como sus negocios y sus lechos. Rodrigo, el mayor, duro y esbelto como un junco, rápido de manos y mente, luminoso como un momento de equilibrio en su llana superioridad sobre sus hermanos. Perfecto, el segundo, ancho de espaldas y huesos, de ambiciones y rencores. Benigno, el tercero, melancólico y leve como estampa de santo, bañado por un halo de silencio, siempre mirando al mar como al espejo inverso de su propia pequeñez. Natalia, la cuarta, incansable y cantora como un pájaro, curiosa de los miembros de sus hermanos y lista para darse a varón mucho antes de que sus primeras sangres la hicieran mujer. Justo Casares, el quinto, nació y vivió encerrado dentro de sí mismo como un puercoespín en las esquinas oscuras de la bodega, rumiando su desacomodo con el mundo. Y el sexto, Julián, nombrado como se ha dicho sin amor, delgado y estelar como Rodrigo el supremo, cuidando como un escudo el perímetro exhausto de su madre.

Vivieron bajo la sombra ausente de Mariano Casares. Crecieron en su casa sueltos, bajo el único mandato de su naturaleza, y la supremacía involuntaria de Rodrigo, el mayor. Entonces vino el ciclón de Wallaceburgh donde Rodrigo estudiaba, el ciclón que arrancó los cocales del litoral, arrastró barcos mar adentro y el mar tierra afuera, ahogó puercos, vacas y gallinas, y a la mitad de los internos del Colegio Loyola, donde estudiaba Rodrigo, el segundo primogénito de Mariano Casares, la luz de su casa y de sus ojos. Cuando le dijeron que su hijo había desaparecido en el ciclón, Mariano Casares tomó una avioneta a Wallaceburgh para buscarlo él mismo, remando entre los paisajes inundados. Toda una noche lo buscó entre el agua y los escombros, bordeando las almenas del Colegio Loyola que sobresalían del nivel del agua, rozando con sus remos los penachos de altos fresnos y casuarinas, que también sobresalían. Remó toda la noche, con los ojos inyectados por el rocío amargo del mar y los lentes de arillo empañados, como si se los hubieran escupido.

El cuerpo de su hijo Rodrigo, a quien soñó invencible como el Cid, estaba en un túmulo de ramas y lodo, con el brazo del interno que había querido salvar, ajeno y solidario, tomándole la espalda en un enlace de muerte. Había agua y ramas sobre el cuerpo de Rodrigo, sus hombros estaban rayados por troncos que lo habían golpeado en la corriente, y tenía en la nuca una cortada de la que ya no corría sangre. En el resplandor de una neblina que era un amanecer de acero, Mariano Casares remó hasta el túmulo y quitó el brazo aferrado a Rodrigo. Al zafarlo, el cuerpo que había sido el lastre vencedor de su hijo se hundió en el agua sucia, con un vuelco inocente y flotó después con los brazos abiertos y las piernas encogidas como un renacuajo que esperara volver a nacer. Mariano Casares escupió sal y almizcle del agua que había tragado toda la noche mientras gritaba sobre la faz húmeda del mundo buscando a su hijo Rodrigo, que soñó invulnerable.

Tomó el cuerpo de su hijo por las axilas y lo subió al bote, lo puso sobre una lona en la proa, acuñado contra la quilla estrecha, para poder mirarlo mientras remaba. Había una brisa calma que soplaba del sureste, del mar lejano y cruel. Remó de vuelta sin sentir el dolor de sus brazos, esperando la última señal de la jornada, el techo de la gendarmería o la torre del hospital junto al puente de fierro que cruzaba el río, las banderas de los puestos de socorro. La brisa movía un mechón de pelo arenado en la frente de su hijo, la luz del día le limpiaba la cara de todo rastro de muerte. Y Mariano Casares le decía: "Yo sé que estás dormido, que vas a hablar. Vas a abrir los ojos y a decir que tienes frío. Porque no estás muerto. No puedes estar muerto. Quisiera saber sólo cuánto tardarás en abrir los ojos y hablarme. No importa cuánto tardes. Los abrirás, como si despertaras. Y hablarás".

—El agua me dio tanto como me quitó —decía Mariano Casares cuando recordaba aquella noche, cerrando los ojos como si pudiera así cerrar su herida—. Ninguno de mis hijos sirvió luego para nada. Yo tampoco valí mucho más. Me morí la mitad esa noche.

Dicen quienes pueden y quieren recordarlo, entre ellos Presciliano el Cronista, que esto escribe, que los hermanos Casares tuvieron pena y consuelo por la muerte de Rodrigo. Fueron libres al fin de su superioridad, pero quedaron privados de su aura. Lloraron sin consuelo al hermano ido, pero en el fondo de su duelo no hubieran querido verlo resucitado. Una noche sonámbula Natalia Casares creyó ver entrar a su hermano muerto por entre las penumbras de su cuarto. Apenas lo vio se le fue encima diciéndole: "Te queremos, pero no regreses", a lo que Rodrigo asintió, antes de evaporarse en el aire, mientras Natalia levantaba la casa con sus aullidos, temblando de culpa por haber regresado a su hermano a la tumba. Al día siguiente le contó su sueño a Virginia Maturana y ésta le dijo, para contener sus lloros:

—Fue su última visita. Quiso decirnos que no volverá.

Los hermanos Casares entendieron poco a poco que la partida de Rodrigo habría de ser más cara que su presencia, porque su muerte lo hizo crecer en la memoria de su padre cavando un hueco como una epopeya y una grandeza como una afrenta en el alma, desierta desde entonces de ilusiones paternas, de Mariano Casares.

—No sé por qué no te moriste tú, en lugar de Rodrigo —les decía Mariano a sus hijos cuando hacían una tontera o cuando en la repentina quietud de la vida, una tarde en el corredor o una mañana mientras esperaba el desayuno para marcharse, lo asaltaba la pérdida de su hijo solar. A todos sus hijos se los había dicho alguna vez, y más veces que a ninguno a Perfecto, el mayor, quien le seguía a Rodrigo en edad y derechos, pero nunca le asestó la frase a Julián, acaso porque era el menor, acaso porque era el único que no temblaba apartándose a su paso ni le hurtaba la mirada, acaso porque siendo niño había tenido el ánimo limpio de meterse bajo la sombra de su padre y no había dudado en acercarse buscando la caricia de su mano protectora.

Ya adulto, más que separado de su casa y Carrizales, Julián Casares seguía recordándose niño, despierto desde muy temprano para espiar por las rendijas de su cuarto el paso de su padre del comedor a la cocina, en el amanecer fresco y luminoso de Carrizales, a prepararse un café con yemas. El día que su padre lo descubrió asomado a la rendija, le ordenó venir con el índice y le dijo:

—El que espía, quiere.

Lo hizo seguirlo al muelle a recoger las noticias y los pescados frescos del día. Fue recibiendo saludos todo el camino, siempre con Jacinto Chuc a las espaldas, metió las narices en todas las barcas, inspeccionando pargos y langostas, huevos de tortuga y pulpas de caracol.

—A los pescados hay que mirarles las agallas —le enseñó a Julián—. Y las langostas deben morir remojadas en agua dulce.

Aquel día saltó al muelle una cuerda de presos, recordaba Julián, con dos indios y un negro unidos por la misma soga.

—¿Qué hiciste, Francisco Dzul? —había gritado Mariano Casares a uno de los indios de la cuerda, y el indio había respondido:

—No hice nada, don Casares. Fue mi hermano el que hirió.

Mariano encargó al barquero que llevara a su casa una ristra de pargos ensartados en un bejuco, y fue al corral que hacía las veces de cárcel en la comandancia militar. Le dijo al oficial de guardia:

—Entró aquí un paisano maya de nombre Francisco Dzul.

—Ningún Francisco —negó el oficial, tras cotejar su lista—. Lo único Dzul que tenemos es un Miguel.

—Precisamente —dijo Mariano Casares—. Apresaron al Dzul equivocado. Miguel y Francisco son gemelos. Miguel es el indio alzado. Francisco es indio de bien. Entre y grítele "Francisco", y mida por su reacción. Revísele luego el tobillo izquierdo. Tiene una cicatriz de machete corto que se hizo monteando conmigo.

—Eso voy a hacer, don Casares. No queremos enjaular inocentes —dijo el oficial y se metió a los corrales. Volvió con el indio al paso, sueltos ya los mecates que le habían cortado las manos.

—Volteó a la voz de "Francisco" como usted dijo, don Casares —aceptó el oficial—. Y tiene la cicatriz que usted recuerda. Además, ya en los corrales lo identificó un paisano. ¿Cómo lo reconoció usted a la pasada?

—Su hermano el alzado no habla castilla —respondió Casares—. Ni sabe quién soy.

Llevó a Francisco Dzul a comer a su mesa y le dio unos billetes para que volviera a su pueblo.

—Toda esta guerra ha sido así —le dijo después a Jacinto Chuc—. Han matado, a la mitad de indios mansos y la mitad de alzados. La mitad era inocente, pero todos están muertos —entonces volteó hacia Julián y le dijo—: Las cosas, hijo, no son lo que parecen sino lo que son. Pero a veces las apariencias son más reales que las cosas.

Aquellos encuentros de niñez, tenidos pronto y recordados siempre, se quedaron flotando en Julián Casares como estampas sagradas de un reino armónico, antes de que lo mellaran la discordia, el recelo, la celosa indiferencia de los años. Ya púber, fuera de aquel reino por obra de un decreto que nadie escribió, Julián no buscó la sombra de su padre, no acudió lambisconamente a sus regresos para pedirle obsequios o sonsacarle privilegios, como acudían sus hermanos, con una mezcla de terror sagrado y oportunismo terrenal. Fue por eso el único que pudo reclamarle a Mariano Casares el día que encontró a su madre llorando luego de un altercado de los cónyuges. Le había dicho entonces a su padre, con nítida voz de niño leguleyo:

—Mamá sólo llora y se aflige cuando viene usted. Cuando usted no está, no llora ni se aflige.

Mariano Casares había respondido pasándole la mano sobre la cabeza y admitiendo con una sonrisa de orgullo el brusco movimiento de Julián rechazando su limosna amorosa. Dicen quienes pueden recordarlo que Julián le impuso desde muy niño respetos y excepciones a su padre, por cosas que su padre no se detuvo nunca a considerar, todo lo contrario de lo que le imponía Perfecto, su primogénito restante, luego de la derrota irremontable de Rodrigo.

Perfecto Casares era grande y duro, con unas ojeras moras bajo los ojos y las cejas arqueadas, en permanente sonrisa y espejo del mal. Estibaba sacos dobles en la bodega y había matado a mano un venado en celo. Tenía el pelo negro como los cuervos que le comían el alma, pidiéndole ser más. Era taimado y doble con su madre, a quien miraba como una pavesa, y colérico con sus hermanos, a quienes escanciaba pellizcos y pescozones cuando estaban a la mano y les imponía deberes rastreros. Mientras el padre estaba ausente tomaba posesión violenta de la casa, y corrían sus hermanos a su paso, en miedo y burla de sus maneras descomunales. Con todos tuvo duelos y zafiedades. A Benigno le quemó unos libros que leía a escondidas por la noche y Benigno, en venganza, echó al pozo las botas de montear de su hermano mayor. A Natalia la encontró con su novio primero que hacía oficios de mozo en la Casa Casares, y fue echado del trabajo y luego del pueblo por inquina de Perfecto. A Justo lo asedió en los rincones de su neurastenia y su misantropía, interrumpiendo su asilamiento, persiguiendo sus rincones, sorprendiendo sus soledades, sacándolo a golpes de sus enfurruñamientos, hasta que Justo le cruzó el muslo con una varilla.

A Julián le llevaba ocho años. Niño aún, luego de cien litigios por minucias, lo llevó un día a la bodega y le pegó con método y alevosía, exigiéndole una voz de perdón y una reverencia de asentimiento que Julián no le entregó ni al principio, ni en el medio ni al final de la golpiza. Por la noche, Benigno y Natalia metieron a Julián en la batea de su padre. Lo mojaron con agua de hielo y le lavaron los verdugones para que no se inflamaran. Esa noche, sin que nadie supiera, salvo el resto de sus hermanos, Julián se acercó a la cama de Perfecto dormido y le dio con un leño en el centro de la cabeza un solo golpe de venganza. Perfecto amaneció cubierto por su propia sangre seca y un chichón como un volcán burlesco sobre el occipucio, y con la rabia simple de no saber a quién cobrarle el daño y la rabia compuesta de que los demás lo supieran. Todos los hermanos resistieron la expansión primogénita de Perfecto, pero Perfecto se impuso a sus hermanos y a su casa. Ninguno de los hermanos se rindió del todo a su imperio invasor, pero todos aceptaron de algún modo que el terreno en disputa desde la muerte de Rodrigo era de Perfecto y que Perfecto podía imponer en él su torcida voluntad.

Perfecto quería encarnar la doble figura del hermano ido y del padre ausente. Su empeño se resolvió en los rigores espurios de una doble opresión: la usurpada e ilegítima del padre, la derivada y agraviante del hermano muerto. Tenía la ambición enfilada pero la brújula chueca y en busca de su imán tomaba sendas perdidas, caminos que llevaban a ninguna parte, salvo a la confirmación del odio y a la guerra civil de sus deseos. Aceptó el puesto de inspector forestal con el que un nuevo gobernador del territorio quiso dividirlo de su padre, entonces de viaje. Apenas tomó el cargo se fue a celebrar no a la cantina de los Casares, que se restringía a escanciar bebidas y estafar borrachos, sino a la que mustiamente había abierto, con manos terceras y mujeres adjuntas, el tío Romero Pascual. Allá estaba Perfecto en el segundo día de su parranda y el quinto vale girado contra la caja de la firma familiar, cuando volvió su padre y supo de su paradero. Lo fue a encontrar al congal y lo trajo como lo halló, en los calzoncillos bombachos precursores del enésimo fornicio, el torso inmenso desnudo y los pelos moros alzados sobre los parietales. Lo trajo vareándolo con su bastón por la calle principal del pueblo en la hora discreta y canicular de la siesta, lo cual impidió a Carrizales mirar con sus propios ojos el espectáculo de aquel gigante oscuro pidiéndole disculpas a su padre, que le pegaba en las ancas sin oírlo como si pastoreara un elefante.

—Yo soy su hijo mayor —le dijo Perfecto a su padre, cuando su padre aceptó oírlo—. Tráteme como el hijo mayor. Como trató usted a Rodrigo. Como hubiera tratado a Mariano y a Rosario, si hubieran vivido.

—Trátate tú como quieres que te trate —le contestó Mariano Casares—. Cuando tú te trates así, yo te trataré como tú quieres.

Así crecieron los Casares, como todos los hijos ganados y perdidos de Mariano, bajo la sombra y la ausencia del padre. Conforme los Casares hijos se abrían, Virginia Maturana se cerraba sobre sí. Sus hijos eran grandes y briosos, pasaban como un huracán por la casa. Virginia era pequeña y leve, pisaba sobre los suelos de madera de su casa como si se deslizara, levitando, pidiéndole disculpas a la piel de la tierra por pisarla. Fue volviéndose un animal doméstico, invisible y reumático. Todo en ella fue haciéndose un eclipse de sí misma, salvo los ojos atentos y el óvalo encanecido de la cara, que era la única pompa conservada de su gloria, el rostro siempre a salvo del sudor, terso como el lomo de un delfín, blanco como la arena del pueblo de su infancia. Sus ojos claros acostumbrados a mirar sin desviarse dejaban asomar tras su poquedad un brillo sabio y una fuerza genuina, rescoldada.

Sus hijos eran, en cambio, un repertorio impredecible. Justo Casares amaba el ruido de los monos en la copa de los árboles y el bordoneo de los insectos en la selva nocturna, los nichos de helechos y las aguas sucias del mangle. Natalia Casares apostaba en los brazos que quisieran tocarla el talismán de una belleza sin reconciliar, ardía por dentro y brillaba por fuera, derramando sobre su facha serena los ríos de una pasión promiscua, siempre saciada y siempre insatisfecha. Benigno Casares tenía la paz monótona y remota del mar, había en su mirada bondades simples, horizontes largos, y en el tono de su vida una leve tensión de brisas y pájaros mañaneros. Julián Casares soñaba fierros y faisanes, y andaba erguido por el mundo cubierto por mitades con la sombra dulce, refrescante y exhausta de Virginia Maturana. En esa línea de sombra empezó su distancia con su padre. Y ahí siguió.

Mariano Casares era su propio soberano. Reinaba sobre sí mismo sin tiranizar sus pasiones que andaban como animales sueltos en el potrero de su alma. "Concentra, no dilapides", solía decir, ya viejo, como quien resume su vida en un consejo útil. Pero en aquellos años de su potencia no predicaba con el ejemplo. Desbordándosele por los lados, su vida iba en todas direcciones, con cauces paralelos y cruces imprevistos. Se iba dejando en todas partes. Tenía mujeres en los pueblos del río y en la orilla inglesa, puertos de arribo y despido, cuerpos de los que entraba y salía como se atraca y se zarpa de un muelle. Dicen quienes pueden afirmarlo que sus únicas mujeres estables fueron la viuda Turnbull en la orilla inglesa y en Carrizales Benita Caín, madre de Presciliano el Cronista, que esto escribe.

Julián Casares se recordaba de niño puesto por su padre en los brazos adúlteros de la viuda Turnbull, asfixiándose por el olor a talco y a lavanda de magnolias que refrescaba su cuello de alabastro y el abundante palio de sus pechos. Mariano Casares se recordaba asfixiándose también en los amores de aquella viuda tierna en cuyas nalgas pródigas se podía tomar el té y jugar baraja. La había descubierto una noche mirando al río sobre los barandales del Club Picwick de Wallaceburgh, la melena rubia al aire como una bandera, y el cuerpo duro y lleno, envuelto en gasas floreadas. Mariano fue hacia ella, viuda de militar, como un ordenanza de turno, se declaró su siervo y fue su amante. Añádase al margen, para contención de fáciles orgullos mujeriegos, que durante mucho tiempo Mariano Casares no supo tocar sin respeto ni hablarle con intimidad a la joven, gorda y grácil viuda Turnbull. Lo inhibían sus modales aristocráticos y sus arrumacos contenidos, que se derramaban, sin embargo, a la hora del amor, en cascadas de injurias y lujurias shakesperianas. No podía poseerla sin un rubor plebeyo, como si no mereciera aquellas mieles políglotas, aquellos ardores celtas, aquellas cachonderías de diosa blanca, al tiempo que sentía expandirse en las rendijas de su apocamiento el placer corsario de tenerla, abierta y disponible para él, condotiero expósito, Calibán del río. Durante años, Casares acudió a la viuda Turnbull travestido de atuendos y maneras, con ternos de lino crudo y sombreros de carrete, para hacerle el amor con largura y eficacia, pero preso en las reglas de una invisible etiqueta, humilde a la resolana de la blancura de la viuda, a los reglamentos de su civilidad, a las sonoridades de su lengua ajena.

Una madrugada, llevado desde el sueño por sus impulsos montunos, antes de tener cabalmente conciencia de sí, Mariano Casares montó a la viuda Turnbull y la picó sin recatos, como si se sirviera de ella en una casa de tolerancia, hasta oírla gritar a mitad de la jugosa travesía, en la bárbara lengua de Castilla: "Jódeme y duéleme, cabrón, mi cabrón", y entendió que había entrado en ella por primera vez. Acaso por eso, por haberla tenido y no tenido como a ninguna otra, tuvo a la viuda Turnbull diez años. Perdió con ella un hijo no deseado en su gestación ni en su pérdida, la perdió después a ella, que no quiso envejecer en el trópico junto a la selva, sino en las praderas verdes y los acantilados de su isla. Para defenderse de aquella noche sin frenos con la viuda Turnbull, la noche que le franqueó el paso a sitios que no tocó en ninguna otra mujer, Mariano Casares acuñó el refrán de eficacias amatorias que con el tiempo repitió toda la varonía de Carrizales:

—A las mujeres decentes hay que tratarlas como pirujas y a las pirujas, como decentes.

Digo que Benita Caín fue anterior en la vida de Mariano Casares a la viuda Turnbull, anterior también a Virginia Maturana, anterior casi a su propia existencia y a la existencia de Carrizales. La aparición de Benita se perdía en la noche de los tiempos. Era una mujer caribe, mezcla de india y de negro, que caminaba mirando al cielo y al suelo, oyendo lo que entraba por las plantas de sus pies y lo que hablaban los vientos y las aves arriba de su cabeza. Nadie pudo decir qué encontró Mariano Casares, durante tantos años, en aquella mujer enjuta y aceitunada, de mirar ardiente, pies descalzos y pelos erizados, madre mía de todos los odios y todos los amores, mi Benita.

—La cama sabe cosas que la mirada ignora —decía Mariano Casares, pero todo mundo sabía que no era la cama lo que lo unió a Benita Caín desde el inicio de los tiempos hasta que la enfermedad se llevó a Benita en tres paladas, antes de que la vejez manchara sus facciones. Era mayor que Mariano Casares, pero se había detenido en una edad inmóvil que la hacía lucir fresca al alba y madura al anochecer, distinta sólo en la edad de su hijo, Presciliano Caín, el Cronista de Carrizales, que esto escribe, a quien Mariano Casares no negó ni aceptó como suyo, pero le negó su apellido. Todo se lo dio en cambio Benita Caín a Mariano Casares, incluidos el amor y el nombre de su hijo Presciliano, que esto escribe, a quien mantuvo huérfano en la sombra de sus genes, en el pliegue negado de su paternidad.

Estas y todas las otras cosas fueron o quisieron presentarse como naturales en el reino zoológico de Mariano Casares, quien decía, resumiéndose y negándose:

—Todo es natural y todo embona donde debe. Dios no les da alas a los alacranes, ni les da garras a los hombres. Y si las gallinas no tienen pechos, será porque los gallos no tuvieron manos.

Así eran y querían ser las cosas para él, así debieron ser para sus hijos y para sus mujeres, salvo para Julián quien dijo no y fue como si blasfemara a la mitad del templo en el mundo sin ley de su padre, que era toda una blasfemia.

CAPÍTULO IV

Dicen quienes pueden recordar esas minucias, entre ellos Presciliano el Cronista, que esto escribe, que habían contratado a una flaca zafia y musculosa para el mostrador de la tienda de la Casa Casares y que Julián vio a su padre seguirla, una mañana, a la intimidad de la bodega. Cuando Mariano Casares volvía silbando por el pasillo, Julián le salió al paso:

—Deje a sus mujeres fuera de la casa —lo increpó.

—¿Qué sabes tú de mujeres y de casas, muchacho? —le devolvió su padre.

—Sé lo que no quiero que pase en la mía.

—Dirás en la mía —precisó Mariano.

—Esto no puede ser la ley del monte —dijo Julián.

—Del monte no, de la bragueta —respondió Mariano Casares.

—No hable así, viejo —le dijo Julián.

—Ya entenderás la ley de la bragueta cuando tengas y mantengas tu casa —lo absolvió Mariano Casares—. En ésta, por lo pronto, los patos no les tiran a las escopetas. Ninguno de ustedes está en posición de regañar a su padre. Aquí no se vale mamar y dar de topes.

Jacinto Chuc le explicó después a Julián la ley de la bragueta:

—Según tu señor padre, Juliancito, la ley de la bragueta es muy sencilla: le cumples o te aprieta.

—No quiero que le apriete en su casa ni que ponga sus mujeres delante de mi madre —respondió Julián, girando de indignación sobre sí mismo.

—Tu papá no tiene mujeres, Juliancito —le aseguró Jacinto Chuc—. Sólo tiene querindangas. Mujeres, que yo le conozca, no han pasado de tres. Y la única señora que hay en sus dominios es tu mamá Virginia.

Los criterios de Jacinto eran laxos y obtusos, y se saltaban sin dar disculpas a Benita Caín, la madre de Presciliano el Cronista, que esto escribe, pero en el fondo de su simpleza derogatoria, decían la verdad. Las palabras de Mariano Casares, también. Si Julián no ganaba para mantenerse, no podía tener voz en la república tiránica de su casa, donde podría mamar, pero no dar de topes, podría medrar, pero no litigar. Fue así como muy joven, prematuramente largo del cuerpo y ganoso del alma, igual que todos los Casares, incluidos los privados del apellido, Julián entendió que para tener un lugar dentro de la tribu debía buscarlo fuera de ella, al otro lado de la cerca, allá donde la costumbre y la sumisión no pudieran doblarlo, lejos del techo amniótico y mezquino de su casa que era, como todas las casas, una opresión y un reino. Le dijo a su padre:

—Me voy a mantener solo, como usted quiere.

—Será como quieras tú —contestó su padre—. Yo no te quiero fuera de la casa.

—Quiero quedarme en la casa, pero conseguir mi dinero fuera.

—¿Quieres dejar de mamar?

—No hable así, papá.

—¿Para poder dar de topes? —siguió Mariano Casares.

—Para ver si entiendo la ley de la braguera —respondió Julián.

Mariano Casares sonrió, ganado por la ironía tensa de su hijo.

—¿Qué vas a hacer? —preguntó.

—No sé —dijo Julián.

—Yo sé lo que vas a hacer —dijo Mariano Casares—. Vas a buscar al tal por cual del tío Romero y a pedirle trabajo.

—Sí —dijo Julián, descubierto—. Eso es lo que voy a hacer.

—Y el tal por cual del tío Romero te va a ofrecer las perlas de la virgen para poder decir que te reclutó, porque no había lugar para ti en la Casa Casares. Es decir, para fregarme. Sólo una cosa te pido.

—La que usted pida.

—Cuando eso que te anticipo pase con el tal por cual del tío Romero, te voy a ordenar que te separes de él. ¿Está claro?

—Está claro.

—De lo demás, no tengo objeción.

La puja de la vida se había llevado la antigua cofradía de Mariano Casares y Romero Pascual, mancuerna impar del almirante Nevares en la primera colonización de Carrizales. Romero Pascual se había vuelto con el tiempo una incomodidad para su antiguo protegido, luego un estorbo, después un rival. Habían partido juntos y complementarios, con maña y cautela de viejo Romero Pascual, con vigor de adelantado y enjundia guerrera Mariano Casares. Juntos se mantuvieron hasta que la Revolución se llevó al almirante. En medio del vacío que quedó, nada pareció cambiar sustancialmente, ni la paz de los montes ni el fluir de las maderas, pero se hizo claro para todos que lo fundamental en el negocio que habían heredado era el dominio del río sobre el que Romero no tenía control ni mandato. Casares decidió entonces poner casa aparte. Pactó por su cuenta, de espaldas a Romero, la expansión de los años de Juliano Pacheco, su protector y socio. Aquel acuerdo desplazó a Romero Pascual del río y de la madera, y arraigó sus negocios en la tierra firme de Carrizales, por donde Casares pasaba como el viento, siempre camino a otro sitio.

Ahí, en tierra firme, con su sabiduría de topo y su avaricia de hormiga, el tío Romero prosperó. Extendió por la villa la frescura del hielo que salía de su planta, fue dueño del combustible y el jabón, financió la cooperativa a precios usurarios, puso un cine y organizó la única orquesta que hubo por décadas en Carrizales. Obtuvo también la concesión del rastro, construyó el mercado, repartió el periódico y las publicaciones de la capital, llenó bodegas con mercaderías extranjeras y multiplicó como una plaga sus mostradores de todas las cosas para todas las necesidades y todos los bolsillos, hasta que abrió también una cantina caminera como la que había hecho las famas fundadoras de Mariano Casares y le agregó dos tendejones para que las muchachas pudieran servir tragos en un lado y servirse a sí mismas en el otro por módicas cuanto recurrentes cantidades en ambos hemisferios.

Todo triunfo tiene un precio y toda derrota una enseñanza, definió en su momento Presciliano el Cronista, que esto escribe. Mariano Casares creció en el río con pompa y aparato, desafiando ojos codiciosos y sembrando envidias incondicionales. Su tío Romero creció en tierra firme con paso y medida, sumando en silencio los regueros de pesos y monedas que corrían sobre sus taimados mostradores. La independencia y el orgullo tomaron el corazón de Mariano Casares llevándolo a mirar con desdén las fuentes originales de su éxito. Nada quería saber del gobierno y sus arreglos. Su condición de semiprócer que no se había rendido a la coerción de los gavilleros verdugos de Juliano Pacheco, la rapidez geométrica de sus negocios comerciales, el auge de su aserradero, la propagación de sus naves, habían levantado las murallas de su soberbia, atenuada sólo por su natural sociable, y habían prendido en torno suyo el aura de una leyenda que atraía tantas servidumbres como enconos.

Mariano Casares había tenido roces altaneros con los comandantes militares sucesores de Pacheco a quienes, en parte, su desdén deparó una corta estancia en Carrizales. A esos mismos comandantes efímeros, por contra, el tío Romero les había sacado pequeñas concesiones, de esas que su sobrino Mariano creía ya no necesitar. Siempre esperando su revancha en el río, con humildad táctica y ambición estratégica, Romero Pascual había aceptado la concesión de talar en un monte difícil a cambio del permiso para montar su propio aserradero, de peor ubicación, pero menores costos que el de Mariano en la embocadura del río. Al saber de las fisuras familiares en la Casa Casares, Romero Pascual había mandado llamar a Julián para ofrecerle un sitio fuera de su tribu. Desde pequeño, Julián Casares tuvo fama de ingeniero natural. Descifrando manuales había reparado barcos, instalado orugas de tractores y parchado baterías de comunicación radial. Había copiado los circuitos eléctricos de una banda auxiliar del aserradero de su padre de cuyos vericuetos rieron todos porque no funcionó hasta que el gringo experto vino a corregirlo y no corrigió sino un paso bizco, antes de poner una mano sobre el hombro de Julián y decir a la concurrencia: "Tecnicalmente hablando, señores, *this is your man*".

—Si allá no te valoran, Juliancito, aquí sí —le había dicho el tío Romero, infiltrándose en la arruga surgida de la Casa Casares—. Pruébales a tus parientes lo que vales. Y cuando vengan a buscarte de rodillas, a mí no me debes nada, te regresas si quieres. No quiero separarte de tu gente. Quiero que tu gente se dé cuenta de ti.

Un año trabajó Julián Casares montando el aserradero menor de su tío, un año siguió instrucciones y descifró planos del ingeniero que vino de Nueva Orleans a supervisar las obras. Justo al año, mientras celebraban en la cantina el término de las instalaciones, el tío Romero cumplió la profecía de Mariano Casares y dijo a mitad de la fiesta:

—Nadie es profeta en su tierra. Julián no lo ha sido en su casa. Pero qué tal en la mía. Aquí vino contra la voluntad de su padre a demostrar lo que allá no le apreciaron.

Cuando volvió al pueblo, Mariano Casares supo de las palabras del tío Romero y de otras que le atribuyeron los magnavoces pueblerinos, así que, bajando del barco, caminó a media mañana por la Avenida de los Fundadores hasta las oficinas del tío Romero para litigar con él.

—Quiero que sepas —le dijo al tío Romero— que Julián vino a trabajar contigo porque yo lo autoricé.

—Vino porque no se aguanta en tu casa, Mariano —le reviró el tío Romero.

—Has hecho exactamente lo que le dije a Julián que harías cuando me pidió autorización para ayudarte: fanfarronear —dijo Mariano Casares—. No me has defraudado. Pero has perdido al mejor prospecto de tus negocios. Julián no trabajará más contigo.

—Deja a tus hijos en paz —alcanzó a decir el tío Romero—. Deja crecer a tus muchachos.

Mariano Casares había salido ya de su oficina y no lo oyó. Habló esa tarde con su hijo Julián:

—El tío Romero ha empezado a decir que te fuiste a trabajar con él porque no había lugar para ti en los negocios de esta casa.

—Estaba tomado —disculpó Julián.

—Hicimos un trato hace un año —recordó Mariano Casares.

—Así es —admitió Julián.

—Espero que cumplas y mandes al carajo al tío Romero. No te pido que regreses a la casa con el rabo entre las patas. Vete a estudiar a la ciudad. Eres el único en esta casa, aparte de lo que pudo hacer Rodrigo, que puede sacar provecho del estudio.

—Benigno es más de libros que yo —alegó Julián—. Mande a estudiar a Benigno, déjeme a mí hacer mi camino.

—Benigno no es de libros, es de rezos —dijo Mariano Casares—. Estudia tú.

—No quiero irme, viejo.

—Tienes que irte —dijo Mariano Casares.

—No me iré —se plantó Julián.

Dejaron de hablarse días, hasta que Virginia Maturana intervino. Le dijo a Julián:

—No contraríes a tu padre.

—Él me contraría a mí.

—No lo contraríes, Julián. Bastantes problemas tiene que atender.

—Usted no es uno de esos problemas —dijo Julián.

—Yo me atiendo mejor sola. La atención de tu padre puede ser agobiante. Prefiero que esté contento yendo y viniendo con sus cosas. Y nosotros en paz.

—La única paz que hay aquí es usted.

—Y la que tú me das —dijo Virginia—. No me la quites. Síguemela dando. Hazle caso a tu padre.

—¿Usted quiere que me vaya a la ciudad? —la emplazó Julián.

—Quiero que no pelees con tu padre —susurró Virginia Maturana.

—Si así lo quiere usted, así será —dijo Julián.

Y sintió que la vida daba un vuelco en su contra.

Julián Casares salió de su pueblo a estudiar en la capital. Antes de que completara un año lejos de su mirada, Virginia Maturana enfermó de su ausencia. Lo había amamantado catorce meses, como a ninguno de sus hermanos, que habían venido en ringlera disputándose los lugares en el cuerpo y el pecho de su madre. A todos los había destetado temprano, salvo a Julián, que no tuvo quién apurara su lactancia y fue el único que no pateó y mordió, ni exigió a tirones su parte. Estuvo sosegado en el vientre y en la ubre, como si los fluidos de Virginia fueran su planta adormidera, su valla de calma contra la agitación rijosa de la vida.

Cuando Julián regresó al pueblo, la hemiplejia de Virginia Maturana se había detenido en un rictus del rostro y en la torpeza de un brazo izquierdo que se olvidaba de sí mismo. Había perdido media visión. Usaba unos lentes de fondo de botella que hacían más melancólicos y vacunos sus ojos de pestañas oscuras y estrías amarillas en las córneas de maple. Había en esos ojos una desolación errante y una ternura de animal resignado que voltearon a Julián por dentro como lo había volteado la orden de partir. Pasó dos días mirándola, velándola, descifrando las palabras como piedras que hacían maromas en su boca y constatando sin embargo que estaba viva, que, bajo aquella epidemia de atrofias de su cuerpo, estaban intactas las flores húmedas y los cristales encendidos de su corazón.

—No me vuelvo a ir —le prometió Julián—. Ni aunque usted me lo mande me vuelvo a ir.

Saben quienes pueden y quieren recordarlo, entre ellos Presciliano el Cronista, que esto escribe, que la novedad de Carrizales durante aquellos meses del viaje y del regreso de Julián fue la familia de Santiago Arangio, el maestro de obras español que escarbaba un aljibe pluvial en la base del cerro donde terminaba la villa.

Santiago Arangio había llegado a Carrizales luego de dos décadas de errancia por la América que encendió su juventud y defraudó su vejez. Salió de Asturias temprano, joven y escoriado, bajo el prematuro desengaño de una huelga portuaria que él apoyó con un primo y que arrastró a su padre, autoridad del puerto, al desprestigio y la diatriba, a su familia de pequeños burócratas a la quiebra y a él, Santiago, podrido de vergüenza, rencor y desengaño, al primer barco que zarpó hacia América. Años después, vuelta Asturias una isla infinita que andaba por su cabeza sin encontrar resguardo ni consuelo, Santiago Arangio murmuraría coplas que recordaban los días de su partida, tocadas levemente por el bable, la lengua astur que Arangio dejó de hablar de niño, pero volvió intacta a su cabeza longeva, poco antes de morir, como un obsequio de su infancia para alumbrar su ceguera:

En un barco de vela
marcho mañana;
en un barco de vela
para La Habana

Amanecía en la aldea
cuando me iba a embarcar
y sonaban las campanas
cual si fuesen a llorar

Bajó en La Habana sin otro patrimonio que una maleta de cuero crudo, dos manos curtidas en las carpinterías y talleres de los astilleros de Gijón, toda la vida adelante, un único encono atrás, y una cabeza recta como una estaca, volandera sólo por contagio de un libro sobre las maquinaciones de la masonería que halló por azar en un recodo del barco y que leyó durante el camino, llenándose, como don Quijote de caballerías, de la magna visión de una conjura que explicaba por sí sola la perversión grotesca y como intencional del mundo. Cuidó recauderías, reparó muebles y pisos, afirmó trabes de galpones, suplió contables, contó y cuidó cada peso y cada confianza que le fue otorgada. A los pocos años de su desembarco le ofrecieron el mando de una tienda isla adentro, en el recinto de un ingenio, y se hizo tierra adentro.

Su primera edad adulta lo sorprendió boyante a su medida y esperanzado a su manera, tanto, que decidió volver a Asturias para mostrarse en buenas ropas y hacerse de mujer. Casó con Ana Enterrías, con sus ojos azul siena y sus mejillas como manzanas, con sus años decentes bien guardados en el hórreo de las costumbres montañesas, y la embarcó a su isla con seis baúles repletos de jamones y embutidos, en prenda de la temporalidad del viaje y del prometido regreso a las cañadas verdes y las rías pintadas de su tierra. Hubo pronto varón, que llamaron Gaspar, como el padre portuario de Santiago, y luego dos mujeres, de una blancura que podía herir hasta el sol tierno de la mañana, a las que bautizaron, contra toda evidencia, Dolores y Soledad, y una tercera que vino la más tersa y acabada de un molde generoso, cuando ya no la esperaban ni la habían procurado con empeño. La llamaron descriptivamente Rosa y la cuidaron como tal.

La vida en la isla le sonrió a Santiago Arangio hasta en el calor, suplicio para otros y bendición para él, que tuvo todo asturiano menos el cuero resistente a heladas y ventiscas. De pronto, un año inesperado, como todos, vino la zona de sombra. Cayó el dictador por una huelga de estudiantes y hubo una matanza en La Habana. Cerraron ingenios, se atestaron los pueblos de familias buscando trabajo, comida, siquiera una limosna. Santiago Arangio llevó a su familia a Camagüey, cerrada su tienda en el ingenio, devuelto a la errante condición de su llegada, sometido al castigo de que sus hijas sostuvieran, cosiendo, guisando y leyendo barajas, los gastos de su casa. Recibió entonces el segundo llamado de la América que había venido a buscar y casi había encontrado en su isla. Supo que en el continente alzaban pozos petroleros, un canal transoceánico, una base naval, y se hizo de nuevo a la mar. Empalmó torreones para pozos de petróleo en Venezuela, construyó barracas en el Canal de Panamá, cuidó y curtió ganado en los llanos atlánticos de Honduras y siguiendo la ruta del calor y el rumor de los barcos que corrían el Caribe supo que, en un lugar de la Bahía del Alumbramiento, había un gobierno loco inventando piedra sobre madera un pueblo nuevo.

Hacia allá quiso ir, saltando por la hilera de españoles que habían hecho la misma senda, como quien pasa un río pisando las piedras que sobresalen. Siguiendo la red de aquella francmasonería indiana, bajó una tarde de invierno en el muelle fiscal de Carrizales, pero en lugar de invierno tuvo, como en todo el Caribe, esa brisa caliente que dejaba en el pabellón de sus orejas una agitación de banderas sobre un atardecer color canela. No se movió del muelle ni de la visión del crepúsculo hasta que se la llevó la noche. Decidió que en ese caserío sentaría sus reales. Mandó decir a su familia en Camagüey que debían esperar un poco pero que el peregrinaje había terminado, año y medio después de haberse hecho por segunda ocasión a la mar para hacer por segunda vez la América.

Lo había traído hasta ese muelle la promesa de trabajo que le hizo, por medio de un sobrino, el abarrotero José Almudena, llegado a Carrizales a su vez por un hermano habilitado como oficial proveedor de la línea de ejército de la península. Cuando su hermano salió de Carrizales en la escolta del comandante que lo trajo, Pepe Almudena decidió quedarse, rentó un galpón, le puso un letrero con su nombre en vez de las insignias marciales de la proveeduría y siguió proveyendo a civiles y soldados en su almacén de víveres y clavos, candelas y arpilleras, y la ruda farmacopea de la vida militar, incluido el salvarsán para impuestos venéreos y la yerba mariguana para untos y trasuntos.

Arango convirtió el galpón rústico de Almudena en una bodega de postes altos y rendijas por donde entraba el aire, pero no se metía el agua, tal como había visto construir en Cuba. La bodega de Almudena fue su primer trabajo en Carrizales. Su primera fama fue la de sus dichos y sus charlas, su loco repertorio de libros, historias y consejas. Después, tuvo la epifanía del aljibe. Apenas comparó el agua dura y azufrosa que sacaban de los pozos locales con el agua tersa y liminal que almacenaban los carrizaleños durante las lluvias en los tanques barrigones de madera que llamaban curbatos, Santiago Arango concibió la muy árabe idea de cavar el aljibe que perpetuaría su memoria como constructor de Carrizales. Como quien copia en un monasterio el plano olvidado de las pirámides, Arango trazó los meticulosos planos del aljibe en las soledades nocturnas de su casa. Cuando el gobierno militar en turno aceptó su idea, luego de echar un vistazo ciego pero inapelable sobre los diseños, Arango puso manos a la obra. Su primer paso fue escribir a Camagüey confirmando a su familia que viniera. Había encontrado al fin el lugar y el trabajo deseados, podían fincar nuevamente en la tierra.

Fincando andaba, con la atención del pueblo puesta en sus afanes, parchando con ingenios no vistos la vivienda que Almudena le dio en pago, escarbando sobre el suelo calcáreo los canales de escurrimientos y la cuadrícula del aljibe que habría de almacenar por todo el año las aguas limpias de la lluvia, cuando su familia llegó al muelle en el pailebote quincenal de las islas.

Desde antes de su llegada y hasta mucho después de su muerte, a la esposa y las hijas de Santiago Arangio les llamaron en Carrizales Las Gallegas, aunque fueran por sangre de Asturias y por cuna de Cuba y por aire también como palmas del monte cubano, delgadas y flexibles, muy esbeltas, al caminar. Su llegada fue como una aparición. Cruzaron todo el pueblo por la calle principal, que era la única, el viejo Santiago Arangio adelante con el enorme baúl en la carretilla, seguido por su hijo Gaspar, abrumado de bultos y mochilas, y atrás doña Ana Enterrías, tomada a brazo y brazo de sus hijas mayores, mirando alrededor con una mezcla de horror y sorpresa, y al final Rosa Arangio, La Gallega chica, sonriendo a lado y lado con sus dientes parejos y sus ojos diáfanos, blanca, casi resplandeciente bajo su sombrilla floreada, las altas ancas de yegua imponiéndose sobre sus tacones a las calles descalzas y sin asfaltar de Carrizales.

Dicen quienes pueden recordarlo, entre ellos Presciliano el Cronista, que esto escribe, que el primer Casares hipnotizado por el clan de los Arangio fue Benigno, el melancólico, cuando oyó cerrar a don Santiago una discusión sobre el mostrador de la pulpería de Almudena con una frase que nunca olvidó:

—El que sigue a una muchedumbre nunca será seguido por una muchedumbre.

Benigno Casares se acercó al maestro de obras como a un coadjutor, en busca de sus saberes y sus frases, y encontró la librería universal de dos baúles que Santiago Arangio había colectado con avara precisión a lo largo de los años, libros que llevaba impresos en la cabeza como manuales prácticos de conducta más que como ornato vanidoso de su inteligencia. Cada día, varias veces al día, algo escurría del arcón de esos libros a la boca de Santiago Arangio para cuadrar una frase, juzgar un hecho o herrar un carácter. Del que fuera abominado y retorcido ejecutor político de Sóstenes Gómez, el último gobernador militar del territorio, Santiago Arangio sentenció:

—Es un hombre idéntico a la lisonja e igual a la envidia.

Para desdeñar las mezquinas adversidades de la vida pueblerina, repetía sin pretensiones, aunque con cierta complacencia autobiográfica, unos versos de *Las famosas asturianas*, la comedia de Lope que sabía de memoria:

> *Tengo yo el alma tan ancha*
> *que non lo es tanto la mar*

Nunca habrá sido tan conducente y eficaz la recitación americana de esa obra como lo fue en boca de Santiago Arangio cuando un grupo de muchachos —alguno de los cuales Presciliano el Cronista, que esto escribe, tuvo en el partido de su intimidad— se levantó en armas en la selva contigua de Carrizales, sin otro resultado que rendirse semanas después, hambrientos, palúdicos y medios locos en una garita militar. Santiago Arangio detuvo sus fusilamientos presentándose en el palacio de gobierno para pedir una audiencia con el comandante militar que gobernaba el territorio.

—¿Sabe usted quién es Lope de Vega, general? —preguntó Santiago Arangio cuando tuvo al comandante frente a él.

—De oídas, don Santiago —respondió el general.

—Pues tengo un consejo de Lope de Vega para usted —dijo Arangio. Leyó entonces el pasaje de la obra, cuyo ejemplar llevaba bajo el brazo:

> *Como al cuerpo los sentidos,*
> *son al gobierno los nervios,*
> *el castigar los soberbios*
> *y el perdonar los rendidos*

—¿Se refiere usted a esos muchachos pendejos que se alzaron, don Santiago? —preguntó el comandante.

—Me refiero al buen gobierno, general —respondió Santiago Arangio—. Si el poder no es generoso no es poder, es opresión.

El comandante escuchó el mensaje y los rebeldes rendidos fueron perdonados.

Las hijas de Arangio se hicieron célebres en Carrizales porque hablaban por los codos, lo mismo que su padre, y contaban historias y cantaban parodias de tangos que habían aprendido en Cuba. También porque cosían y guisaban como diosas, hacían vestidos de talles aéreos y hombreras presumidas, siguiendo los moldes de figurines madrileños que habían llegado con su menaje de Camagüey. Y salían de sus cocinas paellas valencianas, platos guajiros, pasteles y merengues nunca vistos por el paladar de Carrizales. También eran famosas porque tiraban las barajas y se propagaba en torno suyo una impronta gitana de adivinaciones.

Julián Casares conoció a Rosa Arangio en el cuarto de convalecencia de su madre, donde Dolores Arangio, La Gallega grande le echaba las cartas a Virginia Maturana. Habían entornado las persianas para matar la luz cruda de la tarde y estaban como en una conspiración de dichos en voz baja, atentas las tres al sino que las cartas tentaban sobre la mesa. Dolores hablaba con un hilillo de voz que agrandaba la verdad esotérica de sus penetraciones y videncias, Virginia Maturana estaba prendida de esa voz como del último hálito de su vida. Cuando vieron entrar a Julián volvieron en sí con un repentín de secrecía sorprendida in fraganti. Rosa Arangio, La Gallega chica, se levantó del corrillo y vino, traviesa y conspirativamente, hacia el intruso diciéndole, con el encanto charlatán de su acento cubano:

—No se mueva, que se van los vibros. Venga y aguárdenos acá —lo tomó de la mano para llevarlo a una silla del rincón—. Quédese quietito, que ya vamos a terminar.

Julián sintió las manos frescas y olió el aliento mezclado de un perfume frutal de Rosa Arangio, midió la ligereza de sus pasos, la rapidez de sus piernas, la magia toda que había en sus gestos, en sus ojos risueños y embaucadores, el llamado que había en su risa y en la gracia fantasmagórica de su complicidad. Julián se sentó y oyó a Dolores Arangio coser infundios y bienaventuranzas sobre Virginia Maturana, pero más que nada vio a Rosa moverse, acodarse en la mesa, completar favorablemente sentencias de su hermana y voltear hacia Julián cada vez, confirmando y resolicitando su calma, agradeciéndole y algo más con la mirada, sonriéndole y algo más con la sonrisa, halagándolo y algo más con la furtiva detención de sus ojos sobre el invitado de piedra que sus modos habían sedado y vuelto de terciopelo.

—¿Qué dicen las barajas de tu futuro? —le preguntó Julián a Rosa Arangio en un aparte, cuando terminó la sesión.

—Nada que puedas saber —contestó Rosa.

—Yo sé lo que dicen —se engalló Julián.

—No puedes saberlo.

—Puedo, porque yo voy a hacerlo realidad —dijo Julián.

—Pues ahora que llegue a casa yo escribo en un papel lo que dicen de mí las barajas y vamos viendo si lo cumples o no —coqueteó Rosa Arangio, con una vuelta completa en la órbita invitante y juguetona de sus ojos.

Cuando llegó a su casa escribió: "Voy a casarme con él", y confió después en que los astros hicieran su camino.

A la vista de Rosa Arangio, Julián Casares olvidó que había decidido quedarse en Carrizales y lo decidió de nuevo. Su padre vino a preguntarle cuándo regresaría a la capital para reanudar sus estudios.

—No voy a regresar —advirtió Julián.

—Tengo planes para ti, muchacho. Sólo tú puedes hacerte cargo de esto —"esto", creyó entender Julián, era la Casa Casares—. Ha crecido de más. Necesita cerebro y estudio, más que músculo y obstinación como tiene Perfecto.

—Usted ha puesto a Perfecto en el sitio que me está ofreciendo. Usted ya escogió —dijo Julián.

—Estoy contando con tus estudios para que manejes esto —repitió Mariano Casares.

—No cuente con que voy a estudiar —dijo Julián—. Si no a otra cosa, voy a quedarme a cuidar la salud de mi madre. No quiero estar lejos otra vez cuando se enferme. Quiero estar aquí.

—¿Insinúas que no se la cuida? —preguntó, sin agraviarse, Mariano Casares.

—No insinúo nada —respondió Julián, difiriendo su alegato.

—Haz como quieras —terminó Mariano Casares—. Te dije ya lo que tenía que decirte. Y no es poco.

Luego de su encuentro en la recámara de Virginia Maturana, Julián Casares volvió a toparse con La Gallega chica en la calle donde ella vivía. Se la topó después en el depósito de carbón donde ella compraba el combustible. La encontró finalmente asomada a su ventana. Rosa Arangio le dijo:

—Demasiadas coincidencias me parecen nuestros encuentros.

—Coincidencias no son —admitió Julián—. Son las cosas que mandan las barajas.

—Algo me había sospechado de eso —sonrió La Gallega chica—. Porque una cosa es que este pueblo sea pequeño y otra cosa es que tú te me aparezcas en todas partes.

—Es lo que mandan las cartas —repitió Julián—. Que te me aparezca hasta en la sopa.

—¿Qué sabes tú de las cartas? —lo desautorizó Rosa Arangio.

—Nada —dijo Julián—. Pero si en verdad predicen el futuro, entonces deben decir que vas a encontrarte conmigo en todos lados.

—¿Por qué han de decir eso las cartas? —dijo Rosa.

—Porque así va a suceder.

—¿Es una promesa o una amenaza?

—Lo que digan las cartas —auguró Julián.

—Lo que digan las cartas es sólo la mitad del negocio. La otra mitad es lo que diga yo —dijo Rosa.

—¿Y qué dices tú? —preguntó.

—Voy a consultarlo con las cartas —terminó Rosa.

Lo consultó de hecho, una y muchas veces, y salió siempre el caballero rodeado de oros y espadas, de abundancias y heridas, escorado un día e incompleto el otro, pero dominante siempre en el tablero y siempre con una pena que pagar, unas veces pagada con dinero y otras veces con sufrimiento, siempre al final de una época dorada y al principio de una época apacible, entre un triunfo y una reconciliación, luego de un entusiasmo y al inicio de una penitencia.

Nunca como en esos días las paredes de la casa paterna fueron tan asfixiantes para Julián, nunca fueron tan estrechos sus horizontes y tan mezquinas sus reglas implícitas. Volvió a acercarse al tío Romero en busca de un camino.

—Vengo a pedirle su ayuda, no a trabajar con usted —le dijo.

—Tú tendrás de mí todo lo que yo pueda darte —prometió el tío Romero.

Romero Pascual había perdido a su mujer joven y se había refugiado en una viudez prematura sólo para descubrir, ya tarde en sus años, la necesidad casi física de un hijo en quien reflejarse y prolongarse. Puso esas urgencias detenidas y esas dichas pospuestas en Julián. Vio a Mariano Casares revalorar a su hijo cuando lo tuvo en litigio, y pensó que lo había perdido ante el llamado del padre. No pudo sino llenarse de gozo cuando Julián regresó en busca de su propio lugar fuera del cerco de la tribu.

—¿Qué quieres hacer? —le preguntó el tío Romero

—Quiero poner un taller mecánico —definió Julián.

—Lo harás muy bien —concedió el tío Romero.

—Pero no tengo dinero para montarlo.

—Lo tendrás conmigo —dijo el tío Romero—. Conmigo tendrás también trabajo suficiente para asegurarme de que me pagarás.

—Si no le importa quisiera ofrecer primero los servicios del taller a la Casa Casares —pidió Julián.

—No me importa —dijo el tío Romero—. Y si no te importa a ti, quiero que estudies mi fábrica de hielo. Hay espacio para otra fábrica en este pueblo. Si quieres montarla, te prestaré también.

—No puedo ser su socio —dijo Julián—. Ya vio usted la vez pasada.

—No quiero que seas mi socio —contestó el tío Romero—. Quiero que pongas tu propia fábrica.

—¿Y qué gana usted en eso?

—Te prefiero de competidor a ti que al nuevo gobernador Sóstenes Gómez —dijo el tío Romero.

—¿El gobernador Gómez quiere poner una fábrica de hielo? —preguntó Julián.

—Quiere poner una cosa de todo lo que haga falta en Carrizales —sonrió el tío Romero—. Me mandó hablar para preguntarme lo que falta en la villa, y como falta todo, piensa meterse en todo. A tu padre también lo llamó. Sacaron chispas que serán incendios. El caso es que, si te adelantas con la fábrica de hielo, no tendremos competencia del gobernador, y ganaremos los dos.

—Hay cosas que aprenderle a usted, don tío —se rio Julián.

—Toma las que te sirvan, mi hijo. Sólo quiero saber una última cosa.

—La que usted diga.

—Estas fiebres empresarias ¿de qué ojitos vienen?

—Ya lo sabe usted —dijo Julián.

—Lo sospecho, no lo sé —se burló el tío Romero.

—De La Gallega chica, don tío. Pero ella tampoco lo sabe.

—Lo sabe perfectamente, mi hijo —sonrió el tío Romero—. Lo sabe desde antes que tú.

Las cosas no son nunca como son, ni como se recuerdan, pero son inflexibles, aprendió en su momento Presciliano el Cronista, que esto escribe. En la cabeza de Mariano Casares los pasos a la independencia de su hijo Julián quedaron unidos con un nexo causal a la epidemia de abandonos que diezmó su casa en esos tiempos. Saben quienes pueden y quieren recordarlo que muy poco después de la inauguración del taller mecánico de Julián, su hermano Benigno reconoció una tardía pero inaplazable vocación sacerdotal que lo sacó de Carrizales y sus selvas paganas rumbo al seminario y los valles pacíficos de Dios. Poco después de Benigno, se fue Natalia, tras de un emigrante portugués conocido de más en los burdeles y cantinas de las islas. Justo Casares también emprendió en aquellos tiempos su primera salida misántropa del pueblo donde nunca pudo sentirse en casa. Se hizo a la mar en un barco que llevaba extremo rumbo austral, porque quería conocer los hielos eternos y los leones marinos, la luna y las estaciones al revés que empezaban al sur del ecuador. De modo que sólo quedó en la Casa Casares el obligado primogénito, Perfecto, atónito y colérico de la falta de hermanos a quienes apartar de su camino y la sobra de trabajos y cuidados que exigían los negocios de la familia.

Mariano Casares resintió la desbandada como si la voz de salida la hubiera dado Julián, y cerró filas en torno a Perfecto, quien empezó a repetir en la cantina frente a su tertulia de socios y paniaguados:

—Entre la Casa Casares y el renegado Julián se ha levantado un muro que no lo tira ni Dios.

La partida de ninguno de sus hijos fue tan decisiva para Mariano Casares como la llegada a Carrizales de quien sería el último gobernador militar del territorio, el general Sóstenes Gómez, cuyos alcances, lo mismo que los agravios de sus hijos, Mariano Casares midió mal y pagó sobradamente. Acostumbrado a gobernantes distraídos que miraban su estancia en Carrizales como un trámite de ascenso o un castigo disciplinario, Mariano Casares no entendió la novedad de Sóstenes Gómez ni creyó en sus palabras. Pero Sóstenes Gómez no fue un gobernador más enviado a Carrizales en castigo o anticipo de una carrera. Había pedido él mismo su traslado con la pretensión megalómana de fundar la última frontera de la república, la frontera sur, y llegó a Carrizales con ínfulas de Moisés y pretensiones de forjador de historia patria. Le había pedido esa puerta de entrada a los destinos del país al Caudillo, su amigo y deudor, cuya vida había salvado poniendo en riesgo la suya durante una peripecia del motín que los encumbró a ambos, llevando al Caudillo a la Presidencia y a Sóstenes Gómez a la confianza incondicional del presidente.

Tras de Sóstenes Gómez venía, puede decirse, toda la Revolución. Había sido rebelde de la primera hora, y durante la sucesión de revueltas, conspiraciones y comedias que siguieron al ascenso del primer gobierno revolucionario tuvo una brújula infalible para caer siempre en el bando vencedor. Cuando llegó el conflicto religioso que dividió a la república revolucionaria, Sóstenes Gómez tuvo un bautizo doble como profeta laico y ángel exterminador. Había arrasado pueblos y enterrado curas vivos, o al menos ésa era su leyenda, había blasfemado en cientos de atrios de iglesias vacías y poseído al menos a una mujer en el altar mayor de una catedral de su tierra nativa. Le gustaban el silencio del orden y el tintineo del dinero, y venía a Carrizales a imponer un orden y a buscar dinero. Pero venía sobre todo a civilizar la península, a sacarla de las garras del atraso y la ignorancia, de su estado de postración y de su estado de naturaleza.

—Me han dicho que usted es aquí la ley y el dinero —le dijo a Mariano Casares en su primera entrevista.

—No hay mucha ley ni mucho dinero en estos lares —respondió Mariano Casares, sin valorar el elogio.

—De lo poco o mucho que haya, esas dos cosas son las que yo quiero ser y representar aquí —advirtió Sóstenes Gómez.

—No tiene usted más que decidirlo —aseguró Mariano Casares—. Encontrará socios y obediencia en todas partes.

—No quiero todo, no me entienda mal —se explicó Sóstenes Gómez—. La vida me ha enseñado que el que sabe sumar sabe repartir. Sé repartir y sumar. Ni usted ni los otros hombres de negocios del territorio tienen nada que temer de mí.

—El que nada espera nada teme —dijo Mariano Casares—. Yo nada espero del gobierno y nada temo de él.

—Usted ha recibido muchas cosas del gobierno —recordó Sóstenes Gómez.

—Nada que no haya devuelto con creces —regresó Casares—. Los gobiernos aquí han sido un desorden. Mire usted a su antecesor. Se llevó hasta la raya de los soldados y los soldados anduvieron un mes mendigando y robando en el pueblo para comer.

—Ésas son las cosas que no volverán a suceder —prometió Sóstenes Gómez

—Usted lo dice y yo le creo —aceptó, sin conceder, Mariano Casares.

—Sólo el gobierno puede imponer el orden —dijo Sóstenes Gómez—. Si no hay gobierno, ¿cómo meterá usted al orden a las tribus ariscas y a los colonos sin rienda de esta frontera? Y sin orden, ¿cómo habrá negocios para gente como usted?

Casares contestó:

—Es imposible ordenar a los hombres, general. De aquí o de ninguna parte. Usted puede meter otro desorden que es el gobierno y darles ocasión de que se desordenen ahí, eso es todo.

—Admitirá usted que se ha beneficiado del desorden gubernamental —alegó Sóstenes Gómez.

—Tanto como me he desordenado —respondió Casares.

—¿Qué es lo que piensa usted, Mariano? ¿Cuál es su creencia en la vida? —preguntó Sóstenes Gómez.

—Creo lo que oí de un filósofo chino en una casa de tolerancia de Nueva Orleans —devolvió socarronamente Mariano Casares.

—Un ágora de primera —ironizó Sóstenes Gómez.

—Se la recomiendo cuando vaya —se sostuvo Mariano Casares—. Lo que escuché ahí es que el hombre es como el agua. La puede usted canalizar, pero no puede comprimirla. La puede evaporar, pero vuelve a caer del cielo. Si la toca cuando fluye, la ensucia. Si la fija, se empantana. Puede quemar cuando arde, y también puede quemar cuando se congela. Si sabes navegarla puedes darle la vuelta al mundo. Si enderezas tu bote contra ella, se levanta contra ti. Cuando está quieta es como un estanque. Cuando se apasiona es como un ciclón. Un agua suelta que nadie puede domar ni comprimir: eso es el hombre, aquí y en donde quiera.

—Aguas más revueltas he visto y acabaron fluyendo por la acequia de mi casa —sentenció Sóstenes Gómez.

—Feliz su casa —concedió Casares, indiferente.

—Usted no ha entendido nada del gobierno —le dijo Sóstenes Gómez y advirtió—: Al menos no del mío.

No hablaron más. Mariano Casares salió hirviendo de la entrevista.

—El trabajo de la gente del gobierno es robar y el nuestro que no roben demasiado —le dijo a Jacinto Chuc—. Yo ya les di suficiente durante el curso de mi vida, no pienso darles más. Trabajé para ellos, para los que han mandado aquí mucho tiempo. No pienso trabajar más.

—Todo por servir se acaba, don Casares —dijo Jacinto Chuc.

—Todo, Jacinto —admitió Mariano Casares.

Al regreso de uno de los viajes de Mariano Casares lo esperaba en el muelle la escolta del gobernador Sóstenes Gómez para llevarlo a su despacho de palacio.

—Quiero presentarle a un viejo amigo —le dijo Sóstenes Gómez.

Lo hizo pasar a un salón contiguo de donde venía un aroma dulzón de tabaco de maple. Contra el ventanal, mirando hacia la bahía, fumaba su pipa y preparaba su vuelta teatral, una espalda inconfundible.

—Ustedes se conocen —dijo Sóstenes Gómez.

—Nos conocemos bien —admitió el almirante Poncio Tulio Nevares volteando al fin, para darle la cara a Mariano Casares, su antiguo socio—. Hemos cambiado mucho —dijo, después de barrer a Casares con la mirada—. Pero creo que en el fondo seguimos siendo los mismos.

—El almirante y yo somos hermanos de armas —presumió de sus armas Sóstenes Gómez—. Hemos peleado en bandos contrarios y luego en el mismo.

—Mariano Casares y yo somos hermanos de empresas —recordó el almirante Nevares—. Hemos estado en las mismas empresas y luego en las contrarias.

—Me da gusto verlo, almirante —alcanzó a decir Mariano Casares.

—Más gusto me da a mí, Mariano —respondió el almirante, con memoriosa ironía—. No sabe usted cuánto.

Por el tono del almirante, Mariano Casares supo que luego de saltar indemne tantos levantamientos y motines, de poner en su favor el resultado de tantos azares bélicos y tantas desventuras militares, finalmente, ahora que el país estaba en paz y se asentaban las aguas, para él empezaba la guerra.

Capítulo V

El almirante Poncio Nevares le había dado la vuelta al azar de su patria convulsa. La Revolución lo sorprendió en el servicio activo del antiguo régimen, bajo cuyas banderas el almirante combatió desde el motín de la primera hora hasta la avalancha de la última. Intervino flotas de armamentos insurgentes, cañoneó puertos rebeldes desde los barcos leales de la armada, despidió en uniforme de gala al dictador que se embarcaba a Europa y firmó en calidad de comandante interino del ejército la rendición incondicional del viejo régimen. En aprecio de su lealtad y su entereza le había sido concedida una jubilación sin deshonor y una vida privada sin recordación de su pasado.

La primera asonada triunfadora que surgió del seno de la Revolución dividida encontró al antiguo almirante manejando una gabarra de cabotaje entre Galveston y los puertos mexicanos del Golfo, llevando y trayendo mercancías y refugiados. Entre estos últimos, para su fortuna, el almirante trabó amistad con uno de los políticos exiliados que fue luego cabecilla de la revuelta ganadora. No había cómo desperdiciar al versado almirante, conocedor de los hombres y la guerra, de los barcos y las costas, de las mareas y las estrellas. El nuevo gobierno revolucionario lo encontró dispuesto a servir como siempre a su patria y lo hizo inspector después de la flota mercante del Golfo, en cuyos puertos venéreos, urgidos de aguardientes y mujeres, el almirante conoció y se dio a la causa de Sóstenes Gómez.

Prófugo de los esbirros de la capital y de las furias de una amante sulfúrica, Sóstenes Gómez convocaba en el Golfo a la segunda insurrección de la era revolucionaria, esgrimiendo papeles que desconocían al gobierno del centro por el fraude que cometería en elecciones que aún no se celebraban. Las arengas de Gómez revindicaban cultamente los derechos del pueblo a la justa rebelión contra el tirano, soportando en ellos la legitimidad del gobierno revolucionario en el exilio, del que Sóstenes Gómez se ostentaba ya como ministro. Venía huyendo, de hecho, en la comitiva de quien sería años más tarde El Caudillo y era en esos días nada más un general chocarrero que contaba anécdotas, hacía fulminantes retratos de sus opositores y anticipaba con claridad de niño una vasta estrategia militar para remontarse al norte, cruzar los tres mil kilómetros de frontera por el país vecino e iniciar una revolución segunda donde él mismo y otros habían iniciado la primera. En su tierra natal del noroeste lo esperaban sus soldados dispuestos y los laureles inconstantes de la historia, sirvienta de los audaces. En una fragata del gobierno, que para no incurrir en infidencia técnica Nevares declaró insurgente, servidora del gobierno en el exilio, el almirante llevó a los prófugos a los puertos del norte, y se hermanó con ellos en las noches de vientos cálidos y brandis soñadores, hablando de lo pasado y de lo porvenir como muchachos sin rumbo que cambian seguridades sobre la grandeza de su futuro.

En la proa de aquella fragata, al vaivén apacible de las aguas del Golfo, mejorado por la luna y las estrellas, Poncio Nevares le hizo a Sóstenes Gómez la relación de sus pérdidas, narró la interrupción de su tarea en la frontera informe del sur, sobre las aguas fangosas, pero para él entrañables de la Bahía del Alumbramiento. Cuando meses después llegó la victoria, Sóstenes Gómez recordó aquel lugar mítico, sin contorno, y decidió empeñar su voluntad en terminarlo, como si corrigiera o añadiera los trazos faltantes de la mano de Dios. Las tareas de la pacificación, no obstante, ocuparon sus energías unos años y las de la descristianización de su lar natal otros tantos. Fue enviado a limpiar de rebeldes el norte del país y los limpió a la vista de todos, colgando lo que encontraba de los postes del telégrafo. Fue enviado luego a contener la agitación católica de su tierra, sacudida por leyes revolucionarias que por fin daban al César lo que era del César, razón por la que los católicos y sus pastores se alzaron rezando y matando, y una camada de hombres sin temor de Dios, como Sóstenes Gómez, les hizo entender a tiros que las cosas del César eran todos los bienes de este mundo y las de Dios sólo las esperanzas del otro.

Sóstenes Gómez creía en el tamaño infinito de su voluntad y de sus arcas, creía en su país y había escrito su propio credo para suplir el rezo católico: "Creo en mi patria todopoderosa, creadora del cielo y de mi tierra. Y en el Estado, su único hijo, señor nuestro". Cuando tuvo las manos y las arcas llenas de pacificaciones históricas y reasignaciones terrenales, volvió al recuerdo de Sóstenes Gómez la bahía confusa y promisoria, el confín inacabado de la república donde su fraterno almirante había perdido una fortuna y abandonado a medias una misión, y donde la Revolución triunfante tenía una deuda que saldar con la forma inacabada de la patria. Cuando Sóstenes Gómez le pidió al Caudillo, en nombre de su amistad y de la causa, la intendencia y gobierno militares de la frontera sur, El Caudillo lo miró con sus risueños ojos de acero y le dijo:

—Si puede usted comer del centro, compadre, por qué quiere comer de la periferia.

—Me gustan las mulas ariscas, compadre —había respondido Sóstenes Gómez—. Y las cosas a medio terminar.

Obtuvo el nombramiento con la firma directa de El Caudillo y, poco antes de partir, los consejos del fraterno almirante.

—Casares —le dijo el almirante—. Por donde haya ido Casares habrá ido aquel lugar.

Sus palabras marcaron en la voluntad moldeadora de Sóstenes Gómez el rumbo que había que enmendar, las manecillas del reloj que había de echar atrás para volver a la dirección correcta.

Cuando Nevares vino de visita a la bahía, ya su recomendación había empezado a hacerse realidad. Luego de restringirle a Mariano Casares las concesiones del comercio ribereño, Sóstenes Gómez le restringió también las de la explotación de la madera en bosques nacionales. Castigó con impuestos solidarios, destinados a la educación, los embarques foráneos del aserradero y los licores importados que se vendían por caja en los mostradores de la tienda y por copas en el parador de la cantina de Casares. Gómez cerraba la cantina varios días de cada mes, aprovechando riñas o escándalos rutinarios, y le tendió la mano al tío Romero Pascual, lo mismo que a la fila de competidores y malquerientes de Casares. Pero la verdadera iluminación nacionalista de Sóstenes Gómez en su remodelación de la frontera llegó con la visita del almirante, quien le hizo notar que todas aquellas trabas al paso de Casares no eran sino obstáculos menores en el tranco de un aventurero que había ido ya muy lejos y tenía puestos varios pilotes de su emporio fuera de la jurisdicción de Carrizales, en firmas y clientes del lado inglés, en barcos que llevaban y traían por el Caribe bienes y dineros para los que el ingreso a la bahía no era un negocio sino una distracción. Debía notar Sóstenes Gómez, sugirió el fraterno almirante, que mientras no tocara el corazón de aquella maquinaria en movimiento, no se detendría la máquina.

—Y el corazón lo tiene de madera —le dijo, señalando el escritorio de una pieza que el propio Casares le había regalado al gobernador, con un mapa de la frontera sur labrado en marquetería.

Toda la madera de Casares, explicó el almirante, era cortada en los bosques del país, pero todos los socios taladores de Casares y todos sus clientes compradores eran extranjeros. Así las cosas, en mejor servicio de la nación, las operaciones de Casares debían ser revisadas y, la tala de madera, condicionada a rendir un mayor beneficio para los nacionales y un costo mayor para los extranjeros. El gobierno propiciaría la creación de una liga de taladores de Carrizales que tendría preferencia absoluta en las concesiones de explotación forestal. Serían prohibidas las exportaciones de madera en troza y en tablones de primer aserramiento, como salían del aserradero de Casares. Se exigiría una elaboración semindustrial de las exportaciones madereras, que trajera consigo precios más altos y mayor derrama local. Al efecto, el gobierno promovería la creación de un aserradero nacional que tendría preferencia en el tratamiento de toda la madera cortada en los bosques de Carrizales para obtener de ella no sólo tablones, sino también junturas y cubiertas de muebles, columnas y capiteles.

El aserradero escogido para esa tarea nacionalista fue el que había puesto río arriba el tío Romero Pascual, quien cedió al gobierno y a sus nuevos socios, el gobernador y el almirante, las dos terceras partes de la propiedad, a cambio de las preferencias y las inversiones públicas en sierras de uso múltiple y equipo de ebanistería industrial que requería la nueva función del cortadero. El aserradero nacional de Carrizales serviría desde entonces como una especie de aduana predatoria de toda la madera que bajaba por el río, y que ahí separaban, escogiendo la mejor, pagada a tarifas fijadas oficialmente, y dejando que fluyera hacia la embocadura del río, donde estaba La Juliana, el aserradero de Casares, la madera de menor monta y menor precio. Presciliano el Cronista, que esto escribe, supo en su tiempo que ésta fue la epifanía nacionalista que tocó el corazón no de la riqueza de Mariano Casares, pero sí de la expansión de su emporio, porque la madera era entonces una fiebre que creaba fortunas y engendraba dinastías, un huracán de excedentes y ejércitos de taladores, de cuyas rutas de corte escurría un resplandor de mina salomónica, el polvo de oro rojo del aserrín de la madera.

Julián Casares aprendió del tío Romero Pascual los secretos de hacer negocios con la venia de la autoridad. Por consejo del tío, fue su propósito abrir la segunda fábrica de hielo que conoció Carrizales y la primera embotelladora de refrescos. Pero para instalar las bandas tersas y los pistones locos de la botillería, lo mismo que para cualquier otra cosa de rendimiento llamada a fortalecer las fronteras de la patria, había que presentarse en la oficina del gobernador Sóstenes Gómez y obtener su anuencia. Si había de perder a manos de otro una ocasión de negocio, Sóstenes Gómez quería hacerlo por su voluntad, autorizando la aventura como generoso demiurgo, a cambio de unos pesos y la gratitud del beneficiado. Así cedía derechos de negocios que no pensaba emprender pero que podían ser suyos porque estaban en el horizonte de las posibilidades, y así cedió a Julián Casares el negocio de la segunda fábrica de hielo y de la primera embotelladora, pensando con el rabo del ojo que la independencia del hijo le quitaría recursos familiares al padre, la pieza de caza mayor en la guerra que Sóstenes Gómez libraba en su frontera.

Mariano Casares había desairado los derechos civilizatorios de Sóstenes Gómez, rechazándolo como socio y poniéndolo en entredicho como autoridad, además de que propalaba por el pueblo, con humor divagante, cábalas sobre la negra suerte de Sóstenes Gómez, quien sería en Carrizales ave de paso, reyezuelo de temporada, lo mismo que sus antecesores. Por instigación del almirante Nevares, Sóstenes Gómez había empezado la tarea gubernativa de contener a Casares, para devolverle al almirante algo de lo que la Revolución le había arrebatado y para devolverse a sí mismo lo mucho que Casares, por el sólo hecho de tenerlo, le debía. Julián miraba ingenuamente ese litigio, ocupado más en su propio camino que en los caminos obstruidos de su padre, y embebido en sus planes de mujer inminente.

Rosa Arangio fue el recinto de su amor y el manifiesto de su independencia, una promesa de bienes futuros en cuyas andas libertarias Julián Casares salió del solar paterno, pintó sus fronteras y se dispuso a construir su lugar soberano.

—Supongamos que quiero casarme contigo —le dijo por la ventana de su casa a Rosa Arangio, con quien seguía topándose en todas partes, tal como lo anunciaron las cartas.

—Supongamos que yo también —contestó Rosa Arangio en un susurro clandestino—. ¿De qué vamos a vivir?

—De mi trabajo —resolvió Julián—. Que saldrá de tus amores.

Puso entonces a los pies de Rosa el inventario de su pobre fortuna y pudo enumerar una fábrica de hielo que estaba a dos vueltas de tuerca de ser inaugurada, un taller de quebrantos mecánicos, un contrato de mantenimiento para el aserradero de su tío Romero, un proyecto de embotelladora y un cayuco aborigen en el que habría de llevarla a remar por la bahía hasta que conociera todas sus partes hondas, libres de la plaga aluvial del fango y de los peces bagres que comían desperdicios. Los ojos de Rosa Arangio contaron feniciamente los bienes de su pretendiente, sintiendo multiplicarse los sobresaltos de su corazón.

—¿Y dónde vamos a vivir? —preguntó, con el alma saltando por el quicio de la ventana.

Entonces Julián Casares puso a sus pies, que tenían en el arco una curva de limón, el propósito de compra de un terreno sin chapear de la calle tercera, llamada De los Almendros, que tenía una palmera al fondo y un flamboyán al frente y era por eso conocido y codiciado en Carrizales como el predio del flamboyán.

La boda fue de pueblo entero, incluyendo las iguanas que miraban desde las ramas de los almendros con atención de divinidades prehistóricas. Vinieron las autoridades del sitio, el gobernador Sóstenes Gómez, con el monóculo que había decidido imitar del prócer Juliano Pacheco, y el descomunal almirante Poncio Nevares, que estaba surto en el muelle del puerto, si puerto había que llamar a la dársena lodosa y muelle al sendero de tablones podridos que unía Carrizales con los mares.

Vinieron los hijos de Virginia Maturana, todos menos Perfecto, que pasó la tarde bebiendo sin compañía en el congal de su tío Romero, donde hasta el encargado de la cantina se marchó a las bodas de Julián. Vino Benigno del seminario y oró por los novios en la concentración novicia de su medio sacerdocio. Bajó Justo de su barco itinerante, igual de misántropo que se había ido, pero alumbrado y sereno como si lo bañaran todavía los fuegos australes, y fue asiduo de su madre, con quien pasó todo el festejo en un silencio faldero y filial. Vino Natalia, que estaba a unas semanas de abandonarlo todo por el capitán de barco que la abandonaría cada noche, vestida de esclava egipcia, con ajorcas en los tobillos y un faldón que ofrecía los medios muslos de su cuerpo ecuménico a la inspección de los varones de la villa. Todos estaban ahí, las ramas variopintas de los linajes sin abrir de Carrizales, y las mujeres del común, que entonces podían mezclarse con las otras, y las simples putas, que habían llegado después, pero miraban cara a cara a sus clientes, hijos, padres y hermanos de las otras, putañeros asiduos o esporádicos, pero ninguno anónimo en la transparencia edénica, infernal y trivial, de Carrizales. Vino Presciliano Caín, el Cronista de Carrizales que esto escribe, alto y oscuro como su padre, portando unos lentes que no necesitaba sobre el puente exorbitante de la nariz y llevando del brazo a su madre Benita, liviana e intemporal como el invierno inexistente de Carrizales. Desde luego vino la familia Arangio, vestida de gala, rubicunda en el sancocho del calor la madre de la novia, Ana Enterrías; silente y aristocrático el padre, Santiago; y en atuendos de lino, atigradas por las alas transparentes de sus sombreros, las hermanas de la novia, Dolores y Soledad, que veían partir primero a su hermana menor hacia el lecho canónico, la brújula firme, el puerto de arribo obligado de sus días que no era otro que casarse y parir. Vinieron los monteadores del río, y la parroquia toda de las islas, incluyendo al campanero y al monaguillo, y los soldados de la comandancia militar, que hicieron rancho aparte en las inmediaciones del festejo, junto a los indios que bajaron de sus bosques, con sus músicas sordas y sus silencios sonoros, dispuestos a beber y a tocar sin límite de tiempo ni cambio de compás. A unos metros del festejo, en el lindero de la selva, alertas, desconfiados, acudieron también los invitados del monte, los monos de las ramas altas y las serpientes de los bejucos, los venados y los armadillos, las lechuzas y los guacamayos, y un ejército macedónico de insectos que chirriaba sobre el crepúsculo como si anunciara que nadie faltaba en el arca de Noé y todos bajaban sus armas para saludar por un momento los pendones humildes de la felicidad.

Sé, porque él me lo dijo, que Julián vio a su padre hablar y reír con el gobernador Sóstenes Gómez, estirando un cuento de piratas y monjas españolas. Vio al gobernador tender brazos fraternos y palmadas amistosas sobre las espaldas de su padre, y al descomunal almirante Nevares compartir un habano reflexivo con su antiguo protegido traicionero. Con esas imágenes en la cabeza, siempre de fondo el mar, Julián Casares miró en los ojos de su mujer una luz de vaso lleno, y quiso creer que el pleito había terminado, que el gobernador y el almirante habían depuesto las armas contra su padre para sellar los fastos de la convivencia. Partió a su viaje de recién casado sintiendo que la dicha de su boda se contagiaba al mundo y el mundo podía empezar de nuevo para todos, como empezaba para él.

Dicen quienes saben recordarlo que antes de la boda Ana Enterrías llamó a su hija Rosa y le abrió literalmente los arcones de su corazón. Desde su salida de Asturias un cuarto de siglo atrás, había coleccionado en dos baúles la vajilla y la ropa de cama que habría de usar en su casa cuando volvieran de América para establecerse en Asturias por el resto de sus días. Los arcones crecieron con vajillas alternativas y ropa y mantelería suficiente para llenar varias casas. Ana sacó la primera colección de vajilla y ropa de cama que había completado cuando el regreso parecía al alcance de la mano, antes de que los años se acumularan sobre el espejismo del regreso, y se los entregó a su hija para que empezara su matrimonio.

El viejo Santiago Arangio construyó la casa donde vivieron Rosa y Julián, en la esquina De los Almendros, junto al flamboyán, y la hizo de madera, con un porche orientado a la brisa y en el patio un curbato donde escurría por canalillos de lámina toda el agua de lluvia que tocaba el techo. Bajo aquel techo sonoro cuyo recuerdo ancestral sería el eco de metralla de los aguaceros, vivieron Rosa Arangio y Julián Casares todos sus años de Carrizales. Antes de cumplir el primero, tuvieron una hija en un parto enredado y nocturno que se resolvió hasta el amanecer, con una Rosa exhausta, pálida de muerte, y una recién nacida de formas claras y facciones apacibles que hubo que adivinar bajo las escoriaciones que le impuso su primera asomada al mundo. Temblando todavía de los estragos del parto, con su hija golpeada por la vida en los brazos, Rosa Arangio le dijo a Julián, como hablándole a otro, en un delirio:

—No quiero que mis hijos crezcan aquí. No quiero que se pierdan en este pueblo sin caballos. Yo he sido feliz aquí, porque aquí rencontré a mi padre y porque te encontré a ti. Pero quiero que mis hijos vivan en otra parte, que tengan los caminos abiertos. Que vivan en la ciudad. Que no se los coma el monte.

Decidieron ponerle Julia y bautizarla aprovechando la visita pastoral del primer obispo que hubo en esas tierras.

Los siguientes años los pasaron Rosa creciendo a su única hija, Julián lidiando con las roturas de las bandas de su fábrica de hielo y las arritmias de los pistones de su botillería, metido largas horas bajo autos tercos y motores descompensados, quehaceres suficientes para que su casa creciera. Los dineros que ponía en manos de su mujer volvían a él bajo la especie doméstica de una impredecible romería. Rosa gustaba de guisar y ofrecer, nadie entraba en su casa sin tomarse al menos un café cuyo aroma fue célebre en el aire incivil de Carrizales. Nadie pasaba por su casa saludando a hora alimenticia sin terminar comiendo sentado a la mesa o de pie en la cocina un bocado aperitivo o un caldo reparador. Las hermanas de Rosa venían con frecuencia trayendo al pueblo entero prendido de sus lenguas contagiosas. No sabían cruzarse con alguien sin engancharlo rumbo a casa, para comer y charlar, coser y charlar, beber y charlar, echar las barajas y hablar interminablemente de la suerte.

—Si quieres gente, comida caliente —decía Santiago Arangio, resumiendo la tendencia de sus hijas al convivio y de Rosa a ofrecer su casa, siempre abierta y dispuesta, bien surtida de viandas y flores, y de buenos humores.

Cuando venía el obispo primero a la villa, se hospedaba en casa de Julián y Rosa. Uno de aquellos años, al final de las ceremonias bautismales y confirmatorias, luego de las primeras comuniones de media mañana y antes de las bodas de la tarde, Rosa Arangio y sus hermanas montaron para el obispo un almuerzo bajo la palmera de la casa de Julián y allá se fue medio pueblo a compensar los ayunos del día. El obispo era un prelado amigable, que sudaba con resignación sus ropones conciliares. Era un hombre aindiado de boca muy ancha, dientes blancos y disparejos, como de pianola desvencijada. Su voz era grave y su habla clara, de una suavidad redonda y contundente, y una inclinación a narrar que lo hacía demorarse sin detenerse, enganchando por largos periodos la atención de sus oyentes. Tenía fresca en el alma su reciente visita a la República de Miranda, el país vecino de Carrizales y de la colonia inglesa, cuyo arzobispo, pareja del obispo en el seminario de Roma, había querido obsequiarlo paseándolo por su tierra y lo retuvo con él una semana. Su viaje había sido, confesaba el obispo, como una zambullida en el edén.

La República de Miranda, contó el señor obispo, tenía soles redondos y aguas azules, volcanes risueños y casitas de madera. Tenía climas templados y lagos inmóviles cuya única misión parecía ser la de reflejar el cielo. Sus ciudades, dibujadas sobre valles de aire transparente, tenían linaje y humildad de pueblos viejos. Sus mercados reventaban de frutos y colores, sus fiestas olían a copal y sonaban a marimba. Sus bosques eran verdes y tumultuosos, como soñados por un demiurgo inocente y manirroto. En el centro de las selvas reinaban las divinidades de la ceiba y la caoba, y la miniatura viva del quetzal que Dios había puesto en la tierra, como al colibrí, para probar el gusto de su alma por las cosas pequeñas y la perfección artesanal de su fantasía.

Las selvas de Miranda picaban desde tiempo atrás la ambición forestal de Carrizales, donde la tala había menguado los bosques y las vedas nacionalistas de Sóstenes Gómez contenían el saqueo. En las selvas de Miranda quedaba todo, porque durante los años primeros de la fiebre de la madera la desgracia había bendecido a la república y su historia loca de vaivenes políticos había impedido que nadie medrara ahí lo suficiente ni desmontara nada significativo. Las concesiones otorgadas por gobiernos efímeros eran canceladas por sus efímeros sucesores, y una asonada traía madereros que se llevaba la siguiente.

La muy india, blanca y antigua República de Miranda había tenido catorce gobiernos en veinte años, y sólo ahora, bajo la inspiración iluminada y tenaz del arzobispo, había podido levantar un régimen estable, guiado por un joven caudillo militar capaz de unir lo dividido y conciliar lo inconciliable. El clero y los liberales jacobinos, los pueblos indios y las oligarquías blancas, los terratenientes y los campesinos, los fueros de la milicia y el hambre presupuestal de los civiles, habían hallado acomodo en la furia nacionalista y católica del nuevo régimen, cuyas primeras provisiones incluyeron la expulsión de las selvas de Miranda de todos los concesionarios norteamericanos. El gobierno era fuerte, contó el obispo, y lo unía la protesta amenazante de los expulsados, pero sus bolsillos, siempre rotos, estaban vacíos y tenía urgencias justamente de aquello que se había visto obligado a expulsar: inversionistas extranjeros que hicieran rendir sus bosques y no ofendieran su causa.

—Yo sé que su familia es maderera de antaño —le dijo el obispo a Julián Casares, bajo la palmera de su casa—. Quizá tengan ustedes una oportunidad que Dios les manda en esos bosques.

De las palabras inopinadas del obispo esa mañana cayó sobre Julián Casares el embrujo de la madera de Miranda. No fue un ensalmo instantáneo, sino de lenta cocción en el mortero de los días, como quien convierte un virus en fiebre o una gota de esperma en nueva vida. Una noche despertó asomado al abismo de los bosques de Miranda, como Narciso al estanque que habría de ahogarlo con su propia efigie. Despertó a su mujer y le dijo, con sencillez de iluminado:

—He tenido una visión. Los bosques de Miranda están para nosotros.

—Julián —lo reprendió Rosa, como si lo encontrara a la orilla de una profanación—. Esas selvas han sido puestas ahí por la mano de Dios. No pueden ser para nosotros. No son para nadie.

El viejo Santiago Arangio había echado sobre las fortunas madereras de Carrizales el dicho de uno de los autores de su biblioteca: "Desdichado el hombre que finca su riqueza en la caída de un árbol". La vibración de esas palabras era la alarma que bailaba en los ojos de Rosa, perdidos en las sombras de su cuarto.

—Esas selvas —persistió Julián— las puso Dios ahí para servicio de sus hijos y para que crezcan los nuestros. Mírame —le pidió a su mujer, tomándola de la mano como si la tomara de la voluntad—. ¿Quieres que tus hijos crezcan en la ciudad?

—Sí —contestó Rosa, absorta y electrizada.

—¿Quieres que estudien en la ciudad? —siguió Julián, dejando apenas espacio a la sumisión de su mujer.

—Sí —repitió Rosa Arangio, tomándole las manos a su marido, como si le suplicara detenerse.

—¿Quieres que no se los coma el monte? —siguió Julián.

—Que no se los coma —pidió Rosa, desbordando dos hilos de lágrimas por sus mejillas hasta la comisura de los labios.

—Pues éste es el designio de la Providencia, que por medio del señor obispo ha puesto frente a nosotros esos bosques —dijo Julián como quien llega al centro de un silogismo—: Del monte vamos a sacar para que a tus hijos no se los coma el monte.

Rosa miró en el resplandor que abrían sus propios ojos el rostro poseído y pálido de su marido, hablándole con pasión de niño y con temblor de vidente:

—Una temporada bastará —dijo Julián—. Dame tu bendición para una temporada.

Rosa lo miró sin entender, lenta para el tranco visionario de Julián, y quiso volver al paso anterior.

—¿Es por mis hijos? —preguntó.

—Por tus hijos —juró Julián, mecánicamente, perdido ya en su carrera hacia los bosques de Miranda.

—Pero yo sólo tengo una hija —sollozó Rosa, como disculpándose de su insuficiencia.

—Y los que vayan a venir —dijo Julián.

—Sí —se rindió Rosa Arangio, hundiéndose en el galope del pecho de su marido.

—No te escuché —dijo Julián, exigiendo que repitiera.

—Sí —repitió Rosa, sacudida.

—Abrázame —pidió Julián.

Rosa Arangio le apretó la mano y lo abrazó.

—Abrázame fuerte —exigió Julián.

Al abrazarlo como le pedía su marido, Rosa Arangio descubrió que también Julián temblaba.

Capítulo VI

De la propia boca de Julián Casares supo Presciliano el Cronista, que esto escribe, los detalles del sueño infantil que gobernó a Julián durante sus años de la madera: se veía entrando del brazo de su padre y de su tío Romero a las selvas de Miranda, sonando al fondo las fanfarrias de la reconciliación, brillando sobre él las gratitudes universales por la generosidad de su buena estrella. No tenía nada más que esa visión, ese sueño, y la sospecha de una sutil ingeniería para colarse a aquel monte, un devaneo de diplomático que envolvía en un pañuelo de seda el atrevimiento de una mano alzada en busca arrebatada de la fortuna.

—¿Quién te contó esas historias de Miranda? —le dijo Mariano, su padre, con una sonrisa equívoca en los labios, cuando Julián le repitió lo que había escuchado del obispo.

—Eso no importa —respondió Julián, preservando el misterio—. Lo que importa es que en esas selvas hay una oportunidad.

—Muy inverosímiles y desordenadas son todas las cosas que te han contado —regateó Mariano Casares—. Pero lo más inverosímil y desordenado que hay en ellas es que son absolutamente verdad, una tras otra. Llevo once meses, desde que entró el nuevo gobierno, tratando de poner mi mano ahí, y he vivido lo que pasa en carne propia. Quien te contó lo que pasa en Miranda sabe de qué habla. ¿Sabe también cómo abrir las puertas de Miranda?

—Creo que sabrá —dijo Julián, apostándole otro diente de misterio a la curiosidad de su padre.

—Si él puede ayudarte a eso, yo pongo lo demás —ofreció Mariano Casares como cerrando un negocio y perdonando una reticencia—. Pongo el dinero para la temporada, la flotilla para el arrastre, el aserradero para el beneficio en Carrizales. Y lo que haga falta en más.

—¿Qué podrá poner el tío Romero? —preguntó Julián con ingenuidad fabricada, como quien tira una piedra al avispero.

—Nada hace falta que ponga el tal por cual del tío Romero —se retrajo picado por las avispas Mariano Casares.

—Alguna falta hará —dijo Julián, tomando posesión del campo—. Metiendo al tío Romero, calmamos al gobernador Gómez y al almirante Nevares.

—Nada merecen ellos de este trato —sentenció Mariano Casares, grabando en un rictus de la boca el deshonor de la mezcla que Julián le ofrecía.

—Algo tendrán que ganar para que no nos bloqueen —explicó Julián.

—Nos tienen bloqueados de antemano —recordó su padre, y agregó con agravio de patriarca olvidado—: Al menos, me tienen bloqueado a mí.

—Los vamos a suavizar dándoles una parte del negocio —dijo Julián con suficiencia que el padre supo idéntica a la suya de los primeros años, idéntica a la certidumbre y a la suficiencia del Mariano Casares del inicio, perdido ahora en la selva de los años.

—Los negocios no son para compartir, son para acumular —dijo Mariano, con aspereza de viejo escarmentado.

—Mis negocios son para que todos ganen —se infatuó Julián, sobrándose por los lados, como se había sobrado su padre en otros tiempos.

—Tus negocios no existen todavía, Juliancito —lo bajó Mariano Casares—. Todavía no existen y ya estamos repartiendo lo que no hay. Te voy a decir lo que vamos a hacer. Haz tus arreglos con quien debas hacerlos. Trae abiertas las puertas de Miranda y a partir de entonces, repartimos.

Julián no habló con el tío Romero antes de ir a ver al obispo. Algo le dijo, en lo profundo de una euforia sin dudas, que había equivocado los caminos y empezado por donde debió terminar.

Rosa Arangio le empacó una maleta de medio viaje y le dio una bendición compungida para que fuera a entrevistarse con el obispo en la capital de la península. Aquella entrevista, según Julián, y ésta era su secreta ingeniería, iba a abrirle las puertas de Miranda.

El obispo le había ofrecido su ayuda en reciprocidad. No mucho tiempo atrás, la diligencia de la familia Arangio había abierto las puertas de la evangelización en Carrizales. Y las arcas de los Casares habían pagado sus costos. Ni Santiago Arangio ni su mujer eran católicos practicantes, pero el maestro de obras echaba de menos en Carrizales la presencia de la iglesia. Creía en los poderes civilizatorios de la fe y el temor a los castigos divinos. Se había asomado sin apartar la vista a la condición deshilachada del hombre, y juzgaba necesaria alguna superstición mayor que pusiera riendas en las pasiones de los pueblos. Santiago Arangio solía repetir en las tertulias de la pulpería de su paisano José Almudena:

—Un pueblo sin Dios es un pueblo sin ley. Dios nace del temor y la ley nace de la razón, pero el miedo ha podido siempre más que la razón para gobernar a los hombres.

Don Santiago repudiaba al gobierno, pero lo juzgaba un mal necesario, menos malo entre más productor de orden, aun si el orden debía pagarse al precio de cierto despotismo. Había visto en su tierra natal y en sus viajes por la América abierta pueblos soliviantados por todas las quimeras, soñando bienes inalcanzables que se volvían males endémicos, improvisando repúblicas democráticas que terminaban en tiranías de oropel. Sólo había encontrado bienestar donde había encontrado orden, y libertades efectivas donde imperaba la autoridad. Sus hijas convirtieron aquella idea gubernativa y civilizatoria de Santiago Arangio en una conversación sanguínea sobre la necesidad de tener a Dios en casa. A todo fuelle y con todo mundo hablaban las Arangio sobre esta urgencia, de suerte que poco a poco se dejó escuchar en Carrizales un lamento semiuniversal por tener que esperar cada quince días el pailebote de las islas con el cura para poder asistir a misa, recibir perdones, bautizar criaturas y morirse en el seno de la Santa Madre Iglesia. Antes de que las autoridades pudieran saber cómo, por medio de las lenguas de fuego de las hermanas Arangio, había en Carrizales un pentecostés laico, un orgullo local herido por la falta de una parroquia propia, de un cura nativo, de unas beatas autóctonas con monaguillos aborígenes y chistes verdes aplicables a la sacristía de Carrizales. Fueron y vinieron cartas de los carrizaleños al obispo pidiéndole un cura de planta y del obispo a los carrizaleños celebrando los denuedos de la fe en aquella tierra. Parecía estar de acuerdo todo el pueblo en abrir una iglesia con todas las de la ley, pero nadie se había atrevido a decírselo al jacobino gobernador Sóstenes Gómez, cuyos despojos sacrílegos gemían anticipadamente en el infierno. Acicateado por sus hijas, el viejo Santiago Arangio pidió la segunda y última audiencia formal que tuvo en su vida con el general gobernador para decirle:

—Creo en esas cosas de la religión menos que usted. Usted las ha perseguido porque le estorban, es decir, porque cree en ellas al revés. Yo ni siquiera eso. No vengo a alegar por los curas ni por la fe, sino porque se ayude usted a gobernar lo ingobernable.

—¿Y qué es según usted lo ingobernable, don Santiago? —preguntó el gobernador Sóstenes Gómez.

—Ingobernable es un pueblo joven sin temor a Dios —respondió Santiago Arangio, y le expuso después sus teorías al respecto.

—Desestima usted los daños que trae a la vida social el fanatismo —apuntó Sóstenes Gómez.

—El fanatismo es cosa de pueblos viejos —dijo Santiago Arangio—. Los pueblos nuevos como Carrizales son demasiado perezosos para volverse fanáticos. Hacen falta siglos de adoctrinamiento, como en su tierra, en el centro de la república, para producir un fanático.

—Me pide usted que ayude a sembrar la semilla de la mata que he combatido toda mi vida —dijo Sóstenes Gómez.

—Le pido que siembre un instrumento de gobierno —precisó Santiago Arangio.

—Puede que tenga usted razón —admitió Sóstenes Gómez—. En el fondo, es más peligrosa la lengua de sus hijas que la prédica del evangelio. Si usted controla a sus hijas, yo controlaré a los emisarios de Cristo.

—¿Autoriza usted, entonces, que se abra una parroquia? —preguntó Santiago Arangio.

—No autorizo nada, don Santiago —replicó Sóstenes Gómez—. Que eso les quede claro. Simplemente miraré a otro lado mientras no me obliguen a mirar a donde ellos estén. Es mi única condición, y más vale que la respeten. Que no me obliguen a mirar hacia donde están.

—Si no respetan esa condición, seré el primero en ponerme de su lado —prometió Santiago Arangio.

Obtenida la indiferencia de Sóstenes Gómez, quedó el problema de los costes de la iglesia y la parroquia. El obispo informó en una carta: "Si la grey de Carrizales construye la iglesia, la diócesis correrá con los gastos del señor cura de Carrizales". El problema planteado por el obispo fue resuelto en lo que viajaron los correos. Rosa Arangio convenció a Julián de la causa y Julián habló con su padre.

El viejo Mariano Casares dijo:

—Con tal de fastidiar un poco el orgullo jacobino de Sóstenes Gómez, soy capaz de dar el terreno, la madera y los peones.

Soy capaz hasta de conseguir los dineros que falten para construir la iglesia.

Así se abrieron las puertas de la evangelización en Carrizales.

A resultas de aquellas jornadas, el obispo se reconocía en deuda con la casa de Julián Casares, y a cuenta de aquella deuda o en descargo de ella, Julián decidió visitar al obispo para decirle que sus palabras le habían traído la iluminación nocturna de los bosques de Miranda. Quería probar su suerte en esos bosques, le dijo Julián al obispo, pero necesitaba su bendición y su apoyo, resumibles ambos en una carta de recomendación para el hermano arzobispo de Miranda que a su vez pudiera recomendarlo con el presidente. Julián le abrió su corazón al obispo y le contó su sueño de entrar a La Reserva del brazo de su padre y de su tío Romero.

—Te habrás preguntado por qué te dije a ti lo de la madera y no fui directo a decírselo a tu padre —le dijo el obispo cuando terminó—. Quizá incurrí en omisión al no decirte que, por razones que ignoro y tú podrás averiguar, tu padre no tiene las simpatías del régimen de Miranda. Conviene que no lo exhibas al entrar como tu socio. De lo demás, hoy mismo empiezo a escribir la carta, que sería bueno enviarle a mi hermano en Dios y en tierra, el arzobispo de Miranda, con algún presente que sirva a su grey.

—Mi mujer mandó bordar en paño de lino una efigie de la Virgen India de Miranda —informó Julián.

—La efigie de la Virgen será más que adecuada —dijo el obispo bajando los párpados complacidos en señal de astuta y santa aprobación—. Apenas tengan lista la efigie, me la hacen llegar y yo la remito a mi hermano con la carta.

El obispo envió la carta y la efigie bordada, como dijo. A vuelta de eclesiástico correo, Rosa y Julián recibieron del arzobispo de Miranda un juego de misales con tapas de nácar bendecidos por el papa, una mantilla negra y un rosario autóctono que tenía los misterios redondos de carey. Recibieron también una invitación oficial del Gobierno de la República libre y soberana de Miranda para pasar unos días en su ciudad capital, llamada Primera Miranda en recuerdo de la capital originaria, que ahora se llamaba solamente La Vieja. Rosa y Julián dejaron a su hija, ya de tres años, en manos de las hermanas Arangio y de los atoles de su abuela, Ana Enterrías, y marcharon hacia el lado inglés para tomar un avión tosigoso que los depositó en la pista de tierra roja del aeropuerto civil de Miranda. Fue una travesía de cielos tumultuosos y nubes cerradas que les impidió ver otra cosa que sus propios rostros mudos, en medio del cielo, camino de ninguna parte. Los esperaba un coche de invitados oficiales y fueron directamente al palacio de gobierno, en la plaza de armas de Primera Miranda. Los recibió el secretario privado del presidente, quien se ingenió un aparte con Julián para decirle al oído, con discreción jesuita:

—Vayan y visiten al señor arzobispo para hablar de las cosas de Dios, y luego usted regrese solo por aquí, sin su adorable esposa, para hablar de los bosques de Miranda, y de cómo habrán de hacerse las cosas de los hombres.

Llevaban para el jerarca eclesiástico una segunda carta de su amigo el obispo y una edición madrileña bilingüe, en papel biblia, de la *Suma Teológica* de Tomás de Aquino, envío del mismo prelado. Habían mandado tejer una segunda enseña, dado el buen resultado de la primera. Las bordadoras de la península habían hecho esta vez un lienzo de seda de la bandera del Vaticano, con sus llaves de castillo feudal que custodian las puertas de la gloria eterna. El arzobispo despachaba en la catedral. Rosa y Julián saltaron a los mendigos bisojos, los tullidos supurantes, los dementes en cueros que se arrastraban pidiendo en la puerta del atrio. Entraron al olor de mirra, pobreza y orines que se había rescoldado en aquellos muros viejos, antes de pasar a las oficinas en la parte trasera, de donde llegó corriendo un diácono:

—Los llevaron a la puerta equivocada —suplicó—. Fue mi culpa. Favor de no comentarlo al señor arzobispo, que ordena pasen ustedes sin dilación.

Julián llegó ante el arzobispo y se hincó para besarle la mano. Lo mismo hizo Rosa Arangio, impresionada menos por el aire de santidad del prelado que por la solemnidad jerárquica del momento. El arzobispo era un elefante apacible de rotundo tonelaje abdominal. Había dado rienda suelta a todas las formas de la concupiscencia en los rondones inocentes de la gula. Julián reparó en que tras el escritorio de la oficina estaba colgada la efigie de la virgen india, patrona de Miranda, que ellos habían enviado.

—He querido tenerla junto a mí unos días, para beneficiarme de su aura, en lo que terminan de limpiar el altar que ha de corresponderle en la nave mayor de catedral —explicó el arzobispo—. Créanme que he sentido su influjo benigno y materno. A través de sus delicados filamentos he sentido también las manos nobles y el corazón entero que ustedes pusieron en este regalo al pueblo mariano de Miranda.

Julián le dijo:

—Con el atrevimiento que tiene la ignorancia, excelencia, nos hemos decidido a traer ante usted otro presente. Está en el coche y si usted lo autoriza lo mando traer.

—Procedan de inmediato —autorizó el arzobispo, echando una mirada al diácono que salió disparado en busca del encargo.

Julián se disculpó:

—No me alcanzaron los brazos para traer ese regalo del coche, porque los he empleado todos en cargar el encargo de su amigo el obispo que le manda unos libros.

Julián fue por las dos maletas de cuero que había cargado desde Carrizales y, ante la salivación pavloviana del arzobispo, fue poniendo sobre el escritorio, uno tras otro, los dieciséis tomos de la *Suma Teológica* del doctor angélico, el buey sabio, el levitante varón no tocado jamás por la lujuria, Tomás de

Aquino. El arzobispo vio primero, tocó después, olió por último la mayor montaña de misterios desentrañados que hubiera llegado nunca a la República de Miranda, y buscó luego con mano diestra en el índice de uno de los tomos, hasta encontrar la página buscada. Dijo a guisa de proemio y justificación de su lectura:

—Todas las cosas de Dios y del hombre están descifradas en estos libros. Aun las más proclives a la mendacidad alcanzan aquí rango teológico. Miren ustedes —y les leyó con gesto travieso, como si leyera un salmo erótico, los santos silogismos de Tomás en torno al alimento y el semen (Cuestión 119, *Sobre la propagación humana: El cuerpo*). Leía aun cuando el diácono entró con el paquete recogido del coche. Bajo la discreta indicación de Julián, lo abrió en la mesa de al lado. Cuando apareció el paño y el diácono vio de qué se trataba, se santiguó. Entonces el arzobispo suspendió su lectura y se acercó a mirar. Julián le dijo al diácono:

—Vamos a desplegarla completa.

Desataron los pliegues de la bandera sobre la mitad del despacho del arzobispo, cuya emoción Julián percibió en los lentes nublados y las mejillas rojas, como si hubiera sido sorprendido por una imagen angélica. Lo vio meter la mano izquierda bajo el paño para jugarlo entre los dedos y tragar un gorgorito de sacra ternura. Les dijo:

—Sepan ustedes que son considerados en adelante amigos de la iglesia mirandina y de su jerarquía.

Tomó luego el teléfono y habló largamente de Julián Casares.

—Va a recibirlo a usted el secretario privado del señor presidente de Miranda —le informó a Julián—. El secretario tiene todo que decirle. Lo que le digo yo es que la enseña vaticana que nos han traído será exhibida permanentemente en la astabandera del arzobispado en señal de nuestra permanente gratitud.

Rosa y Julián fueron a instalarse en el hotel que les habían deparado, metidos ellos mismos en un aire de gratitud y cuento de hadas. Como le habían indicado, Julián volvió solo al palacio de gobierno. El secretario del presidente le dijo:

—Tendrá usted una concesión por tres años para cortar madera en La Reserva de Miranda, la mejor zona boscosa del país. Pero la concesión no puede estar a nombre sólo de un extranjero. Debe incluir la presencia de un empresario mirandino. La decisión del gobierno es que ese empresario sea don Luis Sandoval, hombre de empresas y además mi tío.

—Si ése es el requisito, no tengo objeción —accedió Julián.

—Es el primer requisito —dijo el secretario—. El segundo es que garantice usted las operaciones entrando en sociedad con una empresa maderera solvente, como la que el almirante Nevares y el gobernador Sóstenes Gómez han creado en su tierra.

—Está contemplada la sociedad con el maderero que opera esa empresa —dijo Julián—. Por más señas mi tío, don Romero Pascual.

—Excelente —celebró el secretario—. Hay otras dos condiciones.

—Las que ustedes digan —se allanó Julián.

—La primera —dijo el secretario— es que en toda esta operación no pueden entrar ni dinero ni empresas americanas. Es compromiso del gobierno.

—No entrará ninguna —prometió Julián.

—La segunda será dolorosa para usted, pero es indispensable para el gobierno por sus relaciones con el general Sóstenes Gómez, autoridad del lugar de donde procede usted.

—¿Cuál es esa condición? —preguntó Julián.

—Su padre, Mariano Casares, no podrá entrar a esta jugada, porque se lo tienen señalado al señor presidente de Miranda como un socio indeseable.

—¿Quién se lo tiene señalado? —quiso saber Julián, incómodo, pero guardando la facha impasible.

—La gente del propio pueblo de Carrizales. Las autoridades de su pueblo. Nadie es profeta en su tierra —respondió, filosófico, el secretario.

—Mi padre es el único que puede financiar una operación como ésta, aparte de las compañías americanas —advirtió Julián.

—Métalo como socio financiero —resolvió el secretario—. Pero no como socio de la concesión.

—Mi padre es el único con la flotilla suficiente para arrastrar a tiempo esa madera, aparte de los americanos —informó Julián.

—Métalo como flotillero de arrastre, pero no como socio de la concesión —resolvió el secretario—. Ahora quiero presentarle a su socio mirandino, don Luis Sandoval —y mandó pasar a su tío, que esperaba en el cuarto de al lado.

Don Luis Sandoval era un hombre moreno de cabellos plateados y cejas oscuras. En el brillo sanguíneo de sus mejillas y en la elegancia natural de su atuendo había los toques de la buena vida y el buen humor. Saludó a Julián como a su socio de toda la vida. Cuando Julián empezó a preguntarle cómo quería participar en la concesión, Luis Sandoval le dijo:

—Mire usted, don Julián, yo en esto aporto el hecho de ser de Miranda. Hago las veces de un impuesto local. No me piense de otro modo. Usted saca diez y me da un porcentaje. Usted saca cien y me da el mismo porcentaje. No tendrá problemas conmigo, me paga esos porcentajes con acceso a sus libros, y no me vuelve a ver ni el polvo.

Julián volvió al hotel desencantado de los hombres.

—Voy a trabajar para un socio que es un vividor, para otro socio que es enemigo de mi padre y no puedo meter a mi padre al negocio.

—No te han dicho que no puedes —matizó Rosa Arangio.

—Me han dicho que sólo puede ser mi socio financiero y mi flotilla de arrastre —replicó Julián.

—Eso no es dejarlo fuera —apuntó Rosa.

—Mi padre no está para segundas partes en ninguno de sus negocios —dijo Julián.

—Pero no es el negocio de tu padre —precisó Rosa Arangio—. Éste es el negocio que has conseguido tú. Vale más hacerlo que no hacerlo. Incluso para tu padre, que prosperes tú es una garantía futura. Entre que prosperes tú y no prospere nadie de la Casa Casares, vale más que prosperes tú.

—Será sólo una temporada —dijo Julián, convenciéndose de las palabras de Rosa.

—Sólo una —afirmó Rosa Arangio convenciéndose también de sus palabras.

Julián Casares volvió directamente de su embajada en la República de Miranda a advertirle a su padre que no podría asociarse con él y a convencerlo de que se asociara.

—Si usted quiere entrar tiene que ser como financiero y como proveedor para el arrastre —le dijo, rodeando para entrar derecho—. Pero me da vergüenza ofrecerle esas condiciones.

Mariano Casares receló de la embajada de su hijo y le preguntó, mirándolo por el cabillo del alma:

—¿Estás seguro de que ésas son sus condiciones y no las tuyas?

Julián, que había pensado exactamente lo contrario, quedarse nada más con su padre en el negocio y excluir a los demás, se llamó a ofensa, pero se contuvo:

—Son las condiciones de ellos —dijo.

Su padre porfió:

—Si te ponen esas condiciones ahora, mañana te pondrán como condición que me eches del todo. No hay negocio que valga esas condiciones.

Julián porfió también:

—Éste los vale.

Dijo después lo que se había prometido callar en toda la aventura:

—Voy a hacer sólo una temporada en los bosques de Miranda. La concesión que me ofrecen dura tres. Cuando acabe mi temporada, le cederé a usted la concesión de los años que falten. Usted le dará un dinero al socio mirandino y el socio mirandino convencerá al gobierno. Lo único que quieren es dinero.

Mariano, su padre, le dijo:

—Cuando me firmes eso, firmaré contigo.

—Se lo firmo cuando quiera —cedió Julián y al momento de ceder entendió que él, que ofrecía, había quedado de pronto puesto contra la pared, arrinconado por su padre, que recibía la oferta.

Perfecto se encargó de propalar en las rondas mañaneras de la cantina de su padre y en las vespertinas de la del tío Romero que Mariano Casares había reñido con la ambición de su hijo Julián, cuya ingratitud había disuelto lo poco que quedaba de cariño en el corazón de su padre:

—Entre Julián y la Casa Casares, mi hermano ha levantado otro muro que no lo tira ni Dios.

Todos los otros muros cayeron, sin embargo, a los pies de Julián. La noticia de que había conseguido tres años de permiso para talar en La Reserva de Miranda corrió como el viento y trajo un avispero de solicitaciones. Vinieron una tras otra las compañías norteamericanas expulsadas de Miranda, y expertos monteadores ofrecieron sus servicios, entre ellos un primo de estirpes remotas, Salvador Induendo, el mayor y más duro monteador de la sierra, rama de una familia que iba a cumplir un siglo de reyerta consanguínea en la península. Habían llevado esa reyerta a las islas primero y a Carrizales después. Vivían bajo su mando desde que un abuelo Induendo mató a su primo en un accidente de cacería. Lo atribuyó al rapto de la Xtabay, que se había llevado al primo tras sus ancas haciéndolo correr como un venado. El abuelo Induendo disparó sobre ese movimiento para descubrir después, al ir a cobrar la pieza, que le había metido un tiro en la cerviz a su pariente. Nadie le creyó su historia al abuelo Induendo y fue cazado después, como un venado, por los hermanos en duelo del primo muerto.

Desde entonces los Induendo, que eran muchos y se propagaban como las hormigas, hervían de muertos y venganzas cada determinado tiempo, entraban en guerra y se diezmaban entre sí. Los renuevos de cada bando heredaban las muertes, suspendían la vida normal y se entregaban al servicio de sus guerras. Los muchos muertos imponían con el tiempo una tregua por cansancio o por miedo de alguna de las partes, lo que inducía pactos leoninos que dejaban abiertas las heridas de la siguiente erupción. Salvador Induendo venía corriendo de la última oleada de aquella guerra. Nada mejor para él que remontarse a las selvas de Miranda, donde el coletazo de la vendetta familiar no lo alcanzara y donde pudiera ganar el dinero necesario para volver después a curar las heridas de su clan. Julián lo había visto montear en compañía de Jacinto Chuc. Siendo todavía un muchacho de la edad de Julián, cuando Julián no había aprendido siquiera a caminar zigzagueando por la selva, Salvador Induendo podía meterse solo en el monte y traer dos venados para que comiera un campamento o trazar con la sola ayuda de su machete un camino de saca evitando terrenos porosos. Sabía medir la calidad de las maderas y descartarlas oyéndoles en el corazón las falsas notas del cocayo, la plaga que comía el centro de la caoba. Salvador Induendo había rescatado a Julián de la furia de una jabalí que defendía en una brecha el derecho de paso de sus crías, y lo había iniciado en las cantinas de negros del lado inglés, donde se cantaba y bailaba como en un ritual de principio de los tiempos y se bebía wiski de malta y se conseguían muchachas negras posesas de alcohol y canto, hijas de antiguas divinidades de la música, diosas de la llanura, el tambor y la fiesta de la caza. Cuando Julián vio a Salvador esperando, carabina al hombro en el corredor de su casa, supo que el círculo se había cerrado y la fortuna le daba de frente.

—¿Vamos para Miranda, Salvador? —le dijo, apenas lo vio, en señal de que había encontrado a su hombre y decidido su contrata.

—Vamos a donde tú me lleves, maraquero —respondió Salvador, que lo llamaba maraquero en recuerdo de una fiesta donde Julián tomó las maracas y acompañó una improvisación de rumba en las cantinas, hasta que se consiguieron con sus ritmos dos negras nalgonas y bullangueras. Fue así, bajo el último augurio de la amistad, el trabajo y la fiesta como zarpó Julián Casares a los bosques de Miranda que estaban para él.

La concesión de tala en la República de Miranda vino por tres años, para varios millares de caobas adultas y el equivalente ocasional de cedros que pudieran hallarse en los caminos de saca o acceso. Debían pagarse por adelantado los derechos de corte, se cortaran los árboles o no, y un impuesto adicional al término de cada temporada por los volúmenes depredados. La república exigía fianzas sin rembolso y depósitos a la vista que probaran la solvencia de los operadores para los gastos de monteo, tala y arrastre. El papel escrito de la concesión imponía solemnes compromisos respecto a las tradiciones de La Reserva de Miranda, entre ellas la costumbre de los pueblos de tumbar monte para sembrar y hacer leña de los árboles caídos. Obligaba también a respetar los montículos y las hondonadas que guardaban vestigios de oratorios y pirámides, pueblos enteros a veces, de una civilización que se había ahogado en la noche de los tiempos.

Mariano Casares financió la empresa, puso el dinero que nadie más podía poner para la aventura de su hijo en las selvas que él había ambicionado. Lo puso contra la previsión de un embargo de la madera que Julián y sus socios otorgaron como garantía. Comprometió también su flotilla de arrastre a cambio de un salvoconducto para moverse libremente en territorio de Miranda y hacer servicios de carga no sólo a la madera sino a todo lo que se ofreciera en la región. Excluidas por el nacionalismo mirandino las compañías norteamericanas que podían aportar las mismas cosas, sólo Mariano Casares tuvo liquidez y equipo para la tala en La Reserva. El propio Sóstenes Gómez se encontró de pronto firmando un oficio donde pedía al gobierno de la vecina república comprensión para las pretensiones de su rival nativo.

Apenas se firmaron los papeles y se estamparon los sellos sobre los dineros recibidos, Julián Casares partió con Salvador Induendo a montear La Reserva de Miranda. Rosa Arangio le puso en la maleta un paliacate inicialado y en el cuello un relicario con su efigie y un mechón de cabello de su hija Julia. Lo despidió en el corredor de su casa como si lo enviara a la guerra, con lágrimas de heroína, ante la curiosidad celebratoria de los vecinos, enterados de la nueva. Desde las aceras y las puertas de sus casas, vieron partir a Julián Casares hileras de amigables y melancólicos carrizaleños, y desde su ventana le movió un pañuelo la última hija de Nahím Barudi, acodada en el recuadro junto a su madre Soraya, que gustaba de asomarse a la ventana, como en su casa de Beirut, a ver cómo pasaba por su calle el bazar de los hombres y las cosas.

Habían terminado las lluvias y estaba el bosque empachado de lodo, pero Julián y Salvador Induendo entraron a él en un jeep de ancas altas y guardafangos militares que rentaron por una bicoca en los patios ociosos de la Robinson Lumber Company, excluida por ese año de Miranda y con la maquinaria a medio usar. Bienquistaron con dádivas a los guardias forestales que debían certificar el monteo y aceptar la elección de las caobas que habrían de cortarse cuando se secara el monte, dos meses después de la última lluvia. Mapearon y midieron el terreno, ubicaron las brechas y los pueblos, los montes y las planicies, el terreno todo en el que iban a emprender su saqueo.

La Reserva de Miranda era una tierra vieja y arisca, rezumante de riñas y despojos. Majestuosas pirámides habían sido tragadas por la majestad sustituta de una selva donde no entraba el sol, en cuyo humus denso seguían evaporándose los dioses caídos. Antiguas discordias habían derrotado esos templos, el éxodo y las hambrunas los habían vaciado durante guerras de siglos que nadie ganó. De aquellas grandezas enconadas quedaba sólo el rumor de la pérdida y el malestar agónico de los pueblos de La Reserva, agitados por pleitos de linderos y familias, herederos de un mundo que no podían reponer, cuyas claves habían olvidado.

Durante veintidós días sin feriados Salvador Induendo y su cuadrilla, Julián Casares y los guardias de Miranda, montearon la madera, la escogieron y la marcaron, árbol tras árbol, con el martillo forestal de La Reserva, el codiciado martillo que herraba los árboles, como si fuera ganado, para su corte futuro. Contrataron familias reserveñas para chapear el campamento que ocuparían los taladores, y las bacadillas donde habrían de estacionar la madera cortada antes de echarla al río o remolcarla por las brechas terrestres. Pusieron el primer campamento en un terreno elegido por Salvador Induendo, sobre una planicie junto a un río llamado Matucho, que era un hilo limpio y cristalino en las secas y un torrente que arrastraba troncos y vacas en las lluvias.

Julián había hecho temporadas en los campamentos de su padre y de su tío Romero del lado inglés y en las selvas profundas de la concesión indígena de Carrizales. Sabía de las soledades compartidas, del aislamiento de los trabajos, de las penas ciertas y las dichas locas que acompañaban la aventura de los taladores. Se hacían a la selva como los descubridores de antes a la mar, para hollarla y fincar en ella por primera vez, para escarbar sus entrañas y marcharse luego. Como Presciliano el Cronista, que esto escribe, Julián Casares sabía de las noches cerradas y amenazantes de la selva, de su sonido histérico echado sobre las lindes precarias de los campamentos y sobre la imaginación de los leñadores. Sabía de la sangre frecuente por brazos y dedos cortados, de la rutina diaria de la desgracia que traía al campamento noticias de leñadores aplastados por el árbol que habían talado o de los monteadores sorprendidos por jaguares y serpientes. Sabía de las leyendas que traía la noche a las bocas de los acampados, del rumor de la Xtabay que espantaba sus sueños prometiéndoles el abrazo amoroso de la muerte. Sabía de todo eso, pero no supo hasta entonces, hasta aquellos días primeros de colonización de La Reserva, del potente y loco placer de ser la cabeza de la expedición, el que decidía dónde ponerse, a quién contratar, a quién mandar al monte a traer carne fresca, a quién subir al incomparable barco ebrio de la madera del que era por vez primera capitán.

Cuando terminaron de chapear el primer campamento hicieron las cuentas de los leñadores que debían contratar y de los cazadores necesarios para abastecerlos con los animales del propio monte.

Julián dijo:

—Quiero campamentos como no han existido todavía, con mujeres que sirvan carne fresca del monte. Quiero que tengan luz eléctrica y radios donde puedan oír por las noches lo que alguien dice o canta diez países allá, para que no los vuelva locos el sonido de sus propias cabezas.

—No necesitan eso los que acamparán —le dijo Salvador Induendo—. Pueden sobrevivir sin esas comodidades.

—Pero yo quiero que vivan, no que sobrevivan —dijo Julián—. He visto a muchos sobrevivir en los campamentos de mi padre y ninguno es una persona seria todavía. Todos quedaron tocados por el monte. No quiero que se los coma el monte, quiero que ellos coman del monte.

—El monte come más que lo que da, maraquero —le dijo Salvador Induendo—. No hay modo de ahorrarte el monte.

Pero Julián insistió en hacer las cosas diferentes. Sus decisiones inflaron los gastos de instalación de los campamentos, que no requerían efectivamente sino las chompas precarias de guano y locura, los sueños turbios de sus noches y los trabajos extenuantes del día.

Mariano Casares situó en Wallaceburgh el dinero de la instalación de los campamentos. En mucho tiempo no había llegado a la ciudad capital de la colonia británica remesa mayor que la puesta por Mariano a nombre de su hijo Julián para la conquista de La Reserva de Miranda. La cifra se filtró al momento en el hotel donde tenía sus oficinas el banco y su centro financiero toda la región. Cuando, al día siguiente de llegada la remesa, Julián empezó a disponer de aquel dinero para pagar los primeros trabajos de La Reserva, por tanto tiempo codiciada y por tanto tiempo prohibida para los taladores de Wallaceburgh, hubo un *Hurra!!!* en las inmediaciones del Pickwick Royal Bank que se extendió al lobby del Pickwick Royal Hotel, que avanzó como un eco a los paseantes ociosos de la cuadra y de la cuadra al único puente de acero que puso la pérfida Albión en su colonia. La nueva tocó los barullos del mercado vuelta ya un clamor de triunfo sobre las selvas hasta entonces inaccesibles de Miranda. Así, cuando, al cabo de treinta y seis días de ganar esa batalla, Salvador Induendo y Julián Casares volvieron a Wallaceburgh en su jeep de altos guardafangos, su entrada fue un acontecimiento y ellos dos los varones triunfadores en la modesta Ilíada de la selva y la más modesta odisea de su regreso a las cantinas.

—*Wanna fuck you, baby man* —le gritó una mulata a Salvador Induendo, reconociendo su cara de niño y su envergadura varonil.

—*You did it, man* —le dijo el cantinero a Julián Casares—. *You are the man, man. You're the fucking timber man, superman* —y Julián Casares se abismó en creer que le decían todo eso por sustitución de su padre y se sintió su padre y pensó que había dejado de ser lo que era para empezar a ser lo que toda su vida había negado y querido ser.

A la vuelta de una de las calas de monte, Rosa Arangio lo completó:

—Vamos a tener un hijo.

Julián dio una maroma hacia adelante como las que le había enseñado a hacer en el monte Salvador Induendo.

—Será varón —dijo Julián—. Y el dueño de La Reserva de Miranda.

—Será bachiller —dijo Rosa Arangio, a quien las cartas le habían dicho ya que su hijo sería varón—. Y lo educarán lejos del monte los jesuitas.

—No hables mal del monte, que del monte saldrá para pagar a los jesuitas —dijo Julián y Rosa Arangio percibió en su euforia una traza de monte que no quiso de momento combatir.

Capítulo VII

Dicen quienes pueden recordarlo, entre ellos Presciliano el Cronista, que esto escribe, que en aquellos tiempos, cuando estaba en Carrizales, Julián iba a ver a su madre todos los días, aunque no fuera más que a arreglarle los pelos de la sien tras las orejas y a oler el olor de vieja de sus mejillas que tenían para él un aroma de nardos y azucenas marchitas. Evitaba toparse con Perfecto, que se había vuelto el primogénito cancerbero de la casa y la gobernaba con ánimo predador de tirano de barrio, celoso de la menor reticencia, del más tenue desafío. Perfecto miraba con celo cainita el paso triunfal de Julián por la imaginación de Carrizales y daba rienda suelta a una rivalidad que le aflojaba la lengua en las cantinas y disparaba su mal humor donde se hablara de la conquista de La Reserva de Miranda.

Agréguese al margen, para consumo de los que puedan entender sin reprochar los pliegues del corazón humano, que además de su madre y de su casa, nada había tan vivo en Carrizales para Julián como la luz de una ventana, prendida siempre antes del amanecer, cuando salía del pueblo o llegaba del monte, en la casa del difunto Nahím Barudi. El azar y el tiempo habían dispersado a la familia Barudi. El primogénito Nahím había muerto a los veinte años en el mismo ciclón de Wallaceburgh que arrebató a Rodrigo Casares. La primera hija, Astrid, había casado tierna y apasionadamente con un primo Abdelnour, que la llevó a vivir a la zona indígena y luego a las islas, de donde tomaron rumbo a un pueblo nuevo de la explotación del caucho en Manaos. El segundo varón fue nombrado Atilano en memoria de su abuelo, muerto en el cementerio de Carrizales durante una asonada, y se radicó en Nueva Orleans para ejercer, lejos de la mirada de Carrizales, su gusto por los hombres velludos y melancólicos. Amín, el tercer hombre, volvió muy joven a Líbano, lugar donde no había nacido ni vivido pero que lo llamaba con fuerza de transterrado en el fondo de su corazón, y ahí prosperó como cultivador de dátiles, y luego como prestamista y hotelero. Soraya, la segunda mujer, casó quinceañera como su madre con un hombre mayor como su padre, y antes de que sus pechos acabaran de madurar había amamantado ya tres hijos, y vivía en la capital de la península, creciendo una prole de seis. Vinieron después Tamar y Nassim, los gemelos que tuvieron profesiones divergentes de monja y mujeriego. Al final, cuando el árbol de Nahím Barudi parecía tener más años que savia, vino la que el padre sospechó correctamente que sería su última rama, un año después de que el ciclón se llevara a su primogénito. Aunque nació mujer, por superstición y nostalgia, y por empeño de prevalecer, Nahím le puso su propio nombre.

Nahíma Barudi fue célebre en Carrizales desde niña por el capricho de su nombre y por la precocidad de sus formas, por los ojos negros como dos hoyos que miraban desde la inmensidad del misterio de Dios, y por sus cejas abundantes que tejían la trenza de ese misterio con sensualidades terrenales. Julián la había visto crecer y quedársele viendo con atención de poseída desde que era una mocosa. Solía encontrarla acodada en la ventana, mirándolo siempre, como si lo esperara, cuando doblaba la calle en el coche o pasaba a pie por la acera de enfrente. Desde muy pequeña había en la mirada de Nahíma una curiosidad burlona y prometedora, un acento y una intención de más. Con el tiempo, sus cachetes de niña se absorbieron bajo dos pómulos atigrados; sus formas adverbiales de muchacha dieron paso a las líneas tensas y sustantivas de mujer. Conforme se hizo un adulto treintañero y Nahíma desbordó la línea de luz de sus veinte, fue acentuándose en Julián la duda vanidosa sobre la mirada de Nahíma. Sus ojos enterados le tocaban una fibra honda y unas ganas locas de contacto saltaban hacia él de la adivinación de sus formas adultas, bañadas en la memoria de Julián por la pátina perversa de la niñez a la que sus deseos no se habían atrevido. Le dijo chabacanamente a Salvador Induendo:

—No me mira a mí, mira a la Casa Casares —sugiriendo que lo devoraba con la mirada por cálculo simple o interés compuesto.

—Si tuviera carabina en vez de mirada, te hubiera cazado ya mil veces —le dijo Salvador Induendo—. Y no para venderte, maraquero. Para comerte.

Salvador fue a decirle a la propia Nahíma de las dudas de Julián por su mirada. Una noche, en el baile conmemorativo de la fundación de Carrizales, Nahíma Barudi sorprendió a Julián Casares de espaldas en la barra donde recogía unas cervezas. Lo miró de cerca con esa desfachatez que en ella era una forma de intimidad, y le dijo en voz alta que sólo él pudo oír, como en un susurro voceado a los cuatro vientos:

—En caso de duda, Julián Casares, quiero que no tengas dudas. Es a ti al que miro desde mi ventana. A ti al que voy a ver a tu casa. Y al que vengo a ver a los bailes, es a ti. Cuando la risa me llena por todas partes, la última carcajada trae tu figura, y te vuelvo a mirar. No me canso de mirarte desde que te miré por primera vez.

Desde entonces la miró él también. Sus ojos hicieron y hablaron lo que sus labios y sus cuerpos no podían. Fueron cortejantes y novios antes de que sus palabras los comprometieran, se fugaron a caballo del pueblo antes de que hubiera un caballo en Carrizales, y se encontraron en las noches cálidas antes de que la complicidad de la noche protegiera su encuentro. Antes de que ninguno dijera lo que decían sus ojos, oyeron lo que iban a decirse cuando estuvieran cerca, metidos uno en el otro de tal forma que no pudieran verse ni distinguir sus límites. Cuando Julián Casares venía del monte por la noche o salía al campamento antes del amanecer, durante la primera temporada de madera en La Reserva de Miranda, de donde lo expulsaban las lluvias del verano y el primer otoño, los meses de los ciclones que llenaban el cielo de vientos lustrales, y a donde lo regresaban las secas del invierno húmedo y las primaveras incandescentes, veía la luz vigilante de la casa del difunto Barudi y creía saber, con un escalofrío prometedor sobre su cuello, que Nahíma estaba ahí, velando su partida, esperando el momento en que el ruido de los autos o el ladrido de los perros anunciara el paso de su amado por la noche celestina de Carrizales.

En el jeep de ínfulas militares Julián y Salvador Induendo venían cada tanto a la villa, por la brecha del monte, desde La Reserva de Miranda. Luego de seis horas de zangoloteo se ponían en Wallaceburgh, la capital del lado inglés, y de ahí, con sólo un alto para cargar gasolina y tomar un bocado, podían lanzarse hasta la embocadura del río de Carrizales en otras diez horas. Si salían de La Reserva de Miranda al alba, manejando sin parar podían venir entrando a Carrizales con las nubes de moscos bobos que atraían las primeras bombillas del alumbrado público, al caer la noche. Pero hacían siempre otro alto en las cantinas del muelle de Wallaceburgh, y ahí comían los platillos de la tierra, las sopas de pescado en leche de coco, los arroces con frijol y plátanos fritos, las piezas de pavo de monte sofritas en manteca y rezumantes de achiote. Apartaban la selva y el cansancio oyendo cantar y golpear tambos de petróleo en las cantinas del muelle, contaban la madera que hubiera llegado en los lanchones, cobraban lo que tenían acumulado en la aduana, y ya entrada la tarde, llenos de la otra música de los dólares que no se habían gastado en las tres semanas de campamento, la emprendían hacia Carrizales desafiando la noche en las brechas del monte. En la oscuridad hollada sólo por los faros del jeep, recogían a veces un armadillo rendido ante la luz de montear, Salvador Induendo lampareaba antes de fulminar un ocelote o perdonaba un venado de cuernos machos, fijo por un instante en la mirilla de su carabina.

Llegaban siempre de madrugada a Carrizales, y antes de doblar hacia los dominios de Rosa Arangio estaba siempre prendida la luz en la ventana de Nahíma Barudi, mirando tras las cortinas su camino a la edad adulta de Julián Casares. Una de aquellas noches de entrada clandestina a Carrizales, luego de varias semanas en el monte, Salvador Induendo le dijo a Julián:

—Esa ventana está prendida hace mucho para ti, maraquero. Sólo tú puedes apagarla.

—Me esperan en otra parte —dijo, exculpándose, Julián.

—A mí me espera también mi hermano Sixto —refutó Salvador Induendo—. Mi hermano no sabe si ha de recogerme muerto cada vez que llego a Carrizales, por aquello del pleito que siguen nuestros parientes. He de hacer pues un pacto contigo de no llegar con Sixto mientras tú no hayas salido de apagar esa luz, para que nadie sepa en Carrizales que llegamos a nuestras casas horas después de haber entrado al pueblo, y nadie tenga que preguntar dónde anduvimos antes de ir donde debíamos.

—Voy a asomarme —aceptó Julián, bajando del coche.

—Si te asomas te caes —se burló Salvador Induendo y arrancó, dejando tras de sí el pedorreo militar del jeep y el clarín de su risa encaminadora.

Julián se acercó a la ventana con el propósito dicho de asomarse, pero antes de que siquiera lo intentara oyó el gatillo del picaporte en la entrada y el chirriar de la puerta cediendo de adentro para echar sobre la calle un hilillo de luz. En la noche inaugural de Carrizales, siguió el filo dorado temblando de curiosidad y entró a la casa franqueada como quien encuentra el vellocino. Nahíma Barudi echaba las cartas de su insomnio en la sala de mosaicos frescos y sillones de mimbre. Estaba descalza, sentada en el centro de la pieza, con un camisón que sus pechos levantaban como dos tiendas de circo. Tenía el pelo suelto sobre los hombros con un desarreglo de cama caliente y los ojos como dos carbones encendidos por la visión de sus cartas y la soledad de sus noches.

—Te estaba mirando en las cartas y llegaste —le dijo.

—Yo te estuve mirando en mis sueños del monte —correspondió Julián.

—A lo mejor soy un sueño —dijo Nahíma, hablando bajo para no inquietar el reposo de su madre en el cuarto vecino, tras la cortina de estampas floreadas y argollas tintineantes. Tomó a Julián de la mano y lo llevó al patio. Había una luna redonda como una jaculatoria, y atrás del curbato que almacenaba el agua de lluvia en las casas de Carrizales, una palmera, y junto a la palmera un cobertizo donde guardaban trebejos, con un sillón desforrado.

—Éste es el rincón de mis sueños —le dijo Nahíma—. Aquí vengo a soñar.

Se quitó de un tirón la tela que llevaba encima.

—Ahora los sueños se han vuelto realidad —le dijo a Julián, echándole los brazos sobre los hombros—. ¿Sabes a qué huelen los sueños? —preguntó después, olisqueándole el cuello, metiendo la nariz entre la camisola de Julián, rumbo al pecho y sus tetillas.

—No —se rio Julián—. ¿A qué huelen?

—Huelen a monte —dijo Nahíma—. Huelen a hombre solo, sudado y perdido en el monte.

Cuando la primera luz del amanecer los devolvió a la realidad, Nahíma le mostró a Julián el paso que separaba el traspatio de su casa del solar vecino. Podría venir cuando quisiera por ese sendero, le dijo, de preferencia luego de las seis de la tarde en que se iba la cocinera y Nahíma se quedaba sola con Soraya, su madre. Ataría un cordón del cobertizo a la campana que anunciaba visitas en la puerta. Por alguna razón, nadie tocaba menos de dos veces la campana. Cuando Nahíma escuchara un solo tirón, sería la señal de que Julián había llegado al cobertizo.

—Todo lo que tienes que hacer cuando quieras verme, es venir al cobertizo y jalar una vez la campanilla.

—¿Y cuándo quieras verme tú? —preguntó Julián.

—Yo siempre quiero verte, Julián Casares. Pero cuando esté urgida de ti, cuando ya no pueda aguantarte más dentro de mí, voy a ponerme una blusa color flamboyán y a caminar frente a tu casa para que me veas. Caminaré también por el pueblo para que me vean los demás. Hasta que todos digan: "Salió Nahíma Barudi con su blusa de carnaval". Y ésa será la seña de que quise verte.

Julián llegó a su casa a bañarse, como su padre, pretextando los miasmas del monte y el viaje, envuelto en una catarata de culpa que no podía, sin embargo, borrar su dicha. Alcanzó a tener asuntos de cama con su mujer y pudo atormentarse con la paradoja de quererla a sólo unas horas de haberla engañado por primera vez, de haberse sentido envuelto en un lago de cuidados y transportes que hasta entonces sólo había obtenido de la intimidad de Rosa Arangio, su mujer. Puestos a confesar los amores de Julián Casares, diremos que no habían faltado mujeres en su vida, aunque tendía a pensar en sí mismo como una especie de monje opuesto a la alegría promiscua y fornicaria de su padre Mariano. Por el placer de iniciarlo, muy joven lo había tomado entre sus brazos una dependienta de la Casa Casares que solía encerrarse en el cine con los amigos de Perfecto a masturbarlos, y que había sido por un tiempo la pagadora de las urgencias de Justo y Benigno, en la misma bodega donde su padre Mariano acaso había ejercido sobre ella un imperio ocasional. Como si su asignatura venérea fuese probar la virilidad de los Casares, la mujer había venido hacia Julián una tarde, durante la siesta, deslizándose atrevidamente de la tienda a la casa, tal como había hecho antes con Justo y Benigno. Julián había buscado por su cuenta otros ayuntamientos, con las muchachas de la cantina del tío Romero, que se daban gozosamente a él y a sus amigos, en compensación por las muchas solicitaciones de hombres mayores, fláccidos de carnes y podridos de fantasías irregulares. Cuando estudiante en la ciudad, Julián había probado los muslos leves de una compañera de estudios y los favores de una mujer madura. Luego, con Salvador Induendo había entrado a las cantinas de Wallaceburgh y sus diosas negras, llenas de ritmo y ardores, pozos supremos del amor olvidable.

Nadie había inflamado, sin embargo, el cuerpo y la imaginación de Julián Casares como Rosa Arangio, y en nadie había encontrado esa complicidad radical que se afianza en las alegres transgresiones de la pareja. Camino a los campamentos de Miranda o al regreso de ellos, había incurrido en los paraísos ocasionales de las cantinas, y una muchacha india de Miranda había aligerado sus noches del campamento con una sensualidad diligente y callada que se parecía bastante a la fidelidad y el amor. Pero la única mirada competidora de Rosa, la única ventana abierta a un más allá difícil de negociar con la indiferencia o el cinismo de los días, había sido para Julián Nahíma Barudi, niña aún y adolescente luego, mirándolo con sus ojos de noche profunda como anticipándole que ella, lo mismo que los bosques de Miranda y las demás cosas centrales de su vida, estaba sin reservas para él.

Los frutos de la primera temporada en La Reserva de Miranda terminaron siendo magros. Pudieron sacar sólo la mitad de los árboles previstos. Los trabajos de acceso al corazón de La Reserva fueron como abrir las primeras rutas en el farallón de una mina. Las lluvias se adelantaron y aun así el río vino exiguo. Debieron pagar altos fletes a la flotilla de arrastre de la Casa Casares. El lodo por las lluvias acabó encareciéndolo todo. Recogieron sin embargo una ganancia modesta, suficiente para prescindir el siguiente año del financiamiento de Mariano Casares y para que Julián negociara con su socio mirandino un pago anticipado y módico por sus ganancias del segundo año. El tío Romero le ofreció a Julián una cantidad exorbitante por su parte de la concesión, una cantidad que doblaba las cuentas de Rosa Arangio para mudarse a la ciudad y pagar la educación de sus hijos. Pero Julián no le habló a Rosa de sus posibles ganancias. Le habló sólo de sus pérdidas, echando sobre sus ojos inconformes una paletada de argumentos que se resumían en uno:

—Si salimos este año, lo haremos como limosneros. Si salimos el año entrante, saldremos como señores. Todo está listo, esperando que lo tomemos en La Reserva de Miranda. Necesito un año más para recogerlo. Sólo un año.

—Necesitas un año más para sentirte que eres tu padre —lo descifró Rosa Arangio—. Eso es lo que quieres: sentirte como tu padre, demostrarle a tu padre lo que eres.

—Lo que quiero es demostrarles a mis hijos —dijo Julián—. Y a ti.

—A mí nada tienes que demostrarme —renegó Rosa Arangio—. Y menos que ninguna cosa, que te pareces a tu padre.

—No puedo dejar este negocio ahora —insistió Julián—. No puedo. Ni por el negocio, ni por ti, ni por mí, ni por mis hijos. Sería una renuncia, un pecado, una traición.

Se volvió hacia el cuerpo de su mujer, en el que ya latía su segundo vástago, para pedirle con convicción temblorosa:

—Un año más, acepta un año más.

No obtuvo respuesta esa noche. Vio a su mujer deambular todo el día siguiente cargando unas ojeras de bataclana, cosida a sus rutinas cocineras y a sus canturreos involuntarios. Al terminar la tarde lo alcanzó en el sillón del corredor donde Julián tomaba la brisa conciliadora del crepúsculo. Rosa le dijo como si respondiera a su pregunta:

—Un año más, Julián Casares. Pero con alcancía.

—Con lo que quieras —saltó Julián hacia ella.

—Con alcancía, digo —se hizo oír Rosa Arangio resistiendo el asalto cariñoso de su marido—. Vas a poner cada mes en la alcancía de tus hijos dinero suficiente para marcharnos al año. Y ésta es la suma que debe sumar.

Le extendió entonces un nuevo papel de cuentas alzadas para salir del monte.

—Puedo poner la mitad de eso mañana —dijo Julián.

—Pues ponlo mañana —aceptó Rosa Arangio—. No nos hagas esperar.

Se fue después de su lado, airada y exigente todavía, pero cuando cayó la noche, volvió a cantar. Y durmió junto a su marido como una bebé encinta.

Mariano Casares le recordó a Julián:

—Ésta era la temporada en que ibas a retirarte. Pero no vas a retirarte, ¿verdad?

—Me falta el buen año después de tanto trabajo —contestó Julián—. Usted comprenderá.

—Comprendo, pero no fue ese nuestro arreglo.

—Hay que hacer un nuevo arreglo —anunció Julián.

—Todo lo nuevo que quieras —contestó su padre—. Pero hay que cumplir los arreglos.

Julián le explicó. Había venido parca la tala por insuficiencia de taladores, y exiguo el río, por lo cual habían tenido que sacar casi todas las trozas por las flotillas de arrastre de la Casa Casares. La Casa Casares había cobrado peajes en toda la región por el permiso para tareas no forestales. Había recibido hasta el último peso de interés por el crédito de habilitación y una parte sustantiva del capital, sujeta a rembolso para la temporada por venir. No podían decir que les hubiera ido mal. Por su parte, Julián había monteado y apartado más caoba de lo previsto, caoba que no alcanzarían a cortar ni duplicando, como duplicarían, los taladores de la siguiente temporada. Durante el segundo año de los tres de la concesión, habría caoba para aventar para arriba y excedentes para comprar todo lo que hacía falta comprar en Miranda, en especial a los empresarios asociados y al gobierno, con cuyos permisos y maderas marcadas se quedaría Mariano Casares en el año tercero de la concesión prometida por su hijo.

—Tomo tus promesas como promesas, no como compromisos —le dijo su padre.

—Tómelas como las tome, usted se va a quedar con Miranda —respondió Julián.

—Por lo pronto —dijo su padre— quiero quedarme con tu firma en mis contratos de arrastre y mis garantías de embargo de la madera, en caso de incumplimiento de los créditos de avío.

—Mándeme los contratos con su abogado para firma —aceptó Julián.

En la cantina de su tío Romero invitó rondas y contó historias de La Reserva de Miranda. Luego de oírlo durante horas, con sabia mezcla de resignación y orgullo, su tío Romero le dijo:

—Ya te picó la madera, sobrino.

Así se decía entonces entre los madereros para señalar que tarde o temprano el comején de la madera infectaba a sus oficiantes, lo mismo que la Xtabay a los hijos del monte. Los picaba y los volvía sus deudos eternos, perseguidores nunca saciados de su promesa inalcanzable, siempre pródiga, siempre insuficiente. La madera portaba el germen doble de la gloria y la caída, el don de construir fortunas que ella misma se tragaba.

—La madera, como la mujer y la baraja, debe tocarse y dejarse —decían los madereros, repitiendo un dicho de Mariano Casares—. El que no la deja se queda y se pierde en ella.

Nadie podía dejarla. Había siempre en su ciclo la promesa de una riqueza mayor. Cuando un maderero novel empeñaba las ganancias de una temporada en la persecución de la siguiente, se decía que lo había picado el bicho de la madera, el bicho que devoraba su voluntad como el cocayo devoraba el centro de la caoba, sin que se notara en la superficie, haciendo árboles huecos de apariencias perfectas, fortunas gigantescas de dineros invisibles.

Julián se despidió del niño que venía, varón como sus ansias, por el vientre con alcancía de Rosa Arangio, y salió de nuevo a La Reserva de Miranda, el corazón prendido de la magia y los riesgos del cocayo. Anticipando los altos rendimientos de la segunda temporada, montearon y marcaron el doble de caobas, sumándolas ambiciosamente a las que no cortaron el año anterior y a las que habían cortado y estaban en las bacadillas esperando que las lluvias crecieran el río y pudieran deslizarse al chiquero acuático de Wallaceburgh. Cada mes, sustrayendo dinero del avío de la Casa Casares, apartando de los pagos que goteaba el chiquero de Wallaceburgh, Julián echaba su cuota en la alcancía de Rosa Arangio.

Era la temporada de los huracanes y llovía sin cesar sobre los bosques y los mares. En algún lugar de la Florida bautizaban los ciclones con humor misógino, poniéndoles nombre de mujer, de modo que eran Floras y Gladys y Berthas las responsables de la devastación, y eran femeninos los saldos de aldeas arrasadas y puertos inundados que dejaban a su paso aquellos ventarrones de agrios humores. Brotaban de la nada, de las nubes, de los caprichos coléricos del Zeus tropical, y corrían sin rumbo fijo en remolino de un punto ciego a un punto tuerto del océano, trayendo y llevando agua de ninguna parte a ninguna parte, y encontrando a su paso tierras inermes, cayos que las aguas cubrían hasta desaparecerlos, playas que perdían las arenas, pueblos que desaparecían en los litorales, pueblos de guano y de madera, hechos a mano, cuya única fuerza ante la ira de los vientos era la resignación, el riesgo asumido de la desgracia, pueblos temerarios, irreales, que a nadie presumían su valor porque nadie había que los mirara, pueblos dispuestos a enfrentar sin previsión ni pretensiones las ocurrencias de la naturaleza, pueblos que apenas habían dejado de ser naturaleza, que seguían inmersos en ella, en su rigor de furias ciegas y plenitudes esplendorosas, pueblos anónimos del mar y las bahías, de los ríos y de los arrecifes del Caribe, que no tenían dónde más caerse muertos que en las entrañas de un ciclón o en las calenturas de una epidemia. Cada año venían hacia esos pueblos las furias de los ciclones, furias ni siquiera dedicadas a ellos, y se los llevaban en su cola a la tierra de nunca jamás, la tierra de la devastación sin luto y la tragedia sin canto ni memoria de nadie.

La noche que anunciaron la entrada del ciclón a Carrizales, todo mundo siguió las instrucciones. Tapiaron sus casas con las maderas más duras, liaron sus pertenencias y se fueron lejos de las aguas de la bahía, a las modestas alturas del cerro y a los edificios sólidos que albergaba la villa, a saber: una escuela, un mercado, la Casa Casares y la Casa de Gobierno. Ese día no entró el ciclón. Al día siguiente se corrió la noticia por la radio de que todos hicieran lo que el día anterior, y todo el mundo hizo lo mismo. Al día tercero, las instrucciones fueron idénticas al primero y al segundo, pero entonces ya nadie hizo caso. Esa noche advertida y descuidada entró el ciclón a Carrizales. Ana Enterrías y su marido, Santiago Arangio, habían dormido desde el primer aviso ciclónico en la casa de su hija Rosa, que tenía dos cuartos de cemento. El marido de Rosa, Julián Casares, rascaba su futuro en La Reserva de Miranda.

A las siete de la noche, como prologando un diluvio, con humores alternos de riegos y cubetadas, empezó el aguacero. A las diez, los vientos arrastraban hojas y yerbas y hacían crujir ventanas y rendijas. A las once, Ana Enterrías empezó los rezos, seguida por el coro de sus hijas, frente al silencio altivo y pálido de su marido y las miradas incrédulas de Rosa, que cargaba en sus brazos a Julia y en su vientre al varón por venir, el porvenir de sus hijos. A las doce, con un estruendo bíblico, se desprendió la pared del frontis de la casa que Santiago Arangio había clavado con sus propias manos. Rosa puso a Julia en manos de su abuela y corrió a parar el derrumbe alzando los brazos hacia la pared vencida como una minúscula atlante. Tenía seis meses de embarazo y todo apostado a la fuerza de su vientre, de modo que no había en ella miedo sino rabia. Poco más tarde, la pared del frontis se desgajó otro tanto, trayendo con ella la mitad delantera de la casa. Se refugiaron en el baño que era, como la cocina, de cemento. El baño estaba junto al curbato que almacenaba el agua de la casa. Santiago Arangio advirtió la posibilidad de que el curbato pudiera reventar sobre ellos y obligó a su familia a emigrar a la cocina. Dolores Arangio empezó entonces a cantar, para esconder el hecho de que habían llegado al último reducto de la casa.

El viento se había llevado con crujido de herrumbres las láminas del techo y paños completos de las paredes de madera. Temblando y húmedos, porque la lluvia entraba a saco por los hoyos silbantes del techo, llegaron a la cocina como después de cruzar un desierto, distraídos y en hilera, mirando a todas partes y entonando cánticos absortos. Cantaban la parodia de un viejo tango aprendido en los malos tiempos de Cuba, y luego los estribillos del mes de María en la iglesia llena de margaritas. En medio de los cantos se daban instrucciones sobre las cosas que no debían temer, las esperanzas que debían conservar, la índole pasajera de la fatalidad que había caído sobre sus hombros.

El ciclón aullaba afuera como por un desfiladero de fantasmas. Luego de pasar sobre Carrizales la primera vez dio la vuelta en el confín de la bahía. Mientras giraba, hubo un silencio y una quietud de principio del mundo, una calma de octavo día en la que hubieran podido escucharse la respiración y el batir de los corazones de Carrizales. Muchos pensaron que era el momento de ganar los refugios que estaban asignados, y salieron a alcanzarlos. Pero aquella quietud no era el fin, sino el centro del huracán, el ojo impasible y quieto del animal suspendido en el aire, esperando que salieran para volver por los aires con las alas batientes a dar el segundo coletazo, y arrebatarlos de la tierra. A uno lo degolló con láminas que levantó de techos mal clavados. A otro lo bateó con un árbol arrancado desde sus raíces. A otra la alzó en vilo cuatro metros para clavarla de espaldas sobre el fiel de la veleta que movía un pozo de agua. A uno más lo enterró en una ola de lodo que traía ahogados bagres sorprendidos en el muelle. A la familia que corría huyendo de su furia la dispersó como quien azota un manojo de flores. Y al que estaba montado en su camión le echó encima una paletada de mar que lo engulló de un gorgorito. Desclavó las maderas de las casas, desenraizó los árboles, limpió las ramas flojas de la selva para echarlas como si las espolvoreara sobre la cama de astillas y lodo en que iba convirtiendo a Carrizales.

Mientras el huracán esperaba invitando a sus víctimas, Santiago Arangio y su familia quisieron también aprovechar el receso y caminar en fila india a la calle siguiente, donde estaba la bodega de Pepe Almudena. No bien asomaron al campo abierto, el aire empezó de nuevo y en un segundo corría y silbaba. Un tablón se desprendió de un taller en el horizonte oscuro, fondeado por un lejano resplandor de madrugada, y vino por los aires obligándolos a entrar de nuevo a los escombros seguros de la casa. Volvieron a la cocina y oyeron otra vez el sonido atronador de la desgracia, el aullido del viento, el eco de las cosas derrumbándose como las murallas de Jericó. En medio del estruendo creció el horror antípoda de un bisbiseo, un susurro perfectamente audible que el viejo Santiago Arangio no tardó en asociar con el agua que entraba por abajo de la puerta de la cocina. Se filtraba por la rendija como si huyera y buscara salida.

—Se está metiendo el mar —dijo Santiago Arangio.

Rosa sintió el ciclón dar una vuelta en su vientre y zarandear a su hijo como si lo hundiera. Vio el agua subir por los pies descalzos de su hija Julia hasta los arcos altos y los tobillos indefensos. Dolores cargó a Julia contra su cadera, Soledad pasó un brazo por la espalda de su madre, y volvieron a cantar las dos con una solemnidad contagiosa de gente que se dispone a morir dignamente. El viejo Santiago Arangio puso una mano sobre el vientre sietemesino de su hija Rosa, y le dijo:

—Va a vivir.

El agua subió rápido, sin prisa y sin pausa. Alcanzó primero sus tobillos y luego sus rodillas. Cuando mojó sus cinturas, se subieron a las sillas y luego, cuando alcanzó las sillas, subieron todos juntos, pegados y ateridos, a la única mesa que había en la cocina. El agua siguió subiendo. No había ya rezos ni cantos, sólo el siseo del agua subiendo como si alguien llenara un estanque con techo y ellos estuvieran bajo el techo. Un susurro, un chapoteo. Alcanzó otra vez sus tobillos, otra vez sus rodillas, otra vez sus cinturas. Empezaba a llegarles al pecho cuando se detuvo.

—Paró —dijo Rosa Arangio, que mantenía a Julia alzada en vilo sobre su cabeza y el vientre sumergido bajo el agua, con su hijo zarandeado adentro.

—Paró, sí —dijo Santiago Arangio con un alivio seco, largo como los años de su vida.

El agua empezó a irse como llegó, sin prisa ni pausa, bajando a saltos breves en el mismo susurro, el mismo chapoteo. Descubrieron entonces que el ruido había cesado, que no quedaba sino el rumor de una llovizna limpia y tersa en las primeras bocanadas del amanecer, y de pronto, otra vez, luego de los vientos nórdicos con icebergs y pingüinos, una primera vaharada de calor, el calor agobiante del verano en Carrizales, el aliento circular de la selva y la normalidad. Supieron así que había terminado, y gritaron de júbilo una gritería que se fue volviendo autoconmiseración y llanto, un llanto amargo, mutuo, que no venía siendo sino el sudor del miedo, la orina triste y noble del espanto. Con el amanecer, cruzaron a la bodega de Pepe Almudena, caminando sobre una capa de lodo que cubría sus pantorrillas y arrancaba sus zapatos. Todo lo que dominaba la vista eran montes de madera rota, un enorme astillero de casas derruidas, árboles arrancados, postes de luz vencidos, calles sepultadas. Rosa llevaba a su hija de la mano y la otra mano puesta en su vientre, sintiéndolo firme, probado, invencible. En medio de la desolación de rostros y paisajes una luna y un sol bailaban en su frente.

Julián supo por la radio del campamento de La Reserva de Miranda que el ciclón había arrasado Carrizales. Por la radio de la Casa Casares supo que su madre y su mujer, sus hijos y sus suegros, estaban vivos. A petición de Julián, Salvador Induendo preguntó por Nahíma Barudi. Se había refugiado a tiempo, con su madre, en la Casa de Gobierno, donde no hubo incidente grande ni pequeño que lamentar.

—¿Cómo quedó el pueblo? —preguntó al final Salvador.

Entre ruidos de abejas y estáticas del aparato, la voz informante se quebró al decirle:

—No quedó.

Capítulo VIII

La tercera fundación de Carrizales vino del fango. Así lo ha sostenido en su historia Presciliano El Cronista, que esto escribe, habida cuenta de que los sobrevivientes de Carrizales despejaron el nuevo lugar para la villa entre los escombros del lugar viejo, paleando el lodo que dejó el ciclón. Para lograr eso mismo habían chapeado dos veces la selva un siglo antes. Entonces como ahora, al final como al principio, tuvieron nada adelante y nada atrás, el paisaje de astillas en que se habían resuelto las fundaciones primeras, una colección irónica de retretes traídos del lado inglés que el ciclón no arrancó, blancos como una cadena de mandíbulas peladas de tiburón, punteando la planicie devastada. Durante semanas las lluvias revivieron el lodo seco, la herencia de tierra húmeda que movió el ciclón. Palearon el lodo sobre los patios y las aceras, contra las puertas de las casas del pueblo que seguía no siendo, o que seguía siendo lo que fue desde el inicio, una voluntad de fincar al capricho de los vientos, en medio de ninguna parte. La gente de Carrizales que no se llevó el ciclón se quedó en el pueblo, llorando en las noches luego de palear durante el día, incrédula frente a los restos de sus casas, cavilosa ante los linderos borrados de sus predios, junto a los retretes donde habían desahogado sus cuerpos a salvo de la intemperie, hasta creer que la intemperie había quedado atrás. En aquellos lugares, en sus casas, en sus linderos, sobre sus retretes, habían fincado por ninguna razón, por la misma razón que

359

paleaban ahora el fango de la tercera fundación definitiva de su pueblo, tan miserable y gratuita como la primera.

Julián vino en la avioneta de una compañía maderera que llevaba medicamentos de Wallaceburgh a Carrizales. Se le cayó el corazón al ver desde los aires el estrago, pero apenas pisó la primera vereda rebosante de árboles caídos y vio a la primera familia paleando su desdicha, el corazón se le enderezó en el pecho y llegó erguido, como los venados que asomaban en las brechas del monte, a los brazos de Rosa Arangio y a la flacura damnificada de su hija Julia. Antes de que las lágrimas corrieran por sus ojos y los de ellas, antes de que el llanto los paralizara, se caló las botas y se fue a palear el lodo correspondiente de su casa. Paleó hasta la noche en su calle, hasta que sus brazos dijeron basta, y regresó con hambre de monteador a mirar a Rosa y a tocar su vientre, donde venía creciendo el hijo varón que le habían prometido las cartas.

Durmieron los primeros días en una esquina de la bodega de Pepe Almudena, junto a los sacos de frijol que habían empezado a germinar por el remojo del mar, separados de otras familias por un cordón y una sábana que no dejaba ver, pero dejaba oír las noches de lamentos, los ayes gritados en sueños, ecos de la pesadilla que el viento del ciclón seguía soplando en las cabezas de los arrasados de Carrizales. Durante el día, mientras había luz natural, lo mismo que todo el pueblo, el viejo Santiago Arangio secaba la madera y rehacía las paredes de la casa de su hija Rosa. Antes de tres noches acabó de clavar el cobertizo que necesitaban para dejar la promiscuidad de la bodega y apartar siquiera unos metros la evidencia intolerable de que, luego de todos sus años de viajar y emigrar, debían empezar de nuevo. No querían, ni ellos ni nadie en Carrizales, aceptar los dictados de la intemperie que volvía a sitiarlos. Para no aceptarlos empezaron de nuevo a fincar en medio de ninguna parte, sin mirar hacia atrás, rehusando el dolor de la pérdida, imaginando que las paredes de sus casas seguían erguidas, invencibles por vientos ningunos.

Rehicieron tabla a tabla sus flancos, sus pisos, sus frontis, sus corredores, como si nunca hubieran caído, como si hubieran permanecido firmes ante las aguas, tan invictos como permanecían ellos mismos en la fantasía de su pobre amor por lo que habían fincado, la fantasía de esa villa que nadie, ni los ciclones ni la realidad, ni su desánimo, podría arrebatarles nunca. Todo sucedía otra vez en Carrizales como había sido al principio, como una larga cuesta arriba de la necedad y la esperanza, nuevos fantasmas edificando nuevas ruinas, con un cansancio previo al amanecer, un sentimiento vivo de inutilidad al caer la tarde y un aviso de muerte acechándoles por todas partes, recordándoles que en el mundo como en su memoria sólo era invencible el chirriar monótono del monte y sólo duradero el resplandor de las estrellas. Lo habían perdido todo, en particular el resuello de la fe, como si su antigua sangre y sus viejos pulmones hubieran envejecido más, y en sus miembros no hubiera sino la obligación arcaica de estar vivos, y tener que vivir.

—Vámonos —le dijo Rosa Arangio a Julián—. Con lo que has puesto en la alcancía de tus hijos podemos irnos ya. Que te paguen tu parte de lo que está en la bacadilla y de las caobas monteadas. Con eso y lo ahorrado alcanzará de sobra.

En la noche del escombro de Carrizales, Julián puso una mano melodramática sobre el vientre puntiagudo de su mujer y le dijo:

—Si él ha cruzado el ciclón, yo cruzaré para él la selva de Miranda.

En el ambicioso abrazo de su marido que siguió, Rosa Arangio se echó a llorar todas las aguas que el ciclón había traído y que ella no había llorado con el ciclón.

Julián visitó a su madre. Estaba echada en la cama tiritando de frío en el mediodía abrasante de Carrizales, con un chal sobre los hombros y una cobija de monteador sobre las piernas. El ciclón arrancó algunas ventanas, inundó las bodegas de la tienda y las habitaciones de la planta baja, pero no hizo daño, salvo mojar y ventear, en las habitaciones del primer piso, ni en la estructura de la casa.

—No se me ha quitado el frío desde el ciclón —dijo Virginia Maturana, extendiéndole las manos heladas a su hijo—. Tanto frío pasé esa noche y tanta agua entró aquí que no se me ha querido salir del cuerpo.

Julián guardó aquel par de manos de rana entre las suyas, hasta que empezaron a calentarse con sus palabras. Hizo reír a Virginia Maturana con el cuento de la tuza miope que se metió al campamento enamorada de un borrego y la hizo llorar con la historia de la iguana que lo escogió como amo y venía a velar su sueño y a reclamarle su comida por las mañanas tirando del mosquitero hasta rasgarlo. Cuando le pidió su bendición antes de irse, había otra vez luz en los ojos y calor en los dedos amantes y solitarios de Virginia Maturana. Julián se prometió venir todos los días a interrumpir el limbo del abandono en que tenían a su madre. Apuntó esa promesa en el inventario de sus agravios, porque al pasar hacia el cuarto de su madre, vio a Perfecto y a su padre, sentados frente a frente en el escritorio del despacho, secando billetes que se habían mojado en el naufragio de la caja fuerte durante el ciclón. Los estiraban sobre la superficie para quitarles las torceduras que había dejado el agua. Mariano Casares extendía los billetes y Perfecto pasaba la plancha sobre ellos como si alisara pañuelos. La única vez que enderezó Perfecto alguna cosa, pensó Julián antes de irse. No los saludó. Resintió aquella concentración de su padre y su hermano, calentando los billetes mojados por el ciclón, mientras su madre tiritaba en el refugio helado no de su cuarto, que hervía, sino del olvido y el descuido, que se llevaban su calor.

Carrizales había perdido sus casas y sus paredes, las condiciones mínimas de su intimidad. A través de las ruinas, en el trajín que posponía sus fuegos, Nahíma Barudi buscaba a Julián con los ojos, como siempre, y lo encontraba entre las paredes caídas, las estacas levantadas, las hileras de hombres y mujeres que paleaban, clavaban, limpiaban, en las calles sin esquinas ni traza de Carrizales. Julián la seguía a hurtadillas, bebiéndola por el cabillo de los ojos, expulsado del cielo de sus recuerdos, ávidos de volver a ser. Durante días se vieron, pero no se tocaron porque no había literalmente techo que cobijara sus amores. Las lluvias se llevaron el cobertizo de sus encuentros y todas las otras maderas útiles de la casa del difunto Barudi. En el pueblo lleno de escombros, no era posible estar juntos, a salvo de la mirada de los otros, más presentes que nunca, con menos cosas que perder y más que cuidar que nunca, celosos como nunca de la felicidad propia y de la ajena, llenos como nunca de sí mismos, sitiados de su pequeñez y de su vacío, como los ciegos de su ceguera y los sordos del silencio del mundo.

Encontraron sin embargo su lugar, un lugar a salvo de las miradas de Carrizales. Lo encontraron en la selva, más allá de la garita forestal donde la villa tenía sus orgullosos linderos, desde donde miraba al bosque inhóspito como hacia un horizonte dominado de sólo mirarlo. Por razón de esa simple mirada, aquel terreno bárbaro y ajeno no era la selva, sino una especie de patio silvestre, civilizado por la intención de domarlo con el tiempo. Las furias del ciclón lo habían desbrozado, le habían arrebatado la densidad y el follaje, arrasando su hierba y derribando sus árboles menores, de modo que sólo quedaban de pie los fuertes cedros y las altas caobas. Salvador Induendo les reveló el triángulo de helechos que protegían dos troncos derribados, el triángulo donde el propio Salvador frecuentaba la intimidad de una pariente prohibida, para que Julián y Nahíma oficiaran ahí las prisas de sus cuerpos abstinentes, caídos de su propio huracán.

—En el monte —gritó Nahíma al oído de Julián, mordiéndole la oreja y metiéndolo en ella como si quisiera marcarle los ijares con las piernas, hacerse con él una sola rosca sellada y liviana, lista para girar y perpetuarse.

Teniéndola en los brazos sobre el zacate seco del monte, Julián quiso ser dueño de otra vida, libre de lazos y escombros, de hijos, de mujer y de ciclones, para ofrecerse a Nahíma sin reticencias, como ella se le ofrecía, curva de caricias, abierta al único viento del presente. Pensó por primera vez entonces que era otro, que había nacido ayer y no había nada que conservar a sus espaldas, nada que proteger ni reconstruir. Pensó que estaba en el monte de la primera edad, limpio y a medio crear en todo, menos en la pasión del cuerpo y el alma de Nahíma Barudi.

—Vamos a empezar de nuevo —le dijo, arrebatado por la inminencia de su despedida—. Todo será nuevo, como acabado de hacer.

—Como acabado de hacer eres para mí cada vez —le dijo Nahíma—. No tengo queja de ninguna de tus partes.

—¿De mi pasado ni de mi presente? —curioseó Julián.

—De tu pasado ni de tu presente —respondió Nahíma—. Te quiero con todo a bordo, con tu mujer que odio y con tus hijos que envidio, con tu hija que vive y tu hijo que vendrá.

Así, en medio de las pérdidas, en los días del pueblo destruido hubo para ellos un atisbo de triunfo, los fastos de aquella andrajosa intemperie que volvieron a la memoria de Julián el resto de su vida con una plenitud de mediodía.

Porque lo supo de su propia boca, Presciliano el Cronista, que esto escribe, puede decir que después del ciclón Julián Casares fue feliz en la desgracia. Como todas las dichas, la suya de entonces duró poco. Julián tuvo que regresar de emergencia a La Reserva de Miranda para rescatar de la cárcel y las furias locales a un hermano de Salvador Induendo, cuya familia merece folios aparte.

Saben, quienes pueden recordarlo, que el primer hijo nacido de Sebastián Induendo y su mujer fue bautizado Primitivo y Secundino el segundo. Terciano llamaron al tercero y Cuarterio al cuarto. Quintiliano fue el quinto y Sixto el sexto. Salvador le pusieron al séptimo, rompiendo la costumbre numeral, porque su nacimiento salvó la vida de Primitivo, el mayor, a quien su padre envió a buscar a la comadrona, y a eso fue, en lugar de a la fiesta de rancho donde lo invitaban sus amigos Dimas, hijo de Sansores el monteador, y Asclepio, hijo de Domiciana la yerbera. Dimas Sansores y Asclepio murieron emboscados por el camino cuando iban a su fiesta. Un tiro le entró a Asclepio en el ojo y le reventó al salir la oreja, otro tiro le cortó a Dimas la ingle y los colgajos varoniles por donde se vació su sangre joven. En ese camino hubiera muerto también Primitivo Induendo si su madre no hubiera parido el mismo día y él no hubiera tenido que ir por la comadrona para atender el nacimiento de su hermano el más chico, quien por eso fue su salvador, y recibió ese nombre.

Salvador Induendo trajo a su hermano grande, Terciano, a probar la marinería de la madera en La Reserva de Miranda. Terciano tenía la peculiaridad de que le hubiera sucedido todo. Siendo un niño sin rienda, lo había perseguido una boa por los manglares del río Matucho y un quetzal anidó sobre la gorra de campo que dejó en un árbol durante una siesta. Antes de echar pelo en las axilas había bailado un ritmo frente a una vaca para decirle sus amores y la vaca había derramado leche por las ubres. Le siguió sucediendo todo en La Reserva. Sólo por verlo pasar entre las cuadrillas, la hija de un lugareño le inventó un embarazo para casarlo con ella. Terciano fue perseguido y lazado por los hermanos de la falsa despechada para llevarlo frente al altar, inminente sitio donde la muchacha se deshizo en llanto y contó la verdad para probarle a Terciano lo mucho que lo quería. Un cedro derribado por Terciano en La Reserva fue famoso porque al caer atrapó bajo sus ramas todo un reino animal, incluido un nido de culebras, una colonia de ardillas, y una pareja de novios en cueros que salieron bajo las hojas inciertos de si debían su mareo al ramalazo del tronco o al temblor de sus amores.

Terciano se subía a los árboles como mono y a los *bulldozers* como a caballos de monta, y fue a él a quien tuvo que sucederle despeñarse con el *bulldozer* sobre un cráter de tierra floja que resultó la tumba indígena de un reino perdido, con sus máscaras de jade y sus cerámicas funerarias. No bien sacaron el *bulldozer* del hoyanco mortuorio, corrió la voz del sacrilegio cometido. La aldea completa de Piedra Bola vino a testimoniar la profanación. Terciano fue señalado, cubierto de insultos, sustraído de la protección de sus leñadores colegas y llevado en andas al pueblo, como un súcubo hallado con las manos en la masa. Lo metieron al corral comunitario y lo guindaron, talones arriba, de una mata para que los niños lo varearan y le espantaran el demonio. Lo llevaron después a la cárcel municipal de Piedra Bola, en espera de que vinieran a responder por él sus patrones extranjeros de Carrizales. Terciano fue declarado reo de hurto arqueológico, destrucción del patrimonio de Miranda, insulto a los símbolos patrios y contrabando en grado de tentativa. Luego de declararlo formalmente preso, el intendente de Piedra Bola firmó también orden de presentación para Julián Casares, titular de la franquicia maderera cuyos trabajos habían inducido esa lesión en el orgullo de Piedra Bola, el pueblo de terracota y buganvilias que era la cabecera municipal de La Reserva de Miranda.

Julián y Salvador Induendo pagaron dos lugares en la avioneta que venía de Wallaceburgh a dejar medicinas y llevarse enfermos graves, y en su jeep de altas ancas se fueron desde Wallaceburgh al encuentro de la prisión de Terciano. No bien cruzaron las goteras de Piedra Bola, los desharrapados gendarmes escoltaron su paso y ya iban detenidos, como en cuerda de presos, cuando pisaron la oficina de duelas crujientes donde despachaba el intendente municipal. Por todo trámite jurídico, el intendente dijo:

—El que se llama Casares, va para adentro. El otro queda libre. Si Casares y el otro tienen algo que decirse, se les otorga un plazo de treinta palabras.

Casares puso en manos de Salvador Induendo su cartera y su reloj, su pistola y el texto cifrado de un telegrama que traía preparado para enviar a su socio vivales, Luis Sandoval, y al sobrino vivales de su socio, el secretario del presidente de la República de Miranda, pidiéndoles ayuda.

—Mándalo desde aquí para que lean a quién va dirigido —le dijo en voz baja a Salvador Induendo—. Y cuando llegues al campamento, llamas por radio al palacio de gobierno de Carrizales y al de Miranda y explicas lo que está sucediendo.

Le quitaron las botas y el cinto y lo metieron en un barracón de tablones húmedos y una hedentina que hacía arder los ojos, en una oscuridad cortada sólo por las navajas de luz que separaban los tablones y cegaban en vez de alumbrar. Tropezó con un cuerpo y oyó el gruñido de un perro, pisó una loma de carne floja que no acusó reacción alguna. Adivinó a tientas un ángulo libre de las paredes y ahí se acuclilló, en espera de que la oscuridad alfombrara sus ojos y pudiera ver lo que hasta entonces nada más olía. Oyó una risita y vio el destello de unos dientes, quizá de unos ojos. Con el tiempo pudo distinguir al tipo que lo miraba desde la esquina de enfrente. Estaba sentado en una tablilla con ruedas. Tenía un muñón en vez de pierna izquierda y un brazo de lagartija pegado al pecho. Su sonrisa era lerda y amistosa, como de quien sabe más:

—Usted —le dijo, babeante y aquiescente—. ¿Qué hace aquí usted? No se ve usted gente mala —la voz quebrada y sibilina—. ¿Es de por estos rumbos usted?

—No —informó Julián—. Soy de Carrizales.

—Del otro lado del mundo es usted entonces —definió el bulto, con arreglo a su ignota geografía—. ¿Será usted por casualidad el cristiano de Carrizales que se cagó en las ruinas?

—Mi monteador se cayó en las ruinas —asintió Julián.

—Se cayó dice usted, pero se cagó al caerse, digo yo —rio el bulto con su timbre compadreante y luciferino—. ¿Será usted pues de esos Casares a los que andan queriendo joder mis paisanos?

—Yo debo ser —aceptó Julián.

—Preocúpese usted si es —le dijo el bulto—. Y preocúpese también si no es. Le digo, porque están enojados mis paisanos y andan queriendo joderlo por lo de las ruinas a usted. A lo que veo, no sólo andan queriendo, sino que ya lo andan jodiendo a usted —volvió a carcajearse confianzudamente el bulto—. Son cosas viejas de la tierra —siguió, filosófico y apaciguador—: Restos del poco orgullo que hay. Mal encaminado, pero orgullo al fin. Gracias dé usted a la Virgen de Miranda que en medio de tanto orgullo mal herido le ha cuidado la vida. Se lo digo yo, que conozco lo hijueputas que pueden ser mis paisanos.

—Doy gracias —cabeceó, irónico, Julián.

—Hace muy bien usted en dar gracias —dijo el bulto—. Nada ofende tanto a los jodidos como la soberbia. Y jodidos habemos todos en La Reserva de Miranda. ¿Cómo está?

—Bien —respondió Julián.

—Bien ha de seguir estando, si me escucha —dijo el bulto. Se acercó entonces rodando en su tablilla, rascándose la axila, el coco liso, la bemba cachimbera, como habiendo encontrado el alma gemela a la que hablarle al oído sus consejas—. Lo único que usted necesita saber es en qué lado de la naranja viene quedando —le dijo a Julián—. Si me permite, dígame: ¿en qué lado de la naranja viene quedando usted?

—¿Naranja? ¿Cuál naranja? —preguntó Julián.

—¡La naranja, la naranja! —dijo el bulto como develando lo obvio—. El mundo es una naranja que da vueltas. A veces está usted arriba y a veces abajo. Hay que saber muy bien en qué lado está uno. Si está arriba, pues muy bueno. Y si está abajo, se fregó. Pero si está usted en uno de los lados que van bajando o en uno de los lados que van subiendo, hay que andarse con mucho cuidado, hay que agarrarse con todas las uñas, porque ahí es donde uno se cae, y quién sabe si vuelve a levantarse. De modo que preocúpese, pero no se suelte. Porque si se suelta usted se lo lleva el carajo, santo guamazo que se pega usted. Éste fue mi consejo principal de la naranja. ¿Tiene una monedita para mí?

Julián quiso darle, pero no traía. A cambio de eso lo oyó trashilar iluminaciones y disparates, uno tras otro, como si dentro de su cabeza el loco persiguiera al cuerdo en un soliloquio mercurial.

—¿Cómo se llama usted? —alcanzó a preguntar Julián en un remanso del río verbal del bulto.

—Mi nombre lo he perdido y no lo quiero recobrar —le dijo el bulto—. Sólo tengo el que me nombra la gente, que me nombra El Paria.

—No será de la lengua —observó Julián.

Salvador Induendo puso el telegrama en la oficina del ramo. Lo hizo escoltado todavía por los mismos centinelas que lo habían dejado libre, pero lo seguían a todas partes, husmeando el menor de sus ademanes, como si pudieran adivinar por ellos la mayor de sus perfidias. Todo lo que obtuvieron fue la retahíla de números en clave que el propio Salvador desconocía porque era el secreto de Julián y sus socios vivales.

—¿Alguien va a sumar estos números? —preguntó el telegrafista—. ¿O están puestos ahí para que no los entienda ni el que pueda sumar?

—Lo segundo —sonrió Salvador, y se fue al campamento a radiar los mismos números en previsión de que no fueran transmitidos.

El campamento maderero estaba tomado por los defensas sociales de Piedra Bola, unos muchachos altivos y risueños, en su llana indianidad de miradas oscuras y una risa melancólica en el lucero de las córneas. Tenían echadas las carabinas sobre el hombro y hablaban con los campeadores como en ensalmos de la misma tribu. Albeando la mañana siguiente llegó un avión militar a Piedra Bola. Bajaron unos soldados al mando de un coronel que agarró de los pelos al intendente, desarmó a los policías, hizo correr al monte a los defensas sociales que custodiaban el campamento y abrió las puertas de la cárcel para que salieran Julián Casares, Terciano Induendo y los presos todos que ganaron en el viaje, entre ellos El Paria. En la puerta de la barraca, El Paria le dijo a Julián Casares:

—Acuérdese usted de mí cuando esté en el reino de sus caobas.

Julián lo subió al jeep del campamento con todo y su tablilla, como quien trepa una cubeta.

—Usted se queda como mi asesor en asuntos reserveños —le dijo—. Y si no puedo pagarle mucho, al menos no le faltará de comer.

—Ni a usted le faltarán mis consejos —dijo El Paria.

Como suele suceder, la solución se convirtió en problema. Julián Casares salió libre a manos de los soldados, pero quedó preso a manos de ellos en la imaginación rencorosa de los habitantes de La Reserva. Su libertad fue de algún modo su condena. Los soldados se quedaron dos semanas en Piedra Bola, conteniendo y multiplicando con sus rifles el agravio de los reserveños, aquel silencio universal que llevaba en los pliegues un alarido de violencias, una matriz de disputas y griteríos. El Paria olió antes que nadie los aires cruzados de sus paisanos.

—Se agarró usted de más a la naranja, don Casares —le dijo a Julián—. Se agarró usted de los rifles del Señor Gobierno, y le van a salir callos en las manos. Porque el Señor Gobierno no tiene aquí más partido que los miliquillos, don Casares, esos inditos cabrones, vestidos con su uniforme verde olivo, apuntándole con sus riflitos a sus cabrones hermanos que son también indios oliváceos. ¿Me entiende usted? Tenga mucho cuidado, don Casares, no le juegue la guerra a los reserveños, que tienen para dar y prestar.

La Reserva de Miranda había sido siempre lugar de movimientos populares. Sus explosiones venían en oleadas diastólicas, mezclando agravios antiguos y rencillas frescas, llevando como villanos recurrentes a los taladores y al gobierno, a los fureños blancos y a los mestizos, a los indios amestizados y a los lugareños que colaboraran con los extranjeros. Empezaban primero los rumores, luego las juntas, luego las movilizaciones, y como si una cuerda invisible atara aquellas iras aisladas con los nervios volcánicos de toda la República de Miranda, a menudo el país empezaba a moverse tras los malos humores de La Reserva.

Así había sido antes muchas veces y así empezó a ser ahora. Luego de dos años de paz caudillil, a partir de la ocupación militar de Piedra Bola, una tormenta de malestares y enconos pareció surgir, sin causa precisa, de los paisajes armónicos de Miranda. Bajo aquella quietud de paraíso, volvían a sulfurarse las aguas. De los pueblos inmóviles y como dibujados, de las villas calladas, de los senderos solos y las rancherías perdidas en barrancos de belleza insoportable, emanaba el vapor de la discordia, la combustión subterránea acechando el momento de brotar y quemar con su viejo fuego de sueños perdidos y vejaciones acumuladas. Ese fuego que nadie quería ver y que corría y quemaba, anticipatorio, por la lengua de El Paria.

Le dijo a Julián:

—Lleve pozol de maíz a los pueblos, don Casares. Lleve latas de conservas. Cuando los Induendo cacen venado y armadillo, traiga a comer al campamento a los principales de los pueblos. La madera que le sobre de ramas y cortezas, regálesela a las mujeres, para sus estufas y comales. Borre las huellas de los milicos que lo liberaron, don Casares. Y ande muy atento con los tiros sueltos. Muy atento con las brechas inocentes, con los parajes cerrados o vírgenes del monte. Porque de las brechas inocentes y los bosques sin hollar han salido siempre los tiros mortales en La Reserva. Es nuestra cabrona especialidad cazar cristianos malquistos en los parajes perdidos de Dios.

Salvador Induendo se echaba a reír oyendo las consejas de El Paria. Le dijo a su hermano:

—Huyendo de la guerra, llegamos a la guerra, Terciano.

—Guerra y no guerra hay en todas partes —devolvió El Paria—. Poco más que esas dos cosas hay en cualquier parte. Y aquí hay que agregar a Silvestre Tiburcio, que Dios no tendrá en su gloria puesto que lo ha mandado aquí. Cuídese de Silvestre Tiburcio, don Casares.

371

Silvestre Tiburcio era un cazador de los campamentos madereros gringos que la revolución nacionalista de Miranda expulsó de La Reserva. Era también un principal de su tribu, la cual había perdido con la salida de los gringos, como él, los beneficios que los campamentos derramaban sobre sus lugareños leales. Los dueños de la madera mirandina habían sido hasta entonces los taladores de Nueva Orleans. Lo eran todavía de Silvestre Tiburcio y de su comunidad, devota de los gringos, la justicia y el socialismo. Cuando Julián Casares llegó a montar su primer campamento en La Reserva, Silvestre Tiburcio vino a ofrecerse, pero de la capital llegaron instrucciones contra sus servicios, sospechosos de espionaje yanqui, pese a su retórica bolchevique y revolucionaria, tan extranjerizante como su yanquismo a los ojos de la religión católica y nacionalista que el arzobispo y el Caudillo querían como únicos evangelios en la República de Miranda. Nada sino Religión y Caudillo podía haber en los campamentos de Casares, vacunados así contra los lugareños impuros de la era yanqui y contra el liderato bolchevique de Silvestre Tiburcio, experto como ninguno en cazar y agitar, y en que su mano izquierda no supiera lo que hacía su mano derecha.

Tal como había dicho El Paria, en un paraje perdido de Dios, cuando regresaba de la inspección de un camino de saca, dos gentes le dispararon sin consecuencias a Julián Casares. Terciano y Salvador pudieron atisbar, seguir y alcanzar en el monte a los tiradores, y traerlos por los pelos, temblorosos y confesos, ante la presencia de Julián. Eran dos gentes de Silvestre Tiburcio. Julián los amarró en la champa de los trebejos mientras pensaba qué hacer.

—Vaya y dele la cara a Tiburcio —dijo El Paria—, él se cubrirá la suya, porque es de matar al sesgo, no de frente y lo espanta la luz, como al vampiro.

Luego de pensarlo unas horas, Julián pidió que amarraran a los cautivos a unos burros, se montó en el suyo y con la pistola al cinto y Salvador y Terciano en dos burros postreros, se fue por las veredas hasta la ranchería de Silvestre Tiburcio. Cuando Tiburcio salió de la oscuridad de su champa, deslumbrado por el sol y desconcertado por la presencia de un Casares en sus dominios, Julián le dijo:

—Me quiso matar su gente. No pudieron y aquí los traigo amarrados. Pero como el que quiere matarme es usted, a eso vengo. A que me mate.

—Yo no lo quiero matar, don Casares —le dijo Silvestre Tiburcio.

—¿Será que quiere matarme nada más su gente, a espaldas de usted? —ironizó Julián—. ¿Cuál es el problema entre nosotros, Tiburcio?

—No hay problema, don Casares —se allanó Silvestre Tiburcio.

—Yo le he dado trabajo a la gente de aquí —avanzó Julián—. En las champas hay catres para que duerman los leñadores. Antes dormían en el suelo. En todos mis campamentos hay comedor y atención médica. Cierto que no me han dejado darle trabajo a los monteadores y leñadores de su pueblo de usted. Me lo han prohibido las autoridades. Pero muchas mujeres de esta comunidad trabajan en el campamento. Cierto que Terciano se cayó en una tumba sagrada. Pero de nuestros caminos de saca han salido más piezas prehispánicas intactas que todas las que tenía hasta ahora La Reserva. Es verdad que vinieron los soldados a sacarme de la cárcel. Pero a nadie odiaba tanto Piedra Bola y a nadie odiaba tanto usted como a ese intendente que los soldados sacaron de los pelos. Es verdad que venimos sólo una temporada a talar y luego nos vamos, pero mientras estamos aquí hay trabajo y dinero. Y el primero en ver que haya para todos soy yo. Si no hay para usted, como le digo, es porque anda usted mal con el gobierno, no conmigo. Mande a matar al gobierno.

—Con el gobierno tengo agravio, don Casares —admitió Silvestre Tiburcio—. No con usted.

—Así y todo usted envenena a su gente y nos disparan en el monte a nosotros, no al gobierno. Y es a mí, no al gobierno al que quieren matar. Pues aquí estoy para que me maten —Julián sacó la pistola que traía cubierta bajo el sombrero a la altura del vientre—. ¿Esto es lo que quiere usted? ¿Con esto quiere que nos arreglemos?

—No, don Julián —dijo Silvestre Tiburcio, echando un segundo pie atrás, mientras medía la fijeza de la mirada de Salvador y Terciano, alertas en los flancos de Julián Casares—. Está usted equivocado, don Julián.

—Equivocado está usted, mi amigo —le dijo Julián—. Si me quiere matar, máteme. Pero máteme usted y máteme bien muerto. Porque si me mata a medias, voy a venir medio muerto por usted y me lo voy a llevar completo.

—En ningún caso ha de ser para tanto —le dijo Silvestre Tiburcio—. Lo único que nosotros buscamos, como le consta a usted, es trabajo y camino. Las dos cosas nos las ha cerrado el gobierno. Matándolo a usted no matamos al gobierno. Eso lo ve hasta el más ciego. Cayendo el gobierno, en cambio, necesitará usted de nuestra amistad. Y éste es tan buen momento como cualquier otro para iniciarla. En prenda de buena fe, le ofrezco a usted la amistad mía y de los míos, a cambio de que no entregue a estos muchachos a la autoridad, que suele desaparecerlos por cualquier bagatela.

Julián autorizó con un gesto que cortaran las amarras de los cautivos en los burros.

—Le recuerdo que la bagatela de estos amigos suyos son los tiros que me echaron en una emboscada —dijo Julián.

—Si emboscada hubiera sido, don Casares, y ordenada por mí, no estuviera usted aquí hablando conmigo —aseguró Silvestre Tiburcio.

—Lo que haya sido, pasó —dijo Julián Casares—. Aquí tiene a sus amigos. En prenda de buena fe, quiero pedirle, a cambio, que me mande a su mujer y alguna de sus hijas a trabajar en el campamento. He de pagarles con dinero y comida, y con el mayor sueldo de todos que es la concordia entre nosotros.

—Ahí estarán desde mañana, don Julián —dijo Silvestre Tiburcio.

—Cuando no vayan, entenderé que este trato ha terminado y que volvemos a nuestra guerra —precisó Julián Casares.

—No faltarán —dijo Silvestre Tiburcio—. Y ya que andamos en esas, tengo también un muchacho, tan bueno para el monte como sus dos monteros. Caso de que mi muchacho mate un venado de más o unos pavos de monte que no puedan comerse los míos, quizá pueda vendérselos a ustedes para su alimento y nuestro beneficio.

—Le compraré a su muchacho lo que me traiga —dijo Julián.

Se arreglaron así con Silvestre Tiburcio, pero no con el humor en movimiento de La Reserva. Tampoco con sus propios tiempos ceñidos que aparecían ya como el verdadero enemigo a vencer. Los tiempos bíblicos de la madera, los tiempos de cortar y los tiempos de arrastrar, los tiempos de ganar y los tiempos de apostarlo todo nuevamente, se les habían venido encima. Y nadie había inventado todavía cómo ganar la guerra contra el tiempo.

Capítulo IX

Sé de sus cuitas y mañas porque las versó conmigo y no tuvo Presciliano el Cronista, que esto escribe, ocasión ni lugar de referirlas en otro sitio, como las refiere ahora, en vindicación de su medio hermano y honra de la memoria sentimental de Carrizales. Dos veces vino Julián Casares del campamento de La Reserva al pueblo durante las secas de aquella última temporada: a celebrar el nacimiento de su hijo y a velar la salud de su madre. Coincidió la primera con la decisión de Luis Sandoval, su socio mirandino, de retirarse de la concesión de la caoba. Sandoval se presentó un mediodía en el campamento y le dijo a Julián:

—No quiero más queso, mi amigo, sino salir de la ratonera.

Al decirlo movió la mano en círculo sobre su cabeza como englobándolo todo, el mal humor de Piedra Bola por la liberación de Julián y los aires podridos que volvían a soplar sobre la atmósfera irredimible de Miranda. Era tiempo de salir del juego, le dijo a Julián, no de seguir apostando. Si algo había que aprender del corazón circular de su país era cuándo acogía y cuándo expulsaba. Sandoval veía en el horizonte nubes de expulsión.

—No quiero asustarlo, ni hacerlo correr —le dijo a Julián—. Esto no reventará antes de uno o dos años. Usted tendrá tiempo de sobra para cortar la madera y hacer su negocio. Pero usted se irá el año entrante, y nadie irá a pedirle cuentas. A nosotros, en cambio, nos cobrarán cada caoba talada al precio de un infante degollado, y si queremos que no nos cobren después, tenemos que salirnos antes.

Sandoval emprendió una larga disquisición sobre las avaras oportunidades de negocio y grandeza que la República de Miranda ofrecía a sus hijos. Eran paréntesis luminosos en una historia sombría, grietas avaras, apenas visibles, que se abrían como si parpadearan, por instantes, ofreciendo a los audaces ocasiones de logro que había que atrapar al vuelo y abandonar a tiempo, antes de que las rendijas se cerraran de nuevo sobre la superficie plebeya y recalcitrante de la república. Sandoval y su sobrino, el secretario del Caudillo, querían un finiquito de sus inversiones en la concesión de Casares sobre La Reserva de Miranda, inversiones que no habían hecho; querían el pago adelantado de una utilidad por los rendimientos previstos para la tercera temporada, y querían también, si Julián lo creía justo, una prima por servicios prestados en los oídos de la nación para suavizar sus modos. En suma, Sandoval quería una cifra exorbitante para deshacer el trato que les otorgaba la posesión nominal de la cuarta parte de la concesión, en realidad un seguro político para litigios como los que habían empezado a levantarse en la región y los socios querían ahora evitarse.

Bajo la promesa de un pronto pago en moneda extranjera, Julián redujo en dos sentadas las pretensiones de Luis Sandoval a la décima parte. Le pidió después un poco de tiempo para conseguir la suma, porque había invertido hasta el último centavo en los trabajos de la temporada y no tenía sobrantes a veces ni para los sobornos a los guardias forestales. Acordaron verse un mes después, dinero en mano, en la oficina presidencial del sobrino en la ciudad de Primera Miranda, capital de la república.

—Algo bueno traen los tiros —le dijo Julián a Salvador Induendo cuando su socio se fue—. Espantan a los moscones. Están muertos de miedo y venden en una bicoca.

—Venden lo que no han aportado, maraquero —recordó Salvador Induendo.

—Venden lo que tienen aquí, aunque no lo hayan aportado —dijo Julián—. En cualquier caso, cobran menos de lo que tienen y a mí su salida me permitirá arreglar al menos parte de mis enredos. Vas a ver.

Con la misma, hizo a Salvador montarse en el jeep y salió para Carrizales a informar a sus socios y a pedirles el dinero que no tenía, la cabeza llena de unas enredadas ingenierías que lo mantuvieron silencioso todo el camino, pensando tanto en ellas que no podía pensar.

Empezó por el principio, por Sóstenes Gómez a quien se marchó a ver directo sin pasar por el saludo de ninguno de sus amores, sin dejar constancia de su llegada al pueblo ni en su casa, ni en la cabecera de Virginia Maturana, ni en la ventana rehecha de Nahíma Barudi. Sóstenes Gómez lo recibió poco antes del almuerzo, un tanto forzado, advirtiendo desde el principio que tenía poco tiempo. Escuchó a Julián de pie, junto a la puerta de la oficina, para abreviar incluso unos metros el encuentro.

—Yo no le doy un peso a esos vivales —se negó, sin meditarlo, Sóstenes Gómez, tal como Julián esperaba—. Muy rápido tendrá que reventar todo en La Reserva para que volvamos a necesitar sus fantasmales servicios. Si eso es todo lo que tiene que tratarme, ya tiene mi respuesta.

—Tienen la cuarta parte de la concesión —lo detuvo Julián—. La venderán por un plato de lentejas, si se los ofrecemos —agregó, cuidándose muy bien de confiarle que le habían aceptado ya el plato de lentejas—. Como ellos mismos dicen: no quieren queso, sino salir de la ratonera.

—Lo que les demos de dinero será caro —calculó Sóstenes Gómez—. Su cuarta parte no ha sido ni es más que pura extorsión.

Julián Casares sonrió ante esas palabras pensando que se las podía poner como un espejo a Sóstenes Gómez para que se viera en ellas. Gómez sonrió a su vez, ajustándose el monóculo prusiano sobre el ojo estragado y tropical:

—Además —dijo—, hemos entrado en un diferendo secreto con las pasiones de nuestros vecinos y tenemos buena posición de campo.

—¿De qué se trata? —preguntó Julián.

—Tenemos tomado al Caudillo por las verijas —resplandeció Sóstenes Gómez—. Pregunte usted en el pueblo y le contarán —ordenó, empujando a Julián hacia la puerta para dar por terminada la entrevista.

Ya del otro lado de la puerta del despacho del gobernador, con más maña que prisa, o con una prisa que era parte de su maña, Julián le sacó a Sóstenes Gómez lo que iba buscando:

—Gobernador —le dijo—, si usted no quiere poner ese dinero, ¿le importa que lo consiga en otra parte y lo ponga yo?

—No me importa, mientras no lesione mi parte —dijo Sóstenes Gómez.

—Su parte quedará doblemente garantizada —dijo Julián.

—Entonces haga como quiera —autorizó el gobernador, acabando de echar a Julián de la oficina.

Julián fue de ahí directo, sin hacer escala, hasta las oficinas de su tío Romero Pascual, quien le contó la situación perdularia de que hablaba Sóstenes Gómez. Huyendo de una suntuosa casa de citas de Primera Miranda se había escurrido hasta Carrizales una mulata saltapatrás, con ojos de coyote y lomos de pez, trayendo en su equipaje los suspiros del Caudillo de Miranda, de cuya atención atosigante quiso huir, empalagada y harta, urgida de mal trato y aventura. Enterado, por su cónsul, que aquella belleza de escándalo, imposible de ocultar, había puesto sus plantas en Carrizales, el Caudillo de Miranda había exigido su regreso al gobernador Sóstenes Gómez, pero Gómez se había negado a suscribir una extradición lenona, y tenía a la mulata viviendo en la vieja casa de dos vientos del almirante Nevares. Gómez tenía a la muchacha secuestrada ahí, cuidándole los sueños y mirando con sus ojos amarillos por las ventanas el discurrir canicular de Carrizales, bajo cuya siesta de fuego se agitaba un carnaval de miembros oprimidos que la mirada hipnótica y los flancos llenos de la mulata sembraban, como si anduviera en celo, en la imaginación masculina del pueblo.

—La prisa que le viste a Gómez era por irse a comer con su cautiva —le explicó el tío Romero.

—No me gusta para nuestro negocio eso de la cautiva —dijo Julián—. Si tanto le importa esa muchacha al Caudillo, no veo por qué haya que retenerla en lugar de devolverla a donde pertenece.

—Cosas de gente de mando, Juliancito —le explicó el tío Romero—. Gente especializada en pujas y caprichos.

El tío Romero se negó a pagar también la parte de los socios vivales de Miranda, de modo que, en la puerta de la oficina, ya para despedirse, Julián Casares repitió la dosis:

—Si usted no quiere poner ese dinero, tío, ¿le importa si lo consigo y lo pongo yo?

—Al contrario, sobrino: entre más tengas metido en La Reserva mayor garantía eres como socio para nuestros intereses. ¿Dónde piensas conseguir el dinero?

—Por lo pronto sólo pienso, tío. No sé dónde.

Pero sabía muy bien.

—Voy a resarcirlo de todas mis demoras —le dijo Julián a su padre, Mariano Casares, y le explicó la posibilidad de hacerse, por unos pesos, de la cuarta parte de la concesión de la tala en La Reserva—. Es la mejor parte —le explicó—, porque es la parte de los empresarios locales, que incluye una posible renovación del permiso de tala.

—Si no cae el gobierno —empezó a regatear Mariano Casares.

—No caerá —voló Julián—. El Caudillo y el arzobispo tienen suficiente fuerza para cualquiera de sus adversarios. A mí me sacaron de la cárcel de un pueblo perdido en una mañana. Antes de que nadie respingara, tenían tomada militarmente Piedra Bola.

—Usar el ejército para cualquier cosa no revela fuerza, sino debilidad —siguió regateando Mariano Casares.

—No era cualquier cosa, viejo, era mi libertad —devolvió, ofendido, Julián—. Me tenían preso a mí por nada y a mi monteador guindado de los talones en una mata de plátano.

—En resumen —sonrió el viejo Mariano—. ¿Vienes a darme la gran oportunidad de gastar el poco dinero líquido que me quedó después del ciclón en tu aventura de La Reserva de Miranda?

—Usted siempre quiso entrar a la concesión de La Reserva, viejo —recordó oportunamente Julián—. No se haga ahora el ofendido porque se lo propongo.

—Siempre he querido cortar en La Reserva —admitió Mariano Casares—. Pero nunca he estado tan apretado de centavos como ahora. El ciclón se llevó el aserradero y hundió dos de los barcos. Se llevó la cantina, el cine, las bodegas, las tiendas. Y dejó un pueblo de desharrapados que no volverá a ser negocio en años. Todo lo que viene de inversión y ayuda federal para la reconstrucción, lo maneja tu socio, el gobernador Gómez, con dedicatoria expresa de que nada llegue a mis manos. So pretexto del estado de emergencia, me retiró hasta la concesión de la gasolinera y el permiso para comerciar combustible. En resumen, tengo las vacas flacas y la ubre cortada. Los negocios de Wallaceburgh van también a la baja, porque la temporada de madera fue muy mala, en gran parte debido a la necedad de ustedes que no quisieron arrastrar por tierra, para fregarme, y no pudieron sacar las caobas por el río. Los negocios de La Habana, el expendio y la ebanistería, están todavía en fase de siembra. Cuestan más de lo que dejan. De modo que las arcas están escasas. Tengo que ver de dónde pueden salir los centavos.

—Si usted no puede, siempre puedo ir a ver a los gringos de Nueva Orleans —malició Julián—. Llevan dos años tocándome la puerta.

—Los buenos vendedores no necesitan amenazar —resintió Mariano Casares—. Te he dicho que voy a ver de dónde pueden salir los centavos, y eso es lo que haré, si puedes esperarme unos días. Si no, ve de una vez con tus gringos.

—Voy a esperarlo a usted, desde luego —prometió, sonriente y triunfante Julián—. Y si le parece que éste es un trato, lo damos por hecho y subo a ver a mi madre.

—Me parece —dijo Mariano Casares.

Julián subió a ver a Virginia Maturana llevado en vilo por un nuevo sueño, una nueva promesa de la vida.

—No sé si tu padre es el mejor de los socios —le dijo con una dulce mirada de escarmiento Virginia Maturana—. Pero tú eres el mejor de los hijos.

—Alcanza para todos, vieja, no se preocupe —le dijo Julián.

—Nunca alcanza para todos —dijo Virginia Maturana—. La maldición de la madera es no alcanzar.

—Esta vez alcanzará —dijo Julián, y procedió a contarle largamente, como al pie de una cama infantil, las peripecias de Terciano en el subsuelo sagrado de La Reserva de Miranda.

Cuando llegó a su casa, había un conciliábulo de nerviosismo y hospital. Su suegra Ana Enterrías y las hermanas Arangio hacían cábalas privadas y entretenían a Julia tratando de esconder inútilmente la palidez de sus rostros y el vidrio ansioso de sus ojos. El viejo Santiago Arangio apretaba las mandíbulas haciendo sonar las muelas y unir y venir de toallas y palanganas anunciaba emergencias médicas.

—No le toca todavía —se rebeló Julián.

—El parto viene anticipado y el infante al través —le informó su suegro. Julián corrió al cuarto donde yacía Rosa Arangio, congestionada y sorprendida por las revulsiones de su cuerpo, la frente empapada y cadavérica, la mirada ardiente de visiones y dolores, los hermosos brazos blancos alzados para contener sus presagios de Casandra. Doña Tila, la comadrona que había traído a Julián al mundo, medía con sus manos secas, viejas como los sarmientos bíblicos, las protuberancias cambiantes del vientre de Rosa, convertido en un campo de batalla.

—Salga por favor —le dijo el médico a Julián—. No es un espectáculo para maridos.

—Usted haga su trabajo —lo ignoró Julián—. No se ocupe de mí.

Y se puso en la cabecera de su mujer, a enjugarle el calor de la frente con una toalla húmeda, a escuchar sus gritos, a odiar el miedo y la crispación de sus manos. Lucharon horas con el cuerpo nuevo que venía de espaldas estrellándose y macerando las paredes que lo habían nutrido y arropado. Doña Tila empujaba y golpeaba la panza de Rosa Arangio como un tambor, induciendo al pez deseado a encontrar el rumbo de la corriente, pero recibía del otro lado sólo unas volteretas contumaces, una cabeza empeñada en nadar corriente arriba, hacia las rocas, y un cuerpo loco repartiendo patadas en contra de sí mismo, tratando de abrirse paso por el bosque de espinos donde se había borrado su vereda.

—Lo van a ahogar sus vueltas —dijo doña Tila. Con voz serena y antigua le ordenó al médico—: Meta la mano y enderécelo.

El médico cortó con las tijeras los tejidos estrechos de Rosa Arangio, y un chorro de sangre se derramó como un alivio sobre la cama. Rosa dio un vuelco sobre el perfil de Julián Casares, que la mantenía pegada a su mejilla.

—Quiérelo —suplicó Julián sobre la frente exhausta de su mujer—. Quiérelo para mí.

El médico metió la mano por la brecha sanguinolenta y enderezó el cuerpo que se estrellaba adentro. Lo hizo con dos tirones exactos, que hicieron aullar a Rosa. El médico sacó el brazo, la cabeza asomó como si resbalara hacia el umbral macerado. El doctor metió otros dos dedos enérgicos sobre el corte y jaló de la mandíbula hasta liberar la cabeza. Era una cabecita amoratada y yerta, con el cordón umbilical enrollado al cuello como una soga de hule. Doña Tila lo cortó y un chorro de vida fresca y sucia le bañó los antebrazos.

—Tiene potencia —dijo, estrangulando con sus pulgares fibrudos los dos cabos de la tripa. El doctor libró los hombros que seguían topando y jaló el resto, los brazos largos de mono niño y el torso leve y sólido de iguana, las nalgas de mulo, las piernas de gamo. Lo puso sobre la cama, corrió con sus dedos el líquido que quedaba en la tripa de su ombligo y empezó a cortarlo.

—Es un varón —anunció con voz canónica y quebrada doña Tila. En el pico descendente de su dolor, Rosa Arangio se echó a reír en llanto y mezcló con las suyas las lágrimas independientes que corrían por el perfil de su marido.

—Es el varón más grande que he traído al mundo en esta villa —dijo el doctor.

Puso luego un punto de ungüento de cocaína en la lengua de Rosa Arangio y tres en los umbrales de su parto, para coser los tijeretazos y los desgarros. La respiración de Rosa Arangio tuvo un valle de normalidad, su mano dejó de apretar la de Julián. Cuando le pusieron a su varón en el pecho para que lo viera, envuelto en los paños de lino que habían cobijado también los primeros respiros de Julia, Rosa Arangio vio una carita tumefacta y varonil como el mismísimo saldo de la batalla que la había destrozado antes de concederle la victoria.

Julián Casares salió con su hijo en brazos y lo paseó por su casa en celebración de todas las cosas. Dos días después, Mariano Casares acudió al pie de la cama de su nuera, a inspeccionar al nieto. Lo halló grande y moreno, como él, como había sido también, al nacer, el hijo preferido de sus hijos, Rodrigo Casares. El turbión de un recuerdo apagado le cerró la garganta, pero pudo decir, para que todos lo oyeran:

—Se parece a Rodrigo. Ojalá tenga mejor suerte.

Julián no estaba cuando la visita de su padre, pero al conocer la escena por boca de su suegra se fue al patio de la casa, donde había una palmera, y al pie de la palmera, sacudido, lloró como si hubiera nacido él. Esa tarde su padre vino con cuatro cheques certificados contra el Royal Bank de Wallaceburgh. Sumaban juntos la cantidad esperada por Luis Sandoval.

—Te lo doy fraccionado para que puedas negociar todavía una reducción y tengas flexibilidad de pago.

Cuando Julián Casares bajó a la pista de terracería del puerto aéreo de Miranda, lo esperaba en la aduana un diácono con instrucciones clandestinas del arzobispo. Antes de entrevistarse con sus socios y pagarles, Julián debía hablar con el Caudillo, quien lo esperaba en su despacho del palacio de Gobierno de la República. No encontraría ahí al secretario de siempre, el sobrino de su socio Luis Sandoval, sino a otro, un enemigo, que lo había suplido. Una cadena de deslices había terminado en la defenestración del otrora poderoso secretario particular. Con su salida, explicó el diácono, se había reblandecido también la posición de su tío, Luis Sandoval, lo mismo que la del resto de la cuerda de hombres de negocios, los más importantes de Miranda, que comían en la mano del secretario una beneficiosa influencia sobre las decisiones del Caudillo.

—Vaya usted nada más a palacio, que lo están esperando —susurró el diácono—. Y cuando acabe su visita ahí, venga a visitar al señor arzobispo, que lo espera también en su cancillería.

Julián Casares marchó a encontrarse con el Caudillo. En sucesivas fotos oficiales había visto el cambio del Caudillo durante los tres años de su mando enderezador de la república. Había llegado al poder un hombre moreno, de engañosa facha indígena, de barba cerrada y ojos claros de animal de monte, enfundado en un traje verde olivo de campaña y bandoleras terciadas al pecho. En su segundo año de gobierno aquel soldado de fortuna que olía a montaña, pólvora, justicia y nacionalismo, se había transfigurado en general con uniforme de gala verde clorofila, veteado de insignias y condecoraciones, y un quepí en cuyo frente brillaban águilas y signos alusivos a todos los cuerpos del ejército. El tercer año de gobierno del Caudillo añadió a los entorchados del generalato un elegante abrigo de cuero negro, de solapas cruzadas, atléticas hombreras y faldones que caían hasta el tobillo vapuleando sus botas al caminar. El hombre que Julián Casares encontró en su despacho de palacio tenía además un lustre de pulcritud y atildamiento llevado a la obsesión artística. La suya era una presencia neta, levemente olorosa a fragancias de yerbas, camisa y uniforme sin una arruga al nacimiento de los hombros y el cuello, y una barba afeitada meticulosamente, bruñida de ungüentos y colonias en su verdor agrisado y masculino.

El Caudillo vino hasta Julián con una elegancia rítmica y presurosa que no podía ser sino la de la marcha ascendente de la historia, cómodo en la soltura de su talle, bien ceñido por la casaca militar de hombros y flancos entallados. Cambiaron los saludos de rigor, y apenas se sentaron, Julián en un sillón de tapicería dorada y brazos de madera, su anfitrión en la silla presidencial de su sala, que lo alzaba treinta centímetros sobre cualquier otro asiento, el Caudillo fue al grano, con voz calmosa y fulminante:

—He sabido de estos chiltepines —dijo, con la palabra que en Miranda usaban para nombrar por igual a los idiotas, los cobardes y los menores de edad—, me refiero a estos mis amigos y exsubordinados que fueron a pedirle a usted un finiquito de negocio por temor al futuro de la generosa tierra de Miranda.

—Así es —dijo Julián.

—Mucho sabrán ellos de las inestabilidades que amenazan a esta república —siguió el Caudillo—, pues son ellos quienes las están promoviendo. Quiero decirle a usted que no les dé nada. Quien tiene temor de su tierra nada debe esperar de ella. Usted, que no se arredra ni piensa retirarse por miedo a cábalas y augurios, es el verdadero mirandino, el mirandino por elección, más generoso a veces y más enraizado que los nacidos por azar dentro de los perímetros de una patria. La patria no es una cuestión de límites, sino de corazón. Dé usted por saldado el adeudo que pueda tener con esos empresarios timoratos de Miranda y traiga usted a su padre como socio, si lo necesita. El antiguo impedimento político por los lazos de amistad que me unían con el gobernador de Carrizales ha quedado roto por un asunto que no es del caso mencionar.

—Si usted me permite, Caudillo —se aventuró Julián con la imprudencia de su buena estrella—: La muchacha está bien.

—¿La ha visto usted? —se desbordó el Caudillo, perdiendo con la noticia dichosa su talante hierático. El ceño fruncido de busto ecuestre y la mirada de bronce para la historia dieron paso a la palidez del amante afligido—: ¿Buena y sana está? —preguntó sin cuidarse, poniendo sobre Julián toda la ansiedad que había en sus ojos, privados del bien perdido—. ¿No la han marcado? ¿No la han vendido?

—Con todo respeto, señor —inventó Julián Casares—. La muchacha no está a disposición de nadie.

—¡De nadie! —se engalló tiernamente el Caudillo, con alivio iracundo y patrimonial—. ¿Me jura usted que de nadie?

—Lo peor que le pasa es que se aburre —informó, redondeando, Julián.

—¡Se aburre! —exclamó el Caudillo. La aflicción volvió a su mirada con el alfiler de un recuerdo y la lucidez de una profecía—. ¡Pronto se irá! —dijo, anticipando con el frote de sus manos la posible tortura de volver a ignorar su paradero—. En ninguna parte estará mejor que aquí. A nada pertenece como a esta ciudad que la idolatra y la sueña. En ningún lugar está mejor que al alcance de mis manos. ¿Entiende usted mis cuitas, don Julián?

—Soy reo, Caudillo, de las mismas cuitas —se impostó Julián—. Dos años hace, y van a hacer tres, que mis amores no están al alcance de mis manos.

—¡Amores! —suspiró el Caudillo, envidiando y descreyendo el plural—. Hombre muy serio ha de ser usted si es capaz de aguantar varios amores. Con uno solo he tenido yo para dudar por completo de mí. Me afirmo por estas confidencias en lo que ya le había dicho, Julián. Dé por saldadas sus deudas y por confirmados sus derechos en La Reserva de Miranda. Sus socios mirandinos, Sandoval y mi exsecretario, han endosado ya, por mi sugerencia, los contratos que lo ataban a usted y a la concesión. Su parte está libre. Traiga a su padre de socio cuando quiera y a mí, siempre que pueda, tráigame el grano de sal que tenga sobre las suertes y paraderos de esa ingrata.

En el hotel esperaban a Julián Casares su socio Luis Sandoval y el defenestrado sobrino, exsecretario del Caudillo de Miranda. Julián les puso enfrente una cerveza y les refirió las instrucciones del Caudillo.

—La palabra del Caudillo tiene plazo —le advirtió el sobrino, sin ocultar el furor de su afrenta ni el placer enconado de su ingratitud—. Debo decirle que ha empezado la cuenta regresiva de este régimen. Arréglese con nosotros como quedamos, Julián, y cuando todo pase y venga el nuevo gobierno, que habrá de venir, usted tendrá otra vez su franquicia en La Reserva de Miranda.

—Entiéndame ustedes —suplicó Julián—. Como extranjero, no puedo desacatar la palabra del Caudillo.

—Todo lo que ha tenido usted en la República de Miranda, lo ha tenido por nosotros —dijo el exsecretario—. No desconozca en mala hora a sus amigos.

—Debo atenerme a la palabra del Caudillo —les dijo Julián—. No tengo opción.

—Aténgase pues —dijo el sobrino, incluyéndolo en el mapa de su odio.

—El Caudillo me ha ordenado desconocer nuestras deudas —insistió Julián—. Lo obedecí antes y lo obedezco ahora. Pero puedo, por fuera de nuestro trato, ofrecerles, en nombre de mi padre, Mariano Casares, que financia los trabajos, una compensación por su ayuda invaluable.

Julián extendió sobre la mesa uno de los cuatro cheques certificados de Mariano Casares.

—Advierto —siguió— que éste es el único dinero que traigo conmigo, el único que pude conseguir. Como le dije a usted en el campamento, don Luis, ando corto de fondos líquidos. Le añado que no encontré, ni entre mis socios, ni entre la comunidad financiera de Wallaceburgh, nadie dispuesto a entrar al trato. La demora en nuestros trabajos ha creado una baja expectativa hacia nuestra operación en La Reserva.

—Las compañías madereras de Nueva Orleans querrían entrar al trato —alegó el sobrino.

—Esas compañías están prohibidas en la República de Miranda —le recordó Julián.

—No por mucho tiempo —vaticinó, con mirada de profética venganza el sobrino de Sandoval.

Luis Sandoval tomó el cheque de la mesa para revisar la cifra.

—Muy por abajo de lo acordado —dijo— pero muy por arriba de lo que le ordenó el Caudillo. Lo apreciamos de usted en lo que vale.

—Acepta usted propinas en lugar de exigir pagos —regañó el exsecretario, con levitación sulfúrica. El tío volvió a poner el cheque sobre la mesa como si el papel lo hubiera quemado. Julián perdió la oportunidad que le brindaba el arrebato del sobrino para recoger el cheque del alcance de manos que ya eran enemigas, e insistió en el error de gastar dinero para atenuar un odio que su gesto no sólo no aliviaría sino incluso haría crecer en la cavilación posterior de Sandoval y su sobrino, maestros en el cocimiento de la afrenta y los agravios. Al final tomaron el cheque. El sobrino pontificó, ambiguamente:

—El tiempo manda, no nosotros. Mandará también sobre usted y sobre el Caudillo. Estaremos puntuales a la cita con los tiempos y recordaremos esta escena, téngalo por seguro.

—Espero que la recuerden como un acto de amistad —dijo Julián.

—Así será, pierda cuidado —dijo el sobrino y echó a andar hacia la calle como hacia la guerra.

Julián se cambió la camisa para limpiarse el ánimo y fue a cumplir su cita con el arzobispo, en la retaguardia burocrática de la catedral de Miranda. Cruzaron saludos y Julián le entregó otro de los cuatro cheques de su padre, endosado, como un donativo:

—Era para liquidar a nuestros socios —le explicó al arzobispo—, pero el Caudillo los ha liquidado. Consulté a mi padre en Carrizales —mintió—, y ha sido su decisión que el dinero se quede igual en Miranda, con usted, que ha sido amigo desinteresado y usará este dinero en sus fieles y su iglesia mucho mejor que nosotros en cualquier otra cosa. Quiero hacerle saber, por mi parte, que en la rencilla que se avecina, estamos y estaremos de su lado.

El arzobispo recogió y miró el cheque como si no lo mirara, como si fuera una curiosidad risueña que le adornaba las manos. Al final de esas inspecciones terrenales, luego de preguntar con detalle por los daños del ciclón en Carrizales, le dijo a Julián:

—Estamos complacidos de ti. No mires de más el ojo de las rencillas. Por ese orificio no verás sino temeridad o miedo, violencia o apocamiento. Ninguna de esas cosas place a la vista serena y amorosa de nuestra madre, ni sirve a las causas de nuestra república. No necesitamos rencillas ni temores, necesitamos gente de trabajo como tú, gente de empuje como tu padre. Piensa esto cuando vuelvas en el avión a Carrizales, mientras veas los montes y los barrancos, los lagos limpios y las montañas dibujadas de mi tierra, piensa este misterio que te digo: "Todo pasa, pero la Iglesia queda". En medio de la mayor tormenta, aquí encontrarás refugio. Si te preocupa el futuro político de Miranda, piensa en esto: he visto pasar diez gobernantes en Miranda, y no ha disminuido uno solo de los fieles de esta Iglesia. Peor aún: han aumentado.

Con un notario que le recomendó el arzobispo, Julián protocolizó las nuevas participaciones legales de los socios en la concesión de tala de La Reserva. Donde antes venía el nombre de Luis Sandoval vio al notario estampar con su pluma las señas y nombre de su padre, ahora su socio, su fantasma siempre, Mariano Casares.

Luego de los arreglos con el Caudillo y el arzobispo en la capital de Miranda, Julián Casares no voló a Carrizales sino a Wallaceburgh. Depositó en el Pickwick Royal Bank los dos cheques sobrantes de los cuatro que le había dado su padre en una cuenta nueva que puso a nombre de Rosa Arangio y sus dos hijos, en previsión de los desaguisados que pudiera traer en el buche La Reserva de Miranda. Cubrió su adeudo en el Hotel Pickwick, y esperó en la suite nupcial que miraba al río por donde habrían de recalar sus maderas la llegada de Nahíma Barudi.

Nahíma había traído a su madre al médico y se habían quedado una temporada en Wallaceburgh por recomendación elemental de la vida, ellas que no tenían en Carrizales más que escombros y memorias que cuidar. Empezaron a gastar en Wallaceburgh los primeros dineros de la herencia del viejo Barudi. La madre de Nahíma no había querido tocar esos dineros por sentimentalismo y por superstición, reservándolos, decía, para cuando en verdad fueran necesarios. El ciclón hizo presente la necesidad para la que habían guardado los fondos y así, por medio de la desgracia, las arcas de la abundancia se abrieron para Nahíma y su madre, que fueron ricas en medio de la miseria, independientes en medio de la privación, libres en medio de la esclavitud del pueblo que habían perdido y, al perderlo, les había devuelto la libertad.

En el primero de los tres días de amores que tuvieron frente al río, entre el mimbre, las gasas y los crepúsculos dorados de la suite nupcial del Hotel Pickwick, Julián Casares le dijo a Nahíma:

—Tengo que resolver el futuro de mis hijos para poder plantearme el nuestro.

—No te pido un futuro —le dijo Nahíma—. Por lo pronto, me basta con lo presente.

—No me basta a mí —protestó Julián.

—Nunca te ha bastado. No te bastará nunca —se burló Nahíma—. Si te quitan los planes y el futuro, te mueres igual que un moribundo al que le quitaran el oxígeno. Tienes que ir siempre en pos de algo. Me gusta eso. Verte corriendo todo el tiempo en pos de algo. Debes haber correteado todos los papalotes de Carrizales. Pero yo no tengo esa compulsión. No todavía.

—Debo arreglar eso para pensar en otra cosa —porfió Julián.

—Mientras estés conmigo arréglame a mí —le dijo Nahíma—. No pienses ni arregles otra cosa.

—Eso haré —dijo Julián, y eso hizo: sólo en Nahíma pensó tres días, junto con el resto de las cosas formadas en la fila inminente de sus días por venir.

Volvió a Carrizales a poner en manos de su mujer el registro bancario que era parte del arreglo del futuro. Le dijo a Rosa Arangio, con amor y gratitud:

—Esto lo trajiste al mundo tú, y es tuyo.

Rosa convalecía aún de la batalla con su hijo, lo amamantaba entre gritos de dolor y placer, bajo la interrogación cejijunta de Julia, que miraba con la seriedad escrutadora que el caso exigía la expansión glotona y gritona de aquel ayuntamiento misterioso. Cuando Rosa vio la cantidad puesta en la libreta que llevaba su nombre junto al de sus hijos, el color se le fue al cielo y el amor por Julián unos metros arriba. Más que arrojarse los brazos de su marido, porque no podía aún moverse con vigor ni ligereza, se dejó caer en ellos como haciendo su ingreso a la tierra prometida. De algún modo, había llegado a su tierra prometida. Desde que tuvo la libreta en sus manos habitó su cabeza la visión de la casa que hasta entonces había existido en ella sólo como un propósito de ensueño, la casa que había pensado siempre comprar en la ciudad, equivalente del afán que tiraba de su marido hacia La Reserva de Miranda. La efigie de aquella casa repetía las mansiones señoriales que alineaban sus puertas labradas, de potente aldabón, y sus balcones enrejados bajo modestos capiteles griegos, en las calles de angostura medieval de la ciudad del oriente cubano donde habían vivido, luego de la crisis de los ingenios y el segundo zarpaje de Santiago Arangio a la conquista de América.

Una voluntad de fuego y una fantasía de cuento de hadas soldaron la cantidad que Julián puso en la alcancía de sus hijos a la imagen de aquella casona y a la figuración del genio interno que habría de gobernarla, el genio de la prosperidad y la armonía, del amor doméstico y la vida buena en busca de la cual Santiago Arangio se había pasado emigrando la mayor parte de sus años y en nombre de la cual sus hijas habían esperado, viajado y soñado todos los suyos. Rosa Arangio podía verse a sí misma sentada en su sala, cuidando su hogar y sus hijos, constatando cada tarde el final de la zozobra en un barrio apacible de la ciudad, lejos de la selva y el viaje, segura y a sus anchas en un templo sedentario que los reuniera a todos de una vez y no volviera a separarlos nunca. Ése era su reino deseado y Julián Casares había puesto la primera piedra sólida para construirlo. No pudo ver a Julián sino con gratitud y orgullo: la gratitud del deseo colmado, el orgullo de que su hombre fuera el príncipe providente, el capitán fundador de la vida leve y gregaria que había sido la vocación inalcanzable de Rosa y su familia, la familia itinerante, siempre con una América prometida que buscar, siempre corta en la cuenta de sus pequeños sueños y sus más pequeñas realidades.

Si algo odiaba Rosa Arangio de la madera era su irregularidad, su incertidumbre, su destino ligado al tenor imprevisible de las aguas y los ríos, entregada al arbitrio de los caprichos telúricos y los humores de la República de Miranda. Si algo amaba de Carrizales es que hubiera sido un lugar de rencuentro con su padre errante y un refugio seguro, hasta que su marido se fue tras la madera y los palos del pueblo tras el ciclón. Había parido a su segundo hijo sintiéndose nuevamente a la intemperie, con la única piedra de toque de la alcancía que su marido iba goteando de la madera de Miranda. Ahora, de pronto, la alcancía era un arcón y la piedra una casa entera que colmaba sus días de ensueños augurales.

La libreta de ahorros fue uno de los dos papeles que Julián llevó al pueblo en remiendo previsorio del futuro. El otro fue la escritura del notario de Miranda que le daba a su padre el porciento y los derechos especiales sobre la concesión de sus antiguos socios mirandinos. Luego de inspeccionar con detenimiento la escritura, Mariano Casares le había dicho a Julián:

—Ahora sólo hay que cuidarse de tus socios. Hay que atraer al tío Romero y neutralizar a Sóstenes Gómez.

—Esperaba que le diera gusto la escritura —se quejó, desapercibido, Julián.

—No es más que un papel —redujo Mariano Casares—. Lo importante es la realidad. Si no hacemos marchar la realidad, el papel no servirá ni para ir al baño. Hay que hacer marchar a Sóstenes Gómez a paso redoblado.

—Bastará con que marche la temporada —difirió Julián—. Eso es lo que debe marchar a paso redoblado, y está marchando. Vamos adelantados en el monteo y en el corte, las bacadillas están casi llenas de trozas. Son las mejores trozas que haya visto usted en su carrera de rapamontes. Sólo con lo que hay ahí, está hecha la temporada. Pero hemos monteado y vamos a cortar el doble.

—Hay que neutralizar a Gómez —insistió Mariano Casares—. Su afán de prevalecer podrá más que ninguna razón y que cualquier provecho. Gómez apuesta la vida entera a sus caprichos. Poco puede arredrarlo destruir un buen negocio.

—No se preocupe por Gómez —le dijo Julián—. Preocúpese por mí, que tengo todo ese trabajo por delante. Hablo del trabajo verdadero, el trabajo de montear y cortar, no el de andar perdiendo el tiempo arreglándoles a ustedes sus pleitos y sus enredos.

—Los enredos son lo de más en los negocios —dijo el viejo Mariano—. El trabajo es lo de menos. Los negocios consisten en arreglar las cosas para poder trabajar. Trabajar, cualquiera puede. Arreglar los enredos, nada más pueden unos cuantos.

—Sí, viejo. Como usted diga —respondió Julián, un tanto harto del regateo de su padre a las fatigas filiales que lo habían hecho socio de La Reserva, fatigas que le habían cumplido uno de los sueños de su vida, que habían resuelto los enredos que Mariano Casares no había podido resolver en sus muchos años de buscar un agujero de entrada a la depredación de La Reserva de Miranda. Ahora tenía el boleto de entrada, pero en vez de celebrarlo y agradecerlo, ponía condiciones, anticipaba insuficiencias.

—Salgo mañana al campamento —le informó Julián, dando por terminado el desencuentro—. Voy a despedirme de mi madre.

Subió a la recámara del primer piso. Virginia Maturana seguía pasando fríos, ya no acostada en su cama, sino encogida, tolerante y serena en la mecedora de mimbre donde arrullaba, bamboleándose, su soledad y su abandono.

—Cada vez que te vas, pienso que no volveré a verte —le dijo a Julián, luego de recibir sus besos—. No creas que no sé de tus líos en La Reserva. Gente muy ladina y muy peligrosa ha sido siempre esa de ahí.

—Es buena gente, vieja —la tranquilizó Julián—. Así como se erizan se suavizan. Basta con saber tratarla.

—No es eso lo que yo sé de aquella gente —dijo Virginia Maturana—. Se erizan, pero no se suavizan. Mejor dicho, viven erizados como puercoespines. ¿Tu padre está de acuerdo en todo esto?

—Es socio ya de todo esto —dijo Julián, con apagado orgullo—. Hoy le traje la escritura de su parte en el negocio.

—No compres a los enemigos de tu padre —murmuró Virginia Maturana—. Déjalos que ellos arreglen sus cuentas. No cargues cuentas viejas.

—Vamos a pagar todas las cuentas, las viejas y las nuevas —dijo, amorosa y cándidamente, Julián—. No se preocupe. Va a sobrar para todo. Usted verá.

—Olvídate de las cuentas viejas —reiteró Virginia Maturana—. No sudes fiebres ajenas. Te lo digo yo, que he sudado toda mi vida las fiebres de los demás. Nadie se alivia con eso, y en cambio uno vive enfermo. Hazle caso a esta vieja.

—No hago más que hacerle caso a usted —le dijo Julián—. Joven hubiera querido conocerla y libre de marido, para haberla vuelto mi mujer.

—Cállate, mocoso. No digas pecados.

—Los digo, ya que no los hago, ni los pude hacer —dijo Julián.

Partió la mañana siguiente al campamento de La Reserva con el firme propósito de volver a Carrizales hasta el fin de la temporada, prometiéndose que era uno el Julián Casares que se iba, cruzado de enredos y asechanzas, y otro el que volvería, cubierto de logros y laureles. Se iba el que aún no era, volvería el que habría empezado a ser, vencedor de cursos adversos y vientos contrahechos. Encontró al llegar al monte que las cosas iban bien, tal como le había dicho a su padre. Había madera de sobra en las bacadillas, las trozas nuevas que iban a cortar estaban marcadas, y trazados los caminos para llegar a ellas y derribarlas. Silvestre Tiburcio y sus huestes seguían en paz, la malaria anticaudillil que cundía por los pueblos remotos, ansiosos de un cambio, parecía una cuenta de mecha larga que duraría sin explotar los meses que él necesitaba para limpiar los bosques autorizados y decirle adiós a La Reserva.

Durante el mes de encierro y trabajo a cielo abierto que siguió para Julián, el mundo fue perfecto, la vida una plenitud sin fisuras, un fuelle en expansión, redondo como el recuerdo de las mejillas de Nahíma Barudi, como la gula de su hijo en las hinchadas tetas blancas de Rosa Arangio, como su propia euforia apolínea de dormir a la intemperie en la iniciación primaveral del campamento. Los moscos se habían ido, la humedad del invierno había cedido el paso a una frescura tibia, los monos hablaban por las noches chillidos leves de acuerdo entre las altas ramas y el sonido del monte descendía sobre ellos como en una sordina de energías y vigores acoplados. Julián y Salvador, al igual que todo el campamento, se levantaban antes del amanecer, la primera luz del sol sagrado de La Reserva los encontraba ya en el monte, probando caminos y vigilando leñadores, destinando *bulldozers* a la saca de las caobas más grandes, sumando avariciosamente las trozas cobradas en la vega del río, la planicie del bosque majestuoso, echado al suelo por primera vez.

—Ésta es la buena, maraquero —le dijo Salvador Induendo una noche de euforia, mientras los leñadores del campamento triscaban la guitarra y cantaban lejanas canciones de amor—. No nos vamos a reponer de esta ganancia en los días que nos faltan de vida. Van a cantar nuestras glorias todas las mulatas de Wallaceburgh, maraquero. Las vírgenes y las encintas. Y nuestras familias dirán: "Esos cabrones estuvieron en la primera poda que dio frutos de la estreñida Reserva de Miranda".

Capítulo X

Del corazón de La Reserva de Miranda bajaba el río Matucho, un río flexible y sorpresivo. Bajaba dibujando la frontera mirandina con el lado inglés, y se iba anchando hasta volverse navegable, kilómetros antes de salir al delta del puerto de Wallaceburgh, donde estaba el boom, que los madereros traducían como chiquero, el gran corral acuático de la madera que fluía de Miranda. El río era impredecible, un arroyuelo con trechos de cauce flaco en las secas y un caudal arrollador en las lluvias. Cada tantos años se desbordaba, como el Nilo, anegando las riberas, despeñando sus aguas incontrolables en avenidas que arrastraban mitades de pueblos, casas, troncos, hombres y animales muertos, fauna, flora y selva machacada. Era el camino natural de la madera, el lugar por donde los cortadores echaban a flotar sus trozas. En previsión de las avalanchas del Matucho, había que tener las flotillas de arrastre por tierra, más caras, pero más seguras que el nado de las trozas sobre el río. Había que decidir con las primeras lluvias, antes de que el río creciera de más o los caminos se enlodaran, si la madera sería arrastrada por tierra o bajada por el río.

Julián había obtenido tres años de concesión de tala en La Reserva, años que soñó de vacas gordas. Habían sido hasta entonces vacas de humo, ni siquiera flacas, sino etéreas, ciertas sólo lo necesario para tirar de él hacia el confín, como los espejismos, y mantenerlo en marcha. El primer año había sido escaso, bajo de inversión y de contrata de leñadores, titubeante en el marcaje de los árboles que habrían de cortarse, pobre en el corte y prematuro en el tiempo de lluvias, que además fueron avaras y trajeron ralo el río. Para sacar las pocas caobas y cedros que rindió la temporada, Julián decidió jugar a la segura y pagar el arrastre con el equipo de su padre antes de que empezaran los aguaceros, lo cual triplicó los costos y enojó a los socios de Julián, que le atribuyeron las ganas de dar a su padre, a trasmano, el negocio que ellos habían vetado de frente. Julián hubo de explicarle a su padre que el primer año de la madera, en el que pensaba retirarse, había sido malo para él. Había decidido, por tanto, hacer la segunda temporada, contra sus planes iniciales y contra las promesas de cederle la concesión.

Se hizo a la tala muy temprano la segunda temporada, armó dos campamentos en lugar de uno y dos grandes bacadillas o planicies donde encamar la madera que iban cortando, descortezada, lista para el arrastre por tierra o su deslizamiento por el río. El tiempo de corte fue extraordinario. Un mes antes de que empezaran las lluvias había en las bacadillas de La Reserva madera suficiente para llenar el río, aun si venía hinchado, y para saturar las flotillas de Mariano Casares. Julián decidió cubrirse otra vez y empezar el arrastre con las flotillas de su padre, pero sus socios se negaron a pagar los fletes. Al efecto, se presentó en el campamento de La Reserva el tío Romero Pascual, con preguntas y mensajes del gobernador Sóstenes Gómez. Quería saber cómo esperaban en la región ese año la temporada de lluvias y el genio del Matucho.

El Matucho era una especie de deidad a la que la tradición animista de la zona atribuía iras y alegrías humanas. Decían que cuando estaba de mal genio por algún desacato cometido en sus aguas, venía como un maremoto arrasándolo todo. Cuando sus aguas habían sido tratadas con veneración y cuidado, venía simplemente con el caudal ancho, rápido y cristalino, navegable todo el año. Los cabalistas de la región medían anticipadamente el genio del Matucho según fuera la primera lluvia, que se adelantaba siempre unas semanas a la temporada fija, e indicaba para la meteorología local si las lluvias vendrían locas y enloquecerían también al río o si vendrían sólo abundantes, como eran de oficio, y darían al río un caudal opulento, pero sin violencias, una gordura llana y bienhumorada que lo humedecería todo sin ahogarlo. La primera lluvia de las secas había sido tersa, prometedora de un río amigable. La segunda, que se daba rara vez, ya muy cerca del inicio de los diarios aguaceros que desplomaban el cielo sobre las montañas y la selva de Miranda, había sido benigna también, como una tía llorona. Esto averiguado, el tío Romero le dijo a su sobrino Julián Casares que, si las previsiones de la lluvia eran favorables a la navegación en el río, Sóstenes Gómez y él preferían aguantar las lluvias y la crecida y echar la madera por el cauce del Matucho en vez de pagar al viejo Mariano Casares por el arrastre. Julián se negó a correr el riesgo, pero el tío Romero le dijo que no había sitio a la discusión, que así lo decidían sus socios mayoritarios y él debía plegarse. Julián decidió ir a Carrizales a conferenciar con el gobernador. Se subió al jeep con Salvador Induendo y dieciocho horas después estaba en el palacio de gobierno de Carrizales para litigar la decisión.

—Si el río viene mal —le dijo a Sóstenes Gómez—, perderemos más dinero con mi padre por el financiamiento que con lo que le pagamos por el arrastre.

Por segunda vez aquella temporada, Mariano Casares había puesto los dineros de avío para la aventura en La Reserva, y sus réditos seguían corriendo, rindiera o no la temporada.

—El río vendrá bien —garantizó Sóstenes Gómez con suficiencia de demiurgo, como si pudiera mandar sobre las lluvias y las aguas.

—Nadie puede decir cómo vendrá el río, don Sóstenes —reparó humildemente Julián.

—La gente de la región sabe —improvisó el gobernador—. Entiendo que quieras beneficiar a tu padre, tendrías que no ser Casares. Pero el costo de arrastre por tierra es tres veces el del río.

—Es tres veces más seguro también —recordó Julián—. Y empieza a dejarnos dinero desde ahora. Para bajar por el río hay que esperar las lluvias que lo engorden, es decir, tres o cuatro semanas de inmovilidad, en lugar de tres o cuatro semanas de ingresos.

—Menores ingresos —objetó Sóstenes Gómez.

—Menores en proporción —dijo Julián—. Pero más en volumen. Si vamos sacando la madera que ya está en las bacadillas, podemos descortezar y encamar la que ya está cortada en el monte. Al final sacaremos más madera y habrá más dinero para todos.

—A la madera cortada en el monte no le pasa nada si se queda ahí más tiempo —precisó el gobernador Gómez—. Tú puedes seguir cortando. Nos queda un año todavía para sacarla toda. Espera las lluvias y echa la madera por el río.

Cuando su hijo le contó la entrevista con el gobernador, Mariano Casares diagnosticó:

—El tío Romero y Sóstenes Gómez quieren hacerse ricos con tu trabajo y mi dinero. Con tal de fastidiarme, arriesgan lo más por lo menos.

—Vamos a hacernos ricos todos, papá —le respondió Julián, y refrendó su promesa—: Piénselo como una inversión: usted se va a quedar con La Reserva de Miranda.

Fue así como aquel año segundo decidieron esperar el buen caudal del río Matucho. El río, en efecto, vino ancho, pero prematuro y bárbaro, anunciando a su manera, como las lluvias locas de aquel verano, con su torrente atropellado, el ciclón que habría de arrasar a finales de agosto a Carrizales. El río fue impracticable como conductor de la madera. La mitad de las trozas se quedó en las bacadillas, y Mariano Casares no recibió un centavo por sus flotas de arrastre, aunque esperó inútilmente, hasta

401

la última hora, un cambio de decisión y un llamado de Julián y sus socios. Esperó con sus flotillas varadas hasta que las lluvias llegaron, prematuras otra vez, a partir de lo cual fue inútil su presencia porque los caminos eran otros tantos ríos de lodo y maleza intransitable. Así se resolvió la segunda mala temporada consecutiva en La Reserva. La cosecha volvió a rendir lo mínimo para seguir prometiendo un reino de oro, un resplandor como la vida, que todo lo ofrecía sin entregarlo.

El ciclón que arrasó Carrizales se llevó también los rendimientos de la segunda temporada en La Reserva. Julián tuvo que negociar con su padre y con su mujer que emprendería una tercera. Rosa lo miró con resignación y le impuso nuevos pagos a su alcancía. Su padre lo miró con desconfianza y le hizo firmar garantías adicionales de embargo a la madera cortada. A principios del siguiente verano empezaron las tareas de marcaje y monteo para la tercera temporada en La Reserva de Miranda, la temporada del año decisivo, el último de la concesión de Julián Casares, el último también de las promesas que Julián se había hecho a sí mismo, a su padre y a su mujer, y al futuro de sus hijos. Los rendimientos míticos del monte virgen seguían estando adelante, acumulándose en un futuro grandioso que se había aplazado ya dos años.

El tercer año empezó todavía sobre los escombros del ciclón. No quedaba sino ese año para levantar las mieses esperadas. Julián iba por ese monte fechado y estricto como un caballo sin rienda hacia la meta, pero a diferencia de los días primeros de la aventura, no tenía ahora las certidumbres de que el suelo que pisaba aguantaría su galope, ni de que habría al final una meta que no pudiera alargarse otra vez. El campamento del último año fue por eso el más grande que se hubiera montado nunca en La Reserva de Miranda, del tamaño de las deudas, los sueños y las promesas incumplidas de Julián Casares.

Habían hecho treinta champas con techo de palma de guano, echando capas sucesivas de sus hojas sobre las horquetas de madera tierna que coronaban el esqueleto de las chozas. Las champas se extendían, con sus hamacas y sus catres de campaña, sobre una hectárea de monte chapeada y desyerbada a la orilla del río. En las champas vivían cien leñadores, tres monteros, dos maestros mecánicos y seis cazadores, encargados de traer carne del monte. Había además dos tejabanes largos que hacían de comederos, con una hilera de anafres y comales donde las mujeres de Piedra Bola torteaban y guisaban por turnos todo el día, tratando de evitar cualquier enredo con los solteros abstinentes y melancólicos del campamento. En medio de la selva, los hombres del campamento vivían como en un barco en alta mar, servidos por mujeres inalcanzables que venían a llenar sus estómagos y a evitar sus deseos, a calmar sus hambres y despertar sus fiebres sin darles ocasión de aliviarlas.

—Marineros de tierra firme —les decía Salvador Induendo—. Marineros sin barco, ni puertos, ni amores.

Así como los chicleros errabundos en el monte corrían tras el embrujo mortal de la Xtabay, así los campamentos vivían en La Reserva de Miranda transidos por la lejanía de sus mujeres y el imán de la madera. Cortaban con hachas a golpes alternados árboles de dos metros de diámetro y doce pies de altura, corriendo siempre, con el tiempo encima, cobrando lo que cortaran y descortezaran, con la ambición de una ganancia extra. El tiempo era el límite, la celda, el opresor. En una selva tropical donde llovía seis meses del año, la temporada del corte sólo podía empezar después de las lluvias, cuando el monte estaba seco, y terminaba antes de que arrancaran las lluvias del siguiente año y las trozas pudieran llevarse por las brechas secas hasta las flotillas de arrastre o las riberas del río.

Las lluvias marcaban el tiempo y lo pautaba la luna, porque no sólo debían cortar la madera en tiempo de secas sino a partir de los días de luna creciente, los días en que la savia del árbol estaba arriba, buscando con sus propias aguas los cuernos de la luna. El mar y la madera bailaban con la luna, decían los monteadores, y la madera cortada en buena luna caía alegre, no se picaba nunca, mantenía su entereza y su vigor mucho tiempo después de haber sido derribada, porque el árbol al caer estaba macizo, hinchado y tenso como un amante en vela. La madera derribada a contracorriente de la luna caía triste y se pudría al poco tiempo de caer. Las lluvias y la luna eran entonces la obsesión del campamento, el metrónomo de una sinfonía natural que apretaba el tiempo hasta desaparecerlo, dejando sólo tres meses del año disponibles para talar y arrastrar.

Según se ha dicho suficientemente, lo más práctico y lo más barato era echar las trozas al río, porque bajaban como en manada. Los balseros juntaban las trozas metiendo en ellas pernos que engarzaban después con cadenas, y las hacían bogar lo mismo que un rebaño, aguas abajo, con la troza mayor abriendo el agua como la quilla de un cayuco que prometía dinero, logros, victorias, ambiciones cumplidas, todos los efluvios dorados del horizonte donde cantaba el resplandor de la madera.

Por indiscreción activa de Luis Sandoval y su sobrino, el gobernador Sóstenes Gómez supo que lo habían burlado en silencio, con su autorización, en sus propias narices, y que Mariano Casares llevaba por lo menos un año colado a la concesión de La Reserva del brazo maniobrero de su hijo Julián. Montó en cólera y mandó a Romero Pascual al campamento a reprender y amenazar a Julián Casares. Julián volvía del monte al pardear la tarde. Le bastó ver la silueta de su tío Romero, impaciente en sus ropas de ciudad, con el pie sobre el palo intermedio del corral esperándolo. Sin pensarlo dos veces, le dijo a Salvador Induendo:

—Se acabó la arcadia.

El tío Romero le contó de la intriga de Sandoval y su sobrino:

—Andan a salto de mata, huyendo de las iras del Caudillo de Miranda y conspirando contra él. En esas conspiradas le pidieron refugio político a Sóstenes Gómez, que se los otorgó. A cambio, le dijeron todo.

—¿Cómo reaccionó el gobernador Gómez? —preguntó Julián.

—Puedes imaginártelo. Con todo y los azotes del revólver sobre el escritorio. Pero lo importante no es cómo reaccionó, sino lo que me manda decirte.

—¿Qué te manda decirme?

—Me manda decirte que, salvo para cobrar al final de la temporada, no cuentes en adelante con nosotros.

—¿Y tú estás de acuerdo en eso? —reprochó Julián a su tío Romero.

—No tengo alternativa —se excusó el tío Romero.

—Pues qué par de socios —se rindió Julián—. No han hecho nada más que esperar los frutos de mi trabajo. Pero se ponen todos los moños y tienen todas las exigencias.

—Hay algo más —abundó el tío Romero, sin recoger la queja de su sobrino.

—¿Más? —reaccionó, incrédulo, Julián—. Dígalo todo de una vez. No me informe en abonos.

—Por nuestra parte no autorizaremos un solo pago a la flotilla de arrastre de Mariano, tu padre —dijo el tío Romero.

—Eso sí es el colmo, tío —explotó Julián—. Tengo que empezar a arrastrar madera en unas semanas. Tenemos madera para aventar para arriba. Toda la flotilla de papá trabajando veinticuatro horas no alcanzará a sacar la mitad de la madera que tenemos cortada. Ya eso solo será el gran negocio. Para él, desde luego, pero para nosotros mucho más que para él. El resto de la madera lo echaremos por el río, es decir, lo que quede del arrastre por tierra y otro tanto que ya tenemos monteado y vamos a cortar en las semanas de seca que faltan. No tendremos balseros suficientes para echar esa madera por el río. Así de abundante es. Estamos sobrados de madera, tío. Hay que sacarla de todas las formas porque quién sabe si podamos volver a ingresar con facilidad a La Reserva. La cosa política se va calentando al máximo. Gane quien gane, las cosas van a quedar al rojo vivo. Es ahora o nunca que debemos beneficiar esta madera. Ya perdimos una temporada por esperar el río. ¿Quieren poner otra vez todos los huevos en una canasta? ¿Qué les pasa?

—Nos pasa el coraje de que nos hayas engañado —reclamó el tío Romero—. Pero hay mucha razón en lo que dices. Yo no soy hombre de enconos, ni tengo memoria para el rencor. Conmigo te arregla el simple paso del tiempo. Con Sóstenes Gómez no. Te sugiero que bajes a Carrizales a tener un parlamento con él. Cuéntale cómo está esto y lo que va a ganar. Cuéntale lo que acabas de contarme. Yo, por mi parte, le diré lo que he visto, que es muy a tu favor. Eso también quería decirte: has hecho un trabajo de provocar envidia. A lo mejor eso es lo que te está fastidiando: la envidia. Ve a Carrizales a ver a Gómez, ponte humilde y obsequioso con él. Sirve además de que ves a tu madre, que no anda bien. La veo desde hace tiempo apagándose, como una veladora en el pabilo. La vista de sus hijos siempre le aviva la flama.

La repentina visión de Virginia Maturana como una flama en fuga dobló la voluntad de Julián. Se montó al jeep con Salvador Indueño, y se hizo a la brecha rumbo al pueblo al que no quería volver sino en triunfo y coronado. Entró a él anónimo e irresuelto todavía, en las últimas sombras de la noche, veinte horas de monte y de urgencia después. Llegando se dio un baño, besó a sus respectivos hijos en la cama y en la cuna, en la frente a su mujer y corrió a ver a su madre. La encontró dormida en la luz de nata del amanecer que entraba por la ventana, sola en la casa porque su padre había salido antes de romper el día o porque no había llegado antes de agotar la noche, lo mismo que Perfecto, su mono, su remedo.

No interrumpió el sueño de Virginia Maturana, pero en la intimidad mortecina del alba entendió, con dolor, que seguía viéndola con los ojos de niño, joven y tersa, como ya no era. Virginia Maturana había llegado a ser una sola colección de flacuras, achaques y arrugas, un odre amado lleno del vacío de los años. Antes de que la epifanía de su edad y la de su madre lo copara del todo, Julián se escabulló hacia la mañana indecisa que venía abriendo las sombras del pueblo. Tomó rumbo al palacio de gobierno. Quería aprovechar la costumbre de Sóstenes Gómez de amanecer sentado en el escritorio de su oficina, tomando café con yemas y adelantándose a sus gobernados.

—Cuando ellos van yo ya vengo —decía Sóstenes Gómez, explicando su manía de madrugar como gallina—. Todavía no han visto la luz del día y el día ya está decidido desde mi escritorio.

Gómez estaba, efectivamente, revisando papeles, escribiendo instrucciones en los márgenes y en tarjetas que luego repartía para su ejecución a sus colaboradores. Escribía con un lápiz que él mismo tajaba para mantener el punto afilado y penetrante, bueno para su letra de vientres redondos y rabos estilizados. Julián asomó a la puerta y lo sorprendió en su concentración gubernativa, con la luz verde de la lámpara de borlas y flecos orientales cayendo sobre el escritorio y haciendo su propia zona luminar frente al aluvión de claridad de la mañana que entraba por los ventanales. Desde el despacho del gobernador podía verse el espejo inmóvil del mar acerado y su horizonte azul de cielos infinitos, prometedores de un más allá transparente, alcanzable, terrenal. Gómez le pidió que esperara con un ademán mientras terminaba de ordenar el mundo en sus papeles. Cuando finalmente alzó la vista para atenderlo, le dijo, contradictorio y concluyente:

—¿En qué puedo servirte? No tenemos nada que hablar.

—Tenemos que hablar, gobernador.

—Has defraudado mi confianza. ¿Qué puedes agregar?

—Ganancias —dijo Julián.

—¿Ganancias para tu padre? —dijo tenebroso Sóstenes Gómez.

—Ganancias para todos —concilió Julián—. Podemos ganar todos. Mi idea es que ganemos todos.

—Nada en lo que yo gane puede ganar también Mariano Casares —tronó Sóstenes Gómez—. Mariano Casares ha estafado a mis amigos y medrado como un cacique sobre este territorio. No medrará sobre mí, ni tú tampoco.

—Usted medrará de nosotros —se atrevió Julián.

—No seas insolente, muchacho. Estás muy joven para gallo, y muy poco gallo has de ser para mí.

—Si me da cinco minutos de cuentas, le hago las cuentas —suplicó Julián.

Lo vio Sóstenes Gómez tan risueño y fresco, tan recién bañado por las aguas de su casa y por la luz del amanecer que arrasaba los ventanales, que retrocedió esa fracción de deslumbramiento ante su aura, y le concedió los minutos pedidos. Cuando Julián terminó de hacer cuentas en el papel y arabescos en el aire, Sóstenes Gómez era víctima de una codicia que no anidaba en él momentos antes. Estuvo tentado, pero no dio su brazo a torcer:

—Ni un centavo nuestro para el arrastre de tu padre —volvió a tronar. Concedió, no obstante—: Si encuentras ese dinero en otra parte, que corra como deuda tuya. Eso es lo más que puedo magnánimamente hacer por ti.

—No necesito más, gobernador —dijo Julián y sintió que había vuelto a subir la piedra hasta el final de la colina.

Regresó a cumplir su visita a Virginia Maturana. Su padre lo detuvo al pasar.

—He sabido que no van a autorizar los pagos del arrastre de mi flotilla —le dijo.

—Ha sabido mal —mintió Julián—. Ellos no tienen control sobre eso. Lo más que podrán hacer es litigarlo en un juzgado.

—No puedo tener el dinero de esos fletes perdido en un juzgado, Juliancito. Como te he dicho, desde el ciclón mis finanzas están premiosas, con los tiempos cortos. Necesito contar de fijo con esos pagos, y a tiempo, si no es que por adelantado.

—Adelantarle no puedo nada, pero voy a pagarle flete por flete.

—¿Con qué dinero?

—Tengo un financiamiento pendiente en Primera Miranda —mintió Julián—. Usted no se preocupe. Tendrá su pago a tiempo, aunque luego lo deba yo litigar con mis socios en el juzgado.

—Más vale que arregles esos enredos con tus socios, Juliancito —amonestó Mariano Casares—. Porque si no los arreglas tú, voy a tener que arreglarlos yo. La Casa Casares no puede sobrevivir a una quiebra en sus negocios madereros en La Reserva de Miranda.

—Le recuerdo que ahora mis socios son suyos también —dijo Julián, incómodo por el tono exigente de su padre—. Pero está usted en su derecho de dudar de mi palabra. ¿Qué quiere usted como garantía?

—Quiero un pago adelantado por la contratación de mi flotilla —aprovechó la oferta Mariano Casares.

—¿No le bastó la escritura por la cuarta parte de mi concesión? —reprochó Julián, sorprendido y agitándose en la jaula que él mismo se había fabricado.

—Ese papel valdrá dinero si hay dinero. Si no, será sólo papel —barrió Mariano Casares.

—Sólo papel he sido yo con usted —se quejó Julián, pero aceptó el compromiso de un pago adelantado, acabando de cerrar la jaula en que él mismo se había metido.

Lo que sigue puede contarse largamente, pero es mejor decirlo rápido, con fidelidad al ritmo frenético de su paso en la vida real. Julián no pudo situar el pago anticipado que le exigió su padre. Mariano Casares contrató la flotilla de arrastres con los madereros de Nueva Orleans que tenían cedros y caobas jóvenes por sacar de los últimos bosques de Wallaceburgh. Julián se revolcó dos meses en la impotencia de mirar las infinitas trozas abandonadas en sus campamentos de La Reserva. Pidió a su padre un arrastre de emergencia doblando las tarifas. Mariano Casares le informó:

—Me han pagado por adelantado los gringos, y no tengo transportes disponibles.

Dedicó sus transportes disponibles y los otros a sacar la pobre madera de Wallaceburgh mientras la gran madera de La Reserva esperaba su turno para el fin de los tiempos en las bacadillas repletas de su hijo. Pasaron las semanas del arrastre y llegaron las lluvias. Luego de dos años de lluvias torrenciales, las del tercero fueron discretas, insuficientes para llenar el río de un caudal navegable, pero no para pudrir de lodo los caminos y hacer imposible el arrastre en el verano, cuando había terminado la saca de la madera de Wallaceburgh. En la corriente avara del Matucho, Julián pudo echar hacia Wallaceburgh una avara porción de las maderas que había cortado, las maderas majestuosas que brillaban como un lastre de oro al pie de su campamento y su destino.

El fin de la temporada lo encontró con la mayor cantidad de madera virgen que alguien hubiera talado en La Reserva de Miranda, miles de trozas gigantescas varadas en las bacadillas, acostadas al través de los caminos, esperando el campo libre hacia el triunfo, la gloria, el dinero, el futuro. En el cabo final de aquel fracaso, Julián pensó obtener del Caudillo de Miranda una prórroga de la concesión no para cortar sino sólo para sacar lo cortado. Pero los tiempos de la ira habían ganado momento en la nación mirandina. Una escisión en el ejército desafiaba la conducción granítica del Caudillo. Los pueblos del subsuelo indígena de la república sumaban sus agravios en la hoguera de la rebelión. La oligarquía y sus socios extranjeros desplazados tocaban a la puerta con su lista de negocios perdidos y de facturas por cobrar. Desde Carrizales, bajo el auspicio de Sóstenes Gómez, un gobierno mirandino en el exilio orquestaba los odios de su tierra con proclamas y dineros de tan obvia como ignota procedencia. El arzobispo le dijo a Julián, que lo visitaba en Primera Miranda:

—Dios está en el mando y su voluntad final es, como siempre, inescrutable.

Desesperado, Julián acudió a los madereros de Nueva Orleans que lo habían cortejado tres años. Les ofreció por unos cuantos dineros la fortuna que había cortado y se diluía ante sus ojos.

—No hay presupuesto sobrante para esta temporada —le dijeron—. Pondremos todos nuestros recursos en la próxima.

Julián entendió en la mirada fría y cordial del gringo que la ganancia de la próxima temporada sería por su mayor parte el arrastre y la navegación de las maderas que él había cortado. La puntilla fue saber que, a espaldas de Sóstenes Gómez, Mariano Casares había pactado con los antiguos socios de Julián, los mirandinos de Carrizales que encabezaban la revuelta contra el Caudillo.

El Caudillo fue muerto de un tiro en un riñón que le salió por el bajo vientre y otro en la espalda que cruzó limpiamente por la pulpa muscular de su corazón reventándolo como una sandía. Sus arreos militares fueron ondeados en escarnio, como ropa puesta a secar, en las torres gemelas de la catedral de Miranda. Ahí entendió Julián que había pisado hasta entonces sólo el lado derecho de la alfombra de Miranda, ignorando el revés, y que el lado derecho contenía las promesas y las luces, pero en el revés estaban los molinos de la sombra y los caprichos de la adversidad. Su padre había remado a dos aguas, con él y con sus antiguos socios, en el anverso y el reverso de la alfombra, en busca segura del mismo botín, el botín de la madera que su hijo Julián ya había cortado. Luis Sandoval y su sobrino, el exsecretario del Caudillo de Miranda, habían formado parte en la coalición golpista, instigada desde fuera por los madereros norteamericanos. Mariano Casares había trabajado con ellos desde siempre, a espaldas de Julián, para esperar a buen resguardo el veredicto de los tiempos. Y el veredicto de los tiempos le había sido favorable, tenía en sus manos la escritura que le daba acceso a una prórroga de la concesión y al alcance de su billetera la voluntad de los nuevos dueños políticos de Miranda que serían sus nuevos socios, en lugar de Julián, el tío Romero, y el ingobernable gobernador Sóstenes Gómez.

Julián volvió a Carrizales derrotado, sin ánimo de pelear ni aclarar, sabiendo con doble sensación de fracaso que se había ahogado en la orilla del río y que la orilla que quedó al alcance de su mano no era cualquier orilla, sino la mano que no había querido tenderle su padre. Primero sus socios, luego los humores de Miranda, después sus apuestas y sus errores, los azares perversos del triunfo y la derrota, todo había confluido en su pérdida como acelerando el paso para castigarlo, medirlo, devolverlo a su tamaño. Pero al final, como al principio, el futuro posible le había sido arrebatado de las manos por su padre, Mariano Casares, que lo apartaba de la magia que hubieran podido compartir y lo devolvía a su estatura, a la vida llana, y lerda, pobre y sin color de la que había querido separarse.

Días después de su llegada al pueblo, días después de esconderse en los cuidados de Rosa Arangio y en las escapadas nocturnas al cobertizo de Nahíma Barudi, días de no darle la cara al pueblo, de sentirse señalado, escarnecido, degradado por la mirada de Carrizales, finalmente Julián fue una mañana a visitar a su madre, y tuvo la conversación no buscada con Mariano Casares.

—Tenemos cosas que hablar —se anticipó su padre al verlo—. No quiero malentendidos en esta casa.

—Ésta es la casa de los malentendidos, viejo —le respondió Julián—. No hay nada de qué hablar. No quiero hablar.

—Algún reclamo tengo que hacerte —dijo el viejo Casares, aprovechando de inmediato, como siempre, el espacio que los otros le cedían.

—¿Usted tiene reclamos que hacerme a mí? —se rio Julián con más amargura que indignación, con más resignación que pleito.

—De aquel dinero que te di para pagar mi parte de la concesión, le diste sólo un cheque a Sandoval y su sobrino —apuntó Mariano Casares—. ¿Dónde está el resto?

—Lo puse en la alcancía de mis hijos, para apaciguar las presiones de mi mujer —confesó Julián.

—Muy loable, pero ese dinero no era tuyo.

—Fue su precio de entrada a la concesión que ahora posee —se amargó Julián—. La concesión es una oportunidad que yo abrí para usted. No veo por qué le parece bien que ese dinero hubiera ido a los socios vivales de Miranda y le molesta que haya ido a parar en mis hijos.

—Porque no acordamos que fuera para tus hijos —cortó Mariano Casares—. Y nunca me dijiste que le habías dado sólo una parte a Sandoval.

—No lo juzgué necesario —se zafó Julián.

—Yo tampoco juzgué necesario ponerte al tanto de todos mis movimientos, incluido el de renegociar con los Sandoval —dijo Mariano Casares, precipitándose por una vez, mostrando el malestar que ardía en él como residuo de su doble juego.

—Eso fue una traición, papá —definió Julián sin ánimo guerrero, como quien comenta la adversidad del tiempo—. Fue una traición, y usted lo sabe mejor que nadie.

—Traición es una palabra demasiado fuerte —resintió Mariano Casares—. Lo único que hice fue una previsión en mejor servicio de los intereses de la Casa Casares. Llevabas tres años jugando al maderero, se terminaba la concesión y no habíamos visto nada todavía. Era mi turno de actuar. Actué contra la incertidumbre.

—Actuó contra mí, papá —se vació Julián—. Fue una actuación para demostrarme que no valgo nada.

413

—No tengo nada que demostrarte, Juliancito. No fuiste tú quien falló. Fueron tus socios ambiciosos.

—Fue usted el que falló, papá —dijo Julián—. Y yo, por usted.

—Son cosas del negocio, muchacho. No las tomes así.

—Son cosas de usted y mías —remarcó Julián—. Y me ha pegado usted en el centro del alma.

—No dramatices, Juliancito. Ven a trabajar con tu padre y tu hermano a la Casa Casares, de donde nunca debiste separarte.

—La Casa Casares ya no existe para mí —acabó Julián—. Usted la destruyó.

Y conforme subía las escaleras para visitar a su madre, sin énfasis ni rabia, sin vigor ni desgano, supo él y supo Mariano Casares que Julián decía la verdad, una verdad que estaba fuera de ellos, lejos del alcance de sus voluntades, una verdad dura como las maderas codiciadas de la selva, sutil como la delgadez de ciertas emociones, estricta como la indiferencia general del mundo.

Capítulo XI

Quien coteje las fechas de las tumbas en el cementerio de Carrizales verá que el año posterior al ciclón fue el de la pérdida de los viejos y los infantes del pueblo. El ciclón podó las ramas débiles, las vidas tiernas y las viejas, todo lo que estaba precariamente atado al mundo, llegando apenas o despidiéndose de él. Benita Caín, madre de Presciliano el Cronista, que esto escribe, fue una de las bajas. Unas punzadas súbitas que le robaban el aliento le tomaron el costado. Fueron el principio de una agonía virulenta sólo atenuada por las maneras estoicas y la voluntad de hierro de la enferma. Su cuerpo alámbrico, tenso de nervios y tendones aun en las horas flojas de su edad, no se entregó a la queja de su fin. Presciliano el Cronista, que esto escribe, sí. Apareció una noche por la casa de Rosa Arangio, gigantesco y convulso, con la noticia de que su madre había entrado a la recta final, y se dejó caer a sus cuarenta años como un niño desamparado en el regazo de Rosa, gritando:

—¿Y quién me consolará a mí de su pérdida cuando ella no esté?

Rosa Arangio y sus hermanas lo consolaron en el último tramo. El mal de Benita Caín fue espasmódico y tajante, avanzó a saltos, con pérdidas de peso y conciencia que la partían como en hachazos con saña inexplicable y desigual. Las hermanas Arangio llevaban comida y naipes a la casita del cerro donde vivían Benita y el Cronista de Carrizales, que esto escribe. En los oídos febriles de Benita echaban ensalmos y promesas de dichas para Presciliano. Benita oía y hablaba largamente, uniendo retazos de su primera edad, el atisbo de su madre, las deudas de rezos para indulgencias que seguía debiendo al cura de la parroquia de su juventud. Presciliano era el tema sin sosiego de su agonía.

—He querido a Mariano Casares, tu suegro, como a mi cruz —le dijo una vez Benita a Rosa Arangio—. Y esa misma cruz me ha redimido. Por la forma como cargué esa cruz me juzgarán arriba, si hay arriba, y me harán pagar también las cruces que esparcí durante mi vida acá abajo. Me harán pagar, sobre todo, la cruz que eché sobre mi hijo no peleando el nombre de su padre para él, condenándolo al mío, poniendo a su padre siempre por delante de él.

Otra tarde le dijo:

—No lo hice varón. Le hurté la fibra de su padre. Se la hurté temiendo que repitiera a su padre, temiendo que fuera para las mujeres como su padre había sido para mí. Para evitar que hubiera en el mundo otro Mariano Casares y otra Benita Caín, para evitar que Presciliano hiciera con otra como su padre conmigo. Por eso sólo me tuvo a mí, y sólo a mí me tiene ahora. Pero ahora que yo muera, ¿quién llenará sus días, quién curará sus noches sin sueño y las fantasmagorías de su cabeza, tan cargada de sombras desde niño?

En una orilla inesperada de aquellos delirios, Rosa Arangio se asomó a la confidencia que selló para siempre su repudio a Mariano Casares. Vino sola esa vez, cargando a su hija Julia. Presciliano el Cronista, que esto escribe, reposaba incógnito en el cuarto de al lado. Rosa había lavado y refrescado a Benita. En el aire caliente de la tarde llegaban vaharadas del miasma fangoso de la bahía, aquel olor cíclico de putrefacción y resurrección impenitente. Benita dormía cuando la ocupó el delirio. Rosa la oyó pelear en lo alto de sus nubes marciales con Mariano Casares, y gritarle, como si le ordenara detener un fuego:

—¡No, Mariano, con Rosa Arangio no!

Rosa se había acercado, curiosa y chismorreante al oído de Benita, para preguntarle sobre sí misma:

—¿Por qué no, Benita? ¿Por qué Rosa no?

Y había oído, temblando, la voz de Benita Caín responderle a ella como si ella fuera el fantasma visitante:

—Porque es tu nuera, Mariano, porque es tu nuera.

Había visto erguirse después a Benita Caín, inconsciente y eléctrica, con los ojos saltones, mirando desde el otro lado de la fiebre, y la había oído repetir:

—¡Porque es tu nuera, Mariano! ¡Y no puede ser tu mujer!

Rosa tomó a su hija Julia del rincón y salió huyendo del sitio. Se ausentó tres días. Al cuarto volvió otra vez a lavar y a peinar a Benita, a refrescar su cuerpo con talco inglés. Por primera vez entonces, desde que la vio caminando como si flotara por las calles de Carrizales, desde que supo que era la mujer inexplicable, la más pública y la más secreta de las mujeres de Mariano Casares, Rosa pensó que ese cuerpo, inflamado todavía por la llama de la pasión y el recuerdo, había sido noble y tirante, bello en su color requemado de aceituna, duro y hospitalario en su delgadez nerviosa de pechos pequeños y músculos naturales. Se sentó junto a ella, le sobó la frente y le preguntó sobre lo que le había oído decir en el delirio de su última visita.

—No hagas caso de nada —le dijo Benita—. Todos los hombres miran igual. Pero tu suegro mira y quiere seguir su mirada. No hay freno en él para las cosas del cielo ni para las del infierno.

—¡Mi suegro, a mí! —se gritó en silencio Rosa Arangio, cuando volvió de la visita, en la penumbra cómplice de su casa. Sintió su cuerpo impuro y sus deseos inconfiables. No habló eso con nadie. Lo guardó en la caja fuerte de su corazón como un carbunclo de fuego que la despertó muchas noches, quemándole lo más íntimo, lo menos domable, hasta volverse un diablo familiar, un espanto rutinario de sus noches, al punto de que, ya vieja, seguía despertando agitada del sueño en que su suegro la llamaba sonriente desde el patio de su casa de Carrizales, abrazado a Benita Caín, y ella volvía en sí con el mismo sentimiento de mancha y culpa, con urgencia de lavarse la boca y voltearse al revés las virutas culpables del alma.

Digo porque lo sé, porque fui el único en escucharlo de su propia boca, que el temor y la repulsión por los afanes ocultos de su suegro hicieron sentirse a Rosa Arangio impúdica y voluptuosa al mismo tiempo, avergonzada y lúbrica, un sentimiento oscuro que renovó la urgencia de salir de Carrizales, de mudarse a la ciudad.

—Lo perdimos todo —le había dicho Julián a Rosa Arangio cuando volvió derrotado de La Reserva de Miranda.

—Ganaste la ciudad para tus hijos —le había contestado Rosa.

—No para mí —se descartó Julián.

—Para ti también —se agitó Rosa—. Nada puede ser peor que quedarse en este pueblo y enterrar a tus hijos en la selva.

—En lo que tú llamas la selva, vive mi madre —reprochó Julián—. No puedo dejarla librada a su suerte.

—Tráela con nosotros —se animó Rosa—. En cualquier parte estará mejor que en su casa de Carrizales.

—Hay también otros asuntos que arreglar —dijo Julián—. Tengo que recoger los finiquitos de la madera.

—Vende rápido y vámonos —pidió Rosa—. Cualquier dinero será mejor que esperar otra vez un baño de oro.

—El baño de oro estaba ahí —se defendió Julián ante el retintín de Rosa—. No se perdió por mi culpa.

—No se perdió —dijo Rosa—. Se lo llevó tu padre.

—No hables así de mi padre —prohibió Julián.

—No se puede hablar de otra manera de tu padre —se mantuvo Rosa Arangio.

—Entonces no hables de él —pidió Julián.

—Si me sacas de este pueblo, no volveré a hablar de tu padre —condicionó Rosa Arangio—. Nunca más.

Julián Casares no entendió la nueva premura de Rosa por salir de Carrizales, ni ella le explicó que los argumentos contra el pueblo largamente construidos en su cabeza habían adquirido la efigie de su suegro.

Rosa tampoco supo entonces de todas las razones que tenía su marido para no salir de Carrizales. Aparte de la vigilia de su madre y el finiquito de la madera, Julián estaba atado a Carrizales por el sueño renovado de Nahíma Barudi. Nahíma había vuelto al pueblo en ruinas jalada por la nostalgia de su madre Soraya. Privada de su Beirut natal, Soraya había llorado cada uno de sus días pasados en Carrizales. Ahora, al final de sus años, no podía imaginar su vida en otra parte. Mientras Julián hacía la tercera temporada desastrosa en La Reserva de Miranda, Nahíma y su madre vivieron en Wallaceburgh. Julián venía cada quincena a tener su mundo aparte con Nahíma en el hotel de la ciudad, cuya discreción pagaba a precios de magnate maderero. Nahíma y Soraya viajaron después, durante el verano, a Beirut. Soraya caminó por una ciudad desconocida, floreciente de hoteles y casinos, en la que habían muerto todos los viejos. Su antigua casa de frescos corredores, patios con acequias y delgadas palmeras levantinas, estaba clausurada, con unos costurones de balas en el frontis blanco. Su antiguo barrio se había hecho musulmán, las familias cristianas habían sido orilladas a dejarlo y sus casas lapidadas por la codicia y por la intransigencia.

Soraya rehusó la insistencia de su hijo Amín, triunfal hotelero y comerciante de Beirut, de que se quedara en su ciudad. Prefirió viajar en busca de su otra hija y su yerno, que había encontrado un nicho en los poros del caucho de Manaos y había sembrado una familia tan extensa como un clan en Sao Paulo. Finalmente, Nahíma y Soraya habían vuelto a Carrizales, a la casa que Santiago Arangio arregló hasta dejarla como antes del ciclón, con todo y el cobertizo donde su yerno ejercía, sin Santiago saberlo, sus amores tránsfugas. Julián quería permanecer con su madre enferma y recoger lo más posible del naufragio de la madera. Quería también echarse en los brazos de Nahíma Barudi que lo curaban de todo lo demás, y de su propio fantasma doliente, fracasado y sin cobijo. Las ruinas de Carrizales eran para Julián como el espejo de su propia ruina, pero los cuidados tiernos y los frescos amores de Nahíma Barudi eran el nuevo templo de su reconstrucción, la tangible promesa de un futuro.

De la madera que bajó por el río Julián había obtenido un adelanto, pero quedaba la mayor parte en el chiquero de Wallaceburgh esperando los finiquitos. Julián conservaba también el dominio no ejercible, pero todavía legal, sobre las maderas que atestaban sus bacadillas, en espera del remolque. Al salir de una de las visitas a su madre, Mariano Casares lo llamó a la oficina para proponerle una compra de aquellos derechos restantes.

—Eso trátelo con el tío Romero y el gobernador Gómez, no conmigo —lo desairó Julián.

—Si tú me firmas y vienes a trabajar conmigo —avanzó Mariano Casares—, yo te daré suficiente para que tu familia no tenga problemas y puedan mudarse a la ciudad, como quiere mi nuera.

—Creí que andaba usted corto de dinero —le reprochó Julián.

—Conseguiré el dinero que haga falta para ti —improvisó el viejo Casares—. Y entrarás como socio nuestro en La Reserva, como socio de la Casa Casares, para acabar de cosechar lo que has sembrado.

—Ya coseché lo que había sembrado —dijo Julián—. Y usted también.

Se le habían acercado antes, en busca del mismo trato, los madereros de Nueva Orleans, urgidos de una posición ventajosa para la siguiente temporada.

—Mi firma tiene valor limitado —les advirtió Julián—. La transacción que hagamos será litigable en los tribunales.

—Queremos pagar un precio limitado —le respondieron—. El pleito legal es parte del precio que estamos dispuestos a pagar.

Después de la entrevista con su padre, Julián vendió los derechos a los norteamericanos por una cantidad superior a la que sabía que iba a ofrecerle Mariano Casares. Recibió cuatro veces lo que había puesto ya en manos de Rosa Arangio. Tomó un tanto y lo entregó a Salvador y Terciano Induendo.

—Es más de lo que nos debes, maraquero —le dijo Salvador.

—Es menos de lo que hubiera querido para ustedes —le contestó Julián.

No repartió el sobrante con sus socios, el tío Romero Pascual y el gobernador Sóstenes Gómez. Todo el dinero lo puso en manos de su mujer, pidiéndole que situara lo ahorrado en un banco de la ciudad y que apresurara su salida. No dio más explicaciones. Sabía que iban a venir tras él a litigar la última remesa de ese dinero, y lo quería completo y a salvo con su mujer y sus hijos fuera de Carrizales. Aceptó el sueño de Rosa ya que no había podido derrotarla con el suyo. Le ofreció que saldría con ella y con sus hijos a instalarse en la ciudad. Una vez instalados, volvería a Carrizales a cuidar a su madre. Tuvo que salir antes. Apenas supieron de la transacción, sus socios lo llamaron a cuentas en el juzgado. Huyendo por las brechas del monte, Julián esquivó el piquete de esbirros con que mandó traerlo a su presencia el gobernador Sóstenes Gómez. Saltó después las cercas nocturnas del inmenso patio de la Casa Casares, para ir a despedirse de su madre.

—Tengo miedo de no volverte a ver —le dijo Virginia Maturana.

—Es un asunto que arreglarán pronto los abogados —prometió Julián.

—Los abogados están para enredar no para arreglar las cosas —dijo Virginia Maturana.

—No se preocupe. Volveré antes de que se le quite ese catarro. Prométame nada más que aquí me va a esperar.

—Siempre te espero —le dijo Virginia Maturana—. Pero ahora tengo miedo de no volver a verte.

—Me verá —dijo Julián.

Malentendió el augurio materno como un temor por su seguridad, dado el lío que lo arrancaba de Carrizales. No percibió en la voz exhausta de Virginia Maturana la anticipación de su propio desvanecimiento, un pálpito de la muerte ya intercalada en su aliento con endechas proféticas.

Julián salió de Carrizales perseguido, pero llegó a la capital libre y ligero, como si a nadie trajera en las espaldas. La ciudad que dejó de joven no había cambiado, seguía siendo una villa grande asentada al pie luminoso de los volcanes, apenas tocada por el neón y el automóvil, caminable y tranquila al tiempo que enorme y anónima, capaz de cobijar todos los secretos y guardar a todos los prófugos. Había respondido interminables noches a las preguntas de Rosa Arangio, describiéndole los barrios donde habrían de vivir. Sus palabras eran el mapa sobre el cual Rosa Arangio fue poniendo la casa de sus sueños. Julián revisitó el barrio donde había vivido, la antigua zona campestre que conservaba cascos de hacienda y anchas avenidas con tranvías y ahuehuetes, y encontró la casona que podía llenar las imaginerías de su mujer. Cuando Rosa salió con sus hijos y su padre, Santiago Arangio, de la sala del aeropuerto, luego de un viaje en bimotor de cinco escalas y catorce horas, leyó en la cara de placidez de su marido que era verdad lo que le había anunciado por telégrafo: había encontrado la casa de sus noches de anticipación en Carrizales.

Julia tenía ocho años y vestía un sombrero primaveral de pretensiones citadinas. Rosa llevaba en los brazos a su hijo varón de año y medio, que se echó a retozar a la vista de Julián como un cachorro. Se instalaron en dos cuartos de la casa de huéspedes donde Julián había vivido esas semanas y salieron a cenar a un salón para familias. Al día siguiente, apeñuscados en un taxi fueron a ver la casa que había escogido Julián. Bajaron con solemnidad de jueces frente al porche blanco donde esperaba el vendedor. Rosa Arangio se puso a llorar desde que cruzó la pequeña reja del jardincillo frontero que daba paso a la escalera enmarcada por dos macetones y al arco romano de la puerta. Lloró todo el recorrido, abrazada a Julián, desoyendo las observaciones técnicas sobre las calidades de trabes y muros que hacía su padre.

—No quiero más —dijo al final—. Nunca quise más.

Y se refugió en el pecho de Julián, como un pelícano bajo sus alas.

Firmaron los papeles y empezaron los arreglos y las compras. Julián le mostró a Rosa y a su suegro la ciudad, los lugares donde había estudiado y vivido de joven. Cuando los arreglos de la casa terminaron, Santiago Arangio juzgó que su hija ya no necesitaba su presencia y volvió a Carrizales. Julián pensó volver con él, pero Rosa lo retuvo, alegando su indefensión de novicia frente a la urbe. El temor que tenía era otro. Preveía que el regreso de Julián a Carrizales sería una catástrofe, no sólo porque era un perseguido judicial en los dominios de Sóstenes Gómez, que no otorgaba garantías judiciales a nadie, sino sobre todo porque había llegado a la certidumbre de que su marido buscaba esa catástrofe, y era su deber evitarla.

Había olido esa búsqueda en la propensión de Julián a enredarse con sus propios tejidos, a conducir las cosas de forma que los mejores augurios regresaran a él vueltos pedazos inservibles, lienzos de frustración y pérdida. Había esa franja de alquimista al revés en su marido, el garabato de la desgracia, el don de convertir promesas en desengaños, oportunidades en quebrantos, la necesidad de caerse cuando estaba a punto de saltar la barda, como si la libertad o el éxito avivaran en él la culpa de triunfar, de prevalecer, de igualar a su padre, de tener que rasgar el mundo de los demás para encontrar el suyo propio, de herir para ser. Rosa había empezado a sentir en la compulsión filial de Julián por Virginia Maturana el lado de sombra de su marido queriendo atraer el castigo, pagar facturas y precios oscuramente contratados por su corazón. Se había casado con un hombre lunar, lleno de encantos y poderes, pero con una cara oculta donde alguien, él mismo, se dedicaba a poner zancadillas a sus pasos, grietas a sus pisos, riesgos a sus seguridades.

Rosa contuvo unos días a Julián, pero los hechos, como siempre, se adelantaron a sus prevenciones. Julián recibió un telegrama de Salvador Induendo, el único en Carrizales aparte de su suegro que sabía su paradero, diciéndole que Virginia Maturana había contraído una neumonía de pronósticos mortales. Julián tomó el vuelo del avión bimotor que iba y venía de la capital al fin del mundo, parando en todas partes como tren de pobres. En la penúltima escala, bajo la caseta de palma del campo aéreo, lo esperaba Salvador Induendo. Había venido a alcanzarlo por tierra, manejando toda la mañana, para decirle que era inútil el riesgo de llegar a Carrizales, porque su madre había muerto esa madrugada.

En el mediodía ardiente del trópico, la noticia cubrió a Julián como una sombra helada. Una ráfaga de aire levantó junto a la pista de arcilla un remolino de vientos locos, y una asfixia de cueva le robó por un momento los aires de la vida, dejándole la boca seca y las manos frías, como si se llevara para siempre parte de las humedades que había dentro de él e instalara en un solo despliegue los desiertos donde habría de secarse todo lo que era.

—Tengo que ir de cualquier modo —dijo Julián.

—Si es por Nahíma, aquí te manda este sobre —se adelantó Salvador Induendo.

En una más de las cartas de pliegos morados y perfumes florales que solía enviarle, Nahíma le decía que no tomara riesgos pero que se moría por verlo, es decir, que la quisiera lo suficiente para tomar el riesgo que ella no tenía el valor de pedirle y fuera a verla.

—Tengo que ir de cualquier modo —repitió Julián.

—De noche y por tierra entonces —decidió Salvador—. Como en los viejos tiempos.

—Hace muy poco de los viejos tiempos —se nubló Julián.

—Dos años y un siglo —sonrió Salvador Induendo.

Se echaron a la brecha como en los viejos tiempos, a través de la selva que traía ecos de triunfos comunes, y entraron a Carrizales en la madrugada, como antaño, pero no con el ángel del futuro empujándoles la espalda hacia el espejismo dorado de la madera, sino con la voz del pasado llamándolos a su oficio de fantasmas. Llegaron al cementerio pasada la medianoche. Julián se hincó en la tierra a llorar su pérdida como no había llorado en su vida, como aúllan las gatas en celo y chillan los monos en las ramas del bosque, es decir, como un niño perdido en el monte de la soledad y el desamparo, al punto de que Salvador Induendo tuvo que acercarse e interrumpir prosaicamente su duelo recordándole que los vientos del mar llevaban lejos los sonidos y el pueblo dormía con los oídos abiertos. Julián lloró entonces en silencio, hacia adentro de sí mismo. Estuvo después simplemente sentado ahí, las manos colgándole sobre las rodillas, la cabeza colgándole entre las manos, bajo el cielo de Carrizales, saturado de estrellas. Alta la madrugada, tocaron en la ventana de Nahíma Barudi.

—Tienes sólo una hora, maraquero —midió Salvador Induendo—. Hay que estar en la brecha, fuera de Carrizales, antes de que amanezca.

Nahíma lo recibió en camisón, ardiendo todavía del lecho que acababa de dejar. No hablaron ni actuaron ellos, se consolaron sus cuerpos. Al final, Julián le dijo:

—Mi madre es lo último de mi familia que me ataba a este pueblo. Todo lo demás, ya eran fantasmas. Ahora, ella también. La única cosa viva que me ata ahora a Carrizales eres tú. Convence a tu madre y vengan a la ciudad. Nada hay que hacer aquí más que mirar escombros y glorias pasadas.

—¿Me estás ofreciendo que me vaya contigo a la ciudad? —le preguntó Nahíma, incrédula y ganosa.

—Sí —dijo Julián.

—¿Pero no me estás ofreciendo que te vas a separar de tu mujer? —dijo Nahíma.

—No —dijo Julián—. Te estoy pidiendo que dejemos este sitio que es una cárcel y una condena.

—Aquí te encontré y te tuve —murmuró Nahíma—. Yo he sido feliz aquí. No tengo queja, salvo que no estás.

—No voy a volver —dijo Julián—. No puedo y no quiero volver.

—Entonces yo veré la forma de salirme —prometió Nahíma—. Pero tampoco puedo dejar a mi madre. Tengo que llevarla conmigo.

—La llevaste a Beirut y a Manaos —dijo Julián—. Venir a la ciudad será un paseo.

—Comparado con los tuyos, sí —sonrió Nahíma—. Para mí será un viaje a la luna.

—Yo te estaré esperando en la luna —dijo Julián—. En la parte brillante de la luna.

Nahíma Barudi creyó sus palabras y buscó sus brazos.

Julián estuvo en la brecha al rayar el alba y al caer la tarde en el campo aéreo donde pasaría de regreso el avión de Carrizales.

—No voy a volver, así que ésta es la despedida buena —le dijo a Salvador Induendo.

—Ninguna despedida es la buena, maraquero —sonrió Salvador Induendo—. La vida dirá por nosotros. Me está ofreciendo tu padre irme a la temporada de La Reserva con la Casa Casares. Quiero tu autorización.

—No necesitas mi autorización —le dijo Julián—. Cóbrale por adelantado, porque es un viejo cabrón. Y, aunque es un viejo cabrón, ayúdale en lo que puedas.

Se dieron un abrazo ceñido, con palmadas que sacaron polvo de sus ropas de camino. Salvador Induendo volvió al auto limpiándose los ojos con la muñeca. En el fondo de sí mismo había aceptado como buena la despedida final.

Julián volvió a la ciudad con un equipaje distinto al que se había llevado. Durante los primeros días de sus amores con Nahíma Barudi, mientras la tenía en el monte, entera y llena junto al pueblo roto, había deseado empezar otra vez, ser echado al mundo nuevamente, limpio y adánico, sin lastre ni pasado. Había deseado un nacimiento sin mácula ni taras, potente y alegre, ilimitado, que dejara atrás de un golpe sus caídas y sus errores. Algo de eso tenía ahora. Prófugo de Carrizales, trasplantado a la ciudad con Rosa Arangio, una vida suya había acabado y estaba en el umbral de la siguiente. No se instaló mal en la ciudad. Luego de comprar la casa y apartar en el banco una cuenta para la educación de sus hijos, le quedaba dinero para vivir sin apremios y algo aún para emprender.

Grande y múltiple, la ciudad abría ante él un repertorio infinito de oportunidades, como una mujer gozosa, dispuesta a darse incluso al más humilde de los varones. Julián la miraba sin reservas, seguro de que le abriría sus puertas y él volvería a expandirse en la amplitud de sus avenidas. Por lo pronto, no era así. No había en su equipaje la ligereza del futuro sino la carga melancólica del pasado, no la promesa espejeante del triunfo, sino el sabor del fracaso que alteraba sus noches y fracturaba sus sueños. Llevaba todavía las purgas de Carrizales en el alma, junto con la culpa de no haber visto morir a su madre, como le había prometido. Había nacido otra vez, había sido expulsado al mundo nuevamente, pero lo que se agitaba en la cuna de aquel alumbramiento no era un infante rijoso y sin fronteras sino un adulto descreído y triste de sí.

La llegada de Nahíma a la ciudad mejoró sus espíritus. La sola juventud del cuerpo de Nahíma y la humedad intacta de su amor fueron una inyección de adrenalina, besos y esperanza para Julián Casares. Nahíma se acomodó con Soraya en un edificio de apartamentos, próximo al hospital donde atendían los médicos que Soraya necesitaba, en los linderos de una plaza grande como un parque, con altos fresnos y esbeltas casuarinas. Julián y Nahíma consiguieron poco después, al otro lado de la plaza, un estudio pequeño donde sostener a resguardo de Soraya, como antes en el cobertizo de Carrizales, la asiduidad de sus amores. Luego, cuando quedó libre un departamento en la planta baja del edificio de Nahíma, Julián lo rentó y abandonaron el estudio.

Iniciaron una extraña vida conyugal que incluía todo salvo las noches, en que Nahíma subía a dormir con Soraya y Julián regresaba a su casa con Rosa Arangio. Solían almorzar y a veces desayunar juntos en el departamento, que Nahíma organizó como parte de su propia casa. En los tiempos primeros en que Julián gastaba buena parte del día haraganeando sin saber dónde poner sus energías, pasaba largas horas de la mañana y de la tarde en aquel refugio, leyendo periódicos y haciendo llamadas, escribiendo cartas, imaginando negocios.

Iluminado aún por el resplandor de la madera, Julián quería un negocio grande, del orden de sus números perdidos. La idea de una empresa menor o de ser un empleado, un pequeño comerciante, cualquier cosa que no le empatara en el alma el rango superior de la madera, era inimaginable para él. A rumiar la construcción de esas grandezas dedicaba los tiempos muertos de su amor con Nahíma y de su vida en la ciudad con Rosa Arangio, horas de leer el periódico y los avisos de ocasión, horas de rumia en los cafés con excompañeros de escuela que había rencontrado. No buscaba empleo, ni meterse en negocios hechos. Hurgaba en lo no hecho, en las fallas y en las carencias, en las extravagancias donde pudieran esconderse las oportunidades. Había aprendido desde muy joven que los negocios no había que inventarlos sino reconocerlos donde estaban, y estaban siempre fuera de los negocios conocidos, donde nadie había ido aún y alguien estaba dispuesto a pagar porque alguien fuera.

Un escarmiento mayor que Julián Casares trajo de La Reserva de Miranda era el asunto del transporte. Había sentido en carne propia el poder y la versatilidad de transportar. Toda la ciudad no apareció durante mucho tiempo en su cabeza sino como una extensión del transporte, un universo en expansión creando cada día nuevas necesidades de llevar cosas y personas de un lado a otro. La ciudad misma no era sino un lugar de cruce para cosas y personas que alguien debía trasladar. El viejo Santiago Arangio lo había acercado a un comerciante asturiano que prosperaba en la ciudad, al punto de que había mandado rehacer una a una las herrumbradas farolas de su lar natal. Julián había recibido la oferta de hacerse cargo de una de las tiendas del asturiano y la había desechado, pero había oído al comerciante quejarse de las desastrosas condiciones de irregularidad, altos fletes y mermas sistemáticas con que le llegaban a la ciudad desde los puertos las mercaderías ultramarinas que eran su negocio. Julián le propuso apostar con él a la construcción de una flotilla que resolviera esas penas.

—Eso del transporte de mercaderías es negocio de riesgo —le dijo el comerciante—. Y es el monopolio disfrazado de un pelafustán principal al que protege el gobierno. No te dejarán crecer demasiado, antes de venirte a pedir cuentas. Pero si tú estás dispuesto a arriesgar, yo voy contigo. Fletes me pides, fletes tendrás mientras cumplas.

Julián arriesgó parte de los ahorros familiares en la compra del primer camión de la flotilla. Rosa Arangio firmó con mano temblorosa el papel del retiro de los fondos del banco y con mano más incierta aún la garantía de la casa, que Julián había puesto a su nombre, como respaldo de las letras faltantes para pagar el vehículo. Fue un sobresalto radical que Julián apagó muy poco tiempo después devolviendo a Rosa el papel comprometedor. Las rentas del primer transporte permitieron redimir las letras faltantes antes de tiempo y Julián pudo poner la primera unidad como garantía en la compra de la segunda.

—A este paso, en un año estaré arrastrando madera de La Reserva de Miranda —le dijo a Rosa Arangio un Julián burlón y triunfal que seguía mirando hacia atrás cuando quería describir los éxitos que pudieran esperarlo adelante.

Celebró con Nahíma el crecimiento de su flotilla de transporte como si se tratara de un rebaño de vacas.

—No tienen radiador ni pistones —le dijo a Nahíma—. Tienen vientres y paren como locos. Un vástago cada cuatro meses. Si hubiera sabido que esos fierros pueden parir, no me ahogo en La Reserva de Miranda.

Se volteó entonces hacia Nahíma y le dijo:

—Desde que te tuve en el monte quise empezar de nuevo. Ahora también.

—Ya empezamos de nuevo en esta ciudad —dijo Nahíma.

—No —dijo Julián—. Quiero empezar todo otra vez. Quiero vivir contigo.

—Ya vives conmigo.

—No —dijo Julián—. Quiero vivir contigo completamente.

—¿Qué vas a hacer con tu familia?

—Tú eres mi familia —dijo Julián—. Quiero tener un hijo tuyo.

Nahíma sintió saltarle las cosas por dentro, como si la sacudieran para vaciarla en el aire.

—Ya tienes dos hijos allá —recordó, fingiendo un control que no tenía.

—Alcanzará para todos —se sobró Julián—. El viento viene a favor. Alcanzará para proteger a los hijos que tengo allá, y para cuidar a los hijos que tendré contigo.

—¿Me estás proponiendo que vivamos juntos? —preguntó Nahíma.

—Que acabemos de vivir juntos —confirmó Julián.

—¿Vas a dejar a Rosa y a tus hijos?

—Sí —dijo Julián—. Voy a separarme de Rosa para vivir con la mujer que quiero.

Nahíma se derritió, vacía por un momento de todo peso y toda voluntad, pero alcanzó a protegerse del efluvio de Julián:

—Voy a hacer de cuenta que no has dicho nada de esto —musitó—. No me hables más de esto. Cuando sea el momento, actúa. Quiero saber lo que siga por tus actos, no por tus palabras. Porque tus palabras prometen más de lo que puedo aguantar, si no se cumplen.

A partir de entonces, sin embargo, la promesa de vivir con Julián, de fincar su propia casa y tenerlo dentro de ella, invadió la bolsa de las ilusiones de Nahíma Barudi. No hablaba de eso, pero eso hablaba todo el tiempo dentro de ella, llenándola de suspiros y sollozos. Era una burbuja donde se metía aun sin pretenderlo, como si no quedara más espacio dentro de ella que el de la promesa de Julián, como si toda ella cupiera en el perímetro de esa felicidad en marcha. Por primera vez desde que Julián entró a su vida, se agitaron en Nahíma las aguas de la esperanza, por primera vez dejó de verse como una trama secundaria de la vida de Julián, y empezó a mirarse como la soberana en ciernes de aquel reino, el reino que había sido hasta ahora de sus renuncias y a partir de ahora lo sería de su preeminencia.

La idea de dejar su casa y vivir con Nahíma había venido súbitamente a la cabeza de Julián, mientras hablaba con ella la misma tarde que se lo propuso. Fue como una iluminación fulminante que acomoda todas las cosas en su sitio. La reaparición del futuro había borrado en su ánimo el amor responsable por Rosa Arangio, sustituyéndolo por el nuevo impulso de comerse el mundo. La contención se había rasgado dentro de él, la omnipotencia latía otra vez en el fondo de su alma. La más brutal de las penas infligida a otros, a Rosa Arangio y sus hijos en este caso, apareció de pronto frente a sus ojos bajo el manto de una serenidad estoica, como la cuota de sufrimiento que era imposible ahorrar en el manantial loco e injusto, pero generoso de la vida.

Rosa Arangio seguía su vida ignorante de la revolución de las emociones que avanzaba desde su marido contra la seguridad de su casa y de sus hijos. Lo había visto ir y venir por la ciudad aquel año, saliendo por la mañana y regresando hasta la noche, sin encontrar en esa ausencia ningún rasgo inquietante. La ausencia de Julián en la casa no era una novedad para ella, acostumbrada a los últimos tiempos de Carrizales, en que Julián iba y venía del monte, y ella estaba sola buena parte del año. La ausencia de Julián durante el día y su regreso nocturno parecían a los ojos de Rosa Arangio hasta una ganancia, más que una irregularidad. Julián alcanzaba a juguetear con sus hijos unos minutos por la mañana y a darles un beso en la noche, porque no había sido niñero ni sabía cómo tratar con infantes más allá de algunas señas rituales y algunas caricias tópicas. Después de que se dormían sus hijos, Julián y Rosa celebraban el gran rito complementario de sus amores, el lujo de su vida juntos, que era la conversación. Nada agradecía Rosa Arangio tanto como esas horas largas destinadas a la rumia de historias y a la construcción de imaginerías para el futuro, la conversión en palabras de recuerdos que se negaban a irse y sueños que exigían volverse realidad, fundidos ahora con el comentario de la ciudad interminable que entraba a la casa por todas partes, por la radio que Rosa mantenía prendida y por el desfile de personas que venían a verla, con molestia inconfesada pero agria de Julián, para beneficiarse de sus artes quirománticas y sus dones de repostera.

Rosa Arangio había empezado a convertirse en una pequeña celebridad por sus dobles talentos de pitonisa y pastelera. Venían a verla al principio vecinas y luego la cadena de la propaganda de boca a boca para encargar postres y pasteles, y para conocer su fortuna. Durante un tiempo, Rosa llegó incluso a contratar a dos muchachas que hornearan y batieran lo que ella inventaba, pero la magia de sus cremas y merengues parecía menor frente a la fuerza de sus cartas y la suavidad con que sus palabras corrían los velos del futuro, acertaban en penas y dichas, en viajes y bodas, en catástrofes y nacimientos. A Julián le molestaba la procesión, pero no tenía que soportarla, aunque en la noche el asunto se filtraba en su charla y creaba asperezas entre ellos.

Mientras los negocios de Julián no resultaron, la actividad de Rosa Arangio pareció no sólo inofensiva, sino incluso benéfica, porque completaba los ingresos familiares con una calderilla que alcanzaba a dar cuenta de la libreta de gastos menores de la casa. Cuando Julián tuvo en la mano los primeros excedentes de sus camiones, la casa empezó a florecer de regalos y objetos, un coche apareció en la puerta, una televisión en la sala, un congelador en la cocina. También apareció la molestia de Julián por la clientela quiromántica que se multiplicaba como los panes. Fue cada vez más frecuente la recriminación por el espectáculo de aquella charlatanería en la que Julián había visto ya inclinarse a su hija Julia, discípula más atenta de los vaivenes del arcano que de las primeras letras de la escuela.

—Muchos gastos se han solventado con esta actividad inofensiva —dijo Rosa Arangio, disculpando su don esotérico, que era también su diversión.

Julián percibió esas palabras como un reproche económico.

—Nada te ha faltado desde que salimos de Carrizales —dijo en respuesta—. Nada tienes que reprocharme en eso. He cumplido hasta tu último capricho.

—Caprichos no te he echado en la cara nunca —se enervó también Rosa Arangio—. ¿De qué caprichos hablas?

—Educas a tu hija en la charlatanería y llenas esta casa de mujeres inútiles que consultan la fortuna —dijo Julián, levantando la voz, como si reprochara un crimen capital—. Estoy harto de la parvada de mujeres idiotas y ociosas que llena esta casa. Harto de las barajas y los misterios. Y de que nadie aquí valore lo que hago, ni sepan ni pregunten de dónde sale lo que comen.

Rosa Arangio abrió los ojos como ante una aparición. Quiso responder, pero la ofensa le había llevado el aire y Julián seguía gritando, volteándose al revés frente a ella, cruzando umbrales, ajustando cuentas, bordeando a cada palabra puntos de no retorno. Mucho antes de que su marido terminara, Rosa Arangio se echó a llorar, desconcertada primero, herida después, aterrorizada luego frente a la irrupción de aquel hombre al que no conocía. Julián siguió sin reparar en nada hasta que tuvo en la boca seca el placer oxidado del desahogo. No tuvo pena ni compasión del dolor que producía en su mujer, sino un timbre de gozo y una fatiga bien humorada. No hablaron más. Rosa huyó de su lado como quien se aparta de un desconocido peligroso. Julián no la siguió a la recámara. Aflojó el yugo de la corbata, destapó una cerveza y se recostó en el sillón. Admitió entonces, con el talante ambiguo, feliz y melancólico, del guerrero triunfante, que había empezado a irse de su casa.

Capítulo XII

La noche de su pleito unilateral con Rosa Arangio, Julián Casares no durmió en casa. Durmió, por primera vez, en el departamento de Nahíma Barudi. Nahíma supo que había llegado la hora, que Julián caminaba por fin hacia ella, como le prometió. El día que Julián amaneció por primera vez en casa de Nahíma, pasó media mañana subrayando casas y apartamentos en el periódico. Durante los días siguientes, Nahíma y Julián recorrieron los sitios marcados para elegir dónde iban a vivir. Nahíma habló con Soraya, explicándole todo. Soraya le dijo:

—Entonces era verdad.

—Era y es verdad —se envaneció Nahíma.

—El amor no se puede combatir —dijo Soraya—. Yo, que no amé nunca, no soy quién para oponerme a los amores de nadie.

Decidieron que no habría boda, ni siquiera una fiesta de buen tamaño, pero sí una fecha de mudanza y celebración, un día que separara los demás días y contara el inicio de su vida juntos. Pusieron la fecha. Nahíma y Soraya fueron tomadas por el genio emprendedor de las vísperas nupciales. Encontraron una casa de tres habitaciones y un cuarto adicional sobre la cochera en el viejo centro de la ciudad, donde acababan de abrir el frontón. Los muros de la casa estaban cubiertos de yedra y protegían un jardín con rosales apagados. Luego de rentarla, Nahíma y Soraya, midieron muros y techos, pisos y ventanas. Compraron en los almacenes de la ciudad el nuevo guardarropa de Nahíma y el menaje de casa. Hurgaron en tiendas de viejo mesas labradas y sillas de bejuco, mecedoras de mimbre y lámparas de flecos. Escogieron vajillas y sartenes, alacenas y cortinas. Pusieron iniciales en pañuelos y cojines, sábanas y toallas, batas y fundas de almohada. Finalmente, mandaron traer de Carrizales el arcón olvidado con el ajuar de Soraya y los restos olorosos a naftalina de su boda. El arcón trajo misales y rosarios, mascadas, velos, zapatillas, y una colección de álbumes monográficos de los hijos de Soraya y Barudi.

Julián hacía cuentas y anticipaba su separación. Quería ponerle un piso suave a la retirada cediendo a Rosa Arangio y a sus hijos parte de las rentas de su negocio, dinero suficiente para que pudieran ellos vivir sin apremios y él apartarse sin culpa. Pero la fecha de la mudanza a su nueva casa se fue acercando sin que Julián hallara la ocasión de sentarse frente a Rosa Arangio y decirle que habían terminado. Era tan fuerte su decisión que no hallaba cómo decirla, entre más vueltas le daba más sencillo y terrible sonaba lo que tenía que decir, entre más llano, más intolerable.

Rosa seguía sangrando por la herida de su pleito con Julián y su ausencia de esa noche. Se había propuesto aclararlo, aun si la aclaración suponía otro pleito, pero tampoco encontraba la ocasión propicia, como si sospechara que destapar la olla, antes que aliviar la presión, precipitaría el estallido. Julián se iba y volvía sin dar explicaciones. Mientras sus hijos estaban despiertos, Rosa se tragaba su reproche para evitarles el espectáculo de un pleito, y cuando se quedaba por fin sola con Julián estaba demasiado cansada o Julián demasiado indiferente para ninguna aclaración. La fecha de Julián y Nahíma se acercaba sin que Julián y Rosa definieran la suya. Finalmente, tres días antes de que la fecha de Nahíma se cumpliera, Julián llegó temprano a casa decidido a abandonarla esa misma noche, luego de decirle a Rosa lo que tenía que decirle. Encontró a Rosa bañada en lágrimas, hablando con el médico por el teléfono de la sala, ahogada de hipos y secreciones.

—Está muy mal —le informó Rosa al verlo entrar.

Julián supo que se trataba de su hijo menor. Tenía cuatro años y llevaba días con catarro. Esa mañana había amanecido peor, con un poco de fiebre y la garganta cerrada. Julián lo había dejado envuelto en sus sábanas y en un olor a ungüentos mentolados para aliviar la congestión del pecho. Según los llantos de Rosa, había empeorado mucho desde entonces. Julián fue a la habitación del niño, pero encontró la cama vacía. Pensó que Rosa lo habría mudado a la cama grande de su propia recámara, pero ahí sólo encontró a Julia arrastrando el lápiz sobre sus cuadernos escolares. Buscó entonces por el resto de la casa. Finalmente vio a su hijo por la ventana, jugando en el aire frío del jardín con sus soldados de plástico. Lo recogió del campo de batalla con los dientes temblando y la piel erizada por los calosfríos de la temperatura. Lo llevó a la cama y lo reprendió amorosamente con una nalgada. La fiebre gritaba por boca de su hijo maniobras y peligros para sus soldados en el jardín. Al recibir la nalgada, el niño se volteó hacia su padre tirando puñetazos. Por la noche empezó a aullar de dolor.

El médico dijo que podía ser meningitis. Debían internarlo a la mañana siguiente. Rosa no quiso esperar, lo internaron esa noche. Julián se quedó en el hospital, mientras Rosa volvía con Julia a la casa. Durante las largas horas de la madrugada, sentado a la cabecera de la cama, Julián veló el perfil de su hijo, húmedo por la fiebre y por el color palúdico de la dolencia. Por momentos volvían a castañearle los dientes, unas notas rasposas salían como descargas de saliva entre sus labios secos, cortados por arrugas blanquecinas. En uno de aquellos ascensos, el hijo de Julián abrió los ojos y miró a su padre fijamente, como si viera a través de él. Tenía una mirada acuosa y perdida, pero al mismo tiempo radiante con un fulgor de poseído. En el trasluz o en la trastienda de aquel brillo, Julián creyó ver la mirada de

Virginia Maturana, llamándolo a su lado, pidiéndole que no se apartara de ella otra vez.

Al atardecer, luego de los análisis, se declaró una fiebre tropical, variante de la tifoidea, como causa de los dolores de cabeza. El niño tenía también una bronconeumonía, aparte de la infección tropical. La fiebre palúdica tardaría meses en ceder, vendría como las mareas con flujos y reflujos hasta que el organismo terminara de expulsarla. La fiebre bronquial tardaría dos semanas en ceder del todo. Ya que el niño estaba en el hospital, debía quedarse en él una semana.

Julián estaba a dos días de la fecha de Nahíma. Fue a pedir una tregua. Por primera y acaso por última vez en su vida, no halló en Nahíma una comprensión, sino un encono.

—Acepto todo —le dijo Nahíma— menos que no le hayas dicho todavía a tu mujer.

—No quiero lastimarla de más —dijo Julián.

—Para no lastimarla a ella, me lastimas a mí —derivó Nahíma.

—A ella voy a dejarla. Contigo voy a vivir —recordó Julián.

—Tú y yo pusimos una fecha —recordó a su vez Nahíma—. Yo no pedí vivir contigo. Tú viniste a ofrecerlo. Ahora quieres cambiar, pero yo no puedo cambiar. Aquí voy a esperarte la fecha que dijimos, nuestra fecha. Tú vendrás o no vendrás. Y eso será todo lo que cuente para mí.

—No puedo cumplir esa fecha con mi hijo en el hospital —chantajeó Julián.

—La fecha está puesta mucho antes de que tu hijo cayera en el hospital —exigió Nahíma—. Yo te esperaré esa fecha como si no hubiéramos hablado nada hoy. Si vienes, entenderé. Si no, también.

Julián volvió el día señalado, loco todavía por la lenta recuperación de su hijo, que seguía aullando en las noches por el dolor de los parietales y temblando de fiebre entre los desgarros de una tos cavernosa. Nahíma escuchó su narración hospitalaria.

Odió al niño enfermo, deseó el fin de esa vida que le arrebataba la suya.

—Es muy pequeño —dijo Julián, y le contó a Nahíma que había visto la mirada de Virginia Maturana en los ojos febriles de su hijo—. No puedo rehusar por segunda vez el llamado de mi madre —desvarió.

Fue la gota que derramó el vaso.

—No hables así —se encendió Nahíma—. Cuando hablas así me parece estar tratando con un loco. Si quieres que me haga a un lado, me hago a un lado. Pero no metas en esto mensajes del más allá, ni el llamado de tu madre muerta.

—Lo único que te pido es tiempo —suplicó Julián.

—¿Tiempo? ¿Cuánto tiempo? —preguntó Nahíma.

—Tiempo suficiente para que el muchacho crezca y se afiance un poco. Tiempo suficiente para que crezca el negocio también.

—¿Cuánto tiempo? —martilló Nahíma.

—Un año, quizá dos —se cubrió Julián—. En dos años todo será más fuerte y más claro. Y nosotros seguiremos como hasta ahora. Hemos sido felices hasta ahora, ¿no?

—Dos años quieres, dos años tendrás —definió Nahíma—. Me parece bien que sean dos años.

—Puedes mudarte a la casa que rentamos —dijo Julián, creyendo que había llegado a un trato—. Podemos mantener las cosas como están, hasta que se cumpla el plazo.

—No —aclaró Nahíma—. Yo no puedo. Voy a irme con mi madre a Sao Paulo o a Beirut estos dos años. No voy a quedarme aquí.

—Si te vas, mi vida será un despojo —imploró Julián—. Dos años sin ti serán una eternidad de vacío.

—No puedo quedarme —dijo Nahíma—. Si me quedo, voy a volverme loca. Necesito distraerme, olvidar que esto sucedió para poder volver a verte con inocencia. La inocencia que se llevaron tus promesas. Yo no quería nada, no esperaba nada, me bastabas tú. Entonces me hiciste ilusionarme, consentir en que vivirías conmigo, en que sería tu mujer públicamente, en que tu casa sería mi casa. No fue así.

—Sólo por un tiempo —dijo Julián—. Es sólo un tiempo.

—Ése es el tiempo que no puedo tolerar —cortó Nahíma—. Necesito distraerme ese tiempo para volver a ti sin coraje. El coraje que tengo casi no me deja verte, ni oírte, ni quererte. Había odiado a tu mujer, ahora quiero matarla. No había pensado sino con ternura en tus hijos, ahora pienso con rabia, pienso con rencor que me han apartado de ti. Estoy envenenada, y no puedo pensar en lo nuestro sin envenenarme más. Así que es mejor que me vaya.

—Espérame un tiempo. Sólo un poco de tiempo —pidió Julián.

—Eso es lo que voy a hacer —dijo Nahíma—. Voy a esperarte. Pero no aquí. En otra parte, y volveré en dos años a ver si te has arreglado.

—No volverás —se hundió Julián.

—Volveré —juró Nahíma—. Y seré otra vez tuya. Pero ahora tengo que irme. No discutas más. Regresa con tu hijito, y tu mujer, anda. Y sé feliz —agregó, en un último brote de celo y despecho, que no pudo someter.

Nahíma se fue. Julián descubrió hasta qué punto el surtidor de sus ilusiones estaba montado sobre la ilusión mayor de aquella presencia, hasta qué punto Nahíma Barudi era la pieza que daba sentido a las otras, el fuego que las hacía brillar. Se refugió en su casa. Trató de acortar distancias con la pubertad en ciernes de su hija Julia y con la infancia militar de su hijo varón, que se curó de la bronconeumonía, pero se mantuvo débil a las fiebres palúdicas. No había en Julián el don inocente del padre, la disposición al amor infantil. Desconocía el reino de la paciencia, la ternura, la curiosidad de haber engendrado y de seguir paso a paso lo que había salido de él. Carecía de orgullo genésico y de humildad criadora.

Sus relaciones con Rosa Arangio se habían enfriado desde la discusión que anunció, sin saberlo Rosa, su salida de casa. Durante la enfermedad del niño, la cercanía de Julián restauró en algo los vínculos. Pero no había convicción en ese acercamiento, ni rutinas alegres en ese hogar. Y el ánimo amoroso de Julián estaba seco, añorante del bien perdido. La ciudad dorada, la ciudad de la libertad y el anonimato, perdió los colores para él, se volvió una extensión de los días brumosos del invierno, gris al amanecer y gris el resto del día, bajo un cielo color acero del que se precipitaban lluvias tímidas y vientos tristes. La ciudad le había mostrado su rostro hospitalario, ahora le mostraba su dureza impersonal, la asfixia de su ajetreo. Por primera vez desde su llegada de Carrizales, la ciudad no era una fiesta de oportunidades, sino un molino de fragores y congestionamientos, un muro anónimo, el escenario de una impotencia.

No puede decirse que le sorprendieran las malas noticias. Antes de que se produjeran, su ánimo estaba listo para ellas, anticipándolas, casi deseándolas. Empezaron las presiones sobre su flotilla de transporte. Dos de sus choferes recibieron advertencias en el camino, una de patrulleros, otra de choferes colegas.

—Ustedes no tienen licencia —dijeron los patrulleros, aunque la tenían.

—Ustedes no se han arreglado con el que manda en estas cosas —dijeron los choferes. En efecto, no se habían arreglado.

Julián no hizo caso de los avisos. Semanas después se despeñó por un barranco la primera de sus unidades, cargada de angulas y vinos riojanos. Dos automóviles interceptaron el vehículo y bajaron al chofer en un páramo solitario de las cumbres que separaban el altiplano de la costa. Enderezaron el camión hacia el barranco y soltaron el freno de mano.

—Recibieron ustedes dos advertencias, y no hicieron caso —le recordaron al chofer—. Ésta es la tercera advertencia. Se tienen que arreglar con el jefe de esto. Échate a caminar y cuéntale a tu patrón lo que aquí sucedió. Dile también que debe cosas en su pueblo de Carrizales. Dile que puede hacerse que las paguen en la ciudad.

Su amigo el comerciante le explicó:

—Todo es cosa del pelafustán al que protege el gobierno. Te advertí que no te dejarían crecer demasiado. Así son las cosas en este país.

Julián volvió a desoír la advertencia. Repuso el camión desbarrancado con un crédito en el que dio como garantía otras dos unidades. El comerciante le dijo:

—Arréglate con ellos. Págales la cuota y espera tu turno.

—Ya pagué todas las cuotas injustas que debía pagar en la vida —se engalló Julián—. No le robo a nadie con levantar lo que es mío. No dejaré que nadie me robe.

—No hay negocio sin pago —moderó el comerciante—. Nada es completamente de alguien, aunque lo parezca. Todo tiene que pagar aduana.

—Tendrán que cobrármela —dijo Julián—. Yo no la pago voluntariamente.

—Te la cobrarán —prometió el comerciante—. Te la están cobrando ya. Perdiste un camión y para reponerlo has comprometido otros dos.

—No voy a dejarme extorsionar —dijo Julián.

—En los negocios tienes que aprender a pagar lo inevitable para ganar lo posible —le dijo el comerciante.

—No es justo —rehusó Julián.

—El mundo no es justo —sentenció el comerciante—. Es como es.

—Será distinto conmigo o no seré —dijo Julián.

—Vas a pasar trabajos dobles —anticipó el comerciante.

Julián se levantó una mañana con la noticia de que, por una supuesta falta de pago, le habían embargado los camiones que dio en prenda para reponer el que le habían despeñado. Otra mañana lo aprehendieron en la calle. El agente que lo detuvo le dijo en los separos:

—Debes una en Carrizales, y te la quieren cobrar aquí. A mí me están pagando por fregarte. Si tú me pagas más, te suelto. Yo no tengo nada en contra tuya, y estoy harto de estos extorsionadores.

—Creo que te puedo pagar, si me dejas hablar por teléfono —pidió Julián.

Lo pasaron al teléfono y lo oyeron decir la cantidad exacta que le habían pedido. No había ese dinero en su casa, pero le dio a Rosa nombres y teléfonos de amigos donde podía conseguirlo. Uno de los amigos vino a entregar el pago, cuatro días después.

—Tu mujer me dio el dinero —le aclaró el amigo—. Yo sólo vine a sacarte.

Cuando volvió a su casa, Julián supo que el pago de su rescate no sólo se había comido los ahorros familiares, sino que Rosa Arangio había hipotecado la casa con un préstamo usurero. A la hora de cobrar, sus captores habían duplicado la cifra. El rostro pálido y desvelado de Rosa Arangio que Julián encontró había penado por eso, pero escondía un agravio que era más hondo y menos remediable. Buscando entre los papeles de Julián chequeras y documentos para solventar los pagos del rescate, Rosa había encontrado las cartas moradas de Nahíma Barudi. No eran todas, diez o doce, pero incluían todos los años y hablaban con explícita claridad de sus amores.

—Ahora entiendo muchas cosas —le dijo Rosa Arangio, mirándolo como un animal herido.

—Todo eso acabó —dijo Julián, sintiendo que se ahogaba y que unas sombras de hormigas le apagaban los ojos.

—Todo eso fue —replicó Rosa—. Y yo no supe una palabra.

Julián se desvaneció entonces frente a su mujer, ahogado por el aire adverso e intolerable del mundo.

Rosa Arangio lo perdonó sin perdonarlo. Se mantuvo distante. Para congraciarse con ella, Julián aceptó la oferta de administrar una de las tiendas de abarrotes del comerciante asturiano, quien seguía dándole fletes para los dos camiones que Julián pudo rescatar de la debacle. Los otros los malvendió para redimir la hipoteca de la casa y algo de los ahorros de Rosa que había costado su liberación.

Fue un administrador impecable, capaz de una concentración puntillosa que casi lo hizo olvidar y casi lo hizo feliz varias veces, muchos días, por inconscientes horas consecutivas. Salía temprano de casa y volvía tarde, pasaba el día envuelto en la atención del museo vivo que era la abarrotería. Podía decir de memoria cuántas botellas de qué ron quedaban en el rincón oriental del almacén y cuántas cajas de ostiones o atunes en la estantería de la nave central, cuándo había que reponer los rompopes, a qué ritmo se rebanaban las perneras de jamón serrano o desaparecían las tiras de chistorra y butifarra. Iba siempre unas horas adelante del último en llevarse las cosas y del primero en pedirlas de nuevo. Quebrado, minusvalorado, habiendo perdido no sólo el fulgor sino también la convicción del fulgor de su vida, Julián hizo el intento de vivir conforme a la rutina, crecer con los hijos y envejecer con su mujer, trabajar y ahorrar, adherirse a los pequeños triunfos, a las modestas fortunas de una vida común, habitable, sustraída al resplandor de la madera.

En algún punto de aquel vacío confortable, de espaldas a su familia y su pasado, creyó entender y aceptar, con una lucidez benévola que su vida verdadera había terminado en el año tercero de la concesión de La Reserva de Miranda, aquel último año de vacas gordas que nunca lo fueron, aquellas vacas fantasmales que tiraron de él hasta el despeñadero, trayéndolo al espejismo sólo la distancia necesaria para que no muriera de sed, para que no supiera que estaba drenado, que había muerto ya en lo esencial y pudiera seguir viviendo los años que le faltaban con la ilusión de estarlos viviendo, con ese otro espejismo mínimo necesario para tirar de sí mismo hacia el confín donde habría de desinflarse como el saco vacío de sueños que era.

Le quedaban dos camiones, sin embargo, y un genio inconforme en el fondo del alma gritando contra la resignación y la normalidad de su vida.

—Véndelos —le había pedido Rosa Arangio—. Que no te tienten más.

Julián los había sacado del circuito de los ultramarinos y traía ahora ganado abierto en canal del sureste de la república. Conoció entonces las quejas de los dueños del rastro por los estragos del calor del camino sobre la carne. La mermaba de peso y consistencia. Empeoraba sobre todo su olor, y les cambiaba el precio. Cuando abrían los camiones y la vaharada recocida de las reses en canal se extendía sobre las calles del mercado, había una pestilencia a muerto que disuadía a muchos compradores de la bondad incorrupta del envío. Muchos no compraban por el olor, otros lo aprovechaban para pagar menos de lo pactado. Julián descubrió que, por una pequeña cantidad adicional, era posible ponerles a los camiones un sistema de media refrigeración que mantuviera la carne lo suficientemente fresca para evitar el olor putrefacto. Con el préstamo directo de uno de los matanceros del sureste acondicionó el primero de sus camiones. Pagó la deuda en unos cuantos viajes. Luego, ante la demanda, acondicionó un segundo camión. Subió los precios, pero los matanceros pagaron su servicio y él se los dio. Tuvo la propuesta de crear una flotilla exclusiva para uno de ellos. Rosa Arangio supo que su marido andaba en esas cuando vinieron los socios del sureste y Julián pasó con ellos la mañana sin presentarse a la abarrotería, donde Rosa estuvo buscándolo hasta después de la comida. Por la noche, Julián le explicó.

—Es otra vez lo mismo —sentenció Rosa—. La obsesión del gran negocio, el fantasma de La Reserva de Miranda.

—¿Quieres que me muera en vida, que viva sólo para irla pasando? —preguntó Julián.

—Quiero que olvides Carrizales —se hartó, suplicando, Rosa Arangio—. Quiero que salves tu vida para tus hijos y para ti, en lugar de derrocharla en quimeras.

—Esta casa fue comprada con lo que sobró de mis quimeras —se sulfuró Julián, mostrando la casa con los brazos abiertos.

—Sí —admitió Rosa Arangio—. Y seguramente quieres que la arriesgue otra vez.

—Tengo que aportar algo a la postura inicial de la compañía para tener una posición ventajosa en el futuro —admitió Julián.

—De acuerdo —se entregó, airadamente, Rosa Arangio—. Tengo sólo una condición que poner.

—La que quieras.

—Ésta será la última vez —dijo Rosa con el aire de la ira tapándole el pecho—. El día que vengas a decirme que perdiste la hipoteca será la última cosa que me digas. Tú y yo habremos terminado y no habrá excusa ni explicación.

—No habrá excusas ni explicaciones —agradeció Julián—. Habrá sólo ganancias. Es un negocio hecho y en expansión, debidamente protegido ahora por la asociación con los matanceros. A ellos no podrá doblarlos el monopolio del transporte.

—Ya puse mis condiciones —acabó Rosa Arangio—. Tráeme los papeles a firmar cuando quieras.

Rosa firmó al día siguiente. Julián dejó el techo seguro de la abarrotería, que le había ordenado la vida, y salió nuevamente a la intemperie en busca de sí mismo, del sí mismo que los hados y su fantasía le habían prometido y sin el cual no podía ni sabía imaginarse la vida.

En los meses siguientes, Rosa Arangio vio repetir a su marido el ciclo que había adivinado en su lado oscuro. Primero fue el auge, la buena racha de frutos rápidos, luego el primer incidente, una epidemia que hizo bajar la producción de ganado, un infarto del socio matancero, un plan de venta de la flotilla hecha por los hijos del matancero que Julián rehusó arguyendo que vendrían tiempos mejores. Finalmente, la pérdida.

Rosa sospechó en los itinerarios de Julián la búsqueda desesperada de amigos que financiaran su mal tiempo, que fueran los puentes de la mala racha. Una noche se acercó a Julián, que tomaba una cerveza en el sofá, podrido de gestiones inútiles y letras vencidas.

—Vende lo que queda —pidió—. Vuelve a la abarrotería. Consolida la deuda y paguémosla poco a poco.

—No crees en mí —concluyó, sombrío, Julián.

—En nada he creído tanto —dijo Rosa Arangio.

—Lo dices en tiempo pasado.

—Lo digo como es.

—Yo te voy a mostrar quién soy —se creció Julián.

—Yo sé quién eres —lo bajó Rosa Arangio.

—Has dejado de quererme —reprochó Julián.

—No he querido a otro —contestó Rosa Arangio—. A nadie he querido en mi vida más que a ti. Tú no podrías decir lo mismo. Pero todo eso se acabó.

Rosa bajó la cabeza en pena de sus propias palabras. Julián supo que la mujer que tenía enfrente había perdido toda fantasía a propósito de su vida juntos. Pensó que tenía razón y que tampoco había en él ganas de regresarla a su esperanza. Cuando el negocio de los camiones terminó de quebrar, Julián se lo informó sin dilación.

—¿Podrás pagar algo? —preguntó Rosa.

—No de inmediato.

—¿Qué piensas hacer?

—Voy a pensar qué hacer —dijo Julián.

—¿No volverás a la abarrotería?

—No creo —dijo Julián.

—¿Puedo saber por qué? —preguntó Rosa.

Julián guardó silencio.

—¿No tienes nada que decirme? —insistió Rosa.

—Nada de lo que diga valdrá para nada.

—Depende de lo que digas —acabó de enfriarse Rosa Arangio.

Julián vagó medio año en cafés y proyectos, pizcando billetes del monedero de Rosa para salir a la calle a sus diligencias.

Un día Rosa le negó el estipendio. Julián empeñó un reloj de cuerda que había comprado cuando se instalaron en la ciudad, como símbolo de los buenos y largos tiempos que les esperaban. Esa noche Julián llegó a su cuarto y encontró a Julia durmiendo en su lugar de la cama. A la mañana siguiente, Rosa le dijo:

—Todo lo que hay en esta casa es de tus hijos. Has dilapidado todo lo tuyo. Respeta lo de tus hijos.

—Voy a reponerlo todo —dijo Julián—. Estoy pensando en un negocio.

Discutieron agriamente y dejaron de hablarse varios días. Una tarde Rosa Arangio se trancó con sus hijos en el cuarto y puso las maletas de Julián en el pasillo. Julián asumió el mensaje sin oponer resistencia, aliviado en cierta forma del desenlace. Pidió ver a sus hijos. Rosa los dejó salir de la recámara al pasillo. Julián les dijo que se iba de viaje, debían portarse bien y obedecer a su madre. Su hijo varón asintió con la cabeza y regresó a la habitación de su madre fingiéndose un cadete, con paso redoblado. Julia se le colgó al cuello. Julián miró a Rosa Arangio a los ojos, pero no pudo sostenerle la mirada. Besó a su hija en las dos mejillas y la puso en el suelo, encaminándola hacia su madre. Se ajustó después el nudo de la corbata, tomó sus cosas, y salió de la casa que había hecho y deshecho con Rosa Arangio, para no volver.

Se mudó a un cuarto que le ofreció en su edificio la famosa señora Bernardi, una extravagante mujer madura a quien Julián había conocido en su propia casa por razones que podrían llamarse profesionales. Como era del conocimiento clandestino de media ciudad, la señora Bernardi vivía del circuito del arcano y había venido a ver a Rosa Arangio, atraída por la fama del estro recóndito de Rosa que se propagaba como una epidemia. El puesto de la señora Bernardi en los asuntos del más allá tenía dimensiones industriales, un negocio amplio y bien atendido que había heredado de su hermana Rigoberta, la verdadera vidente.

Rigoberta Bernardi, la iluminada, se había abierto paso desde su pueblo de la sierra hasta la capital de su provincia leyendo el futuro con llaneza fulmínea, soltando avisos y prefigurando desgracias como quien respira o estornuda. Sus cábalas certeras de sequías y aguaceros, de muertes inesperadas y acontecimientos imposibles, la volvieron adivina de cabecera del gobernador de su tierra, quien la mostraba orgullosamente a sus congéneres invitándoles gratis una incursión en el porvenir. Un día, hablando como muñeco de ventrílocuo, Rigoberta Bernardi le dijo al jefe de la seguridad nacional, de visita en la provincia, que el presidente de la República sufriría un atentado en que le harían dos disparos, pero el segundo no haría ruido. A la semana siguiente, en el patio de honor de palacio, un coronel retirado disparó dos veces su pistola de reglamento sobre el mandatario. Erró el primer tiro y martilló el segundo, pero en la segunda percusión se trabó el arma y no salió el disparo. El jefe de la seguridad nacional volvió sobre sus pasos a la adivina Bernardi juzgándola sospechosa.

—No sea pendejo, capitán —le dijo el gobernador, acostumbrado a los aciertos de su oráculo de cabecera—. Es evidente que Rigoberta lo adivinó, no lo planeó. Le voy a dar dos razones contundentes. Primera: si era parte de la conspiración, ¿para qué decirle a usted la menor cosa sobre sus propósitos? Segunda: ¿cómo pudo alguien saber, incluso los conspiradores, que el segundo tiro se iba a trabar? No sea pendejo, contrátela en lugar de arrestarla.

Eso fue lo que hizo el jefe de la seguridad nacional, de modo que, al cumplir su medio siglo, Rigoberta Bernardi fue contratada como augur del gobierno y traída a la capital en compañía de su hermana Fidelia, veinte años menor. Cada semana un grupo de agentes de Gobernación venía a poner en la mesa de Rigoberta la más disparatada colección de asuntos políticos sobre los que la adivina debía pronunciarse. Sus advertencias y visiones, sus frases délficas y sus manotadas elocuentes eran debidamente consignadas en un informe y remitidas, con partes policiacos y de espía telefónica, al secretario de Gobernación, quien hacía llegar el paquete al presidente. Hubo en esos años dos instituciones indesafiables en la capital de la república: la voluntad del presidente y las visiones de Rigoberta Bernardi.

Rigoberta murió en olor de más allá, dejando un hueco en la seguridad del estado. Su hermana Fidelia heredó la franquicia y la multiplicó, combinando la adivinación con la influencia. Menos espectacular pero más práctica que su hermana, Fidelia Bernardi sembró por la ciudad una cadena de adivinas y ejerció su influencia echándole las cartas y leyéndole las manos a una red de políticos de los que iba obteniendo en pago permisos para las más diversas cosas, importaciones y expendio de licores, salones de baile y exenciones fiscales, prebendas todas que ella revendía a una corte de concesionarios y paniaguados.

Cuando le dio la mano en su casa, al conocerla, Julián sintió la mirada de la señora Bernardi posarse en él con humedad y decisión. Era una mujer en sus primeras canas y sus últimos fuegos. Julián había recurrido a ella algunas veces en busca de pequeños préstamos y modestas gestiones, incómodo siempre bajo la mirada que la Bernardi fijaba sobre los demás como inquietante prueba de su clarividencia. Le había ofrecido a Julián tratos y contratos, y le había manifestado una fe de experta en su buena estrella, su certidumbre de que las nubes cederían el paso a una luna redonda y luminosa como una moneda de plata, ya que el sino de Julián era lunar y el sol su riesgo. La fe charlatana de Fidelia Bernardi alivió a Julián en sus malas rachas. Fue a verla alguna vez sólo para tomar una cucharada de aquel brebaje, cuyo efluvio risueño se llevaba en el ánimo como una lámina de dulce bajo el paladar. Cuando se vio en la calle con sus maletas, desconocido de Rosa Arangio, lerdo e insensible de sí, el eco de aquellas indulgencias lo llevó como de la mano a la puerta de la señora Bernardi, a quien rindió cuentas de su caso y le pidió posada temporal. Fidelia Bernardi le ofreció un cuarto y un lugar en su engranaje. Julián obtuvo unos permisos de importación de vísceras, otros de importación de árboles de Navidad, y algo de dinero tuvo en los bolsillos alegrando su economía y distrayendo su humor. Una mañana, Julián se echó en brazos de la señora Bernardi buscando consuelo más que mujer y se dejó ser en esos brazos un viejo infante devuelto al huevo, la larva anónima y recubierta, ciega y a salvo de los rigores del mundo.

Añoraba a Nahíma, sin embargo. Su vida toda parecía incapaz de lujo ni entusiasmo sin ella. Había salido de Rosa Arangio para refugiarse en Fidelia Bernardi con la agenda oculta del regreso de Nahíma, calculándolo todo como un *intermezzo* cuyo único sentido era matar el tiempo, aturdir la espera del reloj. El recuerdo de Nahíma estaba unido en él a la memoria fértil y potente del bosque, al humor de la madera que seguía soplando un hálito de triunfo y grandeza, la imaginería de la victoria. Aquel recuerdo disparaba sus ensueños y subrayaba el sopor de sus días circulares, ponía lentes de aumento sobre el pasado, mejorando a Nahíma, pero enfocaba con crueldad los años de Fidelia Bernardi, su cuerpo en retirada, el último atractivo de su piel. Aquella misma savia lo juzgaba a él, multiplicando su atención a los síntomas acumulados de la edad, el tórax embarnecido, la calvicie incipiente, las venas saltadas en las manos que le habían gustado siempre, pero las veía ahora llenarse de nudos y curtirse de arrugas. Una fatiga crónica lo arrumbaba en las noches, con las piernas entumecidas y el ánimo dispuesto a rendir la plaza sin condiciones.

Nahíma no volvió a los dos años, como dijo, ni hubo traza entonces de sus intenciones o su paradero. Julián dilató los plazos como si se dilatara él mismo en la corriente informe y líquida del tiempo, que no sabe medirse y por lo mismo se ignora. Así se ignoró Julián durante el tiempo sin plazos ni ilusiones de su espera. Por fuera y por dentro de Julián el tiempo corrió como es, insaboro y veloz, rutinario y desmemoriado. Los días indiferentes se hicieron meses idénticos, y los meses, años. Pasó veinte semanas extranjeras en el occidente del país, colocando trenes de vísceras que venían de la frontera norte, y dos bimestres sonámbulos en ciudades de Canadá arreglando remesas de árboles para la temporada navideña. Iba a puertos del Pacífico y del Golfo a recoger las mercancías o pasaba semanas idénticas en las ciudades fronterizas pagando permisos y mordidas.

Vivía como de paso en la ciudad, aunque estuviera la mayor parte del tiempo en ella. Al principio, salía a media mañana del orbe sobreactuado y otoñal de Fidelia Bernardi, y vagaba por el centro sin hacerse mucho caso, sin oír los reclamos que venían de su vida anterior, posponiendo eternamente el día que debía alzar el teléfono y llamar a Rosa Arangio, preguntar por sus hijos, darse una vuelta por su antigua casa. Cada día de aplazamiento hacía más difícil la explicación de la tardanza, el descuido de la desaparición, más abultado el ceño de la culpa y más deseable o más lógico darle la espalda.

A los dos años de vivir con Fidelia Bernardi, tuvo otra mujer llamada Irene, una señora joven que atendía un café del centro y criaba a su pequeño hijo como madre soltera. El décimo cumpleaños del muchacho, llamado Abelardo, le hizo entender a Julián que recordaba la fiesta del octavo. Habían pasado dos años completos desde el día que la mujer lo introdujo a su cuerpo en la vecindad donde remaba por la vida, y tres más desde que Nahíma Barudi se había extraviado en el reloj de arena de su promesa de retorno.

Un día, cerca de la medianoche, Julián tomaba café en una esquina del restaurante donde Irene atendía, y vio entrar a una mujer en la que no pudo sino reconocer a su hija Julia. Pasó junto a él envuelta en una bolsa de perfume, con el pelo negro estirado sobre la frente y recogido en un chongo donde iba clavada la peineta de carey. Julián recordó esa peineta. Se la había regalado a Rosa Arangio al regreso de su viaje a la capital de Miranda. Era y no era la peineta de Rosa Arangio, del mismo modo que él era y no era el que se la había regalado y la hermosa muchacha sobrevestida de fiesta, como si bajara de un espectáculo de bailes gitanos, era y no era su hija Julia.

Era una mujer alta y radiante, de una piel con halo y un talle largo que nacía como una voluta de humo en el principio juncal de la espalda. Iba cubierta en un chal aéreo y pasaba entre las mesas dejando una estela de perfume, suelta y risueña como si desfilara en vez de caminar. Y era Julia. Había crecido hasta hacerse mujer lejos de la mirada de Julián, a espaldas de su ausencia. Julián había dejado la casa de Rosa Arangio bajo la promesa, vagamente contraída dentro de sí, de que recobraría otra vez la fortuna perdida y la pondría a disposición de sus hijos. El tiempo había licuado aquel dibujo de su voluntad, y ahora estaba frente a su hija hecha mujer y no tenía un lugar en su vida. Contuvo el impulso de saltar hacia ella. Garabateó en la servilleta un mensaje y fue escabulléndose hasta encontrar a Irene:

—¿Ves a la muchacha de la peineta? —le dijo a Irene, sin explicarle más nada—. Cuando me vaya, dale este mensaje.

Huyó del sitio como del lugar del crimen, tapándose la cara al cruzar por la ventana donde Julia estaba sentada esperando, lleno de culpa, pero tocado por la frescura de esa aparición como seguía tocado por el recuerdo de Nahíma.

No volvió a casa de la señora Bernardi, fue a la cantina donde solía almorzar con la ronda de amigos naufragantes que se habían vuelto su cofradía. El alcohol no había estado nunca entre sus bálsamos, pero esa noche tuvo el llamado de la ebriedad. Pidió tragos hasta la madrugada, firmó uno de los vales que redimía cada semana y se fue caminando en el aire frío de la madrugada a la vecindad de Irene. Iba eufórico y sacudido a la vez, como si lo hubiera levantado un huracán, pero no supiera dónde iba a dejarlo caer. Tomó el macetillo de la entrada del vecindario y contó el número de puertas, hasta llegar a la sexta, en el embudo oscuro del patio donde se alineaban los departamentos. Irene asomó con los ojos hinchados, cubriéndose con una bata de toalla que olía a vestidor de baño público.

—Pasa —le dijo, aspirando unos mocos y cubriéndose del sereno tras la puerta—. Abelardo está dormido. No vayas a despertarlo. ¿Por qué vienes a estas horas?

—¿Qué dijo? —preguntó Julián como respuesta.

—¿Qué dijo quién?

—La muchacha del café. La de la servilleta. ¿Qué dijo?

—No dijo nada. Preguntó quién eras. Pero éstas no son horas de venir.

—Te traje unas flores —la aplacó Julián, entregándole el macetillo de la entrada.

—Esa maceta no es mía, me vas a traer un problema —advirtió Irene.

—La regreso —prometió Julián—. Pero dime qué más dijo.

—No dijo nada más. Guardó la servilleta en su bolsa.

—¿Y qué más?

—Nada más. Me dio las gracias. Tengo que trabajar mañana. Ven a dormir o vete.

—Ya me voy —dijo Julián—. Necesito un poco de dinero. Te lo pago en cuanto pueda, como siempre.

Irene fue a la recámara y volvió con un puñado de billetes.

—Toma —le dijo—. No me has pagado la anterior.

—Te lo pago todo junto —dijo Julián, y se fue con el macetillo para ponerlo otra vez en la entrada.

Compró una botella de coñac en la tienda clandestina que operaba a espaldas del frontón y tomó rumbo a su casa. Decidió sin embargo que tenía algo que celebrar solo. Se metió a un hotel de paso. Le ofrecieron una muchacha, que rehusó. Le cobraron el doble de la tarifa y advirtió que saldría hasta la tarde siguiente. Llegó al cuarto, se echó a oscuras en la cama, boca arriba, y dejó que la fragancia de Julia lo llenara otra vez. En la servilleta había escrito: "4 de septiembre. Te vi entrar a las once de la noche.

¿A dónde ibas tan hermosa? No vi a tu acompañante, te vi a ti. Volviste, te esperaba".

Vinieron en jirones los recuerdos de su hija. Vio la foto de la niña blanquísima hinchando la barriga frente al corredor de la casa de Carrizales. Vio el columpio enrejado y los sillones de mimbre en las esquinas del corredor. Se vio alzando a su hija, sentada en la palma de su mano, bajo la palmera que había en el patio. Oyó a Julia hablar de unos dragones que venían por la noche y pedirle que treparan al techo del taller para explicarle de dónde venían, por dónde pasaban. Julián bebió de la botella de coñac y sentó otra vez a su hija en la palma de su mano para subirla al techo sobre el que se derramaba la palmera. Caminó con ella en el amanecer, hasta el almendro. Otra vez, al sentir su presencia, los pájaros salieron de entre las ramas como una perdigonada. La vio sonreír a través del miriñaque de metal de su ventana la noche en que cumplió cuatro años. Salvador Induendo había traído los cancioneros a que le cantaran en la madrugada, fresca por el viento que soplaba desde la bahía, la misma canción que le gustaba a Rosa Arangio, *Estrellita del sur,* y Julia le dio un beso a través de la tela metálica. La bañó en el patio con la manguera el último verano, antes del ciclón y de la mala temporada en La Reserva de Miranda. Otra vez estuvieron sentados en el pretil del malecón de Carrizales viendo cómo estibaban la carga en el muelle. Para protegerla de la brisa y del calor, su madre le había enhebrado la mata de pelo con cintas azules disciplinarias. Se mezclaban en un trío de mechones como tres crines de yegua. Julia volteó la cabecita para decirle: "No me duele el pelo, ¿verá que no?", y alguien pasó en bicicleta saludando estilosamente, según el modo carrizaleño tomado de las películas consistente en despegar dos dedos de la sien. Atrás se alzaban los almendros y las buganvilias del parque, las paredes amarillas del palacio de gobierno, las paredes blancas de bordes color canela de la Casa Casares. El mar chapoteaba a un metro de Julián y su hija, contra el borde de piedra del malecón, hacía un siglo, una vida, unos años nada más, en Carrizales.

Lo despertó el sol del mediodía. La euforia del encuentro de Julia se había vuelto un agujero del tamaño de su propia ausencia en la vida de sus hijos. Llegó silencioso y barbado a la casa de Fidelia Bernardi. Sacó una muda completa y fue a refugiarse al baño. La mujer le habló del grupo espírita que había tenido el día anterior. Julián terminó de rasurarse y le pidió dinero. Quitó con la toalla algunas líneas de espuma seca y se miró en el espejo. Parecía tan reciente su cara juvenil que no acertó a reconocer en ella la superposición de los años, el crecimiento de la nariz, la pérdida del contorno de los ojos, las entradas profundas en la frente, las mejillas estiradas sobre los pómulos, cortadas por dos arrugas que iban como un tajo de las sienes al mentón.

Se puso la ropa limpia mientras la mujer le preparaba una cena, que no probó. Salió dando un portazo. Antes de que anocheciera el taxi lo dejó frente a la casa de Rosa Arangio, su casa, su no casa, la casa de sus hijos, sus no hijos. Tocó la aldaba y alcanzó a ver el rostro de Rosa asomando por la ventana para cerrar las persianas, haciéndole señas de que se fuera. Volvió a tocar. Se recargó en uno de los muros de la puerta y escuchó el picaporte. La puerta de la casa se abrió con un estruendo de bisagras y vidrios mal acoplados. Julián vio al niño de grandes ojos y huesos largos parado ahí, mirándolo con el ceño fruncido, como si le extrañara lo que veía.

—Los hombres no lloran —le dijo el niño, con una voz nítida, de sílabas perfectas—. Dice mi hermana Julia que los hombres no lloran.

Julián entendió que su hijo no lo reconocía. Lo alzó en vilo y lo apretó contra su pecho como si así pudiera comprimir el tiempo.

—No estoy llorando —le explicó a su hijo—. Estoy sudando de alegría.

—Estás llorando —le dijo el niño, elemental y catedrático—. Y los hombres no lloran.

Julián se echó a reír y volvió a ponerlo en el suelo.

—Dile a tu mamá que quiero verla —le pidió.

—Le voy a decir —contestó su hijo.

Pero Rosa Arangio no vino a la puerta. Nada se movió dentro de la casa mientras Julián permaneció ahí. Esperó un buen tiempo, aceptó la negativa y no quiso insistir. Había fracasado esa vez, pero había abierto un camino en la jungla de su enredo familiar, un camino al que habría de volver con mejor suerte. Se fue por segunda vez de su antigua casa aligerado, seguro de su impulso y de haber roto los sellos de su propia clausura.

Capítulo XIII

Julián insistió otras dos veces en tocar la puerta de su antigua casa, ambas sin resultados. De las propias manos de Fidelia Bernardi recibió la carta de Rosa Arangio. Con su letra de escuela de monjas cubanas, Rosa había escrito: "Lo que quieras hablar conmigo, lejos de mi casa y de la tuya". Le proponía que se vieran en el parque donde habían pasado sus primeros domingos en la ciudad, comiendo bocadillos y escuchando las historias de asturianos que contaba Santiago Arangio. Rosa acudió a la cita con un vestido claro que ceñía veraniegamente su talle, todavía esbelto, y descubría sus brazos redondos. Había atado sus pelos con apresurada coquetería en dos pinzas casuales que despejaban su nuca, pero no había puesto una línea de pintura sobre sus ojos ni un dedo de maquillaje sobre su rostro desencajado y joven, de ojeras tenues y desvelos asumidos.

—Me has herido más que de ninguna forma viviendo con quien vives —le dijo a Julián, en los primeros disparos—. Arregla tu vida con esa mujer y déjanos a tus hijos y a mí arreglar la nuestra.

Julián se apresuró a mostrar sus pobres cartas:

—Voy a cambiar —le dijo—. Me propongo recobrarte a ti y a mis hijos. Te prometo que voy a cambiar.

—Promesas no han faltado nunca en tu boca —devolvió Rosa Arangio—. Pero los hechos han dicho siempre otra cosa.

—No te pido que creas lo que digo —corrigió Julián—. Quiero que me creas lo que hago.

—He aceptado tu ausencia —dijo Rosa—. Pero no aceptaré tu aparición inesperada.

—No voy a molestarte otra vez —concedió Julián—. Pero quiero que hagamos un pacto.

Rosa le dio espacio para que siguiera. Julián siguió:

—Trabajaré un año para ti y para mis hijos. Al año, si lo que he hecho te convence, me darás otra oportunidad.

—¿Qué oportunidad? —respingó Rosa Arangio.

—Ver a mis hijos —dijo Julián.

Rosa negó con la cabeza.

—A partir de eso pondremos nuevas condiciones —continuó Julián—. Tú las pondrás.

—¿Para llegar a dónde? —preguntó Rosa.

—A donde tú quieras —avanzó Julián—. Tú fijas las condiciones y las recompensas. Si cumplo las condiciones, me darás otra oportunidad.

—¿Cuál oportunidad? —se alarmó Rosa por segunda vez.

—Volver a la casa —pidió Julián—. Recobrar a mi familia.

—No puedo pensar ahora en que vuelvas a la casa —dijo Rosa—. No sabiendo que vives con esa mujer.

—No viviré con esa mujer.

—Has vivido —sentenció Rosa—. Y antes de vivir con ella, has querido a la otra.

—No hablemos del pasado —suplicó Julián—. Quiero mirar adelante, no atrás.

—Adelante no existe para nosotros —cortó Rosa—. Existe sólo lo de atrás. Haz lo que quieras. Yo no puedo prometerte nada.

—Yo sí —dijo Julián—. Quiero que me des la oportunidad de cumplírtelo.

—Empieza por cumplirme esto: no vuelvas a aparecerte sin aviso —pidió Rosa.

—No me apareceré —prometió Julián.

—Eso es lo único que quiero —dijo Rosa—. No puedo creer ni ofrecerte nada de todo lo demás.

—Una oportunidad es todo lo que pido —insistió Julián.

—Ninguna promesa te puedo creer —murmuró Rosa Arangio—. Y ninguna promesa puedo hacerte.

Por la manera como Rosa bajó el rostro hacia sus manos mientras lo decía, por la manera como el aire le estorbó y tuvo que apartárselo de la frente, Julián creyó que había abierto una rendija en su voluntad, que algo en Rosa Arangio mantenía vivo el rescoldo de las cosas que él había encendido y consumido. Eso quiso creer y eso creyó. Se dispuso entonces a caminar el sendero hacia atrás en busca de lo que ahí había quedado. Fue a hablar con el comerciante asturiano para alquilarse de nuevo en una de sus abarroterías. Lo encontró en su casona residencial, apopléjico, atado a una silla de ruedas, barajando recuerdos inconexos de su viaje en barco a América, cincuenta años atrás, incapaz de recordar lo que había hecho el día anterior, confundiendo a veces a su mujer con su enfermera y a sus hijos con los dependientes de la tienda que venían a visitarlo, pero se acordó de Julián con precisión quirúrgica y le otorgó lo que pedía: la opción de abrir una tienda nueva que Julián iba a atender y podría comprar con sus ahorros.

—Yo te he visto luchar —le dijo el viejo, amoroso y lúcido bajo la maraña de sus dislexias—. No te rindas. No importa ganar. Importa no rendirse. Aun si estás tan jodido y perdido como yo. No hay que rendirse, carajo. No hay que rendirse.

Fidelia Bernardi quiso poner dinero para ayudar a abrir la nueva tienda. La negativa de Julián le anticipó su partida. Lo sabía en fuga de su lado desde que lo tuvo la primera vez. Cuando llegó el momento, fue como la ejecución de una sentencia conocida, aplazada sólo por la negligencia de los jueces y el desinterés de los acusadores. Fue también el aviso cruel de que la vejez había llegado definitivamente para ella y valía más cederle el paso, aunque se rebelara en el fondo de su alma el coro de las muchachas dispuestas y bien amadas que había sido.

Julián se mudó de la casa de Fidelia Bernardi a la bodega de la tienda que habría de ser suya, de acuerdo con la promesa que le hizo a Rosa Arangio cara a cara, y a sus hijos, dentro de él. Instaló un catre y un espejo en la bodega de la tienda para dormir ahí, no por economía sino por comodidad y porque aquel aire de tienda de campaña rejuvenecía sus hábitos con polvos de aventura, un toque de intemperie que seguía unido en su imaginación a los montes y cielos abiertos de La Reserva de Miranda. En esa atmósfera elegida de celador y monje, de mínimas necesidades y máxima concentración, puso a funcionar otra vez sus dotes de hormiga y contable, de comprador estricto y almacenero memorioso.

La magia de la invención se había ido, el encanto de trazar quimeras en el aire y ponerlas en el piso después, las imaginerías practicables, los mundos inventados que podían volverse realidad, gloria, respeto, dinero, todo eso se había ido, dejando el sitio a las tareas antiépicas de medir y contar, vender y aprovisionar. En esa tierra simple del trabajo y la minuciosidad, la aplicación y la rutina, Julián encontró un remanso, una concentración que suspendió el dolor de las penas mayores y lo mantuvo al margen de sus sueños, pero también de sus pesadillas.

Prosperó. Antes de que la trombosis final se llevara a su socio asturiano, Julián pudo pagarle las letras que habían convenido y quedó como dueño de la tienda. El día que comunicó a Rosa Arangio la noticia, le anunció también que iría poniendo en una cuenta el dinero de la hipoteca que había dejado al irse, y le dio a Rosa Arangio la libreta con el primer depósito.

—Cuando haya completado esa cuenta, te pediré ver a mis hijos —definió Julián, sin consultar la voluntad de su mujer. Tomó el silencio asombrado de Rosa como una señal de acuerdo. Era en realidad un silencio de derrota y reproche. La hipoteca que pagaba Julián había sido redimida por un pretendiente de su hija Julia, un licenciado Muñoz, que se había llevado a cambio a Julia misma, todavía una adolescente. Era la vergüenza secreta de Rosa Arangio: la precocidad de su hija Julia, la prisa sin riendas que Rosa miraba como la maldición de su casa, como si el espíritu montuno de su suegro hubiera pasado a su través, ocupando su vientre, para reaparecer en el más inesperado de los moldes, el molde aéreo y deslumbrante de su hija.

Mariano Casares parecía vivir en Julia como había vivido en Natalia, la hermana de Julián perdida en el mar abierto de sus amoríos. Lo mismo que a Natalia, el sabor y el saber de su sexo le habían llegado a Julia muy pronto para echarla en los brazos transeúntes de quien fuera. Rosa había perseguido esa proclividad de su hija como quien mata ratas con una escoba, segura de que los bichos que corrían por la casa eran sólo la punta del iceberg. Atrás de cada incidente, estaba la avalancha, el fondo de pasiones enmarañadas que hervía bajo el exterior apacible de su hija: bajo su belleza delgada había una gorda pidiendo más. Bajo la noble serenidad de sus ojos una lobezna en celo, bajo los chongos que recogían sus pelos sin dejar uno suelto, una cabeza dispuesta a todos los desórdenes.

De cualquier modo, Julián fue sumando pagos a la nueva libreta de Rosa Arangio. Rosa vio acumularse los pagos de su marido, a sabiendas de que al menos un tallo de las flores que cultivaba había sido cortado y no podía retoñar. No le dijo nada, por vergüenza y porque le gustaba verlo trabajar así, atado a la piedra de Sísifo que era también su piedra filosofal, la condena que era el talismán, el tedio que era el camino de la dicha.

Julián ahorraba todo lo que excedía de sus costos, y ahora que la tienda era suya, los excedentes crecían con paso militar. Hubiera podido pagar a quienes se ocuparan de la tienda en lugar suyo y conseguirse un buen sitio donde vivir, pero se mantenía atento a los detalles, durmiendo en su catre de campaña almacenero. La concentración maniática en el trabajo era como una anestesia, una distracción continua de la que era imposible zafarse sin que mostrara de inmediato su condición de activismo disminuido, sustituto de lo que en el fondo de su vida esclava Julián había querido y seguía queriendo para sí. Rosa Arangio sabía que ese río viejo seguía corriendo en los cauces subterráneos de su marido. No daba crédito pleno a lo que era sin embargo evidente: Julián prosperaba otra vez y no había en su camino el más mínimo desvío del trayecto prometido.

Unas semanas antes de que la cuenta de la hipoteca quedara saldada, Julián llamó de emergencia a Rosa Arangio y ésta se preparó para franquearle el acceso a sus hijos. Pero no era sobre sus hijos que Julián quería hablar, sino sobre su padre Mariano Casares. Habían quebrado los negocios de la Casa Casares en La Reserva de Miranda y estaba un emisario suyo en la ciudad pidiendo ayuda.

—No quiero saber nada de tu padre —dijo Rosa al enterarse.

—¿Por qué? —preguntó Julián.

—Porque serás lo suficientemente insensible como para brindarle ayuda.

—Insensible sería si no lo hiciera —se escandalizó Julián.

Rosa Arangio vio con nitidez el futuro. Comprendió que su duda frente al regreso de Julián no había sido suficiente: la esperanza la había enredado de nuevo. Se echó a llorar como si la sacudiera por dentro un aguacero. Julián la dejó llorar y le alcanzó un pañuelo.

—¿Lloras por la desgracia de mi padre? —preguntó Julián.

—Lloro por mí y por ti —negó Rosa Arangio, cuando volvió a estar seca—. ¿Quién vino a verte con esa embajada?

—Vino Presciliano Caín —dijo Julián.

—Otro damnificado de Mariano Casares —sentenció Rosa.

—¿Qué quieres decir?

—Lo que digo —tajó Rosa.

—Digas lo que digas, tengo que ayudar a mi padre —escaló Julián.

—Tienes que hundirte con tu padre a cuestas, que es distinto —sentenció Rosa Arangio—. Ésa ha sido la historia de siempre. Y se ha de repetir ahora. Pero no conmigo.

—No puedo darle la espalda a mi padre y a la Casa Casares —argumentó Julián.

—Tu padre sólo ha traído desgracia sobre ti y sobre tu casa —definió Rosa Arangio sin encono, como si el llanto se hubiera llevado sus agravios—. Todo lo que nos ha sucedido de mal ha venido en gran medida de tu padre y de la Casa Casares. No voy a regresar a ese mundo por mi propio pie, ni quiero que ese mundo meta otra vez el pie en mi casa, ni en el futuro de mis hijos. Si vuelves a verlo a él, no vuelvas con nosotros. Ya bastante daño ha hecho arruinándote a ti.

—He trabajado para ti y para mis hijos —dijo Julián—. Puedo trabajar también para mi padre. No puedo darle la espalda.

—Los fantasmas no tienen espalda —le dijo Rosa Arangio—. Y eso es lo único que hay en tu famosa Casa Casares: fantasmas.

No había en sus palabras énfasis ni intención. Salían de su boca como de un vacío, sonaban como un eco, como si quien las decía, luego de explotar, se hubiera desmayado por dentro.

Julián había recibido un telegrama de su hermano Perfecto diciendo:

> *Papá tiene urgencia de ir a ésa. Te envía emisario*
> *a confirmar si podrás recibirlo. Olvida agravios.*
> *Todo se perdió.*

Por esos días recibió Julián en su tienda la visita inesperada de su medio hermano, Presciliano Caín, el Cronista de Carrizales, que esto recuerda y escribe. No se habían visto en años, pero puedo decir que Presciliano era inconfundible en su andadura de gigante, las espaldas cuadradas y el cráneo de grandes huesos, pulido y terminado de rapar. La tosquedad de sus pómulos, de sus mandíbulas y sus movimientos, que lo hicieron parecer torpe y prehistórico en su juventud, habían adquirido con los años una solemnidad aparatosa de pasos lentos y ademanes cuidados, hijos estoicos del malestar, la resignación y el sufrimiento.

Presciliano Caín el Cronista, que esto escribe, fue toda su vida el medio hermano al que los Casares no pudieron mirar sin conmiseración ni molestia, el único medio hermano de los Casares que había reconocido su padre Mariano, aunque sin darle el nombre, del mismo modo que Benita Caín fue la única mujer asumida públicamente por él, aparte de Virginia Maturana. Presciliano el Cronista, que esto escribe, resultó el fruto único de aquellos amores y llevó también, como sus padres, una doble vida a la vista de todos. Fue desde muy temprano el exigente cronista y hombre de archivos de Carrizales, pero fue también el recipiente del pecado nefando, el pájaro y el cangrejo, el maricón, el hoyo de los amores heterodoxos de la bahía. Si Benita Caín fue la mujer escondida y visible de Mariano Casares, Presciliano el Cronista, que esto escribe, fue el testigo universal y desviante de los hechos pasados y las vidas presentes de su pueblo, la memoria y el oprobio, la identidad y la vergüenza de Carrizales.

Saltando los estigmas, Julián había acudido siempre a Presciliano para confiarle sus penas y concelebrar sus amores, para poner en ristre las quejas de su padre, que eran las del Cronista, y la pecera sobrepoblada de sus ilusiones. En los últimos tiempos, como en los primeros, Julián había regresado a Presciliano para contarle de sus paraderos y en busca de algún indicio sobre las andanzas terráqueas de Nahíma Barudi. Por Presciliano el Cronista, que esto escribe y recuerda, se había enterado Julián de la muerte de su suegra, Ana Enterrías, y del largo cortejo fúnebre que le otorgó Carrizales en un mediodía de hervores, con Santiago Arangio marchando solo al frente del ataúd y medio pueblo silente, sudoroso y triste, a sus espaldas.

Habían mantenido una correspondencia irregular, que Presciliano dedicaba en su mayor parte a contar historias de la familia Casares, historias prohibidas para las efemérides oficiales que él llamaba la Historia de Arriba, pero que iba acumulando para el registro de la vida inconfesable de Carrizales, dígase la Historia de Abajo, la vida poco ejemplar que era sin embargo la más sabrosa de ser contada, y de ser oída, y al final la más cierta y verdadera. Por Presciliano el Cronista, que esto sostiene, recuerda y escribe, supo también Mariano Casares dónde encontrar a su hijo Julián y por las buenas migas que demostraban las correspondencias entre el Cronista y Julián, el viejo Casares le pidió a Presciliano visitar a Julián en la ciudad y explicarle los tumbos de la casa.

—No tengo cara que darle a Julián —le había dicho su medio padre a Presciliano el Cronista, que esto escribe—. Y quiero que tú se la des por mí.

—Como si él me la hubiera dado alguna vez —comentó Presciliano el Cronista cuando tuvo a Julián ante sí.

Hizo, no obstante, lo que su medio padre le pedía, dio la cara completa por él, fue a la ciudad y le explicó a su medio hermano:

—Es el primer favor de familia que me pide tu padre, mi medio padre, y no se lo pude negar. La historia que debo contarte es larga pero el resultado es simple: Perfecto y tu padre quebraron como Adán, hasta el fondo del culo. Perdieron el paraíso y vivirán jodidos hasta el día del juicio final.

Luego Presciliano contó la historia, que aquí repite y es como sigue:

Se habían perdido las cosas en La Reserva de Miranda por una mezcla similar a la que había derrotado a Julián. El destino de los dioses de la madera seguía atado al capricho de los tiranos y de los malos humores de la tierra mirandina. Como a Julián, al viejo Casares lo habían vencido las lluvias, los gringos, sus socios y él mismo. Los asesinos del Caudillo fueron asesinados por sus rivales, los traidores de la primera hora fueron los traicionados de la última, los socios que habían abandonado al primer gobierno abandonaron también al siguiente. Cuando Mariano Casares vino a ver, las cosas se le habían puesto en contra tan irreversiblemente como antes estuvieron a su favor y había perdido todo lo que llegó a tener en el puño de la mano.

Un golpe de Estado le había dado el acceso a La Reserva, un golpe de Estado se lo había quitado. Nada de lo que le prometieron fue debidamente cumplido y nada de lo que esperaba sacar pudo sacar, como si la historia de su hijo se repitiera en él.

Ésa fue la adversidad que aportaron los otros. Hubo también la adversidad que puso él mismo. La magia de La Reserva de Miranda echó sus lazos quiméricos sobre Mariano Casares, como los había echado sobre su hijo Julián. Llevado por la ambición de madera, como por la Xtabay, todo lo había apostado en aquella aventura. Había ganado una fortuna con los legados de Julián, pero había invertido toda esa fortuna más la suya en el espejismo de triplicarse. Sóstenes Gómez había perseguido y cerrado sus otros negocios en Carrizales, incluida la tienda y la cantina, y la Casa Casares llegó a ser sólo una montaña de madera que tampoco Mariano pudo sacar de La Reserva de Miranda.

La desgracia suele venir en grupo y atacar con precisión. Cuando los tiempos adversos acabaron de caerle encima, Mariano Casares sólo tenía fuera de La Reserva el aserradero de Carrizales y la ebanistería industrial de La Habana. El aserradero y la ebanistería se fueron también. La ebanistería fue incautada, vacía y sin herramienta, por la revolución que dominó la isla. Y una mujer de armas tomar que Perfecto había vuelto loca de amores quemó una noche el aserradero de Carrizales, incendiada de celos por saber a Perfecto de fiesta con unas querindangas.

—Puesto todo junto —terminó Presciliano el Cronista, que esto escribe y recuerda—, presenciamos una ruina bíblica. Y te piden que ayudes a los damnificados del paraíso. Sorpresa final —agregó Presciliano—: Tu padre viene con una mujer. Adán maltrecho, pero con su costilla a la mano. Una costilla mondada por el padre Cronos, pero costilla al fin. Y que no me gane la maledicencia. Te hablo de una cubana sesentona que es una gracia y lo quiere bien. Al menos, no ha salido corriendo cuando vio las arcas vacías. La apodaremos por tanto Santa Cubana de las Arcas Vacías. Se llama Agripina, temerariamente, pero el nombre es lo único temerario que hay en ella, además de su marido, que es tu padre entero y el medio padre mío. Ése es todo el repertorio de la desgracia que puedo participarte, y preguntarte si lo aceptarás.

Presciliano el Cronista hablaba de desgracias, pero Julián Casares escuchaba bendiciones. Habían pasado diez años desde su pérdida de La Reserva de Miranda, pero la magia del lugar estaba intacta en su memoria, como un residuo vibrante del sueño de la noche anterior. La derrota de su padre en La Reserva limpiaba la suya, la justificaba retrospectivamente como sufrida frente a adversarios que nadie hubiera podido derrotar, ni siquiera Mariano Casares. La idea de salvar a su padre de la derrota que él mismo había sufrido a manos de su padre galvanizó a Julián. Durante años había visto en los rumbos del frontón, cuando iba y venía de la vecindad de Irene, un edificio de granito de fachas suntuosas donde rentaban cuartos amueblados. Le había hecho guiños la conserjería con su central telefónica y la puerta de bronce macizo que giraba con levedad sobre goznes silenciosos. Una y otra vez había desechado la idea de mudarse ahí y abandonar su catre abarrotero, rehusándose a la idea de una vida civil, estirando hasta el límite el castigo de su concentración monástica en pago de una pena no saldada. Cuando supo por Presciliano que su padre vendría a la ciudad, se levantó la condena, acudió a la posada y tomó los dos departamentos que había libres, uno en la planta baja para su padre, otro en el primer piso para él. Completó el mobiliario con compras a mansalva de lo que faltaba y llenó las despensas de ultramarinos ingleses pensando llevar con ello hasta Mariano Casares un aire de los reinos perdidos de Wallaceburgh.

Recibió en el aeropuerto a una sombra de su padre. Acaso porque lo recordaba más joven, acaso porque lo rejuvenecía perpetuamente en su memoria, Julián conservaba la imagen de Mariano Casares como un hombre robusto, de brazos y ceño de acero, diligente de pies, grande y alerta como un caimán hambriento. Recibió en el aeropuerto a un anciano de huesos prodigiosos, pero de ademanes cautos, que había perdido el pelo y la tensión de acero de las facciones. La mirada flotaba con inquietud bonachona, lejos de la fijeza traspasante de otros tiempos. Mariano Casares abrumó a Julián con un abrazo de inesperada complicación sentimental. Al separarse, Julián vio en los ojos de su padre unas lágrimas y la emoción tartamuda a flor de piel, suelta entre los flojos controles internos. Agripina, la cubana, abrazó a Julián también, luego de medirlo con sus ojos alegres de vieja. Le dijo en un susurro:

—Esto que haces por tu padre no tiene precio. Lo sabe y lo premia Dios.

Perfecto venía atrás y echó también sus brazos de mono grande alrededor de Julián.

—Vengo sólo a dejarlo —explicó, sin que los otros oyeran—. No soy parte de la cuenta, ni de la carga.

Fue así como empezaron los últimos años de la vida de Mariano Casares bajo la sombra atenta de su hijo menor.

Una mañana dicharachera Mariano le dijo a Julián que no podía pensar en mejor inversión que comprar el edificio donde vivían y acabar con la presencia de los otros inquilinos. Coincidió su dicho con el hecho de que el dueño del edificio había muerto y los hijos querían vender los inmuebles de la herencia para invertir en industrias. Julián tuvo una opción de compra y la ejerció, gastando las rentas de tres años de la abarrotería. Cuando tuvo la última letra pagada, puso los títulos de propiedad del edificio a la vista de su padre. Al verlos, Mariano Casares se aflojó por dentro como se aflojaba en los últimos años de su edad, y le dijo a su hijo, memorablemente:

—Cuando se murió Rodrigo, todo lo de mis hijos se nubló en mí. La vida me ha castigado en la vejez mostrándome quién era en verdad el mejor de mis hijos.

En capricho senil, Mariano Casares quiso casarse con Agripina, la cubana. Julián juzgó que Virginia Maturana entendería en el cielo lo que parecía lógico y justo hacer en la tierra, y arregló los papeles para la fiesta. El día de la boda Mariano Casares les contó una historia:

—Todo en el pueblo aquel era un jolgorio. Iban y venían las parejas, si parejas había. Una mulata llamada Adelaida, que había venido de las islas con unos cantineros, tenía amores no mercenarios con el hijo de un chiclero, que llamaban Antonio Samoa. Llegó una amiga de Adelaida llamada Faride y los vio por la ventana revoleándose en la hamaca. Pensó: "Este chiclerito ha de ser mío". Faride tenía amores con el segundo jefe del pontón, un capitán de corbeta, y le dijo: "Se habla mal de ti en casa de la mulata Adelaida". "¿Qué se dice?", preguntó el capitán, hombre prudente pero vanidoso, y atrabiliario con su vanidad, como todos los hombres. "Se dice que perdiste el instrumento en una batalla con los indios bravos y estás erguido del cuerpo desde entonces, pero no se te yergue lo demás". "Tú sabes bien que eso es una falsedad", le dijo el capitán de corbeta. "Porque lo sé me ha indignado escuchar que lo digan", respondió Faride. "¿Y quién es el que anda diciendo eso?", se picó el capitán. "El hijo del chiclero Miguel, Antonio Samoa". "Es un infante", descartó el capitán. "Lo dice él", subrayó Faride. Entonces el capitán mandó prender al chiclerito y lo puso en una barraca a donde llegó Faride a proponerle sus insidias. "El capitán te puso preso porque quería ir a desplegar sus velas en las bahías de tu Adelaida", le dijo. "¿Y qué puedo hacer yo para vengarme?", preguntó Antonio Samoa, negro de celos. "Puedes desplegar tus velas sobre mí, que soy la mujer del capitán", dijo Faride en venganza. El chiclero estuvo de acuerdo y se hicieron a la mar. Cuando terminaron, el chiclero dijo: "Tengo rencor. No me he vengado suficiente". "Yo tampoco", dijo Faride. "Y también tengo rencor del capitán". Lo tenía porque se había prendado del chiclero en aquella primera incursión y el capitán era ahora su molestia. "¿Qué podemos hacer para vengarnos?", preguntó Antonio Samoa. "Márcame aquí con tus labios para que él lo vea cuando regrese a mí", dijo Faride ofreciéndole el seno y el cuello. Antonio Samoa marcó donde ella dijo. Faride volvió a casa del capitán con sus cardenales. "Fui a ver al chiclero a la barraca para desmentir los infundios de Adelaida sobre tu instrumento", le dijo. "Y el chiclero abusó de mí". El capitán pensó fusilarlo de inmediato, pero tenía escrúpulos porque acababa de estar con Adelaida, la mujer del chiclero. Antes de ir a ver al chiclero, Faride había ido a ver a Adelaida y le había dicho: "No aguanto las insistencias de mi marido. Te pido como hermanas que lo vayas a distraer de mi cuerpo con el tuyo". Adelaida vivía de eso y además era amiga de Faride, así que se puso encima lo más ligero que encontró y fue a ofrecérsele al capitán. "Tú eres la que anda diciendo cosas de mí que no te constan", la reprendió el capitán al verla. "Vengo a tomar constancia de sus cosas", le dijo Adelaida y lo montó sin remilgos. Cuando Faride volvió con sus cardenales de con Antonio el chiclero, el capitán y toda su casa seguían oliendo y respirando a la mulata. El capitán quería ciegamente a Faride, su mujer, pero sabía de sus fantasías y sus desviaciones. De modo que bajó la pena para Antonio el chiclero. "Mandaré que lo azoten hasta que se prive", sentenció. Después de la cena, Faride salió por la vereda, con el pretexto de tomar la brisa, y fue a ver a Adelaida. "Van a azotar a Antonio por mi culpa", le dijo, y le confesó que desde aquella tarde eran hermanas de leche porque a las dos las había regado Antonio Samoa. Adelaida se enojó primero pero luego perdonó y celebró el gusto de Faride. Faride le dijo: "Tenemos que salvar al hombre que queremos. Ve a ver al capitán que está loco de amor y de remordimientos por ti. Dile que serás suya si perdona a Antonio". Adelaida fue esa misma noche a ver al capitán y a pedirle lo que Faride decía. "No puedo mandar azotar al hombre cuya mujer me ha vuelto loco y con la que voy a quedarme", pensó el capitán, que era un hombre de conciencia, y un ingenuo. "Lo salvaré si te quedas conmigo", le dijo a la mulata Adelaida. "Pero tú dime cómo calmar a Faride". "Faride es mi hermana de leche", le dijo Adelaida al capitán, "porque tú nos has regado a las dos. Le explicaré las cosas y ella entenderá". "Ha incendiado dos veces la casa y una vez el cuartel", se expandió el capitán. "Si consigues su calma, te daré lo que quieras". "Quiero el decomiso de este mes", precisó la mulata Adelaida, refiriéndose a las mercaderías que la milicia juzgaba ilegales y eran, cada mes, la mitad del consumo de la villa. El capitán estuvo de acuerdo y la mulata Adelaida fue a informarle a Faride. "Arreglé mis cosas con el capitán y ahora arreglo mis cosas contigo. Tendré a Antonio Samoa cada vez que yo quiera y cada vez que él quiera. Y que el tiempo diga lo que haya de decir". Faride estuvo de acuerdo. Con el tiempo, Adelaida se fue de Carrizales en busca de otros pueblos. El capitán de corbeta murió en tierra firme quemado en un hornillo de chicle por los indios bravos. Antonio y Faride tuvieron la mejor familia de Carrizales, familia de hombres perseguidos por las mujeres y mujeres codiciadas por los hombres, y todos fueron felices e infelices según su suerte y condición.

Cuando Mariano Casares acabó su historia se hizo un silencio expectante.

—Dinos la moraleja, Mariano —gritó Agripina, la cubana—. No nos dejes así.

—No hay moraleja —dijo Mariano Casares—. Pero si moraleja debe haber, ésta es la moraleja: los hombres y las mujeres se enamoran de quien les toca, unos para sufrir, otros para ser felices. Siempre hay un roto para un descosido. Todos somos rotos. Y todos descosidos.

Una mañana, ceremoniosamente, Mariano Casares mandó a su mujer al mercado y se quedó con su hijo Julián en la mesa del comedor. Sacó de un portafolio los papeles y le leyó a Julián su testamento.

—Es todo lo que puse aparte —le dijo—. Todo lo que no entró a la Casa Casares. Todo lo he cambiado a tu nombre.

Leyó a continuación la lista de bienes que según él conservaba o era factible recuperar con un poco de esfuerzo y otro de leyes. Eran dos fincas en Wallaceburgh, una casa en La Habana, otra en Miranda, terrenos de la primera fundación en Carrizales, un huerto en las islas, un condominio en Nueva Orleans.

—Esto te dejo. Esto es lo que tienes que recobrar —le dijo a Julián y le tomó la mano sobre la mesa para sellar sus palabras.

Poco después, una tarde luego del almuerzo, Mariano Casares se desmayó viendo la televisión. Agripina pensó que dormía hasta que le vio correr el líquido por las narices como una hemorragia de agua. Mariano Casares perdió la movilidad del lado izquierdo y la mitad de su cara alcanzó una fijeza de espanto. Por la madrugada, Agripina lo oyó roncar y convulsionarse. Subió al departamento de Julián para pedirle que bajara a hacerse cargo. Julián llegó a la cama de su padre y vio el ojo abierto del lado vivo mirándolo sin prisa, con amor. El brazo bueno hizo un ademán pidiéndole que se acercara. Julián se acercó.

—Más —dijo la mitad de la voz ahogada de su padre. Julián se acercó más. El brazo bueno lo jaló todavía, con una última fibra de hierro, para pegar su mejilla a la de su padre. Ahí estaba la hemorragia otra vez, mojándole los pómulos. La media voz ahogada de su padre dijo algo en su oído, algo que Presciliano el Cronista, que esto escribe, no pudo conocer ni puede, por tanto, narrar. Agripina, la cubana, que presenciaba la escena, dice que Julián se apartó como tocado por una picadura, pero la mano garfio de su padre lo volvió a poner contra su mejilla húmeda y volvió a decirle cosas impenetrables en la oreja. Luego, todo se aflojó. Cuando Julián pudo mirar nuevamente a Mariano Casares, su padre, vio el rostro enorme descansado, tieso y suave, igual en los dos lados.

Epílogos

Carrizales: Capítulo XIV

Mariano Casares dispuso que lo enterraran en Carrizales, junto a su mujer, Virginia Maturana. Julián lo llevó a Carrizales. Los delitos que le imputaban en su tierra natal habían prescrito y Sóstenes Gómez ya no estaba ahí. No había riesgos visibles, pero fue un regreso maléfico. Frente a las tumbas de sus padres, Julián prometió que recobraría lo que habían perdido. Dedicó los siguientes años de su vida a comprobar que los legados finales del viejo Casares eran una invención, un muestrario de las fantasías que habían llenado su cabeza los últimos años. Lugar por lugar de su indagación, en Wallaceburgh y Carrizales, en La Habana y aun en Nueva Orleans, Julián Casares no encontró sino pistas falsas, bienes desvanecidos, una herencia de viento, el viento que traía y llevaba las historias de su casa, y las mecía de más en la memoria de su padre, haciéndolas durar.

Fue la odisea de la herencia de Julián. Cuando volvió de viajes y abogados, de investigaciones y notarías, el piso de la ciudad se había abierto de nuevo bajo sus pies: la tienda que lo había hecho prosperar era una ruina. Se dispuso a componerla y a retomar el proyecto de volver con sus hijos. Habían pasado doce años desde que su padre Mariano apareció en su vida y veinticuatro desde que dejó su casa la primera vez. Como si el tiempo no hubiera pasado, como si aquellos años entregados a su padre y a su herencia hubieran mantenido en suspenso todo lo demás, como si él mismo no hubiera visto los años pasar y meterlo a

477

empujones en su sesentena, una mañana Julián tomó su automóvil y fue a la casa donde había dejado a Rosa Arangio.

La casa permanecía intacta, hasta con pintura reciente, pero con todas las señas de estar inhabitada. Entró hasta el porche, miró malamente entre los vidrios biselados y por las ventanas del patio. Estaba todo en orden, los muebles pulidos, irreales como en un museo. No había restos de basura ni desarreglos del uso. Pensó en consultarle a Presciliano el Cronista, que esto escribe, ya que Presciliano pasaba los días encerrado en el pueblo viejo recortando esquelas de los diarios de la península y recibiendo noticias de una estratégica red de chismosos emigrados. Julián le escribió a Presciliano preguntando por su mujer y sus hijos. A vuelta de correo, Presciliano le respondió una nota que rezaba:

Rosa Arangio Enterrías, tu mujer, palma de Cuba y verdor de Asturias, murió de leucemia en la ciudad, lejos del pueblo de Carrizales que encendió con sus risas y sus vaivenes. Murió a los cincuenta y dos años de su edad. Sobrevivió a sus padres, Santiago y Ana, y los enterró juntos en su cripta familiar de la ciudad. La sobreviven sus hijos, cuyo destino desconozco, y su marido, es decir tú, Julián Casares, mi hermano a medias de quien no he sabido cosa alguna sino hasta ahora que le pica la triste curiosidad utilitaria por su joya perdida. Lo siento, hermano. Te he acompañado en este dolor mucho antes de que lo tuvieras.

Semanas después de aquel mensaje, Julián tuvo la primera punzada, como un rasgamiento, en el pecho.

—Su corazón quiere descansar —le dijo el médico—. Usted le da trato de muchacho. Trabaje menos y descanse más.

—No es del trabajo, doctor —dijo Julián—. Es de otra cosa.

Tuvo pudor de no explicar el tamaño de su melancolía. Consultó nuevamente a Presciliano sobre el paradero de sus hijos. Nada pudo decirle Presciliano. Lo consultó entonces sobre el paradero de Nahíma Barudi y Presciliano le contó lo que sabía.

Nahíma Barudi no regresó con Julián a los dos años, según había prometido, porque la vida, como suele, la llevó por otros caminos, dilató sus plazos y comió tiempo de más. La novedad, el despecho, la urgencia casi física de olvido, la echaron en brazos de un primo remoto y de una segunda vida conyugal en Sao Paulo. Fue una vida buena que agotó sus encantos por la noticia reiterada de que Nahíma no podía tener hijos y la conversión paulatina del hombre al que ya no quería, o al que había querido por contagio de la urgencia de olvidar a otro, en la figura antiheroica del compañero doméstico, el paje rutinario de la intimidad, antes que el príncipe encantado de la extranjería.

El primo y marido de Nahíma echó una barriga de señor y adquirió unas prisas de negociante al borde del precipicio. Cayó por el precipicio con deudas dignas de las mil y una noches, que se resolvieron en una vida nómada y sobresaltada, pródiga en fugas y clandestinajes. Nahíma había visto ya esa película, pero nunca pudo dar a las vicisitudes judiciales de su marido el aura de injusticia y cuento de hadas de las fugas de Julián Casares, aquel toque novato por el que Julián seguía teniendo las condiciones de un ángel caído y su marido parecía sólo un delincuente vulgar.

Lo dejó cuando murió Soraya, su madre, y Nahíma discurrió la coartada de llevar sus cenizas a enterrar a Carrizales. En el barco de regreso conoció los amores de un viajante al que tomó por gusto y por hastío, y olvidó al bajar en el muelle de las islas. Lo recordó otra vez cuando pasaron las semanas suficientes para saber que no era ella la incapaz de engendrar, sino su marido quien no había podido fecundarla. El viajante, sí. Nahíma llegó a Carrizales con las cenizas de su madre en una urna y un hijo andando en el cuerpo. Lo asumió gozosamente, como había tenido a su padre. Decidió que naciera en Carrizales, pero a Carrizales llegó pronto la pesquisa conyugal de su marido insistiendo en recobrarla. No quiso volver a su marido con un hijo que sabía

479

de otro, ni de ninguna otra manera. Optó por quemar sus naves y crecer a su hijo en el jardín de una nueva vida.

Desde la muerte de su madre, su exitoso hermano libanés, dueño de hoteles y loterías en Beirut, le había ofrecido un sitio en sus negocios y en su casa. Nahíma aceptó la oferta y en Beirut, al amparo de su hermano, tuvo y creció a su hijo, que llamó Nahím Julián Barudi, para no negar que Julián Casares seguía siendo en ella una segunda naturaleza, la huella de una reencarnación, el rastro de una vida anterior cuyas penas y deficiencias debía limpiar en ésta. Cuando Nahím Julián Barudi cumplió quince años, el más próximo y querido de sus amigos, Amín, cristiano militante, fue ejecutado por un comando islámico. Su cuerpo, irreconocible por las mutilaciones, fue dejado caer de un automóvil frente a la casa de sus padres, vecinos de Nahíma. Nahíma oyó a su hijo jurar venganza y disponerse a cumplir su palabra, y entendió que era el momento de liar sus cosas y salir de Beirut, apartando a Nahím del escenario de su dolor y su promesa. Lo sacó a rastras de Líbano y volvió a su país, para descubrir que su hijo era un completo extranjero en su tierra. Hablaba mal el español, y no podía levantar la cabeza de sus memorias oscuras y sus nostalgias libanesas. Su hermano de Líbano le brindó una solución. Por razones similares a las de Nahím Julián Barudi, un grupo de amigos cercanos, hijos de comerciantes prósperos, saldrían de Líbano para seguir sus estudios en una escuela militarizada de Nueva Inglaterra. Nahím Julián podría reunírseles y encontrar en ellos algo del arraigo y la pertenencia que echaba de menos. Nahíma accedió al precio de su soledad, y el segundo Julián que había amado salió de su vida de todos los días.

Volvió a Carrizales a vender las propiedades familiares. Tenía una pequeña fortuna que había amasado atendiendo negocios de su hermano en Beirut, y se disponía a redondearla para instalarse en la ciudad y viajar sin restricciones, las veces que se lo dictara el ánimo, a ver a su hijo en Nueva Inglaterra. Llegó a

Carrizales por vez penúltima el día que un pelotón de viejos del pueblo acompañaba el cortejo fúnebre de Mariano Casares. Pasaban los cortejantes frente a su casa de siempre y Nahíma los vio desde la ventana de siempre, la ventana que se había llevado el ciclón y Santiago Arangio había reconstruido, la ventana donde Nahíma había esperado por las madrugadas a Julián Casares que regresaba del monte. Lo vio ese día caminar tras el ataúd de su padre, desolado y viejo, como si el muerto fuera él, con la mitad del pelo perdido y los hombros vencidos sobre la armadura grande y siempre atractiva de sus huesos.

Julián no la vio. Si hubiera volteado por instinto a la ventana, habría visto a una mujer madura que empezaba a entrar en carnes, los pelos alborotados y entrecanos, la mirada ardiente, intacta, en el fondo de un rostro curtido, aflojado, trabajado por el tiempo. Nahíma pensó que encontraría de nuevo a Julián en la ciudad y consiguió las señas de Julián con Presciliano. Esto es todo lo que sabía Presciliano el Cronista, que esto escribe, cuando Julián acudió a él en busca de Nahíma.

Las demás cosas, las supo después.

De vuelta en la ciudad, Julián cerró la tienda, por quiebra y desgano, y se recluyó en su edificio, a vivir de las rentas de los inquilinos. Cuando los doctores le anunciaron que el dolor que venía de su cadera era un cáncer naciente, vendió uno de los departamentos del inmueble para pagar el tratamiento. El tratamiento le hizo pasar los peores días de su vida. Decidió no tomarlo más. Solía caminar después de comer por los rumbos de la ciudad que activaban sus recuerdos. Merodeando una tarde por el barrio donde vivió con la señora Bernardi, vio en una antigua esquina la novedad quiromántica. Era un café árabe donde leían la suerte y predecían el futuro. Le dio un vuelco y una punzada el corazón cuando leyó en el letrero del sitio el nombre olvidado. "Tiene que ser ella", pensó. "Nadie se llama así en ninguna parte del mundo".

Entró separando unas cortinas de cuentas hacia un recinto oscurecido artificialmente por unos cortinajes. Pidió un café y preguntó por Nahíma.

—Está en el despacho —dijo la mesera—. Ahora la llamo. ¿Quiere usted una lectura?

—Sí —aceptó Julián, con labios temblorosos—. Una lectura.

Tomó asiento de espaldas al paso que conducía a la trastienda del café por donde fueron a buscar a Nahíma. No se dio la vuelta cuando oyó movimientos y pisadas de regreso. Esperó que Nahíma viniera a sentarse enfrente de él. Sintió el roce de una falda y un olor dulce y asmático de perfume, antes de que la mujer se sentara frente a él. La miró como un niño, fija y dulcemente. A través de la cortina húmeda de sus ojos vio una mujer gritar y hacer aspavientos de muchacha, antes de ceñirlo en la euforia dislocante de sus brazos. Sintió su cuerpo caliente y embarnecido, luego la agitación de los sollozos. Cuando Nahíma se apartó, se le había corrido el rímel y desprendido una pestaña.

—Todas tus mujeres adivinas —dijo Nahíma riendo, tragando y limpiándose las lágrimas.

—Todas —asintió Julián—. Te estuve esperando —agregó—: Otros dos años, y se acaba la vida.

—No se acabó —dijo Nahíma.

—Tampoco queda mucho —cabeceó Julián.

—Queda suficiente —sonrió Nahíma.

Tuvieron una luna de miel ligera, apenas física. Volvieron a vivir juntos la ciudad, como antes de su ruptura. Nahíma rehusó mudarse a los cuarteles de invierno de Julián.

—No es el lugar donde vayamos a encontrarnos —dijo Nahíma—. Te busqué diez o doce veces en ese edificio. Nunca estuviste. Entendí que te estabas negando.

—Viajaba mucho —explicó Julián—. Tenía que recobrar la herencia de papá. Un sartal de pleitos y problemas.

—Valiente novedad —dijo Nahíma.

Julián tampoco insistió demasiado en la mudanza. Se había hecho una misma materia con su soledad, le costaba trabajo romperla y compartirla. Su soledad era un escudo y un oasis, un páramo y un reino. Nahíma trató de poner orden en el desastre doméstico de Julián, pero no fue recibida con entusiasmo. El territorio de Julián era un caos milimétrico y sagrado, cada desorden tenía su regla y su razón. Nahíma no insistió. Se puso en disponibilidad y dejó de presionar las fronteras difusas, pero inamovibles del amor de su vida. Lo quiso así esos últimos años, tan cerca como la dejara estar, asidua y fragmentariamente, tomando lo que venía solo a su mano, ofreciendo lo que Julián quisiera tomar. Lo quiso al fin con toda la libertad de que era capaz, sin exigencias ni esperanza, a cambio de nada, a cambio simplemente de quererlo.

Pecó nada más de otra intromisión. Una tarde, en la cafetería que había puesto para divertirse con sus aficiones cartománticas y para emplear su tiempo libre y algunos de sus ahorros ociosos, Nahíma recibió una clienta desconocida pero inconfundible.

—Algo tienes que ver tú con Carrizales —le dijo, sin saber por qué.

—Yo nací en Carrizales —respondió la muchacha con una fresca y larga sonrisa.

—Y tu madre es Rosa Arangio —completó Nahíma.

Julia Casares asintió con una sorprendida carcajada.

—¿Cómo sabes quién soy? ¿Cómo supiste?

—Sé lo que no te imaginas —le dijo Nahíma, poniéndole una mano en la mejilla.

Esa misma noche estuvo Julia Casares para ver a su padre. Apenas pudo hablar de la emoción y los sollozos.

—Quiero que también venga tu hermano —le exigió Nahíma.

—Mi hermano es un mono saraguato —descartó Julia—. No va a querer venir.

—Tiene que venir —ordenó Nahíma—. Empieza por traerlo conmigo.

Julia tardó meses en llevar a su hermano hasta Nahíma, y Nahíma meses en ponerlo frente a su padre. Fue su regalo final para Julián: rencontrarlo con sus hijos. Cuando Julián murió estaban junto a él todos los que debían estar, sus hijos y Nahíma y hasta un nieto llamado Santiago, lo más Casares que Nahíma hubiera visto nunca, luego de verlos a todos.

CASARES: CAPÍTULO 14

Casares había oído hablar toda su vida de Presciliano Caín, y hasta había aprendido unos versos suyos de memoria, pero su nombre no adquirió realidad sino cuando tuvo en sus manos el lamento público de Presciliano por la muerte de su padre, Julián Casares. En las maniáticas estanterías de Julián, Casares encontró la caja con todos los envíos acumulados de Presciliano. Sus cartas tenían una gracia arcaica, un estilo pasado de moda, pero también una risueña sonoridad de bajo y una elocuencia solemne. Leyéndolas durante el duelo por la muerte de su padre, Casares volvió a saber su propia historia. Se había pasado la vida oyendo historias de Carrizales por boca de su madre. Carrizales lo ocupaba como los muertos ocupan la memoria de los vivos, era un lugar de su cabeza que tenía su propia geografía y su facha humana, llena de rostros y nombres, historias caprichosas, destinos imposibles, un mundo completo, inagotable y único. Un mundo imaginario también porque, fuera de haber nacido ahí, Casares no había puesto un pie en el lugar verdadero. No conocía Carrizales.

—Tenemos un viaje pendiente a Carrizales —le dijo a Santiago un día después del almuerzo.

—Preferiría saltármelo —imploró Santiago.

—Puedes quedarte en el balneario si quieres —concedió Casares—. Pero al menos un vistazo le tienes que echar.

Carrizales era ahora dos lugares: el balneario nuevo del mismo nombre que crecía en la costa como un volcán turístico en erupción y el pueblo viejo, inmóvil y fantasmal, que se conservaba bahía adentro, descontado del progreso. Al balneario de Carrizales había vuelos diarios de avión, y podía irse al pueblo viejo en cuarenta minutos de lancha, cruzando la bahía. Cuando el avión inició su descenso hacia el balneario, Casares vio por primera vez desde la ventanilla el pueblo viejo. Como un ensueño a la medida de sus recuerdos entraron por sus ojos los esteros radiantes, la humedad nublada en el aire, los altísimos almendros, las lagunas de cobre al atardecer, las pandillas de garzas inmóviles en los estuarios.

—De lejos puede parecer el paraíso —se burló Santiago—. Pero de cerca puede estar lleno de Casares.

Durmieron en el balneario. Al día siguiente, a primera hora, cruzaron en la lancha al pueblo viejo. El muelle de madera había perdido varios eslabones, y no se veía un alma en todo el caserío. No había más movimiento en el malecón de arena blanca y delgados cocotales que lo que movía la brisa del malecón. Antes de viajar, le habían puesto un telegrama a Presciliano Caín avisándole que irían y pidiendo sus señas. Presciliano les respondió:

—Bajen del muelle y en medio de la desolación que verán, caminen a la casa roja, que es la mía.

Bajaron del muelle a la desolación de casas destruidas de madera y piedramuca, casas anteriores al ciclón con porches y corredores, casas posteriores al ciclón hechas de una argamasa de arena y conchas fósiles. En la resolana cegadora de las calles, blancas como de nácar, era un descanso la estridente pared bermellón que se alzaba en una esquina, con su ventanal escenográfico abierto soberanamente sobre la bahía. Les abrió la puerta un gigante con lentes oscuros de soldador.

—Los últimos Casares —les dijo sonriendo, y les tendió la manaza de atlante. Pasaron a una sala fresca de piso de ladrillo y paredes con estanterías hasta el techo.

—Esta casa en ruinas es el archivo no oficial de Carrizales —dijo Presciliano el Cronista, señalando los papeles—. Las cuatro habitaciones de la casa están así. En esas carpetas está todo lo que hay que saber y todo lo que no hay que saber de Carrizales.

Tenía una voz profunda, impostada, risueñamente gutural, como su prosa. Le dijo a Casares:

—Si un diario hubiera en esta villa, constancia habría de dejar de la visita de ustedes. El último Casares bautizado que pisó este suelo fue tu tío Perfecto. Y lo pisó con las nalgas, propinándose un sentón que le rompió la columna y lo puso camino al cementerio. No volvió a pisar este suelo. Todo lo que hizo luego del sentón, lo hizo cargado. ¿Puedo ofrecerles algo de tomar?

Santiago aceptó dando un brinco.

—¿Aguardiente o cerveza? —sonrió Presciliano.

—Aguardiente y cerveza —prefirió Santiago con cara de palo.

Presciliano volvió con una bandeja riendo todavía.

—¿Caminaron por el pueblo? —preguntó mientras llenaba los vasos.

—Sólo el camino hacia acá —dijo Casares—. He oído toda mi vida de este pueblo y no había venido.

—Hay más que ver en el recuerdo que en la realidad —reconoció Presciliano—. Traigan sus tragos y vamos a dar la vuelta.

Caminaron. Presciliano fue reponiendo en cada baldío, en cada ruina, en cada espacio borrado por el tiempo, las casas y edificios, las familias y anécdotas de Carrizales.

—Ahí naciste tú —le dijo a Casares, mostrándole una casa con el frontis vencido y la parte trasera desfondada, al pie de una hirsuta palmera—. Aquélla es la casa de Soraya y Atilano Barudi. Lo que queda de ella. Por esa ventana venía tu padre a procurarse los amores de Nahíma, a escondidas de Rosa. Casares tenía que ser.

Los llevó a ver el aljibe azolvado y de regreso, por el malecón, a la casa de dos pisos que seguía siendo la sede del gobierno municipal. Explicó:

—Esa casa la construyeron tu abuelo Mariano y su tío Romero para el almirante Nevares, al principio de los tiempos. El ciclón la ablandó, pero no pudo derribarla.

Entre la casa de gobierno y la línea de la playa, estaba el parque, denso de almendros y cocotales. En el centro del parque había un busto del almirante Poncio Tulio Nevares, fundador de Carrizales, mirando al mar. Estaba comido de salitre y cagado por las gaviotas.

—Destino de prócer —dijo Presciliano—. Ser cagado por los pájaros y recordado por los falsos logros.

Rodearon el parque y volvieron al muelle, desde donde podía verse la pared bermellón de la casa de Presciliano.

—Aquí empieza la Avenida de los Fundadores y sigue hasta el cerro —explicó Presciliano—. La casa roja que ahí se ve en medio del desastre, y que es la mía, fue en su tiempo la Casa Casares. Midan hasta dónde cayó la Casa Casares, que terminó en mis manos.

Volvieron a la casa roja. Presciliano los llevó al patio a ver la ceiba.

—Al pie de esa ceiba donde dicen que se aparece la Xtabay (sería en otros tiempos, porque en los míos no se ha aparecido nunca), tu abuelo Mariano enterró su violín. Dicen que lo quemó, pero lo enterró. Y la prueba contundente de eso es que yo tengo el violín de Mariano Casares. Yo lo desenterré.

Cuando entraron de nuevo a la casa, Presciliano fue a buscar el violín.

—Voy a volver al balneario —le dijo Santiago a su padre cuando se quedaron solos. Casares asintió—. ¿A qué horas quieres que venga a recogerte?

—Creo que voy a quedarme hasta mañana —decidió Casares—. Ven por mí mañana.

Presciliano volvió con el violín. Tenía las cuerdas rotas y abolladuras del entierro. Santiago le dijo:

—Mi padre tiene muchas cosas que preguntarte. Yo voy a dejarlos solos, para que la mezcla amarre.

—¿Tú te quedas hasta mañana? —preguntó Presciliano a Casares. Casares asintió—. Tu recámara está lista —dijo, conmovido, Presciliano.

Pasaron las siguientes horas mirando las fotografías que Casares había traído, las que estaban en las paredes del departamento de Julián y guardadas en sus estanterías. Presciliano fue identificando cada rostro y contando cada historia. Sirvió a la comida un plato de arroz frito en leche de coco, y unas piezas de pollo en achiote. Con el café, acercó un ron moreno.

—Estoy, pues, a tus órdenes, sobrino —le dijo a Casares—. ¿Qué quieres saber?

—No sé bien todavía —admitió Casares—. Voy a irte preguntando al tanteo. Cuéntame, por ejemplo, de Poncio Nevares.

—Poncio Nevares murió en olor de santidad patria —se burló Presciliano—. Luego de pelear contra La Revolución de principios de siglo, llegó a ser ministro de Marina del gobierno revolucionario, el gobierno de la Revolución que Nevares había combatido como marino del viejo régimen. La Revolución se hizo gobierno, el gobierno se hizo eternidad. Poncio Nevares murió a los noventa años como prócer del gobierno revolucionario, vuelto esencia de la patria y de la Revolución. Murió en olor de santidad patria.

Casares le preguntó por Salvador Induendo.

—Salvador murió de la muerte natural de los Induendo —dijo Presciliano—. Cayó en una encrucijada, defendiendo a su hermano Terciano, que salió ileso. Terciano todavía anda por ahí, vuelto marinero, cazando serpientes marinas y dragones que según él se aparecen en los cayos al amanecer. Tiene criando un manatí que asoma el hocico y llora por las noches como gata en celo.

Le preguntó por Sóstenes Gómez.

—Sóstenes Gómez murió sentado en un sillón de cuero de su cuarto, mirando el huerto de su hacienda, en su tierra natal —le contó Presciliano—. Su perro fiel al lado, lamiéndole las várices y velando sus sueños. Sucedió que un día de Año Nuevo Sóstenes Gómez despidió a todos sus servidores y se quedó solo en la hacienda con una enfermera. La enfermera se fue una noche de fiesta con un novio y al volver encontró muerto a Gómez. Temió la venganza de los hijos de Gómez por su descuido y se fue sin decir nada. A la semana, los sirvientes volvieron a la hacienda y hallaron a Gómez muerto, oliendo mal. El perro estaba todavía a sus plantas, moribundo de hambre y lealtad. Enterraron a Gómez en familia sin glorias oficiales. Al perro unos días después, junto a su amo. No pudieron rescatarlo de su hambruna fiel.

—¿Qué pasó con el tío Romero Pascual? —preguntó Casares.

—Al tío Romero lo estafó una esposa tardía —sonrió misóginamente Presciliano—. Lo hizo heredarle en vida y se le fue con un novio durante su larga agonía. La mujer llegó a pensar, y así lo dijo por el pueblo: "Este mi señor Romero igual se queda vegetal quince años, y yo tengo una vida que vivir". Se fue a vivir su vida. Su marido Romero, a lo mejor porque ella se fue, no duró quince días.

—¿Qué se hizo de Jacinto Chuc? —preguntó Casares.

—Murió en su cama, muy viejo —dijo Presciliano—. Murió rodeado de hijos y nietos, luego de haber dejado huérfanas a más personas que nadie en la península.

—Cuéntame algo de mi abuelo Arangio —pidió Casares.

—Todo lo que tuve de libros se lo debo a Santiago Arangio —resumió Presciliano—. Fue mi cómplice, mi maestro y mi refugio. En la trastienda, donde guardaba sus libros, me escondía a leer lo que él me daba, los libros que él escondía, el tesoro oculto del pueblo. Santiago Arangio era como un hombre rico que no mostraba su dinero. Escondía sus libros. Y a mí con ellos. "Tú eres la criatura más injustamente tratada de este pueblo", me dijo una vez. "Y lo que más vale la pena de él". Nunca olvidaré eso que me dijo. Porque así me sentía yo, como El Paria, el descastado. Sabía quién era mi padre, todo el pueblo sabía quién era mi padre, pero no podía ser mi padre. No podía acercarme a él y llamarlo papá. Caminaba por las calles del pueblo sintiéndome mirado, compadecido. Esto era lo peor: compadecido. Y luego la mariconería. No elegí la mariconería. Me cayó del cielo. De un hueco del cielo, que debió ser propiamente el ano del cielo. Fue una maldición para mí durante años, pero al mismo tiempo fue un alivio. Porque el pueblo, tan antimaricón de dientes para afuera, estaba lleno de mariconerías. Tuve amores con medio pueblo. Por la mariconería pude entrar en la puerta confidencial de Carrizales y mirarlo por dentro. Como yo era un maricón, no era nadie. Y como no era nadie, tenía acceso a todo. Nadie tapaba sus pudibundeces frente a mí. Era como andar desnudos frente a un perro. Fui El Perro de Carrizales. Todo lo vi, y lo supe de ellos, como lo sabían los perros. Pero yo recordé.

Había entrado la noche cuando Casares le preguntó, finalmente, por Rosa Arangio.

—¿Quieres saber la historia de mi complicidad con tu madre? —preguntó Presciliano.

—Sí —dijo Casares.

—Ése es capítulo aparte —le dijo Presciliano—. Tendría que contarte toda la historia.

—Tengo tiempo —concedió Casares.

Presciliano sirvió otro café y le contó a Casares la historia de Rosa Arangio en Carrizales. En la madrugada, los ojos desvelados y el ron durmiendo en su cuerpo, Casares le dijo a Presciliano:

—Tenemos todavía mucho que hablar.

—No hemos empezado —dijo Presciliano.

Al día siguiente volvió Santiago. Casares lo esperaba de pie en la punta del muelle:

—¿Ya volvemos? —le gritó Santiago, mientras el lanchero echaba el cabo al muelle—. Me esperan a desayunar en el balneario.

Casares esperó que Santiago bajara y le dijo:

—Voy a quedarme otro día.

Caminaron otra vez por la arena blanca de las calles de Carrizales, las calles anchas y rectas que Mariano Casares y Romero Pascual habían limpiado de monte.

—Eso lo rescataron de la selva —dijo Casares.

—Te estás ablandando —le dijo Santiago—. Te recuerdo que tienes negocios en la ciudad.

Casares sonrió. Fueron a la esquina donde había estado la casa de los Arangio. El monte crecía por su armazón de madera. En el centro había un flamboyán y los restos de la casa parecían apoyarse en los brazos del árbol. Al fondo del baldío había una ceiba de copa densa y ramales que caían como dibujados hacia el suelo.

—Ése es el árbol donde se aparece la Xtabay —explicó Casares—. ¿Sabes qué es la Xtabay?

—Me suena a nombre de bailarina exótica—dijo Santiago.

Casares repitió lo que Presciliano le había dicho sobre la Xtabay.

—Entonces yo tenía razón —se burló Santiago—. La Xtabay era la exótica de mi bisabuelo.

Dieron dos vueltas por el casco chimuelo y solitario del pueblo. Cuando pasaban por las casas habitadas, se iban asomando gentes por las ventanas. Ceremoniosamente, Casares explicaba que habían venido de visita, que él había nacido ahí, y decía su nombre.

—Yo conocí a su abuelo. Trabajé con él —le dijo una mujer de pelo blanco y tez retinta—. Gran hombrón fue su abuelo. Nadie lo ha olvidado por aquí.

—Considerando que no hay nadie en este pueblo, esa mujer tiene razón —dijo Santiago, cuando se apartaron.

Santiago se quedó hasta el mediodía.

—Tengo que volver al balneario —le dijo a Casares—. ¿A qué horas vengo por ti mañana?

—A la hora que puedas, no te sientas obligado.

—Puedo a la hora que me digas.

—A las doce —dijo Casares, pensando por qué no lo obligaba a quedarse.

Santiago volvió puntual al día siguiente. Casares le dijo:

—Necesito un día más.

—Vuelta al origen —se burló Santiago—. Mañana voy a bucear en los esteros. Vengo por ti en la tarde, después del almuerzo.

Presciliano dedicó el último día a la historia de los Casares y la madera. Al final, de nuevo en la madrugada, le dijo a su medio sobrino:

—La caoba fue aquí una fiebre del oro. Paridero de ricos, locos y putas. Lo mejor de la infame Babilonia. Luego todo se fue y quedó esto que queda, como de los imperios quedan los museos y de los emperadores las estatuas cacarizas.

—¿Dónde falló Julián? —preguntó Casares.

—Cuando Julián pudo pasar por encima de su padre, le tendió la mano y lo salvó —dijo Presciliano—. El viejo Casares lo creyó pérfido más que leal y cuando pudo lo trató como a su enemigo. El que no toma las cosas cuando le pasan enfrente se lamenta luego por las cosas que dejó pasar. Julián dejó pasar la oportunidad de tener él la fortuna de su padre, y al final todos perdieron, su padre al que no quiso lastimar y él al que su padre nunca le creyó las buenas intenciones.

—¿Cómo empezó todo esto? —preguntó Casares.

Al día siguiente hubo vientos y olas amenazantes sobre la bahía. Casares oyó el motor de la lancha desde temprano escorando en los bajos donde Santiago le advirtió que iba a bucear. Entraba la tarde cuando la lancha se enfiló desde uno de los esteros hacia Carrizales viejo. Casares fue a esperar su llegada.

—¿Terminaste? —gritó Santiago saltando al muelle—. ¿Nada más que oír? ¿Nada más que decir?

—Todas las cosas que oír —dijo Casares—. Todas las cosas que decir.

—Todas las cosas son demasiadas, papá —dijo Santiago mientras ataba el cabo al pilote con verdín.

Casares se sentó en el último travesaño seco y ceniciento del muelle sin hacer caso del parloteo de su hijo.

—Quiero que escuches algo —le dijo, marcando un lugar junto a él.

Santiago se sentó balanceándose sobre los brazos, como un acróbata de circo. Casares señaló con un dedo el horizonte mostrándole una rendija discreta en la selva, la embocadura del río que rizaba el agua baja, sin poder, de la bahía.

—Ahí —le dijo a Santiago—, donde vuelan esos pájaros, donde ves esa estaca torcida que parece moverse por el agua que corre, ahí pusieron el pontón militar. Y ése fue el principio de este pueblo. Ahí comienza la historia. En el principio, fue el pontón militar.

Santiago empezó a repelar, pero su padre siguió hablando sin hacerle caso. Antes de que terminara el crepúsculo, Santiago le pidió permiso a su padre para hablar con el lanchero.

—Va a ser cosa de dormir aquí —le dijo al lanchero—. Ve quién pescó algo para la cena y pide cobijo para dormir donde haya.

Luego volvió a escuchar a su padre. Desde la ventana de la casa roja que miraba al muelle y la bahía, Presciliano vigiló, como un metrónomo de cada quince minutos, a las dos figuras hablando, tirando cosas y meneando las piernas colgantes sobre el muelle. El camino de la luna sobre la bahía siguió recortándolos cuando entró la noche. Les llevaron unas escudillas de pescado frito, y un botellín de aguardiente. La luna se perdió en el cielo, la suplió una escarcha de estrellas. Cuando la noche estrellada se deshizo en las brumas matinales de la bahía, las dos figuras seguían ahí. Casares estaba diciéndole a su hijo Santiago:

—Al morir tu abuela Rosa, yo tenía veintitrés años, una mujer y un hijo, y un recuerdo que a veces no me dejaba dormir.

La mañana ardiente los sorprendió sentados todavía en el muelle. Hablando y discutiendo, recordando. En el principio de su conversación.

El resplandor de la madera de Héctor Aguilar Camín
se terminó de imprimir en enero de 2023
en los talleres de
Impresora Tauro, S.A. de C.V.
Av. Año de Juárez 343, col. Granjas San Antonio,
Ciudad de México